9787 101 096293

寒云藏书题跋辑释

李红英 著

中华书局

图书在版编目(CIP)数据

寒云藏书题跋辑释/李红英著.—北京:中华书局,2016.7
ISBN 978-7-101-09629-3

Ⅰ.寒… Ⅱ.李… Ⅲ.题跋-作品集-中国-当代 Ⅳ.I267

中国版本图书馆 CIP 数据核字(2013)第 215990 号

国家图书馆善本特藏学术文库

书 名	寒云藏书题跋辑释	
著 者	李红英	
封面集字	袁克文	
责任编辑	李 静	
装帧设计	宁成春 周汇敬	
出版发行	中华书局	
	(北京市丰台区太平桥西里 38 号 100073)	
	http://www.zhbc.com.cn	
	E-mail:zhbc@zhbc.com.cn	
印 刷	北京雅昌艺术印刷有限公司	
版 次	2016 年 7 月北京第 1 版	
	2016 年 7 月北京第 1 次印刷	
规 格	开本/660×1092 毫米 1/16	
	印张 45¼ 字数 720 千字	
印 数	1-2000 册	
国际书号	ISBN 978-7-101-09629-3	
定 价	320.00 元	

目录

蒙叟挥泪两《汉书》
史部藏书题跋

莲华精舍中的清净
子部藏书题跋

三 琴趣斋主人的词曲人生
集部藏书题跋

附录

序

杨忠

　　清末至民国初年，袁克文以显赫的家世、丰裕的财力涉足古籍善本的收藏，又经诸多名家的指点，眼界渐高，藏书渐富，逐渐成为当时收藏与鉴定古籍的名家。所聚善本之夥，可称"蔚然大国"，仅宋刊本已过百部，至号书室为"后百宋一廛"。其中宋刻白文小字本《八经》、宋绍兴刻《古三坟书》、宋婺州唐宅刻《周礼》、宋刻《纂图互注周礼》、宋绍熙三年两浙东路茶盐司三山黄唐本《礼记正义》、宋庆元寻阳郡斋刻《輶轩使者绝代语释别国方言》、宋绍兴齐安郡学刻本《集古文韵》残卷、宋刻百衲本《史记》、宋刊《水经注》残本、北宋小字精刊《妙法莲华经》、宋刻《北山录注》、宋临安府陈宅书籍铺刻本《唐女郎鱼玄机诗》、宋庆元黄汝嘉刻本《倚松老人集》、宋嘉泰刻本《于湖居士文集》、宋刻《迂斋标注诸家文集》、宋蜀刻唐人集等，皆为海内奇珍。他收藏的善本多加跋语或题识，其中颇多一得之见，也颇受当时藏书家和学术界重视。但要深入研究袁克文善本题跋，却也有一定难度，原因有二：一是袁氏题跋除《寒云手写所藏宋本提要廿九种》曾正式刊行过，其馀题跋均散见各书。其父故后，袁克文经济日渐拮据，所藏善本陆续散出，经辗转递藏，目前可考见的曾经袁氏收藏并加题跋的善本，仍分散在中国国家图书馆、上海图书馆、台北"中央"图书馆等处，虽有心搜辑，亦颇费时日。二是袁氏不少跋语文字简短，有时不太成系统，需加阐释以进一步发掘并揭示其价值。但欲加辑释，又需旁稽他书，辗转互证，方能理清头绪。故近年来专门研究袁氏题跋的成果并不多见。李红英博士留心此事多年，经数载辛劳，终将搜辑到的袁克文题跋百馀种汇萃于一编，并加考辨释解，为读者指示路径，使袁氏题跋能为更多学人利用，实在是做了一件十分有意义的事。

　　李红英的这部《寒云藏书题跋辑释》，其内容已远超所谓"辑释"的范围，书中提供了丰富的信息，尤其注重各书版本源流、递藏脉络的探究，并与有关资料交互比较，以便于读者全面了解，实际上是一部内容丰富的研究著作。即以明弘治刻本《司马温公经进稽古录》为例，袁克文跋语不足百字，真正涉及《稽古录》者仅"《司马温公稽古录》二十卷，明刊最善之本，宋椠外当推此刻。卷中缺叶皆尧翁手自影写，尤为精好"三十八字，所揭示的信息不多。李红英详记该书历经清代名家收藏直至入藏国家图书馆的递藏情况，记载留有题识、题签、跋语的名家姓名，又详载书中诸家藏书印鉴，以明该书递藏关系。接着便上溯《稽古录》的宋刻本，据陈振孙《直斋书录解题》，《稽古录》成书后，"始刻于越，其后再刻于潭"，说明《稽古录》宋刻至少有越中本与潭州本二种，而据朱熹《与郑知院书》，知朱熹在长沙时曾刊刻《稽古录》，长沙乃潭州治所，朱熹于长沙所刻，疑即陈振孙所言之"潭本"。陈振孙又言："越本《历年图》诸论聚见第十六卷，盖因图之旧也；潭本诸论各系于国亡之时，故第十六卷惟存总论。"此乃二宋本之异。红英据以上资料指出，袁克文所藏明弘治刻本中"臣光曰"诸论多系于（自战国至五代后周）各代之后，则袁氏所藏明弘治刻本当源于潭州本，明确了明弘治本与宋潭州本的传承关系。然后又下探《稽古录》之明清刻本关系，指出明刻另有嘉靖本，编排次第与弘治本同。清嘉庆十年，张海鹏刻《学津讨源》，收有《稽古录》。咸丰二年，钱泰吉曾比勘弘治本与《学津讨源》本之异同，发现二本各有优长。同治六七年间，刘履芬曾据弘治本手抄一过，其中刊刻弘治本的杨璋序在卷首，而克文所藏弘治本之杨璋序却在卷末，疑为后人重装之误。这样，红英的释语便不仅是对袁克文不足百字跋语的释解，而且是对《稽古录》版本源流的考辨、传承关系的梳理，以及对袁氏藏本自身的简明考评。其他如元刻《周易兼义》、明成化刻本《姑苏杂咏》、明刊《盛世新声》等，文中亦涉及版本源流的考证，从而使读者对该书的面貌有清晰的了解，对读者的帮助是显而易见的。

　　李红英的研究细致而深入，往往能从散见的材料中梳理出最有用的信息，又善于征引相关资料辗转互证，并通过细致的辨析发现问题，提出己见。如元刻本《新编方舆胜览》，袁克文定为宋刻，张元济《宝礼堂宋本书录》亦记为宋刻（袁氏此书后入藏潘宗周宝礼堂，潘氏后人捐赠北京图书馆）。袁氏云："《方舆胜览》刊于宋末叶，无覆本，有疑为元刊者，非也。荛翁《百宋赋》中残本，亦即此刊印本，流传颇多，完整者亦不易有。"李红英发现黄丕烈《百宋一廛赋》中并未提及《方舆胜览》，该书见录于黄氏《百宋一廛书录》，袁克文误记《百宋一廛书录》为《百宋一廛赋》。接着，她由元刻本上溯宋刻，指出该书的宋元刻本留存至今的主要有四种：一为南宋理宗嘉熙三年初刻本，题为《新编四六必用方舆胜览》，仅存日本宫内厅书陵部。二为南宋度宗咸淳三年祝洙增订改编初刻本，题为《新编方舆胜览》。曾经汪士钟、杨绍和收藏，今藏国家图书馆。三为南宋咸淳三年重修本，题名同增订改编初刻本，但修版时曾作增删，与咸淳增订的初刻本不同，曾经季振宜、蒋超、陈士贤等递藏，今藏上海图书馆。四为元刻翻宋本，题名同咸淳本，现存世较多，袁克文、瞿氏铁琴铜剑楼、陆心源皕宋楼等藏本均为元刻翻宋本。在这样的梳理中，李红英发现了前人及今人的两处疏误，一是《上海图书馆藏宋本图录》收入咸淳重修本，《图录》于提要中云此本有"汪士钟印""阆源真赏""杨二协卿""东郡杨二"等印记。其实，杨氏海源阁藏本即今国图所藏咸淳初刻本，非上海图书馆藏本，疑《图录》提要有误。二是日本学者森立之《经籍访古志》曾述及《方舆胜览》的另一元刻本，"卷端页头题'日新堂新刊'六字"，而叶德辉《书林清话》亦提及日新堂本，云"见杨《谱》"（杨守敬《留真谱》），红英经核查发现，杨守敬《留真谱》所记《方舆胜览》元刊本并无"日新堂"字样，因疑叶德辉误记森《志》为杨《谱》。又如明弦歌精舍刻本《虞初志》，通过详细比勘三种《虞初志》本子，李红英指出，如隐草堂、弦歌精舍、凤桥别墅疑是同一刻书处，或至少互有关联。凡此，皆可见红英的细致认真。

　　李红英的研究坚持实事求是的精神，能大胆怀疑名家的一些结论，有所发现便于文中顺便说明，在事实的考订方面，提出了不少新见。如宋淳祐本《中兴以来绝妙词选》，袁跋云"为《天禄书目》未载之书"，李红英通过深入分析，阐明袁氏旧藏本非《天禄琳琅书目后编》著录之本，亦非溥仪赏赐本；通过诸本对照，红英根据行款版式，提出自己的看法，认为"袁克文旧藏本疑非淳祐九年初刻本，当是后刻本"。又如《唐女郎鱼玄机诗》卷端钤有"赐画堂"椭圆白文印，不知系何人印章，红英发现国图所藏宋刻《册府元龟》第二九五卷和明弘治间碧云馆活字印本《鹖冠子》扉页均钤有此印，而上二书又皆经袁克文收藏过，推断此印为克文藏书印，亦有理有据。对于一些细枝末叶，红英也认真对待。如元刻《唐陆宣公集》册首钤印，《藏园订补郘亭知见传本书目》作"梁蒉林印"、《宝礼堂宋本书录》亦作"蒉林藏书"，并皆认为此本为福建梁章钜藏书。红英指出，书中钤印乃"蕉林藏书"；根据前辈研究成果，知此书为梁清标旧藏，体现了实事求是的态度。

李红英博士自北京大学毕业后长期在国家图书馆古籍馆工作，身居宝库，耳濡目染，切磋磨砺，加上她的勤奋好学，不懈努力，取得如今的成绩是意料之中的，故我乐于表达对她这部著作的感想。近年，她已出版了《翁同龢书札系年考》、《翁同爵家书系年考》两部著作，以她的勤奋认真，将来在学术上定会有更大的进步，也是可以预期的。

2015 年 7 月于北京大学蓝旗营

凡例

一　本书所涉善本古籍以经、史、子、集四部为序分类编排。

二　本书所收袁克文藏书题跋以题写于今国家图书馆藏善本古籍者为
　　主，兼及笔者经眼之善本古籍。

三　本书部分篇题的版本项有所减省，以求简明。

四　同一部书有两则以上袁克文题跋者，以撰写时间为序；撰写时间不
　　确定者，排在后面。

五　袁克文题跋、题款、提要等以专色标示。

六　对善本中所钤藏书印鉴，通常以递藏先后为序；递藏源流不明确者，
　　依照在原书中由下而上的顺序，其印文则以由上而下、从右至左为
　　序识录。

七　题跋、提要等原文中的避讳字，多缺末笔。限于排版条件，本书
　　均作完整字形。题跋、印鉴及引文中的少数异体字、古体字依原
　　文照录。

八　本书所引《寒云日记》中的月日均为农历，以汉字表示；为行文简
　　洁，年份直接以公元年表示，不加干支纪年。

九　图版目录中，未注明藏地的古籍善本均为中国国家图书馆藏品，源
　　自拍卖图录者除外。

十　书中涉及历代藏书家甚多，为简省篇幅，除民国年间与袁克文有交
　　集者以及部分因行文需要而出注的藏书家，馀皆不作注释说明。

寒云藏书述略

　　袁克文（1890—1931），字豹岑，又作抱存，或曰豹丞 **❶**。出生于朝鲜汉城，生母为朝鲜金氏。祖籍河南项城，袁世凯次子。因得宋人王晋卿《蜀道寒云图》，自号"寒云"。孙揆均有诗云："万山蜀道画中身，一片寒云悟净目。" **❷** 袁克文爱好收藏古籍善本。每得一书，或题书名，或手书题记，以识因缘。从其藏书题识，我们可以体味其淘书之乐，觅书之苦，爱书之切，购书之狂，得书之喜，散书之悲。字里行间，我们可感悟到袁克文内心所经历的人间冷暖、世事沧桑。

　　袁克文自幼聪明好学，"六岁，识书字；七岁，读经史；十岁，习文章；十有五，学诗赋；十有八，以荫生授法部员外郎" **❸**。袁世凯任直隶总督时，曾延天津硕儒严修、扬州才子方尔谦等名师教授袁克文兄弟读书。在克文诸师中，对其影响最大者当推方尔谦，其"收藏之启机，缘民初时师于方尔谦" **❹**。方尔谦喜蓄字画碑版 **❺**，通晓版本流略。袁克文读书之暇，意欲习版本之学。方尔谦告之曰："板本之学，岂易言哉！倘欲习之，第一当得师承。" **❻** 遂拜版本目录学家、藏书家李盛铎为师 **❼**。

❶ 袁克文《洹上私乘·自述》，民国史料笔记丛刊《辛丙秘苑》，上海书店出版社，2000年，第39页。

❷ 参见国家图书馆藏宋刊《详注周美成词片玉集》1916年10月孙揆均题诗。

❸ 《洹上私乘》，第39页。

❹ 李滂《近世藏书家概略》，载《进德月刊》第二卷第十期，1937年，第125页。

❺ 方尔谦（1872－1936），字地山，号无隅，别署大方，江苏江都（今扬州）人，生于书香世家，家学渊源深厚，擅长书法和楹联，有"联圣大方"之称。参见郑伟章《文献家通考》下册，中华书局，1999年，第1401页。

❻ 《近世藏书家概略》，第125页。

❼ 李盛铎（1858－1935），字椒微，号木斋，别号子庵旧主人，师庵居士等，晚号麐嘉居士。德化（今江西九江）人，民国时期著名藏书家。其家藏书始于曾祖李恕，并建"木犀轩"，藏书数万卷。至李盛铎时，已逾十万卷。有数处藏书室，如"古欣阁""蜚英馆""凡将阁"等。参见（转下页）

李、袁两家本是旧交，加之袁克文聪颖好学，李盛铎更是循循善诱，悉心教导。李盛铎之子李滂在《近世藏书家概略》一文中记载此事说：

> 抱存乃奉贽家君，从而受学。家君与袁氏旧有年谊，且悦其聪颖，诲之不倦。曾钞瞿、杨、丁、陆四家书目贻之。半载后，学大进，试举一书，抱存皆能渊渊道其始末。抱存由此致力收藏，而物聚所好，不数年中，宋元名椠，萃集百数十种。 **❶**

1908 年，袁世凯以足疾开缺，返回河南老家，暂住汲县。时袁克文亦辞去法部员外郎之职，随父同往。翌年秋回到彰德洹上村。其间克文远离尘世的喧嚣，过着一种与世无争的田园生活 **❷**。辛亥革命之后，其奉父命携眷北上。1915 年任清史馆纂修，与修清史。

1916 年，袁世凯及袁克文生母金氏相继去世，一年之内遭此"弥天之痛"，令袁克文"心摧肠崩而生气尽矣"；由于与兄袁克定不睦，彼此互不谋面；袁克文"乃囊笔南下，鬻文于海上" **❸**。在上海时，曾为《晶报》主笔。其著述散见京沪各报章杂志，主要有《新华私乘》《洹上私乘》《辛丙秘苑》《寒云手写所藏宋本提要廿九种》 **❹**《三十年闻见行录》《流水音记》《寒云诗集》《古钱随笔》等。1931 年，袁克文卒于天津，终年四十二岁，其著作多为好友郑逸梅编集 **❺**。弟子俞逸芬更是多方征集其遗稿，尽心竭力。

袁克文爱好收藏，又有财力，堪称藏界豪客。其收藏兴趣广泛，举凡金石书画、古玩印章、泉币邮票等皆有涉猎，尤以富蓄古籍善本著称。伦明《辛亥以来藏书纪事诗》有咏："一时俊物走权家，容易归他又叛他。开卷赫然皇二子，世间何事不昙花" **❻**，描绘了袁克文传奇、短暂的古籍善本收藏经历，生发善本佳椠聚散无常的感叹。

袁克文藏书大约始于 1908 年前后，如果大体以 1918 年底为界 **❼**，

（接上页）《文献家通考》下册，第 1254 页。

❶ 《近世藏书家概略》，第 125 页。

❷ 参见王忠和《袁克文传》，百花文艺出版社，2006 年，第 34－41 页。

❸ 《洹上私乘》，第 39－40 页。

❹ 《寒云手写所藏宋本提要廿九种》，方尔谦（大方）题签，民国年间有影印本。近年再版，收入《宋版书考录》，北京图书馆出版社，2003 年，第 121—190 页。另收入《宋元版书目题跋辑刊》第三册，北京图书馆出版社，2003 年。本书所据《寒云手写所藏宋本提要廿九种》为《宋版书考录》本。

❺ 关于袁克文生平事迹，其好友郑逸梅作《"皇二子"袁寒云的一生》，参见袁克文、陶拙庵著《辛丙秘苑·"皇二子"袁寒云》，香港大华出版社，1975 年；另有王忠和《袁克文传》等，可资参考。

❻ 伦明《辛亥以来藏书纪事诗》，北京燕山出版社，1999 年，第 92 页。

❼ 1916 年袁世凯去世后，袁克文的经济来源断绝，生计维艰。据王书燕编《王子霖古籍版（转下页）

至少有十年的时间经营古籍善本，几乎占其一生三分之一的时光。在李盛铎的悉心教导之下，袁克文版本之学大有长进。凡珍本佳椠，总尽力收诸箧衍；或不可得，亦多方设法，以求寓目。

清嘉庆、道光年间，山东诸城有一位名闻遐迩的藏书家刘喜海，藏有一部"百衲本"《史记》，由四种宋本配成，向为藏书家所宝重 **❶**。袁克文对这部宋刻百衲本《史记》亦倾心已久，多方寻觅，一直未能如愿。1907 年，此书为端方所得，虽应允将此书借给袁克文赏玩，惜一直无缘寓目。直到 1914 年端袁两家联姻，袁克文才得以亲见此书 **❷**。袁克文对这部宋刻百衲本《史记》的情结，绵延近十年，其于古籍善本之痴迷，可见一斑；同时亦说明，早在 1907 年以前，袁克文已经开始留心收藏古籍善本了。

然真正购藏古籍，则是他闲居河南老家之时。1909 年，袁克文奉父命前往开封，接其三伯父来洹上同住 **❸**。时有开封故官家藏书散出，克文偶得数百卷，由此开启收藏宋元善本之门。其中有《桯史》残卷，自云为其收藏"宋元本之始" **❹**。

1914 年十一月，袁克文以万金从完颜景贤家购得盛昱郁华阁旧藏《纂图互注周礼》和三山黄唐本《礼记正义》、小字本《春秋胡氏传》、元詹光祖刻《黄氏补千家注纪年杜工部诗史》、黄善夫刊本《王状元集百家注分类东坡先生诗》、宋嘉泰刻《于湖居士文集》六种宋元刊本。清宗室盛昱藏书多购自北京狗尾巴胡同书估封书之处 **❺**，所藏宋元珍本、名家钞校，琳琅满目。1899 年盛昱故后，其子挥霍成性，为满足奢靡生活，将郁华阁藏书售于他人。1912 年，盛氏郁华阁藏书流散。

（接上页）本学文集》第二册《古籍善本经眼录附录·寒云日记》（以下注文省作《寒云日记》），1917、1918 两年，袁克文收书锐减，且有"正在窘乡，力不能致……"之感，上海古籍出版社，2006 年，第 172 页。本书所引《寒云日记》中的日期均为农历，下同。《张元济傅增湘论书尺牍》载 1918 年 12 月张元济致傅增湘："抱存以宋元本及钞校本卅二种押九千元，便宜之至，公何不得之？中有异本曾借校否？如尚有他种出押，望介绍。"商务印书馆，1983 年，第 89 页。

❶ 傅增湘《藏园群书题记》卷二《题百衲本史记》，上海古籍出版社，2008 年，第 68 页。
❷ 详见下文史部"宋刻百衲本《史记》"篇。
❸ 《洹上私乘》，第 45 页。
❹ 详见下文子部"明成化刻《桯史》"篇。
❺ 盛昱（1850－1899），字伯羲，又作伯希、伯兮等，别署意园，喜好收藏。爱新觉罗氏，满洲镶白旗人，室名"郁华阁"。有《移林馆金石文字》《郁华阁文集》《雪屐寻碑录》等著作传世。参见《文献家通考》下册，第 1189 页。狗尾巴胡同，位于北京西单北大街东侧，力学胡同北侧。建国后，因狗尾巴名不雅，谐音改为高义伯胡同。

当时旗人完颜景贤与盛昱之子私交很好，便将盛氏藏书的宋刊佳品多数纳为己有；另有一部分善本售于书估。当年春，北京琉璃厂正文斋谭锡庆、宏远堂赵宸选以二千金捆载数十箱盛氏郁华阁藏书入市出售❶。正所谓"不以先人积聚为可珍。……然希世之珍，实由此摧残消灭矣"❷。

此六部善本佳椠成为袁克文的插架至宝之际，袁氏积历年所获之宋刻本恰好超过一百部❸，故辟一室，美其名曰"后百宋一廛"❹，专门收藏宋刊珍本。

袁克文得到这一批堪称宋刊上品的善本古籍后，引发他"幸得之冀，而为佞宋之始"；并以书为伴，"日溺书城，不复问人间岁月矣"❺。

除这六部宋元本之外，袁克文所得盛昱、完颜景贤递藏的善本还有宋刻《册府元龟》残卷、元刊《清容居士集》、宋绍兴十七年（1147）婺州州学刻本《古三坟书》、宋绍兴十二年（1142）汀州宁化县学刻《群经音辨》、宋庆元五年（1199）黄汝嘉刻宋重修本《倚松老人文集》、宋绍兴明州本《文选》、宋刻本《曾南丰先生文粹》、明末毛氏汲古阁影宋钞本《古文苑》等。

袁克文以其"皇二子"的身份，出手阔绰，收书豪爽，使得民国初年一段时间，古籍善本的价格因此而大涨。1915 年六月二十日，傅增湘致张元济函云："久未见书，厂市殊寂寥。然袁豹丞以重价招之，恐此后难以他售矣，印臣之毛钞、授经之宋元亦陆续由湘介绍归之，湘之《韵补》亦归之，近亦可称蔚然大国矣。"❻ 傅藏《韵补》转让之事《寒云日记》中亦有记载。1915 年五月二十六日，袁克文在日记中说："傅沅叔以所藏宋刻《韵补》五卷见让，因以银三百五十元报之。"❼ 由傅增湘信中所言"近亦可称蔚然大国"推知，最晚在 1915 年七月以前，

---

❶ 《藏园群书题记》卷一，第 47 页。正文斋，琉璃厂书肆，光绪二十五年（1899）开设。斋主谭锡庆，字笃生，冀县人。宏远堂，琉璃厂书肆，光绪中期开设。堂主赵宸选，字聘卿，冀县人。参见孙殿起辑《琉璃厂小志》，北京古籍出版社，1982 年，第 116、113 页。

❷ 《近世藏书家概略》，第 123 – 124 页。

❸ 这其中包括当时误定为宋刻的元刊本。

❹ 关于"后百宋一廛"藏书室名，下文"寒云藏书印鉴"另有述及，此处不赘。

❺ 详见下文经部"宋刻《纂图互注周礼》"篇袁克文跋。

❻ 《张元济傅增湘论书尺牍》，第 65 页。张元济（1867 – 1959），字筱斋，号菊生，浙江海盐县人。傅增湘（1872 – 1949），字沅叔，号藏园居士，别署书潜、长春室主人、双鉴楼主人等，四川江安县人。吴昌绶，字伯宛，一字甘遯，号印臣（印丞），晚号松邻，光绪二十三年（1897）举人，浙江仁和（今杭州）人。参见《文献家通考》下册，第 1359、1408、1424 页。

❼ 《寒云日记》，第 140 页。

袁克文藏书规模已十分可观。

伦明有袁克文"于乙、丙间大收宋椠"之语 **❶**。"乙、丙"指1915、1916两年。袁氏藏书的精品、珍本大多在这两年中入藏。正因袁克文购求善本古籍，"以重价招之"，引得不少书商及藏书家携书而来，主要有天津王氏、贵筑黄氏两位藏家。

1915年间，袁克文所收善本古籍，见于《寒云日记》著录的有二百四十馀种。其中，宋刊九十部左右，元刊四十多部。据《寒云日记》所载，仅该年八月一个月所收就高达六十馀种 **❷**，包括宋刊十几种，元刊二十多种，以及影宋、影元钞本。如蒙古中统本《史记》、汲古阁影元钞本《焦氏易林注》、宋刊《丽泽论说集录》残本、《应氏类编西汉文章》十八卷、《分门集注杜工部诗》二十五卷、《通鉴纪事本末》四十二卷等以及《笺注陶渊明集》十卷、《洪范集》五卷、《四书章句集注》三十卷、《香溪先生范贤良文集》二十二卷、《洺水集》二十六卷、《元丰类稿》五十卷、《伊川击壤集》二十卷、《陆宣公集》二十二卷等。另有明刊若干种。

从1916年初开始，陆续又有一百多种古籍善本入藏袁克文的书箧之中。仅元月，就有数十种宋元旧刊、明钞明刻精本先后移驾袁克文后百宋一廛。这些古籍善本曾经是贵筑藏书家黄彭年旧藏 **❸**，其中有宋刻本《伤寒明理论》与《增刊校正王状元集注分类东坡先生诗》、元刊陆敕先手校宋本《乐府诗集》、明钞赵凡夫校宋本《书苑菁华》、宋刊《事文类聚》四集等。

上述诸藏家构成袁克文藏书的主要来源。此外，袁克文经常与师友李盛铎（木师）、方尔谦（地师）、徐森玉等人逛书店、游厂肆，搜购古籍珍本。早在1908至1909两年间，袁克文从述古堂书商于瑞臣处收得宋本《新刊权载之文集》《新刊元微之文集》等蜀刻唐人集 **❹**。傅增湘在《校宋蜀本新刊元微之文集残卷跋》中说：

……忆戊申（1908）、己酉（1909）间，述古堂书贾于瑞臣得

❶ 《辛亥以来藏书纪事诗》，第92页。

❷ 《寒云日记》，第133—154页。

❸ 黄彭年（1824—1890），字子寿，清贵筑（今贵州贵阳）人，道光进士，官至湖北布政使，叶昌炽之师，曾掌教保定莲池书院，家中藏书甚富。参见叶昌炽《藏书纪事诗》卷六，上海古籍出版社，1989年，第690页。

❹ 述古堂于氏，即于魁祥，字瑞臣，参见《琉璃厂小志》，第127页。

新刊權載之文集卷第一

賦詩

傷馴鳥賦

紛羽族之多端兮同翱飛而類殊有鸜鵒之微禽亦播
質於洪鑪因稚子之嬉遊得中國之墜驅忿飲啄以馴
擾來目前與座隅尔乃接以籠檻餒其羽翼留軒所以
為娛俾遂喬之無力下跟蹡而將舉顧離褷而復息雖
主人之見容終使愛天和於自得或親賓至止徽彰徐
關而助曲乍寂寞以閑暇若凝情於相矚理輕毳以自
觸每聞絲而鼓翼亦逗節而翹足忼宛轉以成態聲間
縈類山玄之佩玉每翔集以安堲同君子之自牧思謝
尚之起舞薄風流之逸躅苟魯取之不君固乾侯之出

宋蜀刻本《新刊权载之文集》

唐人集数种于山东，诡秘不以示人。余多方调寻，乃得一见，计所存者为《司空表圣文集》《李长吉文集》《许用晦文集》《郑守愚文集》《孙可之文集》《张文昌文集》，皆完整无缺。外有残帙三册，为《新刊权载之文集》八卷，自卷四十三至五十；《新刊元微之文集》十六卷，自一至六，又末十卷，即此册也。其后六唐人集为友人朱翼庵所得，权、元二残帙为寒云公子所得，余皆得假校焉。**❶**

1916 年，袁克文又从瑞臣述古堂购得宋刊巾箱本白文《八经》**❷**。此外，袁克文从博古斋柳蓉邨处也收获不少**❸**，先后购得宋刊大字本《金刚般若波罗蜜经》、赣州本《文选》、元刊《滋溪文稿》、明刊《极玄集》与《班马字类》等善本古籍。另有一些珍本得自装书工人**❹**，如袁克文"双莲华"之一的"七莲华"**❺**，即北宋小字精刊七卷本《妙法莲华经》，袁克文赞叹为"楮墨精洁，首尾完好，洵无双秘册也"**❻**。

袁克文所得孤本秘笈颇多，一方面是因其财力丰裕，购买珍本古籍不惜重金，高价招引不少书商携带善本登门求售；同时更仰仗当时一些著名版本目录学家、收藏家为其掌眼。这其中有其授业恩师方尔谦、李盛铎、钱葆奇（或作抱器）等；还有好友傅增湘、吴昌绶、徐森玉、高世异、张允亮等人**❼**。他们经常帮助袁克文从各地收购善本佳椠。如傅增湘曾为袁克文购得宋刊《东莱吕太史别集》、元刻《精选古今名贤丛话诗林广记》、宋刻十行本《附释音春秋左传注疏》、宋刻大字本《论语集注》、宋刻元修本《孟子注疏解经》残本等善本古籍；号称"人间尤物"的宋临安府陈宅书籍铺刻本《唐女郎鱼玄机诗》，便是钱葆奇以八百金从湖南长沙周海珊处购得。此书刻印精美，先后有近三十人题款、题诗、题跋，钤印累累，琳琅满目，袁克文称之为其藏百宋一廛遗书之冠**❽**。袁氏"双玉龛"之一的宋刻本《详注周美成词片玉集》，亦是

❶ 《藏园群书题记》卷一二，第 618－619 页。

❷ 雷梦水《书林琐记》，人民日报出版社，1988 年，第 112－113 页。《藏园群书题记》卷一《宋刊巾箱本八经书后》，第 1－2 页。

❸ 柳蓉春，又作柳蓉邨，民国年间藏书家、书商，江苏苏州人。参见《文献家通考》下册，第 1646 页。

❹ 《寒云日记》，第 136 页。

❺ 详见本书子部"宋刻《妙法莲华经》"篇。

❻ 《寒云日记》，第 136 页。

❼ 高世异，字尚同，一字德启，号念陶，四川华阳（今成都）人。参见《文献家通考》下册，第 1723 页。张允亮（1889－1952），字庚楼，别号无咎，河北丰润人。1911 年毕业于北京京师译字馆。另参见王菡《藏书家张允亮学术生涯述略》，《文献》，2011 年第 4 期。

❽ 详见本书集部"宋嘉定刻本《友林乙稿》"篇。

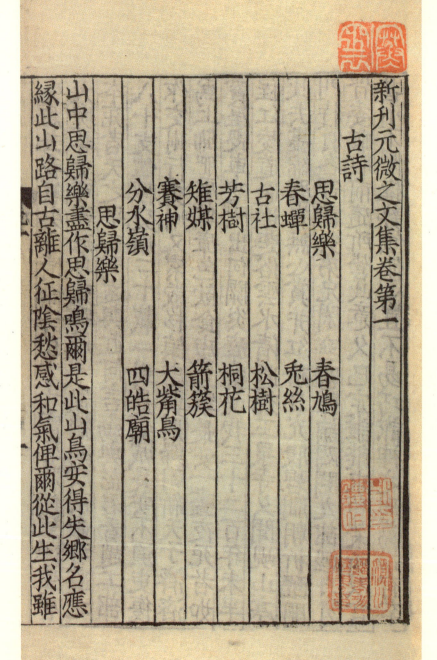

新刊元微之文集卷第一

古詩

思歸樂　　春鳩

春蟬　　兔絲

古社　　松樹

芳樹　　桐花

雉媒　　箭簇

賽神　　大觜鳥

分水嶺　　四皓廟

思歸樂

山中思歸樂盡作思歸鳴爾是此山鳥安得失鄉名應
緣此山路自古離人征陰愁感和氣俾爾從此生我雖

宋蜀刻本《新刊元微之文集》

1915 年底钱葆奇从上海为他购入。

1916 年初，钱葆奇又从上海为袁克文购得清初影宋钞本两《汉书》。其首尾虽无毛晋印鉴，然《后汉书·舆服志下第三十》卷末有毛晋亲笔题跋，叙述此书影写原委 **❶**。此本小题在上，大题在下，其底本曾是明末清初藏书家钱谦益珍爱之物。1641 年，毛晋曾向钱谦益借来宋刻两《汉书》缮写。钞了两年，尚未到列传。1643 年，钱谦益为柳如是修建绛云楼，因"床头黄金尽"，迫不得已把自己珍爱的宋刻两《汉书》卖给谢三宾 **❷**，所以毛晋没能把整部两《汉书》钞全。李盛铎赞誉影宋钞本两《汉书》乃"三琴趣斋景宋本之冠" **❸**。

袁克文收藏的古籍善本中，还有一部分是傅增湘、徐森玉、吴昌绶、方尔谦、李盛铎、张允亮等师友之间相互馈赠、转让交换的。其中孤本秘笈尤多，为其藏书增色不少。如 1915 年六月，方尔谦赠他北宋藏经本《法苑珠林》；傅增湘赠送或转让交换宋刊《东莱标注老泉先生文集》、元刻《韵补》、宋刻《六臣注文选》、元刊《战国策》等善本古籍。

徐森玉亦曾赠他宋绍兴递修本《文选》、清鲍氏知不足斋钞本《元宾文编》、明安国桂坡馆仿宋刻《初学记》、明嘉靖刻本《宗忠简公文集》、明南监本《南齐书》、日本活字本《五百家注音辩昌黎先生文集》等善本。1915 年二月底，张允亮转让袁克文宋刊《宝光明经》残帙三卷、劳权手钞《松雨轩集》等善本 **❹**。

吴昌绶转让给他的善本有宋庆元五年（1199）黄汝嘉刻本《倚松老人文集》、元大德五年（1301）罗樵刊本陆氏三集，即《涧翁精选陆放翁诗集》《须溪精选陆放翁诗集》《陆放翁别集》；另有明寒山赵氏小宛堂刻本《玉台新咏》、明洪武刻本《草堂诗馀》等。

1914 年初夏，高世异得到明内府钞本《永乐大典》三卷残篇，赠与袁克文。此册所录内容是《大方等大集经》，是年初秋，袁克文转赠其师方尔谦。今此册书衣有高世异、袁克文二人题款。书衣左侧题"甲寅初夏，得明《永乐大典》集字类所录《大方等大集经》式卷残篇，敬

---

❶ 傅增湘认为毛晋手书有疑，恐不足据。傅增湘《藏园群书经眼录》卷三，中华书局，2009 年，第 163 页。

❷ 钱谦益《绛云楼题跋》，《清人书目题跋丛刊》十，中华书局，1995 年，第 473 – 474 页。下文省作"《绛云楼题跋》"。

❸ 详见本书史部"清影宋钞本两《汉书》"篇。

❹ 《寒云日记》，第 136 页。

贻抱道人讽藏。华阳高世异拜记",下有"尚同"朱文方印。书衣右上方题"《大方等大集经》奉贻大方师鉴存。甲寅初秋门人袁克文合十"。

与乙丙间相比,1917年初至1918年底两年中,袁克文善本购藏量锐减,《寒云日记》中提及的新购藏善本五十多种,其中宋元善本二十多种,明刻本近三十种。究其原因,大致有主客观两方面的因素。其一,珍本古籍存世有限,不可能时时有售。为此,袁寒云曾感叹"久不获见佳籍,悒如饥渴"[1]。其二,心有馀而力不足。袁克文从小娇生惯养,向来花销很大。袁世凯故后,袁克文的经济来源断绝,购买古籍自然要斟酌再三,只有遇到特别的珍本,才设法出手购藏。如1917年六月,书友王锡生为袁克文购进季振宜旧藏宋刻李贺《歌诗编》[2],堪称稀世珍品,价值千元。当时袁克文"正在窘乡,力不能致"[3];又不忍与其擦肩而过,便忍痛割爱,以毛钞《易林》换购。

这两年,袁克文购入古籍善本的数量虽无法与前两年相比,仍有不少珍本。但除了宋刻李贺《歌诗编》,其他的宋刻元刊尚有《北山录注解》《迂斋标注诸家文集》《须溪先生校点韦苏州集》《新刊李学士新注孙尚书内简尺牍》等。其中,1918年二月所得元刻《须溪先生校点韦苏州集》,刊印俱佳,为季振宜旧藏,堪称建本之精品。1916年三月,袁克文曾得一部天禄琳琅旧藏宋刊《韦苏州集》。袁克文最爱韦诗,两三年中,两获心仪之物,令他有如获至宝之感。

总之,1915年至1918年是袁克文得书最为集中的一段时期,入藏的古籍善本至少有千馀种。其中,《寒云日记》中有确切记录书名的古籍近四百种,另有指明所购古籍数目如"购得津商王某藏书六百馀种","旧钞本二十三种",以及一些"元明杂书"[4]。1919年之后,根据现存袁氏藏书题跋,袁克文亦曾零星购入善本古籍。

1916年之后,袁克文的生活日渐拮据,常常以鬻字卖文为生,收藏古籍善本日渐力不从心。以至于为生计考虑,1919年前后,袁克文不得不忍痛割爱,陆续典押、出售自己曾经辛苦寻觅得来的善本。李滂《近世藏书家概略》曾说:

---

[1] 《寒云日记》,第167页。

[2] 季振宜《延令宋板书目》著录"李贺《歌诗》四卷,并《集外诗》二本,文椷题跋"。王云五主编《丛书集成初编·季沧苇藏书目》,商务印书馆,1935年,第11页。下文省作"《季沧苇藏书目》"。

[3] 《寒云日记》,第172页。

[4] 《寒云日记》,第145、147、174页。

抱存后徙居申浦，生计维艰，乃出所藏之半，抵押于工部局商人潘明训处。积久不能赎，约期且屡，乃由李思浩解囊取归。 **[1]**

袁氏藏书的精品大多数为南海潘宗周购藏。潘宗周在《宝礼堂宋本书录·自序》中亦云："时项城寒云公子卜居沪渎，有友介以相见，兼携宋刻《礼记正义》《公羊经传解诂》二书至，自言资斧不给，欲以易钱。余方发愿买书，亟如所需界之。……寒云蓄书美且富，自号为'后百宋一廛'。情意既迁，渐萌厌倦，亦日斥其所藏以易其新嗜之物。其所储善本归余插架者十之六七。" **[2]** 此外，张元济、周叔弢、赵元方、陈清华、傅增湘、邢之襄等人也先后收得袁克文旧藏善本古籍 **[3]**。

宋椠元刊固然是袁氏藏书中的精品，而其他明清精刻精钞之本亦足称善。袁克文身后，存馀之书由其夫人刘姌珍藏 **[4]**。

潘宗周《自序》中说袁克文出售古籍善本是因其"情意既迁，渐萌厌倦，亦日斥其所藏以易其新嗜之物"。据刘少岩所藏《寒云丙寅丁卯日记》，1926 年前后，袁克文新嗜之物有各国泉币、邮品等 **[5]**。

然潘氏所言"渐萌厌倦"，略有不妥。其师方尔谦跋《寒云手写所藏宋本提要廿九种》云："寒云既鬻所藏宋本。一日，携此册付我，相与太息，有蒙叟挥泪《汉书》景象。" **[6]** 方尔谦以钱谦益出售宋刻两《汉书》时的境况与袁克文转让宋椠元刊时的情景相对照，寥寥数语，再现了袁克文当时的心痛与无奈。

建国后，潘氏后人潘世兹秉承父命，将潘宗周宝礼堂藏书捐献国家；1954 年 5 月，文化部社会文化事业管理局移交北京图书馆，即今国家图书馆庋藏。张元济、周叔弢等人所得亦入藏国家图书馆。昔日袁氏旧藏善本，又在国家图书馆相逢，克文有知，当可欣慰。

[1] 《进德月刊》第二卷第十期，第 125 页。

[2] 张人凤编《张元济古籍书目序跋汇编》上册，商务印书馆，2003 年，第 169 页。

[3] 参见李小文、孙俊《文友堂藏傅增湘手札》，《文献》，2007 年第 4 期。周叔弢（1891—1984），名暹，字叔弢，以字行，晚号弢翁，安徽至德县人。赵元方，本名钫，字元方，以字行，本姓鄂卓尔氏，蒙古正黄旗人。陈清华（1894—1978），字澄中，湖南祁阳人。邢之襄，字赞廷，河北南宫县人。参见《文献家通考》下册，第 1618、1715、1639、1414 页。

[4] 《近世藏书家概略》："本岁抱存竟以疾殁，馀书由其夫人韫椟而藏。夫人亦大家闺秀，于名籍善本，辄手钞而手校之，颇称精审，洵属难得矣。"第 125 页。

[5] 《辛丙秘苑》，第 58 – 99 页。

[6] 《寒云手写所藏宋本提要廿九种》，第 189 – 190 页。

寒云藏书印鉴

根据国家图书馆藏袁克文旧藏善本，袁克文藏书印鉴，至少有七十多种印文、近百种大小方圆不同形制。其印文大致源于袁克文及其家眷姓名字号、古籍收藏、斋室居所、古玩玉器等，兹略考如下。

袁克文藏书印中部分与其出生、姓名、字号以及家眷有关。袁克文生于清光绪十六年（1890），即庚寅年七月十六日，故制有"惟庚寅吾以降"朱文方印。此句源于屈原《离骚》云："帝高阳之苗裔兮，朕皇考曰伯庸；摄提贞于孟陬兮，惟庚寅吾以降。"明代书画家文徵明生于成化六年（1470），系庚寅年，亦有此六字"惟庚寅吾以降"之印。文、袁二者印鉴字体、形制均不同 **❶**。

其人名印主要有"袁克文"朱印、"袁克文印"白文方印、"袁印克文"白文方印、"袁鉥克文"白文方印、"袁克文长寿"白文长方印、"臣印克文"朱文方印、"克文""克文延年"朱文方印（书中所钤，时值袁克文守丧期，故用蓝紫色）、"克""文"联珠印、"克文私印"白文方印、"袁二"朱文印、"袁二藏书"白文方印、"克文之钵"白文方印、"克文不朽"白文方印、"袁氏仲子"白文方印、"袁氏世藏"朱文长方印、"袁"白文豹形方印等。

与其字号相关的印鉴"袁抱存"朱文方印、"抱存"朱印、"抱存欢喜"朱文方印、"抱存小印"朱文方印、"抱道人"朱文方印、"豹承"朱文长方印、"豹岑"上朱文下白文豹形方印、"项城袁氏抱存所藏"朱文长方印、"虎豹窟"朱文长方印、"寒云"白文长方印、"寒

---

❶ 参见林申清编著《中国藏书家印鉴》，上海书店出版社，1997 年，第 12 页。

惟庚寅吾以降

惟庚寅吾以降

袁克文

袁克文

袁克文

袁克文印

袁印克文

袁钵克文

袁克文长寿

云庐"朱文长方印与白文长方印、"寒云藏书"朱文方印、"寒云鉴赏之钵"朱文椭圆印、"寒云秘笈珍藏之印"朱文长方印、"寒云如意"朱文方印、"寒云小印"朱文方印、"寒云心赏"朱文长方印、"寒云主人""洹上寒云"朱文长方印、"寒云子子孙孙永保"朱文椭圆印等。

袁克文常常在他最喜欢的古籍善本卷端钤"寒云子子孙孙永保"朱文椭圆印。后又觉得"子孙永保"太过奢望,便易以"与身俱存亡"之印。孙揆均有诗云:"馀生已共蠹鱼化,放浪何如鸥鸟驯",其小注云:"仲子藏书成癖,尤以宋椠宋印为性命,简端前用'寒云子孙永宝'章,嗣

臣印克文　　　　　　　　克文　　　　　　　　　克文

克文延年（服丧期）　　　　克文　　　　　　　　克文

克文私印　　　　　　　　克文私印　　　　　　　　袁二

思愿望太奢，易以'与身俱存亡'慨已。"[1]"与身俱存亡"印记有白文、朱文两种。其朱文大方印通常与"后百宋一廛"朱文大方印相随；白文大方印一般则由"相对展玩"朱文大方印陪伴。每对印记大小、字体风格等一致；两对之间尺寸大同，字体风格不同。"相对展玩"有时亦与朱文"与身俱存亡""后百宋一廛"二印一起使用。

"百宋一廛"为清代藏书家黄丕烈的藏书室名，因其收藏宋本超过一百部而得名，并请顾千里作《百宋一廛赋》以纪其事。袁克文素来仰慕黄丕烈，又获黄氏"百宋一廛"旧藏书，故名其藏书室曰"后百宋一

[1]　详见国家图书馆藏宋刻《详注周美成词片玉集》中孙揆均 1916 年 10 月跋。

袁二 袁二 克文不朽

克文之钵 袁氏仲子 袁氏世藏

袁 袁抱存（服丧期） 抱存

廛"[1]，并刻有形制不同印鉴数枚。同时，仿黄丕烈"佞宋主人"之号，又有"佞宋"之印。其好友王大炘认为，"后百宋一廛"有些浅陋，1917年元月，为其制印刻影云"䣩宋书藏主人廿八岁小景"，另有"䣩宋书藏"朱文长方印。袁克文觉得自己当时藏书虽然已经超过一百部，但却没有超过两百部，不敢狂妄自大；然又不好枉费王大炘好意，故而易作"百宋书藏"[2]。当时袁克文二十六岁零四个月，实岁二十七，虚

[1] 详见本书集部"宋嘉定刻本《友林乙稿》"篇。

[2] 详见上篇中1917年元月袁克文跋。另见孙俊《袁克文藏书室名小考》，载《文津流觞》2009年第2期。王子久铁，即王大炘（1869－1924），字冠山，号冰铁，以号行，室名南齐石室、食古斋、冰铁堪、思惠斋等，江苏吴县人。与吴昌硕（苦铁）、钱厓（瘦铁）并称"江南三铁"。

抱存　　　　　　　　　抱存欢喜　　　　　　　　抱存小印

抱道人　　　　　　　　豹承　　　　　　　　　　豹龛

豹岑　　　　　　　　　　　　　（豹形图案）

岁二十八。印文"廿八"处笔划少，通常印油不易均匀，以致影响印文
清晰度，故而有误释"廿九"者 **1** 。今据宋刻七卷本《妙法莲华经》卷
首所钤此印，知其印文当为"皕宋书藏主人廿八岁小景" **2** 。

　　袁克文为袁世凯次子，才华出众，深得袁世凯的信任与赏识；然却
为其兄袁克定所忌恨。袁世凯称帝后，为了避嫌、远离是非，消除其兄
长袁克定的疑虑，袁克文请求父亲袁世凯依前朝惯例册封他为皇二子，
藉此表示自己并无异心，消除宫内外的流言蜚语；并钟情于故纸堆，终
日摩挲古籍珍本、金石书画，消磨岁月。曾镌刻形制不同的"皇二子""上

五

---

1 详见《中国藏书家印鉴》，第 256 页。
2 详见国家图书馆藏宋刻本《妙法莲华经》卷首。

项城袁氏抱存所藏

虎豹窟

寒云

寒云

寒云

寒云

寒云庐

寒云庐

第二子"印鉴数枚，随意钤盖，以明心志。袁克文《自述》云：

　　乙卯（1915），任清史馆纂修，与修清史。杨度等忽倡革政之谋，十一月，尊先公为皇帝，改元洪宪。忽有疑文谋建储者，意欲中伤。文惧，称疾不出。先公累召，不敢辞，遂陈于先公，乞如清册皇子例，授为皇二子，以释疑者之猜虑，庶文得日侍左右，而无忧顾焉。先公允之，文乃承命，撰官官制，订礼仪，修冠服，疑者见文钤"皇二子"印，笑曰："无大志也，焉用忌。" [1]

　　曾见宋刘叔刚刻本《附释音春秋左传注疏》与宋刻本《后山诗注》

---

[1] 《洹上私乘》，第39页。

寒云藏书

寒云鉴赏之钵

寒云秘笈珍藏之印

寒云如意

寒云小印

寒云心赏

寒云主人

寒云主人

寒云主人

中钤有"皇次子章"朱文方印，此非袁克文之印，应是清道光帝爱新觉罗·旻宁之印。

　　袁克文夫人刘姌，字梅真，安徽贵池人，其父刘尚文为盐商，资财丰裕，后捐天津候补道，与袁世凯相结纳，遂成姻戚。梅真能作小楷，擅长吟咏作诗，著有《倦绣词》，常与其夫克文唱和。袁克文另有侍妾无尘、文云等。与她们字号相关的印鉴有"克文与梅真夫人同赏"朱文方印、"袁刘梅真"朱文方印、"袁刘姌"白文方印、"刘"朱文方印、"刘姌"朱文方印、"刘姌之印"白文方印、"刘姌"白文长方印、"梅真"朱文方印、"梅真侍观"朱文长方印、"勒绣室"朱文椭圆印、"寒云庐倦绣室温雪斋同鉴赏"朱文长方印、"无尘"朱文长方印、"侍儿

寒云子子孙孙永保

与身俱存亡

与身俱存亡

后百宋一廛

相对展玩

后百宋一廛

佞宋

佞宋

皕宋书藏

文云掌记"朱文长方印等。

其次，袁克文以古籍为名或与藏书有关的印鉴亦多，如"八经阁"朱文方印与白文方印、"孤本书室"朱文方印、"人间孤本"白文方印等。

1915年五月，袁克文从满洲贵族耆龄处购得三部影宋钞本《琴趣》，即宋欧阳修《醉翁琴趣》、晁元礼《闲斋琴趣》、晁补之《晁氏琴趣》三书，故取室名"三琴趣斋"，并以鸡血红石制有"三琴趣斋"朱文长方印、"三琴趣斋"朱文方印、"三琴趣斋珍藏"朱文长方印等。

"莲华精舍"朱文方印、"双莲华盦"朱文界格方印，得名于袁克文先后获藏的宋刻小字七卷本《妙法莲华经》与日本刻巾箱八卷本《妙法莲华经》。

丽宋书藏主人廿八岁小景

百宋书藏

皇二子

皇二子

皇二子

上第二子

上第二子

克文与梅真夫人同赏

　　1915年，袁克文曾得两部宋刻《详注周美成词片玉集》，故名"双玉"。有时跋后署"双片玉龛"，并制"双玉龛"朱文长方印、"双玉主人"白文方印等。

　　袁克文兴趣广泛，藏书之外，还喜欢收藏玉器、泉币、古玩，并制有相关印鉴。如袁克文曾获得商代玉龟币一枚，欣喜欲狂，便名书斋为"龟盦" [1]，其友谭踽盦为其刻"龟盦"朱文方印，有时以之著文署名，如咏纪古物之作《龟盦杂诗》。再如"双爰盦"朱文方印、"璧珋主人"白文方印、"汉尊唐壶宋瓶之室"白文方印等印鉴。

----

[1]　详见《袁克文传》，第178页。

袁刘梅真　　　　　　　　袁刘姁　　　　　　　　　刘

刘姁　　　　　　　　　刘姁之印　　　　　　　　　刘姁

刘姁　　　　　　　　　梅真　　　　　　　　　梅真侍观

　　在他的藏品中，最珍贵的是白玉刚卯，黄叶翁曾说："海内刚卯之可信者，仅寒云所藏一枚。"后袁克文又得一严卯，因署"佩双印斋"，自署"佩佩" [1]，并制有"佩双印斋"印鉴数枚。袁克文喜爱收藏陶瓶，其印鉴有"瓶盦之钵"朱文方印、"瓶盦"诸印，疑即源于此。他又曾得商鉴，取斋名曰"一鉴楼"，并制"一鉴楼"朱文方印。

　　此外，还有一些印鉴与袁克文的斋室居所、心境等有关。如"流水音"白文椭圆、朱文长方印；"流水音"是袁克文在中南海时的住所。"云合楼"朱文长方、朱文椭圆印则得名于其在上海横桥的寓所。1918 年，

[1]　详见《袁克文传》，第 182、184 页。

勒绣室

寒云庐倦绣室温雪斋同鉴赏

无尘

侍儿文云掌记

八经阁（服丧期）

八经阁

孤本书室

人间孤本

三琴趣斋

袁克文创票房"温白社"，其中的票友多为贵胄名流，如"民国四公子"除张学良外，溥侗、张伯驹都在社中。1922 年，袁克文为民国画家陈定山仿沈石田《水邨图》题字 **1**，在"水邨图"三字右上方钤有"温白室"朱文椭圆印。或许袁克文已厌倦了人世间的勾心斗角，想求得心中的清净，祈盼洁净无垢染的境界，曾制有"四海八荒同一云"朱文圆印、"满

1 上海泓盛拍卖有限公司 2008 春季拍卖会中国书画专场，拍品号 0125。陈定山（1897—约1989），原名琪，改名定山，字小蝶，又号定山居士。室名醉灵轩。浙江杭州人，陈栩之子，早年随父从事实业，创办家庭工业社。1949 年后居台湾。工诗文词曲，善画山水花卉，题画诗很多，是民国年间极富盛名的文人画家。其妹陈小翠（1907－1968），工诗能画，工笔仕女、花卉，书法及诗赋别有韵味。

三琴趣斋　　　　　　三琴趣斋珍藏　　　　　　莲华精舍

双莲华盦　　　　　　双玉龛　　　　　　双玉主人

龟盦　　　　　　璧琊主人　　　　　　佩双印斋

足清净"白文方印、"无垢"朱文方印 **1**。

　　袁克文旧藏善本中，另钤有一些印记，如"匈奴相邦"白文方印、"长金之钵"朱文方印、"虎牙将军章"白文方印、"龙骧将军章"朱文方印、"李广之印"白文方印、"驸马都尉"白文方印等，疑为袁克文旧藏古玺印。其中，"匈奴相邦" **2**，与上海博物馆藏战国时代晋系玉玺"匈奴相邦"印文笔画、形制完全相同，故疑上博所藏"匈奴相邦"玺印当为袁克文

---

1 清净：此处当是佛教用语，指远离恶行与烦恼。南朝梁王僧孺《礼佛唱导发愿文》："愿现前众等，身口清净。"唐张谓《送僧》诗："一身求清净，百衲纳袈裟。"

2 《上海博物馆·中国历代玺印馆》，上海博物馆，2000年，第4页。另见陈光田著《战国玺印分域研究》，岳麓书社，2009年，第188页。

寒云藏书印鉴

一二

瓶盦

汉尊唐壶宋瓶之室

瓶盦之鉢

瓶盦

流水音

流水音

云合楼

云合楼

旧藏。"长金之钵"为战国时齐系古玺印。"长",音 zhǎng,是为主管、执掌之意。《墨子·尚贤中》云:"故可使治国者治国,可使长官者长官。""长金"为职官名,"长金之钵"当为齐国负责管理府库钱财的官印 [1]。"虎牙将军章",为汉代龟纽银质玺印 [2]。而"虎牙龙骧之室"朱文方印或源自"虎牙将军章""龙骧将军章"两方古玺。另有"赐画堂"白文椭圆印、"阿悫小印"白文方印、"牛马走"朱文方印 [3]、"轩辕之裔"朱文方印、"长无相忘"朱文方印等,根据与其同

[1] 陈光田著《战国玺印分域研究》,第 39 页。

[2] 《寒云日记》,第 178 页。

[3] 牛马走:自谦之语。语出司马迁《报任少卿书》"太史公牛马走司马迁再拜言"。

无垢　　　　　　　　　　　满足清净　　　　　　　　　兜（匈）奴相邦

长金之钚　　　　　　　　　虎牙将军章　　　　　　　　龙骧将军章

李广之印　　　　　　　　　驸马都尉　　　　　　　　　虎牙龙骧之室

　　一种善本中出现的印章及其印色，疑亦为袁氏藏印。据考，汉武帝葬赵婕妤时制有"长毋相忘"瓦当 ❶，克文"长无相忘"印鉴或源于此。

　　关于袁克文印鉴，林申清《中国藏书家印鉴》中收录一些。其中"业涛所得铭心真品"朱文方印，钤在宋临安府陈宅书籍铺刻本《唐女郎鱼玄机诗》卷端右下角栏外，袁克文在《寒云日记·洪宪日记（1916）》中云："……葆奇师为自湖南以千金购得宋书棚本《唐女郎鱼玄机诗》一卷，……书端有'百宋一廛''惕甫经眼''业涛所得铭心真品'……

---

❶ 参见清程敦撰《秦汉瓦当文字》卷下，清乾隆五十二年（1787）横渠书院刻本。另见申云艳《中国古代瓦当研究》，中国社会科学院研究生院2002年博士学位论文，第153页。

赐画堂

轩辕之裔

牛马走

长无相忘

业涛所得铭心真品

云荪过目

诸藏印"**1**，可见，"业涛所得铭心真品"朱文方印非袁克文印鉴，林书误。目前尚无资料确定此印为谁所有，存疑待考。

林书袁克文印鉴中另收有"云荪过目"一印，亦非袁氏之印，目前所知袁氏旧藏善本中，尚未见钤有此印。清乾隆三十九年聚珍版原本《云谷杂记》一书中钤有"汪"（花押）、"臣汪燧荃""云荪过目""云荪长寿"诸印，因疑"云荪过目"为汪云荪之印。

---

1 《寒云日记》，第 165－166 页。

经部藏书题跋

八经阁中的嫏嬛秘宝

　　"八经阁"是袁克文的书斋名之一，源自其购藏的宋刊巾箱本白文《八经》。

　　经部书籍，士人业举者所常习；而对于清玩赏鉴者，则失去很大优势，除非是很好的本子。清代藏书家黄丕烈曾云："余于宋元经学不甚喜购，然遇旧刻亦间收焉。"[1]1917年，周叔弢以重金收得元至正六年（1346）虞氏务本堂刻本《周易程朱传义》十卷，傅增湘称其为"读书者之藏书"。早在1912年，傅增湘在孙伯恒处即见过此书，是为初印，刊刻精美，"至可宝爱"；然因"近世收书者喜子集小帙，而薄群经。至宋人说经之书，尤无人过问"[2]，以至于此书搁置厂肆五六年之久。而袁克文收藏古籍善本，不仅仅有"子集小帙"，更不乏"宋人说经之书"。从袁克文题跋的字里行间，我们可以看到时人所轻视的群经之书，在袁氏"八经阁"中，得到了很高的礼遇。

---

[1]　《黄丕烈书目题跋·荛圃藏书题识》卷一，《清人书目题跋丛刊》六，中华书局，1993年，第19页。

[2]　详见国家图书馆藏元至正六年（1346）虞氏务本堂刻本《周易程朱传义》傅增湘1917年跋。

宋刻递修本《八经》

　　宋刻巾箱本白文《八经》，即通常藏书家所言"宋刻巾箱本诸经正文"。此书前后无序跋，无总书名。今存《周易》二十二叶；《尚书》卷首序一叶、正文二十六叶；《毛诗》四十七叶；《礼记》九十三叶；《周礼》五十五叶；《孝经》三叶、卷首有唐玄宗序半叶；《论语》卷首"论语序"一叶、正文十六叶；《孟子》卷首序"孟子题辞"二叶、正文三十四叶。《毛诗》一书的《国风·周南》《国风·召南》《大雅》《周颂》等部分各段末或小题之下多有剜补，当是将字剜去，剜处有修补痕迹。有的是偏向行格的右侧，间有文字痕迹宛然之处。无剜补处与有剜补处的纸张略有不同，有剜补处的纸较无剜补处的纸略黄。

　　此书每半叶二十行，行二十七字，细黑口，双鱼尾，左右双边。框高14.3厘米，宽10.2厘米。版心上鱼尾之下镌有易、书、诗（或寺）、记、礼、仑（即论字）、孟、孝等字。版心下鱼尾之下刻工处镌有蔡全、刊换元章板、子德刊换子万板、元刊换子万板、子敬、系刊换元德板、元德、系刊换刘才板、子刊换刘才板、敬刊换元章板、系刊换元章板、子刊换子万板、翁、系刊换子万板等。书中匡、玄、敬、弘、殷、恒、贞、让、桓、媾、慎等字缺末笔，疑此书刻于南宋孝宗之后。

　　此书为清初藏书家季振宜旧藏，《延令宋板书目》著录的第一种书即"《周易》《毛诗》《尚书》《礼记》《周礼》《孝经》《论语》《孟子》八经，共八本，小板" **1**。今每册首均钤"季振宜读书"朱文长方印。民国初年，述古堂书贾于瑞臣收得此书 **2**。1916年二月，袁克文

---

1 《季沧苇藏书目》，第1页。

2 《藏园群书题记》卷一，第1—2页。

从于瑞臣处购得此宋刊巾箱本白文《八经》[1]，叹为观止，辟八经室储之，并制有"八经阁"白文、朱文印鉴数枚，形款各异。每册书衣均有袁克文墨笔题签，并钤"百宋书藏"朱文方印、"八经阁"白文方印二枚；书中有袁克文朱笔校语。当时傅增湘曾通过董康、徐森玉等人借得影写；1926 年，武进陶湘涉园曾据此本影印行世[2]，嘉惠学林。几年后，袁克文将其转让潘宗周，张元济为潘宗周所作《宝礼堂宋本书录》经部著录《九经正文八种》者[3]，即是此书。建国后，潘氏后人潘世兹捐献国家，入藏今国家图书馆。

袁克文甚重此书，得书后即颜其书斋曰"八经阁"，先后两次手跋。其一：

> 《周易》《尚书》《毛诗》《周礼》《礼记》《孝经》《论语》《孟子》八经，即《延令宋板书目》之第一种，所谓小板八册者也。李木斋师曾贻《礼记》一部，为拜经楼藏九经之一。师得自仪征阮氏家，文达题端，标曰"宋本"。而吴氏所记亦定为宋刊。审其字画，实明初覆本，眉上有音注，宋讳亦多缺笔，如天禄琳琅、皕宋楼所谓之宋本，皆明本也。若真宋刊，则从无闻见。此《八经》厂贾自山东获归。甫抵京，即为予购得。木师及傅沅叔、董受经、吴印丞诸子见之，皆惊为并世无两，而宋刊明翻之疑团庶可以释然矣。洪宪元年（1916）二月，寒云记于后百宋廛中。（下钤"寒云"白文方印）

其二：

> 《孝经》以倭岛求古楼所藏北宋椠为最知名，杨星吾曾翻雕之。今据以校此，举其异处如下：
> 序：刑于四海，杨本"刑"作"形"；"注"杨本作"註"；补于将来，杨本无"于"字；

---

[1] 《寒云日记》，第 159 页。"缪小山"，又作"缪筱珊"，即缪荃孙。据《琉璃厂小志》，宋本白文《八经》源自同古堂张氏。《琉璃厂小志》，第 106 页。

[2] 《藏园群书题记》卷一，第 1—2 页。

[3] 《张元济古籍书目序跋汇编》上册，第 191—192 页。

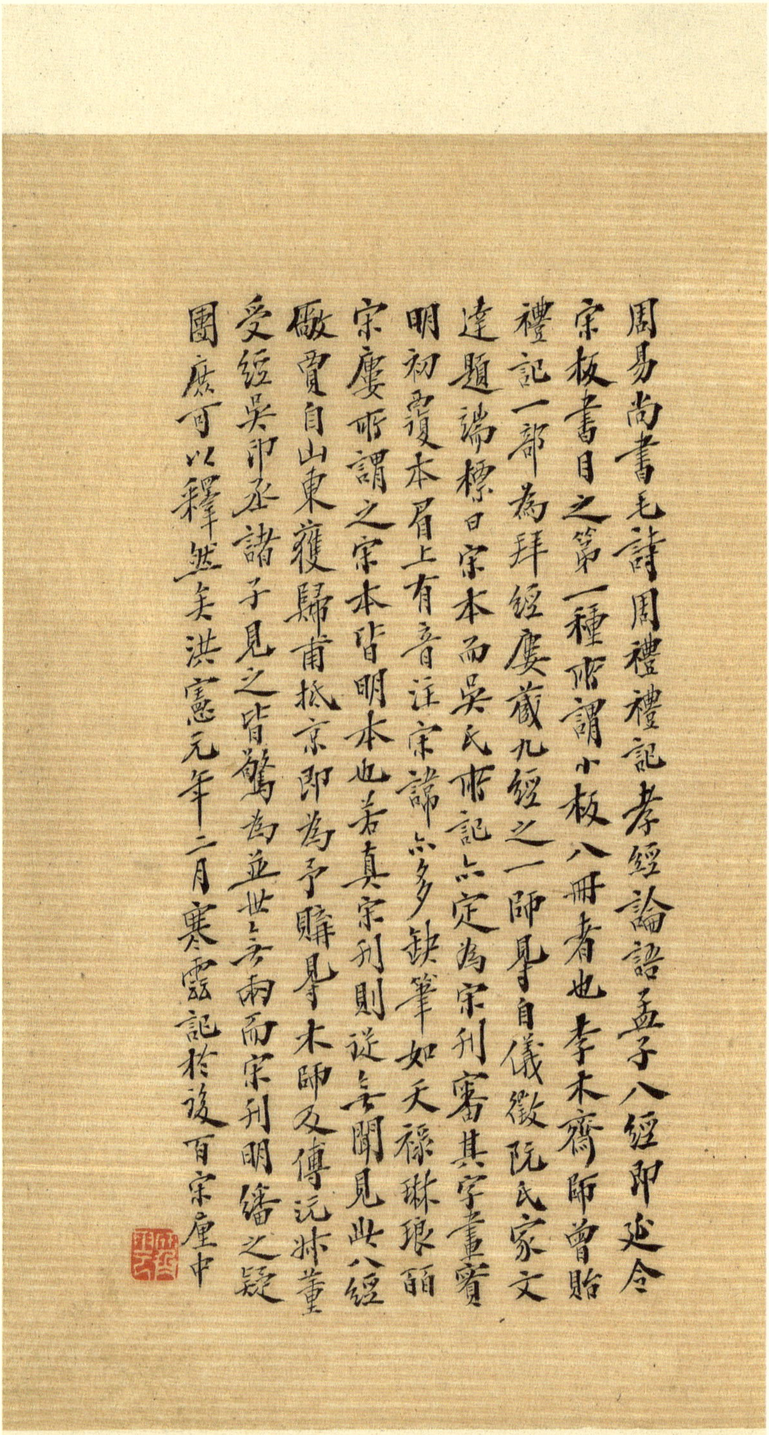

周易尚書毛詩周禮禮記孝經論語孟子八經即述令
宗板書目之第一種所謂小板八冊者也李木齋師曾貽
禮記一部為拜經廔藏九經之一師甞自儀徵阮氏家文
達題端標曰宗本而吳氏皕記以定為宋刊審其字畫寶
明初覆本且上有音注宋諱點多缺筆如天禄琳瑯顏
宗廔所謂之宗本此也若真宗刊則諡豈闕見此八經
敝賈自山東覆甫抵京即為予辟居木師又傳远㳅董
受經吳郥丞諸子見之皆驚為並世亡有兩㐫宋刊明繕之疑
團廔可以釋然　美洪憲元年二月寒雲記於後百宋廛中

宋刻遞修本《八經》袁克文跋一

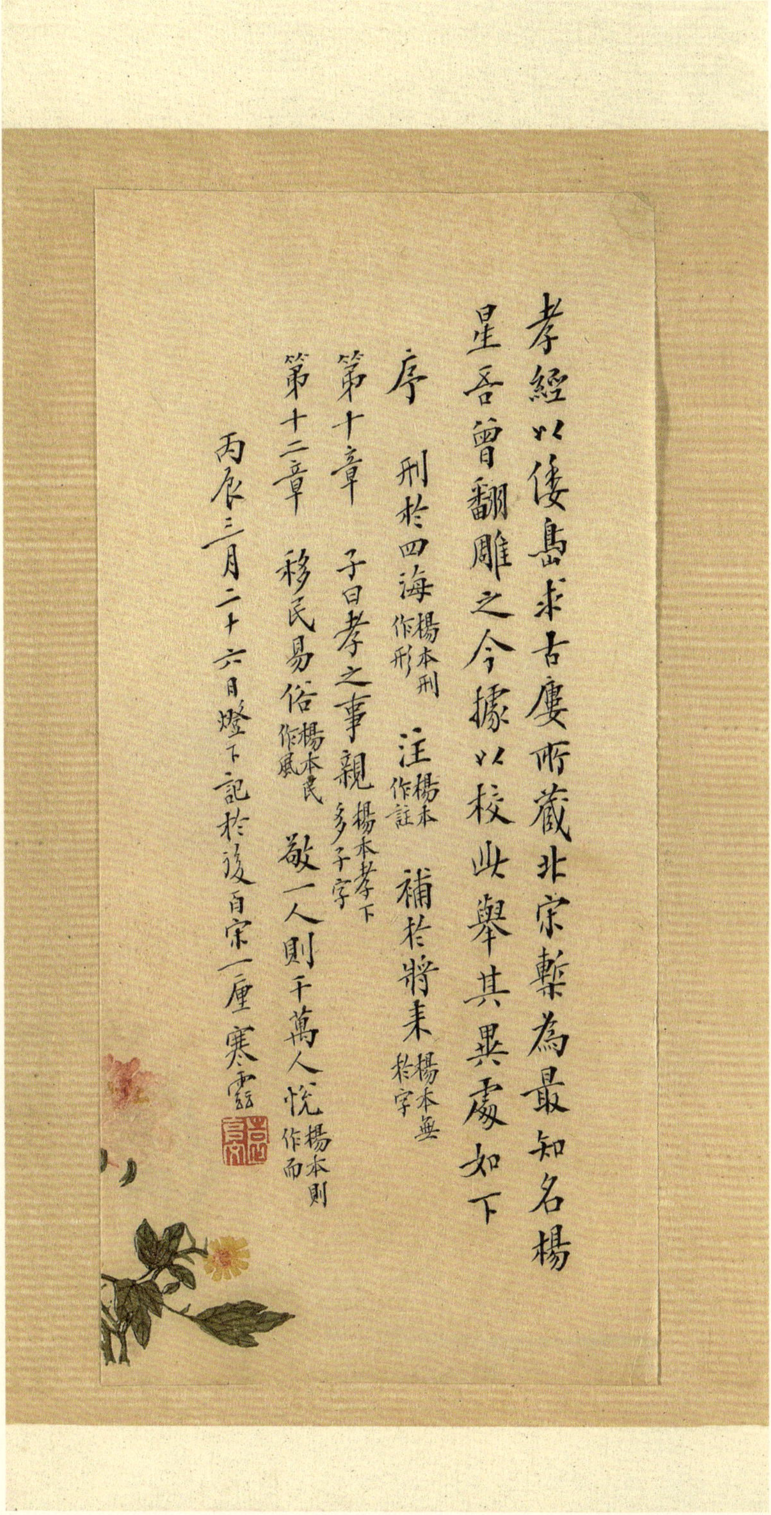

孝經以倭島求古廛所藏北宋槧為最知名楊
星吾曾翻雕之今據以校此舉其異處如下
序　刑於四海 作刑 楊本刑　注楊本作註　補於將來 楊本無於字
第十章　子曰孝之事親 楊本孝下多子字
第十二章　移民易俗 作楊本氓　敬一人則千萬人悅 楊本則作而
丙辰三月二十六日燈下記於後百宋一廛寒雲

宋刻遞修本《八經》袁克文跋二

第十章：子曰孝之事亲，杨本"孝"下多"子"字；

第十二章：移民易俗，杨本"民"作"风"；敬一人则千万人悦，杨本"则"作"而"。

丙辰三月二十六日灯下记于后百宋一廛，寒云。（下钤"袁克文"朱文白文方印）

袁跋中提及其师李盛铎曾赠与他阮元旧藏《礼记》一部，为吴骞拜经楼旧藏九经之一，《拜经楼藏书题跋记》卷一著录：

> 宋刻，每叶四十行，行二十七字，盖即渔洋先生《居易录》所载倪雁园尚书家小本《九经》者也。先君子跋云："右《九经白文》，乃宋麻沙本之佳者。盖明锡山秦氏刊本之所祖也。楮墨古雅，经卢抱经、鲍渌饮、黄荛圃诸公所赏鉴。其经文字句较时本间多不同。如《曾子问》'殷人既葬而致事'下有'周人卒哭而致事'句，殆宋人因皇氏之说而增之，与日本《七经孟子考文》所引古本相符。其馀字句，不及备载。又《左氏春秋》前不列惠公元妃传文一段，盖古经与传本不相联属，后人取便，合传以附经。此本首阙传文，岂先儒不敢以传先经之意与？至传文末又有'《春秋左传》一百九十八卷'一行，殊不可解。姑志于此，以俟博古者详焉。" [1]

此吴氏藏本后归丁氏八千卷楼，丁丙《善本书室藏书志》著录之宋刻《九经》"上格标载音义"者，或称加栏注音本 [2]。然此加栏注音本实为明覆宋刻本，袁跋中已经指出，其他藏书家亦早有辨正。如傅增湘《宋刊巾箱本八经书后》云：

> ……世传宋巾箱本诸经正文，各家目录多载之，其行格正与此同，所谓行密如槚，字细如发者。然简端加阑，上注字音，与此本异。且笔画板滞，以视此本精丽方峭，真如婢学夫人矣。昔人指为明靖江王府翻刻，殆非无见也。 [3]

此文撰于 1926 年十月。次年七月，傅增湘查点故宫藏书时，在建福宫西院亲眼目睹此本，《藏园群书经眼录》云：

[1] 吴寿旸《拜经楼藏书题跋记》卷一，《清人书目题跋丛刊》十，中华书局，1995 年，第 607—608 页。另见《中国历代书目题跋丛书》第二辑，上海古籍出版社，2007 年，第 17—18 页。

[2] 丁丙《善本书室藏书志》卷四，《清人书目题跋丛刊》二，中华书局，1990 年，第 441 页。

[3] 《藏园群书经眼录》卷一，第 1 页。

《九经》，全十六册。明刊本，二十行二十七字。标题"宋刊白文九经"，实为明翻本，即所谓明靖江王府本也。细黑口，左右双阑，版心上鱼尾下记书名，下鱼尾上记叶数，最下记刊工姓名，上栏之上再加横栏，注字音于内。**1**

由上文可知，明靖江王府刻本，通常认为是以宋刻《八经》为底本翻刻，另外加栏注音。傅增湘《藏园群书题记》云：

……今此本结体方峭，笔锋犀锐，是闽工本色，决为建本无疑。明靖江本即据以覆木，而加上阑焉，故行格同，尺寸同，避讳之字亦无不同。**2**

王文进《文禄堂访书记》亦述及明覆宋刻白文小字本云：

明覆宋刻白文小字本。眉上附音义。《易》三卷、《书》四卷、《诗》四卷、《礼记》六卷、《春秋》十七卷。半叶二十行，行二十七字，白口。有"嘉庆御览之宝"印。又明覆宋刻白文小字不分卷本，《易》二十一叶，《书》廿七叶，《诗》四十七叶，《礼记》九十二叶，《春秋》一百九十二叶。《音义》行款同前。板心下记刊工姓名：王良、李爌、陆华、陆天定、弓受之、陆銮、唐诗、袁屯、吴江、徐敖、马龙、马相、刘采、刘朝、章逵。**3**

至于真宋刊，《文禄堂访书记》亦有著录：

《公羊》《穀梁》不分卷，宋合刻白文小字本。眉上附音释。半叶二十行，行二十七字。白口，板心上记字数，下记刊工姓名：世昌、余、钱、王。**4**

此宋刻加栏注音本现存《公羊春秋》不分卷，《穀梁春秋》不分卷，框高 15.6 厘米，宽 10.4 厘米。若不计注音栏，框高 14.3 厘米，与《八经》同，仅比《八经》略宽。每半叶二十行，行二十七字，板心上记字数，下记刻工姓名，如世昌、钱、王、余、郭等，即《文禄堂访书记》著录之本。

其实，袁克文曾经与此宋刻加栏注音本擦肩而过。民国初年，贵筑黄彭年藏书散出，宋刻加栏注音白文小字本即在其中**5**。明本以下则多

---

1 《藏园群书经眼录》卷一，第 2 页。
2 《藏园群书题记》卷一，第 2 页。
3 王文进《文禄堂访书记》卷一，上海古籍出版社，2007 年，第 1 页。
4 《文禄堂访书记》卷一，第 34 页。
5 详见《寒云日记》，第 155—156 页。

为上海古书流通处书商陈立炎所得，而宋刻加栏注音本则为北京述古堂书商于瑞臣所收。当时周叔弢意欲购藏，因索价过高而未果，之后此书又流入天津。1930 年正月，周叔弢以重金从天津购得。书中有劳健跋文，辨两种巾箱小字本之异同，并略述此书递藏源流。劳跋云：

> ……字体峭丽，与延令季氏所藏《八经》如出一手，惟此本简端加阑注音为微异。藏书家每以明刻小字九经从季氏本出，其注音为翻雕时所加。证以此书，乃知宋时固有两刻。加阑注音之本，传世更希，遂为诸家所不著录。而《公》《穀》二传，明代且无覆刻，尤称罕秘。不仅行密如榇，字细如发，极雕椠之能事，为可宝贵也。庚午（1930）正月，叔弢以重值得之天津。书中有"子寿珍藏""戴经堂藏书"二印，为余妻王考贵筑黄公旧藏。公遗书于十年前散出，其宋元精本多归项城袁氏，明刻以下为上海书估陈立炎所得。此书落北京述古堂于磊臣手 1，叔弢曾见之，因议价未谐而罢，盖当时叔弢佞宋之心未及今日之盛也。"戴经堂藏书"印今仍在余妻兄君伟处，闻为滇人戴翊臣所刻云。桐乡劳健笃文记。（下钤"劳健笃文"白文方印）

劳健跋中亦指出，藏书家通常所谓明刻小字九经本，即明靖江王府本，当从此宋刻加栏注音本翻刻，并非是翻刻时另加。此书一出，或可释历来诸藏书家所云翻刻之疑。惜明翻刻本无《公羊春秋》《穀梁春秋》二书，无从比勘。

宋刻加栏注音本传世稀少，诸家藏书志鲜有著录。陆心源旧藏有宋刻婺州九经，疑即宋刻加栏注音本，陆氏《宋椠婺州九经跋》云：

> 《周易》二十一叶；《尚书》二十六叶，前有孔安国序；《毛诗》四十七叶；《周礼》五十五叶；《孝经》三叶，前有唐明皇序；《论语》十六叶，前有何晏序；《孟子》三十四叶，前有《孟子题辞》；《礼记》九十三叶；《春秋左传》一百九十八叶。每叶四十行，每行二十五字，眉间有音切，版心有易、书、诗、礼、孝、论、孟、左等字及刊工姓名、字数。余向藏《五经正文》，审为婺州刻，今得此本参互校订，益信前言之不诬，请列二证以明之：《景定建康书籍志》所列诸经正文，婺州本有《周礼》无《仪礼》，此本亦

1　于磊臣，疑即于瑞臣。

公羊春秋
隱公

何休學

元年春王正月。元年者何？君之始年也。春者何？歲之始也。王者孰謂？謂文王也。曷為先言王而後言正月？王正月也。何言乎王正月？大一統也。公何以不言即位？成公意也。何成乎公之意？公將平國而反之桓。曷為反之桓？桓幼而貴，隱長而卑，其為尊卑也微，國人莫知。隱長又賢，諸大夫扳隱而立之。隱於是焉而辭立，則未知桓之將必得立也。且如桓立，則恐諸大夫之不能相幼君也。故凡隱之立，為桓立也。隱長又賢，何以不宜立？立適以長不以賢，立子以貴不以長。桓何以貴？母貴也。母貴則子何以貴？子以母貴，母以子貴。

三月，公及邾婁儀父盟于昧。及者何？與也。會及暨皆與也。曷為或言會，或言及，或言暨？會，猶最也。及，猶汲汲也。暨，猶暨暨也。及，我欲之。暨，不得已也。儀父者何？邾婁之君也。何以名？字也。曷為稱字？褒之也。曷為褒之？為其與公盟也。與公盟者眾矣，曷為獨褒乎此？因其可褒而褒之。此其為可褒奈何？漸進也。

夏五月，鄭伯克段于鄢。克之者何？殺之也。殺之則曷為謂之克？大鄭伯之惡也。曷為大鄭伯之惡？母欲立之，己殺之，如勿與而已矣。段者何？鄭伯之弟也。何以不稱弟？當國也。其地何？當國也。齊人殺無知何以不地？在內也。在內，雖當國，亦不地也。

秋七月，天王使宰咺來歸惠公仲子之賵。宰者何？官也。咺者何？名也。曷為以官氏？宰士也。惠公者何？隱之考也。仲子者何？桓之母也。何以不稱夫人？

宋刻本《公羊春秋》

有《周礼》无《仪礼》，其证一也。……**❶**

《静嘉堂秘籍志》卷一亦引陆心源《仪顾堂续跋》**❷**。其行款版式、诸经叶数、版心与《八经》大同，陆心源以其与"婺本重意《尚书》《周礼》相似"而定为婺州刊本；而劳健认为加栏注音本为建本。

据《景定建康志·文籍志·书籍》卷三三记载**❸**，当时五经正文尚存监本、建本、婺本数种。如此，则加栏注音本有建本、婺本两种。陆氏宋椠婺州加栏注音本与现存宋建本加栏注音本的关系如何，是陆心源判断有误，抑或当时有婺本、建本两种宋刻加栏注音本，存疑待考。

陆氏《九经》中未列《公羊》《穀梁》二传。查《景定建康志·文籍志·书籍》卷三三所列诸经中《春秋》三传，《左传》有监本、建本与正义，而《公羊》《穀梁》二传仅有监本与正义。

南宋绍熙二年（1191）余仁仲刻书跋云："《公羊》《穀梁》二书，书肆苦无善本，谨以家藏监本及江浙诸处官本参校，颇加厘正。""江浙诸处官本"，当指南宋两浙东路茶盐司所刻的诸经正义。此与《景定建康志》卷三三"经书之目"所记《春秋》三传中《公》《穀》二传仅列"监本"与"正义"相合。

南宋嘉定年间，毛居正奉命重新刊正经籍，宝庆元年（1226）魏了翁《六经正误序》云：

> ……柯山毛居正谊父以其先人尝增注礼部韵，奏御于阜陵，遂又校雠增益，以申明于宁考更化之日。其于经传亦既博揽精择。嘉定十六年春，会朝廷命冑监刊正经籍，司成谓无以易。谊父驰书币致之，尽取六经三传诸本，参以子史字书，选粹文集，研究异同，凡字义音切，豪厘必校。儒官称叹，莫有异词。旬岁间刊修者，凡四经，犹以工人惮烦诡窜墨本以绐有司，而版之误字实未尝改者什二三也。继欲修《礼记》《春秋》三传。谊父以病目移告，其事中辍。或者谓纵令尽正其误，而诸本不同，何所取证，岂若录其正误之籍，而刊传之，俾后学得以参考……**❹**

---

❶ 陆心源《仪顾堂续跋》卷一，《清人书目题跋丛刊》二，第211页。另见陆心源《仪顾堂书目题跋汇编》，中华书局，2009年，第256页。

❷ 贾贵荣辑《日本藏汉籍善本书志书目集成》第四册《静嘉堂秘籍志》卷一，北京图书馆出版社。2003年，第42—43页。

❸ 清钱大昕钞本《景定建康志》，国家图书馆藏。

❹ 元刻本《六经正误》卷首，国家图书馆藏。

知嘉定十六年（1223），毛居正参校六经三传，整理校勘记，撰成《六经正误》六卷，即《周易》《尚书》《毛诗》《礼记》《周礼》《春秋左氏传》六经，未及《公羊》《穀梁》二传。

咸淳年间，廖氏刊刻九经亦未包括《公》《穀》二传，故刻本鲜有传世。二传阙如，时人引以为憾。元初相台岳氏《刊正九经三传沿革例·公羊穀梁传》云：

> 《春秋》三传于经互有发明。世所传十一经盖合三传并称。乾淳间毛居正尝参校六经三传，当时皆称其精确，刊修未竟中辍。廖氏刊九经未暇及《公羊》《穀梁》二传，或者惜其阙焉。因取建余氏本合诸本再加考订，与《九经》并刊，句读字画悉用廖氏例……❶

相台岳氏因取建安余氏刻本，并参合诸本重新校订，仿廖氏刻经体例，与九经并刊，梓行于世。此即岳氏所刊《九经》《三传》；又据廖氏《总例》增补而成《九经三传沿革例》❷。按，毛居正校订六经三传始于嘉定十六年，岳氏《刊正九经三传沿革例》云"乾淳间"，疑误。

由此可知，《公羊》《穀梁》二传并非与《九经》同时刊刻，而是单独补刻，意欲与《九经》并列。《九经》即有加栏注音本，与之相应，《公》《穀》二传亦当有之；书坊逐利，对此等市场需求，应该有回应，补刻二传加栏注音本，从上文所述现藏国家图书馆之宋刻《公羊春秋》《穀梁春秋》，可见一斑。现存明靖江王府翻刻本无《公羊》《穀梁》二书，亦可说明《公》《穀》二传当时补刻单行，而不是与《九经》同时镂梓行世。此亦可解释陆心源《宋椠婺州九经跋》中未言及《公羊》《穀梁》二传。

❶ 清初钱氏也是园影元钞本《相台书塾刊正九经三传沿革例》，国家图书馆藏。
❷ 关于相台岳氏刻书的考证，参见李致忠《宋版书叙录》，书目文献出版社，1994年，第172—181页。

元刻《周易兼义》

《周易兼义》,《周易正义》之别名 **1**,唐孔颖达撰。四库馆臣云:"此书初名《义赞》,后诏改《正义》,然卷端又题曰《兼义》,未喻其故。"武英殿本《周易注疏》朱良裘跋云:"……诸经题曰'注疏',而《易》独名为'兼义'。诸经分录'音义',而《易》独附之卷末,直是合刻注疏之始,体例未定,故尔乖违,后人遂沿而不改耳。"此书即清代阮元校刻《十三经注疏》所用之底本,称之为"十行兼义本"。"兼义"者,阮氏认为"兼并正义而刻之,以别于单注本"。陈鳣则云,他经音义附每节注后,唯独《周易》总附卷末,故题为"兼义"而不称"附音"。通常以阮氏之说较为合理 **2**。

1915 年夏,袁克文收得元刻十行本《十三经注疏》八种 **3**,并于书中手书题跋:

> 《周易兼义》九卷《略例》一卷,《音义》一卷
>
> 此宋刊十行本。十行本除《论语》《孝经》外,以《周易》为最难得,而无补板者尤不易觏。此本虽摹印略晚,亦不可忽也。寒云识。(下钤"八经阁"白文方印) **4**

---

1 参见何锡光《〈周易正义〉题作〈周易兼义〉小考》,《烟台师范学院学报》(哲学社会科学版),2004 年第 1 期。

2 详见瞿镛《铁琴铜剑楼藏书目录》卷一,《清人书目题跋丛刊》三,中华书局,1990 年,第 8 页。

3 《寒云日记》,第 145 页。

4 上海博古斋 2012 春季拍卖会·缥缃金石——古籍善本专场(2012.4.29),第 1282 号书影。

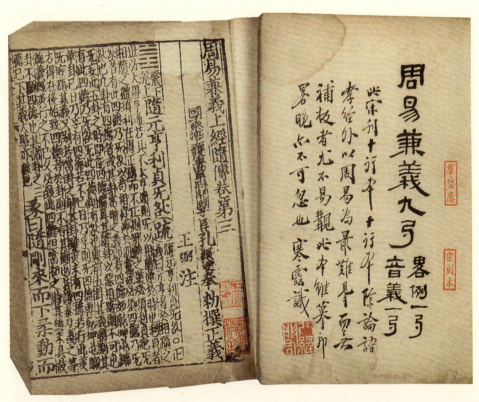

元刻本《周易兼义》袁克文跋

　　《寒云日记》记此书曰："得宋十行本《周易兼义》九卷，……《监本附释音春秋公羊注疏》二十八卷，皆明正统补印，犹存明装，古色可玩。原签题'十三经注疏'。"[1] 称此元刻本为宋刻者，盖以书中贞、恒、弘等字不缺末笔避讳，"筐"字偶有缺笔者[2]。《周易兼义》后为傅增湘所得，《双鉴楼善本书目》卷一著录[3]；再入邓邦述群碧楼，延明清以来如袁克文、傅增湘等诸家之误，题作"宋刻"[4]。

　　今书中钤有"傅增湘""龙龛精舍""沅叔金石文字""江安傅沅

[1]　《寒云日记》，第 145 页。

[2]　上海博古斋 2012 春季拍卖会·缥缃金石——古籍善本专场（2012.4.29），第 1282 号书影。

[3]　《藏园群书经眼录》未见著录，《藏园订补郘亭知见传本书目》仅提及李盛铎旧藏本，未曾注明"余藏亦有一部"等类似字句，傅增湘《藏园订补郘亭知见传本书目》卷一，中华书局，2009 年，第 9 页。《藏园群书题记》仅述及瞿氏所藏之本，亦未言及自己所藏之本。

[4]　邓邦述《群碧楼善本书录》卷一，《书目续编》，广文书局，1967 年，第 21 页。书衣题作"书目"，本文依照正文题"书录"，下同。

周易正義序

國子祭酒上護軍曲阜縣開國子臣孔穎達奉

勑撰定

夫易者象也爻者效也聖人有以仰觀俯察象天地

而育羣品雲行雨施效四時以生萬物非用之以順

則兩儀序而百物和若行之以逆則六位傾而五行

亂故王者動必則天地之道不使一物失其性行必

協陰陽之宜不使一物受其害故能彌綸宇宙酬酢

神明宗社所以无窮風聲所以不朽非夫道極玄妙

孰能與於此乎斯乃乾坤之大造生靈之所益也若

夫龍出於河則八卦宣其象麟傷於澤則十翼彰其

元刻本《周易兼義》卷首序

叔考藏善本""双鉴楼主人""书潜""双鉴楼收藏宋本""沅叔审定""藏园居士""宋刻本""群碧楼""从吾所好""正闇收藏""群碧楼印"诸印记❶。邓氏书散，此书不知所踪。直至 2012 年，此袁克文题跋本方现身于上海博古斋春季拍卖会。

清初藏书家钱曾旧藏亦有元刻明修本《周易兼义》。后经范文安、瞿氏铁琴铜剑楼递藏，现藏国家图书馆。今书内有恬裕斋原签一纸，误题"宋刊"。书中钤有"虞山钱曾遵王藏书""范文安藏书""一经后人范文安珍藏""铁琴铜剑楼""瞿印秉冲""瞿印秉沂""瞿印秉渊"诸印记。书中有补版，其版心镌有"正德六年""正德十二年"等，"故亦名正德本"❷。

对于阮元校刻《十三经注疏》采用"十行兼义本"，瞿氏"尝深訾之"，认为阮氏所据之本为晚印，且明代补版甚多，又经明人臆改，其讹脱衍误在所难免❸，而瞿氏旧藏修版较少。瞿氏曾以自己所藏之本雠校阮氏《校勘记》，补阮本之阙❹。

军事科学院军事图书资料馆亦藏有元明递修本《十三经注疏》，现存三百四十一卷，字画清晰，墨色较匀，当属刷印较早之本。是本曾经王时敏、李盛铎旧藏，甚为珍贵，已入选第一批《国家珍贵古籍名录》。

以《周易兼义》卷首"周易正义序"为参考，瞿氏藏本与傅增湘藏本（即此袁氏题跋本）当为同版两部书，傅氏藏本较瞿氏藏本刷印早，而军科院藏本又早于傅氏藏本。

北京大学图书馆亦藏有元刻明修本《周易兼义》一部❺，当即《藏园订补郘亭知见传本书目》所言李盛铎藏本，曾经孙星衍旧藏，书中钤有"星衍印""伯渊家藏"等印记❻。

1942 年三月，周叔弢曾经寓目《周易兼义》，题"宋十行本"，并记其刻工有陈伯寿、善庆、茂、君锡、君美、褆甫、余中、敬中等❼。另著录宋本《监本附释音春秋穀梁传注疏》，版心刻工有君美、

❶ 根据书中所钤印鉴位置顺序，可推测此书递藏关系。
❷ 《铁琴铜剑楼藏书目录》卷一，第 8 页。
❸ 《藏园群书题记》卷一，第 3 页。
❹ 《铁琴铜剑楼藏书目录》卷一，第 8—16 页。
❺ 《中国古籍善本书目》经部·易类著录，上海古籍出版社，1989 年。
❻ 李盛铎著、张玉范整理《木犀轩藏书题记及书录》，北京大学出版社，1985 年，第 55 页。今藏北京大学图书馆，题宋刊十行本（宋刻元明递修本）。
❼ 《周叔弢古书经眼录》上册《古书经眼录》，国家图书馆出版社，2009 年，第 311 页。

伯寿、善卿、善庆、敬中、褆甫等人❶。据《古籍宋元刊工姓名索引》❷，陈伯寿、善庆、王君锡、君美、褆甫、余中、敬中等人，乃元代刻工，曾刊刻十行本《十三经注疏》。周叔弢著录为宋代刻工，疑误。周叔弢未言明其所经眼的《周易兼义》的主人。根据周叔弢交游范围，瞿氏、傅氏（袁氏）、李氏诸家所藏《周易兼义》，周叔弢均有可能见到。

北京市文物局现藏有元刻明修本《十三经注疏》❸，十行本《周易兼义》即在其中。另有《附释音毛诗注疏》，其卷首《毛诗》序后亦镌有"刘氏文府""叔刚""桂轩"等刻书木记。《十三经注疏》旧版版心镌刻工姓名，有王君锡、王君美等人❹，亦见于瞿氏、傅氏等人旧藏《周易兼义》，以及国家图书馆藏元刻明修本《附释音春秋左传注疏》之中。

国家图书馆亦藏有元刻递修本《附释音毛诗注疏》，据上文所及北京市文物局藏元刻明修本《十三经注疏》可推知，此本当是《十三经注疏》的零本，其卷首《毛诗正义序》后亦镌有"刘氏文府""桂轩""叔刚"等方形、鼎形、钟形诸墨记；书中避宋讳不甚严格，贞、匡、恒等字有缺或不缺者；另《葛覃》篇中一叶为补版，此叶中凡"匡"字皆不避，而下叶原版则缺末笔避讳，如"尚不盈匡""言顷匡畚属者"等。

袁克文旧藏有宋建安刘叔刚梓行的《附释音春秋左传注疏》❺，卷首《春秋正义序》后镌有"建安刘叔刚父锓梓"书牌及鼎形"桂轩"等墨印，其行款、版式与元刻《附释音毛诗注疏》相似。书中弘、桓、恒缺末笔避讳。此本为南宋史守之旧藏，卷首钤有"史氏家传翰院收藏书画图章"朱文长方印。明代入藏毛氏汲古阁，清代又经揆叙、道光帝旻宁等人收藏，钤有"华伯氏""毛褒之印""谦牧堂藏书记""谦牧堂书画记""皇次子章""养正书屋珍藏"等印鉴。1916年初，傅增湘为袁克文购得此书❻，书中又钤"寒云""后百宋一廛""皇二子""梅

❶ 《周叔弢古书经眼录》下册《宋刻工姓名录》，第413页。
❷ 王肇文编《古籍宋元刊工姓名索引》，上海古籍出版社，1990年，第29、72、154、216、258、284、291、309、311页。
❸ 《中国古籍善本书目》经部·总类著录，中国历史博物馆藏有残本。
❹ 此处有关北京市文物局《十三经注疏》的相关内容，参见《中华再造善本总目提要》，国家图书馆出版社，2013年，第805—809页。
❺ 据叶德辉所记，宋建安刘叔刚宅还刻过《附释音礼记注疏》六十三卷、《附释音毛诗注疏》二十卷，叶德辉《书林清话》卷三"宋私宅家塾刻书"，上海古籍出版社，2008年，第60页。另见《日本藏汉籍善本书志书目集成》第一册日本森立之《经籍访古志》著录，第61页。
❻ 《寒云日记》，第156页。

真侍观""佞宋""三琴趣斋珍藏""与身俱存亡"诸印。几年之后，此书转让南海潘宗周宝礼堂。建国后，潘氏后人捐献国家，入藏今国家图书馆。

国家图书馆另藏有元刻明修本《附释音春秋左传注疏》，版心刻工亦有君美、余中、善庆等人。此本为海宁杨文荪旧藏，后归瞿氏铁琴铜剑楼，书中钤有"海宁杨文荪""海宁杨芸士藏书之印""秀实别号芸士""恬裕斋镜之氏珍藏""虞山瞿绍基藏书之印""铁琴铜剑楼"诸印。

此元刻明修本与南宋刘叔刚刻本行款相同，字体、版刻风格相似。以宋元两部《附释音春秋左传注疏》卷端为例，刘氏刻本字画较为峭丽挺劲；两部书的同一处，宋刘叔刚刻本中"學"作"孝"、"晉"作"晋"、"與"作"与"、"時"作"时"、"解"作"觧"等；而元刻本分别作"學""晉""與""時""解"等。另，元刻明修本《附释音尚书注疏》二十卷，其版心刻工亦有陈伯寿、瑞卿、君锡等。

由此可推元刻递修本《附释音毛诗注疏》《附释音春秋左传注疏》等乃元代坊间据南宋刘叔刚刊本所重刻，后又经修版。元刻明修本《附释音毛诗注疏》《附释音尚书注疏》与瞿氏、傅氏旧藏《周易兼义》不仅行款相同，其字体、版刻风格亦极为相似。

综上所述，可推测南宋建安刘叔刚桂轩曾经刊刻《十三经注疏》[1]，元代曾经翻刻。据北京市文物局藏《十三经注疏》中《论语》卷一版心下镌"泰定四年程瑞卿"，疑元刻最迟在泰定四年（1327）[2]。之后，又不止一次刷印。书版保存至明代，正德、嘉靖年间又有修补。《周易兼义》即元刻明修本《十三经注疏》中的零本，半叶十行，行十八字，小字双行二十四字，黑口，左右双边，前贤多误题宋刻。傅增湘曾云："宋代群经注疏合刻……十行本有宋刊，有元刊。余曾藏南宋刘叔刚刊《春秋左传注疏》，字画斩然挺劲，与世所传十行本大不同。世所传者实为元翻元明递修本，而咸号为宋刊，阮氏覆刻所据皆是也"，"此本零种诸家多有之，罕见全帙，其版明代入南监，断烂已甚，修补之版极

---

[1] 关于《十三经注疏》的版本源流，详见李致忠《十三经注疏版刻略考》，《文献》，2008 年 10 月第 4 期。

[2] 参见《中华再造善本总目提要》，第 805—809 页。

多，亦罕见初印本。"❶

南宋郑樵《通志》卷六三著录"《尔雅正义》十卷，邢昺《尔雅兼义》十卷"，而《周易兼义》之名则未见于宋人著录。《周易兼义》流传后世，宋元旧刻罕见，明刻本颇多。

明刻本大致有两种行款。其一为八行十八字本，白口，四周双边，如明永乐二年（1404）刊本❷。傅增湘曾经眼此书，并云卷末镌有"永乐甲申岁刊"小字一行❸。

国家图书馆藏有明永乐二年《周易略例》一卷，陆德明《释文》一卷，《略例》后框内左上镌有"永乐甲申岁刊"一行。另有明永乐二年《周易正义》残卷，《略例》后框内左上镌"永乐甲申岁刊"一行已被剜去。此两种疑即明永乐二年刻本《周易兼义》残卷。

其二即九行二十一字本，如国家图书馆藏明嘉靖间李元阳福建刊十三经注疏本、明万历十四年（1586）北京国子监刻十三经注疏本、明崇祯四年（1631）虞山毛氏汲古阁刊十三经注疏本等。

其中，明万历十四年北京国子监刻十三经注疏本《周易兼义》九卷，曾为傅增湘旧藏。其版心上镌"万历十四年刊"。1934年（甲戌），傅增湘以朱笔据宋刻单疏本校卷一。1935年（乙亥）、1936年（丙子）又据宋刻本校第一、第二卷。丁丙《善本书室藏书志》著录甬东叶元墀得一居藏明闽刊九行本《周易兼义》❹，疑即明嘉靖年间李元阳福建刊十三经注疏本。

❶ 《藏园订补郘亭知见传本书目》卷一，第3、5页。
❷ "国立"故宫博物院善本旧籍总目》经部·易类，台北故宫博物院出版，1983年初版，第4页。《"国立中央"图书馆善本书目》（增订二版），"国立中央"图书馆编印，1967年12月增订初版，1986年12月增订二版，第2页。
❸ 《藏园订补郘亭知见传本书目》卷一，第9页。
❹ 丁丙《善本书室藏书志》卷一，第393页。叶元墀，字冰心，号仲兰，慈谿县学诸生，家富藏书，工诗，有《赤壁山人诗集》。

宋绍兴刻《古三坟书》

"三坟"是我国古代传说中最古老的书籍。宋绍兴刻《古三坟书》当是现存此书最早的版本。1912年，傅增湘于琉璃厂正文斋谭锡庆处见过此书 **1**。1915年十月十六日，袁克文购得此本 **2**。因其传世珍罕、刊刻精美，袁克文赞为"宋本中之尤罕见者"，遂题有三跋。其一：

> 《古三坟书》三卷，旧本传世绝渺，明季汇刻往往有之，皆经改窜，并为一卷，藏者多不重焉。《读书敏求记》载有宋本 **3**，即此沈斐刻于婺州学中者也。他家书目俱不经见，《直斋书录》谓为伪书而薄之。吾读此书，其为治之道，简而弥要，洵济世之良辅，正不必论书之伪不伪也。况刊刻峻㠪，楮墨精洁，宋本中之尤罕见者。丙辰（1916）三月，寒云。（下钤"克文之钵"白文方印）

其二：

> 三月十八日偕慕邢词长、浥芬夫人及凤娘、云姬游颐和园。步长廊，得句云："二百七十八椽廊，俯水仰山一带长。低槛穿花橧接叶，春人都被绿阴藏。"泛舟昆明湖，出水关，又得句云："乍来风皱一湖波，疾送轻舟转曲河。夹岸新枝繁似锦，疏红赢得夕阳

---

1 《藏园群书经眼录》卷一，第19页。

2 《寒云日记》，第152页。

3 钱曾撰管庭芬章钰校证《钱遵王读书敏求记校证》卷一上，《清人书目题跋丛刊四》，中华书局，1990年，第33页。

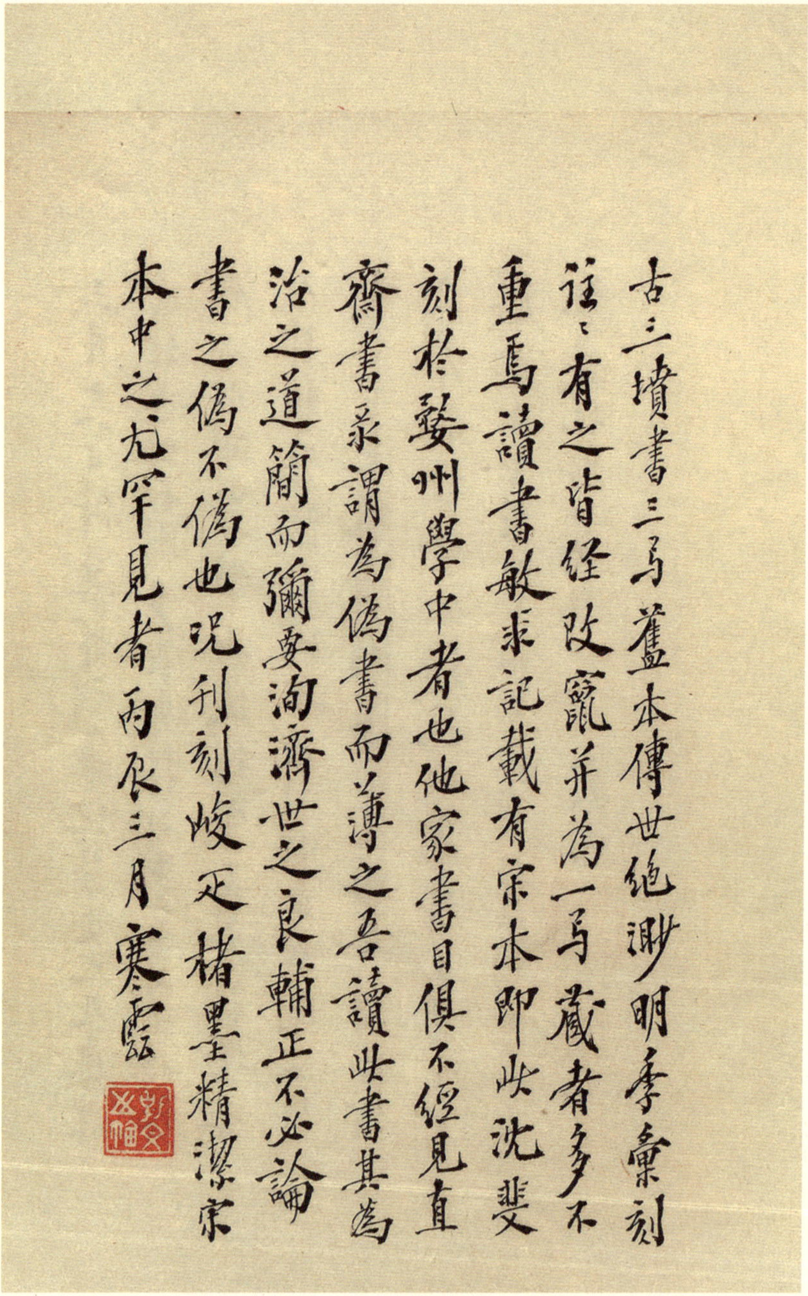

古三墳書三馬舊本傳世絕渺明季彙刻
諄諄有之皆經改竄弁為一馬藏者多不
重焉讀書敏求記載有宋本即此沈斐
刻於婺州學中者也他家書目俱不經見直
齋書錄謂為偽書而薄之吾讀此書其為
治之道簡而彌要淘瀝世之良輔正不必論
書之偽不偽也況刊刻峻延楷墨精潔宋
本中之尤罕見者丙辰三月寒雲

宋绍兴婺州州学刻本《古三坟书》袁克文跋一

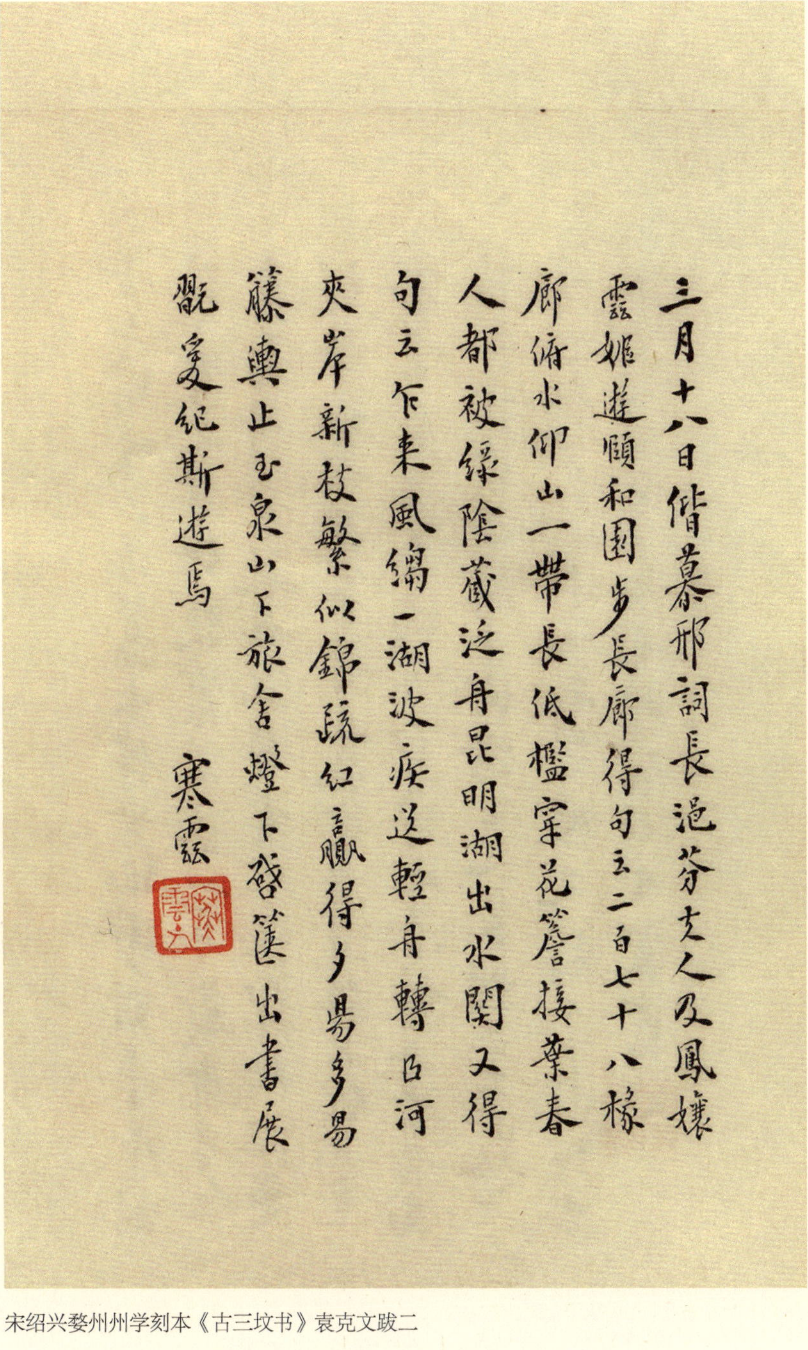

三月十六日偕慕邢詞長泛芬芝人及鳳孃
露姬遊頤和園步長廊得句五二百七十八椽
廊俯水仰山一帶長低欄窗花簷接葉春
人都被綠陰藏泛舟昆明湖出水關又得
句云乍來風縐一湖波疾送輕舟轉曲河
夾岸新教繁似錦疏紅贏得夕暘多易
籐輿止玉泉山下旅舍燈下啓篋出書展
翫愛紀斯遊焉　寒雲

宋绍兴婺州州学刻本《古三坟书》袁克文跋二

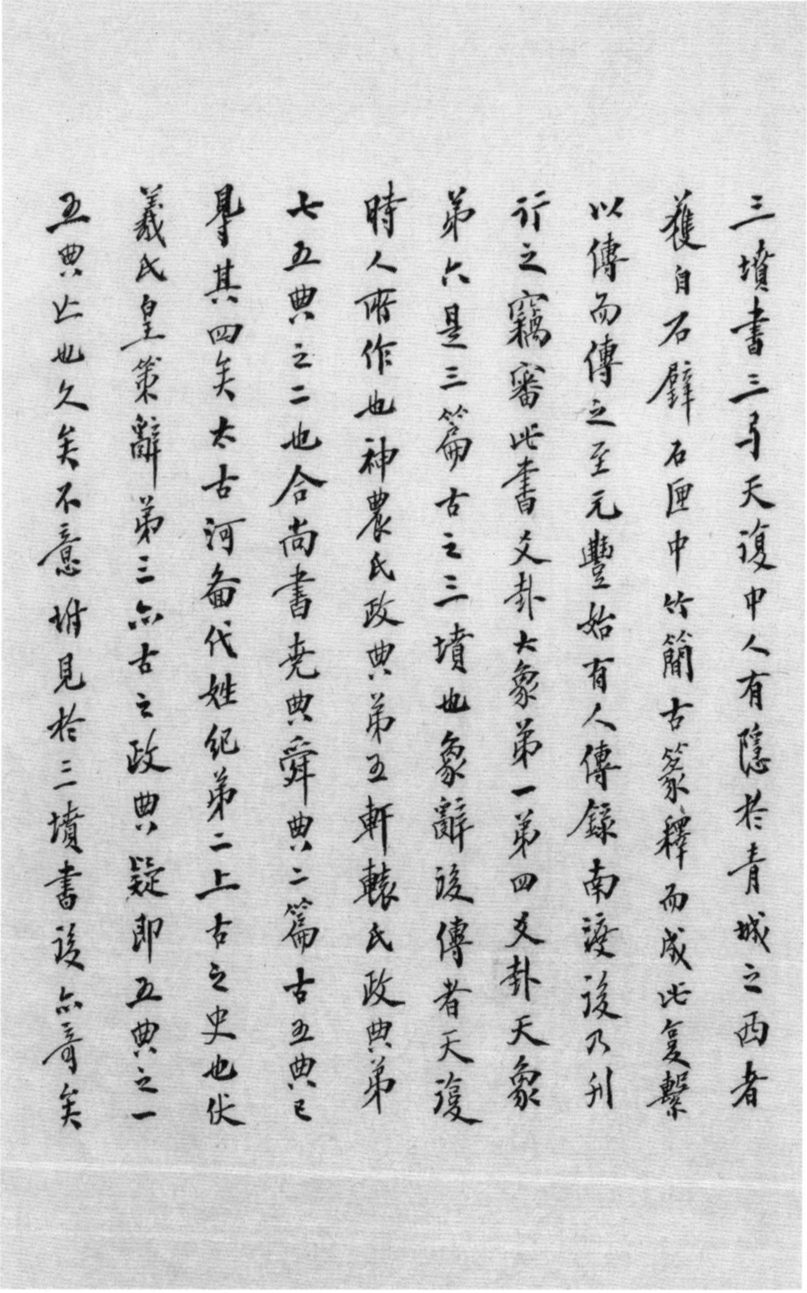

三墳書三：天復中人有隱於青城之西者
獲自石辟石匣中竹簡古篆釋而成此復繫
以傳而傳之至元豐始有人傳錄南渡後又刊
行之竊審此書文卦大象第一第四文卦天象
第六是三篇古之三墳也象辭後傳者天復
時人所作也神農氏政典第五軒轅氏政典第
七五典之二也合尚書堯典舜典二篇古五典已
舉其四矣太古河亶代姓紀第二上古之史也伏
羲氏皇策辭第三六古之政典疑即五典之一
五典止此久矣不意附見於三墳書後亦幸矣

宋绍兴婺州州学刻本《古三坟书》袁克文跋三

多。"易籙舆止玉泉山下旅舍，灯下启箧，出书展玩，爰纪斯游焉。寒云。（下钤"寒云主人"朱文方印）

其三：

> 《三坟书》三卷，天复中，人有隐于青城之西者，获自石壁石匣中竹简古篆，释而成此，复系以传。而传之至元丰，始有人传录。南渡后，乃刊行之。窃审此书，《爻卦大象》弟一、弟四，《爻卦天象》弟六，是三篇古之《三坟》也。《象辞》后传者，天复时人所作也。《神农氏政典》弟五、《轩辕氏政典》弟七，五典之二也。合《尚书》尧典、舜典二篇，古五典已得其四矣。《太古河图代姓纪》弟二，上古之史也。《伏羲氏皇策辞》弟三，亦古之政典，疑即五典之一。五典亡也久矣，不意附见于《三坟书》后，亦奇矣。

《三坟书》的最早记载见于《左传·昭公十二年》："是能读三坟、五典、八索、九丘。"杜预注云："皆古书名。"今存《三坟书》，分山坟、气坟、形坟，以《连山》为伏羲作，《归藏》为神农作，《乾坤》为黄帝作，各衍为六十四卦，系之以传，且杂以《河图》，宋人早已指明其出于伪造。《郡斋读书志》著录为"皇朝张商英天觉得之于比阳民家"，认为是张商英伪造。而《直斋书录解题》则认为此乃伪托之书，当是毛渐传录。今此书卷首有毛渐"古三坟序"，故推测此书当与毛渐有关，而与张商英关系不大 [1]。此书卷末"后叙"云：

> 《传》曰：《河图》隐于周初，《三坟》亡于幽厉，《洛书》火于亡秦，治世之道不可复见。余自天复中隐于青城之西，因风雨石裂，中有石匣，得古文三篇，皮断简脱，皆篆字，乃上古三皇之书也。

历史上北宋元丰之前的"天复"年号有两个，其一为唐末昭宗李晔年号（901—904），其二为十国前蜀高祖王建所用年号（907）。"青城"，当即"青城山"，因山形如城而得名，在蜀郡，今四川境内。相传道教的张道陵曾于此修道，被道教称为"第五洞天"，亦是当时名山

---

[1] 参见《宋版书叙录》，第60—62页。

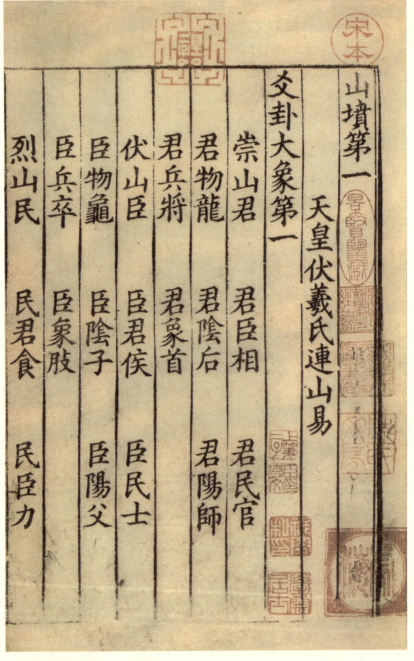

宋绍兴婺州州学刻本《古三坟书》

之一。宋陆游《老学庵笔记》卷四云："天下名山惟华山、茅山、青城山，无僧寺。"故此跋疑为唐末隐士所写。袁克文第三跋据此认为天复年间，有青城之西隐士从石壁石匣中获得竹简古篆，直至元丰年间始有人传录。南渡后，方付梓行世。

此宋绍兴十七年（1147）婺州州学刻本，每半叶十行，行十八字，白口，左右双边。卷端题"山坟第一"。其卷末镌有宋绍兴十七年沈斐刻书跋，云："余家藏此《古三坟书》，而时人罕有识者，恐遂湮没，不传于世。乃命刻于婺州学中，以与天下共之。绍兴十七年岁次丁卯五月重五日，三衢沈斐书。"

此本为元代陆元通旧藏，卷三"古三坟书终"有墨笔题款"大德戊戌（1298）中秋后二日处梅陆元通置"一行；其下又有双行小字墨书"至大庚戌（1310）人日子德懋观于侍旁"。卷二末有墨笔题款"甫里陆氏家传珍玩陆德懋学"篆书一行，书中钤有"陆氏文房""处梅""元通"诸印。另有元人墨笔识语四行云："《古三坟书》闻其名而未见其书，因得之于书肆中。后人观鉴宜珍惜哉。□□戊申二月旦日书之进学斋"，后钤"叶氏进学斋藏书记"朱文大印。明嘉靖时为顾从德收藏，钤有"武陵世家""顾氏汝修"二印。清初钱曾《读书敏求记》著录此本。清代又经陶日发、宝康、完颜景贤等名家递藏，钤有"陶印日发""雁湖陶胜叔甫珍藏印""江左陶生""陶印祝胤""学斋居士""祝胤私印""宝孝劼藏宋元经籍""孝劼收藏宋元旧椠""完颜景贤精鉴""景锡氏""小如庵祕笈""景贤鉴藏""景行维贤"等印记，册末有清陶日发、宝康题款。陶日发题款云："岁在庚辰（1880）孟秋月二十有四日，檇李雁湖陶日发字胜叔收藏此记"；宝康题款云："光绪辛丑（1901）仲秋申珠马佳宝康购此册于留离厂，市其值五十金"，下钤"孝劼"朱文方印。其册末有袁克文收书之时的墨笔题款，云"乙卯（1915）十月既望寒云续收"，并钤"寒云子子孙孙永保"朱文椭圆印。书中钤有"寒云鉴赏之钵""皇二子""三琴趣斋""佞宋""寒云如意""梅真""侍儿文云掌记""克文之钵""臣印克文""上第二子"诸印。几年之后，袁克文将此书转让潘宗周宝礼堂，张元济《宝礼堂宋本书录》著录 **1**。建国后，潘氏后人潘世兹捐献国家，入藏今国家图书馆。

1 《张元济古籍书目序跋汇编》上册，第 255—256 页。

宋婺州唐宅刊《周礼》

宋婺州唐宅刻《周礼》今传两部，现均藏国家图书馆。

其一，袁克文旧藏本。此本为经注合璧本，卷一至卷六，存《天官》《地官》《春官》，不附《释文》，为宋婺州市门巷唐宅刻本，卷三后有"婺州市门巷唐宅刊"牌记。每半叶十三行，行二十五至二十八字。白口，左右双边。刻工有余竑、李才、卓宥、王珍、沈亨、涂林、高三、丁、元、正、光、仲、珪等。讳字有玄、弦、敬、警、殷、筐、匡、恒、贞、徵、让、树、竖、桓、完等，缺末笔。卷七至卷一二，配另一宋刻附《释文》本，存《夏官》《秋官》《冬官》，每半叶十一行，行二十一至二十三字。版心刻工有张晖、卜、王珍、申、宏、同、合、吕、遇、震、辰、吴、刘等人，讳字如玄、弦、殷、匡、筐、恒、贞、慎等。其小题在上，大题均在下，与唐石经相合，在很大程度上保存了典籍旧貌。

1915 年九月初六日，袁克文从天津书商王氏处购得此经注合璧本 **❶**，叹为"南宋刊之绝精者"，"亦书林之秘籍"，遂亲自题签，且手书跋语四则。其一：

> 《周礼》郑注附《释文》卷七至十二，南宋刊之绝精者，从未见于著录，亦书林之秘籍。与婺州前六卷早经合璧，当不让百衲专美也。乙卯（1915）冬月，寒云。（下钤"后百宋一廛"朱文方印）

---

❶ 《寒云日记》，第149页。

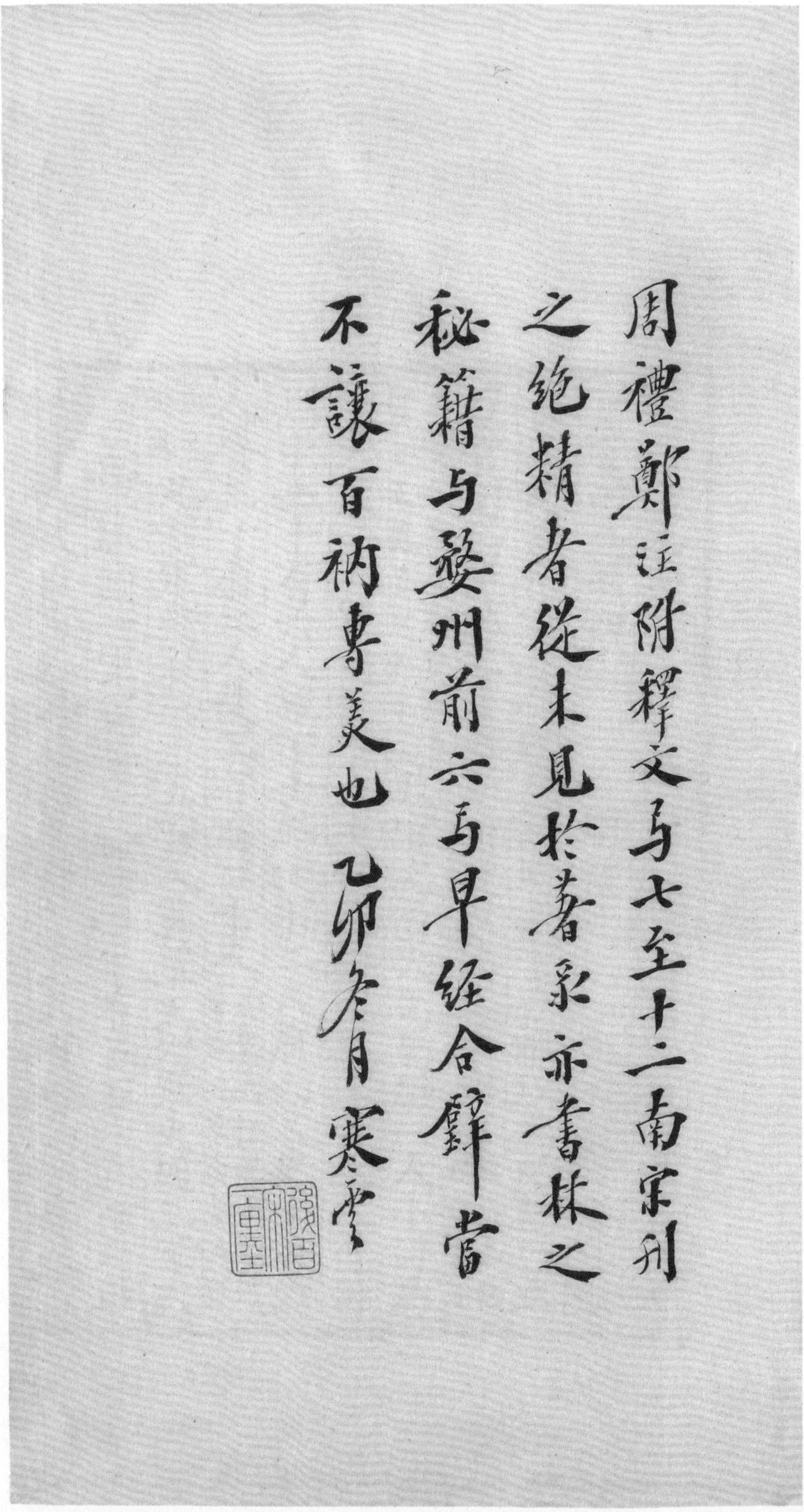

周禮鄭注附釋文卷七至十二南宋刊
之絕精者從未見於著录亦書林之
秘籍与婺州前六卷早经合璧當
不讓百衲專美也 乙卯冬月襄雲

宋婺州市门巷唐宅刻本《周礼》袁克文跋一

其二:

　　杨氏校语帖于书眉,虽见精到,颇不耐观;况如此佳椠,尤
不宜粘缀,遂揭去,另装一册,庶不负校者之苦心尔。丁巳(1917)
后二月,寒云。❶

其三:

　　兹夏北游,携此书与建本《周礼互注》、棚本《鱼玄机诗》
聊遣岑寂。值近畿患水,道途梗绝,弗获南旋。旅囊复罄,乃持三
书质于吾戚周家。京津转徙,质约忽失,几为周氏所没。幸赖方无
隅师力说,乃得璧还。丁巳(1917)十月,寒云记。

其四:

　　《冬官》久失,古人以《考工记》补之,而官仍不可考。予藏一
铜镶,长二寸许,作奔虎形;背错金三篆书,文曰:大攻胥。制作精古,
确为周器。按《考工记》,有攻木、攻金、攻皮之工;天官大府有
胥八人,则大攻胥必《冬官》之官无疑。戊午(1918)冬暮,寒云记。

　　袁克文不仅自己为此经注合璧本题签、题跋,还请诸友以金、木、
水、火、土为序,为此书每册分别题签,从中可见袁克文对此书的珍爱。
如第一册书衣题"周礼·金",扉页吴观岱题签"宋婺州本",次行"周
礼",款署"丙辰九月,吴观岱"。第二册为袁克文自题,书衣题"周
礼·木",扉页袁克文题签"丙辰九月十九夕",次行"合璧周礼,寒
云题于钵盂泉"。第三册书衣题"周礼·水",扉页为袁克文弟子孙揆
均题签"寒云先生藏宝",次行"宋椠周礼",下署"孙揆均",并钤
"寒厓"朱文长方印。第四册书衣题"周礼·火",扉页题签"宋刊周
礼,丙辰十月,绍华",下钤"家住苏堤第一桥"白文方印。第五册书

---

❶　此跋左上钤"□北郡开国公章"白文方印,疑为袁克文旧藏古印。参见马洪、曲清海、姜文武撰《关
于"□北郡开国公章"的印文与断代》一文,载《博物馆研究》,2010年第2期。

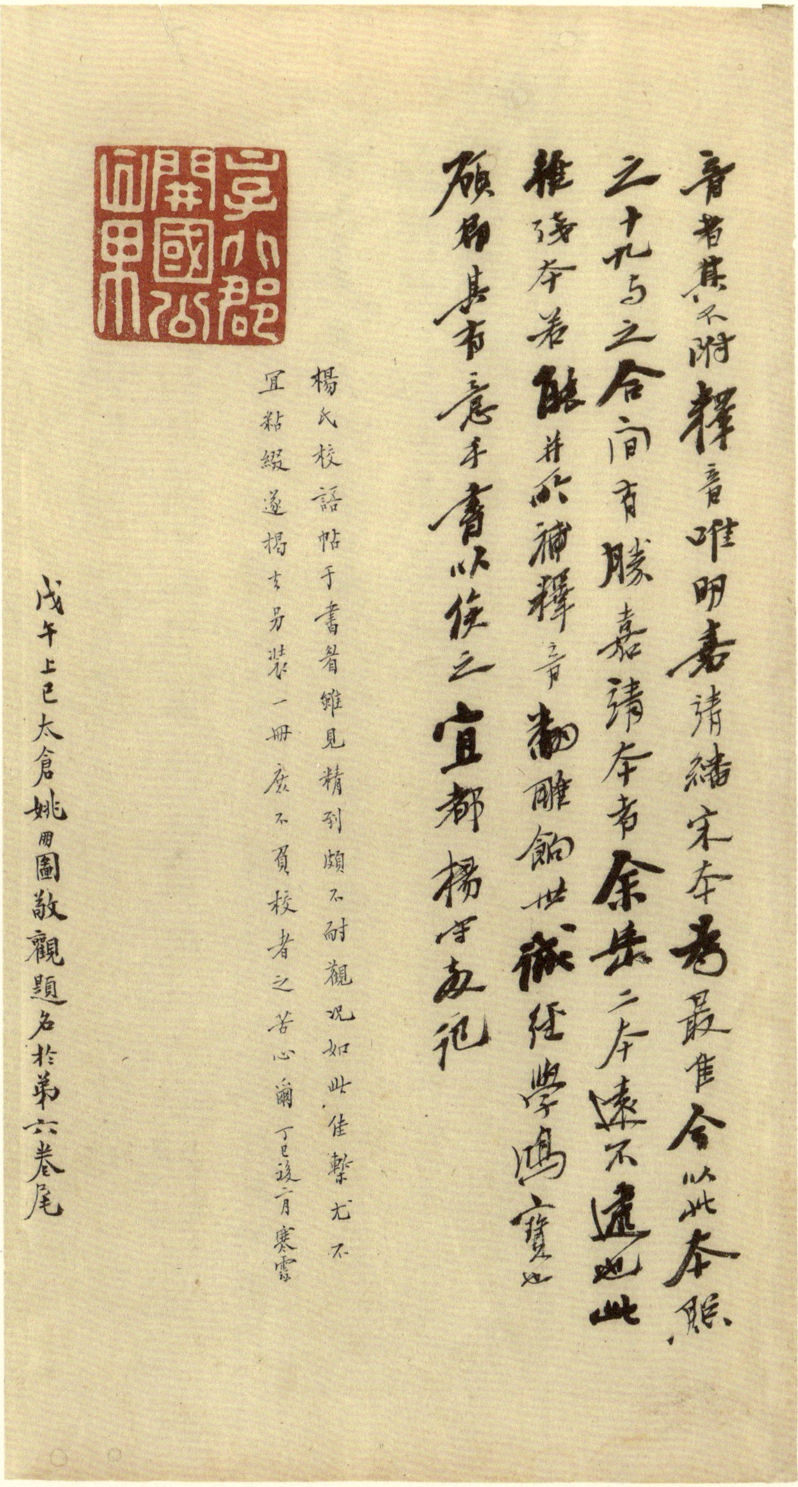

音者莫不附釋音唯明嘉靖繙宋本者最隹合以此本覈

之十九与之合向有滕嘉靖本者余志二本寨不逮如此

雖殘夲者難并以補釋音劚雕餙世徽徑學鳴寶處

顧郎甚市意手書以俟之 宜都楊守敬記

楊氏校語帖于書眉雖見精到頗不耐觀況如此佳槧尤不
宜粘綴遂揭去另裝一册庶不負校者之苦心瞗丁巳後有寒雲

戊午上巳太倉姚圃敬觀題名於第六卷尾

宋婺州市门巷唐宅刻本《周礼》杨守敬跋、袁克文跋二

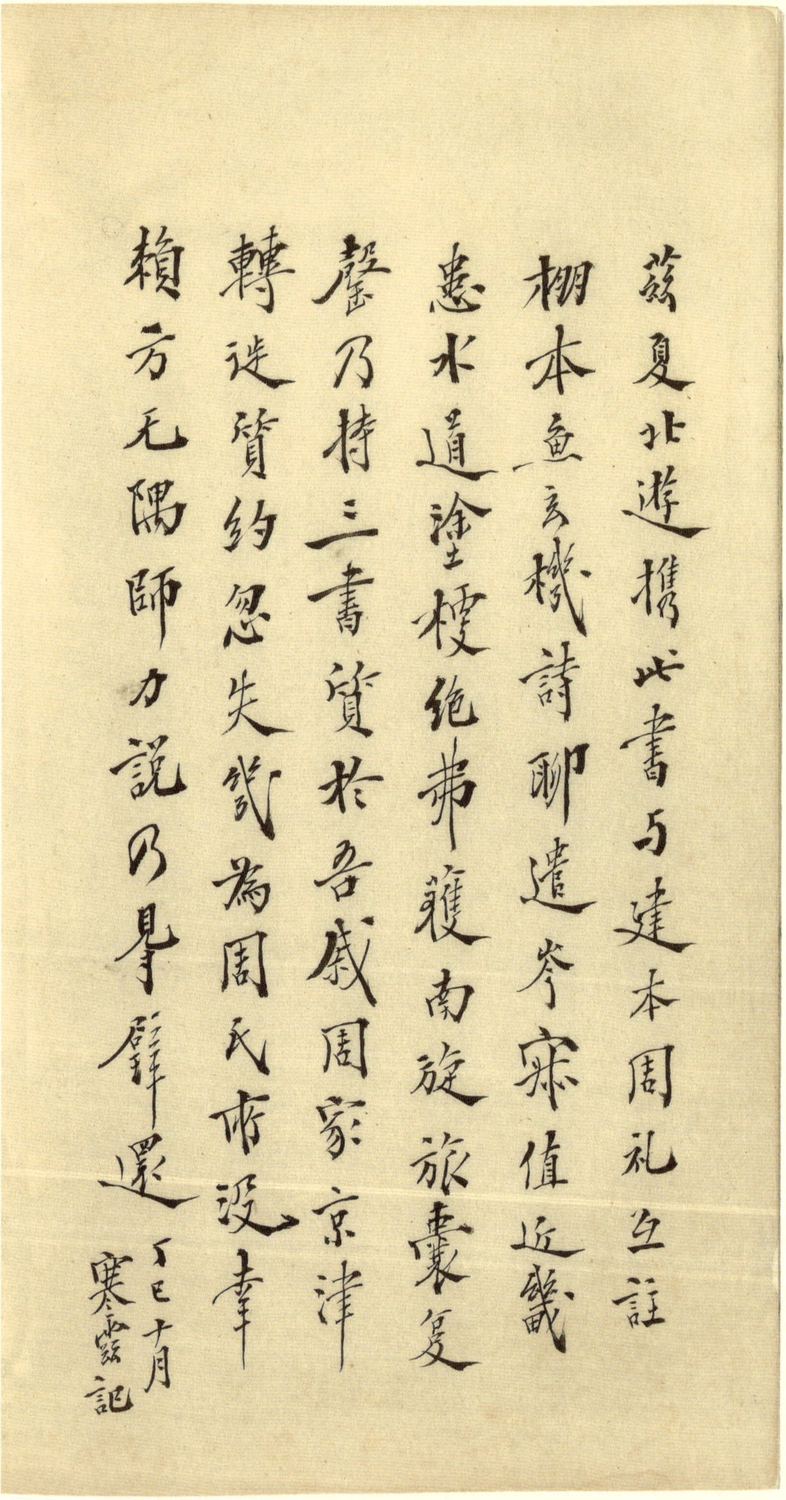

兹夏北遊攜此書与建本周礼並註

棚本並玄機詩聊遣岑寂值近畿

惠水道塗梗絶弗獲南旋旅橐復

馨乃持三書質於吾歲周家京津

轉徙質約忽失覓為周氏市沒辛

賴方无隅師力說乃畢鞸還　癸丑十月　寒雲志記

宋婺州市门巷唐宅刻本《周礼》袁克文跋三

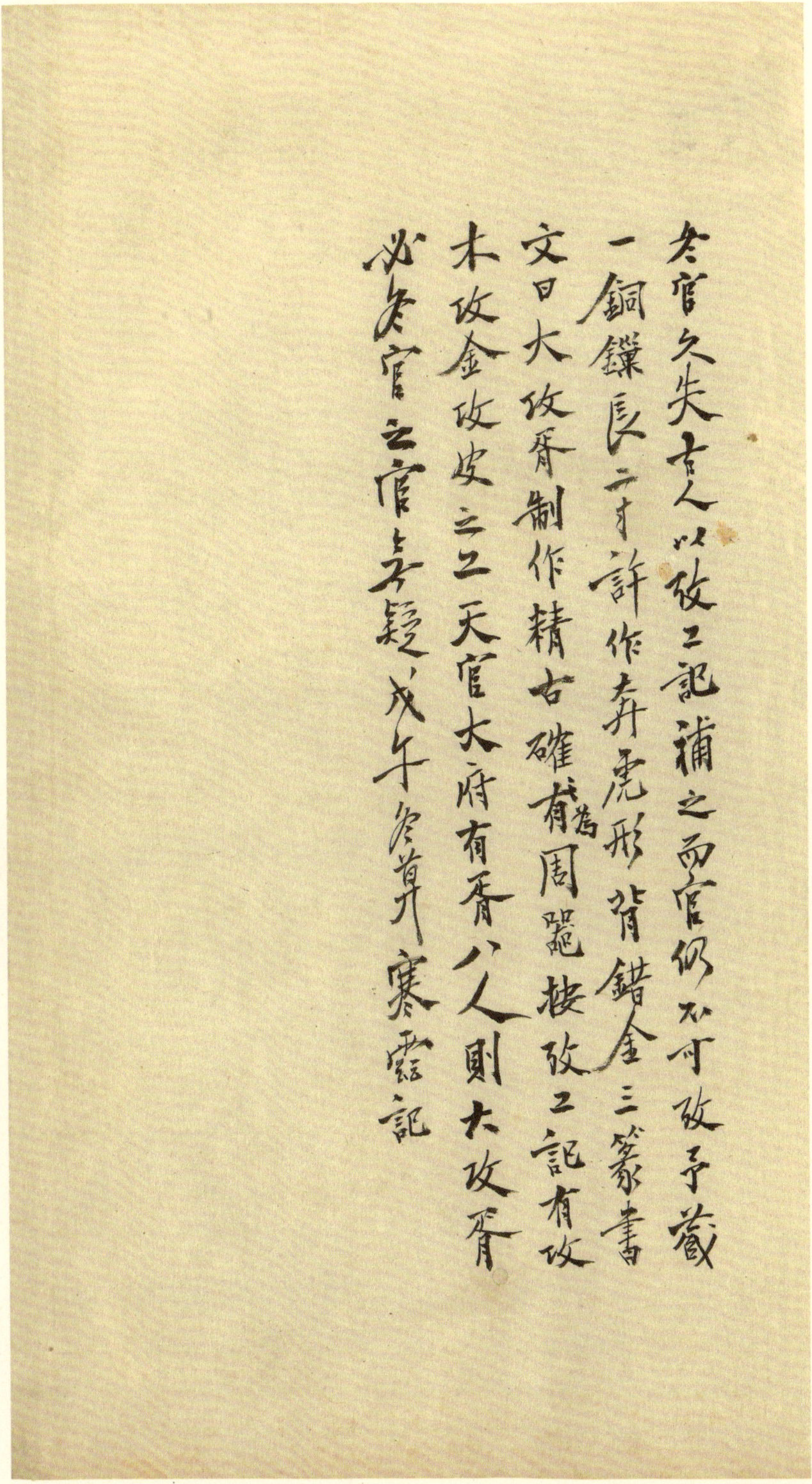

冬官久失古人以攷工記補之而官似不可攷予藏

一銅鏢長二寸許作奔虎形背錯金三篆書

文曰大攷脅制作精古確為周器後攷工記有攷

本攷金攷史二二天官大府有脅八人則大攷脅

必冬官云官未疑戊午参算開寒露記

宋婺州市门巷唐宅刻本《周礼》袁克文跋四

衣题"周礼·土",扉页姚国芬题签"丙辰菊秋,信而好古,姚国芬",下钤"姚国芬印"朱文方印。

明末清初,此本曾是周亮工插架之物。清代经宋荦父子收藏。至清末光绪年间为章寿康(字硕卿)所得。光绪十八年(1892),书商李怡亭购得章氏所藏宋婺州唐氏刻本《周礼》五册前六卷,后又以重金售于徐坊(字梧生)。当时李盛铎曾借阅数日,并以黄氏士礼居刻本校勘。二十馀年后,李盛铎又见此书,犹如故人久别重逢,欣喜之至,并手书跋语,记下与此书的这段因缘:

> 宋椠《周礼经注》载于菭圃题跋者,有蜀大字本、余仁仲本、纂图互注本,惟海源阁杨氏藏婺州唐氏刻本最有名,秘不示人,无由得见。光绪壬辰,厂估李怡亭归自南中,携得章硕卿所藏《周礼》五册前六卷,即婺州本。徐梧生重直购去,余仅得假观三日,以士礼居刻本粗校一过。二十馀年,常往来于心目中,不能已已。颇闻庚子之役,梧生书有散失。余与梧生不时晤,亦未以此事质之。今岁重阳前三日,抱存走怦相告,谓得宋本《周礼》,展视之,即梧生故物。惊喜把握,如逢故人,且幸余与是书有再见缘也。是书当为北宋刊板,南宋修补,以书中有不避"桓"字者,有"桓"字末笔审系后来挖去者,实为刊板在宣和前之确证。杨惺吾所校经注,颇为精细。至谓刊在北宋末、南宋初,故未审也。后六卷配入之本,避"慎"字讳,则南宋板刻,无庸置喙矣。乙卯(1915)重九日,盛铎识。(钤"李氏木斋"朱文方印)

今书中钤有"周栎园藏书印""商丘宋荦收藏善本""三晋提刑""臣筠""纬萧草堂藏书印""皕宋书藏主人廿八岁小景""寒云如意""侍儿文云掌记""佞宋""后百宋一廛""与身俱存亡""寒云鉴赏之钵"诸印鉴。后此本入藏潘氏宝礼堂,张元济《宝礼堂宋本书录》经部著录[1]。建国后,潘氏后人捐献,入藏今国家图书馆。

其二,杨氏海源阁旧藏全本。此全本曾经明代周良金插架,书中钤有"周印良金""毗陵周氏九松迂叟藏书记"二印。清代又经何绍基、英和收藏,钤有"何印绍基""恩福堂印""英和私印"等印。之后,入藏汪喜孙问礼堂,钤有"汪大喜孙孟慈""江都汪氏问礼堂收藏印""汪

---

[1] 《张元济古籍书目序跋汇编》上册,第171—173页。

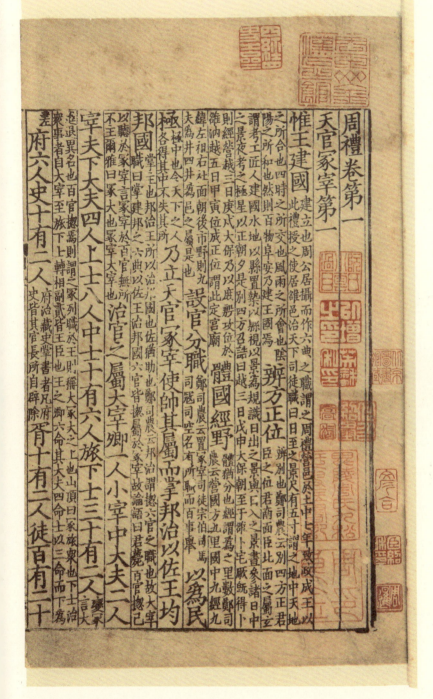

周禮卷第一

天官冢宰第一

惟王建國，辨方正位，體國經野，設官分職，乃立天官冢宰，使帥其屬而掌邦治，以佐王均邦國。以為民極。

治官之屬：大宰，卿一人；小宰，中大夫二人；宰夫，下大夫四人、上士八人、中士十有六人、旅下士三十有二人；府六人，史十有二人，胥十有二人，徒百有二十

宋婺州市门巷唐宅刻本《周礼》（海源阁旧藏）

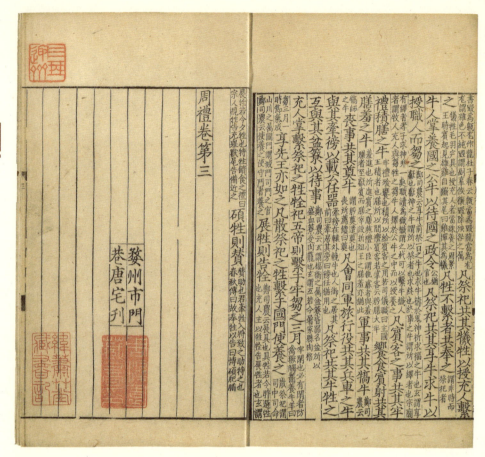

宋婺州市门巷唐宅刻本《周礼》卷三末（袁氏旧藏）

印喜孙"　"周玉齐金汉石之馆"　"喜孙秘籍"　"汪"　"汪印延熙"　"汪印介徽"诸印。后入聊城杨氏海源阁，为其"四经四史"中"四经"之一，钤有"以增之印"　"臣绍和印"　"海源阁"　"四经四史之斋"　"聊城杨氏所藏"　"东郡杨二"　"东郡杨氏宋存书室珍藏"　"绍和筑岩"　"彦合"　"杨绍和读过"　"杨印保彝"　"秘书外监"　"东郡杨氏鉴藏金石书画印"诸印。

杨氏甚为珍视此书。杨绍和《楹书隅录初编》卷一《宋本周礼》引岳氏《九经三传沿革例》，认为其所藏之本堪称"宝中之宝"：

如倦翁云《秋官》司寤氏掌夜时注"夜时谓夜晚早，若今甲乙至戌"，疏又以"甲乙则早时，戌亥则晚时"实其说，惟蜀本作

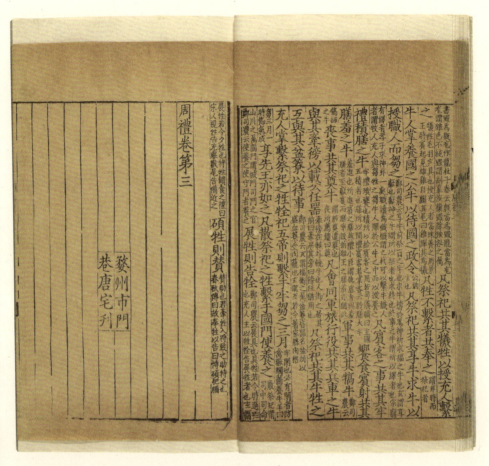

宋婺州市门巷唐宅刻本《周礼》卷三末（海源阁旧藏）

“戉”字，窃谓“戉”字为是。疏则因传写之误，而曲为之说尔。注意正指甲夜乙夜至戊夜也。是“戉”字之沿讹已久。故今据校之，宋本从无云作“戊”者，而此本独未误。又倦翁云开元所书《五经》，往往以俗字易旧文，五季而后镂版传印。经籍之传虽广，而点画义训讹舛自若。盖宋时刊书多出坊贾，俗文破体，大抵类然。此本字学独极精审，几于倦翁所谓偏旁点画不使分毫差误。故宋讳之缺避较他本颇详，可知此本非特今世为罕见之珍，即宋椠各本，亦莫与之京矣，不更宝中之宝耶？

婺州本即作“甲乙至戉”，而后六卷配补之本“戉”字已讹作“戊”，

❶ 杨绍和《楹书隅录初编》，清人书目题跋丛刊三，中华书局，1990年，第402页。

三七

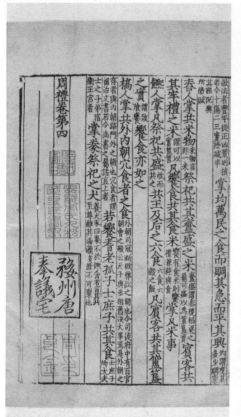

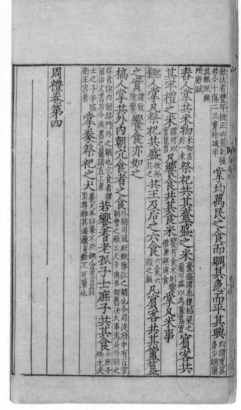

海源阁旧藏本卷四末　　　　　　　　袁氏旧藏本卷四末

可见前六卷胜于后六卷。杨守敬将此本与诸本比勘，认为后六卷虽不及前六卷之旧，与余仁仲万卷堂本、相台岳氏本互有出入，并间有误字，然却远胜于十行本、闽本、监本、毛氏注疏本。据此，不仅可证"余本、岳本之源流，又足见十行、闽、监、毛误字之所自，亦经学之瑰宝也"❶。

　　杨氏书散，此本为周叔弢自庄严堪收得，书中钤有"周暹"一印。第八卷末有缺佚，1934 年秋，周叔弢请劳健依据文禄堂新印影宋建本钞补❷。建国后，周叔弢捐献入藏今国家图书馆。

　　关于此书版刻时间，赵万里《中国版刻图录·周礼注》云：

---

❶　详参此本中杨守敬跋。张元济《宝礼堂宋本书录》收入，《张元济古籍书目序跋汇编》上册，第171—173 页。

❷　文禄堂，琉璃厂书肆，1926 年开设。堂主王文进，字晋卿，任丘县人。著有《文禄堂访书记》。参见《琉璃厂小志》，第 120 页。

……宋讳缺笔至桓、完字。刻工沈亨、余竑又刻《广韵》,《广韵》缺笔至构字、眘字,因推知此书当是南宋初期刻本。卷三后有"婺州市门巷唐宅刊"牌记,卷四、卷十二后有"婺州唐奉议宅"牌记。《九经三传沿革例》所谓婺州旧本,疑即此本。唐奉议疑即唐仲友,仲友以校刻《荀子》等书遭朱熹弹劾得名。**❶**

赵万里先生认为此书为南宋初期刻本,李致忠先生根据婺州唐宅刻书活动时间,进一步考证《周礼》当刻于南宋孝宗时期**❷**。

海源阁旧藏与袁克文旧藏本前六卷虽同为婺州唐宅刻本,然尚有细微差别。杨氏海源阁旧藏本之字体笔画不如袁氏旧藏清晰饱满,棱角分明。杨氏旧藏卷三后有"婺州市门巷唐宅刊"牌记。卷四末亦有"婺州唐奉议宅"牌记。然袁氏旧藏经注合璧本卷四后无"婺州唐奉议宅"牌记。

❶ 北京图书馆编《中国版刻图录》,文物出版社,1960 年,第 22 页。
❷ 详参《宋版书叙录》,第 103—107 页。

宋刻《纂图互注周礼》

宋刻《纂图互注周礼》十二卷，每半叶十二行，行二十一字。小注双行，行二十五字，细黑口，左右双边，有书耳。卷五、卷六中有钞配。卷端题"纂图互注周礼卷第一"。书中讳字如恒、桓、徵等。此书曾是明末毛氏汲古阁旧藏，清代初期又为徐乾学传是楼插架之宝，《传是楼书目》著录，后经盛昱、完颜景贤等人递藏。1914 年冬，袁克文从完颜景贤处购得此书 **1**，赞为"宋刊无上上品"，并于书中题跋云：

> 《纂图互注周礼》十二卷，南宋坊刻之至精者，曾载入《传是楼书目》。卷首有徐乾学藏印可证也。予以万金与三山黄唐本《礼记正义》、小字本《春秋胡氏传》《黄氏补千家注杜工部诗史》、黄善夫刊本《王状元注东坡先生诗》《张于湖居士文集》六宋刊购自景贤家，多为盛伯兮祭酒故物，皆宋刊无上上品，遂启予幸得之冀，而为佞宋之始。日溺书城，不复问人间岁月矣。甲寅（1914）冬月获于京师，时居后水泡寓庐。

是书两册书衣皆有袁克文题签。第一册书衣墨笔白文空心字题签"周礼十二卷"，下署"佰宋书藏珍翫"。书衣右下角钤有"宣德二年（1427）内造库纸"朱字双行。第二册书衣题签字体与第一册大同，亦为墨笔白文空心字题签，云"周礼宋刊"，下署"寒云戏作"。

几年后，此书为慈谿李赞侯所收 **2**，又为陈澄中购得，入藏郇斋。

---

1 参见前文"寒云藏书述略"相关内容。

2 《藏园群书题记》卷一，第 18 页。

纂圖互註周禮十二本南宋坊刻之至精者曾載入傳是樓書目首有徐乾學藏印可證也予以萬金与三山黄唐本禮記正義小字本春秋胡氏傳黄氏補千家註杜工部詩史黄善夫刊本王狀元註東坡先生詩張于湖居士文集六宋刊購自景賢家多為盛伯兮祭酒故物皆宋刊無上上品遂啟予韋舉之冀而為佞宋之始自溺書城不復問人間歲月矣甲寅冬月獲於京師時居後水泡窩廬

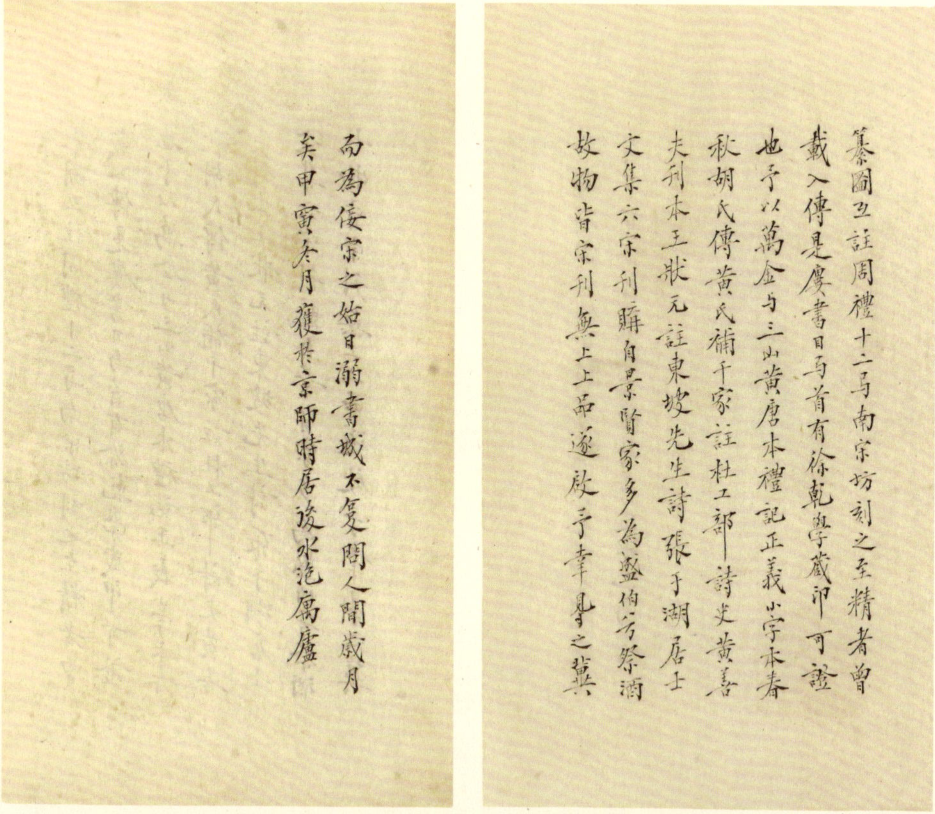

宋刻《纂图互注周礼》袁克文跋

书中钤有“华伯氏”“毛扆之印”“徐健菴”“乾学”“景行维贤”“小如庵祕笈”“任斋铭心之品”“寒云如意”“侍儿文云掌记”“佞宋”“双莲华菴”“瓶盦”“后百宋一廛”“惟庚寅吾以降”“寒云子子孙孙永保”“寒云秘笈珍藏之印”“长金之鉨”“虎牙龙骧之室”“祁阳陈澄中藏书记”“郇斋”。建国后，陈氏将此书转让国家，入藏今国家图书馆。

书名中标注“纂图”“互注”“监本”“附音”等字词的诸经注疏本始于南宋[1]。从题名上，有“纂图互注”“监本纂图重言重意互注”与“监本附音”等不同，为当时书商编刻应付科举考试的帖括之书。从行款上，又有十行、十一行、十二行之别。其版式多为细黑口，左右双边；亦有白口，四周双边者。傅增湘《藏园群书题记》云：

[1] 关于“监本”“纂图”“互注”“重言”“重意”等词释义，参见《宋版书叙录》，第77—78页。日本吉汉宧认为诸经互注始于唐代，参见《藏园群书经眼录》卷一《监本纂图重言重意互注礼记》杨守敬跋，第45页。

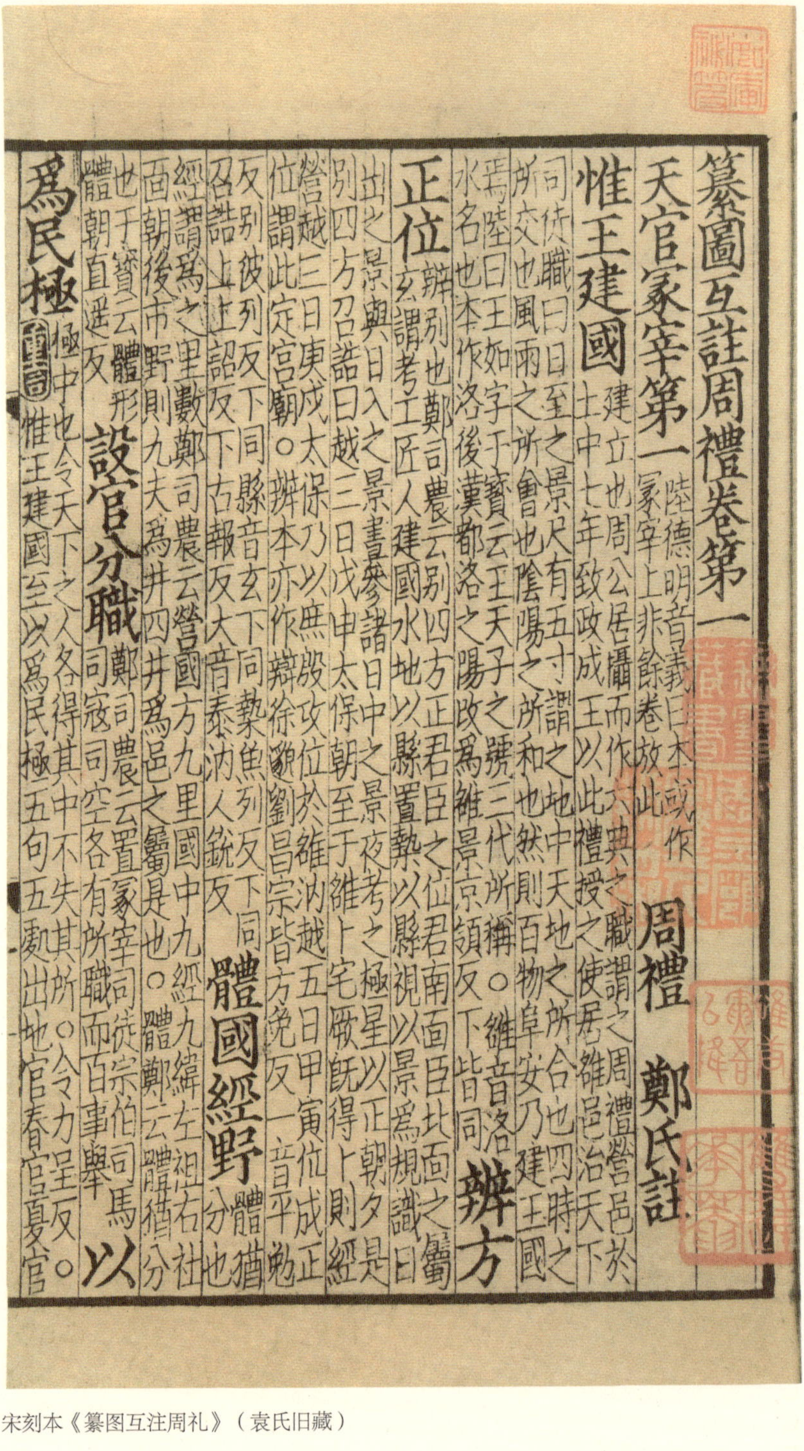

纂圖互註周禮卷第一

天官冢宰第一　陸德明音義曰本或作冢宰上非餘卷放此　周禮　鄭氏註

惟王建國　建立也周公居攝而作六典之職謂之周禮營邑於土中七年致政成王以此禮授之使居雒邑治天下司徒職曰日至之景尺有五寸謂之地中天地之所合也四時之所交也風雨之所會也陰陽之所和也然則百物阜安乃建王國焉陸曰王如字干寶云王天子之號三代所稱○雒音洛水名也本作洛後漢都洛之陽改爲雒景京領反下皆同　辨方正位　辨別也鄭司農云別四方正君臣之位君南面臣北面之屬玄謂考工匠人建國水地以縣置槷以縣視以景爲規識日出之景與日入之景晝參諸日中之景夜考之極星以正朝夕是別四方召誥曰越三日戊申太保朝至于雒卜宅厥既得卜則經營越三日庚戌太保乃以庶殷攻位於雒汭越五日甲寅位成正位謂此定宮廟○辨本亦作辯徐邈劉昌宗皆方免反一音平勉反別彼列反下同縣音玄下同槷魚列反下同召誥上照反下古報反大音泰汭人銳反　體國經野　體猶分也經謂爲之里數鄭司農云營國方九里國中九經九緯左祖右社面朝後市野則九夫爲井四井爲邑之屬是也○體鄭云體猶分也干寶云體形　設官分職　鄭司農云置冢宰司徒宗伯司馬司寇司空各有所職而百事舉　體朝直遥反　以爲民極　極中也令天下之人各得其中不失其所○令力呈反○

重言　惟王建國至以爲民極五句五處出地官春官夏官

宋刻本《纂图互注周礼》（袁氏旧藏）

……纂图互注本始于南宋，群经多有之。余生平所见者，如《论语集解》二卷，见杨惺吾《留真谱》，今归李木斋师。《尚书孔传》十三卷，见缪艺风《藏书续记》，得于日本西京芳华堂。《礼记郑注》二十卷，为汲古阁旧物，余得之琉璃厂文友堂❶，今储双鉴楼中。《春秋经传集解》三十卷，见丁氏《善本书志》，今归江南馆。以上四书皆题"监本纂图重言重意互注"，惟《尚书》及《毛诗》有"点校"二字。亦皆十行十八字，《左传》为十行二十字。其馀句读、加圈、左阑有耳、板式、边阑无一不同，证以《毛诗》，亦咸吻合。是此五经必为同时同地开雕，毫无疑义也。至《周礼》则曾见四帙。一为袁寒云所藏，盛伯羲故物。一为李木斋师所藏，一为陆存斋所藏，一为常熟瞿氏所藏，皆为十二行本。见于著录者如吴氏拜经楼、陈氏《经籍跋文》，虽未见原书，然亦十二行本，与此非一家眷属矣。❷

傅氏文中仅提及十行、十二行本，未及十一行本。其十行本目前现存题名有"监本"二字，又可分十行十七字本、十行十八字本。

其十行十七字本题"监本附音"，书中无插图。每半叶十行，行十七字，小字双行，行二十三字，白口间黑口，左右双边。如《监本附音春秋公羊注疏》二十八卷，汉何休注，唐徐彦疏，陆德明音义；《监本附音春秋穀梁注疏》二十卷，晋范宁集解，唐杨士勋疏。

十行十八字本题"监本纂图"，如宋刻《监本纂图春秋经传集解》❸《监本纂图重言重意互注点校毛诗》等❹；另有宋刻《监本纂图重言重意互注毛诗》，书名无"点校"二字，傅增湘曾经眼，其行款与前者相同❺。国家图书馆藏有两部宋刻《监本纂图重言重意互注点校毛诗》，一部为黄丕烈旧藏，卷五至卷七配黄氏士礼居影宋钞本；一部为陈鳣、杨氏海源阁旧藏，存卷一至卷一一，即黄氏士礼居影宋钞底本。二者非同一版❻。黄丕烈旧藏卷端、卷二、卷三首末、卷五末题有"点校"二字。然其卷四首末、卷五首、卷六至卷二〇首末均无"点校"二字。"点校"

---

❶ 文友堂，琉璃厂书肆，始于光绪九年（1882）。堂主魏占良，字殿臣；魏占云，字宇翘，冀县人。参见《琉璃厂小志》，第119页。

❷ 《藏园群书题记》卷一，第15页。

❸ 《藏园订补邵亭知见传本书目》卷二，第103页。

❹ 《藏园群书经眼录》卷一，第30—31页。《藏园群书题记》卷一《监本纂图重言重意互注点校毛诗跋》云"行二十八字"，当是"行十八字"，疑是笔误。《藏园群书题记》卷一，第14页。

❺ 《藏园订补邵亭知见传本书目》卷二，第54页。

❻ 关于两部宋刻的关系，详参《宋版书叙录》，第78—84页。

二字的有无似很随意，疑与刻工有很大关系。根据上文可推宋刻《监本纂图重言重意互注（点校）毛诗》目前所知至少有三种刻本。可见当时宋代帖括之书流行之盛况。

又如《监本纂图重言重意互注点校尚书》，缪荃孙、刘承幹旧藏❶。傅增湘旧藏另有《监本纂图重言重意互注礼记》，诸本相对照，傅增湘认为宋代五经曾同时付梓：

> 是书余甲寅夏得于琉璃厂文友堂。频年所见如李木斋先生之《论语》，缪艺风之《尚书》，海源阁之《毛诗》，其标名行格均与此同，疑当日五经皆付镌矣。❷

上文傅增湘曾两次提及李盛铎旧藏之《论语》，即宋刘氏天香书院刻《监本纂图重言重意互注论语》，今藏北京大学图书馆。每半叶十行，行十八字，小字双行，行二十四字。细黑口，四周双边。有书耳，文中有句读、朱笔圈点划线。书中讳字有玄、徵、贞、慎、讓、恒、完、匡等，缺末笔。敬字不缺，或因已祧之故。卷首何晏"论语序"末镌有"刘氏天香书院之记"牌记二行。序后有"鲁国城里之图"一叶。卷端题"监本纂图重言重意互注论语卷上"，与卷下末题名同，无"点校"二字。然其卷上末、卷二首题"监本纂图重言重意互注点校论语"，均多出"点校"二字。

刘氏天香书院刻书，目前尚未见别本传世，难知其详。今从此书题名、字体及版刻风格，推知此本当为南宋福建地区的刻本，纸莹墨润，刊印俱佳，堪称闽本之上乘。书中袁克文跋，盛赞此本之绝佳：

> 《纂图互注论语》二卷，为南宋绝精之刻，且自《集注》后，古本渺不可得。此虽一时帖括之书，而犹存古注之旧，矧为中土从未见于著录之本，自海外得之，斯尤足贵者，因求假于茔微师，付

---

❶ 《藏园订补邵亭知见传本书目》卷一，第37页。《藏园群书经眼录》卷一，第21页。

❷ 《藏园群书经眼录》卷一，第45—46页。《文禄堂访书记》卷一亦著录此书，第25页。惟有一处"注双行二十四字"与傅氏所记"注双行同"相异；王氏未记卷端，不知其详。馀者如卷首诸图、书中印鉴、杨守敬跋，二者均同。据《第一批国家珍贵古籍名录图录》第二册00268号善本，上海图书公司亦藏有宋刻《监本纂图重言重意互注礼记》，其卷端题"监本纂图重言重意互注礼记卷第一"，次行顶格题"曲礼上第一"，下双行小注陆德明音义，共计三十四字，另转第三行四字。三行低三格题"礼记"，六格下题"郑氏注"，中间为双行小注陆德明音义十三字，书影之下说明文字未提及杨守敬跋。书中卷端印鉴亦与傅氏所记相同。此与傅氏所记次行"礼记上第一"、空六格题"郑氏注"不同。两处著录为两部书，或是傅氏著录疏略，此处存疑，尚待查证。

纂圖互註論語二冊為南宋絕精
之刻且自集註後古本渺不可得
此雖一時帖括之書而猶存古註
之舊剔為中土從未見於著錄之
本自海外舁之斯尤足寶者毋求
假於
菉微師付書胥影寫一過秘諸
篋笥亦聊解佞宋之渴云爾
偶記數言仍歸原書於
師子庵中乙卯冬月克文謹題

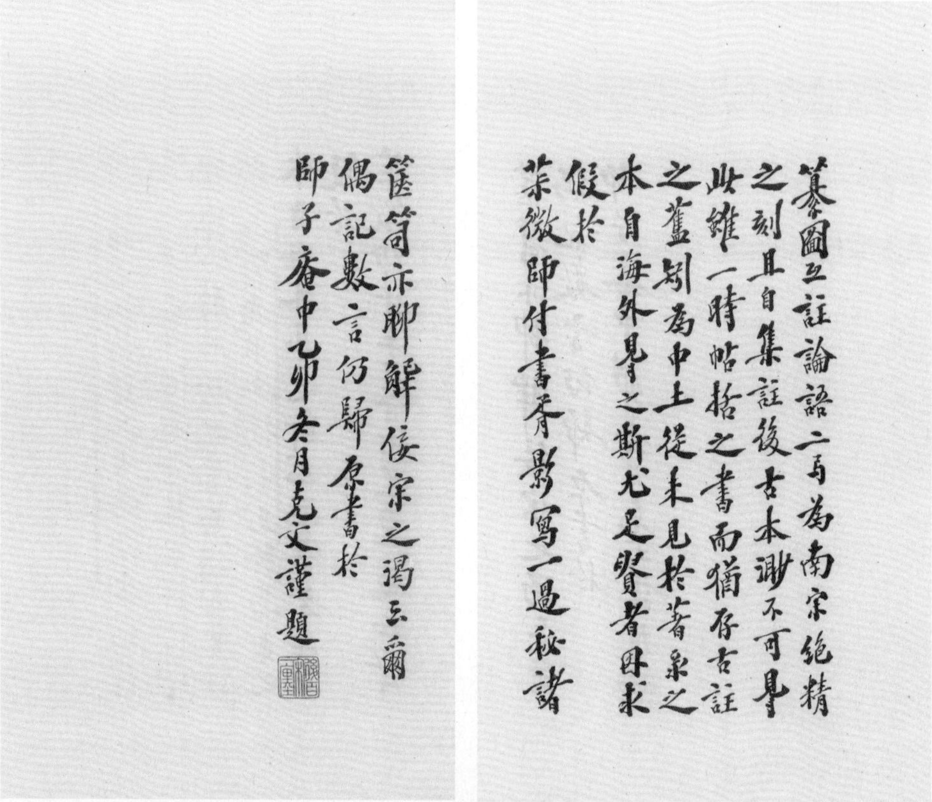

宋刘氏天香书院刻本《监本纂图重言重意互注论语》袁克文跋

书胥影写一过，秘诸箧笥，亦聊解佞宋之渴云尔。偶记数言，仍归原书于师子庵中。乙卯（1915）冬月，克文谨题。（下钤“后百宋一廛”朱文方印）

因此书珍贵难得，袁克文当年曾求假于其师李盛铎，付书胥影钞一部，疑即今上海图书馆藏袁氏三琴趣斋影宋钞本。

此本为杨守敬从日本访得购回之本，其卷末有杨守敬“访书志”红格笺纸跋语，即《日本访书志》卷二所收《监本论语集解》。二者文字虽有出入，然其意义大同。杨氏以此本与今存别本校对，异同甚多，益见此本之精美。杨氏跋云：

……凡此者，虽不免小有讹误，而其佳者，或与释文合，或与皇疏本合，皆证据凿凿，优于明刊《注疏》本。其他字句异同，

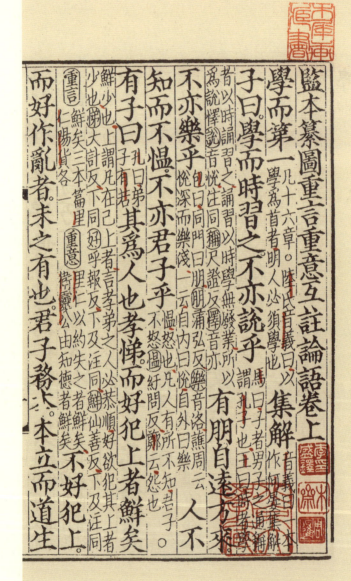

宋刘氏天香书院刻本《监本纂图重言重意互注论语》

不甚关出入者，别详札记。按《集解》经注本，明代无重刊宋本者。自《集注》盛行之后，学者束诸高阁，故有明一代唯存永怀堂一本，然是从注疏本割取，非重刻宋本也。国朝唯惠定宇及见相台岳氏本。至阮氏作校勘记时，并岳本不见。此本为自来著录家所不及，即日本亦罕知之者。唯吉汉宦《近闻寓笔》载其所见永正年古钞《论语》，有清原明经宣贤父子跋。其中依唐本补入二处即忠恕章及托孤章，与此本合。而吉汉宦亦不能指其据何宋本。此本书估从西京搜出，前后无倭训，至为难得。余以重价得之。至其雕镂之精，纸墨之雅，则有目共赏，洵为希世之珍也。……**❶**

今书中钤有"杨印守敬""星吾海外访得秘籍""木斋审定善本""木斋审定""木斋""李印盛铎""木斋宋元秘籍""木犀轩藏书""少微""李滂"诸印鉴。知此书亦曾为李盛铎父子旧藏，然李盛铎《木犀轩藏书题记及书录》未见著录。此书卷端题名"监本纂图重言重意互注论语卷上"之下钤李盛铎"李印盛铎"白文方印、"木斋"朱文方印两枚印鉴，其下另钤有"周暹"白文方印。若根据印鉴所钤位置，意即在李盛铎之前，此书当经周叔弢收藏。然杨守敬《日本访书志》卷二详细叙述此书递藏源流，却未提及周叔弢：

> 余携此书归时，海宁查君翼甫不惜重金力求，余不之与。章君硕卿酷爱之，余与约能重刻饷世则可。硕卿谓然，乃跋而归之。后章君罢官，以抵关君季华凤债，关君携之都中。又转售于李君木斋。**❷**

周氏何时寓目或收藏此书，目前尚不能断定，存疑待考。

"纂图互注"十一行本，国家图书馆现藏主要有《纂图互注尚书》，天禄琳琅旧藏；《纂图互注南华真经》，书中无印记；《纂图互注扬子法言》，曾经明代晋府、文徵明、清代翁方纲、黄丕烈、张蓉镜等诸家递藏；《纂图互注荀子》，袁克文旧藏**❸**。十二行本除傅氏所言瞿氏本外，国家图书馆现藏有《纂图互注周礼》，即此袁克文旧藏本；《纂图互注礼记》，涵芬楼旧藏。

据上文所引《藏园群书题记》，除袁氏藏本之外，宋刻《纂图互注

---

❶ 《日本藏汉籍善本书志书目集成》第九册《日本访书志》卷二，第96—97页。

❷ 同上书，第98页。

❸ 参见下文子部"宋刊《纂图互注荀子》"篇。

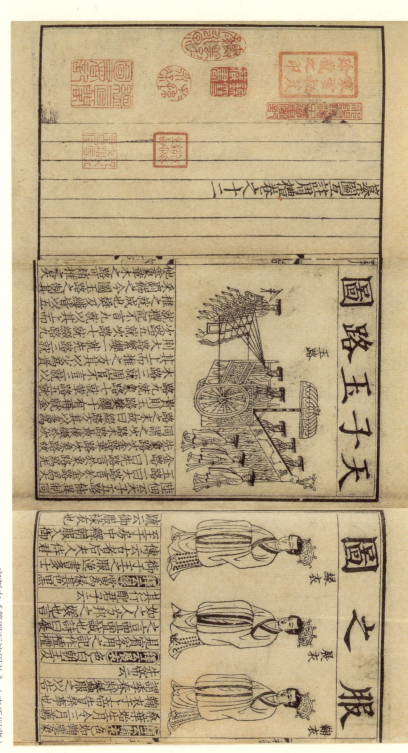

宋刻本《纂图互注周礼》（袁氏旧藏）

纂圖互註周禮卷第一

天官冢宰第一

陸德明音義曰本或作
冢宰七卷餘卷教此
周禮 鄭氏註

惟王建國　建立也周公居攝而作六典之職謂之周
禮營邑於土中七年致政成王以此禮授之使居洛邑
治天下同徒職曰至於景尺有五寸謂之地中天地之所合也四時之
所交也風雨之所會也陰陽之所和也然則百物阜安乃建王國焉
水名也本作洛後漢都洛陽改爲雒景
馬陸曰上始字亦賀云王大子之貌三代所都一也

正位　玄謂考工記人建國水地以縣置槷以縣眡以景爲規藏日
出之景與日入之景晝參諸日中之景夜考之極星以正朝夕是
别四方召誥曰越三日戊申太保朝至于維卜宅厥既得卜則經
營城三日庚戌太保乃以庶殷攻位於維五日甲寅位成是君臣南面
反位謂此定宮廟。○辨本依注作辨徐昌宗皆方免反下同南面之位辨
音位○後同彼別反下同縣音玄大音泰劉昌宗皆平也面如字劉音面君臣比向
别位謂之野別也鄭司農云別四方正朝夕謂之向背日
反注别彼列反下同縣音玄大音泰國方九里國方九里九經
反罪哉爲○里數鄭司農云九里爲井方九夫爲井四井爲邑

設官分職

體國經野　體猶分也

體國經野　體鄭云體猶分也

以為民極　極中也令天下之人各得其中不失其所

為民極　極中也惟王建國至以為民極五句五旗出地官春官夏官以

宋刻《纂图互注周礼》（瞿氏旧藏）

四九

周礼》尚有三部，即李盛铎旧藏，今藏北京大学图书馆；陆心源旧藏，《皕宋楼藏书志》卷六 **1**、《仪顾堂续跋》卷二均有著录 **2**，今藏日本静嘉堂文库 **3**；常熟瞿氏旧藏，《铁琴铜剑楼藏书目录》卷四著录 **4**，今藏国家图书馆。此四部均为十二行本。陆心源《皕宋楼藏书志》卷七 **5**、《仪顾堂续跋》卷三另著录十一行本《纂图互注礼记》 **6**，今亦藏日本静嘉堂文库 **7**。关于此书版本，李致忠先生曾据国家图书馆藏宋刻《纂图互注礼记》一书中的张蓉镜题跋，进一步考证瞿氏铁琴铜剑楼旧藏《纂图互注周礼》的版本，认为这两部书"应是同时同地由同一家书铺子所刻。《纂图互注礼记》既已考定为南宋绍熙间福建地区刻本，则是书亦当是南宋绍熙间福建地区刻本，很可能是建阳地区书铺子的刻本" **8**。

今将袁克文旧藏本与瞿氏旧藏对照。其与瞿氏旧藏笔画极其相似，由此可推知袁氏旧藏本亦当为南宋绍熙间福建地区刻本。然袁、瞿二本又不尽相同。袁氏藏本笔画舒展、饱满，书中配图如冠带、流苏等都十分清晰、生动，恰如袁跋中所称"南宋坊刻之至精者"。瞿氏旧藏本则逊色不少。疑袁氏藏本为初刻，瞿氏藏本或为翻刻。

---

1 陆心源《皕宋楼藏书志》卷六，《宋元明清书目题跋丛刊》七，中华书局，2006 年，第 66 页。

2 《仪顾堂续跋》卷二，第 225 页。

3 《日本藏汉籍善本书志书目集成》第四册《静嘉堂秘籍志》卷二，第 76 页。

4 《铁琴铜剑楼藏书目录》卷四，第 54 页。

5 《皕宋楼藏书志》卷六，第 77 页。

6 《仪顾堂续跋》卷三，第 242 页。

7 《日本藏汉籍善本书志书目集成》第四册《静嘉堂秘籍志》卷二，第 82 页。

8 参见《中华再造善本总目提要》，第 49—50 页。

宋绍熙刻宋元递修本《礼记正义》

　　宋绍熙三年（1192）两浙东路茶盐司三山黄唐刻宋元递修本《礼记正义》七十卷，曾为南宋理宗权相贾似道旧藏，书中钤有"秋壑图书"印记。清初曾经孙承泽、季振宜收藏，季氏书散，为拙菴行人吴用仪璜川书屋购藏。之后，此书辗转入藏曲阜孔氏。由孔氏归清宗室盛昱郁华阁，惜书中无盛昱印鉴。1914 年，袁克文以万金从完颜景贤处购得盛氏旧藏三山黄唐本《礼记正义》等六部古籍善本 **1**，尤以《礼记正义》为其廛中之冠。此书卷七〇末袁克文跋云：

　　（钤"寒云庐"朱文长方印）黄唐刊《礼记正义》七十卷，久著声于人寰。陈鳣跋文曾详记之，且校订异同。盛昱藏书散出，即归其戚景贤。悬重值求沽，议者皆不谐。是时，予居天津，亦欲购而未果。旋作南游，遂绝消息。比移都下，知尚在景家。因丐庚楼妹倩代为论值。遂以万金，兼得《纂图互注周礼》、小字本《春秋胡传》《黄注杜诗》、黄善夫刻《王注苏诗》《于湖居士文集》五书，皆娜嬛秘宝，因结佞宋之癖。经年所获，已可盈百，爰辟一廛以贮之，而以此书冠焉。洪宪纪元（1916）三月十三日，寒云记于云合楼。（下钤"无垢"朱文方印）

　　是书卷端题"礼记正义卷第一"。半叶八行，行十六字，小字双行二十二至二十三字，白口，左右双边。书中讳字有贞、桓、慎、敦、殷、

1　参见前文"寒云藏书述略"中相关内容。

壬子夏鬱華書籍散出是書展轉遂歸
三琴趣齋插架可謂得所歸矣按黃唐跋本司舊
刊易書周禮正經注疏萃見一書便於披繹紹熙辛
亥唐備員司庾取毛詩禮記疏義如前三經編彙校
正錄木是紹興庾司為注疏第一合刻之地詩禮二疏目
即為唐所合編故它經後僅坿唐跋此經獨列校正諸
官銜名於是注疏合刻之地與時無如此明白者是此刻為
禮記注疏合刻第一祖本又為海內第一孤本安得假瞿
氏之易朱氏之周禮並此本景寫付刊俾注疏祖刻復得流
傳寧不亦藝林快事耶 丙辰驚蟄後二日盛鐸識

黃唐刊禮記正義七十卷久著聲於人寰家陳鱣
跋文曾詳記之且校訂異同盛昱藏書散出即
歸其戚景賢懸重值求沽識者皆不諧是時予
居天津亦欲購而未果旋作南遊遂絕消息昨
移都下知尚在景家因丙庚樓妹倩代為論值
遂以萬金並易箕纂圖互註周禮小字本春秋胡
傳黃註杜詩黃善夫刻王註蘇詩于湖居士文
集五書皆嫏嬛秘寶因結佞宋之癖經年
所獲已可盈百爰闢一廔以貯之而以此書冠
焉洪憲紀元三月十三日寒雲記於雲合廔

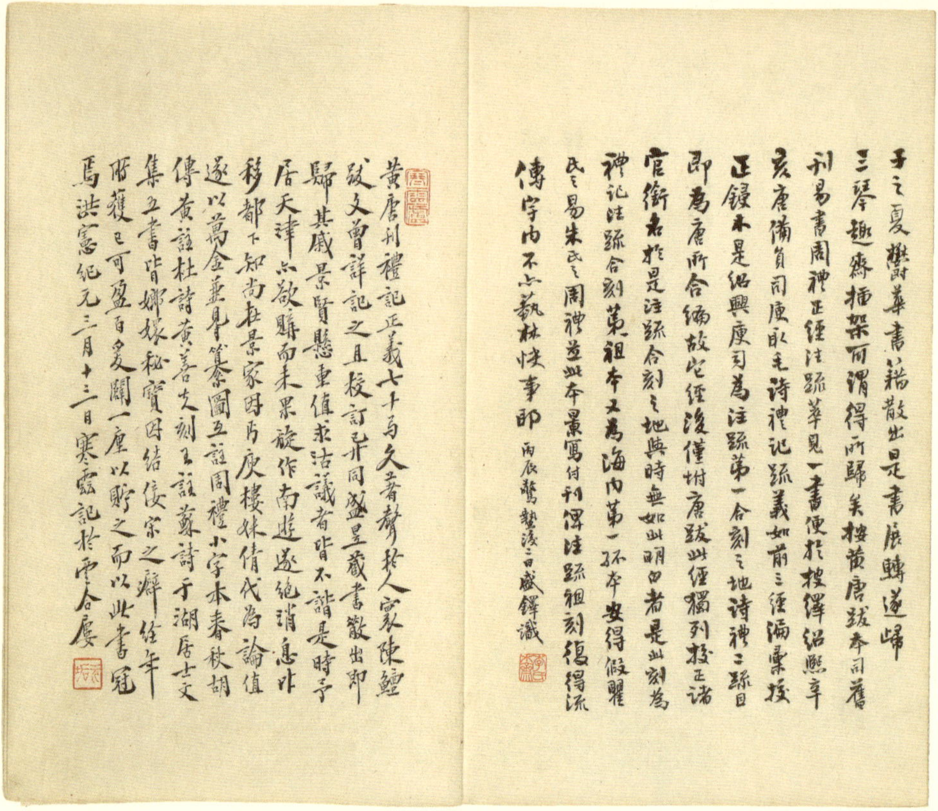

宋绍熙两浙东路茶盐司刻宋元递修本《礼记正义》李盛铎、袁克文跋

恒、玄等，缺末笔。书中刻工名甚多，其中原刻刻工名有丁拱、方坚、方柏祐、王允、王示、王佐、王宗、王祐、王恭、王茂、王椿、毛文、毛俊、毛端、包端、朱周、朱涣、任韦、沈珍、宋琳、宋瑜、李仁、李用、李成、李良、李忠、李涓、李信、李俊、李倚、李宪、李光祖、李师正、吴宗、吴志、吴宝、周彦、周珍、周泉、金升、金彦、姜仲、施珍、施俊、马松、马升、马祖、马祖、马祐、马春、胡二、高彦、高政、徐仁、徐宥、徐通、徐进、徐珙、翁祐、翁祥、孙新、章东、许忠、许富、许贵、张升、张祖、张晖、张荣、张枢、陆训、陈又、陈文、陈真、陈显、陶彦、童志、贾祚、杨昌、杨采、葛昌、葛异、赵通、濮宣、郑彬、郑复、蒋伸、蒋信、刘昭、应俊、魏奇、严信、顾永等人。宋代补刻刻工有丁铨、子文、文玉、王六、王全、王涣、王桂、王智、王禧、王寿三、友山、石山、石宝、占让、占德润、史伯恭、朱文、朱春、朱辉、沈祥、李庚、李润、吴祥、吴文昌、何镇、余生、余敬、麦茂、周

禮記正義卷第一

國子祭酒上護軍曲阜縣開國子臣孔穎達等奉

敕撰

夫禮者經天地理人倫本其所起在天地未分之前故禮運云夫禮必本於大一是天地未分之前已有禮也禮者理也其用以治則與天地俱興故昭二十六年左傳稱晏子云禮之可以爲國也久矣與天地並但于時質略物生則自然而有尊卑若羊羔跪乳鴻鴈飛有行列豈由教之者哉是三才既判尊卑自然而有但天地初分之後即應有君臣治國但年代縣遠無文以言案易緯通卦驗云天皇之先與乾曜合元君有五期輔有三名注云君之用事五行王亦有五期輔有三名又云遂皇始出握機矩注云遂皇謂遂人在伏犧前始王天下也矩法也

宋绍熙两浙东路茶盐司刻宋元递修本《礼记正义》

鼎、洪来、洪福、高谅、高宗二等人。元代补刻刻工有大用、弓华、沈贵、李德瑛、何垔、何庆、胡昶、茅文龙、俞声、徐函、郑莛、郑闰、蒋佛老、顾澄等人。另有一些刻工不知年代者，如用之、艮富、任昌、李茂、吴洪、范华、徐良、徐泳、徐珣、孙春、孙斌、孙开一、章文、章文一、许泳、曹荣、盛久、娄正、张佺、张珍、张阿狗、陈政、陈琇、陈新、陈允升、陈邦卿、陈思议、陈万二、黄亨、杨润、葛一、葛辛、葛弗一、董用、赵遇春、熊道琼、蒋荣、刘仁、钱裕、缪珍、庞葛五、圭、系、东、奏、霍、苏等人。

此书末册卷七〇尾镌有绍熙三年（壬子，1192）三山黄唐刻书识语云：

> 六经疏义，自京、监、蜀本，皆省正文及注，又篇章散乱，览者病焉。本司旧刊《易》《书》《周礼》正经注疏，萃见一书，便于披绎，它经独阙。绍熙辛亥仲冬，唐备员司庚，遂取《毛诗》《礼记》疏义，如前三经编汇，精加雠正，用锓诸木，庶广前人之所未备。乃若《春秋》一经，顾力未暇，姑以贻同志云。壬子秋八月，三山黄唐谨识。

识语之后又列有校正官诸人，如"进士傅伯膺、进士陈克己、应贤良方正直言极谏科庄冶……"等人，以及"朝请郎提举两浙东路常平茶盐公事黄唐"。

今书中钤有"北平孙氏""季印振宜""季振宜字诜兮号沧苇""沧苇""御史之章""惠栋""定宇""孔继涵""诮孟""完颜景贤精鉴""咸熙堂鉴定""小如庵祕笈""完颜景贤字享父号朴孙一字任斋别号小如盦印""景行维贤""金章世系景行维贤""袁克文""克文""袁""佞宋""人间孤本""寒云秘笈珍藏之印"诸印记。

几年之后，袁克文囊中羞涩，迫不得已将此书转让给藏书家南海潘宗周。适逢潘氏藏书楼落成，得物志喜，名曰"宝礼堂"，亦可见此宋刻三山黄唐本《礼记正义》之珍贵。张元济《宝礼堂宋本书录》经部著录此书❶。建国后，潘氏后人潘世兹秉承父命，将宝礼堂藏书捐献国家，入藏今国家图书馆。

袁氏跋中言及"陈鳣跋文"，即陈鳣《经籍跋文·宋本礼记注疏跋》：

---

❶ 《张元济古籍书目序跋汇编》上册，第179—182页。

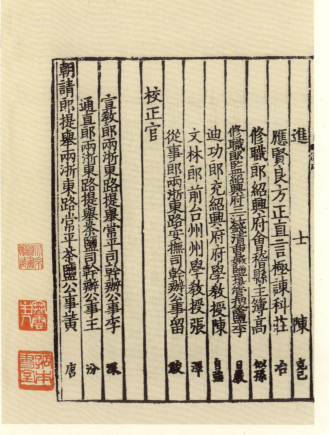

宋绍熙两浙东路茶盐司刻宋元递修本《礼记正义》卷末题名

　　《玉海》卷三十九《礼记疏》一条云：咸平二年三月己巳，祭酒邢昺上新印《礼记疏》七十卷，是为正义原书，南宋初年与经注合并，尚从正义原分之卷。厥后附释音本又改为六十三卷，而原定卷次遂乱。此必南宋初刻，与山井鼎《考文》所据宋本多合，而彼有缺卷，此则纯全，诚希世之宝也。向为吴门吴拙菴行人所藏，传于其子企晋博士。乾隆十四年惠定宇徵君取校毛氏刻本，计脱误万馀字，为跋而识之。有云"四百年来阙误之书，犁然备具，为之称快"。其后七十卷之本归于曲阜孔氏，而定宇本间或传校毛刻。有书贾钱听默窃以所储十行本重临惠校，缀以原跋。十行本者亦南宋时刻。以其每半叶十行，故称十行本。首题"附释音礼记注疏"，

亦称附音本。……**1**

陈跋中所言吴门吴拙葊行人吴用仪璜川书屋所藏、惠栋所校之希世之宝,即此郁华阁旧藏之三山黄唐本《礼记正义》。清乾隆十四年己巳(1749),惠栋据此本校汲古阁本,并于此书卷七〇末手书跋文云:

> 拙葊行人购得宋椠《礼记正义》示余,余案《唐·艺文志》,书凡七十卷,此本卷次正同,字体仿石经,盖北宋本也。先是孔颖达奉诏撰《五经正义》,法周秦遗意,与经注别行。宋以来,始有合刻。南宋后,又以陆德明所撰《释文》增入,谓之"附释音礼记注疏",编为六十三卷,监板及毛氏所刻皆是本也。岁久脱烂,悉仍其阙。今以北宋本校毛本,讹字四千七百有四,脱字一千一百四十有五,阙文二千二百一十有七,文字异者二千六百二十有五,羡文九百七十有一。校雠是正四百年来阙误之书,犁然备具,为之称快。唐人疏义推孔、贾二君,第《易》用王弼,《书》用伪孔氏,二书皆不足传。至如《诗》《春秋左氏》《三礼》,则旁采两汉南北诸儒之说,学有师承,文有根柢,古义之不尽亡,二君之力也。今监板毛氏所刻诸经,颇称完善。惟《礼记》阙误独多,拙葊适得此书,可谓希世之宝矣。拙葊家世藏书,嗣君博士企晋,尝许余造璜川书屋,尽读所藏。余病未能,息壤在彼,请俟他日。因校此书,并识于后云。己巳秋日松崖惠栋。(下钤"惠栋"白文方印、"定宇"朱文方印)

李盛铎认为此本为"《礼记》注疏合刻第一祖本",并盛赞其"为海内第一孤本",堪称盛氏郁华阁宋刻中之精整完好者。书中惠跋之后李盛铎跋云:

> 诸经疏义本自单行,注疏合刻始自何时,前人无能详言之者。今注疏流传仅有南宋十行本,其卷袠与单疏本不合。乾嘉诸老搜获钱孙保景钞《周易注疏》十三卷,沈中宾刻《左传正义》三十六卷,已悟十行本改移卷第之非。咸同中,仁和朱氏得五十卷本《周礼注疏》,而日本景刻《尚书正义》亦流传中土。独惠松崖先生所校七十卷本之《礼记正义》,相传由璜川吴氏转徙归曲阜孔氏者,沈晦百馀年,耆古者几疑秘帙已不存天壤。光绪丁、戊之交,颇闻此

---

1 《宋版书考录》,第235—236页。

书复出，为郁华阁所收，珍秘不肯眎人。余归自东瀛，伯羲前辈已归道山。箧册尘封，无由得见。壬子之夏，郁华书籍散出，是书展转，遂归三琴趣斋插架，可谓得所归矣。按：黄唐跋本司旧刊《易》《书》《周礼》正经注疏，萃见一书，便于披绎。绍熙辛亥唐备员司庾，取《毛诗》《礼记》疏义如前三经编汇，校正锓木。是绍兴庚司为注疏第一合刻之地。《诗》《礼》二疏目，即为唐所合编，故它经后仅附唐跋，此经独列校正诸官衔名。于是注疏合刻之地与时，无如此明白者。是此刻为《礼记》注疏合刻第一祖本，又为海内第一孤本，安得假瞿氏之《易》、朱氏之《周礼》，并此本景写付刊，俾注疏祖刻复得流传宇内，不亦艺林快事耶。丙辰（1916）惊蛰后二日，盛铎识。（钤"李氏木斋"朱文方印）

李氏此跋作于袁克文得此书之后。跋末所署时间为丙辰惊蛰后二日，是岁惊蛰在二月初三，则李氏作此跋尚在袁克文跋之先。此书之佳，不仅李盛铎如是说，他人亦有评述。如清末翁同书曾跋宋刻《礼记》残本云：

> 《礼记》注疏本，汲古阁所刊，讹舛百出，十行本、闽本、监本略胜，而鱼鲁亦复不少。独惠栋所见《正义》七十卷本为最善。[1]

张元济 1930 年跋宋刻《礼记正义》残本亦云：

> 余曩居京邸，闻沈子培先生言，盛伯羲尝得曲阜孔氏所藏惠氏据校之宋刻《礼记正义》，秘不示人。余心识之。清社既屋，盛书星散，大半归于景朴孙。朴孙以是书售之袁寒云。吾友潘明训复得之袁氏。至是余始得寓目焉。[2]

袁克文旧藏中尚有《礼记》诸书数部，如宋刻巾箱《京本点校附音重言重意互注礼记》、宋刊十行本《礼记注疏》残本、拜经楼九经之一宋刊白文《礼记》等。其中，1915 年十一月袁克文所得南宋绍熙间建安刊本《礼记》二十卷，汉郑玄注，书中以墨围白文形式标注"重言""重意""释文"等，并附有陆德明释文[3]。卷前有袁氏手书题识云：

> 《礼记》郑注附释文重言重意，十二卷[4]，审为南渡后建安坊

[1] 详见国家图书馆藏宋刻《礼记》（现存十六卷）翁同书跋。
[2] 国家图书馆藏宋绍熙三年（1192）两浙东路茶盐司刻宋元递修本《礼记正义》（现存二十八卷）张元济跋。《张元济古籍书目序跋汇编》中册，第 402 页。
[3] 《寒云日记》，第 153 页。
[4] 当为"二十卷"，此处作"十二"，疑为笔误。

本，向未见于著录，复无藏家印记，无可考索。惟与陈仲鱼所校多
吻合。张月霄藏《月令》残本，所举佳处，悉与此同，洵善本也。
比居海上识王子父铁，始知此书为天一阁故物，为贾人盗出。范氏
书目礼类有"《礼记》二十卷，宋刊本"一条，即此书也。丙辰岁
寒 **1**，寒云。**2**

　　此书为金镶玉装，半叶十一行，行十九字，注文小字双行，行
二十五字。卷端题"礼记卷第一"，次行顶格题"曲礼第一"。其他诸
卷首第三行"礼记"下，或题"郑氏注"，或题"郑氏注附陆氏释文"
等。卷一九末镌有附刻经注字数。文中有朱笔点校，间有墨笔批注。今
书中钤有"佞宋""皇二子""寒云""后百宋一廛""三琴趣斋"等
印记 **3**。现藏台北 **4**。

五
八

1　岁寒，一年中的严寒时节，亦可喻指困境、乱世。晋陶潜《读史述九章·管鲍》云："知人未易，
　　相知实难，谈美初交，利乖岁寒。"是年丙辰（1916），袁克文父母相继离世，堪称"岁寒"。
2　《标点善本题跋集录》上，第18页。书影见《"国立中央"图书馆善本题跋真迹》一，第99页。
3　详见《"国家"图书馆善本书志初稿》经部，"国家"图书馆编印，1996年，第112页。
4　《"国立中央"图书馆善本书目》（增订二版），第30页。

宋刊《春秋传》

　　宋刻《春秋传》三十卷，作者胡安国（1074—1138），字康侯，建宁崇安（今属福建）人。北宋绍圣四年（1097）进士，累官给事中，卒谥文定，后世称之为胡文定公。因不满王安石废《春秋》而潜心钻研《春秋》，并得"奉旨纂修"《春秋传》，重新覆核、校订，五年之后方成书，可见其用功之勤。

　　此宋刻本亦为盛昱旧藏，然书中未见盛昱钤印。1914 年冬，袁克文购自完颜景贤处 **1**。书中袁克文跋云：

　　　　《春秋胡氏传》三十卷

　　　　此胡氏原本，宋刊尚有巾箱本、大字本。或疑此为元刊，以其双栏也。不知宋刊亦有双栏者。而元刊此书无"左朝散郎充徽猷阁待制提举江州太平观赐紫金鱼袋臣胡安国奉圣旨纂修"二行。近得元刊残本可以证矣。乙卯（1915）二月初七日，寒云记于来福堂。

　　袁克文另撰有一篇提要：

　　　　《春秋传》三十卷，宋刊宋印，十册
　　　　宋胡安国撰
　　　　卷第一次行标"左朝散郎充徽猷阁待制提举江州太平观赐紫金鱼袋臣胡安国奉圣旨纂修"，"圣旨"四字另提一行。

1　参见前文"寒云藏书述略"相关内容。

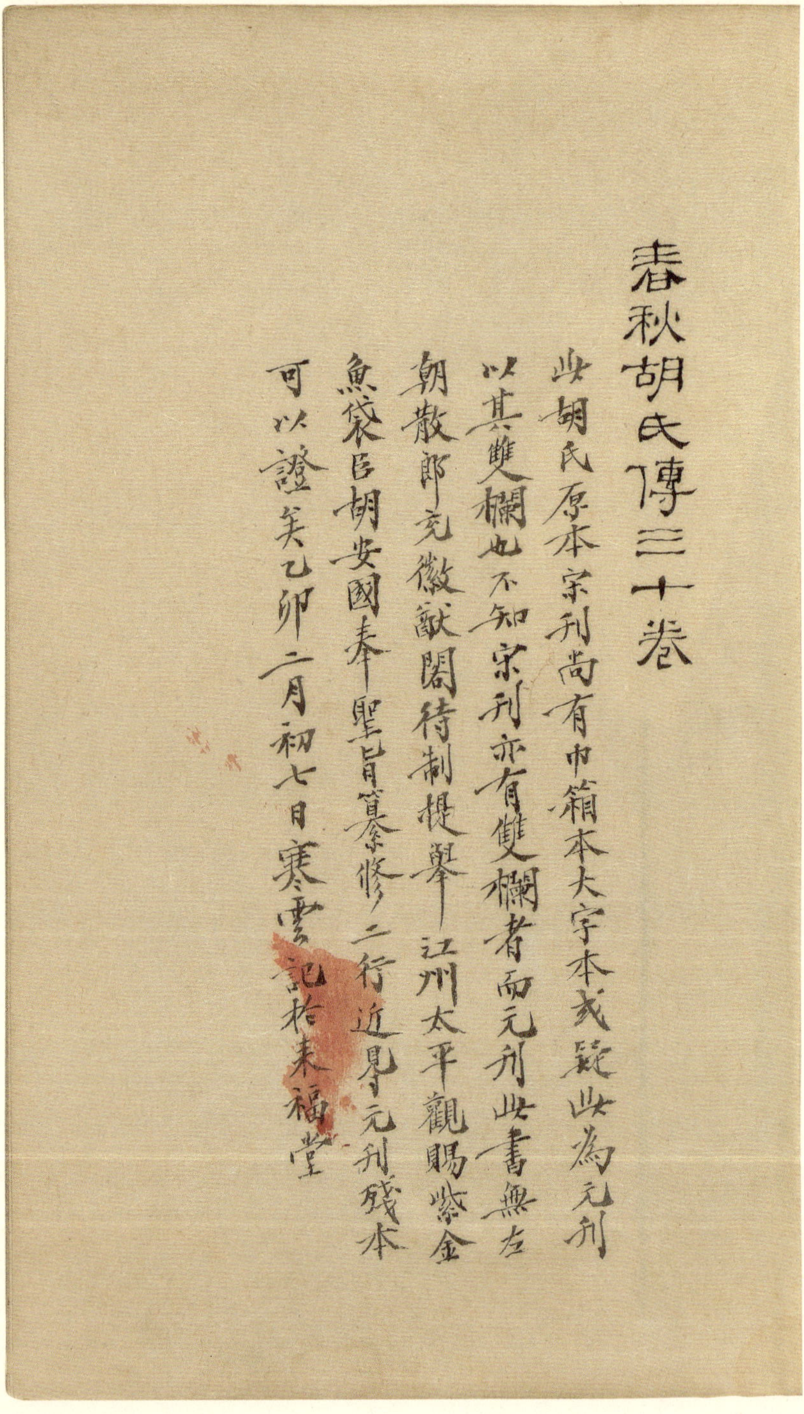

春秋胡氏傳三十卷

此胡氏原本宋刊尚有巾箱本大字本我疑此為元刊
以其雙欄也不知宋刊亦有雙欄者而元刊此書無左
朝散郎充徽猷閣待制提舉江州太平觀賜紫金
魚袋臣胡安國奉聖旨篡修二行近見元刊殘本
可以證矣己卯二月初七日寒雲記於來福堂

宋刻《春秋传》袁克文跋

半叶十四行，行二十六字。传低一格，另行。白口，四周双栏，双鱼尾。上鱼尾下标"春秋传"，或"春秋"及卷次；下鱼尾下标叶次，再下标字数，再下标刻工姓名。宋讳多缺笔。

刻工：允、正、马、宋琳、马正、宋圭、宋林、圭、圭刁、升

藏印：仲诚卷一前、卷三十尾；外有景贤藏印。

《春秋胡氏传》，密行小字，宋刊绝精，字体方健流丽，当在南渡初年。**❶**

是书云合函套，上有袁克文墨笔题签"《春秋胡氏传》，宋刊本"，下署"寒云裁唐纸并题"。卷端题"春秋传卷第一"，每半叶十四行，行二十六字，白口，四周双边，双顺鱼尾。书品好，文中有朱墨笔圈点，天头有朱墨笔校语。版心下方记字数、刻工。讳字有桓、匡、慎、贞、弘等，缺末笔。刻工有马、宋、琳、允、正、圭刀、宋圭、宋琳等。

今书中钤有"小如庵祕笈""景行维贤""寒云秘笈珍藏之印"等印鉴。袁克文经济拮据时，将此书转让给南海潘宗周，张元济《宝礼堂宋本书录》经部著录**❷**。建国后，潘氏后人潘世兹将宝礼堂藏书捐献国家，入藏今国家图书馆。

瞿氏旧藏亦有此书同版，商务印书馆曾影印入《四部丛刊续编》。《铁琴铜剑楼藏书目录》云：

题："左朝散郎充徽猷阁待制提举江州太平观赐紫金鱼袋臣胡安国奉圣旨纂修。"前有自序及绍兴六年《进书表》《论名讳札子》，又有《述纲领》《明类例》《谨始例》《叙传授》四篇，汲古毛氏刻本俱遗之，添入音注，失旧本之真矣。陈直斋谓绍兴中经筵所进者。此本"慎"字阙笔，其刻当在孝宗时。每半叶十四行，行廿六字，传文低经一格。（卷首有"顾从德印""顾从义氏"二朱记）**❸**

此本为明代顾氏兄弟、华亭朱氏递藏，钤有"顾印从德""顾氏从义""顾从德""华亭朱氏珍藏"等印记。后为瞿氏铁琴铜剑楼所得，钤有"铁琴铜剑楼""菰里瞿镛""瞿印启文"等印鉴。今藏国家图书馆。

---

❶ 参见《寒云手写所藏宋本提要廿九种》，第179—180页。

❷ 《张元济古籍书目序跋汇编》上册，第190—191页。

❸ 《铁琴铜剑楼藏书目录》卷五，第86页。

左朝散郎充徽猷閣待制提舉江州太平觀賜紫金魚袋臣胡安國奉

聖旨纂修

隱公上

孟子曰王者之迹熄而詩亡詩亡然後春秋作今按邶鄘而下多

春秋時詩也而謂詩亡然後春秋作何也自黍離降為國風天下

無復有雅而王者之詩亡矣春秋作於隱公適當雅亡之後又按

小雅正月剌幽王詩也而曰赫赫宗周褒姒滅之遂與黍公之末

幽王巳為犬戎所斃惠公初年周既東矣春秋不作於孝公惠公

者東遷之始流風遺俗猶有存者鄭武公入為司徒善於其職則

猶用賢也晉侯捍王于艱錫之秬鬯猶有諡命也王曰其歸視

爾師則諸侯猶來朝也義和之覲諡為之侯則列國猶有請也及

平王在位日久不能自強於政治棄其九族萬藟有終遠兄弟之

剌不撫其民周人有束薪蒲楚之譏至其晚年失道滋甚乃以天

宋刻《春秋傳》

1912年傅增湘曾经眼袁克文旧藏本 **❶**。同年，傅增湘在谭锡庆正文斋还见到元刻《春秋胡氏传》三十卷，每半叶十五行，行二十字，传二十七字 **❷**。另有宋乾道四年（1168）刊庆元五年（1199）黄汝嘉修补本，是现存此书宋刻本中唯一有明确刻书年款的版本，亦为海内仅存之孤本 **❸**，疑即袁跋中所言宋刻大字本 **❹**。此本大版心，每半叶十行，行二十字，传低一格，细黑口，左右双边。版心上记字数，下记刻工姓名。其卷前有胡安国"春秋传序""论名讳札子"，次绍兴六年（1136）十二月进书表，次"述纲领""明类例""谨始例""叙传授"等篇，版心题"春秋附"，次经文、传文字数及通计字数。卷端题"春秋传卷第一"。卷一〇、卷二三、卷二五、卷二八末均镌有"曾孙修职郎隆兴府司户参军绛校勘、从政郎充隆兴府府学教授黄汝嘉校勘"二行。卷三〇末低三格有庆元五年莆田黄汝嘉跋，云：

> 右文定胡公《春秋传》三十卷，发明经旨，当与三家并行。乾道四年，忠肃刘公出镇豫章，锓木郡斋，以惠后学。岁久磨灭，读者病之。汝嘉备员分教，辄请归于学官，命工刊修。会公之曾孙绛庀职民曹，因以家传旧稿，重加是正，始为善本。工迄告成，姑识岁月于卷末。庆元己未中夏既望莆田黄汝嘉谨书。

由此可知，此本当于乾道四年（1168）付梓，庆元初年修补，因此匡、桓缺笔，而惇字不缺笔。书内有前人五色批抹，书眉有佚名墨笔考证。书中钤有"毛褒之印""华伯氏""季振宜字诜兮号沧苇""季沧苇图书记""木犀轩藏书"诸印鉴，知其曾经明末毛氏汲古阁、清初季振宜收藏，民国间为李盛铎木犀轩所得。《木犀轩藏书题记及书录》著录此书 **❺**。现藏北京大学图书馆。

❶ 《藏园群书经眼录》卷一，第67页。
❷ 《藏园群书经眼录》卷一，第68页。
❸ 详见《中华再造善本总目提要》，第93—94页。
❹ 《张元济古籍书目序跋汇编》上册，第190—191页。
❺ 详参《木犀轩藏书题记及书录》，第73—74页。《文禄堂访书记》卷一，第36页。

元刻《春秋经左氏传句解》

元刻《春秋经左氏传句解》七十卷，每半叶十行，行二十二字，注文小字双行同，黑口，双顺鱼尾，左右双边。1915 年正月初六日，袁克文以百元从厂甸书摊购得此本 **❶**。两月之后，袁克文展卷濡毫，题写跋语：

> 考士礼居刻《季沧苇书目》有宋板《左传句解》七十卷，晨风阁刻朱氏《结一庐书目》载《春秋经传句解》七十卷，宋林尧叟撰，宋季刊本，每半叶十行，季沧苇藏书。他家所载皆曰《音注全文春秋括例始末左传句读直解》，元本十二行，或十四行，覆本无十行者。乙卯（1915）三月，寒云。（下钤"寒云小印"）**❷**

是书正文中"经""传"以及释音字以墨围白文标明。版心记书名、卷次及叶次。卷首有"春秋左氏传括例始末句解纲目"，卷端顶格题"春秋经左氏传句解卷之一"，次行低十四格题"林尧叟注"**❸**。书中有讳字，当以宋刻为底本翻刻。此本现藏台北 **❹**。

句解，即逐句解释。此书盖为初学者所作。作者林尧叟，字唐翁，生卒年不详，南宋梅溪人（今福建闽清）。其生平事迹无考。

此书于十二公之始，必注明周王纪年、列国纪年及列国之君，易世

---

❶ 《寒云日记》，第 133 页。
❷ 《标点善本题跋集录》，第 27—28 页。书影见《"国立中央"图书馆善本题跋真迹》一，第 153 页。
❸ 《"国家"图书馆善本书志初稿》经部，第 166 页。
❹ 《"国立中央"图书馆善本书目》（增订二版），第 45 页。

嗣位，以至齐、晋、秦、楚之大夫为政，使读者即知时变；其《经》《传》字之异于今本者，均与《唐石经》合。卷首《纲目》阐明林氏著述主旨云："句读直解并依据杜氏古注及采取止斋陈先生议论而附益之，其有润色古注、别出新意者，并以'愚按'别之。""止斋陈先生"，即陈傅良（1137—1203），字君举，号止斋，南宋温州瑞安（今属浙江）人。著有《周礼说》《春秋后传》《左传章旨》等。

袁克文跋中提及元刻《音注全文春秋括例始末左传句读直解》七十卷。其文中以墨圈点断正句，即"句读"；笺释字句，浅显易明，解释某人、某地，直述其事；遇有地理重复、互异者，直注云即某地，故曰"直解"。书衣有袁克文朱笔题签，云"宋刊左传句读直解"，扉页有李盛铎手书"林注《左传》，《经眼录》载有元翻宋板，与此行款略同，此则元翻所从出之本，虽残佚，亦殊不多见也" **1**。末署"寒云主人。盛铎顿首"。此本曾经宋筠收藏，后入罗振常蟫隐庐，书中钤有"三晋提刑""臣筠""蟫隐庐"等印鉴。1915年八月，此本为袁克文所得 **2**。书中钤有"臣印克文""上第二子""佞宋""长金之铢"等印记。

对照这两部书，以卷端为例，二者字句相同，讳字亦同；间有形近而误之字，如《春秋经左氏传句解》为"自桓公始受封"，而《音注全文春秋括例始末左传句读直解》误作"自桓公姓受封"。卷首"纲目"，后者题为"春秋正经全文左氏传括例始末句解纲目"，较前者增加"正经全文"四字，当是书坊为吸引读者、增加卖点而为之。由此推知，林书原名当为《春秋经左氏传句解》，刊刻在前；而《音注全文春秋括例始末左传句读直解》当是坊间逐利以《春秋经左氏传句解》加以修饰之后的翻刻本。

林书笺释字句，浅显易明，影响深远，后世采用颇多。1970年，山东省博物馆发掘明鲁荒王朱檀墓，出土六种元刻本。其中有巾箱本宋胡安国撰《增入音注括例始末胡文定公春秋传》三十卷，每半叶十四行，行十八字，细黑口，四周双边。书中即增入林尧叟音注。此书出土时为包背装，前半部残。第一册卷首为胡安国《春秋传序》，次绍兴六年十二月胡安国《进春秋传表》，次绍兴六年胡安国进《百官箴讳例》

1 《经眼录》，即《藏园群书经眼录》，第69页。
2 《寒云日记·乙卯日记（1915）》："（八月二十三日）八兄赠宋刊元补《音注全文春秋括例始末左传句读直解》残本四册。"《寒云日记》，第148页。

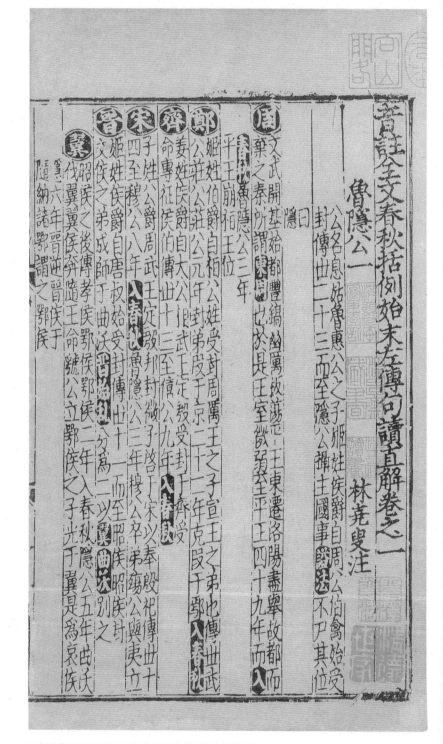

元刻明修本《音注全文春秋括例始末左传句读直解》

札子，次《□□□□□□□□括例始末纲目》，次《春秋列国图》，次《春秋诸国地理图》，次《春秋二十国年表》。第二册、第三册内容依次为《东坡春秋列国图》、《经传始见诸国图》。第四册为《诸国兴废说》，卷前缺鲁、周、齐、晋、卫、郑、宋、杞、陈、吴诸国，下接楚、许、秦等国。次《六经图》（部分），次《春秋诸国地名》[1]。此册后半部的末尾部分与宋程公说《春秋分纪》卷三三末相同。第五册、第六册为《周王氏族》二卷。第七册、第八册为《春秋名号归一图》二卷。第九册至第二十册为《增入音注括例始末胡文定公春秋传》三十卷，即此书正文。卷首纲目后牌记仅存"绣梓"二字，卷末牌记残存"□□至□□□舍鼎新刊行"数字。

此本应是坊间为迎合时需而将胡安国《春秋传》、林尧叟《音注全文春秋括例始末左传句读直解》两书合刻。以胡氏《春秋传》为主，增入林尧叟《音注全文春秋括例始末左传句读直解》中林氏音注，以"林曰"标明，并取林书纲目为此书纲目，故云"增入音注括例始末"。文中《春秋》正文之后的大段按语即胡注《春秋》。第九册眉批甚多，其馀诸册仅有干支标注。第九册天头批语是相对应的《左氏传》，文中亦有讳字。其避讳与否、圈点之处等几乎与国家图书馆藏元刻林尧叟《音注全文春秋括例始末左传句读直解》相同，盖以林书为蓝本补入。由此可推断，此本之刻应该在元刻林氏《音注全文春秋括例始末左传句读直解》之后。

此本刊刻较为粗糙，如其纲目，仅删去林书第一条及两条末尾几字，其馀则径取林书，未作修改。林书纲目最后一条阐明其著《音注全文春秋括例始末左传句读直解》之主旨，云"句解直解并依杜氏古注及采取止斋陈先生议论而附益之。其有润色古注、别出新意者，并依'愚按'别之。"从此本残存"并依杜氏古注及采取……论而附益之"一句，可知此书仅把后半句删去，前半句则完全照录；卷端题名"胡文定公春秋传"，纲目却无一字语及胡氏《春秋传》。

再如，此书分卷与胡书相同，而每公首卷取林书。胡书称诸公不加国号，称"隐公""桓公"，林书不然，则云"鲁隐公""鲁桓公"。故此书中每公首卷为"鲁某公"，卷中、卷下则为"某公"，如"鲁隐

[1] 此部分残缺严重，题名根据内容推测。

公上""隐公中""隐公下"。坊间刻书之草率由此可见一斑。

卷前所附《春秋名号归一图》上、下卷，蜀冯继先撰，其人生平无考。宋王尧臣《崇文总目》、赵希弁《郡斋读书附志》及陈振孙《直斋书录解题》等书均有记载。冯氏因《左传》所载君臣名氏、字谥互见错出而作，以春秋官谥名字裒附初名之侧，颇便于学者治《左传》之用。

《春秋二十国年表》，不署撰者名氏，陈振孙《直斋书录解题》有著录，云："不知何人作。周而下，次以鲁、蔡、曹、卫、滕、晋、郑、齐、秦、楚、宋、杞、陈、吴、邾、莒、薛、小邾。按《馆阁书目》有《年表》二卷，元丰中杨彦龄撰。自周之外，凡十三国，仍总记蛮夷戎狄之事。又按董氏《藏书志》，《年表》无撰人，自周至吴、越凡十国，又有附庸诸国别为表，凡征伐、朝觐、会同皆书，今此《表》止记即位及卒，皆非二家书也。"知陈氏所说之《年表》非《中兴馆阁书目》与董逌《广川藏书志》所言之《年表》。

书中有讳字，如宣祖讳"殷"、太祖讳"筐""匡"，真宗讳"恒"、仁宗讳"贞"、钦宗讳"桓"、孝宗讳"慎"等，然亦有不讳之处。如卷一首"武王定殷"之"殷"、卷四首"鲁桓公上"之"桓"等。知此书所据祖本应该是宋本，元代刊刻时未完全回改。此本诸家书目均未见著录，且是地下出土，堪称孤本秘籍。

明代汪道焜、赵如源将林书与杜预《春秋左传注》合编。崇祯年间，杭州书坊取之合刻，俗称《左传杜林合注》，为当时童蒙必读之书，亦科举考试的法定读本。瞿镛旧藏亦有元刊《音注全文春秋括例始末左传句读直解》，其《藏书目录》云："自明汪道焜、赵如源有杜林合注之编，或删杜以就林，或移林以冒杜，而林氏原书几晦。《四库全书总目》亦但录其书。此元刊初印本，犹是曝书亭三万卷中物，有好事者传刻之，而唐翁之名不致见蒙于合注一书矣。" **1** 杜林合刻之后，林氏原书日渐湮没。而今，宋刻林氏原书未见传世；此袁氏旧藏元刻《春秋经左氏传句解》以宋刻为底本翻刻，在一定程度上保存了林书原貌，且能够流传至今，实属珍罕。

1 《铁琴铜剑楼藏书目录》卷五，第 88 页。此书现存国家图书馆。

宋龙山书院刻本
《纂图互注春秋经传集解》

宋龙山书院刻本《纂图互注春秋经传集解》三十卷，曾为四明卢氏抱经楼旧藏 **[1]**。1913 年十二月，傅增湘在宁波灵桥门内君子营卢宅见过此书 **[2]**。1915 年秋，卢氏藏书求售。傅增湘曾进言当局，请求京师图书馆购藏，因政局多变而未果。后为上海书商陈立炎以三万五千金购得 **[3]**。陈立炎得卢氏藏书之后，在上海设立古书流通处售书。

1916 年九月二十六日，袁克文购得此书 **[4]**，并手书题跋：

> 《纂图互注春秋经传集解》三十卷，序后有龙山书院木记，审为南宋建本，精完可宝。四明卢氏抱经楼藏书，历二百馀年，乙卯（1915）始为沪贾诱出。宋本精者，惟《开庆四明续志》与此，二书今皆归予箧中。时丙辰（1916）九月，棘人袁克文记于沪寓。**[5]**

袁克文另撰有提要一篇：

> 《纂图互注春秋经传集解》三十卷，宋刊宋印，四册

---

[1] 关于卢氏藏书，详参《文献家通考》上册，第 319 页。
[2] 《藏园群书经眼录》卷一，第 58 页。
[3] 《藏园群书经眼录》卷四，第 241 页。
[4] 《寒云日记》，第 165 页。
[5] 《诗经·桧风·素冠》云："庶见素冠兮，棘人栾栾兮，劳心慱慱兮。"郑玄笺："急于哀戚之人。"后人以居父母之丧时，自称"棘人"。1916 年五月初六日，袁世凯去世；是年九月，袁克文正值守父之丧。

周左丘明撰，晋杜预注

首"春秋序"，次"春秋纪年"，后有木记，曰"龙山书院图书之宝"。四周双阑，外阔内细。每行四字，分两行。次"诸国地理图"，次"三皇五帝"，次"周及诸国世次"，次"名号归一图"二卷；次"诸侯兴废"，次"总例"，次"始终"。

半叶十二行，行二十一字。注双行，行二十五字。序行同，行十九字。"归一图"至"始终"皆十一行，行十九字。左右双栏，线口，双鱼尾。"重言""重意""互注"皆墨钉白文。宋讳多缺笔。

藏印：惟天游阁朱文、抱经楼白文两印。

宋藏经纸衣，唐硬黄签 [1]，丙辰冬重装。

《春秋经传集解》"纂图互注"本独此无两。虽建阳坊间刊行，而字画绝精。况首尾完好，触手若新，与宋刊《四明续志》同获自四明卢氏抱经楼。 [2]

此书第一册卷前扉页有袁克文题签四行："南宋龙山书院刊本《纂图互注春秋经传集解》三十卷，八经阁鉴藏，戊午（1918）上元题。"下钤"八经阁"白文方印。次叶钤有吴下王大炘1917年正月初一日绘制"陌宋书藏主人廿八岁小景"读书小像印鉴。卷首"春秋序·春秋纪年"后镌有"龙山书院图书之宝"木记二行。卷端题"纂图互注春秋经传集解隐第一"。文中有朱笔圈点。书中有讳字桓、恒等。另有简体或俗字，如晋、礼、无、齐、辞等。次附《春秋诸国地理图》，再次附《春秋名号归一图》二卷，次为《诸侯兴废》《春秋始终》。此本当属"纂图互注"之十二行本，每半叶十二行，行二十一字，小字双行二十五字，细黑口，左右双边，有书耳。

袁跋中据此书序后木记而断为南宋福建刻本，尚待商榷。据李致忠先生考证，嘉靖《六安州志》卷中载，六安州东距城五十里有龙山书院，宋人汪立信曾读书于此。康熙《六安州志》卷七亦有类似记载。据此可知，在宋代六安有龙山书院，故推测此本为徽州刻本。至于福建籍龙山

---

[1] 硬黄，一种纸名，以黄檗和蜡涂染，质地坚韧而莹彻透明，常用于法帖墨迹的响拓双钩。又因其色黄利于久藏而多用以钞写佛经。宋赵希鹄《洞天清禄集·古翰墨真迹辨》云："硬黄纸，唐人用以书经，染以黄蘗，取其辟蠹，以其纸加浆，泽莹而滑，故善书者多取以作字。"宋苏轼《次韵秦观秀才见赠》诗云："新诗说尽万物情，硬黄小字临《黄庭》。"

[2] 参见《寒云手写所藏宋本提要廿九种》，第187—188页。

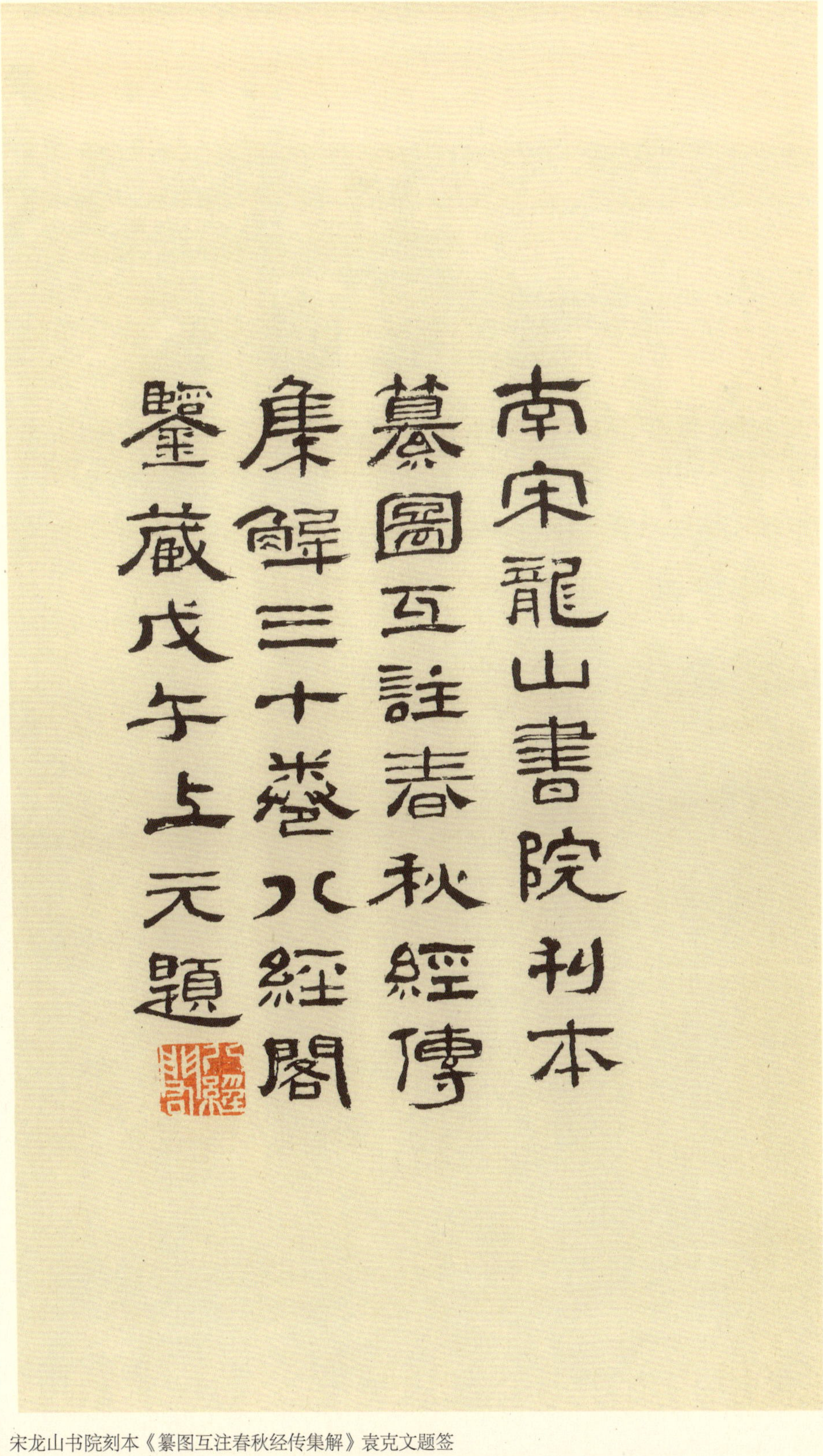

南宋龍山書院刊本
纂圖互註春秋經傳
集解三十卷水經閣
鑒藏戊午上元題

宋龙山书院刻本《纂图互注春秋经传集解》袁克文题签

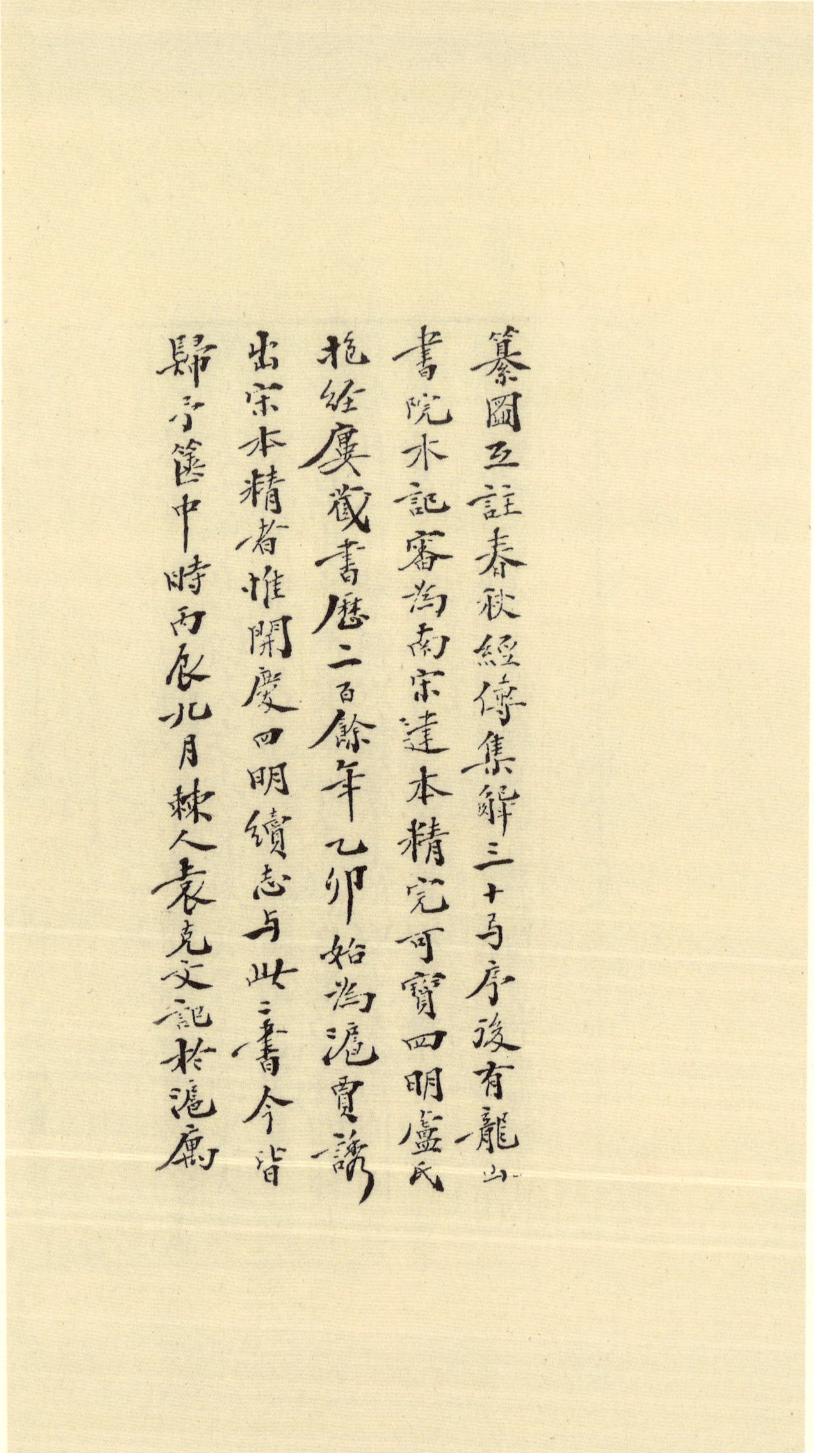

纂圖互註春秋經傳集解三十馬序後有龍山
書院水記審為南宋達本精完可寶四明盧氏
抱經廔藏書歷二百餘年乙卯始為滬賈誘
出宋本精者惟開慶四明續志與此二書今皆
歸予篋中時丙辰九月辣人袁克文記於滬廬

宋龙山书院刻本《纂图互注春秋经传集解》袁克文跋

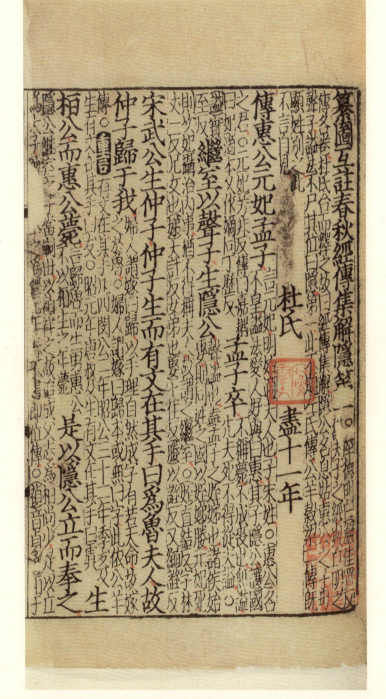

纂圖互註春秋經傳集解隱公

傳惠公元妃孟子

杜氏

盡十一年

宋武公生仲子仲子生而有文在其手曰為魯夫人故

仲子歸于我

繼室以聲子生隱公

桓公而惠公薨

是以隱公立而奉之

生

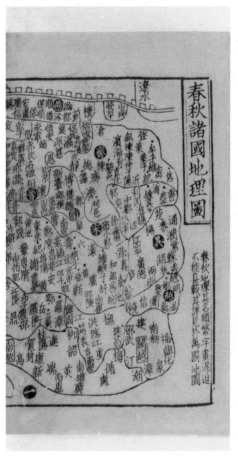

"春秋诸国地理图"

宋龙山书院刻本《纂图互注春秋经传集解》牌记

书院，目前尚未见史籍记载，存疑待考 **❶**。

　　书中钤有"天游阁""抱经楼""八经阁""皕宋书藏主人廿八岁小景""臣印克文""寒云如意""寒云主人""佞宋""惟庚寅吾以降""无尘""侍儿文云掌记""克文与梅真夫人同赏"诸印鉴。袁氏书散，此书为潘宗周宝礼堂所收，张元济《宝礼堂宋本书录》著录 **❷**。建国后，潘氏后人潘世兹将宝礼堂藏书捐献国家，入藏北京图书馆，即今国家图书馆。

　　此宋龙山书院刻本《纂图互注春秋经传集解》中附有《春秋名号归一图》。袁克文旧藏亦有宋刊宋印本蜀冯继先撰《春秋名号归一

❶ 参见《宋版书叙录》，第183—184页。

❷ 《张元济古籍书目序跋汇编》上册，第183页。

图》，后附《春秋二十国年表》一卷、《春秋图说》一卷 **[1]**。

此本清代为完颜景贤旧藏，1915 年三月十五日，袁克文从完颜氏处购得此书 **[2]**，每册书衣皆有其墨笔题签，另撰有三书提要：

《春秋名号归一图》二卷，宋刊宋印，一册

蜀冯继先撰

半叶十一行，字无全行，注双行，行二十六七字，线口，四周双阑，板心上端标字数，鱼尾下标"帠一上"，或"歸一上"，又"一下"，或"帰一"，或"歸一下"，每卷首尾叶不标字，无刊工姓名。

缺讳：桓、玄、恒、弦、贞、弘、慎、殷、顼桓字最多，无不缺者。

藏印：东楼图书、杨维祯印卷上前；弱侯、铁崖卷下尾。

《归一图》为宋建本，《春秋》残帙刊印绝精。

《春秋二十国年表》一卷，宋刊宋印，一册

不著撰者姓氏

半叶横二十三行，行二十一、二、三字不等，线口，四周双阑，板心上端有字数，下标"春秋表"。

首列周，次鲁、蔡、曹、卫、滕、晋、郑、齐、秦、楚、宋、杞、陈、吴、邾、莒、薛、许、小邾。

藏印：弱侯、东楼图书、杨维祯印均在卷尾；

《二十国年表》宋建安刊本，《春秋经传》附刊之一。

《春秋图说》不分卷，宋刊宋印，一册

不著撰者姓氏

半叶十一行，行十八字，小字双行，行二十三、四字不等，线口，四周双栏，板心上端标字数或无，鱼尾下标"春序"，或"传授图"，或"春"。宋讳多缺，无刊工姓名。

首《春秋序》，次《诸国地理图》，次《传授次序图》，次《一百二十四国爵姓》，次《诸国地理》，次《周王族诸氏》，次《诸

---

[1] 关于《春秋名号归一图》等书简介，参见前文"元刻《春秋经左氏传句解》"篇相关内容。

[2] 《寒云日记》，第 136 页。

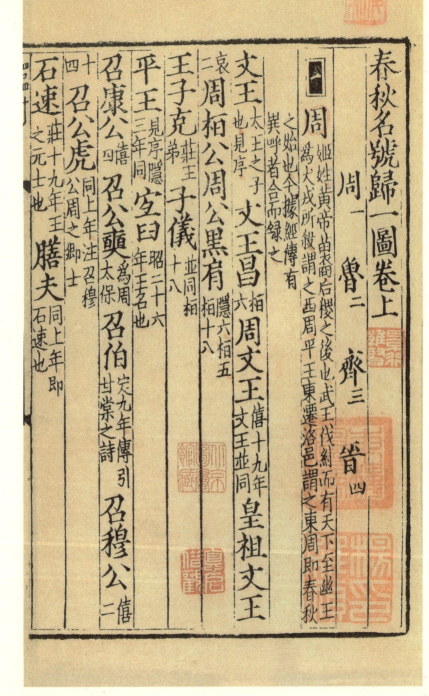

宋刻《春秋名号归一图》

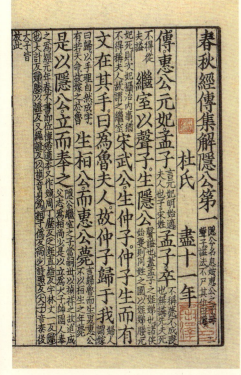
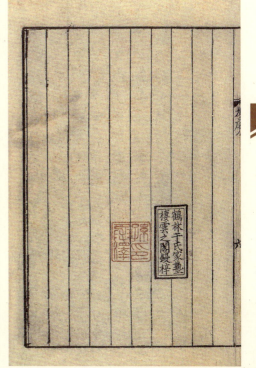

宋鹤林于氏家塾棲云阁刻元修本《春秋经传集解》

公族诸氏》，次《诸侯兴废》，次《春秋总例》，次《春秋始终》。

藏印：馀庆堂家藏印、东楼图书、铁崖序前；地图前下角有下二印。

《图说》一册，宋刊《春秋经传集解》往往有之，此即宋建本附刊者，刊工为建本之最精者。❶

袁氏书散，此三种为南海潘宗周宝礼堂所收。建国后，潘氏后人捐献国家，入藏今国家图书馆。今书中钤有"景贤""景行维贤""小如庵秘笈""寒云鉴赏之钤""寒云秘笈珍藏之印""佞宋""寒云子子孙孙永保""德启借观"诸印。另钤有"东楼图书""铁崖""杨印维祯""弱侯"等印记，疑伪。

袁克文另藏有宋鹤林于氏家塾棲云阁刻《春秋经传集解》残卷。此

---

❶ 参见《寒云手写所藏宋本提要廿九种》，第153—158页。

书虽为残卷，却列入袁克文旧藏善本之甲编，足见其对此残帙之珍视。木函上有袁克文题签，"《春秋经传集解》存卷第二十六，宋兴国于氏刻本残帙一册"，正前侧面题"宋刊宋印《春秋经传集解》甲编寒云藏经部"。袁克文亦曾撰有此书提要：

> 《春秋经传集解》昭七第二十六，宋刊宋印，一册
> 周左丘明撰，晋杜预注
> 鹤林于氏家塾棲云之阁镂梓此木记二行外有双栏，在卷尾
> 半叶十行，行十六字，注双行，行三十二字，左右双阑，白口，鱼尾下有标"春二十六"，或"左二十六春"，皆草书，或作"廿六"，经注皆圈断句读。每隔数节，附音释，与岳氏《九经三传沿革例》所称兴国于氏本正合。
> 刻工姓名惟第廿叶有"呈圭"二字。
> 缺讳：完、贞、玄、殷、敬、构、弦、桓。"慎"字两见，均不缺。
> 藏印：南昌彭氏、谦牧堂藏书记在卷首；谦牧堂书画记在卷尾
> 《春秋经传集解》残本一卷，即岳氏《九经三传沿革例》所称之兴国于氏本，从不见于他家著录。他种宋刊亦无此体例者。刊刻之精、楮墨之佳，犹馀事也。🔟

此宋鹤林于氏刊《春秋经传集解》，纸莹墨润，刊刻精美，罕传稀见，堪称海内孤本。1926年，周叔弢在北京翰文斋始见从临清徐氏散出之宋鹤林于氏刊《春秋经传集解》残卷，存卷二、卷一七、卷一八、卷二一，计四卷。因当时议价未成，后为德化李盛铎所收。1935年，周叔弢以重价收得杨氏海源阁旧藏此书残本二十三卷。随即又以重金购得李氏所藏四卷，"其值倍于杨氏"。1936年元月，周叔弢通过王晋卿，购得卷一四。如此，经过周叔弢多年访求，此书仅缺卷一〇、卷二六。其中，卷一〇已渺不可得，而袁克文旧藏卷二六，则辗转归庐江刘体智（字晦之）。周叔弢数次请求相让，刘氏均未应允。直至周叔弢将其全部旧藏捐献北京图书馆之后，方知刘氏所得袁克文旧藏卷二六已归上海图书馆。为使此书璧合，周叔弢致书上海市长陈

🔟　参见《寒云手写所藏宋本提要廿九种》，第127—128页。

毅，请求将此卷调拨北京图书馆（今国家图书馆）。陈毅市长如其所请，弢翁多年夙愿终得以偿[1]。

或许是袁克文对此残卷殊为珍爱，鬻书之时，并未将木函一同售出，可谓鬻书留椟。后袁氏将此匣赠与秦更年[2]。秦氏以所藏宋嘉定九年（1216）兴国军学刻本《春秋经传集解》残卷二二置入其中[3]，大小正合。今书与椟均藏国家图书馆，延津剑合，书林佳话，莫过于此。

[1] 李国庆编著《弢翁藏书题跋》（年谱），紫禁城出版社，2007 年，第 123、36、125—126、130 页。
[2] 详见国家图书馆藏此书木函正上面秦更年跋文。
[3] 有关鹤林于氏家塾栖云阁刻本与兴国军学刻本的辨析，详见《宋版书叙录》，第 166—171 页。

宋龙山书院刻本《纂图互注春秋经传集解》

宋余氏刻本《春秋公羊经传解诂》

袁克文旧藏此宋绍熙二年（1191）余仁仲万卷堂刻《春秋公羊经传解诂》堪称建本之至精者。曾经徐乾学、季振宜、汪喜孙递藏，后归入李新吾。1915 年十月二十四日，袁克文以三千金购自李新吾 **❶**。是日，袁克文于册末手书跋文一则：

> 余仁仲所刻经传于世者，曰《周礼》，卢雅雨、陈仲鱼皆有之；曰《礼记》，曾见于天禄目；曰《公羊》，惟此及铁琴铜剑楼所藏；曰《穀梁》，瞿氏有残本，完者在日本阿波侯家。此《公羊》即汪刻祖本、阮元所见缺两叶者。慕邢为予购致，爰据瞿氏校勘记校定此本补叶之脱误。十月二十四日，文记 **❷**。（下钤"寒云小印"朱文方印、"梅真侍观"朱文长方印）

半年之后，袁克文展卷重读此书，又题一跋：

> 此叶所据决非出自余氏原本，又不若卷六补叶之旧。因依瞿氏校勘记为改定之。兹取瞿校与此本细参，而瞿本颇多增改，且尾有"重校讫"一行，是必为重修本，此则初印本也。故此尾叶之异同，则两存之。丙辰四月十五日，寒云又记于瓶盦。

今书中钤有"徐健菴""乾学""季印振宜""沧苇""季振宜读

---

❶ 《寒云日记》，第 152 页。《藏园群书经眼录》卷一，第 62 页。
❷ 根据《寒云日记》，第 152 页，此跋当作于 1915 年。

春秋公羊經傳解詁隱公第一　陸曰解詁佳買反下音古訓也

何休學　學者言爲此經之學即注述之意

元年春王正月　正月音征後放此

元年者何　君之始年也　以常錄即位知君之始年是也○變一爲元者諸据疑問所不知故曰者何

春者何　歲之始也　月之揔號春秋書十二月揔號成歲是也○辟娷亦反本亦作辟稱尺證反下

歲之始也　開闢之端養生之首法象所出四時本名也昬斗指東方曰春指南方曰夏指西方曰秋指北方曰冬歲終指四時成歲是也○問甲之稱同稱尚書以聞月定四時成歲是也

春者何　天地之始也故執不知問所不知故曰者何諸据疑問所不

元年者何　君曾侯隱公也年者十二君之始年是也故上無所繫而使春秋書十二月稱年是也故上無所繫而使春秋書十二月稱君之始年者王者諸侯皆稱君所以通其義於王者唯王者然後改元立號春秋託新王受命於魯故因以録即位明王者當繼天奉元養成萬物

王者孰謂　謂文王也　執誰也欲言時王則無事欲言文王又無諡故問誰謂

曷為先言王而後言正月　据下秋七月天王使其死與後王共之人道之始也

王者執謂　言先王也文王周始受命制正月故假以爲王法不言諡者法其生不法其死與後王共之人道之始也

曷為先言王而後言正月　先言月而後言王者然後改元立號春秋託新王

宋绍熙余氏万卷堂刻本《春秋公羊经传解诂》

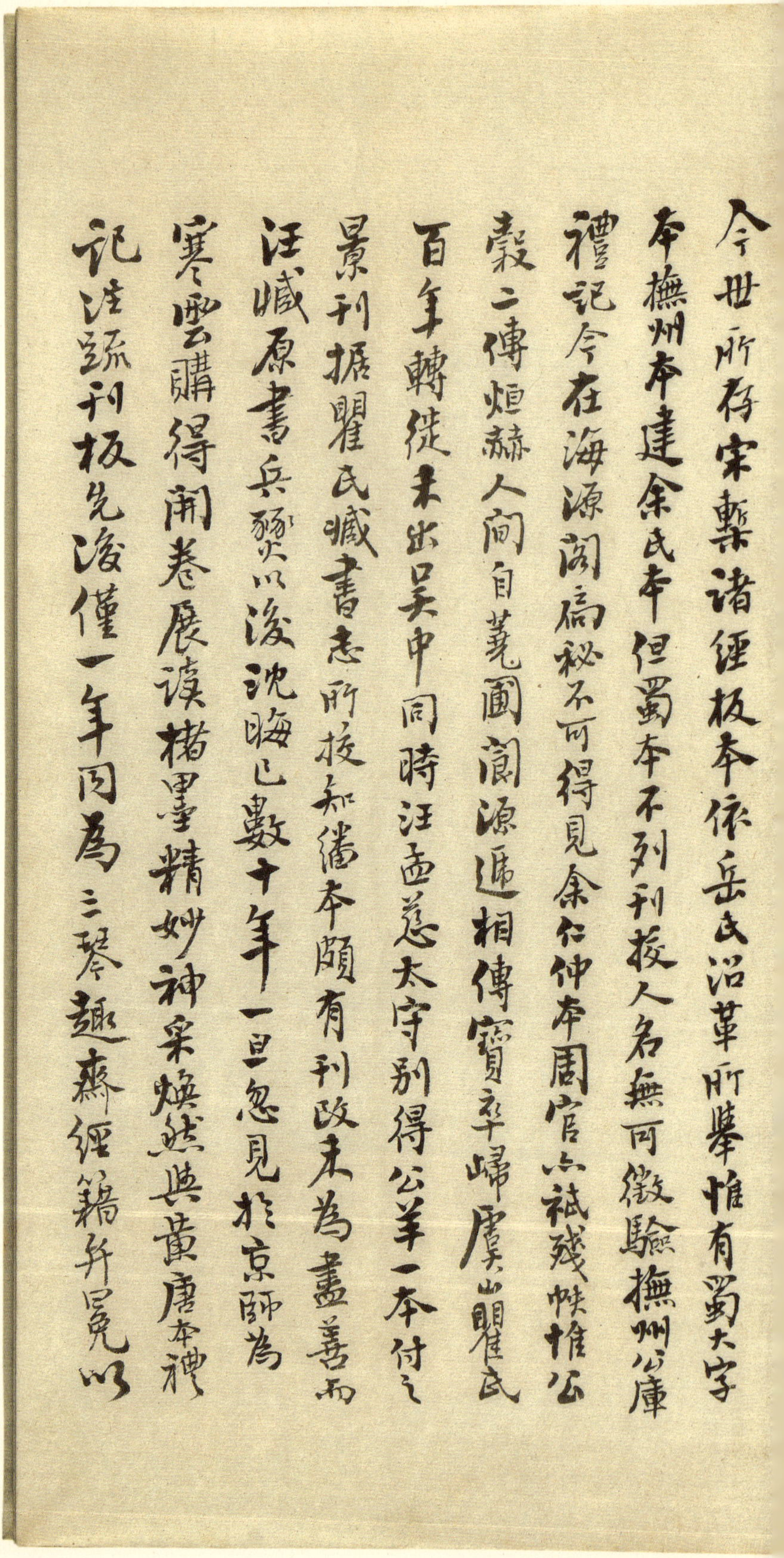

今世所存宋槧诸经板本依岳氏沿革所举惟有蜀大字
本撫州本建余氏本但蜀本不列刊校人名無可徵驗撫州公庫
禮記今在海源阁扁秘不可得見余仁仲本周官六祇残帙惟公
穀二傳烜赫人間自荛圃闇源遞相傳寶辛峄虞山瞿氏
百年轉徙未出吳中同時汪西慈太守别得公羊一本付之
景刊據瞿氏臧書志所校知繕本頗有刊改未為盡善而
汪臧原書兵燹以後沈晦已數十年一旦忽見於京師為
寒雲購得開卷展讀楷墨精妙神采焕然與黄唐本禮
記注疏刊板先後僅一年同為三篆趣齋經籍并覓以

宋绍熙余氏万卷堂刻本《春秋公羊经传解诂》袁克文、李盛铎跋

此葉亦據臬非出自余
氏原本丟不若与六補
葉之盧原所定瞿氏校勘
記為改定之茲取瞿葉
与此本細察之而瞿本頗
多增改且尾有重校記
一行是必為重脩本此則
初刻本也故此尾葉之異
同則兩存之丙辰四月十
五日寒雲又記於瓶盒

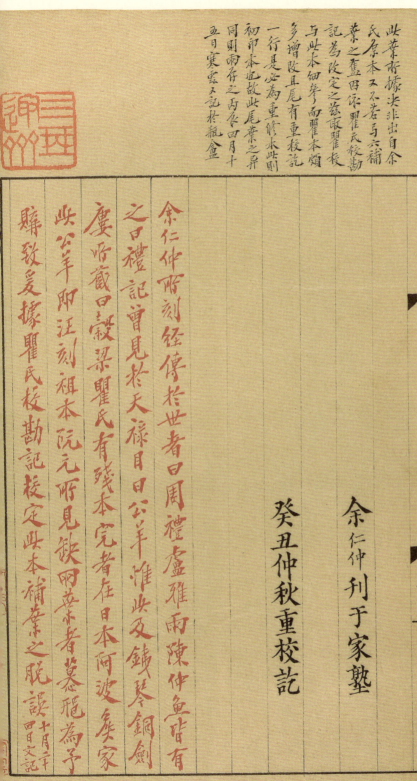

余仁仲暦刻經傳於世者曰周禮盧雅兩陳仲魚皆有
之曰禮記曾見於天祿目曰公羊淮此及鐵琴銅劍
虞聽藏曰穀梁瞿氏有殘本完者在日本阿波侯家
此公羊即汪刻祖本阮元所見鉄阿葉者墓毗為予
購致爰據瞿氏校勘記校定此本補葉之脱誤 十月二十 晉文記

余仁仲 刊于家塾

癸丑仲秋重校訖

书""汪喜孙孟慈藏""伯雄祕笈""袁二""寒云""惟庚寅吾以降""侍儿文云掌记""后百宋一廛"（大小二枚）、"与身俱存亡""八经阁""流水音""寒云如意""三琴趣斋""侫宋""寒云鉴赏之钵"诸印鉴。此书"楮墨精妙，神采焕然"，与三山黄唐本《礼记正义》刊板先后仅差一年，李盛铎称此二书"同为三琴趣斋经籍弁冕"。几年后，为生活所迫，袁克文不得不将此书转让潘宗周，张元济《宝礼堂宋本书目》经部著录 **❶**。建国后，潘氏后人潘世兹将宝礼堂藏书捐献，入藏今国家图书馆。

建安余氏刻书始于北宋，数代相承，绵延百年，堪称中国出版史上从业时间最长的出版世家；而宋代刻书最著名者即余仁仲万卷堂，其所刻之书流传于世者亦属不少 **❷**。此袁氏旧藏《春秋公羊经传解诂》十二卷，汉何休撰，唐陆德明音义，宋绍熙二年（1191）余仁仲万卷堂刻本，每半叶十一行，行十九字，小字双行二十七字，细黑口，左右双边。讳字有弦、玄、泓、弘、殷、匡、桓、恒、贞、徵、完、慎等。扉页袁氏墨笔题签云"宋绍熙余仁仲万卷堂刊本《春秋公羊经传解诂》十二卷"四行，下署"寒云"。背面钤有"皕宋书藏主人廿八岁小景"袁克文读书小像印鉴一方。卷端题"春秋公羊经传解诂隐公第一"。其卷首"汉司空掾任城樊何休序"末有余仁仲刻书跋，云：

> 《公羊》《穀梁》二书，书肆苦无善本，谨以家藏监本及江浙诸处官本参校，颇加厘正。惟是陆氏释音字或与正文字不同，如此序"釀嘲"，陆氏"釀"作"讓"；隐元年"嫡子"作"適歸"；"含"作"唅"；"召公"作"邵"；桓四年曰"蒐"作"廋"。若此者众，皆不敢以臆见更定，姑两存之，以俟知者。绍熙辛亥孟冬朔日，建安余仁仲敬书。

余氏此跋阐明刻书之缘由，并且明确了此书版刻时间、地点以及刻书人。此本每卷卷末均记有经传、注、音义字数，字数之后间或镌有"余氏刊于万卷堂""余仁仲刊于家塾""仁仲比校讫"等木记。卷一二末为钞补，有"余仁仲刊于家塾"，其配补叶另有"仁仲比校讫""余仁仲刊于家塾""癸丑仲秋重校讫"等条记。

---

❶　《张元济古籍书目序跋汇编》上册，第185—186页。

❷　参见《宋版书叙录》，第193页。

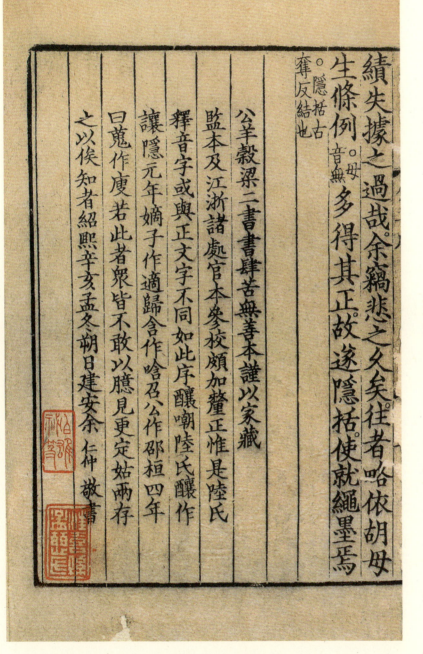

續失據之過哉余竊悲之久矣往者略依胡母
生條例音無多得其正故遂隱括使就繩墨焉
○隱括古
雍反結也

公羊穀梁二書書肆苦無善本謹以家藏
監本及江浙諸處官本參校頗加釐正惟是陸氏
釋音字或與正文字不同如此序釀嘲陸氏釀作
讓隱元年嫡子作適舍合作㗎召公作邵桓四年
曰蔻作㢏若此者眾皆不敢以臆見更定姑兩存
之以俟知者紹熙辛亥孟冬朔日建安余 仁仲 敬書

宋绍熙余氏万卷堂刻本《春秋公羊经传解诂》余氏刻书跋

瞿氏旧藏亦有宋刻《春秋公羊经传解诂》**❶**，《四部丛刊初编》即据此本影印。瞿氏书散，此书为沈仲涛研易楼所收。1980年底，沈氏将其旧藏捐赠台北故宫博物院，台北故宫博物院善本书目著录此书，并标明"沈赠"**❷**。瞿氏以其旧藏宋本与扬州问礼堂汪喜孙翻刻本对校，列出近百条汪氏翻刻本讹误之处。今以瞿氏校语比勘此袁氏旧藏本，有袁氏藏本中不误者，亦有与汪氏翻刻本同误者。如第一册中，袁氏藏本同误者：

> 隐公六年"隐公获焉"注"为郑所获"。"获"误"壤"。
>
> 八年"辛亥宿男卒"注"宿本小国"。"本"误"卒"。
>
> 桓公二年"宋始以不义取之"注"宋始以不义取之，不应得，故正之，谓之郜鼎"。脱"不应得故正之"六字。
>
> 庄公九年〇八月脱上"〇"。"曷为不与公复雠"。"雠"下衍"辞"字。
>
> 二十有五年"以朱丝营社"《释文》"营社，一倾反"。"一"误"二"。**❸**

据瞿本卷一二末镌有"癸丑仲秋重校"，袁克文跋中认为瞿本为重修本，而自己所藏本则为初印本。据瞿本第一册校勘记举例可知，袁氏旧藏本讹误之处多于瞿氏本，故瞿氏本佳于袁氏本。然袁氏旧藏是余氏万卷堂初刻未校本，抑或"癸丑仲秋重校"重修之后的翻刻本？存疑待考。袁氏"初印本"一说有待商榷。

瞿氏铁琴铜剑楼旧藏另有宋刊残本《春秋穀梁经传解诂》六卷，其藏书目录题作"《春秋穀梁传》六卷"，商务印书馆《四部丛刊初编》即据此本影印。《铁琴铜剑楼藏书目录》卷五著录云：

> 原书十二卷，每公为一卷，与《唐石经》合，今存宣公以后六卷。首行题"春秋穀梁传第七"，次行题"范宁集解"。每卷末有经传、注、音义字数。又曰"仁仲比校讫"。第九卷末曰"余仁仲刊于家塾"。第十二卷末曰"国学进士余仁仲校正，国学进士刘子庚、陈几、张甫同校，奉议郎签书武安军节度判官厅公事陈应行参校"，

❶ 《铁琴铜剑楼藏书目录》卷五，第70—76页。

❷ 台北《"国立"故宫博物院善本旧籍总目》上"经部·春秋类"，"国立"故宫博物院，1983年初版，第89页。

❸ 《铁琴铜剑楼藏书目录》卷五，第72页。

共五行。又有分书墨图记曰："余氏万卷堂藏书记。"每半叶十一行，注双行，行大字十九，小字廿七。"匡""恒"字阙笔。所附"释文"，专用音反，不全录。其足据以订注疏本之讹者，已详阮氏《校勘记》，所引何氏煌校本中"何氏所见"，即属此本。其字画端谨，楮墨精妙，为当时初印佳本，虽非全帙，固足贵也。（卷七首叶有白文方印曰"虚中印"）❶

瞿氏旧藏卷七首叶白文方印"虚中印"与袁氏旧藏《春秋公羊经传解诂》书中所钤"虚中印"相同，疑此两部书曾经一家收藏。袁氏旧藏本中李盛铎跋云：

> 今世所存宋椠诸经板本，依岳氏《沿革》所举，惟有蜀大字本、抚州本、建余氏本。但蜀本不列刊校人名，无可徵验。抚州公库《礼记》今在海源阁，扃祕不可得见。余仁仲本《周官》亦只残帙。惟《公》《穀》二传烜赫人间。自菉圃、闾源递相传宝，卒归虞山瞿氏。百年转徙，未出吴中。同时，汪孟慈太守别得《公羊》一本，付之景刊。据瞿氏《藏书志》所校，知翻本颇有刊改，未为尽善。而汪藏原书兵燹以后沈晦已数十年，一旦忽见于京师，为寒云购得。开卷展读，楮墨精妙，神采焕然，与黄唐本《礼记注疏》刊板先后仅一年，同为三琴趣斋经籍弁冕。以"虚中印"证之，瞿氏《穀梁》（据瞿志亦有此印），实与此本同为一家藏弄。第《穀梁》已有黎刻完帙，而问礼堂橅刻草草，殊觉未餍人心。若以此本重付景印，庶菀斋不得专美于前。邵公有灵，不禁馨香祝之。乙卯长至前一日，盛铎识。（下钤"李氏木斋"朱文方印）

跋中述及宋刻诸经本，并及余刻《公》《穀》二传、汪喜孙问礼堂翻刻本与"虚中印"等。由此可知，余仁仲万卷堂刻本《春秋公羊经传解诂》《春秋穀梁经传解诂》曾经黄丕烈、汪士钟递藏，后归瞿氏铁琴铜剑楼，瞿氏《铁琴铜剑楼藏书目录》卷五著录❷。此外，汪喜孙（孟慈）亦别得余氏万卷堂《春秋公羊经传解诂》一部，并影刻梓行，即通常所说的"汪翻本"。然黄丕烈《荛圃藏书题识》未著录余氏《春秋穀梁经传解诂》，仅有《春秋公羊经传解诂》云：

> 《九经三传沿革例》载有建余氏本，余所见残本《穀梁》，

---

❶ 《钢琴铜剑楼藏书目录》卷五，第83页。
❷ 同上书，第70、83页。

扉页上袁克文题签

卷六首"虚中印"（袁氏旧藏）

在周香严家，即万卷堂余仁仲校刻者也。此外有《周礼》，亦缺《秋官》，藏顾抱冲所 **1**。今秋得此《春秋公羊经传解诂》十二卷，完善无缺，实为至宝，得之价白金一百二十两，不特书估居奇，亦余之爱书有以致此。初，是书出镇江蒋春农家，书估以贱直购之，携至吾郡，叠为有识者称赞，故索价竟至不减。余务在必得，惜书而不惜钱物，书魔故智有如是者。《春秋》五传，邹、夹已亡。左、穀二家，仅存晋人之注，惟《公羊》注犹汉人，安得不以至宝视之？倘有馀力，当付剞劂，以广其传焉。嘉庆戊辰（1808）秋七月，黄丕烈识。 **2**

知余氏《春秋公羊经传解诂》从镇江蒋宗海（号春农）处散出，黄丕烈以重金购得；黄氏曾经眼周香严（名锡瓒）家藏余氏《春秋穀梁经传解诂》残本。黄跋中未提及自己藏有余氏《春秋穀梁经传解诂》，此与李盛铎跋中所言不合。《荛圃藏书题识》目录"公羊解诂"条下注"宋

1 顾抱冲，即顾之逵，参见《文献家通考》上册，第490—492页。

2 《黄丕烈书目题跋·荛圃藏书题识》卷一，第18页。

劉氏別錄屬制度

禮之本

禮記卷第一

曲禮上第一 之一 禮記

鄭氏注

曲禮曰毋不敬 禮主於敬 儼若思 儼矜莊貌人之坐思貌必儼然 安定

辭 審言語也易曰言語者君子之樞機 安民哉 此上三句可以安民説曲禮者美之云耳

敖不可長 敖慢也近也謂附近之習其慢四者慢遊之道

欲不可從志不可滿樂不可極 遊之道

賢者狎而敬之 狎習也近也謂習其所行也月令曰雖有貴戚近習

畏而愛之 心服曰畏曾子曰吾先子之所畏

愛而知其惡憎而知其善 謂凡與人交不可以己之愛憎誣人之善惡

積而能散 謂己有蓄積見貧窮者則當能散以賙之若宋樂氏

安安而能遷 謂己今安此之安圖後有害則當能遷晉舅犯與姜氏醉重耳而行近之

臨財毋苟得 為傷廉也

臨難毋苟免 為傷

宋淳熙抚州公使库刻咸淳重修本《礼记》（海源阁旧藏）

余仁仲本"，再下注"项城袁氏"**1**，说明此题跋辑自袁氏藏书。然此袁氏藏本中无黄氏题跋，亦无黄氏印鉴。黄氏旧藏与袁氏旧藏或为同版两部书，《荛圃藏书题识》目录注"项城袁氏"，疑误。

瞿氏旧藏《春秋穀梁经传解诂》，上文所引其藏书目录著录云"首行题'春秋穀梁传第七'，次行题'范宁集解'"。据此，此书亦可题名为"春秋穀梁传集解"。台北故宫博物院著录"沈赠"之《春秋穀梁传集解》，存六卷，晋范宁集解，南宋建安余仁仲万卷堂刊本"**2**，与瞿藏存卷、版本均同，且与瞿氏旧藏《春秋公羊经传解诂》同为沈氏家藏。故"沈赠"之"春秋穀梁传集解"疑即《铁琴铜剑楼藏书目录》著录之《春秋穀梁经传解诂》。

袁氏旧藏《春秋公羊经传解诂》一书，黄彭年、李盛铎跋中均提及黎庶昌出使日本时，曾经摹宋本《春秋穀梁经传解诂》，刻入《古逸丛书》。杨守敬《日本访书志》亦著录余氏刻本，题曰"春秋穀梁传，宋刻本"，并云"刻入《古逸丛书》"**3**，当即黎庶昌所用底本。黄彭年跋云：

> 此宋余氏万卷堂校刊《公羊》，得扬州汪氏重刊本已可宝贵。今见原刻，经徐、季、汪三家审定，归于新吾，完好如故，古香袭人，真希世之珍矣。黎莼斋皇华从日本得余本《穀梁》**4**，刻入《古逸丛书》**5**，亦每半板十一行，行十七八字，注双行二十七字。章附音义，卷末记经、注、音义字数。以予所藏元延尺度之，长七寸八分强，广五寸五分，比校悉合。于是余氏两书复显于世。惜不能取两本，归之一匄耳。《穀梁》书尾有刘子庚、陈几、张甫同校，陈应行参校衔名，足见当日校勘之精。并记于此。黄彭年为新吾题。（下钤"陶楼审定"白文方印）

叶昌炽《缘督庐日记钞》亦提及黎庶昌得余本影刻，卷三"甲申二月十六日"云：

> 束屺怀借仿宋绍熙本《穀梁传》四册，黎莼斋星使在东瀛摹刊，

---

1 《黄丕烈书目题跋·荛圃藏书题识》目录，第3页。

2 台北《"国立"故宫博物院善本旧籍总目》上"经部·春秋类"，"国立"故宫博物院，1983年初版，第90页。

3 《日本藏汉籍善本书志书目集成》第九册《日本访书志》卷一，第81—83页。

4 皇华，《诗经·小雅》篇名。《序》云："《皇皇者华》，君遣使臣也。送之以礼乐，言远而有光华也。"《国语·鲁语下》云："《皇皇者华》，君教使臣曰：每怀靡及，諏、谋、度、询，必咨于周。"后人因以"皇华"赞颂奉命出使或出使者。

5 原文作"古轶丛书"。

旁有金泽文库印，雕造楮印，色色俱臻绝顶，以士礼最初印本较之，犹瞠乎其后，他无论矣。闻星使得唐写、宋刊本甚多，俱金泽库中物，顷已影刊七八种。……将来星使瓜代，所刻板皆捆载来吴，必购之为治廥藏书生色也。[1]

"治廥"即叶昌炽藏书楼"治廥室"。叶昌炽明确指出，黎庶昌摹印本底本为金泽文库所藏宋绍熙本，而士礼居旧藏本即瞿氏藏本为最初印本，疑二者并非同一本。

[1] 王季烈辑《缘督庐日记钞》，1933 年上海蟫隐庐石印本。

宋刻元修本《孟子注疏解经》

《孟子注疏解经》十四卷，宋刻元修本，现存四卷，即卷三、卷四、卷一三、卷一四，清宫内阁大库旧藏。清末筹建京师图书馆，曹元忠等人整理内阁大库，趁机将此书卷三、卷四携出。1916 年三月，傅增湘辗转从上海为袁克文购得卷三上、卷三下，卷四上、卷四下，凡二册 **❶**。袁克文遂于书中挥毫题识两则。其一：

艺风于板本中号称博识，宁于郁华阁之《礼记》、木斋师之《周礼》、铁琴铜剑楼之《周易》、南皮张氏之《尚书》，俱未一见耶？何不知八行十六字者为黄唐本耶？此残本当出自内阁库中，与宋刊《水经注》同得自曹君直，毛印即其伪制，盖有所避也。（下钤"克文"朱文方印）

其二：

《孟子注疏》残本，存卷三、卷四两卷，与三山黄唐所刻《礼记》无殊，故断为黄氏刊本。黄氏刊书跋见于《礼记》卷尾，只谓刻有《易》《书》《诗》《周礼》《礼记》《春秋》六经。各家著录于《孟子注疏》从勘宋刊，矧为黄唐本乎？《读书敏求记》所录乃丛书堂钞本，以监本、建本校对 **❷**。监、建皆十行本也。可知《孟

---

❶ 《寒云日记》，第 162 页。原书"存卷三下下"疑笔误，当为"存卷三上、下"。傅增湘曾云"存卷三、四，卷各为上下"，《藏园群书经眼录》卷二，第 80 页。

❷ 另见《钱遵王读书敏求记校证》卷一上，第 43 页。

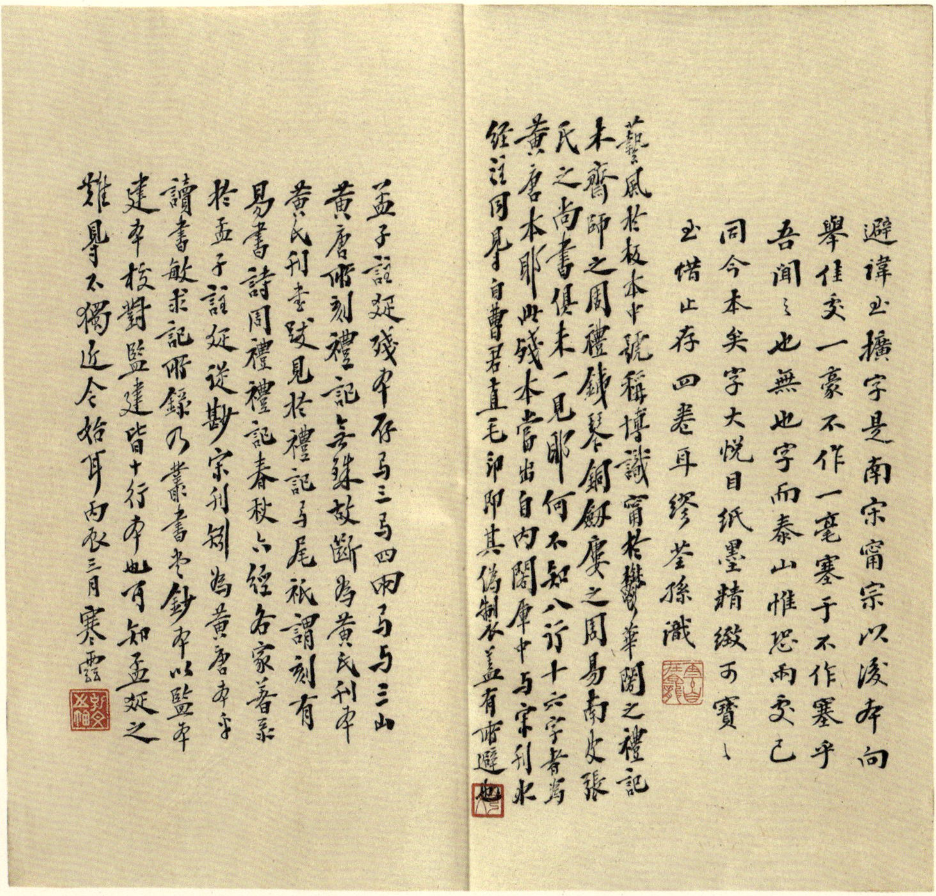

孟子註疏延綿半存焉三馬四兩與三山
黃唐所刻禮記云諸故斷為黃氏刊本
黃氏刊本疑見於禮記與尾祇謂刻有
易書詩同禮禮記春秋六經各家著錄
於孟子註疏延謎勘宋刊刻為黃唐本乎
讀書敏求記附錄乃業書也鈔本以監本
建本校對監建皆十行本世有知孟延之
雖罕見不獨近今始耳丙辰三月寒雲

避諱乃擴字是南宋寧宗以後本向
舉佳矣一豪不作一毫塞于不作塞乎
吾聞之此無此字而泰山惟恐兩灸乙
同今本失字大悅目紙墨精緻可寶
出惜止存四卷耳繆荃孫識

藝風於板本中說稱博識宵者識之華閣之禮記
未嘗師之同禮鍾琴銅馥廛之周易南史張
氏之尚書優未一見那何不知八行十六字為
黃唐本那典殘本嘗出自內閣摹而宋刊本
經註同異自曹君直毛印即其偽製裝蓋有所避

宋刻元修本《孟子注疏解经》袁克文跋

疏》之难得，不独近今始耳。丙辰（1916）三月，寒云。（下钤"克文之钵"白文方印）

袁克文之友高世异曾得寓目。书中钤有"曹印元忠""句吴曹氏收藏金石书画之印""笺经室所藏宋椠""君直手痕""世异印信""德启""臣印克文""寒云主人""后百宋一廛""佞宋""上第二子""双莲华葊"诸印。书中另钤有"毛晋之印"，疑伪，而袁克文跋中则认为此印乃曹元忠所制，且撰有一篇提要：

《孟子注疏解经》，卷三上下、卷四上下，宋刊宋印，二册

汉赵岐注，宋孙奭疏

卷第三上，次行标"公孙丑章句上凡九章，孙奭疏"；三行标"赵氏注"，下有小字注。其下三卷赵氏注标在小题下，孙奭疏上。

半叶十行，行十六字 **1**。注疏双行，行二十二字，疏前一黑钉白文"疏"字，大视经文，白口，单鱼尾，下标"孟子注疏"，及卷次。宋讳至扩字多缺避，左右双阑。

刊工：仁、许贵、许成之、徐仁、顾祐、毛俊、咏、丁之才、许咏、李彦、郑、吴宥、张亨、杨昌、宋瑜、沈思忠、金潜、洪坦、李信、许文、李林明

藏印：曹元忠印、君直手痕、笺经室所藏宋椠卷三上首；句吴曹氏收藏金石书画之印

字体方斩，白厚罗纹纸印，墨色淡古，完洁如新。

《孟子注疏》残本，四卷，宋绍熙三山黄唐刊本也。予藏有黄刊《礼记正义》七十卷，与此无殊。《孟疏》虽有，谓为伪托，而刊本绝罕，即十行本，亦不易觏。自朱注流布，赵注本遂渺。斯虽残帙，亦宜连城视之。清宣统间曹元忠理内阁大库藏书，得此帙，怀之出，恐为人诘难，因钤以毛晋伪印，冀乱鉴考。盖库书皆自明初搜藏，不应有明末人藏印也。予得自曹氏，知之者为予言其源。 **2**

之后，袁克文将此书转让与潘宗周宝礼堂，张元济《宝礼堂宋本书录》著录 **3**。建国后，潘氏宝礼堂后人潘世兹捐献国家，入藏今国家图书馆。

此本中讳字有桓、让、敦、扩、廓等字。殷、惇、敬等字不避讳。卷四下末缪荃孙跋云：

避讳至扩字，是南宋宁宗以后本。向举佳处"一豪"不作"一毫"，"塞于"不作"塞乎"；"吾闻之也"无"也"字；而"泰山""惟恐"两处已同今本矣。字大悦目，纸墨精致，可宝之至。惜止存四卷耳。缪荃孙识。（钤"云自在龛"朱文方印）

缪荃孙以避讳至"扩"字认为此书当是宁宗以后刻本。书中刻工有

---

1 此本行款乃半叶八行，行十六字，袁跋此处云"半叶十行"，疑为笔误。
2 参见《寒云手写所藏宋本提要廿九种》，第183—184页。
3 《张元济古籍书目序跋汇编》上册，第192—193页。

许贵、许成之、徐仁、顾祐、毛俊、许咏、丁之才、李彦、郑、吴宥、张亨、杨昌、宋瑜、沈思忠、金潜、洪坦、李信、许文、李林明、何建、任阿伴、曹荣、圭、董用、吴玉、范华、立子文、吴洪、丁铨、王荣、占让等人。其中，许贵、徐仁、毛俊、杨昌、宋瑜、李信、曹荣、董用、吴洪、丁铨、占让等刻工与宋绍熙三年（1192）两浙东路茶盐司三山黄唐本《礼记正义》一书中刻工姓名相同，其行款亦相同，袁跋据此断为黄唐刻本，并认为缪荃孙跋中所言有误。然《礼记正义》卷七〇末黄唐刻书识语中并未提及刊刻《孟子》一书；况且，黄唐本《礼记正义》刻于绍熙初年，而此本扩、廓等字缺末笔避讳，故此本当刻于宋宁宗赵扩即位之后。仅以刻工、行款相同即断为同一人所刻，有失妥当。《文禄堂访书记》著录此本为"宋绍熙浙东庾司刻本"❶，即指黄唐本。此《孟子注疏解经》是否黄唐刻本，存疑待考。

当年傅增湘主管教育部时，清理内阁大库残帙，曾得见宋刻八行本《孟子注疏解经》八卷，交付图书馆收藏。此八卷残本当即《藏园订补郘亭知见传本书目》所言"北京图书馆有内阁大库旧储残本八卷"❷。然此八行宋刊元修残本八卷，今国家图书馆善本目录未见著录。

1926年傅增湘在文德堂见到此书卷一三、卷一四❸。傅增湘《藏园订补郘亭知见传本书目》云"袁克文有二卷，文德堂见二卷，后均归李木斋先生"，疑误。《木犀轩藏书题记及书录》中未见著录此残卷。如上文，袁克文旧藏两卷后入藏潘氏宝礼堂。今卷三、卷四与卷一三、卷一四均已入藏国家图书馆，得以合璧。

❶ 《文禄堂访书记》卷一，第45—46页。
❷ 《藏园群书经眼录》卷二，第80页。《藏园订补郘亭知见传本书目》卷三，第141页。
❸ 《藏园群书经眼录》卷二，第80页。文德堂，琉璃厂书肆，始于光绪中期。堂主韩逢源，字左泉。参见《琉璃厂小志》，第118页。

元刻《四书章句集注》

元刻《四书章句集注》三十卷，半叶十一行，行二十字，小字二十二字。细黑口，左右双边。此本为明周良金旧藏，书中钤有"周印良金""毗陵周氏九松迁叟藏书记"等印记。后流落书坊，为天津王氏书商所收。1915年八月初九日，袁克文从王氏购得[1]，书中钤有"百宋书藏""八经阁""寒云""寒云秘笈珍藏之印"等印鉴。今藏上海图书馆。书中有袁克文跋，误以此书为宋刻：

> 《四书集注》宋刊传世以淳祐本为最善。此南宋刊之绝精者，与淳祐本悉合，从未见于著录。况经明代巨儒魏庄渠先生精楷批注，益增珍贵，洵希世宝也。周九松藏书无下乘，信然。寒云记于百宋书藏。（钤"袁克文"朱文方印）

此书中有明魏校批点。文中有朱、墨、黄三色批抹，天头有墨笔批注。首册附有魏校《批点四书例》。第一册书衣有袁克文题签，其首行云"宋椠《四书》十册"，次行"明魏庄渠句读批抹，周九松旧藏，今归百宋书藏"，下署"寒云"。每册扉页亦有寒云题签，如"大学"，或"中庸""论语""孟子"，题名下钤"寒云"白文长方印，左上角题有"魏庄渠先生句读批抹"。文中"章句"以大字列于正文之后，与正文同，无"或问"。

《四书章句集注》是宋代理学家朱熹的重要著作。朱熹终生致力于

---

[1] 《寒云日记》，第146页。

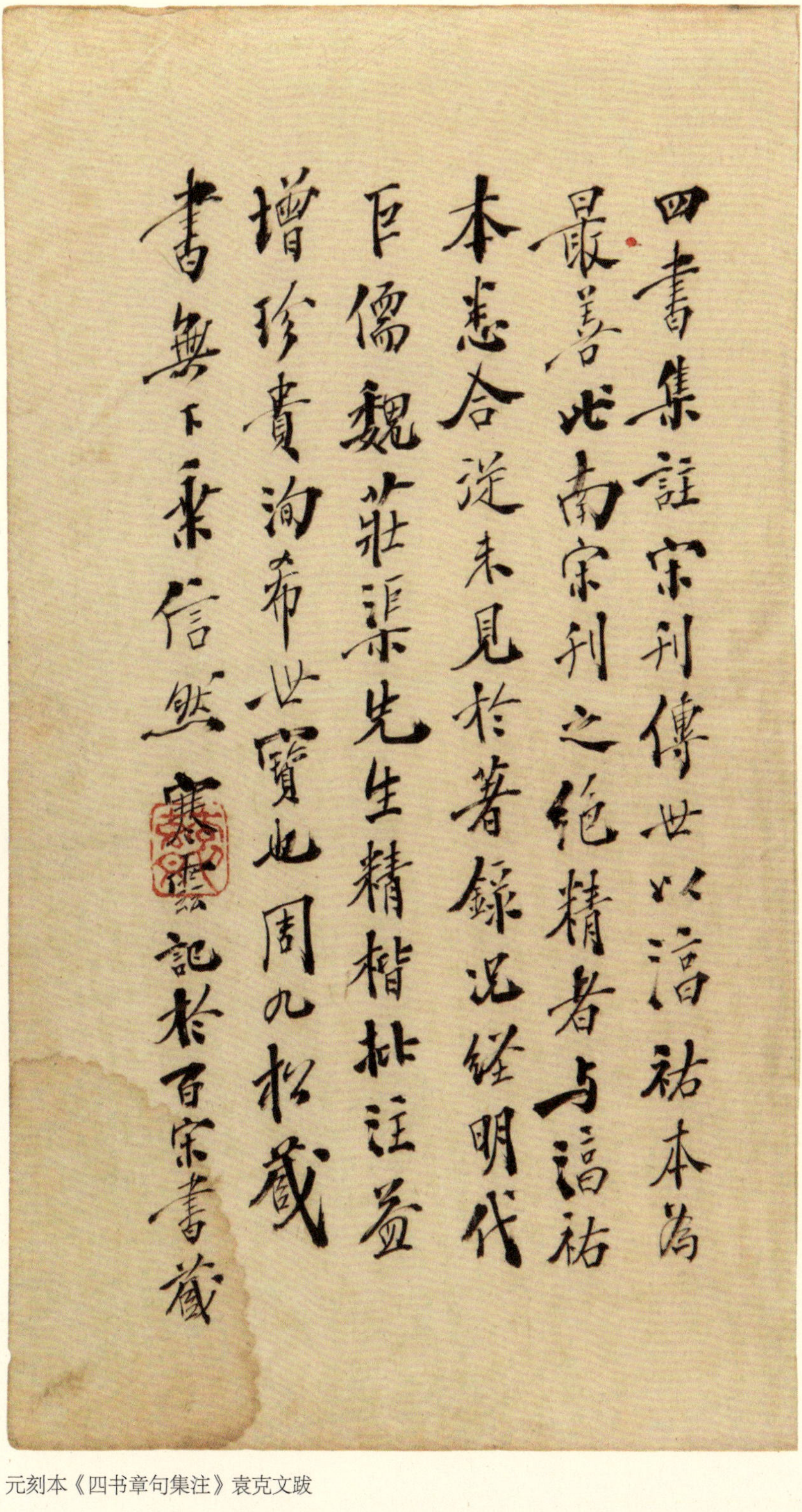

四書集註宋刊傳世以淳祐本為
最善此南宋刊之絕精者與淳祐
本悉合迄未見於著錄況經明代
巨儒魏莊渠先生精楷批註益
增珍貴洵希此寶此周九松藏
書無下乘信然　寒雲記於百宋書藏

元刻本《四书章句集注》袁克文跋

讲学，遍注群经，此书即其解经、讲学著作之一。乾道、淳熙年间先后成书。南宋乾道七年（1171）《大学章句》初稿成，乾道八年，《中庸章句》初稿成。之后，朱熹又取石墩《中庸集解》，删其冗繁杂乱，撰成《辑略》；记其论辩取舍之意，别为《或问》，以附其后。淳熙四年（1177），朱熹作《大学章句序》《中庸章句序》，淳熙十六年修改定稿。

　乾道八年，朱熹修订《孟子集解》《论语要义》，并更名《论孟精义》，又名《论孟要义》《论孟集义》；另作《训蒙口义》，以发明孔孟大义。朱熹择其精髓撰成《论孟集注》；继而又疏其所以去取之意，辑成《或问》。淳熙四年，《论孟集注或问》成书。

　朱熹对《集注》费力颇多，反复删削，日渐精密；而《或问》成书之后，不曾修改厘正，故二者时有不合之处，当以《集注》为正。《晦庵集》中《与潘端叔书》云："《论语或问》，此书久无工夫修得。只《集注》屡更不定，却与《或问》前后不相应。"《或问》之书，朱熹从未拿出示人，亦未公开刊行。当时有书肆私自将此书刻版，朱熹急请县官追回书版。

　关于《四书或问》，《四库全书总目》著录有江苏巡抚采进本三十九卷，然《四库采进书目》未见著录，册末人名索引《四书或问》注明"《四库》经·四书"，说明此书收入《四库全书》。另《四库采进书目》"安徽省呈送书目"有"朱子《或问小注》，三十六卷"，小注云"《四库》作《四书或问小注》" [1]。然《四库》并未著录为《四书或问小注》。查《四库全书总目·经部·四书类存目》著录云"《或问小注》三十六卷"下小字注"安徽巡抚采进本" [2]，疑即此安徽省进呈本。

　赵希弁《郡斋读书附志》卷五著录《中庸章句》一卷《或问》二卷、《中庸辑略》二卷、《大学章句》一卷《或问》二卷、《论语集注》十卷、《孟子集注》十四卷，并云其所藏各两本，乃岳麓书院精舍、白鹿洞书院所刊行。陈振孙《直斋书录解题》《宋史·艺文志》等亦有著录，均为单行本。由此推测，《四书章句集注》成书之初，并未合为一集刊行。根据《晦庵文集》卷五八《答宋深之》载，淳熙九年（1182），朱熹在任浙东提举时，首次把四种书合为一集刻版刊行，经学史上与"五

[1] 吴慰祖校订《四库采进书目》，原名《各省进呈书目》，商务印书馆，1960年，第141页。

[2] 《四库全书总目》卷三七《经部·四书类存目》，中华书局，1981年，第308页。

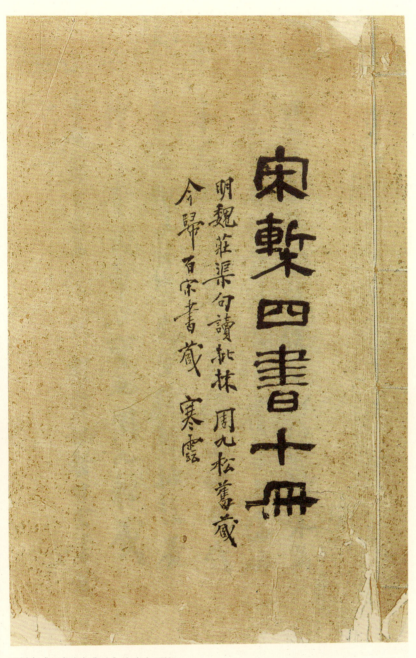

元刻本《四书章句集注》袁克文题签

明：德是下手處
至善旦是明德新
民行到極處
一心字説明德不尽
連此數句方説得
出須用將心性理氣
合柬説

大學　大舊音泰　今讀如字

朱子章句

子程子曰大學孔氏之遺書而初學入德之門也於
今可見古人為學次第者獨賴此篇之存而論孟次
之學者必由是而學焉則庶乎其不差矣

大學之道在明明德在⦿民在止於至善

程子曰親當作新　○大學者大人之學也明明之也
明德者人之所得乎天而虚靈不昧以具眾理而應
萬事者也但為氣稟所拘人欲所蔽則有時而昏然
其本體之明則有未嘗息者故學者當因其所發而
遂明之以復其初也新者革其舊之謂也言既自明

元刻本《四书章句集注》

经”相对的“四书”之名首次出现，这是对二程以来的四书学作了一个历史性的总结，标志着朱熹四书学体系在经学史上的出现与确立。

此后，朱熹又多次修改《四书章句集注》。淳熙十六年，《四书章句集注》正式序定。绍熙元年（1190），《四书章句集注》再次刻印。是年，朱熹有《书临漳所刊四子后》一文，云："故河南程夫子之教人必先使之用力乎《大学》《论语》《中庸》《孟子》之书，然后及乎六经。盖其难易远近大小之序固如此，而不可乱也。故今刻四古经而遂及乎此四书者，以先后之，且考旧闻为之音训，以便观者。又悉著凡程子之言及于此者，附于其后，以见读之之法，学者得以览焉。抑尝妄谓《中庸》虽七篇之所自出，然读者不先于《孟子》而遽及之，则亦非所以为入道之渐也，因窃并记于此云。"

《四书章句集注》成书后，后世多次刊刻，然宋元刻本传世较少。宋刻本有国家图书馆藏宋嘉定十年（1217）当涂郡斋刻嘉熙淳祐递修本。元刻本，则在此本之外，另有山东省博物馆藏元至正二十二年（1362）武林沈氏尚德堂刻本，其《读论语孟子法》后镌有"元至正壬寅武林沈氏尚德堂刊"牌记，为明鲁荒王朱檀墓出土的六种元刻本之一。该本每半叶十一行，行二十字，小字双行，行二十一字，黑口，四周双边。出土时为包背装，可见当时的装帧形式。武林沈氏刻书，各家藏书志皆未见著录，故此武林沈氏尚德堂刊本堪称海内孤本。朱熹《四书或问》原本各自为书，附于《章句》之后。而此出土之本《或问》则散附于《章句》相关内容之下，文中先"章句"，后"或问"，以小字双行列于正文之后。其与宋刻《章句》《或问》各自为书不同，当是书坊为方便披览而为之。

宋庆元刻本
《輶轩使者绝代语释别国方言》

宋庆元六年（1200）寻阳郡斋刻《輶轩使者绝代语释别国方言》十三卷，每半叶八行，行十七字，小字双行同，双顺鱼尾，白口，四周双边。书中刻工有余华、毛俊、谅、寅、度等人。

此本明代为沈氏野竹斋藏书，栏外有"野竹斋装"墨笔四字。后经长洲顾仁效、顾元庆、华亭朱大韶等名家珍藏，明末为钱曾所得，并请钱谦益为其书题识。钱曾《读书敏求记》云："旧藏宋刻本《方言》，牧翁为予题跋，纸墨绝佳，后归之季沧苇。"❶

季振宜（沧苇）《延令宋板书目》对此书有著录，并提及钱谦益跋语，"今此书册数既符，而书中钱谦益跋不存，详检朱质跋，后叶乃影写补入，是必因牧翁题识在此"，当是清初以禁书令撤去❷。

季氏书散，又经秦维岳（字晓峰）、盛昱等递藏。民国初年，盛昱郁华阁藏书散出，多入完颜景贤之手，后来又归袁克文。而此书自郁华阁散出后，初为书贾宏远堂赵聘卿所收。1912年春，傅增湘客居北京，曾在赵氏宏远堂见到此书，因其为蜀人遗书，极欲收入囊中。然赵氏却以"列价拈阄"决定书的归属。其后，此书为正文斋谭锡庆收得，并高价居奇。傅增湘只得扼腕兴叹。后因谭锡庆生病需钱诊治，经孙伯恒为商，傅增湘方以二百金购入燕超室藏弄。

傅增湘得此书后，携至上海，请杨守敬、沈曾植、缪荃孙等人同赏，并于书中题识。相继又有邓邦述、袁克文、内藤虎、吴昌绶、李盛铎等

---

❶ 钱曾《读书敏求记》卷一，书目文献出版社，1983年，第27页。
❷ 详见《藏园群书题记》卷一《宋刊本方言跋》，第48页。

人题跋 **1**，为此书增色不少。袁克文获见此书，于扉页题签三行云"宋椠《方言》十三卷，丙辰（1916）秋八月燕超室重装于海王邨"，末署"洹上寒云题"。时值袁克文守父丧，故钤蓝色方印"克文延年" **2**；并于册末手书跋文，末署"棘人袁克文"，钤"八经阁"蓝紫色方印。从跋语字里行间，可见袁克文因与此书失之交臂的怅然若失之情：

> 郁华阁藏宋椠之精整完好者，惟黄唐本《礼记正义》与此书为巨擘。自壬子（1912）散出，多入景贤手，此则为燕超主人所获。否则亦随《礼记》诸书入我箧矣。盖景氏得书后未几，即统举宋本售诸文。中有黄善夫刊《苏诗》、汀州本《群经音辨》，亦盛氏书中之上驷。然舍《礼记》外，无可与此书抗者。虽同为宋本，当视其著作为次第之。此书直甲之甲者，岂可作甲观耶？丙辰八月，棘人袁克文。（钤"八经阁"蓝紫色方印）

《四库全书总目》著录扬雄《方言》，云"旧本题'汉扬雄撰，晋郭璞注'"，对其作者提出疑问，并进一步考证。《晋书·郭璞传》有注《方言》之文，而《汉书·扬雄传》备列所著之书，未及《方言》一字。《汉书·艺文志》亦仅著录《小学》有扬雄《训纂》一篇；《儒家》有扬雄所撰序三十八篇，并注云"《太玄》十九、《法言》十三、《乐》四、《箴》二"。《杂赋》有扬雄赋十二篇，均无《方言》。东汉时，亦未见记载扬雄著《方言》的史籍。扬雄著《方言》始见于东汉末年应劭《风俗通义序》，序云：

周秦常以岁八月，遣輶轩之使，求异代方言，还奏籍之，藏于秘室。及嬴氏之亡，遗弃脱漏，无见之者。蜀人严君平有千馀言，林闾翁孺才有梗概之法。扬雄好之，天下孝廉卫卒交会，周章质问，以次注续，二十七年尔乃治正，凡九千字。

应劭注《汉书》，亦引扬雄《方言》一条。自此"魏晋以后，诸儒转相沿述，皆无异词"。直至宋洪迈《容斋随笔》，对扬雄著《方言》提出质疑。然反复推究考证，四库馆臣认为扬雄著《方言》之真伪，均无有力证据辨明，故暂从旧本所题，作"扬雄撰"。其书名旧本题曰《輶

一〇三

---

1 详见《藏园群书题记》卷一，第50—52页。
2 中华再造善本则为朱文方印，有违印主本意。

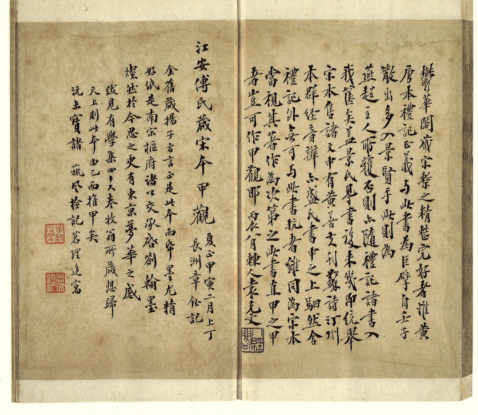

宋庆元刻本《輶轩使者绝代语释别国方言》袁克文等跋

轩使者绝代语释别国方言》，字多冗赘，故从诸家援引及史志著录，省文称之《方言》。 **1**

对于《方言》流传后世的本子，四库馆臣亦有述及：

> 其书世有刊本，然文字古奥，训义深隐，校雠者猝不易详，故断烂讹脱，几不可读。钱曾《读书敏求记》尝据宋椠驳正其误，然曾家宋椠，今亦不传。惟《永乐大典》所收，犹为完善。 **2**

知《四库全书》所收《方言》乃四库馆臣从《永乐大典》中辑录的本子。文中点明采用《永乐大典》辑录本的缘由，并以钱曾《读书敏求记》中所举例证，校正《永乐大典》辑录本《方言》，说明《永乐大典》本《方言》即从宋本录入，在很大程度上保存宋本原貌。也可以说，《永

---

1 以上详参《四库全书总目》卷四〇。

2 《四库全书总目》卷四〇。

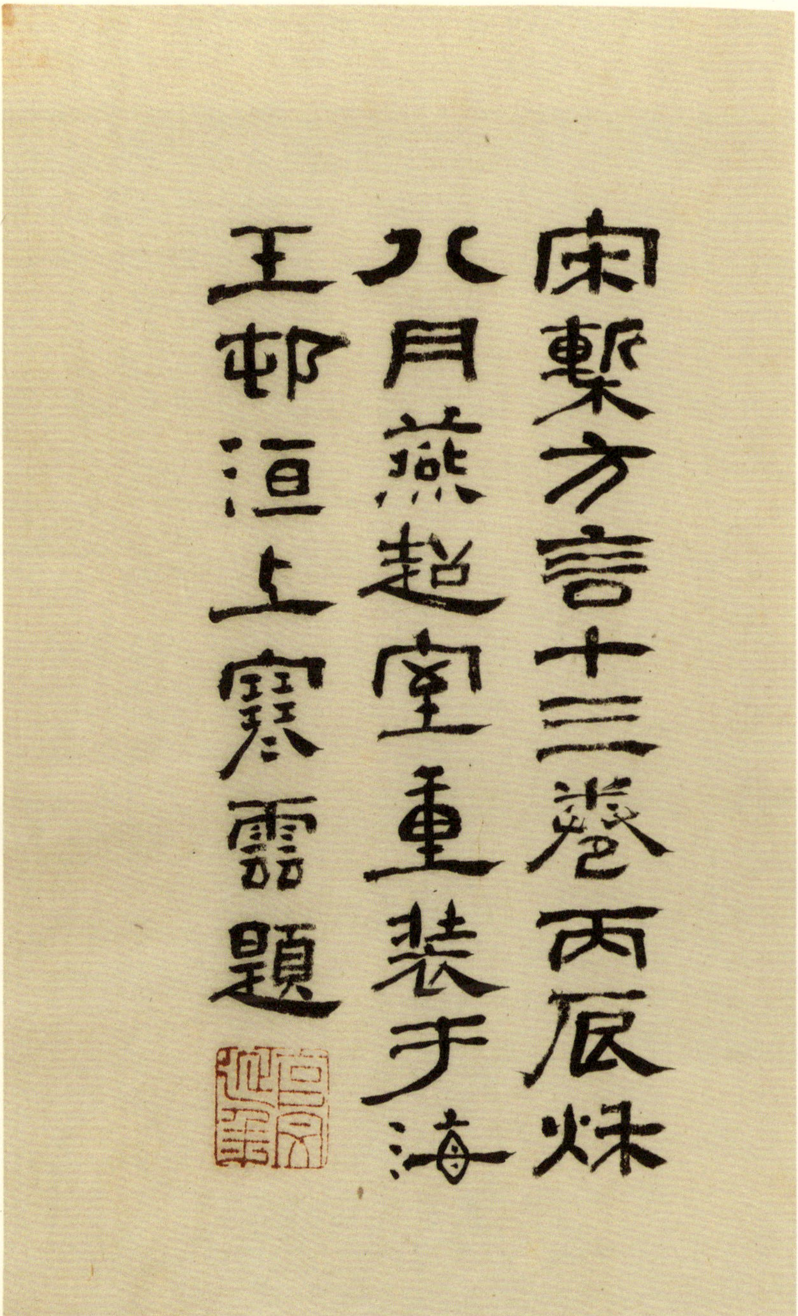

宋槧方言十三卷丙辰燼
八月燕超室重裝于海
王邠渻上寒露題

宋庆元刻本《輶轩使者绝代语释别国方言》袁克文题签

乐大典》辑佚本是当时四库馆臣所见到关于《方言》的最好本子。

由上文可知《方言》传世刻本，几乎没有。宋刻本传世，更是罕见。四库馆臣文中所言"今亦不传"之钱曾旧藏宋本《方言》，即此宋庆元六年（庚申，1200）寻阳郡斋刻本，应是现存《方言》的最早刻本。今此本卷首有郭璞序，次庆元庚申会稽李孟传序，之后为庆元庚申东阳朱质序，卷端题"輶轩使者绝代语释别国方言第一"。李孟传序述及此书刊刻缘由：

> 西汉氏古书之全者，如《盐铁论》、扬子云《方言》，其存盖无几。《盐铁论》，前辈每恨其文章不称汉氏，唯《方言》之书最奇古。……此书世所有而无与是正，知好之者少也。……今《方言》自闽本外不多见，每惜其未广。予来官寻阳，有以大字本见示者，因刊置郡斋，而附以所闻一二，盖惜前辈之言，久或不传也。庆元庚申仲春甲子，会稽李孟传书。

序文说明庆元六年，李孟传为官寻阳（即浔阳）时，曾以某大字本为底本，将《方言》重刊于郡斋。

此书流传颇罕，其版刻风格与一般宋本不同。傅氏得此书后，为嘉惠学林，采纳缪荃孙的建议，将此书寄至日本，请小林氏以珂罗版影印行世。后又拜托缪荃孙请湖北黄冈的刻书名手陶子麟精摹付印，王雪澄校勘，编入《蜀贤丛书》[1]。

今书中钤有"顾仁效收藏图书""仁效""顾元庆鉴赏印""横经阁收藏图籍印""华亭朱氏""沧苇"（墨长方印）、"季振宜藏书"（墨长方印）、"振宜之印"（墨方印）、"晓峰珍藏""晓峰珍阅""宗室文悫公家世藏""谭锡庆学看宋板书籍印""藏园""双鉴楼""双鉴楼藏书印""增湘""双鉴楼主人珍藏宋本""傅印增湘""荃孙""寐翁""袁克文印""正闇经眼"等印记。建国后，傅氏将此书捐赠国家，入藏今国家图书馆。

钱谦益旧藏亦有《方言》，为宋公文纸印本。《绛云楼题跋》云：

> 余旧藏子云《方言》，正是此本。而纸墨尤精好。纸背是南宋枢府诸公交承启札，翰墨灿然。于今思之，更有东京梦华之感。[2]

钱氏旧藏今不知尚在人间否，抑或毁于绛云一炬？

---

[1] 《藏园群书题记》卷一，第48页。
[2] 《绛云楼题跋》，第472页。

宋绍兴刻本《群经音辨》

宋绍兴十二年（1142）汀州宁化县学刻本《群经音辨》七卷，其中卷三、卷四亦是盛昱旧藏。民国初年，盛氏郁华阁书散，其最精者大多为旗人完颜景贤购得。不久，景贤氏将善本售与袁克文，唯独此残卷藏匿不售。直至 1915 年六月二十四日，徐森玉几经周折，方为袁克文购得此残卷 **1**。其扉页衬纸内有袁克文题款"宋绍兴汀州本群经音辨见存卷第三"，并钤有"金粟山藏经纸"朱文方印。虽为残卷，袁克文依然视若珍宝，赞誉为盛氏藏书之上驷 **2**；不仅于书中题有两跋，还撰有提要一篇。其跋一云：

> 《群经音辨》七卷，唐六如旧物。后归汲古阁，毛斧季举以售诸潘稼堂。未几，入石渠。张氏刻《泽存堂丛书》时，曾求假于毛氏而不得，遂以影本付梓，不特失宋本面目，如"贤大穿也"，宋本"胡盼切"，张刻作"胡甸日"，宋本"人实切"，张刻作"人质"。"肙"，宋本"失人切"，张刻作"于机类"，是则其谬误尤甚矣。乙卯（1915）六月，寒云。（下钤"克文"朱文方印）

其跋二云：

> 沅叔假去校张氏刊本脱误者，凡得七十馀字。正文脱字三处，可知宋本之精不独在楮墨间也。丙辰（1916）中秋余将携无尘、文

---

1 《寒云日记》，第 141—142 页。
2 详见上文"宋庆元刻本《辎轩使者绝代语释别国方言》"。

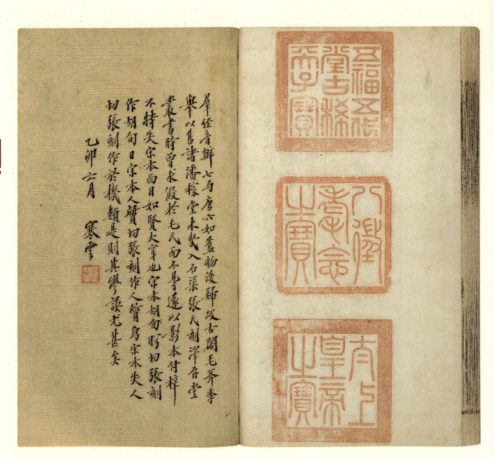

群经音辨七与唐六如书物设师汉古阁毛斧季
舉以旧谱潘稼堂未始入石渠张氏刻泽存堂
叢书时曾求假於毛氏而不畢逐以影本付样
不待失宋本面目如贤大宰也宋本朝旬昉初张刻
作胡旬日宋本人質罔张刻作人質写宋本失人
切张刻作资攗類是则其学谀尤甚矣

乙卯六月　寒云

宋绍兴汀州宁化县学刻本《群经音辨》袁克文跋一

云南游，沅叔来别，且持还此册。遂携至舟中，以破岑寂。中秋后
三日识于之罘。

其提要云：

《群经音辨》卷第三之第四，宋刊宋印，一册

宋贾昌朝撰

朝奉郎尚书司封员外郎直集贤院兼天章阁侍讲轻车都尉赐
绯鱼袋臣贾昌朝撰上题衔名分两行，首行至绯字，贾、朝下各空一字。

每半叶八行，大字约十四字一行，小字兼行，约二十三字，

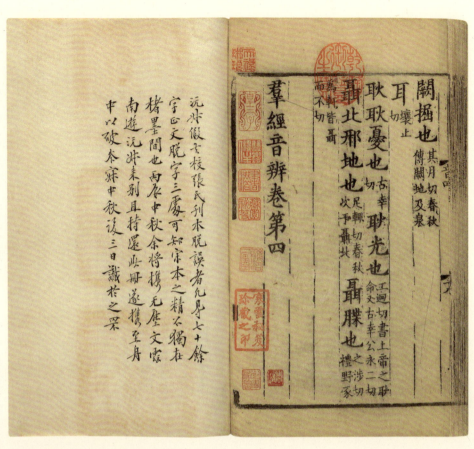

宋绍兴汀州宁化县学刻本《群经音辨》袁克文跋二

大小字皆无全行者，左右双阑，线口，版心"音三"或"音四"。

刻工姓名：戬、黄七刁、黄七、黄戬、七刀、黄七刊、七

缺讳：敬、殷、觏、恒、弦、惊、愍、玄、眩高宗以下讳皆不避

藏印：天禄继鉴、乾隆御览之宝、毛晋私印、汲古阁、圣清宗室盛昱伯羲之印、景押、完颜景贤精鉴以上卷三首；子晋书印、小如庵秘笈以上卷三尾；毛氏子晋、景行维贤以上卷四首；乾隆御览之宝、天禄琳琅、小如庵秘笈。

纸微黄，薄而坚滑，墨色淡足，宋藏经纸衣，藏经纸签题曰：群经音辨。中册犹汲古阁原装。前后附叶俱有"五福五代堂古稀天

子宝""八徵耄念之宝""太上皇帝之宝"三大玺。

　　《群经音辨》原书七卷，诸家藏目皆为钞本，宋刊惟汲古阁有之，为唐六如故物。后归天禄，此残本是也。在毛氏时，张氏刻《泽存堂五种》，曾向假校而不获，其珍秘可知。《天禄书目》记载颇详，有"绍兴壬戌汀州宁化县学镂板"衔名。唐氏藏印钤于首尾，故此中册独无，《天禄》尚另有一部，与此板本同。**❶**

　　此书卷首贾昌朝自序云，"因取天禧以来巾囊所志，编成七卷，凡五门，号《群经音辨》"。知此书之编纂，是其多年积累的结晶。《四库全书总目》评之云："昌朝会集其音义，丝牵绳贯，同异粲然，俾学者易于寻省，不为无益。小学家至今不废，亦有以也。"由此可见，《群经音辨》对于士人读经有重要的指导意义，所以两宋时期曾多次刊刻此书，嘉惠士林。

　　据考，《群经音辨》初次刊刻在北宋康定二年（1041）至庆历三年（1043）之间；再刻于南宋绍兴九年（1139）五月，由临安府学梓行于世。《天禄琳琅书目后编》著录《群经音辨》第二部即此书第二刻 **❷**。其开本宏阔，卷首有贾昌朝序，卷端题"群经音辨卷第一"，下署"朝奉郎尚书司封员外郎直集贤院兼天章阁侍讲轻车都尉赐绯鱼袋臣贾昌朝撰"。卷三首叶有剜印痕迹。卷六末叶下镌"学重雕"三字。

　　第三次刊刻是在南宋绍兴十二年（壬戌，1142）汀州宁化县学刻本，即此袁克文旧藏本，亦即《天禄琳琅书目后编》著录此书第一部 **❸**。书中李盛铎1915年跋亦云：

　　　　此书各家著录多系景宋本，以宋刊原帙久归天禄石渠，无由获见。此本玺识宛然，殆何时失散流出，归于郁华阁。今为抱存所得，洵可珍也。此绍兴壬戌汀州宁化县所刊，故避讳至觐字止，于宋代为此书第三刻。乙卯夏日盛铎记。（下钤"李印盛铎"朱印）

　　是书卷首为北宋宝元二年（1039）十一月三日中书门下敕牒崇文院牒文。"群经音辨后序"末署"绍兴壬戌秋七月中澣日官舍西斋序。

❶ 参见《寒云手写所藏宋本提要廿九种》，第121—122页。
❷ 彭元瑞等撰《天禄琳琅书目后编》卷三，清人书目题跋丛刊十，中华书局，1995年，第267页。
❸ 《天禄琳琅书目后编》卷三，第266—267页。

汀州宁化县学镂板。司书雷大方校勘", 下列"右迪功郎汀州宁化县东尉刘嘉猷"等汀州、潭州两地相关人员十一人衔名。之后又镌"临安府府学今将国子监旧本重雕逐一校正即无舛误。绍兴九年五月 日", 后列有"左从事郎充临安府府学教授陈之渊"等临安府府学五人衔名。今此书第二刻、第三刻均藏国家图书馆❶。

此袁氏藏本卷首中书门下敕牒崇文院牒文左下角钤"陈印佳允"白文方印。"陈佳允", 即"陈惟允"。明文徵明《甫田集》卷二三《溪山秋霁图跋》云:

> 右《溪山秋霁图》, 故乡先生陈汝言所画。汝言, 字惟允, 号秋水, 本临江人。父天倪先生明善, 得吴草庐之传, 流寓吴中。二子汝秩、汝言, 并有文学。汝言尤倜傥, 知兵, 至正末张士诚既受招安, 辟为太尉参谋, 贵宠用事。国初为济南幕官……❷

明朱谋垔《画史会要》卷四亦载:

> 陈汝言, 字惟允, 号秋水, 吴中人。洪武时官济南府经历, 能诗文, 山水宗赵魏公, 清润可爱。兄惟寅, 高士, 有雅宜山居, 亦善山水, 寅号大髯, 允号小髯。❸

清康熙年间编纂《御定佩文斋书画谱》, 其卷五五《画家传》十一亦引《画史会要》, 收录此人小传。《天禄琳琅书目后编》卷三著录云:

> 陈惟允, 名汝言, 号秋水, 吴人。洪武初官济南经历, 善诗画。❹

推知此本当经元末明初画家陈惟允收藏, 或至少是其经眼之书。

此书后为明唐寅所得, 书中有唐寅题款"吴门唐氏藏书"。明末归毛晋汲古阁。毛晋晚年曾将书售于潘耒(稼堂), 后入藏清宫天禄琳琅。之后, 此部书的卷三、卷四入藏清宗室盛昱郁华阁。今书中钤印有"唐寅私印""唐伯虎""毛氏子晋""宋本""汲古阁""汲古主人""毛晋之印""毛晋""子晋书印""毛晋私印""东吴毛氏图书""天禄琳琅""乾隆御览之宝""五福五代堂古稀天子宝""八徵耄念之宝""太上皇帝之宝""圣清宗室盛昱伯羲之印""景贤""完颜景贤精鉴""景行维贤""小如庵祕笈""孤本书室""佞宋""寒云祕笈珍藏之印""皇

❶ 有关《群经音辨》的成书刊刻、《天禄琳琅书目》及其《后编》著录等方面的详细考证, 参见《宋版书叙录》, 第266—271页。
❷ 明刻清修本《甫田集》, 国家图书馆藏。
❸ 明崇祯刻清初朱统镆重修本《画史会要》, 国家图书馆藏。
❹ 《天禄琳琅书目后编》卷三, 第267页。

二子""皕宋书藏主人廿八岁小景""寒云子子孙孙永保""后百宋一廛""与身俱存亡"诸印。傅增湘曾借阅此残本校勘张氏刊本。后袁氏书散，1920 年，傅增湘将此残卷收入藏园 **1**。1930 年，周叔弢以唐写本《鹖冠子》与傅增湘易得《群经音辨》残卷 **2**。今此两卷中又钤有"藏园祕笈""长春室主""增湘私印""双鉴楼收藏宋本""书潜""双鉴楼主人""双鉴楼""周暹"诸印记。

1947 年春，周叔弢得知故宫藏本缺卷三、卷四，即自己所藏两卷。周叔弢不愿"与书为仇" **3**，便将自己所藏两卷捐献故宫。故宫旧藏卷一、卷二、卷五至卷七，即此书馀卷，乃内阁大库本，书中仅钤有唐寅、毛晋、天禄琳琅诸家印记，而无盛昱、完颜景贤、袁克文、傅增湘等人印鉴。建国后，拨交京师图书馆庋藏。而今，此书在国家图书馆延津剑合，堪称一段佳话。

1 《藏园群书经眼录》卷二，第 107—108 页。《藏园订补郘亭知见传本书目》卷三，第 167 页。
2 《弢翁藏书题跋》（年谱），第 77—79 页。
3 《弢翁藏书题跋》（年谱），第 62、245 页。

宋绍兴齐安郡学刻本《集古文韵》

宋绍兴十五年（1145）齐安郡学刻《集古文韵》残卷，为清代汪士钟旧藏。1865 年，莫友芝在上海购得，其《宋元旧本书经眼录》卷一著录此书 **❶**。莫氏书散，流入厂肆。1916 年九月，袁克文于书贾柳蓉邨处以百金易得此书 **❷**，叹为吉光片羽，其跋云：

> 《集古文韵》，宋椠残本，存上声卷第三，一卷，即夏竦所著《新集古文四声韵》。夏为宋庆历时人，字子乔。书原五卷，汲古毛氏谓："世无其书，曾从文渊阁原本钞出。"清乾隆时汪启淑得毛氏影本，遂以重刊。又《天一阁书目》有绍兴己丑浮屠宝达重刊本，即吾衍所谓僧翻本，今已早佚。文渊原本亦渺焉无闻。顷于柳蓉邨书友处获觏此册，诧为奇珍，因以百金易归。此书刻画苍崭，当是北宋原本，即补板亦必在南渡初年。吉光片羽，宜为希世鸿宝。丙辰（1916）九月，棘人克文。

《集古文韵》以四声分隶古篆，即宋夏竦所撰《新集古文四声韵》。夏竦，字子乔，江州德安人。北宋景德三年（1006）举贤良方正。官至武宁军节度使，谥文庄。夏竦文武全才，政事、文学均有建树，堪称一代名臣学士，故宋人杂记、笔录中记其事迹时，多尊称夏英公、夏郑

❶ 《宋元旧本书经眼录·郘亭书画经眼录》，中华书局，2008 年，第 15—16 页。
❷ 《寒云日记》，第 164 页。原文"……盖世无其书，与《鼎钟篆韵集》《篆古文韵海》同从文渊阁原本钞"书名、句读错误，当为"……盖世无其书，与《钟鼎篆韵》《集篆古文韵海》同从文渊阁原本钞"。《钟鼎篆韵》作者为北宋政和年间王楚，今此书已亡佚。元代杨銁《增广钟鼎篆韵》保存了王书概貌。《集篆古文韵海》作者为北宋宣和年间杜从古。

集古文韻宋槧殘本存上聲馬第三一馬即夏諫反

著新集古文四聲韻夏為宋房審時人字子喬書

原五馬汲古毛氏謂世無其書曾從文渊閣原本鈔

出清乾隆時汪啟淑曾毛氏影本遂以重刊又天一

閣書目有紹興已丑浮曆寶建重刊本即吾衍所

謂僧繕本今已早佚文渊原本亦渺焉無聞於

柳蓉邨書友慶獲觀此冊詫為奇珍因以百金易

歸此書刻畫蒼勁當是北宋原本即補板亦必在

南渡初年吉光片羽宜為希世鴻寶　庚辰九月棐盦克文

宋绍兴齐安郡学刻本《集古文韵》袁克文跋

公、夏文庄、宰相夏公等。

宋晁公武《郡斋读书志》著录"皇朝夏竦撰《古文四声》五卷"者，即指此书。《四库全书总目》亦著录此书，名曰《古文四声韵》五卷，即当时的刑部郎中汪启淑据毛氏影宋本重刊，今国家图书馆藏有此本，题作《新集古文四声韵》。

是书编成后，北宋庆历四年（1044）二月，夏竦撰序进呈御览。因知其初刻最早不会早于庆历四年，之后又有翻刻本。据吾衍《学古编》**1**，称夏竦《古文四声韵》五卷，前有《序》并全衔者好，别有僧翻本不可用。"前有序并全衔者"当即题名为《新集古文四声韵》的本子**2**。瞿氏铁琴铜剑楼旧藏有此本，疑即汪启淑刻本的祖本。现藏国家图书馆。瞿镛《铁琴铜剑楼藏书目录》卷七云：

> 《新集古文四声韵》五卷，宋刊本，题"开府仪同三司行吏部尚书知亳州军州事上柱国夏竦集"。阙第一卷上平声廿九韵，钞补全。此书宋本难得，汲古毛氏仅有影宋钞本，歙汪氏得而刻之。其篆书笔画微有不同处，因钞致讹也。是本旧藏雁里草堂，乃明吴郡沈与文辨之藏书处也。（每卷末有"沈与文印""姑馀山人""雁里草堂"诸朱记）**3**

由上文知此书之初刻当在庆历四年或其后，其最晚则不会晚于北宋政和六年（1116）。北宋黄伯思《跋古文韵后》云："政和六年冬，以夏郑公《四声集古韵》及宗室克继所广本二书参写……"，**4** 由此知政和六年之前已有刻本，其题名为《四声集古韵》。

关于"僧翻本"，全祖望在《鲒埼亭集·古文韵题词》中述及此书，云曾借钞范氏天一阁夏英公《古篆韵》，据晋陵许端夫序，盖绍兴乙丑（1145）浮屠宝达重刻于齐安郡学，许氏为郡守，因序之。据考，宝达为刘景文之孙，精于古文篆，曾亲自摹写夏氏《古文四声韵》，并于齐安郡学刻梓行世。此即吾衍所谓僧翻本。全氏称其精于摹写，而吾衍则认为不可用。莫友芝曾以汪刻本校勘，小有异同损益，并认为吾衍斥其为不可用，也不算苛刻**5**。

---

1 吾衍（1271—1311），即吾丘衍，字子行，号贞白，人称贞白先生，钱塘人。
2 参见《宋版书叙录》，第284—287页。
3 《铁琴铜剑楼藏书目录》卷七，第105页。
4 北宋黄伯思《宋本东观馀论》，中华书局，1988年，第294—295页。
5 此段叙述参见莫友芝《宋元旧本书经眼录·邵亭书画经眼录》，第16页。

此宋刻《集古文韵》当即吾衍所云僧翻本，即宋齐安郡学绍兴十五年（1145）刻本，袁跋中误认为吾衍所谓僧翻本今已早佚。惜此本现仅存卷三，每叶十六行，每行大字九字，小字不等。其磁青纸书衣上有袁克文墨笔题签云"宋夏竦《集古文韵》上声卷第三"。书中刻工李皋、潘宪、全、彬等人。

此书现为经折装，然已非原装。其左右边框外有订眼，当为册叶折叠装，上下用一整纸作包背封面，因有一说此即旋风装。惜早经改装，不能睹其原貌。

此本所用纸料均为宋人公私简牍，查检书中纸背，几乎每叶都有墨笔书写字迹，当是开禧元年（1205）岁末黄州官场应酬文字。署名者有："……八月日学生直学徐灏""迪功郎黄冈县尉巡捉私茶盐矾铜钱私铸铁钱兼催纲陆子程""报恩光孝禅寺住持传法僧智杰""……八月日武略郎添差淮南西路准备将领张□""……十一月日学谕章准""开禧元年十二月日秉义郎新添差黄州兵马监押赵善凯""开禧元年九月×日朝奉大夫行户部员外郎吴猎""……年十月日训武郎黄州兵马都监兼在城巡检徐□""开禧元年十二月×日朝散郎权知黄州军州事王可大""从事郎黄州州学教授吕□□""……年十二月日从政郎黄州录事参军江诚之"，其中王可大署名出现四次。

黄州，宋代亦称齐安郡，故此书版本为"宋绍兴十五年齐安郡学刻公文纸印本"。根据宋代文书档案的管理制度 **❶**，对于不需要长期保存的文书档案，通常要保存十年至十二年，其剔除工作是每三年进行一次。剔除的文书档案，其处理途径主要有两种，一是"充官用"，即归官府重作它用；其二是"有馀者，出卖"，也就是说官府使用不了的多馀部分，可以售于民间使用。此本所用公文纸纸背所署纪年均为"开禧元年"，因此，此书的刷印时间不会早于嘉定八年（1215）。然莫氏据开禧元年的公文纸认为"是书绍兴乙丑刊，开禧乙丑印"的说法 **❷**，有待商榷。

是书公文纸中署名"开禧元年九月×日朝奉大夫行户部员外郎"的吴猎在此之前曾重修过《本草衍义》，即宋淳熙十二年（1185）江西转运司刻庆元元年（乙卯，1195）重修本，每半叶十一行，行二十一字，左右双边。国家图书馆现存两部。一为袁克文旧藏，刻工

---

❶ 关于公文纸的考证，参见汪桂海《宋代公文纸印本断代研究举例》，《文献》，2009 年 7 月第 3 期。
❷ 《宋元旧本书经眼录·邵亭书画经眼录》，第 16 页。

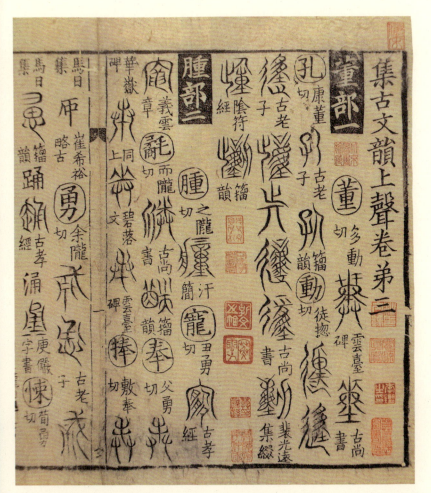

宋绍兴齐安郡学刻本《集古文韵》

有周、邓寿、李圭、王季、彭云、王贞、宋瑞、邓炜、蔡万、高兴世、范明远、陈明、张仲、蔡泰、冯寿。书中钤有"侫宋""袁氏世藏""寒云秘笈珍藏之印"诸印记,《宝礼堂宋本书录》著录 **1**。一为涵芬楼烬馀之物,每叶纸背均有"京兆方塘文房"六字正楷朱印一行。《涵芬楼烬馀书录》著录 **2**。是书卷末有刻书跋云:

> 右《证类本草》,计版一千六百二十有二。岁月屡更,版字漫漶者十之七八,观者难之。鸠工刊补,今复成全书矣。时庆元乙卯秋八月癸丑识。

---

1 《张元济古籍书目序跋汇编》上册,第 252 页。

2 《张元济古籍书目序跋汇编》中册,第 568—569 页。

刻书跋中云"右《证类本草》，计版一千六百二十有二"，然此书名为《本草衍义》，其书版亦不及二百。故推知当是《证类本草》与《本草衍义》同时刊刻。刻书跋后列有衔名五行：

　　儒林郎江南西路转运司主管帐司段杲

　　奉议郎充江南西路转运司幹办公事赐绯鱼袋徐宇

　　承议郎充江南西路转运司幹办公事赐绯鱼袋曾□

　　朝奉郎充江南西路转运司主□□□赐绯鱼袋江涔

　　朝奉郎权江南西路转运判官吴猎

傅增湘云"吴猎后任江南西路转运判官时曾刊《本草衍义》"[1]，即认为吴猎在黄州任户部员外郎的时间早于其任江南西路转运判官。傅氏此言与史实不合。据《宋史·吴猎传》载：

　　宁宗即位，迁校书郎，除监察御史。上趣修大内，将移御，猎言："寿皇破汉、魏以来之薄俗，服高宗三年之丧，陛下万一轻去丧次，将无以慰在天之灵。"又言："陛下即位，未见上皇，宜笃厉精诚，以俟上皇和豫而祗见焉。"会伪学禁兴，猎言：……议皆不合。出为江西转运判官，寻劾罢。久之，党禁弛，起为广西转运判官，除户部员外郎、总领湖广江西京西财赋。

知吴猎出为江南西路即江西转运判官在庆元初年。庆元党禁之后，吴猎起为广西转运判官，再除户部员外郎之时，当已至开禧年间。此与《集古文韵》一书中所用开禧元年公文纸时间一致；亦与庆元元年（乙卯，1195 年）"朝奉郎权江南西路转运判官吴猎"重修《本草衍义》吻合。

书中钤有"汪印士钟""阆源真赏""邵亭长""莫友芝""莫友芝图书印""伯邕图书""莫绳孙字仲武""莫印彝孙""抱存欢喜""寒云如意""寒云主人""克文之钵""佞宋""三琴趣斋""侍儿文云掌记"诸印。后袁氏藏书转让潘宗周宝礼堂。张元济《宝礼堂宋本书录》著录[2]。建国后，潘氏后人潘世兹将宝礼堂藏书捐献国家，此书入藏今国家图书馆。

---

[1]　《藏园订补邵亭知见传本书目》卷三，第 179 页。

[2]　《张元济古籍书目序跋汇编》上册，第 196—197 页。

元刊《广韵》

元刻《广韵》为杨守敬旧藏。1915 年十一月十四日，袁克文购自京师 **1**，书中有其题识两则：

　　乙卯（1915）十一月十四日获于京师，寒云，时年二十又六。（下钤"寒云"白文方印）

　　此本与泰定刊本颇有增损，于字句而次第先后亦多歧异，版心较之低寸许。他若至正、至顺、双桂书堂、勤德书堂诸刊本，亦有异同，版心皆视此为高广。宋讳有缺有不缺，天禄、四库所收乙未明德堂刊、惟避"匡"字之本，定为宋麻沙，以《楹书隅录》所考，恐尚是元贞之乙未，或至正之乙未也。此本"匡"阳均匡、邼、筐、蛙、框、劻、鬞、洭、軭、眶、恇、茛、驅，又魂均悖、漾均诓外尚避"贞"字清均贞、阤、桢、祯、郱、浈、侦，是又异于天禄所藏。（下钤"袁二"朱文长方印）

书中有杨守敬 1884 年跋，认为此书卷首"陈州司法孙愐唐韵序"之后当有木记，为后人割去；而袁克文认为杨氏此言有误，其跋云：

　　杨惺吾跋谓此处应有木记，为后人割去云云。窃按南宋坊刻序后卷尾于正文尽处往往刻数空行，后留一大墨钉，以省刀工，即如此叶。断处尚馀阔墨，栏后无木记可知也。寒云。（下钤"寒云"

1　《寒云日记》，第 153 页。按，元刻《广韵》中有"若秋藏书"，《王子霖古籍版本学文集》第二册《古籍善本经眼录附录·寒云日记》中录作"吴秋图书"，疑误。

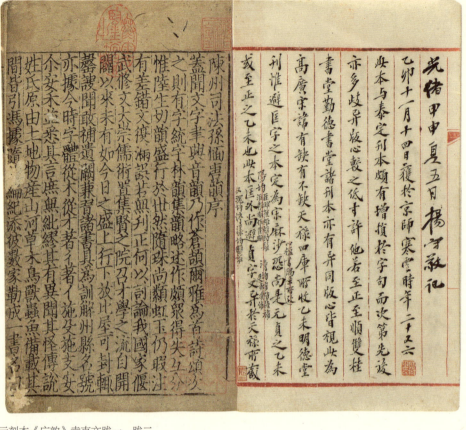

元刻本《广韵》袁克文跋一、跋二

白文方印、"袁二"朱文方印）

袁克文另撰有提要一篇，以示对此本的重视：

《广韵》五卷，宋刊宋印，一册

不著撰者姓名

首"陈州司法孙愐唐韵序"，子目标每卷前，分三排。首次第，次韵纽，下注"独用"或"同用"。次第数目字墨钉白文。

半叶十二行，行十九字，注双行，行卅一字，线口，鱼尾下标"韵"，及卷次，左右双栏，左栏外标叶次，卷次下冠"广韵"或"韵"字。

缺讳：惇、匡、郎、筐、蛭、框、勖、氊、洭、轵、眶、恒、崖、

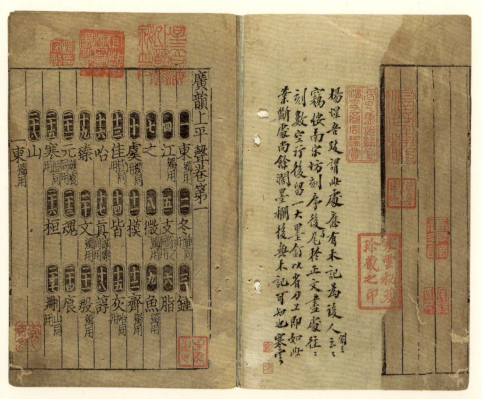

元刻本《广韵》袁克文跋三

驵、诓、贞、陨、桢、祯、郎、滇、侦。❶

　　藏印：若秋藏书序及二三四五卷前、星吾海外访得秘笈、宜都杨氏藏书记、杨守敬印卷一前。

　　册首有杨守敬题记。

　　《广韵》乃宋建阳坊刻巾箱本。此书元明本传世颇夥，宋刊独罕。此册经杨氏刊入《留真谱》。❷

　　袁氏书散出，张元济收入涵芬楼。书中钤有"星吾海上访得秘笈""宜都杨氏藏书记""杨印守敬""袁克文""后百宋一廛"（大小二枚）"与身俱存亡""寒云鉴赏之钵""寒云庐倦绣室温雪斋同鉴赏""寒云秘笈珍藏之印""涵芬楼""涵芬楼藏""海盐张元济经收"等印鉴。此书今藏国家图书馆。

---

❶　避讳诸字原文均缺末笔。
❷　参见《寒云手写所藏宋本提要廿九种》，第185—186页。

《广韵》是我国古代的音韵书，源于隋陆法言《切韵》。隋朝开皇年间，陆法言以吕静等六家韵书互不相统，与刘臻、颜之推、卢思道、萧该、薛道衡等八人合撰《切韵》五卷，于隋文帝仁寿元年（601）成书。陆法言，隋魏郡临漳（今属河北）人，官至承奉郎，因其父陆爽之事连坐除名，未知所终。唐高宗仪凤二年（677），长孙讷言为《切韵》作笺注，后郭知元、关亮等人又有增加。唐玄宗天宝十载（751），陈州司法参军孙愐重新刊定，更名《唐韵》。宋真宗景德四年（1007），又以《唐韵》旧本传写讹误、批注不详，令陈彭年等人重修，于大中祥符四年（1011）成书，赐名《大宋重修广韵》。

陈彭年（961—1017），字永年，抚州南城（今属江西）人。自幼聪颖好学，年十三，著《皇纲论》万馀言，得当时名辈赏识。宋太宗雍熙二年（985）乙酉梁灏榜进士，官至兵部侍郎、参知政事，卒谥"文僖"。陈氏博闻强记，于朝廷典礼，无不参预，深为宋真宗所器重。曾奉诏编《景德朝陵地理》《封禅》《汾阴》《御史台仪制》等，著有《文集》百卷，《唐记》四十卷等。事迹详《宋史》本传。

《崇文总目》著录"《大宋重修广韵》五卷"，晁公武《郡斋读书志》著录"《广韵》五卷，右隋陆法言撰，其后唐孙愐加字，凡四万三千三百八十三，前有法言、长孙讷言、孙愐三序"，未提陈彭年重修《广韵》之事。案，陆法言所撰名为《切韵》，唐孙愐加字者当为《唐韵》，晁氏题为《广韵》，盖是陈彭年所修之《广韵》。陈振孙《直斋书录解题》著录有"《广韵》五卷，隋陆法言撰"，并进一步阐明《广韵》与陆法言的关系："开皇初，有刘臻等八人同诣法言，共为撰集，长孙讷言为之笺注。唐朝转有增加。至开元中，陈州司法孙愐著成《唐韵》，本朝陈彭年等重修，《中兴书目》云不知作者。案《国史志》有《重修广韵》，题皇朝陈彭年等。《景祐集韵》亦称真宗令陈彭年、丘雍等因陆法言《韵》就为刊益。今此书首载景德、祥符敕牒，以《大宋重修广韵》为名，然则即彭年所修也。"

《广韵》成书后，倍受士人学子的重视，历代刻板甚多。今藏国家图书馆者有宋绍兴刻本、元元统三年（1335）日新书堂刻本、元至正十六年（1356）翠岩精舍刻本、元至正二十六年（1366）南山书院刻本、元建安余氏双桂书堂刻本等宋椠元刊，以及若干明清刻本。

此元刻本每半叶十二行，小字双行，字不等，细黑口，左右双边。

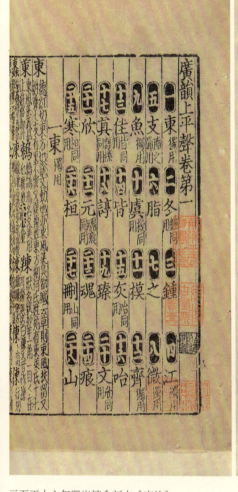

元至正十六年翠岩精舍刻本《广韵》

其前后无刻书牌记、题跋，无以断定其确切的刻书年代。张元济《涵芬楼烬馀书录·经部》著录此书为宋刊本[1]，云："前有陈州司法孙愐《唐韵序》。半叶十二行，小字双行。宋讳避匡、贞、惇三字。'上平声二十一殷'，'殷'未改'欣'，又与'二十文'均注'独用'。'上声十八吻'，目录注'隐'同'用'，而卷内仍注'独用'，盖犹在景祐合并以前，尚未尽失《唐韵》之旧也。"

[1] 《张元济古籍书目序跋汇编》中册《涵芬楼烬馀书录》，第445页。

自杨守敬至张元济，均定此本为宋刻。然据版式、字体，此书与宋刻本风格相距甚远，今《北京图书馆古籍善本书目》著录为元刻本。此书中玄（有不缺）、匡、框、筐、贞、桢、祯、弘、勖、徵（有不缺）等时有阙笔避讳，桓、构、敦等字未见阙笔，推知此元刊盖源出北宋刻本。

元刻《韵补》

元刻《韵补》曾经明代叶盛菉竹堂、毛晋汲古阁递藏，书中钤有"菉竹堂藏书""甲""宋本""斧季""毛氏子晋""毛晋之印""汲古主人""毛扆之印"诸印记。后入傅增湘藏园，1913年沈曾植经眼此书，且手书跋语。1915年五月二十六日，傅增湘将此书转让袁克文，袁克文"因以银三百五十元报之"[1]，其友高世异曾寓目。书中钤有"寒云秘笈珍藏之印""佞宋""后百宋一廛""梅真""刘姁""寒云""双玉龛""皇二子"（两种朱印）"袁氏世藏""德启借观"诸印记。袁克文撰有提要一篇，以识此本概况：

> 《韵补》五卷，宋刊宋印，五册
> 宋吴棫撰
> 首乾道四年四月壬子武夷徐蒇书序，次书目，目后武夷吴棫自记六行。
> 半叶十行，注双行，行二十四字。徐序半叶十行，行十二字，左右双阑，线口，双鱼尾。上鱼尾上标字数，下标韵补或上平，或下平，或上声，或去声，或入声。无刊工姓名。宋讳或缺或否。
> 藏印：宋本、甲序首、卷二三四五首；菉竹堂藏书、汲古主人、毛晋之印、毛氏子晋、毛扆之印、布季卷一二三四五首；长卷一首；朱□私印、□□公□卷三首；衣先、懿墉吴印卷五尾。
> 第五卷影钞，第六叶汲古阁原补，极精，板心阔大，字体娟润。

---

[1] 《寒云日记》，第140页。

元刻本《韵补》袁克文题签

黄色罗纹纸，摹印精朗。每册前后罗纹纸，附叶冷金青绢衣，古锦函，泥金签题曰"吴才老《韵补》，小汀珍藏。道光六年丙戌（1826）重阳后一日吴简之题签"。

《韵补》五卷为宋时原刊，后来覆本，脱误颇甚。明刊字皆古体。**❶**

此本书衣为袁克文墨笔题识云："《韵补》五卷，宋刊本，蓉竹堂叶氏汲古阁毛氏旧藏。乙卯（1915）五月二十六日归孤本书室。寒云。"扉页有1918年袁克文墨笔题字："宋椠吴才老《韵补》五卷，戊午（1918）元旦寒云揭橥。"是本中"桓"字缺末笔；又殷、贞、敦不避，知此本当是据宋本重刻，明毛晋误定为宋刻，袁克文亦承其误，当予纠正。此本后入藏南海潘宗周宝礼堂，张元济《宝礼堂宋本书录》著录**❷**，亦误题宋刻。袁氏藏本现藏国家图书馆，馆藏另有三部与之同版元刻本，其中一部卷首徐蒇序后有墨笔"至正乙未腊月廿四日书"一行，据此可推此本当刻于至正十五年（乙未，1355）之前。今《北京图书馆古籍善本书目》著录为元刻本。

《韵补》作者吴棫，《宋史》无传，据卷首徐蒇乾道四年（1168）序及宋王明清《挥麈三录》卷三载，吴棫，字才老，宋徽宗宣和六年（1124）进士，曾召试馆职不就。南宋绍兴初年，除太常丞。后因得罪权臣秦桧，被贬泉州通判。绍兴二十二年（1152）离开福建，不久即卒。其籍贯，说法各异。陈振孙《直斋书录解题》称其为建安人（今属福建）；王明清称其为舒州人（今属安徽）；徐蒇乾道四年序云："吴才老棫与蒇为同里有连，其祖后家同安。"检《宋史·地理志》，宋代有两同安，其一福建泉州置同安县；其二为安徽舒州置同安郡。盖为前者。

吴棫精于音韵训诂之学，生平著述颇多，有《书裨传》《诗补音》《论语指掌考异语解》《楚辞释音》《韵补》等，唯《韵补》存世。宋以前古韵无独立成书之作，吴氏《韵补》有开创之功。朱熹称"近代训释之学，唯才老为优"。其作《诗集传》，即据吴氏之韵，以协《诗经》三百篇之音。清顾炎武在《韵补正》中云："考古之功，实始于吴才老。"然吴氏从不自矜，书名多用"裨""补""续"等，足见其谦虚好学之心。《四库全书总目》对此书褒贬参半，云："自宋以来，著一书以明

---

❶ 参见《寒云手写所藏宋本提要廿九种》，第177—178页。

❷ 《张元济古籍书目序跋汇编》上册，第197—198页。

古音者，实自械始。"又贬之云："此书则泛取旁搜，无所持择。"

此书分为四声，搜集古籍经传子史百家五十馀种，俱列于序后"韵补书目"。据其自序，其所补之音，皆唐陆德明《经典释文》未尽者，陆氏已言者则从陆。自序云："其用韵，已见《集韵》诸书者皆不载，虽见韵书而训义不同，或诸书当作此读而注释未收者载之。凡字有一义，即以一条为证；或二义三义，即以二三条为证。若谬误、若未尽，皆俟后之君子正而成之，庶斯道之不坠也。"足见其引征博洽，考据精当。其所引之书，如《二十四笺》《汉魏文章》等，今已不存，因《韵补》可窥一斑。

据卷首徐蒇乾道四年序，书稿写成后又有增损，大约于绍兴二十年（1150）左右最后成书。当时并未付梓。尤袤《遂初堂书目》著录有吴棫《补韵》，盖为《韵补》之误；陈振孙《直斋书录解题》著录《韵补》五卷。瞿氏《铁琴铜剑楼藏书目录》云《韵补》始刻于嘉禾。嘉禾，古嘉兴的别称。《直斋书录解题》著录之本疑为嘉兴本。

此书深为习举业者所重视，明清时期均有刻本、钞本传世。陆心源皕宋楼所藏书为明嘉靖刻本，有嘉靖元年（1522）陈凤梧序，曾为朱彝尊旧藏。丁丙《善本书室藏书志》著录有明刊本，原为袁寿阶藏书。国家图书馆另藏有清影元钞本、清影明钞本等。

1915年四月十八日，袁克文曾得伊秉绶赐研斋、项奎（东井）旧藏清影元钞本《韵补》五卷 **❶**，半叶十行，大小字不一，小字双行二十四字，白口，左右双边。其底本即上文所及明叶氏菉竹堂、毛氏汲古阁旧藏元刊《韵补》。

文中有朱笔圈点、校改，天头有朱笔校语。扉页有袁克文题签，云："影宋写本吴才老《韵补》五卷，戊午（1918）元旦，寒云。"卷端题"韵补卷第一"。傅增湘《藏园群书经眼录》中著录清影写元刊本《韵补》印鉴与此本相同 **❷**，当是此本无疑。袁克文则误题"影宋写本"。

今此影元钞本亦藏国家图书馆，书中钤有"东祖斋""刘福私印""子墨""春海之章""毛氏子晋""赐研斋""东井""项奎私印""弢斋藏书记""李印盛铎""木斋""木斋审定""木犀轩藏书""佞宋""克文""寒云秘笈珍藏之印"诸印鉴。

---

❶ 《寒云日记》，第137页。

❷ 《藏园群书经眼录》卷二，第130页。

蒙叟挥泪两《汉书》

史部藏书题跋

　　明末清初藏书家钱谦益曾以千金购得赵孟𫖯旧藏宋刻两《汉书》，誉之为宋椠之冠，藏弄二十馀年。1643年，钱谦益为柳如是修建绛云楼，因囊中羞涩，迫不得已把自己珍爱的宋版两《汉书》售于谢三宾 **1**，即所谓"床头黄金尽，生平第一杀风景事也"。鬻书之日，钱谦益殊难释怀，其凄凉景象，钱氏自喻为"李后主去国，听教坊杂曲'挥泪对宫娥'一段" **2**。当年柳如是与谢三宾断交，转而嫁给钱谦益。如今钱谦益为了柳如是而将宋刻两《汉书》割爱相让。陈寅恪先生感叹说，"牧斋平生有二尤物，一为宋椠两《汉书》，一为河东君"，"象三虽与牧斋争娶河东君失败，但牧斋为筑金屋以贮阿云之故，终不得不忍痛割其所爱之珍本，鬻于象三。由是而言，象三亦可借此聊以快意自解，而天下尤物之不可得兼，于此益信。蒙叟一生学佛，当更有所感悟矣" **3**。

　　谢氏之后，宋版两《汉书》又为新乡张缙彦所得 **4**。后入藏清宫天禄琳琅，惜毁于嘉庆二年（1797）乾清宫火灾，叶昌炽《藏书纪事诗》云"文敏《汉书》今归天府" **5**。然其影钞本流传于世，民国初年为袁

---

1 谢三宾，字象三，号寒翁，鄞县（今浙江宁波）人。明天启五年（1625）进士，永嘉县令。崇祯时，官至太仆寺卿。钱谦益门生，明末降臣。

2 以上参见钱谦益《绛云楼题跋》，第473—474页。

3 陈寅恪《柳如是别传》（中）第四章《河东君过访半野堂及其前后之关系》，生活·读书·新知三联书店，2001年，第416、406页。

4 张缙彦（1599—1670），即钱谦益跋中所云"新乡司马张坦公"，字濂源，号坦公，又号外方子，别号大隐。据《明清进士题名碑》《清史列传》，张缙彦为河南新乡人，人称"张新乡"。明朝天启元年（1621）乡试中举人；明崇祯四年（1631）进士，授清涧知县，累官兵部尚书。

5 叶昌炽《藏书纪事诗》卷二，第80页。于敏中等撰《天禄琳琅书目·宋版史部》卷二，并录钱谦益跋文、乾隆御题等，《清人书目题跋丛刊》十，中华书局，1995年，第22—26页。另据《书林清话》卷六"宋刻书著名之宝"云："嘉庆二年（1797），武英殿灾，目（指《天禄琳琅书目》）（转下页）

克文所得。袁世凯故后，袁克文生活日渐窘迫，不得已卖书度日。其师方尔谦很是感慨："寒云既鬻所藏宋本。一日，携此册付我，相与太息，有蒙叟挥泪《汉书》景象。"**❶** 如今，蒙叟之赵文敏家藏两《汉书》早已追随绛云而去，其影钞本则幸存于世。

　　（接上页）载之书同归一烬"，赵文敏之两汉书亦在其中。《书林清话》卷六，第 118 页。按，清嘉庆二年，乾清宫火灾，殃及昭仁殿，天禄琳琅藏书因之毁于一旦。叶德辉误记武英殿火灾。参见向功晏《昭仁殿天禄琳琅藏书初探》，《故宫博物院院刊》，1987 年第 1 期。
❶　详见《寒云手写所藏宋本提要廿九种》卷末方尔谦序，第 189 页。

宋刻百衲本《史记》

　　宋刻百衲本《史记》袁克文为之心仪已久，并颇费心思，多方搜寻，一直未能如愿。直至 1914 年，袁克文在其弟袁克权处邂逅此书，令袁克文欣喜欲狂，展读数次。是年腊月，袁克文再次展卷赏玩，手书跋语，记下与此书之因缘：

> 　　余耳百衲《史记》久矣。曾求之而未获。后为匋斋丈以重金购去。丈屡允示观，辄以他故，未能一睹。丈拜督办之命，移节汉上。京邸忽传火警，仅将藏书一室焚去。余每叹此书已不在人间矣。今夏五弟自英归，承上命，与托活洛氏联姻娅谊。检视回奁，忽惊觏此书，喜极欲狂，展读数四。今过叠翠楼，又览一过，爱记数言，五弟其善宝之。甲寅（1914）腊月十七夜，克文。

　　"百衲本之见于藏书家"，始于清初藏书家钱曾，其《读书敏求记》中《史记》条云：

> 　　予昔藏宋刻《史记》有四，而开元本亦其一也。今此本乃集诸宋板，共成一书，大小长短，各种咸备。李泂公取桐孙之精者杂缀为一琴，谓之"百衲"，予亦戏名此为"百衲本《史记》"，以发同人一笑焉。❶

　　其后，"百衲《史记》之名流播于书林"，另有汲古阁之"百衲锦"，"大兴朱笥河家有之，刘燕庭家亦有之"。而今钱、毛、朱三家之书"遗

---

❶ 《钱遵王读书敏求记校证》卷二上，第 66 页。桐孙：桐树新生的小枝。北周庚信《咏树》诗云："枫子留为式，桐孙待作琴。"

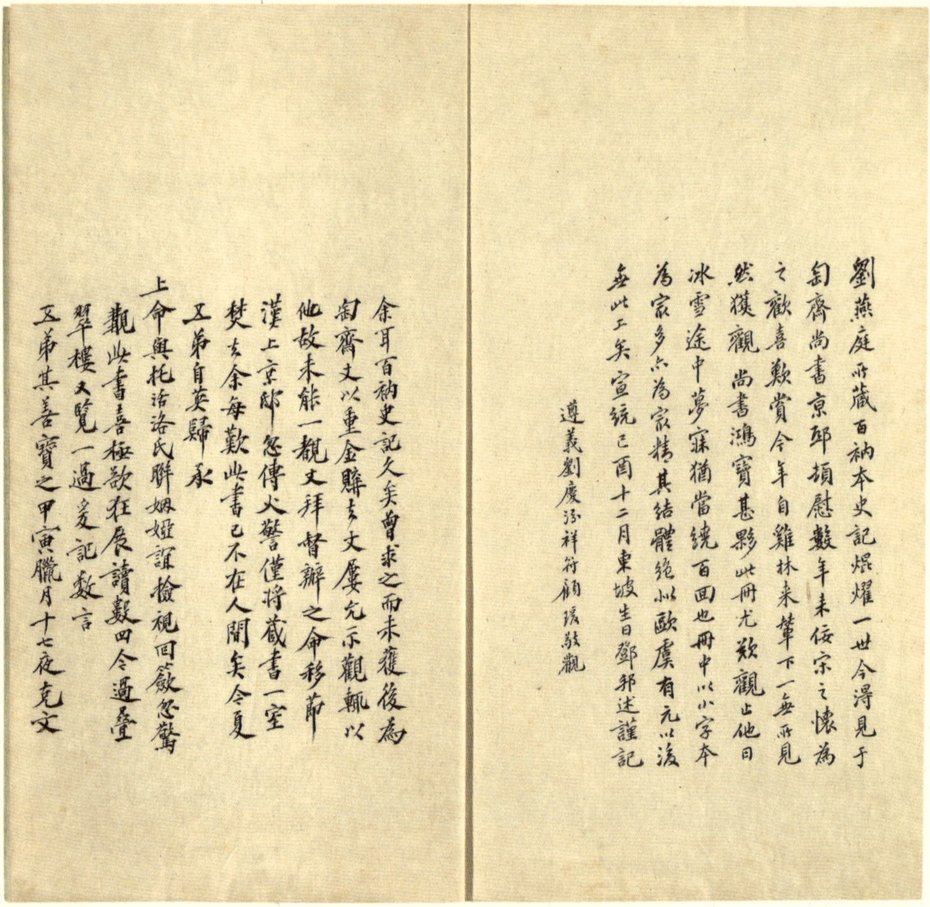

刘燕庭所藏百衲本史记焜耀一世今得见于
匋斋尚书京邸颀慰数年未偿宿宗之怀焉
之歔喜歡賞今年自雞林来筆下一無所見
然獲觀尚書鴻寶甚影冊尤歡觀止他日
冰雪途中夢寐當繞百回也兩中以小字本
為家多炎為家藏其結體絕似歐虞有元以後
岳此工矣 宣統己酉十二月東坡生鄧邦述謹記

遵義劉慶泓科符節張敦觀

余耳百衲史記久矣曾求之而未覯後為
匋齋支以重金購去文慶先示觀輒以
他故未能一觀文拜督辦之命移節
漢上京邸怱傅火警僅將藏書一室
焚去余每歎此書已不在人間矣今夏
又弟自英歸承
上命典托洛氏群娥煜謀檢回厥怱驚
觀此書喜極欷在辰讀數四令迻疊
翠樓文覽一過爰記數言
五弟其善寶之 甲寅臘月十七夜克文

宋刻百衲本《史记》邓邦述、袁克文跋

迹渺不可得”[1]，百衲本现存世者仅两部：

其一，傅增湘所藏百衲本《史记》，集宋元六种版刻而成，即淮南转运司大字本、宋黄善夫刊本、蒙古中统本、元彭寅翁本、元大德九路本、南监本六种[2]。此百衲本《史记》旧为宋荦（字牧仲）所藏，书中钤印有“商丘宋荦收藏善本”“纬萧草堂藏书记”二印。黄善夫配本中另钤有“许氏德华”“横塘后裔”“悦菴”三印。

其二，刘喜海旧藏百衲本《史记》，即此曾令袁克文魂牵梦绕之本，由宋刊十四行本、宋刊十行本、南宋乾道七年（1171）蔡梦弼东塾刻本、淳熙三年（1176）张杅桐川郡斋刻淳熙八年（1181）耿秉重修本四种

[1] 此前叙述详见《藏园群书题记》卷二，第67页。
[2] 详见《藏园群书题记》卷二，第65—69页。另见《藏园群书经眼录》卷三，第151—152页。

宋本配成，均为白口，左右双边 **1**。其卷首"史记集解序"末次行连接正文，卷端题"五帝本纪第一"，次行题"史记一"，并未另起一叶。天头、地脚有朱笔校语。书中有朱笔圈点。其中"秦楚之际月表第四·史记十六""汉兴以来诸侯年表第五史记十七"等卷末镌"建安蔡梦弼傅卿谨案京蜀诸本校理真梓于东塾"双行牌记。这几种本子"皆南北宋刻，且为罕觏之本，至足宝也" **2**，素来为藏书家所仰慕。

此百衲本明代曾是孙育、毛氏汲古阁旧藏；清代又经季振宜、徐乾学递藏。后为山东诸城刘喜海珍藏。光绪初年，刘氏藏书归入姚觐元咫进斋。1907年，端方督两江时，斥巨资购进姚氏藏书，储存在南京清凉山下江南书库；同时将此宋刻百衲本携入私箧。贵池刘世珩玉海堂曾从端方处借出此宋刻百衲本，影写付梓，流传后世，嘉惠学林 **3**。1909年底，邓邦述有幸于端方府邸目睹此书，赞叹不已，于《太史公自序》末手书跋语，以识眼福：

> 刘燕庭所藏百衲本《史记》，焜耀一世。今得见于匋斋尚书京邸，顿慰数年来佞宋之怀，为之欢喜叹赏。今年自鸡林来辇下，一无所见。然获观尚书鸿宝甚夥，此册尤叹观止。他日冰雪途中梦寐，犹当绕百回也。册中以小字本为最多，亦为最精。其结体绝似欧、虞，有元以后，无此工矣。宣统己酉（1909）十二月东坡生日，邓邦述谨记。

当端方得知袁克文对此宋刻百衲本《史记》的倾心之后，曾数次应允将此书借给袁克文一观。也许是机缘未到，直至端方藏书室焚毁，袁克文亦无缘寓目。为此，袁克文常常叹息此书已不在人间。

事隔几年后，时至1914年夏，端方与袁家联姻，将女儿嫁给袁克文的五弟袁克权。宋刻百衲本《史记》曾是这位托活洛氏女公子的心爱之物，陪伴她一同嫁到袁家，并将此书赠与其夫袁克权 **4**。这样，袁克文才得以在其五弟袁克权处奇遇曾令自己辗转反侧的珍宝。

此书从袁家散出后，又经张氏古照堂、周叔弢等人收藏。今书中钤

---

1 版心刻工有陈昌、李祐、郎松、胡寔、李珍、师顺、潘亨、李宪、施昌、郭士良、沈明、王友、余翌、范敏、陈彦、曹允、伍祥、詹允、魏正、吴超、吴永年、赵宗义、郭敦、王仲、刘道、杨宗、陈邦直、范云、吴富、刘山、刘文、宋端、高秀、章怼、陈说、王椿、宋昌、包彦、章宇、张明、吴仲、高彦、丘大成、宋信、胡宜之、朱文贵等。

2 《藏园群书题记》卷二，第68页。

3 同上。

4 同上书，第67—68页。

印累累，琳琅满目，主要有"百川书院朱墨通记""孙育""孙育私印""曲阿孙育""汲古阁""汲古阁读书记""虞山毛氏汲古阁收藏""毛表""汲古主人""奏叔""毛表之印""子晋""毛""毛氏藏书子孙永宝""虞山毛晋""海虞毛表奏叔图书记""宋本""毛奏叔氏""毛奏叔""臣褒""在在处处有神物护持""季振宜藏书""季印振宜""沧苇""御史振宜之印""御史之章""季振宜读书""徐健菴""乾学""贵池刘世珩所观""葱石读书记""百衲""曾藏白门张氏古照堂"**❶** "百衲宝笈""伯寅""周暹"等印记。建国后，周叔弢先生将此书捐献给国家，入藏今国家图书馆。

---

❶ 白门，南京为六朝古都，其正南门为宣阳门，俗称"白门"，南京别称"白门"因此得名。清吴伟业《琴河感旧》诗云："白门杨柳好藏鸦，谁道扁舟荡桨斜。"

蒙古中统本《史记》

　　现存宋元刻本《史记》二家注、三家注颇多，有九行本、十行本、十二行本、十三行本、十四行本等 **❶**。蒙古中统二年（1261）平阳段子成刻本《史记》，即通常所说的中统本，每半叶十四行，行二十五字，小字双行同，白口，四周双边，有书耳，书中有弘、殷、匡、恒、贞、桓、慎等讳字，缺末笔。正文之下附入南朝宋裴骃集解、唐司马贞索隐。国家图书馆藏有此书两部。

　　其一，为袁克文旧藏本，曾经万承风收藏，钤有"古瓦山房卍氏珍藏"。书中诸叶多钤有"杏花春雨江南"六字篆文朱印。其所钤位置表里不定，以靠近左右边栏为多，疑为当时制纸家印记 **❷**。1915 年八月初七日，袁克文购自天津王氏书估 **❸**。扉页有其手书题跋云：

　　　　《史记索隐》一百三十卷，半叶十四行，行二十五字。宋讳
　　　多缺笔，刊刻谨严，当即《天禄后目》载"平阳道参幕段君子成求
　　　到善本，募工刊行"之宋本。惟脱佚前无名氏序，为微憾耳。中统
　　　本即从此出，而谬误特甚。如"田敬仲世家"作"后齐世家"。其
　　　最显者游明本 **❹**，又出中统本，无栏侧耳题，校正则善于中统。今
　　　藏者多目为元本。虽以海源之博，尚不能辨之。此宋本《天禄》而

---

❶ 关于《史记》二家注、三家注本的相关研究，请参见陈红彦著中国版本文化丛书《元本》，江苏古籍出版社，2002 年，第 119—121 页。

❷ 《张元济古籍书目序跋汇编》中册，第 451 页。

❸ 《寒云日记》，第 145—146 页。

❹ 游明本，即明天顺年间游明刻本。其行款与中统本大同，每半叶十四行，行二十五字，小字双行同，黑口，四周双边。

史記褒隱一百三十卷半蒙十四行行二十五字宋諱

多缺筆刊刻謹嚴當即天祿後日載羊陽道

參之章段君子成求刻善本蓋工刊行之宋本惟

脫佚前無名氏序為敬減耳中統本延此

出而繆誤特甚如田敬仲世家作後齊世家其

景題者游明本又出中統本無闌側耳題校已

則善於中統令藏者多目為元本雖以海源之博

尚不能辨之此宋本天祿而外迨未見於著录不

學以篆印精後而輕之乙卯十月寒雲

中統年印
陸子成行
刊金之
譬注無
比云元濟

蒙古中统本《史记》袁克文跋

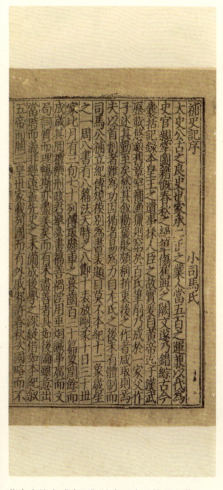

蒙古中统本《史记》补史记序（傅氏旧藏）　　　蒙古中统本《史记》补史记序（袁氏旧藏）

外从未见于著录，不得以摹印稍后而轻之。乙卯（1915）十月，寒云。

　　袁氏书散，为张元济收入涵芬楼 [1]。今书中钤有"袁抱存""莲华精舍""寒云秘笈珍藏之印""海盐张元济经收""涵芬楼""涵芬楼藏"诸印鉴。

　　第二部为傅增湘藏本，曾为明末山阴祁氏旧藏，后为俞臣训所得。民国时入藏日照马官和箧中 [2]。1931年三月，傅增湘以千馀元从董廉之

[1] 《张元济古籍书目序跋汇编》中册，第 450 页。

[2] 马官和（1875—1936），字惠阶，号仲平。山东日照市东港区高兴镇夏陆沟人。近代著名企业家。早年留学日本，回国后开始兴办企业，曾任直隶省财政厅长，创办济南电话公司、（转一四一页）

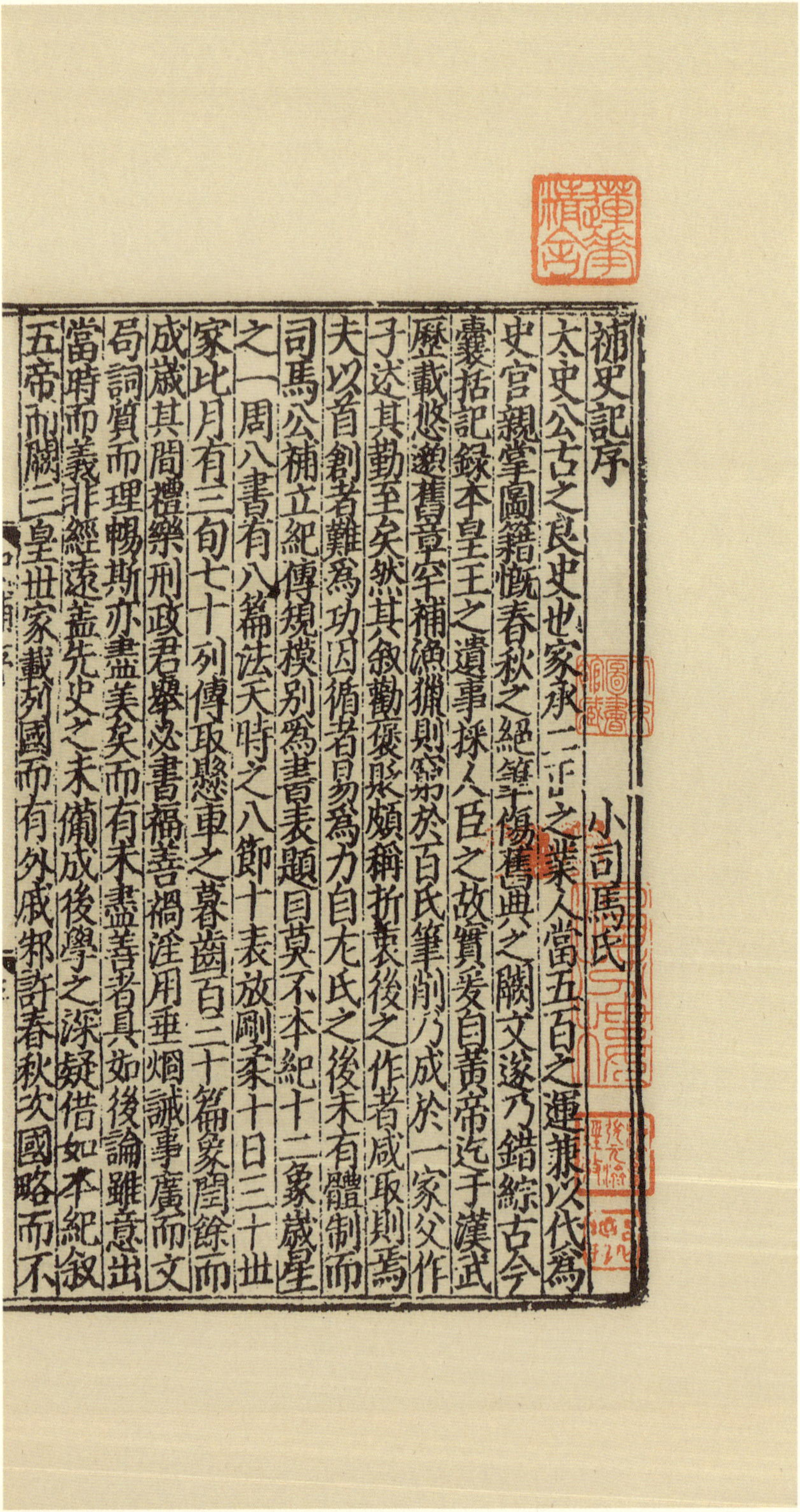

補史記序　小司馬氏

太史公古之良史也家承□正之業人當五百之運兼以代為
史官親掌圖籍慨春秋之絕筆傷舊典之闕文遂乃錯綜古今
囊括記錄本皇王之遺事採人臣之故實爰自黃帝迄于漢武
歷載悠邈舊聞鹹缺則闕略於百氏筆削乃成於一家父作
子述其勤至矣然其敘勸褒貶頗稱折衷後之作者咸取則焉
夫以首創者難為功因循者易為力自左氏之後未有體制而
司馬公補立紀傳規模別為書畫表題曰莫不本紀十二象歲星
之一周八書有八篇法天時之八節十表放剛柔十日三十世
家比月有三旬七十列傳取懸車之暮齒百三十篇象閏餘而
成歲其間禮樂刑政君舉必書福善禍淫用垂炯誡事廣而文
局詞質而理暢斯亦盡美矣而有未盡善者具如後論雖意出
當時而義非經遠蓋先史之未備成後學之深疑惜如本紀叙
五帝而闕三皇世家載列國而有外戚邾許春秋次國略而不

蒙古中统本《史记》补史记序（中华再造善本）

手中购得 **1**。今书中钤有"山阴祁氏藏书之章""旷翁手识""子孙世珍""澹生堂经籍记""春湖书斋""俞氏臣训""惠阶校阅""欣遇草堂之章""海曲马氏""生欢喜心""大丈夫拥书万卷何假南面百城""晋生心赏""忠谟继鉴"等藏记。每册首钤"沅叔审定",册末钤"双鉴楼珍藏印"。傅增湘旧藏本卷首有蒙古中统二年校理董浦序 **2**,其次为"补史记序",下署"小司马氏";次"史记集解序",次"史记目录",次行署"小司马氏撰并注";再次"三皇本纪"。傅增湘曾以此本与杨氏海源阁藏本对照,认为"序文'中统'上加'皇元'二字,尤为翻刻之证",明确指出杨氏藏本为明代翻刻本 **3**。

袁克文旧藏本卷首与傅氏本有所不同,册首为"补史记序";次之"三皇本纪",次行题"小司马氏撰并注";再次"史记目录" **4**。此与傅增湘旧藏"史记目录"在"三皇本纪"之前不同。因此书卷首董浦序残缺,袁克文仅在《天禄琳琅书目》看到董浦序的只言片语,不审段子成本即中统本,误将中统段子成本认定为中统本和段子成本两种本子,故题跋如是。对于袁氏此跋,张元济颇为不满,故于书中天头题款云"中统本即段子成所刊,全是呓语,应毁去"。

袁克文旧藏本有错版之处,如版心镌"帝纪二"第三叶、"史记二"第四、第五叶,计三叶刻入第一卷,而版心"史记一"第三、第四两叶则入"夏本纪第二"第三、第四两叶。

中华再造善本以袁克文旧藏本为底本,卷首补入傅增湘旧藏本中统二年孟春望日校理董浦序,原书印鉴"春湖书斋""山阴祁氏藏书之章""旷翁手识""子孙世珍""澹生堂经籍记"等亦补入。次"补史记序"首叶为两部书拼成,右边十行,包括印鉴,均采用袁氏旧藏本,最后四行袁氏旧藏本残缺,故以傅氏旧藏本配补;次叶袁氏旧藏本右边四行残,馀十行基本完整,傅氏旧藏本左边三行上残五六字,然此叶却未经配补,

（接一三九页）直隶省工商银行等。其藏书印有"海曲马氏""惠阶校阅""欣遇草堂之章"等。

1 《藏园群书经眼录》卷三,第144—145页。

2 序云:"……然后知索隐之学不妄也……今国家方乡文学,缙绅之士犹无是书,以备观览,况其下乎?平阳道参幕段君子成喜储书,恳求到《索隐》善本,募工刊行,将令学者证其违而治其阙,习其书而知其新。史乎,史乎!愈于妄阙者,信乎。中统二年孟春望日校理董蒲题。"

3 《藏园群书经眼录》卷三,第145—146页。杨氏藏本参见《楹书隅录初编》卷二,第433页。

4 其卷端题"五帝本纪第一",次行"索隐",小字低一格,三行顶格题"史记一",小注双行。四行入正文。自第二卷以下,均为小题在上,大题在下,不再提行。卷末有"索隐后序",目录末题名"史记目录卷终"上加"附索隐"三字。

而是全采用傅氏旧藏本。再次为裴骃"史记集解序"，袁氏旧藏本原书缺；"三皇本纪"首叶，袁氏旧藏本残数字，再造善本均以傅氏旧藏本配补，包括原书印鉴"春湖书斋"朱文方印、"俞氏臣训"白文方印二枚，一并补入。而袁氏旧藏本中"三皇本纪"首叶万承风印鉴"古瓦山房卍氏珍藏"朱文方印，则无从寻觅。如此配补，若据以研究中统本《史记》的递藏源流，恐易引起误会。

清影宋钞本两《汉书》

袁克文不仅喜欢宋刊元椠，一些精钞本，亦曾令袁克文痴迷。清初影宋钞本两《汉书》，即在此列，袁氏于此书中撰有两跋。其一：

> 《前汉书》帝纪十二卷，志八卷；《后汉书》帝纪九卷，后纪一卷，志三十卷。汲古阁假绛云楼所储景祐本影写，即所谓"挥泪对宫娥"者。原本自天禄散出，已不知所归矣。虽虎贲之与中郎，亦不过下真迹一等耳。予藏毛钞并此十品，俱无此之精且巨者，况出自北宋，复独此焉。通体虽无毛氏印记，得子晋手跋，价益增重，且可为此书证也。此书乃翁氏后人持至沪市求估，为钱抱器师所见，亟驰函告，予因遣使携金赴沪取来。披阅一过，头目俱爽。时洪宪元年（1916）一月六日，皇二子。（下钤"皇二子""寒云"朱文方印）

其二：

> 此书通体精疋如一，决非书胥所能为。审毛跋语意，必为毛氏手自缮写，故非其他毛钞所可企及。四年前，傅沅叔即为予述此书之佳，且谓展转求之，不可获。问所给值，已二千金矣。今予以三千圆得之。予辈之痴狂，当有以对子晋之苦心也。丙辰（1916）四月既望，寒云。（下钤"云合楼"朱文长方印）

目前所知袁克文旧藏毛氏影宋钞本有《汉上易传》十一卷、《可斋杂稿》词四卷《续稿》三卷《焦氏易林注》十六卷、《古文苑》九卷、

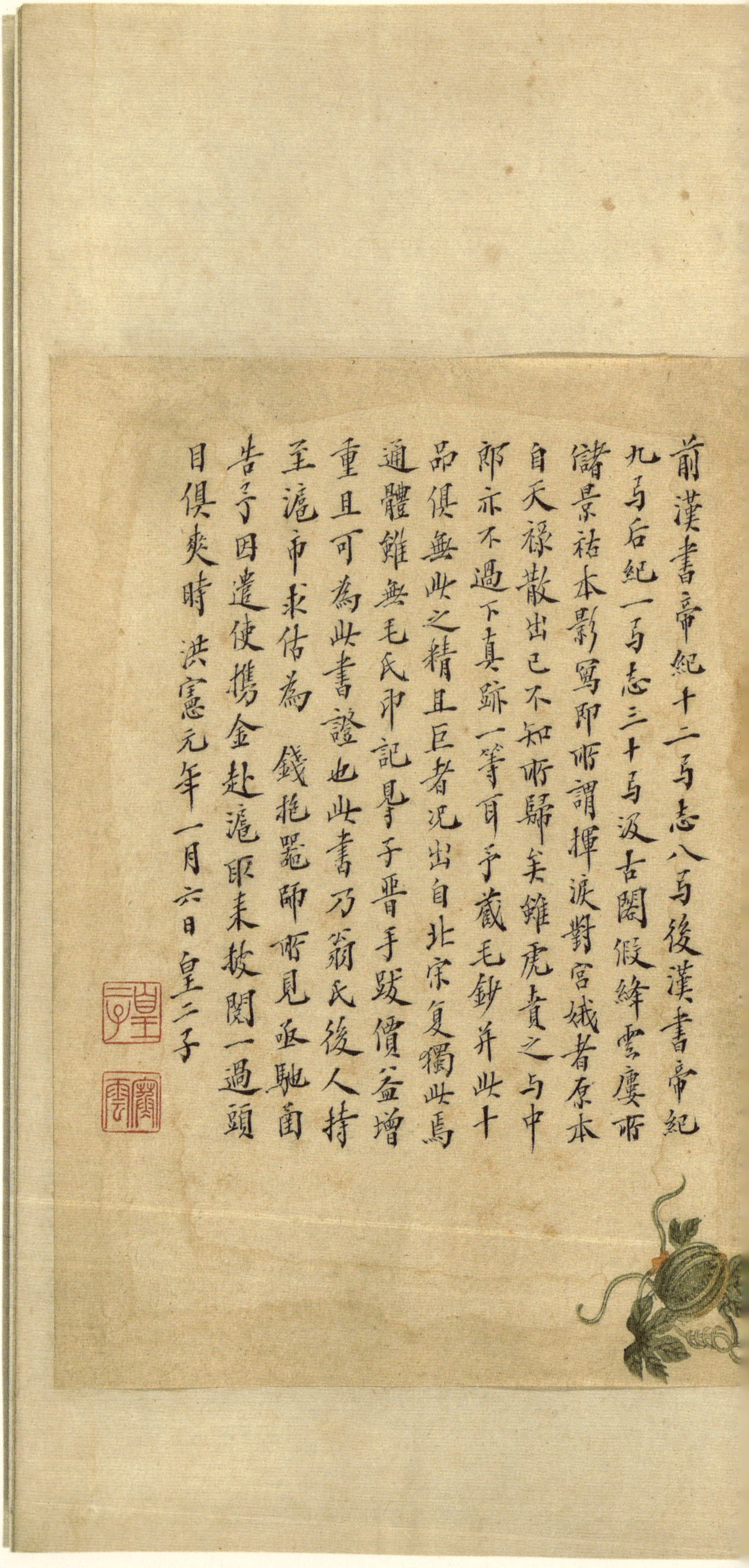

前漢書帝紀十二与志八与後漢書帝紀
九与后紀一与志三十与汉古閣假絳雲而
諸景祐本影寫即所謂揮淚對宮娥者原本
自天祿散出已不知所歸矣雖虎賁之与中
郎亦不過下真蹟一等耳予藏毛鈔并此十
品俱無此之精且巨者况出自北宋复獨此焉
通體雖無毛氏印記孚予晋手跋價益增
重且可為此書證也此書乃翁氏後人持
至滬市求估為　錢瑗罷師所見亟馳函
告予因遣使携金赴滬取未披閲一過頭
目俱爽時　洪憲元年一月六日皇二子

清初影宋钞本两《汉书》袁克文跋

此書通體精定如一決非書胥所能為審毛跋語意
必為毛氏手自繕寫故非其他毛鈔所可企又四年前
傳沅叔即為予述此書之佳且謂展轉求之不可獲
間所給值已二千金矣合予以三千圓畀之予輩之癡
狂當有以對子晉之苦心也丙辰四月朏望寒雲

《圣宋高僧诗选》五卷、《酒边词》一卷、《闲斋琴趣》六卷、《汉书帝纪》十二卷《志》十卷、《后汉书·帝纪》十卷《志》三十卷、《唐宋诸贤绝妙词选》三卷等，疑即其跋中所言"毛钞十品"。

其中，《闲斋琴趣》与《醉翁琴趣》《晁氏琴趣》，袁克文合称为"三琴趣"，并制"三琴趣斋""三琴趣斋珍藏"诸印记。三者书衣、装帧、版式、钞写字体风格大同，钤印略有不同。《醉翁琴趣》《晁氏琴趣》两书中钤印大同，皆有"楝亭曹氏藏书"朱文长方印，而无毛氏之印，曹氏《楝亭书目》卷四著录。《闲斋琴趣》钤有"斧季""毛扆之印""毛氏子晋""毛晋之印"等印，无曹氏印。或是因这三部善本的装帧风格极为相似，袁氏提及此三部书时，时而云"至铭心者有……汲古影钞宋本……《闲斋琴趣》；曹楝亭影钞宋本《醉翁》《晁氏》两琴趣"[1]；时而又说"得汲古阁影写宋本书六种，……曰《醉翁琴趣》，曰《闲斋琴趣》，曰《晁氏琴趣》，各六卷。半叶十行，行二十八字，三种同"[2]，把《醉翁》《晁氏》两琴趣亦作为汲古阁影宋钞。《北京图书馆古籍善本书目》著录《闲斋琴趣》是汲古阁影宋钞本，而《醉翁》《晁氏》两琴趣则题为清初影宋钞本。1938 年，三部琴趣为琉璃厂古董商白坚所收[3]。后为赵钫所得，书中钤有"赵钫珍藏""赵氏元方""一廛十驾""人生一乐""曾居无悔斋中""无悔斋"等印鉴。今入藏国家图书馆。

此毛氏汲古阁影宋钞两《汉书》，其底本即明末清初藏书家钱谦益绛云楼旧藏赵文敏公家藏两《汉书》[4]。1641 年，毛晋借得钱谦益宋刻前后《汉书》缮写。当时缮写仅及《纪》《志》，尚未及《列传》。故此影钞本《汉书》仅有《帝纪》十二卷，《志》八卷，计二十卷。半叶十行，行十八或十九字，小注双行，行二十七、二十八字不等。《后汉书》仅有《帝纪》《后纪》十卷，《志注补》三十卷，计四十卷。半叶十行，行十九字，注文双行，行二十九、三十字不等。书中小题在上，大题在下，犹见古书旧貌。"舆服志下第三十后汉书三十"末有毛晋墨笔手书跋语云：

---

[1] 详见袁克文 1917 年元刊《朝野新声太平乐府》跋。

[2] 《寒云日记》，第 139 页。

[3] 《藏园群书经眼录》卷一九，第 1337 页。白坚，字坚甫，参见高田时雄《李滂和白坚》，《敦煌写本研究年报》，创刊号，2007 年。

[4] 参见前文有关钱氏旧藏赵文敏公家藏两《汉书》的相关叙述。

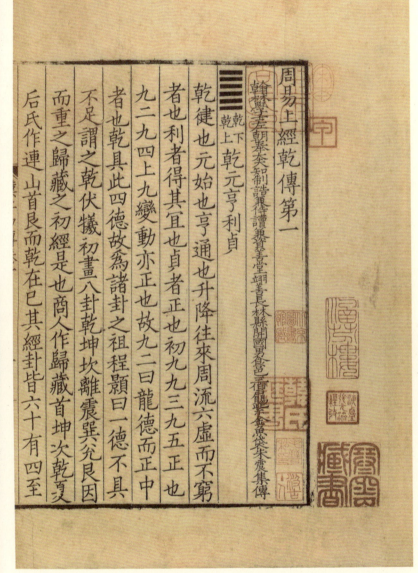

周易上經乾傳第一

翰林學士左朝奉大夫知制誥兼侍讀兼資善堂翊善林縣開國男食邑三百戶賜紫金魚袋朱震集傳

乾下
乾上　乾元亨利貞

乾健也元始也亨通也升降往來周流六虛而不窮
者也利者得其宜也貞者正也初九九三九五正也
九二九四上九變動亦正也故九二曰龍德而正中
者也乾具此四德故爲諸卦之祖程頤曰一德不具
不足謂之乾伏羲初畫八卦乾坤坎離震巽兌艮因
而重之歸藏之初經是也商人作歸藏首坤次乾夏
后氏作連山首艮而乾在巳其經卦皆六十有四至

清初毛氏汲古阁影宋钞本《汉上易传》

辛巳（1641）余借牧翁宋本缮写，凡二周，而未及列传。后其本为四明谢象三携去，遂不克全。讫今几十年矣。偶翻阅旧帙，因为志其始末，若此后之观者，慎弗视为残编断简，而叨谅余之苦心也。己丑（1649）仲夏望日毛子晋记。

傅增湘认为，毛晋手书有疑，恐不足据 **1**。此影钞两《汉书》曾被视为一套书。诸藏书家关于两《汉书》的跋语皆书于《后汉书》卷末。

毛氏之后，此影钞本散入书坊。清乾隆年间，归大兴朱氏，书中有清道光三年（1823）朱锡庚题识，记下了与之相关的故事：

右影宋椠钞本前后《汉书》，二十帙。……相传《史》《汉》宋椠者，天禄石渠未闻著录，盖在前明秘阁所存，外间既不得而窥，剥蚀断烂，在所难免。民间间有旧本，多归虞山钱氏。自绛云一炬，尽化云烟矣。此本亦自钱氏写出，足称连城无价，岂得云赵璧未完耶？乾隆己丑（1769）、庚寅之间，先大夫偶于书肆衍庆堂韦甲见之，索价甚昂，力不能购，辗转不舍于怀，迟日往视，则已售矣。先大夫诧曰："是特残本耳，何期有人鉴别及此？"询其人，则一外吏也。询其直，则三百金也。因咄嗟久之，以为风尘中尚有斯人哉。岁甲午（1774），先叔父文正公自山西布政使改官学士还朝。一日，行箧中检得是编，以独少列传为憾。先大夫闻之，曰："得无毛氏影宋椠者耶？"曰："然。何以知之？"乃告其故。因问往日买书者为谁，盖太原守某卓异来都，方念举主不名一钱，归而无以为贽。闻是书曾见赏于先大夫，知必投合，故不暇论价，携之而去，且逆知书籍非苟且比，必无嫌也。文正公言讫，既而大笑，曰："吾堕其术矣。今愿为兄寿，物聚所好，不更养吾廉乎？"计藏于余家，五十载于兹，回忆曩昔，趋庭侧听，历历在耳。爰识于是，亦一时佳话。后之览者，体此一段因缘，宜为是书增价十倍矣。道光三年癸未春三月既望，大兴朱锡庚谨识。（钤"少河"朱文长方印）

跋中述及朱家几代人与此书的因缘。朱氏家道衰落，此书流入厂肆。道光二十四年（1844），常熟翁同书以白银一百两购得此书，撰《影写汉书跋》。咸丰九年（1859）六月朔，翁同书次子翁曾源钞录，置

---

1 《藏园群书经眼录》卷三，第163页。

于朱锡庚跋之后，跋末双行小字署"咸丰九年六月朔，曾源谨书"。翁同书题跋手迹在册末诸人题跋之后，文中有其删改痕迹。其跋云：

> 汲古阁影写《汉书》，旧藏大兴朱孝廉锡庚家，见桂未谷《札朴》。孝廉跋其卷尾，叙得书始末甚详。朱氏衰落，鬻此书于市上，索直甚昂。予以其为汲古旧物，且曾属笃河、石君两先生，当为是书增重。昔支硎山人跋《广雅》云："钱物可得，书不可得，虽费当弗校。"予深韪其言，乃糜白金五镒易之。考毛子晋跋称：是本写于辛巳，盖明崇祯之十四年，跋于己丑，则我朝顺治六年也。朱跋所称己丑、庚寅为乾隆三十四、五年。按《朱文正公年谱》，以乾隆三十四年，迁山西布政使；三十九年按察使。黄检奏公终日读书，于地方事无整顿。明年入都，授侍讲学士。由今上溯，距朱氏得书之始，已七十馀年。上距写书之日且二百馀年，而仍归吾邑，若有神物护持之者。吾子孙其世宝之。道光二十有四年，岁在甲辰（1844）二月廿二日，常熟翁同书跋。

民国初年，翁氏后人在上海出售此书，为袁克文之师钱葆奇所见，并函告袁克文。1916 年元月初，钱葆奇以重金为袁克文购得此书 **[1]**。四年前，傅增湘曾与袁克文说过此书之佳，并欲以二千金收购此书而未果。四年之后，袁克文得偿所愿，获此毛钞佳品，与其旧藏毛钞而成"十品"，堪称三琴趣斋藏影宋本之冠 **[2]**。

袁克文认为赵文敏公旧藏两《汉书》为北宋景祐本。傅增湘《藏园群书经眼录》亦著录为"清影写宋景祐刊本" **[3]**。然据《天禄琳琅书目·宋版史部》著录，此书首叶牒文中，"慎"字缺末笔，系避宋孝宗名讳。又，凡遇"完"字皆缺末笔，系钦宗嫌名，故此本当是南宋时重刻，并非北宋旧本 **[4]**。

之后，袁克文为生活所迫，曾通过罗振常协商，准备将此毛钞两《汉书》转让傅增湘而未果。后为捐客白坚所得，亦欲转让傅增湘。然终因索价过高，使得傅氏与其失之交臂 **[5]**，三琴趣"并所藏后百宋一廛精华

[1] 《寒云日记》，第 155 页。
[2] 详见书中李盛铎跋文。袁克文曾集影写本诗词十种，云《三琴趣斋丛书》，并各记以诗，《寒云日记》，第 179—180 页。
[3] 《藏园群书经眼录》卷三，第 163 页。
[4] 《天禄琳琅书目》卷二，第 22 页。
[5] 《藏园群书经眼录》卷三，第 163—166 页。

俱归之粤人潘宗周氏矣,可为慨叹"[1],而此影宋钞两《汉书》则成为祁阳陈澄中郇斋插架之宝。今书中钤有"朱印锡庚""锡庚阅目""笥河府君遗藏书记""大兴朱氏竹君藏书之印""少河""东卿过眼""叶印志诜""三琴趣斋珍藏""皇二子""三琴趣斋""寒云""佞宋""双玉龛""后百宋一廛""流水音""梅真侍观""梅真""刘姆""怀辛主人""怀辛斋""博明经眼""中华国宝人珍宝之""博""明"等印记。1965年,文化部图博文物局将此书拨交入藏北京图书馆,即今国家图书馆。

---

[1] 《藏园订补郘亭知见传本书目》卷一六下,第1603页。

宋黄善夫刻本《后汉书》

宋刻两《汉书》存世刊本中有黄善夫、刘元起、蔡琪三种。其中黄、刘两本行款相同，字体相同，纸墨亦极其近似。1915 年九月初二日，袁克文购得宋黄善夫刻《后汉书》残卷 **1**，并于书中题诗一首：

> 范书百一认模糊，敬室刘黄总未殊。不似福唐称景祐，元明而后尚传摹。
>
> 乙卯九月，寒云。（下钤"抱存小印"朱文方印）

诗中之"范书"指范晔《后汉书》。据考，黄、刘两本原是同一书版。刘元起曾协助黄善夫校订《汉书》。之后，刘元起得到黄善夫书版，改刻牌记、书跋，重印行世 **2**，故袁诗云"敬室刘黄总未殊"，书中李盛铎跋亦云："此本既为十行，则非刘即黄，因可断定也。"

此宋黄善夫刻本《后汉书》，每半叶十行，行十八至二十字不等，小字双行二十四字，细黑口，四周双边，有书耳。仅存卷五六、卷八二下，计二卷。小题在上，大题在下，犹存古书旧貌，如存卷首上题"张王种陈传第四十六"，下题"后汉书五十六"。黄绫书衣，上有袁克文墨笔题签"《后汉书》残本"隶书大字，下钤"虎牙将军章"白文方印；次行低一字"卷八十二下方术传第七十二下，宋刊宋印本，乙卯八月寒云"。

书中钤"寒云鉴赏之钵""寒云秘笈珍藏之印""佞宋""皕宋书

---

1 《寒云日记》，第 148—149 页。

2 详见张丽娟、程有庆著中国版本文化丛书《宋本》，江苏古籍出版社，2002 年，第 77—81 页。

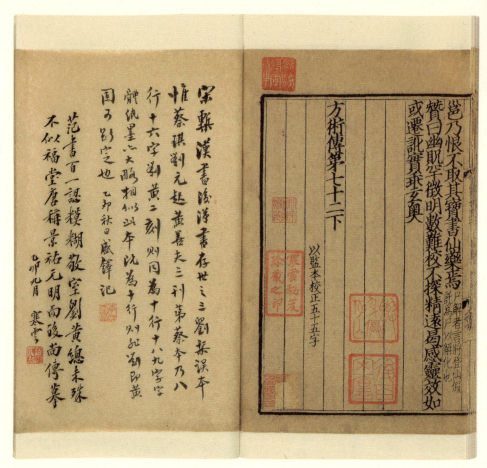

宋黄善夫刻本《后汉书》李盛铎跋、袁克文题诗

藏主人廿八岁小景""后百宋一廛""与身俱存亡""虎牙将军章""龙骧将军章"等印鉴。袁克文得书几年之后，由于经济窘迫，将部分旧藏善本转让给南海潘宗周宝礼堂❶，此本即在其中。建国后，潘氏后人潘世兹将潘氏藏书捐献国家，入藏今国家图书馆。

　　袁诗中云："不似福唐称景祐"，"景祐""福唐"指景祐本、福唐本。宋代两《汉书》曾同时付梓刊行，福唐郡曾刊刻两《汉书》❷，

❶　《张元济古籍书目序跋汇编》上册《宝礼堂宋本书录》，第204—205页。

❷　丁丙《善本书室藏书志》卷六著录宋福唐刊明修本《汉书》，第465—466页。另见张金吾《爱日精庐藏书志》卷八著录张氏旧藏两《汉书》，《清人书目题跋丛刊》四，中华书局，1990年，第345、346页。

高帝紀第一上　班固　漢書一

正議大夫行祕書少監琅邪縣開國子顏師古注

師古曰紀理也統理衆事而繫之於年月者也

高祖 荀悦曰諱邦字季邦之字曰國者臣下避以相代也字曰國者臣下所避以相代也師古曰諱邦字季者謂此文高祖為功最高而為漢帝之太祖故特起名焉張晏曰禮諡法無高以為功最高而為漢帝之太祖故特起名焉應劭曰沛縣也豐其鄉也後沛音勃孟康曰後以沛為郡而豐為縣師古曰沛者本秦泗水郡之屬縣豐者沛之

沛豐邑中陽里人也 聚邑耳方言高祖所生故舉其本稱以說之也此下言縣鄉邑皆謂之故知邑繫於縣也○劉敬曰子謂沛豐郡縣名史官用漢事記錄耳

告喻之故知邑繫於縣也○劉敬曰子師古曰本出

姓劉氏 劉累而范氏

在秦者又為 劉因以為姓也劉音留孟康音流是矣史家不詳著也其下王媼之屬意義皆同至如皇甫謐等妄相呼稱號而言也引識記好奇騁博彊為高祖父母名字皆非正史所說蓋無取焉寧有劉媼本姓實存史遷肯不詳載即理而言斷可知矣他

母媼 文穎曰幽州及漢中皆謂老嫗為媼孟康曰媼母別名也音烏老反師古曰媼女老稱也劉向列女傳云高祖母名含始故取當時所說取之

宋黄善夫刻庆元元年建安刘元起修印本《汉书》

宋黄善夫刻本《后汉书》袁克文题签

其底本源自景祐监本，故二者甚为相似❶。据考❷，北宋官刻两《汉书》始于淳化，后有景德元年（1004）刻本，景祐二年（1035）刻本，熙宁二年（1069）刻本，宋祁所据以校勘者即景祐本。

丁丙《善本书室藏书志》卷六著录宋福唐刊明修本《汉书》：

> 是书首行小名在上，"班固"二字在中，大名在下。次行颜注衔名。每叶二十行，行十九字。注二十五字至二十八字不等。宋讳有缺笔。版心注"大德至大延祐元统补刊"，盖宋刊元修之本。《爱日精庐藏书志》有是帙，并有《后汉书》。款式、补修与此悉同。目录之外，前后无一考证。沪上更以此书来售，按之即属此刻，惟将次行颜注衔名改题镇守福建都知监少监栝苍冯让宗和重修。卷末有天顺五年（1461）孟冬让修刊福唐郡庠书版跋云："予奉命来镇福建，福庠书集，版刻年深，询知模糊残缺过半，不便观览，心独恻然，鸠工市版补刻"云云。始知宋刻于福唐者兼收并蓄之，益固如是耶。❸

丁氏所言张氏旧藏《汉书》《后汉书》，张金吾《爱日精庐藏书志》卷八著录❹。《书林清话》卷三"宋司库州军郡府县书院刻书·郡庠本"亦提及丁氏旧藏福唐本云：

> 福唐郡庠刻《汉书》一百二十卷，见《丁志》。❺

瞿氏铁琴铜剑楼旧藏有北宋刻递修本《汉书》❻。此本明代曾经周迁叟校刊，为苏州彭年❼、太仓王世贞、云间潘允端、汲古阁毛氏旧藏，清代又经季振宜、徐乾学、黄丕烈、汪士钟等人递藏，后入瞿氏铁琴铜剑楼。瞿氏书散，为祁阳陈澄中购藏。书中钤有"陇西彭年""鼎元""仲雅"❽"云间潘氏仲履父图书""汲古阁世宝""汲古阁""毛晋秘箧""宋本""臣表""隐湖毛表图书""毛表藏书""奏叔氏""奏叔""毛氏奏叔""毛表之印""在在处处有神物护持""御史振宜之印""季印振宜""季振宜读书""沧苇""御史之章""乾学""徐健菴""士礼居""荛圃卅年精力所聚""复翁""老荛""百宋一廛""丕烈""汪

❶ 《张元济古籍书目序跋汇编》上册《校史随笔》，第35—43页。
❷ 《藏园订补邵亭知见传本书目》卷四，第205页。
❸ 《善本书室藏书志》卷六，第465—466页。
❹ 张金吾《爱日精庐藏书志》卷八，第345、346页。
❺ 《书林清话》卷三，第52页。
❻ 《铁琴铜剑楼藏书目录》卷八，第120—121页。
❼ 参见《藏书纪事诗》卷二，第168页。
❽ "鼎元""仲雅"为王世贞藏印。鼎（zhēn），即贞。参见《藏书纪事诗》卷三，第219—221页。

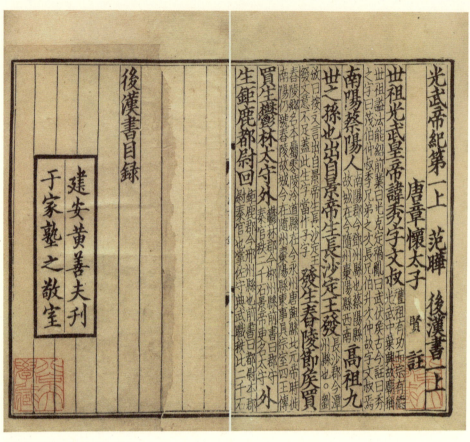

宋黄善夫刻本《后汉书》牌记

印士钟""阆源真赏""铁琴铜剑楼""菰里瞿镛""绶珊经眼""伯郊过眼""祁阳陈澄中藏书记""郇斋"等印鉴。建国后，经徐伯郊多方周旋，从香港购回，入藏今国家图书馆。

此瞿氏藏本每半叶十行，行十九字，小字双行二十六、二十七字不等，白口，左右双边。其卷二九配宋嘉定蔡琪刻本，卷三○配宋庆元元年（1195）建安刘元起刻本。其卷首有乾兴元年（1022）《中书门下牒国子监》牒文，后有衔名"右谏议大夫参知政事鲁、给事中参知政事吕、中书侍郎兼礼部尚书平章事王、守司徒兼侍中"四行。卷端上题"高纪第一上"，下题"班固汉书一"，又一行题"秘书监上护军琅邪县开国子颜师古注"，卷二二"礼乐志第二"末有"学生席珍斋谕何霆校勘"一行，其下背面并有"毛监装背"四墨字。卷二七"五行志卷第七中之下"末镌有"对勘官左通直郎知福州长乐县主管劝农公事刘希亮"一行。配补卷卷二九末镌有"右将监本、杭本、越本及三刘、宋祁诸本参校，其有同异并附于古注之下"。卷四六末有佚名手写"文三王谱、世袭表"。卷八〇末有"凡添字三十五字，删九字，校二十字，可并存者六字，共七十，以朱别其文，南本参定"朱字二行。卷八一末有"景祐四年（1037）三月廿三夜手校毕。凡添廿二字，删十七字，改正十字，兼存廿二字，共七十二，以朱别其文，南本参定。子京。用萧该再校别题其异。康定二年（1041）用浙本再校"朱字五行。"子京"即宋祁。此外，卷四、卷八、卷九、卷一〇、卷八二、卷八六、卷八八、卷八九等末亦有宋祁朱字校语数行。《汉书列传》卷七〇下末有："景祐元年九月秘书丞余靖上言：国子监所印两《汉书》，文字舛讹，恐误后学。臣谨参括众本，旁据它书，列而辨之，望行刊正……"册末元倪瓒墨笔跋云："右宋景文公以诸本参校，手所是正，并附古注之末。至正癸丑（1373）三月十二日，云林倪瓒在凝香阁谨阅。"至正癸丑，即明洪武六年。1915年八月傅增湘曾在罟里瞿宅见过此书，认为倪瓒跋不真[1]。

此即传说中的北宋景祐刻本，百衲本二十四史之底本[2]。仅因书中有北宋景祐二年（1035）余靖上言，通常被认为是景祐国子监刊本[3]。书中黄丕烈跋云：

> 此北宋精刊景祐本《汉书》，为余百宋一廛中史部之冠，藏箧中三十来年矣，非至好不轻示人。郡中厚斋都转偶过小斋，曾一出示，继于朋好中时一及之，奈余惜书癖深，未忍轻弃，并不敢以议价，致蔑视宝物，因思都转崇儒重道，昔年出资数万敬修文庙，其诚挚为何如。知天必昌大其后，以振家声。故近日收藏古籍，嗜好之笃，访求之勤，一至于此。则余又何敢自秘所藏，独宝其宝耶？君家当必有能读是书者，敢以镇库之物辍赠为预兆云。乙亥季冬，士礼居主人识。[4]

顾广圻跋亦云：

> 颜注班《书》行世诸刻，大约源于南宋椠本，文句或用三刘、宋子京之说，或校刊者用意添改，往往致讹，而剩字尤多此。以后

[1] 《藏园群书经眼录》卷三，第158—159页。
[2] 《藏园订补郘亭知见传本书目》卷四，第206页。
[3] 详见《中华再造善本总目提要》，第157—160页。
[4] 原文作"敬修　文庙"，"文庙"提行，《荛圃藏书题识》卷二作"敬修吾郡文庙"。《黄丕烈书目题跋·荛圃藏书题识》卷二，第24页。

人文理读前人书之病也。惟是刻乃景祐二年监本，独存北宋时面目，惜补版及剜损处无从取正。然据是可以求其添改之迹，诚今日希世宝笈也。后之读者幸知而珍重之。嘉庆戊午用校时本一过，于读未见书斋。其所取正文多别记，兹不论。涧薲顾广圻。 **1**

顾、黄二人均以此本为北宋景祐刻本，然这仅仅是个传说。据赵万里先生考证，此书原版刻于北宋后期，以北宋监本为底本覆刻，并非景祐监本：

> 清代学者钱大昕、王念孙所谓北宋景祐监本《汉书》，即指此书。但原书是否景祐间刻，却是问题。此书嘉道间藏黄丕烈家，《百宋一廛赋》著录。黄氏别藏一本，内多补版，补版刻工程保、王文、孙生等人，绍兴十九年又刻福州开元寺《毗卢大藏》。程保等既是南宋初年人，则此书原版刻于北宋后期，即据北宋监本覆刻，而非景祐监本，当是事实。此书《五行志》后有对勘官知福州长乐县主管劝农公事刘希尧衔名一行，更证以明正统八年福州有此书翻刻本，因疑此本当是福州官版。又案此书刻工牛实、徐高等，皆南宋初年杭州地区名匠，徐雅、汤立、洪吉、董明等，绍兴初又刻《思溪藏》；于此见闽浙两地刻工，可通力合作。此书究为何时何地刻版，尚待后证。 **2**

另据李盛铎跋《景宋写本两汉书》云：

> ……偶检《高纪》二年六月"置中地郡"，服虔注："中地在扶风。"宋祁曰："注文'在'字，改作'右'。"此本正作"右"，可为源出景祐本之一证。 **3**

李跋以影写本"在"作"右"，为其源出景祐本一证；则此影写本之底本，即钱谦益旧藏"赵文敏公家藏本"，亦源于景祐本。顾、黄所言之"景祐监本"中"在"亦作"右"，知此本已经宋祁校勘，亦可为此本源出景祐本之一证。另据张元济《校史随笔》考证：

> 是本《礼乐志》末有"学生席珍斋谕何霆校勘"一行，《五行志》中末有"对勘官左通直郎知福州长乐县主管劝农公事刘希亮"一行。

---

1 《黄丕烈书目题跋·荛圃藏书题识》卷二，第24页。
2 《中国版刻图录》，第8页。图版四。按，"刘希尧"当是"刘希亮"。
3 李盛铎此跋全文详见国家图书馆藏清影宋钞本两《汉书》册末。

学生斋谕均厕身庠中，对勘者又服官福州，于福唐本当有关系。❶张元济所言之"是本"即此印入百衲本二十四史的瞿氏旧藏之本。

综上所述，可推测瞿氏旧藏黄氏本当出自北宋景祐本；或是以景祐本为底本翻刻，疑即福唐本，或至少与福唐本有渊源。从中亦可见，景祐本与福唐本极相似。袁克文因以"不似福唐称景祐"喻刘元起、黄善夫两家刻本之相似。

袁克文另藏有宋黄善夫刻《史记》残本，即《史记·河渠书》《史记·平准书》《史记·刺客列传》。此本为日本妙觉寺旧藏，后经伊执梅雪、浅野源氏万卷楼、岛田氏双桂书楼收藏。清末，湖北田吴炤购自日本。后散入书坊，为琉璃厂正文斋书贾谭锡庆所收。张元济购得六十馀卷，袁克文仅得此二残卷。其卷首钤有"妙觉寺常住日典"朱字。另钤有"伊执梅雪藏""浅野源氏五万卷楼图书之记""岛田氏双桂楼收藏""谭锡庆学看宋板书籍印""海盐张元济经收""寒云鉴赏之钤""佞宋""皇二子""后百宋一廛""与身俱存亡"诸印记。

1915年十月，袁克文将《史记·河渠书》赠与傅增湘，傅增湘以南宋绍熙四年（1193）吴炎刊本《东莱标注老泉先生文集》卷五回赠：

> 《史记集解索隐正义》一百三十卷，……存《河渠书》《平准书》，计二卷。宋刊本，……按：是书精雕初印，棱角峭厉，是建本之最精者，即黄善夫本也。张菊生元济前辈曾于正文斋收得残帙，凡六十九卷。是田伏侯获自东瀛者。此册前有"妙觉寺常住□典"楷书朱文木记，正与张本同，知此卷又残帙之馀也。乙卯夏袁抱存克文举是帙相贻，余别以绍熙四年吴炎刊本《东莱标注老泉先生文集》一卷报之。乙丑（1925）春日，藏园记。❷

此事于《寒云日记·乙卯日记（1915）》亦有记载：

> （九月二十八日）沅叔赠宋刊《东莱标注老泉先生文集》残本，存卷第五。半叶十四行，行二十五字。注双行字同。……

> （十月初十日）得宋黄善夫刊《史记》残本，存卷二十九、三十及八十六刺客列传第二十六，半叶十行，行十八字。摹印精绝，为日本妙觉寺、伊执梅雪、浅野源氏、岛田氏双桂楼藏本。以《河渠书》一卷与沅叔易得宋鹭洲书院本《汉书·景十三王传》一卷，

❶ 《张元济古籍书目序跋汇编》上册《校史随笔》，第35—43页。

❷ 《藏园群书经眼录》卷三，第146页。

半叶八行，行十六字，首缺一叶半。**❶**

《寒云日记》与《藏园群书经眼录》所记略有不同。疑傅增湘误记。今此卷中另钤有"沅叔心赏""书潜""双鉴楼""双鉴楼主人珍藏善本"等印记。

之后，《东莱标注老泉先生文集》与《平准书》《刺客列传》等善本入藏潘宗周宝礼堂**❷**。建国后，各家将其旧藏捐献国家，入藏今国家图书馆，诸书又得以璧合。

❶ 《寒云日记》，第 151 页。原文"浅野"作"浅贮"，疑误。

❷ 《张元济古籍书目序跋汇编》上册《宝礼堂宋本书录》，第 303—304、201—203 页。

宋元旧本《隋书》

　　《隋书》现存主要有宋刻十行本、宋刻十四行小字本、元刻九行本、元刻十行本。其中，宋刻十行本《隋书》，行十九字，黑口，左右双边，双鱼尾，有书耳；现存卷二四、卷二五，卷八三至卷八五，计五卷。虽仅残卷，却甚为可贵，堪称书林星凤❶。1915 年十一月，袁克文得到宋刊十行本《隋书·刑法志》一卷（《隋书》卷二五，志第二〇），精印原装，小题在上，大题在下，较九行本为胜，书中有其手跋两则。其一：

　　　　《隋书·刑法志》一卷，半叶十行，行十九字。左栏外标注篇名，与铁琴铜剑楼所藏宋刊列传三卷同，确是书林之星凤。旧有宋九行本《隋书》全帙，间有补版刊印。既无此残本之精，而卷首标题亦异。此本小题在上，大题在下，与古本合。九行本首列《隋书》若干卷，次行题"监修国史赵国公长孙无忌等撰"，且与此称臣称奉敕撰者又不同；三行书小题，四行书篇名，是已失原来面目，不若此犹存旧观。虽零缣断素，何伤其为宝也。寒云。（下钤"袁克文"朱白文方印）

　　其二：

　　　　卷中缺讳谨严，如弘、玄、恒、徵、懲、敦诸字，其遇讳不缺者，则殊无几。乙卯（1915）十一月初四日，寒云又记。（下钤"寒云"白文方印、"袁二"朱文方印）

---

❶　详见《中华再造善本总目提要》，第 195 页。

隋書刑法志一葉半葉十行行十九字
左闌外標注篇名與鐵琴銅劍樓所
藏宋刊列傳三葉同確是書林之星鳳
蓋有宋九行本隋書全帙間有補版刊
印既無此殘本之精而葉首標亦異此
本小題在上大題在下與古本合九行本
首列隋書若干馬次行題監修國史趙
國公長孫無忌筆撰且與此稱奉
勅撰者又不同三行書小題四行書篇
名是已失原未尚目不若此猶存蓋觀
雖棗鍾斷棗何傷其為實也　寒雲

馬中缺諱謹嚴
如弘宣恒徵懲
敦書字其遇諱
不缺者別殊無
錢乙卯十一月初
四日寒雲又記

宋刻本《隋书》袁克文跋

1916 年元月，袁克文又得宋刊《隋书·食货志》一卷（《隋书》卷二四，志第一九），与之前所得《刑法志》是为一册。其原书衣尚存，题曰"《隋书》，卷十九之二十食货刑法志"，知"食货""刑法"二志曾为同一册，当是书估牟利拆裂 **1**。袁克文将《食货志》与《刑法志》合而为一，且撰有提要一篇：

> 《隋书》卷十九食货志、卷二十刑法志，宋刊宋印，一册
>
> 唐长孙无忌等撰
>
> 太尉扬州都督兼修国史上柱国赵国公臣长孙无忌等奉敕撰 此衔名居次行，低二字
>
> 首行小题在上，大题在下，上标志第十九、二十，下标隋书二十四、五。
>
> 半叶十行，行十九字，左右双阑，线口，上鱼尾之下草书"志十九、二十"，隋书二十四、五，下鱼尾之下标字数，左阑外标"食货志"或"刑法志"。
>
> 无刻工姓名。
>
> 缺讳：勖、恒、構、徵、樹、弘、玄、懲
>
> 纸黄色，刻印绝精。李木斋师断为建阳本，与瞿氏所藏末三卷同一板本。
>
> 藏印：新建怀来书院藏书长方楷书记、吴国用印、延陵后裔上二印朱文方印，上略小，皆水印，确为元人藏印。皆在食货志前。
>
> 书为元装，衣绛色，极古致。题签绝似吴兴，当出元人手笔。前后以宋麻纸为附叶。
>
> 《隋书》惟天禄藏宋嘉定本一部，瞿氏藏残本三卷，馀家皆大德十行本，予已储宋刊元修九行本，较此略后，亦非大德本所能及。全书精美，惟缺天文志一卷，木斋师赠大德本一卷，补之。**2**

按，袁跋中所云"卷中缺讳谨严"不甚准确，如《食货志》中，叶二十一、二十二，"玄"字不缺有数处；叶二十一，"徵"字不缺；叶二十三，"郭"字不缺；如《刑法志》中，叶十二、二十四，"懲"字

1 《寒云日记》，第 153、156 页。
2 参见《寒云手写所藏宋本提要廿九种》，第 129—130 页。

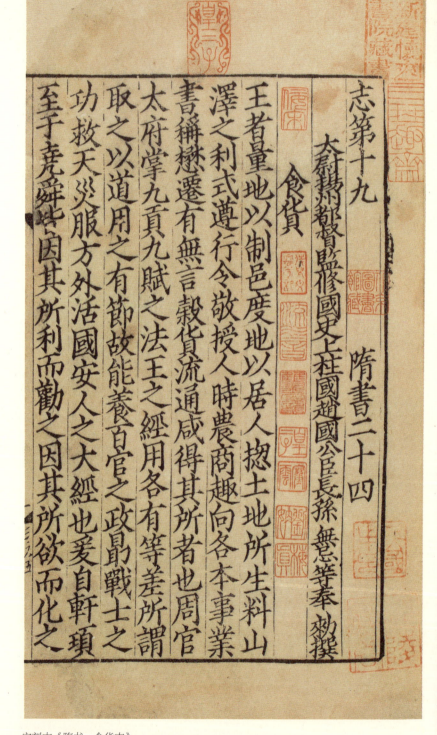

志第十九　　　隋書二十四

太尉揚州牧監修國史上柱國趙國公臣長孫無忌等奉　勑撰

食貨

王者量地以制邑度地以居人揔土地所生料山澤之利式遵行令敬授人時農商趣向各本事業書稱楙遷有無言穀貨流通咸得其所者也周官太府掌九貢九賦之法王之經用各有等差所謂取之以道用之有節故能養百官之政晶戰士之功救天災服方外活國安人之大經也爰自軒頊至于堯舜此因其所利而勸之因其所欲而化之

宋刻本《隋書·食貨志》

不缺数处。

此两卷即现藏国家图书馆之宋刻十行本《隋书》第一册。其第二册之卷八三至卷八五，为常熟瞿氏旧藏，瞿镛《铁琴铜剑楼藏书目录》卷八著录云：

> 原书八十五卷，仅存第八十三至末卷。每半叶十行，行十九字。左线外有篇名，后有无名氏志序及天圣二年勅。其《宇文化及传》云："智及素狂勃"，不同他本作"狂悖"。唐时"悖"皆作"勃"。《韩昌黎集》中亦然。❶

陆心源《皕宋楼藏书志》卷一八《正史类一》著录有宋刊配元覆本，云："十行十九字，左线外有篇名。敬、慎、贞、恒、桓、构皆缺避，南宋时官刊本也"，❷疑与此书同版。

今书中钤有"皕宋书藏主人廿八岁小景""三琴趣斋""梅真""刘姝""寒云""皇二子"（白文朱文大小二枚）、"双玉龛""流水音""侍儿文云掌记""佞宋""三琴趣斋珍藏""梅真侍观""寒云秘笈珍藏之印""后百宋一廛"（大小二枚）、"寒云鉴赏之钵""与身俱存亡"等印鉴。

上文袁跋中所云"旧有宋九行本《隋书》全帙"，实即元至顺三年（壬申，1332）瑞州路儒学刻本❸。瞿氏铁琴铜剑楼旧藏亦有此书同版❹，此本卷首有周似周序，卷末有北宋天圣二年（1024）付雕文书，书中宋讳阙笔，当是以宋版付梓刊行。周序云：

> 十七史之书缺一不可。曩予录庐陵乡校，有《史记》《东汉书》，而无《西汉》，及长鹭洲书院，则有《西汉》一书而已。尝叹安得江西学院所刊经史，会为全书。今教瑞学，有《通鉴全文》，又在十七史外。至顺壬申夏，府奉省宪，命修儒学。提举高承事言："十七史书善本绝少，江西书院惟吉安有《史记》、东西《汉书》，赣学有《三国志》，临江路学《唐书》，抚学《五代史》。馀缺《晋书》《南史》《北史》《隋书》。若今龙兴路学刊《晋书》，建昌路学

❶ 《铁琴铜剑楼藏书目录》卷八，第123页。

❷ 《皕宋楼藏书志》卷一八，第210页。

❸ 其行款半叶九行，行二十二字，黑口，左右双边，有耳。

❹ 《铁琴铜剑楼藏书目录》卷八著录云："题'特进臣魏徵上'。《志》三十卷，题'太尉扬州都督监修国史上柱国赵国公臣长孙无忌等奉敕撰'。元至顺间瑞州路学刻本，与宋本式无异，校雠无讹，元刻中之善者"，第123—125页。

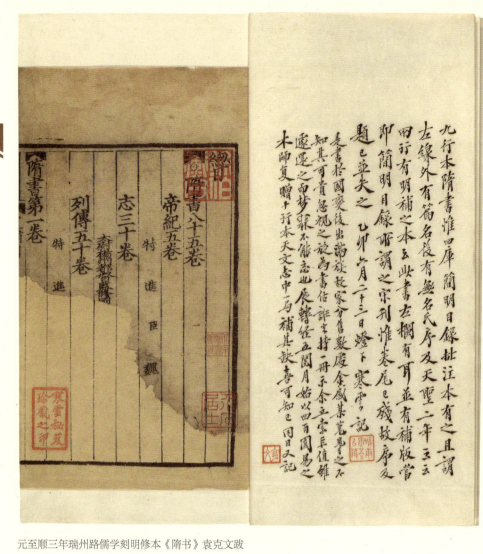

元至顺三年瑞州路儒学刻明修本《隋书》袁克文跋

刊《南北史》，瑞州路学刊《隋书》。"便如其请，俾行之毋怠。

知元至顺三年之前，江西吉安书院刻有《史记》、两《汉书》，赣学有《三国志》，临江路学有《唐书》，抚学《五代史》，而瑞州路学则刊刻《隋书》，即至顺三年瑞州路儒学本。袁克文旧藏至顺三年瑞州路儒学本卷首周序脱，误题宋刻。书中袁克文跋云：

九行本《隋书》惟《四库简明目录》批注本有之，且谓左线外有篇名，后有无名氏序及天圣二年云云两行，有明补之本云。此书左栏有耳，并有补板，当即《简明目录》所谓之宋刊，惟卷尾已残，故序及题已并失之。乙卯六月二十三日灯下，寒云记。（下钤"惟庚寅吾以降"朱文方印）

　　是书于国变后出满族故家，分售数处。余戚某蒐得之，不知其可贵，忽视之，旋为书估诳去。持一册示余，立索巨值。虽遽还之，而梦寐不能忘也。展转经五阅月，始以四百圆易之。木师复赠十行本《天文志中》一卷，补其缺，喜可知已。同日又记。（下钤"克文"朱文方印）

此袁克文藏元至顺瑞州路儒学刻本曾是明苏州顾闻、徐应聘旧藏，清代为马玉堂（笏斋）所收，书中钤有"顾行之印""吴江徐氏记事""徐伯衡父""笏斋""马印玉堂""汉唐斋"等印记。1915年四月二十五日为袁克文所得 **1**。其中《天文志》中缺，后袁克文以其师李盛铎所赠元刊十行本补齐。袁氏书散，此残卷为潘宗周宝礼堂购藏 **2**。1951年，潘氏后人潘世兹将宝礼堂藏书捐赠国家，入藏北京图书馆；瞿氏铁琴铜剑楼旧藏善本亦陆续入藏北京图书馆。元瑞州路儒学刻九行本《隋书》全帙及袁、瞿两家宋刻十行本《隋书》残卷在国家图书馆成就延津之合。

1　《寒云日记》，第 137 页。
2　《张元济古籍书目序跋汇编》上册《宝礼堂宋本书录》，第 206 页。

宋刻《京本增修五代史详节》

宋刻本《京本增修五代史详节》为明永乐间南昌袁忠彻旧藏 **1**，钤有"南昌袁氏""忠孝世家""瞻衮堂"三枚白文方印。后为邓邦述群碧楼收藏 **2**，书中有"邓印邦述""群碧楼藏""群碧楼"等印鉴。1915 年十一月袁克文购得此本 **3**，视为"百宋之上乘"，其跋云：

> 《五代史详节》十卷，为吕祖谦《十七史详节》之一。传世者多元明刊本，惟天禄琳琅有宋巾箱本。其标题各史不同。或曰"诸儒校正"，或曰"东莱先生校正"，或曰"校正诸史"，皆自成一书。其中五代史标曰《校正五代史详节》，与此本标"京本增修"者异。此本刊刻精严整洁，楮墨尤为沉洉，确是南宋坊本之首选。虽经删节，非欧阳氏之完书，而未见著录之秘刻，亦当跻百宋之上乘。

> 乙卯（1915）十一月初六日，寒云记于三琴趣斋。（钤"寒云庐倦绣室温雪斋同鉴赏"朱文长方印、"与身俱存亡""后百宋一廛"朱文方印）

另撰写提要一篇：

> 《京本增修五代史详节》十卷，宋刊宋印，一二册 **4**

---

1 参见下文集部"明正统刻本《书林外集》"篇。
2 邓邦述《群碧楼善本书录》卷一，《书目续编》，第 27 页。
3 《寒云日记》，第 153 页。
4 此书两册，袁克文提要原文作"一二册"，疑笔误。

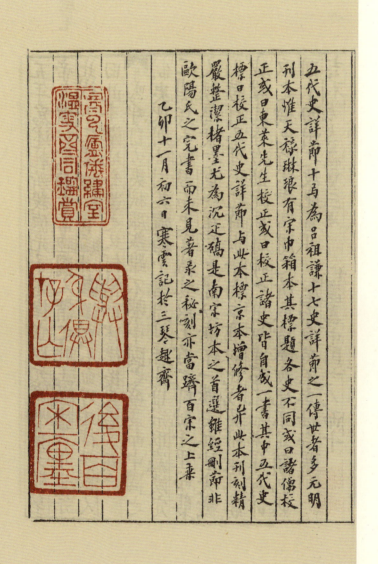

五代史詳節十馬為呂祖謙十七史詳節之一傳世者多元明
刊本惟天禄琳琅有宋巾箱本其標題各史不同或曰諸儒校
正或曰東萊先生校正或曰校正諸史皆自為一書其中五代史
標曰校正五代史詳節與此本標京本增修者亦非此本刊刻精
嚴整潔楷墨尤為沉正鈔是南宋坊本之首選雖經刪節非
歐陽氏之完書而未見著録之秘刻亦當躋百宋之上乘

乙卯十一月初六日寒雲記於三琴趣齋

宋刻本《京本增修五代史详节》袁克文跋

宋欧阳修撰，徐无党注

半叶十三行，行二十一字，四周双阑，线口，鱼尾下或题"五代史"，或题"五代"，或"代"字。前序半叶十一行，行十九字，序后"五代世系图""分据地理图各一"。宋讳或缺或不缺，栏眉上有标题。

藏印：主善弱师在序前、邓邦述印目前；瞻衮堂、南昌袁氏忠孝世家卷一前；群碧楼卷一、卷二、卷五、卷八各卷之前；群碧楼藏卷一尾。

《五代史详节》，南宋建阳坊间所刊巾箱本也。刊印精善，不见于著录。虽天禄独有宋印巾箱本《十七史详节》，其标题曰"校正五代史详节"，与此本亦异。❶

今书中钤有"寒云小印""寒云如意""侍儿文云掌记""后百宋一廛""与身俱存亡""惟庚寅吾以降""寒云鉴赏之钵""寒云庐倦绣室温雪斋同鉴赏""寒云秘笈珍藏之印"等印鉴。几年之后，袁克文将此书转让潘宗周宝礼堂❷。建国后，潘氏后人潘世兹捐献国家，入藏今国家图书馆。

《十七史详节》中"五代史"题为《东莱校正五代史详节》，而此本易"东莱校正"为"京本增修"。在书名前冠以"京本"之类字眼，目的在于吸引大众的注意力，增加卖点，当是坊间为牟利而为之。现存"京本"尚有《京本点校附音重言重意互注礼记》《京本点校附音春秋经传集解》《京本校正音释唐柳先生集》等❸。

故此宋刻巾箱本《京本增修五代史详节》当为《十七史详节》之一，是南宋建阳等地书肆为迎合士子应试而刊行的帖括之书。《四库全书总目》"史钞类存目"收入《十七史详节》，并云"题宋吕祖谦编"。吕祖谦《十七史详节》初见于明焦弘《国史经籍志》。在此之前的《宋史》吕祖谦本传未见提及，《直斋书录解题》等亦未见著录。因其"所录大抵随时节钞，不必尽出精要"❹；书中诸史题名各异，"或称'东莱先生增入'，或称'东莱校正'，而两《汉书》及《新唐书》则标为'诸

❶ 参见《寒云手写所藏宋本提要廿九种》，第133页。
❷ 《张元济古籍书目序跋汇编》上册《宝礼堂宋本书录》，第209页。
❸ 《藏园订补郘亭知见传本书目》卷一二下，第1027页。
❹ 详见《四库全书总目》提要。

京本增修五代史詳節卷之一

歐陽　脩　撰

徐　無黨　註

○梁本紀

本紀因舊以爲名本原其所始起即位以前其事詳原本損自位以來後其事畧尊任重所責者大故所書者簡

太祖

惟簡乃可立法

太祖姓朱氏宋州碭山午溝里人也其父誠以五經教授鄉里生三子曰全昱存溫誠卒三子貧不能爲生與其母傭食蕭縣唐宗乾符四年黃巢起溫亡入賊中巢陷京師以溫爲同州防禦使時天子在蜀諸鎮會兵討賊溫歸河中巴王重榮以降天子賜溫名全忠拜汴州刺史。天復元年封梁王自劉季述等誅宰相崔𦙍儒校正',体不画一"[1]，故疑为坊间书肆托名之作。

其卷首有北宋陈师锡序，序后为"五代世系图"，其次"五代分据地理之图"，均如四库馆臣所言。半叶十三行，行二十一字，细黑口，四周双边，左栏外有书耳，记纪、传等篇名。版心书名题"五代史几""五代几""代几"。卷端题"京本增修五代史详节卷之一"。每卷篇名均加黑鱼尾，史论亦同。行间遇国号、庙号、年号均黑地白文，间有用括弧或圆围者。眉端标注重要辞句。文中有朱笔点校，黑鱼尾提行，建本风格。书中有弦、殷、胤、贞、讓、郭等字缺末笔避讳，知此书当刊在宋孝宗之后。

---

[1] 《天禄琳琅书目》卷五，第101页。

明弘治刻本《司马温公经进稽古录》

司马光撰成《资治通鉴》及《目录》《考异》之后，又有《举要历》《历年图》《百官表》等。其中《历年图》仍仿照《资治通鉴》，起于三晋，终于后周显德。《百官表》则上溯伏羲，下讫宋英宗治平末年，综论历朝治乱兴衰。《历年图》《百官表》合为一书，名《稽古录》。现存明弘治十四年（1501）杨璋刻《司马温公经进稽古录》，当是《稽古录》目前传世较早的刻本 [1]。

1916 年五月初二日，袁克文购得明弘治十四年杨璋刻本 [2]。数日后，袁克文于册末黄丕烈跋之后手书跋语云：

> 《司马温公稽古录》二十卷，明刊最善之本，宋椠外当推此刻。卷中缺叶皆菀翁手自影写，尤为精好。册首小像系张氏自宋椠《挥麈录》卷首孙子潇所绘菀翁像临出。须眉神态不稍异，亦能手也。丙辰（1916）五月既望，记于西苑流水音。棘人袁克文。（钤有"八经阁"蓝色方印）

时值其父袁世凯去世不久，故跋末署"棘人袁克文"，并钤蓝色印鉴。此本曾经清叶树廉、黄丕烈、张蓉镜、陆树声等名家递藏，并有钱大昕、朱为弼、蒋因培等人经眼题款。册首有叶树廉、席鉴、张蓉镜题签；书

---

[1] 《藏园群书经眼录》卷三，第 198 页。其行款半叶十行，行二十一字，黑口，四周双边。卷端题"司马温公经进稽古录卷之一"，"经进"二字之间空一字格。

[2] 《寒云日记》，第 163 页。原文"定球畹芳女士"疑误，据书中钤印，当为"定球审定""畹芳女士"。

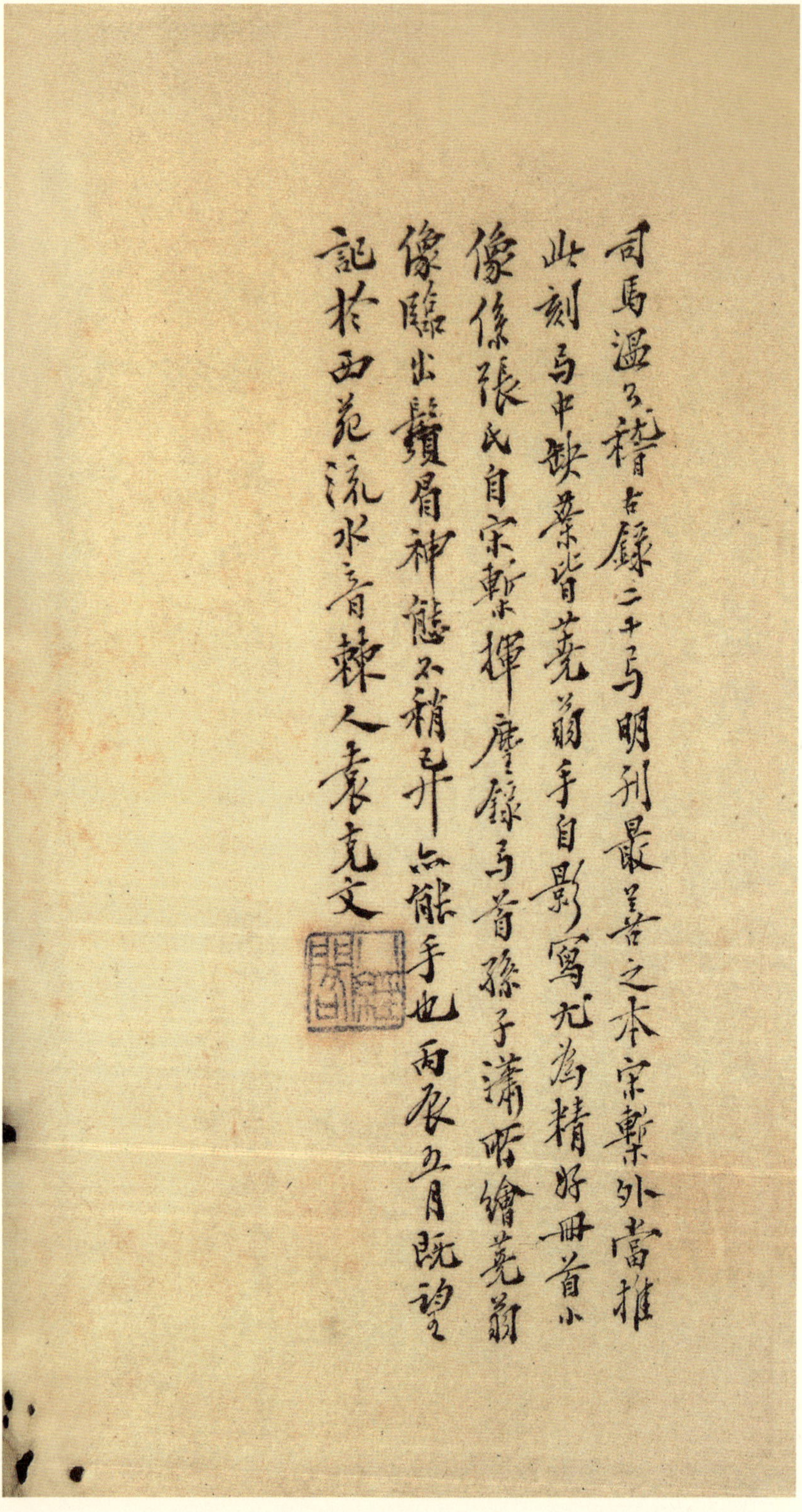

司馬溫公稽古錄二十卷明刊最善者之本宋槧外當推
此刻為中缺葉此皆堯翁手自影寫尤為精好冊首小
像係張氏自宗槧揮摹錄為音孫子潚略繪堯翁
像臨出鬚眉神態不精升不能手也丙辰五月既望
記於西苑流水音辣人袁克文

明弘治刻本《司马温公经进稽古录》袁克文跋

中另有叶、黄二人跋语 **❶**。1918年，此本入藏周叔弢自庄严堪 **❷**，缪荃孙亦曾经眼。今书中钤有"叶树廉印""朴学斋""石君""万经""归来草堂""尧圃""士礼居藏""蓉镜私印""张伯元别字芙川""小琅嬛福地张氏收藏""定球审定""畹芳女士""芙初女士姚畹真印""双芙阁""蓉镜珍藏""小琅嬛清閟张氏藏""归安陆树声叔桐父印""克文之钵""臣印克文""上第二子""抱道人""寒云主人""抱存""八经阁""三琴趣斋""周暹""艺风审定"等印鉴。今藏国家图书馆。

南宋朱熹颇为重视司马光《稽古录》。《朱文公语录》云："温公之言如桑麻谷粟，且如《稽古录》极好看。"又曰："《稽古录》一书，可备讲筵官僚进读，小儿读六经了，令接续读去，亦好。"朱熹不仅重视司马光此书，并且曾经重刊此书。《朱文公与郑知院书》云："熹乡在长沙，尝得温公《稽古录》正本，别为刊刻，殊胜今越中本。"知司马光《稽古录》成书之后，先后至少有两种刻本，即初刻越中本、二刻朱熹长沙刻本。陈振孙《直斋书录解题》著录此书，云：

> 其表云……盖元祐初所上也。此书始刻于越，其后再刻于潭。
> 越本《历年图》诸论聚见第十六卷，盖因图之旧也；潭本诸论各系
> 于国亡之时，故第十六卷惟存总论。

明确指出《稽古录》初刻于越，称作"越本"；再刻于潭，是为"潭本"。潭即潭州，宋代潭州治所长沙，故朱熹在长沙所刻之本，疑即陈振孙所说的"潭本"。两刻正文次第有所不同，越本汇聚诸论于一卷，而潭本则将诸论分系于各代之后。

今越本、潭本皆不传世，亦未见藏书家著录，则更见此明弘治杨璋刻本之难得。其卷首有明弘治辛酉（十四年，1501）国子司业黄珣"新刊司马文正公稽古录序"，称孝感杨廷宜璋得于沁水李叔渊家，捐赀锓梓 **❸**。次"朱文公与郑知院书"，次司马光"进稽古录表"，次目录。册末即卷二〇末有弘治辛酉杨璋"稽古录序"，云"……幸遇同寅君子沁水李公叔渊而获此书焉。李公之意亦璋之意也。遂命工锓梓，并为之序"，末署"弘治辛酉孟春吉旦赐进士出身文林郎巡按山西监察御史孝

---

❶ 详见《藏园群书经眼录》卷三，第198—199页。
❷ 同上。
❸ 黄珣序云："国朝文教诞敷，遗书散出，弘治庚申，孝感侍御杨公廷宜奉命出按河东，得是录于沁水李宪副叔渊家，一日有感侍心，即慨然捐赀锓梓，以广其传。"

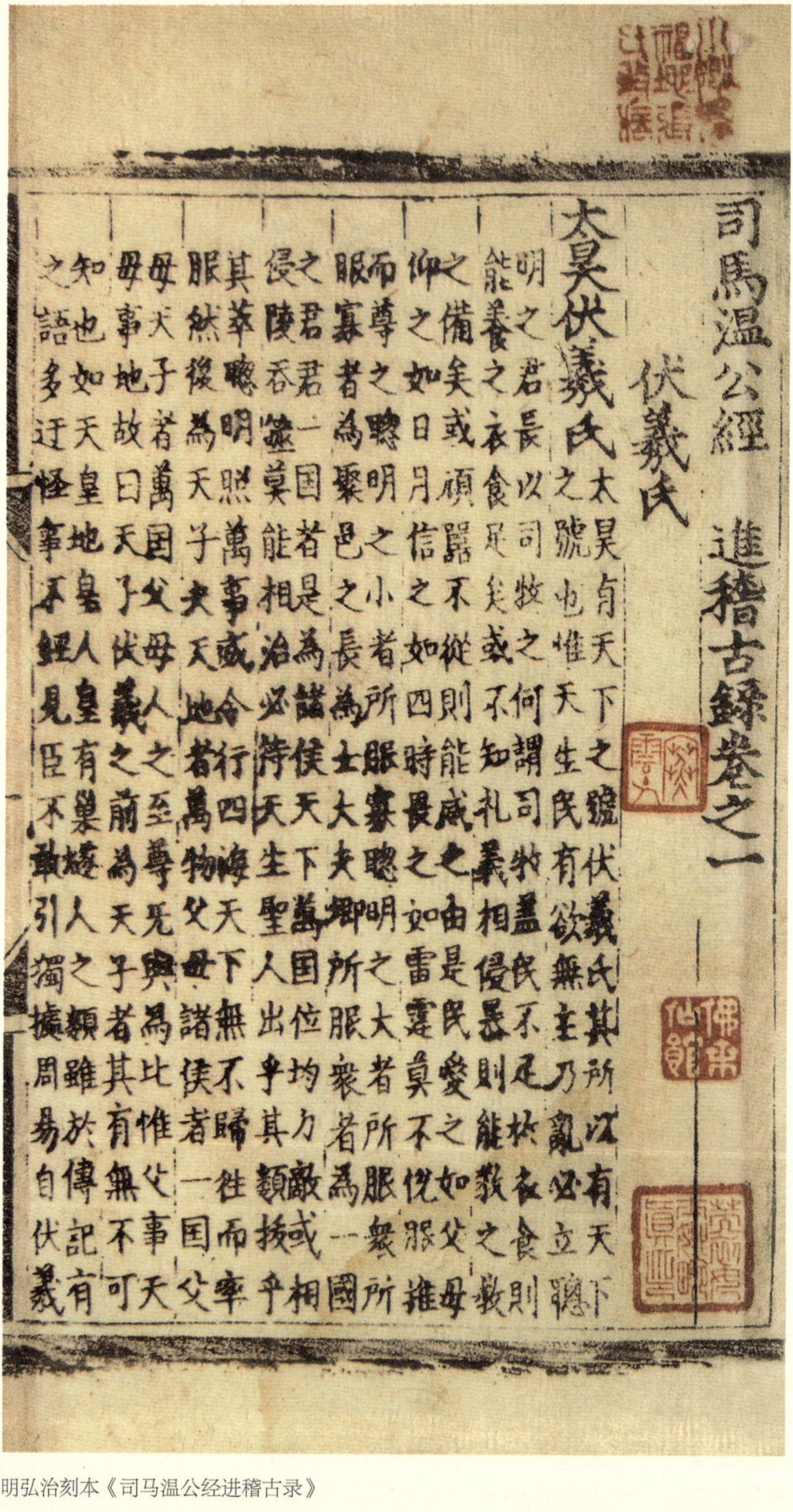

司馬溫公經　進稽古錄卷之一

伏羲氏

太昊伏羲氏

太昊有天下之號也惟天生之民有欲無主乃亂必有天下則聰明之君長以司牧之或不如此何謂礼司牧相盡侵民暴則足以亂必有天下

能養之衣食足則聰明者相盡侵民暴則足以亂必有天下者為聰明之如日月信顧之不如四時威之義之由是雷霆震之莫愛者不悅服父母數

之備矣或顧仰之如日月信顧之不如四時威之義之由是雷霆震之莫愛者不悅服父母數

而寧尊君一國之大妻聰明之所服大衆者力其額嚴撓或相

服君長為士衆聰明所出爭均其力歸一國而率

侵陵君吞筮莫國能者相是為治諸侯天下聖人出爭均其力歸一國而率

其革後為萬國天子夫事天威地令者萬物父母諸侯不均者一國而父

母事如天國天子父母伏羲之前至尊人之比惟有父子者為其有無不事父

母然地子故曰萬國天子父伏羲人之前至尊人之比惟有父子者為其有無不事父

之知語也多遷怪事不鯉人見有不欵撓引獨擾類雖易自傳伏羲有

明弘治刻本《司馬溫公经进稽古录》

感杨璋谨书"。

此明弘治刻本中"臣光曰"诸论多系于各代之后，据《直斋书录解题》，当源于潭本。另有明嘉靖本，已印入《四部丛刊初编》**❶**，其史论亦在各代之后。卷首先是"进稽古录表"，"朱文公与郑知院书"在其后，与明弘治本"进稽古录表"在后不同。清嘉庆十年（1805）张海鹏照旷阁刊行《学津讨源》丛书，收入此书**❷**。清咸丰二年（1852），钱泰吉曾比勘弘治刻本与张氏照旷阁本，各有出色之处**❸**。清同治六七年间，刘履芬曾据弘治本手钞一书，并过录袁克文旧藏本中叶万、黄丕烈题识，另录钱泰吉校跋。其行款半叶九行，行十九字，小字双行同，无格，与底本不同。

刘氏钞本卷首为弘治辛酉黄珣"新刊司马文正公稽古录序"，次弘治辛酉杨璋"稽古录序"，次司马光"进稽古录表"，次"朱文公与郑知院书"，次目录，次正文。此与袁克文旧藏弘治本杨璋序在册末不同。汉以后，"序"列于书首。杨璋之文即为"序"，应当在卷首；而袁氏旧藏本杨璋序在后，疑为后人重装之误。

---

❶ 《藏园订补邵亭知见传本书目》卷四，第239页。
❷ 同上。
❸ 详见国家图书馆藏刘履芬钞本中过录钱泰吉跋。

宋刻递修本《舆地广记》

宋刻《舆地广记》三十八卷，今存世有三部。其一，宋九江郡斋刻嘉泰四年（1204）、淳祐十年（1250）递修本，每半叶十三行，行二十四字，白口，左右双边。袁克文师方尔谦曾得宋本《舆地广记》二十馀卷，并贮津门小楼，戏曰"一宋一廛"**❶**。之后，方尔谦为"践九十九宋之约……以千金为质"**❷**，将此书暂时让于袁克文**❸**。袁克文认为此本是欧阳忞原本，今册末有其手跋云：

> 《舆地广记》残帙二十一卷，即《延令书目》所记。审其板式，当刊于北宋，至嘉泰、淳祐重经修补。凡板心无纪年而字画稍近漫漶者，皆为原刊。此本既出北宋，必欧阳氏原本无疑。宋刊尚有一本，即竹垞所藏。莸翁据以覆刊，板皆双阑，当出南宋。而莸翁谓是原刻，胜于重修本。不知重修者以原刻重修，而彼所据，实重刻本也。丙辰（1916）三月，寒云。（下钤"克文之钵"白文方印）

次年十一月，袁克文又于扉页题写书名，次行署"宋刊残本，百宋书藏鉴赏。丁巳（1917）十一月，寒云"，下钤"袁克文"朱文方印。

此本为季振宜旧藏，季氏《延令宋板书目》著录，即黄丕烈所云其"亡友顾抱冲藏书"**❹**。此书现存二十一卷，即卷一八至卷三八，前十七卷缺。

---

❶ 《藏园群书题记》附录一，第 1026 页。
❷ 此书中方尔谦跋云："宋本《舆地广记》，践九十九宋之约，暂归于君。俟君得他宋本，再放还何如？目下以千金为质，君亦当不以为要挟也。大方（钤"九华宝记"朱文印）。"
❸ 此本《寒云日记》未见记载，疑为 1915 年之前所得。
❹ 《黄丕烈书目题跋·荛圃藏书题识》卷三，第 42—43 页。

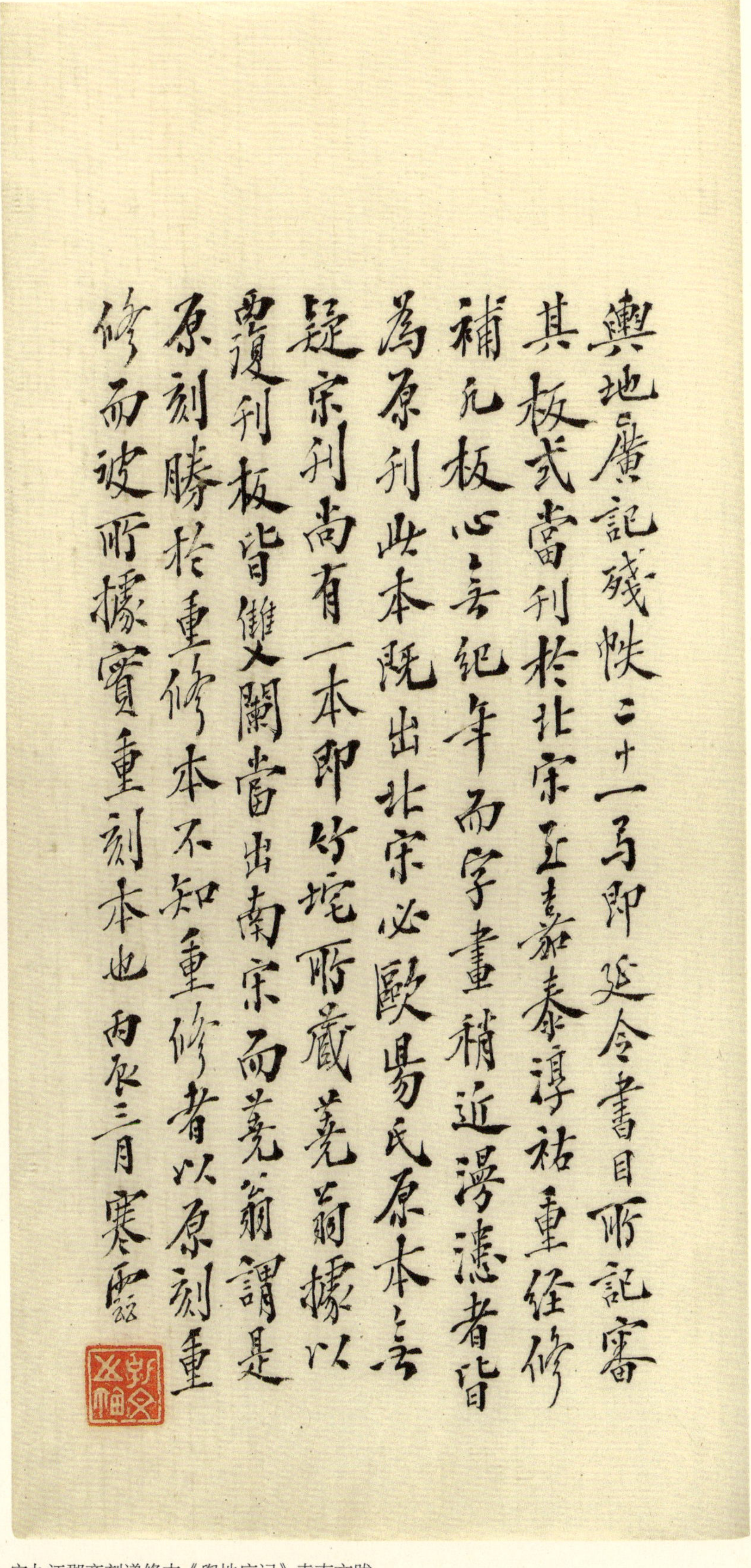

輿地廣記殘帙二十一馬即延令書目所記審

其板式當刊於北宋至嘉泰淳祐重経修

補元板心皆紀年而字畫稍近潯憑者皆

為原刋此本既出北宋必歐陽氏原本之善

疑宋刋尚有一本即竹坨所藏羨齋舊據以

覆刋板皆雙文闌當出南宋而羨齋謂是重

原刋勝於重修本不知重修者以原刻重

修而彼所據實重刻本也　丙辰三月寒雲

宋九江郡斋刻递修本《舆地广记》袁克文跋

版心或镌"己卯刊补",或"庚戌刊"。卷一八、卷二三、卷二九、卷三一、卷三五等卷末有"淳祐庚戌郡守朱申重修";卷一九后有"嘉泰甲子郡守谯令宪重修,淳祐庚戌郡守朱申重修"二行,故其版本今著录为宋九江郡斋刻嘉泰四年、淳祐十年递修本。其中,卷二二至卷三八前后所题卷次俱经剜改重填。黄丕烈曾以季振宜所藏旧本校勘,后又购得朱氏所藏。二者合一,遂付梓影刻行世,嘉惠学林 **❶**。

季氏书散,此书为华阳桥顾听玉所得,后又经黄丕烈、顾广圻、汪士钟、瑞诰、莫友芝、丁日昌、方尔谦等名家经眼、递藏。今书中钤有"季振宜藏书""丕烈""荛圃""顾千里经眼记""千里""广圻审定""汪士钟印""阆源真赏""西拉木棱瑞诰收藏书籍""博尔济古特氏瑞诰所藏""瑞诰收藏精椠祕笈记""分司潮嘉汀赣盐务运同之印""凤伦审定谢小韫侍""南海谢小韫""莫友芝图书印""丁日昌字静持号禹笙""允之审定""九华宝记""袁克文""寒云主人""双莲华菴""后百宋一廛""佞宋""侍儿文云掌记"等印鉴。之后不久,袁氏将此书转让潘宗周宝礼堂 **❷**。建国后,潘氏后人潘世兹捐献国家,入藏今国家图书馆。

袁跋中述及此书"宋刊尚有一本",乃朱彝尊所藏 **❸**,原书有缺卷,朱氏据文渊阁藏本钞配卷一、卷二。朱氏《曝书亭集》有《宋本舆地广记跋》。此书卷端题"舆地广记卷第一",卷一钞配,末有"淳祐庚戌郡守朱申重修"一行,知文渊阁本源自重修本。清嘉庆四年(1799)乍浦韩维镛收得此书。嘉庆十二年,韩氏携此书在京求售,黄丕烈与此书擦肩而过,并感叹造物不作美。嘉庆十三年,苏州书商五柳主人陶蕴辉以一百二十金为黄丕烈购得朱彝尊旧藏《舆地广记》,黄丕烈得以朱氏旧藏宋本、周锡瓒藏影宋钞本、顾抱冲藏宋刻覆本等诸本对勘 **❹**。黄氏书散,此本又经汪士钟艺芸书舍、杨氏海源阁收藏,民国时为东莱刘占洪所得。书中钤有"竹垞真赏""荛圃""黄印丕烈""百宋一廛""阆源真赏""汪印士钟""海源阁""东郡杨绍和字彦合藏书之印""彦合珍玩""杨绍和读过""以增私印""协卿珍赏""关西节度系关西""宋

❶ 详见国家图书馆藏季振宜旧藏本《舆地广记》中李盛铎 1916 年跋。
❷ 《张元济古籍书目序跋汇编》上册《宝礼堂宋本书录》,第 236—239 页。
❸ 书中讳字有恒、敬、贞等字缺末笔。刻工有上官、王文、朱方、朱正、李木、吴全、余彦、余钦、余闻、阮向、徐亮、宜之、连中、师范、陈辛、陈明、陈仲、陈信、陈范、陈德、刘政、邓彦、熊海、曾挺、曾一鸣、蔡才、蔡永、叶迁、蔡从、蔡敏、赵之、赵文分等。
❹ 《黄丕烈书目题跋·荛圃藏书题识》卷三,第 43—44 页。

存书室""杨东樵读过""东莱刘占洪字少山藏书之印"等印鉴。建国后，刘占洪旧藏捐赠国家，入藏今国家图书馆。

除上述两部宋刻外，目前所知尚有第三部，即清代内阁大库藏书，鲜为外人所知，故而时人如李盛铎、袁克文等，未曾知晓。清末，宝应刘启瑞奉命清查内阁大库陈年旧档，检得此书，纳入私箧。1920年，此本归入傅增湘双鉴楼 **❶**。后又为张乃熊所得，卷一一、卷三一末均有其子张齐七所题跋语。此本今藏国家图书馆。书中钤有"双鉴楼收藏宋本""藏园秘笈""双鉴楼""傅增湘""傅增湘读书""双鉴楼主人""双鉴楼藏书记""龙龛精舍""沅叔""增湘私印""傅印增湘""沅叔藏书""沅叔金石文字""傅沅叔藏书记""藏园居士""增湘""藏园""书潜""沅叔审定""沅叔藏宋本""江安傅沅叔考藏善本""莱娱室""长春室主""莀圃收藏""张印泽珞""齐七"诸印记。

傅增湘曾以其旧藏之本与士礼居刻本对校 **❷**，知季振宜旧藏之本，与自己旧藏实为同一版本。季本刷印较傅本早，然其天头地脚已被裁去改装。而傅本则是蝶装两册，开本宏阔，犹存宋本原貌。

据黄丕烈考证，"竹垞藏本为确而宋刻则未经淳祐重修者也，周藏钞本即出是刻"，即朱氏（朱彝尊）藏本为原刻，未经重修，早于顾氏藏本。朱氏藏本缺两卷，朱氏据文渊阁本钞补，而文渊阁本出自重修本；周氏（周锡瓒）钞本则源自朱本。顾抱冲家藏本（即季振宜旧藏本）则为重修本，晚于朱氏藏本，即朱本在前，季本在后；顾广圻认为朱氏旧藏本翻刻季振宜旧藏重修本，即季本在前，朱本在后 **❸**。

《中国版刻图录》云："卷中避宋讳不严格，桓、构等字不缺笔。刻工蔡才、熊海、余彦、陈信等，南宋初年又刻赣州本《文选》。……别有江州刻本，郡守谯令宪、朱申重修，顾广圻谓之重修本。顾氏以此为翻本，反谓重修本为初本，读者如以两本互勘，便知其言绝非事实。黄氏士礼居刻本，即据此帙影刻。" **❹** 王欣夫《蛾术轩箧存善本书录》

---

❶ 《藏园群书题记》附录一，第1026页。

❷ 《藏园群书题记》卷四《江州刊淳祐重修本舆地广记残卷跋》，第195—196页。又见《藏园群书经眼录》卷五，第322—324页。

❸ 详见《舆地广记残本二十一卷宋本》《舆地广记三十八卷校影宋本》，《黄丕烈书目题跋·荛圃藏书题识》卷三，第42—44页。

❹ 《中国版刻图录》，第32页。

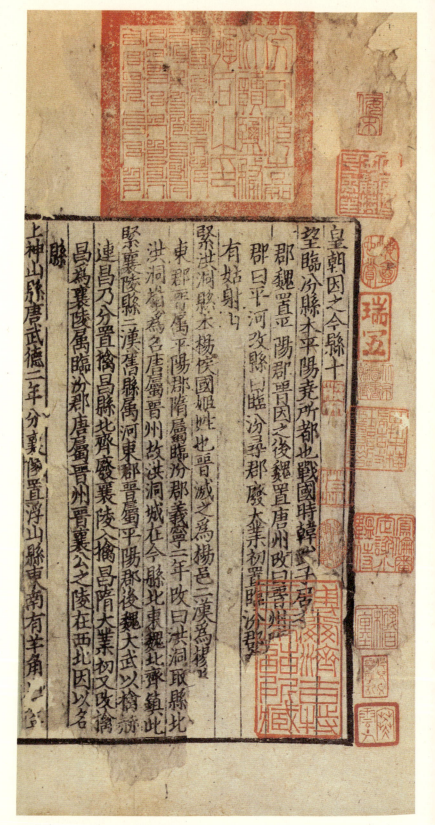

宋九江郡斋刻递修本《舆地广记》

于此亦有考论 [1]。他从刊工入手，确认朱氏旧藏本刊刻较早。

今比勘朱氏本与季氏本，朱氏本古体字较多，棱角不明显，无顿笔。而季氏本多见俗体字，其棱角较为分明，有顿笔，多为庚戌重刊；间有未经重修处，其字体秀丽，棱角不明显，其运笔风格与朱本较为近似。朱本如"贞"字缺末笔，而同一处季氏本则不缺末笔。季氏本重修时曾经校勘，有胜于朱本之处。如朱本卷二一，淝水之战"及陈于淝水，坚望见山止草木皆为旌旗之状"，季氏本改"山止"为"山上"。然季氏本亦有疏漏讹误，难免翻刻之弊。如朱本卷一九，"隋末置岚城属楼烦郡"，季氏本"隋末"则讹为"隋未"；朱本卷二〇，"元帝使刘隗守淮阴"，而季氏本则作"元帝使刘陽守淮阴" [2]。朱本卷二〇末，"隋开皇初郡废，又省竹塘、三归、临淮三县入焉"。竹塘均作"竹塘"，而季氏本或作"竹唐"。由此可推，朱彝尊旧藏本刊刻较早，当在北宋末年，早于季氏旧藏重修本。顾广圻所云朱本翻刻季氏旧藏重修本有待商榷。

---

[1] 王欣夫《蛾术轩箧存善本书录》上册，上海古籍出版社，2002 年，第 918 页。

[2] "隗"与"陽"，当是形近致讹。

元刻本《新编方舆胜览》

袁克文旧藏元刻《新编方舆胜览》，并撰提要，误题"宋刊"：

《新编方舆胜览》七十卷，宋刊，十六册

宋祝穆撰

次行标建安祝穆和父编

每半叶十四行，行二十三字，标题子目俱兼行大字，左右细双阑，线口，鱼尾下标"方"及卷次，下端叶数或墨钉白文，无刻工姓名，宋讳或缺避，或否，宋末刊本，往往如是。遇宋帝字皆空一格。

藏印：莫友芝图书印、独山莫绳孙字仲武号□□影山草堂收藏金石图书印以上二印在卷一前及卷七十尾；莫彝孙印、莫绳孙印、补石上三印在卷一前；时正统一祀瓶城子藏于惜阴斋云，上为楷书墨记，双行双栏，在卷四尾、三十尾、四十尾、六十一尾、七十尾；顾□辅印卷五、二十二、三十一、四十一、五十一、六十二，诸卷前；晓霞藏本卷七十尾。

纸黄色竹纸摹印，有绝精者，间有模糊者，卷六十一，缺首二叶。

《方舆胜览》刊于宋末叶，无覆本，有疑为元刊者，非也。莞翁《百宋赋》中残本，亦即此刊印本，流传颇多，完整者亦不易有。❶

此本卷端题"新编方舆胜览卷之一"，曾为顾元辅、莫友芝旧藏。今书中钤有"顾印元辅""补石""莫友芝图书印""莫印彝孙""独

---

❶　参见《寒云手写所藏宋本提要廿九种》，第 131—132 页。

山莫绳孙字仲武号省教影山草堂收藏金石图书记""时正统一祀瓶城子藏于惜阴斋云"诸印记。袁氏书散，此书入藏潘宗周宝礼堂。张元济《宝礼堂宋本书录》著录 [1]，涵芬楼旧藏亦有此本 [2]，二者均误题宋刻。

袁克文认为黄丕烈《百宋赋》中残本，即其旧藏本。按，黄丕烈《百宋一廛书录》著录《新编方舆胜览》云：

> 祝穆《方舆胜览》止南渡半壁天下，不及乐史《太平寰宇记》之全备。然《寰宇记》仅见钞本，《方舆胜览》犹有刻本，我辈讲求板刻，此书宋本亦在可珍之列。虽所存者数卷，而字画之精、楮墨之妙，洵无有过是者。每卷皆有官印一方，虽其文莫辩，尚是宋元旧藏，幸勿以残本忽之。 [3]

此袁氏旧藏本卷首并无官印，当与黄丕烈藏本无关；另，《百宋一廛赋注》未曾提及此书，袁氏提要云"荛翁百宋赋中残本"，疑其将《百宋一廛书录》误作《百宋一廛赋》。

国家图书馆藏有宋咸淳三年（1267）吴坚、刘震孙刻本，卷首有南宋理宗嘉熙三年（1239）吕午序、祝穆自序，咸淳二年福建转运使司禁止麻沙书坊翻板榜文，卷末有咸淳三年祝穆之子祝洙跋文。吕午序云：

> 如是者累年，近访予钱塘马城之竹坡，曰："编成矣，敢名以《方舆胜览》而锓梓，以广其传，庶人人得胜览也。君幸为序，以冠其首。" [4]

知此书初刻于宋嘉熙三年。嘉熙刻本行世三十馀年，"学士大夫家有其书"，然"每恨板老而字漫" [5]。因而其子祝洙增订改编，重刻此书。宋咸淳二年开雕，咸淳三年梓行于世。增订本题名删去"四六必用"四字，亦不分前、后、续集。国内现存此咸淳三年增订本以国家图书馆、上海图书馆藏本较全，然二者并非同一刻本。国图本有吕午序、祝穆自序、咸淳二年福建转运使司录白、祝洙跋，而上图本仅有吕午序和祝穆自序。国图本简体、俗体字少，上图本则较多。据此可知，国图本当是祝洙增

[1] 《张元济古籍书目序跋汇编》上册，第239—240页。"时正统一祀瓶城子藏惜阴斋云"，《宝礼堂宋本书录》误"时"为"明"，作"明正统一祀瓶城子藏惜阴斋云"。

[2] 《张元济古籍书目序跋汇编》中册，第517页。

[3] 《黄丕烈书目题跋·百宋一廛书录》，第418页。

[4] 详见施和金点校《方舆胜览》中所收"方舆胜览吕午序"，中华书局，2003年。

[5] 详见咸淳三年春祝洙跋。施和金点校《方舆胜览》，第1238页。

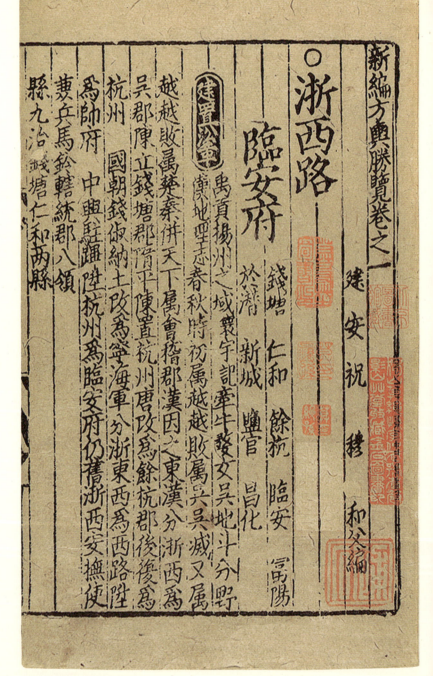

建安祝穆　和父編

○浙西路

臨安府

錢塘　仁和　餘杭　臨安〈當陽〉

於潛　新城　鹽官　昌化

【建置沿革】

禹貢揚州之域〈禹貢地理志〉春秋時初屬越越敗屬吳吳滅又屬

越越敗屬楚秦并天下屬會稽郡漢因之東漢分浙西為

吳郡陳立錢塘郡隋平陳置杭州曹改為餘杭郡後為

杭州　國朝錢俶納土改為寧海軍八分浙東西為西路陞

為帥府　中興駐蹕陞杭州為臨安府仍舊浙西安撫使

費兵馬鈐轄統郡八領

縣九〈治錢塘仁和兩縣〉

元刻本《新编方舆胜览》

新編方輿勝覽卷之一

建安祝穆和父編

浙西路

臨安府

錢塘　仁和　餘抗　臨安　冨陽
於潛　新城　鹽官　昌化

建置沿革

禹貢揚州之域寰宇記牽牛婺女吳地斗分野

漢地理志春秋時初屬越越敗屬吳吳滅又屬

越越敗屬楚秦併天下爲會稽郡漢因之東漢分浙西爲

吳郡陳立錢塘郡隋平陳置杭州唐改爲餘抗郡後復爲

杭州　國朝錢俶納土改爲寧海軍分浙東西爲兩路陞

爲帥府　中興駐蹕陞杭州爲臨安府仍舊浙西安撫使

蒙兵馬鈐轄統郡八領

縣九治錢塘仁和兩縣

订之初印本，上图本系重修本，修版时曾作增删，可能利用了一些旧版，大部分已经重刻❶。台北"中央"图书馆亦藏有此咸淳刻本❷，疑与上图本同，仅有嘉熙三年吕午、祝穆自序，而无祝洙序。

森立之《经籍访古志》著录宝素堂藏元刻本，卷首有新安吕午序。同时又述及另一元刻本，云"某氏又藏元椠本，与此板式自别，卷端页头题'日新堂新刊'六字"❸。可见至少有两种元刻本传世。

《经籍访古志》之外，叶德辉亦提及日新堂刊《新编方舆胜览》，《书林清话》"元时书坊刻书之盛·刘锦文日新堂"条云："无年号，刻《新编方舆胜览》，见杨《谱》。"❹ "杨《谱》"即杨守敬《留真谱》。然《留真谱》所收两部，一部题名"新编方舆胜览"，并未有明确字样，可证此本为元日新堂刻本；另一部"新编四六必用方舆胜览"，即南宋嘉熙三年祝氏初刻本❺。《日本访书志》所收亦此二种❻，"日新堂刊《新编方舆胜览》"则未见著录。疑叶氏误记森《志》为杨《谱》。目前尚未见藏书目录著录此本。

由此推知，现存祝穆编《方舆胜览》的宋元刻本主要有以下四种：

其一，宋嘉熙三年初刻本，题名曰"新编四六必用方舆胜览"❼。据《中国古籍善本书目》著录，今嘉熙刻本国内尚无藏本，仅存日本宫内厅书陵部图书寮❽。杨守敬曾见祝氏原本，知其每卷端题为《新编四六必用方舆胜览》❾。

其二，宋咸淳三年增订初刻本，卷端题云"新编方舆胜览"，如杨氏海源阁旧藏本❿。是本曾经汪士钟、杨绍和收藏，书中钤有"汪印士钟""阆源真赏""宋存书室""以增之印""至堂""杨印绍和""杨绍和审定""东郡杨氏海源阁藏""协卿仲子""臣绍和印""彦和珍

❶ 详见影印本《宋本方舆胜览》前言，谭其骧《论〈方舆胜览〉的流传与评价问题》，上海古籍出版社，1986年。另见施和金点校《方舆胜览》前言。
❷ 详见台北"中央"图书馆特藏组编《"国立中央"图书馆善本书目》（增订二版）第一册，第257页。
❸ 《日本藏汉籍善本书志书目集成》第一册《经籍访古志》，第221—222页。原文作"'日新堂新刊'六字"，疑有笔误。
❹ 《书林清话》卷四，第77页。
❺ 珍稀古籍书影丛刊之五《留真谱》，北京图书馆出版社，2004年，第504、1781页。
❻ 《日本藏汉籍善本书志书目集成》第九册，第383—392页。
❼ 《藏园群书经眼录》卷五，第325—326页。
❽ 《图书寮汉籍善本书目》卷二，株式会社东京筑地活版制造所，昭和五年十二月，第27—28页。
❾ 杨守敬《日本访书志》，《日本藏汉籍善本书志书目集成》第九册，第383—389页。
❿ 《楹书隅录初编》卷二，463页。

玩""杨二协卿"诸印记。现藏国家图书馆。

其三，宋咸淳三年增订重修本，题名同增订初刻本，如季振宜旧藏本，现藏上海图书馆。此本曾经季振宜、蒋超、陈士贤等人递藏，书中钤有"季振宜藏书""内翰金坛蒋超藏书印""竹泉陈士贤鉴定珍藏之章""世贤""竹泉藏本"等印鉴 **1**。《上海图书馆藏宋本图录》亦收入此咸淳本，然其提要中所言"汪士钟印""阆源真赏""杨二协卿""东郡杨二"等印记非上图藏本所钤，而属国图藏本所有 **2**。

其四，元刻翻宋本，题名同咸淳本，袁克文、瞿氏铁琴铜剑楼、陆氏皕宋楼、涵芬楼等旧藏本，均为元刻翻宋本。现存世较多，如国家图书馆、北京大学图书馆、上海图书馆、南京图书馆、甘肃图书馆等馆藏均有此本 **3**。

---

1 参见《中华再造善本总目提要》，第 275—276 页。

2 《上海图书馆藏宋本图录》，上海古籍出版社，2010 年，第 187—189 页。

3 《中国古籍善本书目》史部上，上海古籍出版社，1993 年，第 728 页。

元刊《幽兰居士东京梦华录》

元刻《幽兰居士东京梦华录》旧藏东吴毛氏，书中钤有"斧季""汲古主人""毛""晋""宋本""东吴毛氏图书""毛扆之印"等印记。1915年八月十七日，袁克文从海王邨文德堂购得此书 **1**，卷末袁氏题款"乙卯（1915）八月获于日下海王邨文德堂书肆。寒云"，题名下钤"寒云如意"朱文方印，并撰有跋文一则：

> 《幽兰居士东京梦华录》十卷，即《汲古阁珍藏秘本书目》所载宋板《东京梦华录》一本，字画古隽，确为宋刻。惟印本迟后，而宽帘麻楮，亦必出于元季。黄荛翁所藏元本，即自此覆刊。此原刊小黑口，下有刻工姓名；覆刊大黑口，无刻工姓名，后归丽宋楼，其《藏书志》已详言之。沅叔亦藏一本，与丽宋所收正同，字体荒率，确为元明间覆刊，精乏去此远甚。或有因此本摹印不佳，而疑为元刊者，是未能详审此本刻画。况以毛氏鉴别之精，"宋本"小印决不轻钤。既证以"宋本"小印，又考诸书目所定，可断然矣。今夏间某故家持此书付文友堂重装，并求价而沽。沅叔、受经皆见之，以价昂不能立得。章五睹其首叶，亟归述于予。比持重值往购，已为原主收回矣，随废然而罢。旋闻为蒋某购去，益增怅恨。今阅五月，久已置之，忽书估韩佐泉持来，谓自蒋某处诱出，知予之缱绻也。随以七百圆偿之，喜其终属予也。（下钤"抱存欢喜"朱文方印）

---

1 《寒云日记》，第147页。

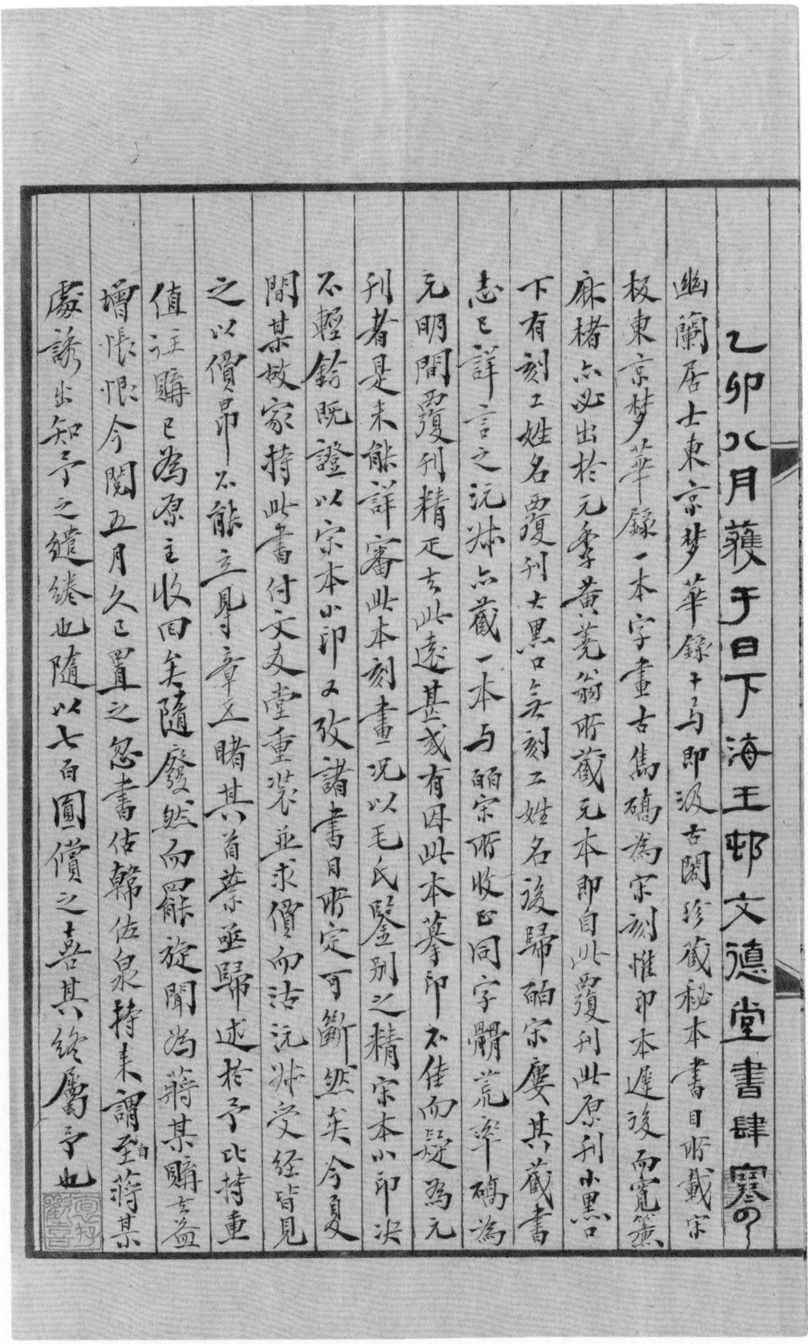

乙卯水月襄于曰下海王邨文匯堂書肆寒o

幽蘭居士東京夢華錄十卷即汲古閣珍藏秘本書目所載宋

板東京夢華錄一本字重古雋碻為宋刻惟即本逐逐而覓籤

麻楮六必出於元季黄荒翁所藏元本即自此覆刊此原刊小黑口

下有刻工姓名覆刊大黑口e宏刻工姓名後歸鮑宗慶其藏書

志已詳言之沅栦六藏一本与鮑宗所收四同字髒荒率碻為元

元明間覆列精定古此遠其或有再此本摹即不佳而疑為元

刊著是未能詳審此本刻畫况以毛氏鑑別之精宗本小即決

不輕鈐證以宋本小即又改諸書目所定可斷疑矣今夏

間某故家持此書付文友堂重裝並求價而沽沅栦交經皆見

之以價昂太能立見章五睹其首葉並歸述於予此持重

值注歸已為原主收回矣隨發貥而臓旋聞沽蒋某顓言益

增悵恨今閱五月久之置之忽書佐韓佐泉持末謂至蒋某

厳諜出知予之鍵緣也隨以七百圓償之喜其終屬予也

元刻本《幽兰居士东京梦华录》袁克文跋

是书毛晋误定"宋本",黄丕烈跋《东京梦华录》中已对毛氏藏此书"宋板"之说提出质疑 **1**。袁克文沿袭毛氏之误,认为"以汲古主人鉴别之精当,不至轻钤'宋本'之小印" **2**,误题"宋板",当予纠正。袁克文得书之后几年,经济日渐捉襟见肘,将此书转让南海潘宗周宝礼堂 **3**。建国后,潘氏后人潘世兹将宝礼堂藏书捐献国家,此书遂入藏今国家图书馆。

"幽兰居士"即作者孟元老别号。孟元老生于北宋末年,曾任开封府仪曹。南渡之后,追忆汴京繁盛,著成《东京梦华录》十卷。书中涉及都城、坊市、岁时宴赏,以及当时典礼、仪卫等,可与史书互证。据卷首钞配《梦华录序》,知其自北宋徽宗崇宁二年(1103)随先人来到东京汴梁,长大成人。他在东京生活二十多年,耳闻目睹了京城的风土人情。至靖康二年(1127)南渡避祸,已是暮年。回想昔日京都的繁华,与其"避地江左"相较,惟有"怅恨"。有感于后生不知曩昔情景,孟元老缀拾旧闻,于绍兴十七年(1147)撰成此书。

孟元老在世时此书尚未刊刻。四十年后方由赵师侠梓行于世。此书卷末赵师侠刻书跋云:

> ……幽兰居士记录旧所经历为《梦华录》,其间事关宫禁典礼,得之传闻者,不无谬误。若市井游观,岁时物货,民风俗尚,则见闻习熟,皆得其真……今甲子一周,故老沦没,旧闻日远,后余生者尤不得而知,则西北寓客绝谈矣。因锓木以广之,使观者追念故都之乐,当共起风景不殊之叹。淳熙丁未岁(1187)十月朔旦,浚仪赵师侠介之书于坦菴。

此淳熙十四年(1187)赵师侠刻本,疑是此书之初刻本。

今此书宋刻早已失传,仅能从昔人的著录中寻觅其蛛丝马迹。黄丕烈曾获见吴翌凤家藏校宋本,知宋刻本当为八行十六字 **4**。此元刻《幽兰居士东京梦华录》,当是此书现存最早刻本 **5**,其行款与宋本大不相同,半叶十四行,行二十二至二十四字,细黑口,双鱼尾,左右双边。

---

1 《黄丕烈书目题跋·荛圃藏书题识》卷三,第55页。

2 《寒云日记》,第147页。

3 《张元济古籍书目序跋汇编》上册《宝礼堂宋本书录》,第336页。

4 详见国家图书馆藏明钞本《幽兰居士东京梦华录》黄丕烈跋。另见《黄丕烈书目题跋·荛圃藏书题识》卷三,第55页。

5 详见《中华再造善本总目提要》,第1009—1011页。

书中间有钞补。版心上鱼尾之下记"梦华录卷几",下鱼尾之上记叶次。版心下记刻工,如良、吴明、元、娄、姚宏、魏等人。书衣有袁克文墨笔题签二行云:"《幽兰居士东京梦华录》十卷,汲古阁旧藏秘本。乙卯秋寒云续收。"书衣右下角钤"乾隆年仿澄心堂纸"朱文长方印。扉页有高丽吴孝媛题签"宋刊《东京梦华录》十卷",署"高丽女史吴孝媛"。其背面左下角钤"宣德二年(1427)内造库纸"朱文二行。卷四末叶之下半叶被割去一半,疑原有刻书牌记之类的明证,割去之意在于造伪充宋本,以抬高其身价。

国家图书馆另藏有明弘治十六年(1503)刻本,为陈澄中、国琅父子旧藏。对照元、明二本,二者行款相同,字体大同;元本字画较为圆润,弘治本笔画则棱角分明[1],因知明弘治本是覆刻元本。明弘治刻本中沈曾植跋云:

> 此即《仪顾堂题跋》所谓元椠《东京梦华录》也。末页贾宗跋为陆氏、黄氏所未见,盖经书贾割去,故二君仅为元椠。而陆氏所举优于张刻诸条,一一于此本合。《仪顾堂集》此跋讹字甚多,不见此本,不知彼语何指也。《南雍志》:《梦华录》十卷,存者四十九面,半损四面。检此,板数适合,则此是覆宋刻。庚申(1920)二月花朝日,馀翁。(钤"植"朱文方印)

日本静嘉堂文库亦藏有元刻本,为明顾元庆旧藏,其卷首黄丕烈跋所说汲古阁旧藏宋刻[2],即此袁克文旧藏元本。1929年十一月,傅增湘曾经寓目日本静嘉堂文库藏本,并借校袁克文旧藏本[3]。傅增湘亦藏有明弘治十六年刊本,即明代翻刻元本者[4]。

明弘治十七年(甲子,1504)亦刊有此书,半叶八行,行十六字,白口,左右双边,与元刻本不同。国家图书馆藏潘承弼旧藏明弘治十七年公文纸印本,其卷一○末有阴文题字一行"弘治甲子年重新刊行"。其行款与上文黄丕烈跋中所云吴枚庵手校之宋本行款相同,因疑明弘治

[1] 参见《祁阳陈澄中藏书》第六种,"孟元老撰,《幽兰居士东京梦华录》十卷"。中国嘉德国际拍卖有限公司,2004年。

[2] 《日本藏汉籍善本书志书目集成》第四册《静嘉堂秘籍志》卷六,第337—339页。另见《黄丕烈书目题跋·荛圃藏书题识》卷三,第55—56页。《仪顾堂题跋》卷四,《清人书目题跋丛刊》二,第52页。

[3] 《藏园订补邵亭知见传本书目》卷五下,第398页。

[4] 《藏园群书经眼录》卷五,第365—366页。

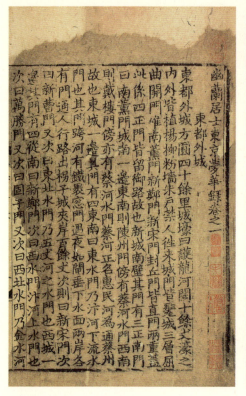

元刻本《幽兰居士东京梦华录》

元刻本《幽兰居士东京梦华录》书衣

十七年本源自宋刻本。潘承弼误以此弘治十七年重刊本为最古之本，当是未见元刻，亦未见弘治十六年翻刻本。

---

1 详见此书中潘承弼跋文。

宋刊《水经注》残本

宋刻《水经注》世所罕见。入清以来，诸家藏书目录皆未见宋刻著录，诸家所见如钱曾云陆孟凫有影钞宋本，黄丕烈云顾抱冲得影宋本，全谢山言柳大中有手钞宋本，皆未曾亲眼目睹宋刻原本[1]。陆心源所藏冯舒（已苍）校本[2]，云先以柳大中影宋本校，又以谢耳伯所见宋本增改，然亦未详述宋本之款式以及为何人所藏；另如明代嘉靖黄省曾刻本，万历李长庚刻本，其自序均未提及宋本，其卷中所称宋本者，多为摹写影宋本。即便是杨守敬撰《水经注疏》，研治《水经注》四十年，广搜诸本，亦以未见宋刻原本为平生憾事[3]。

此宋刊《水经注》残本，旧藏清宫内阁大库，清末曹元忠、刘启瑞等人奉命整理内阁大库时[4]，偶得此书，携入私箧。后曹氏书散，1916 年三月，傅增湘为袁克文以重金购得卷一六至卷一九、卷三九、卷四〇，计六卷[5]。袁克文获此稀世秘籍，赞为人间鸿宝，且于书中手跋一则：

> 郦道元注《水经》残本，存卷十六至十九，又卷三十九、四十，凡六卷，首尾完者四卷。此书自明以降，考订校勘，皆出自陆孟凫、柳大中影钞宋刻本。若宋刻则无闻焉。此残本出清内阁库中，

[1] 《藏园群书题记》卷四，第 235 页。

[2] 《仪顾堂书目题跋汇编》，第 357—358 页、第 597 页。

[3] 详见《藏园群书题记》卷四，第 235—238 页；《藏园群书题记》附录一《双鉴楼藏书杂咏》，第 1027—1029 页。

[4] 曹、刘二人藏书概况详见《文献家通考》下册，第 1334—1335 页、第 1530 页。

[5] 《寒云日记》，第 162 页。

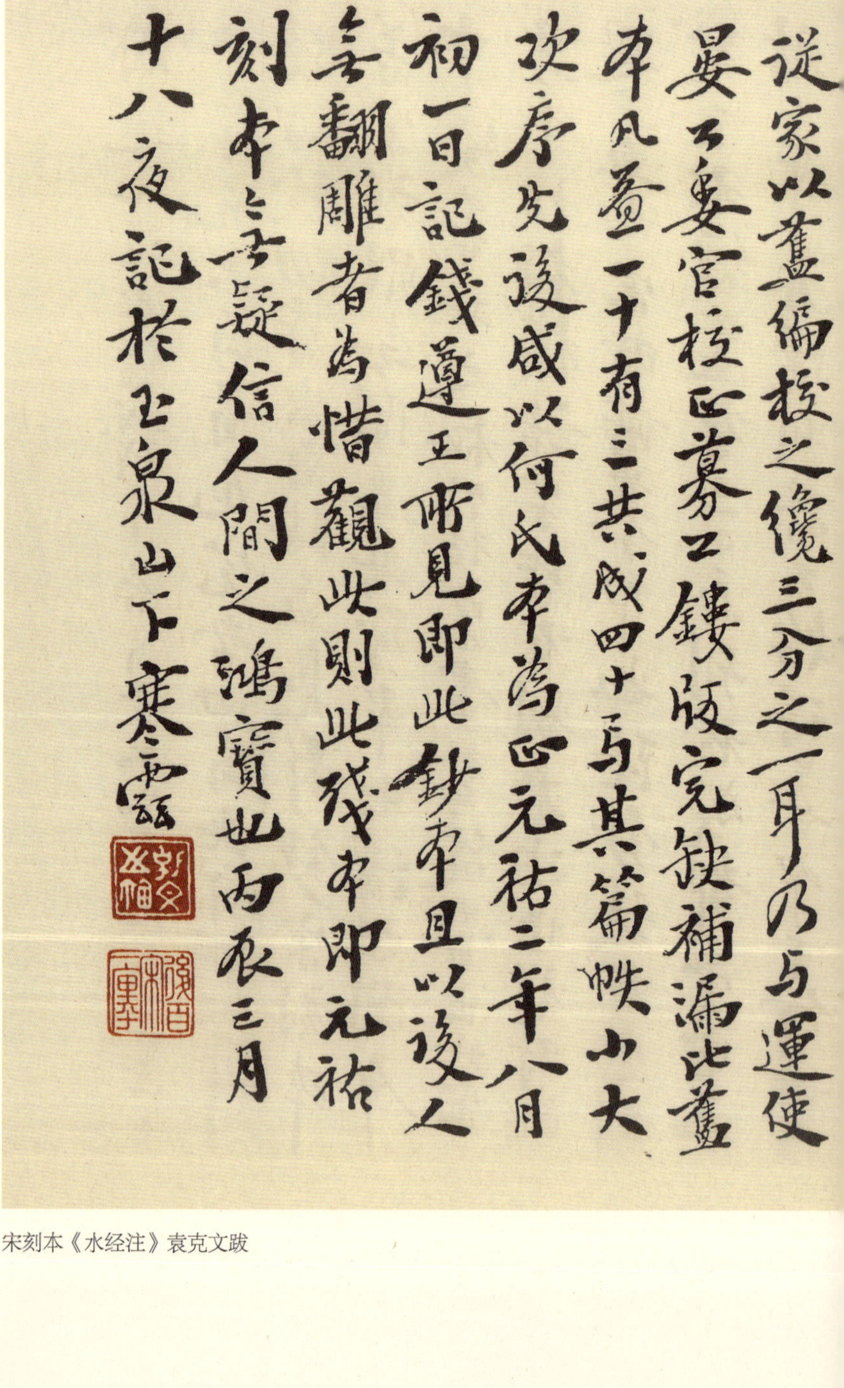

诞家以舊編校之僅三分之一耳乃與運使
晏公要官校正募工鏤版完缺補漏此舊
本凡蓋二十有三共成四十與其篇帙凡大
次序先後咸以何氏本爲正元祐二年八月
初一日記錢遵王所見即此鈔本且以後人
妄翻雕者爲惜觀此則此殘本即元祐
刻本乜无疑信人間之鴻寶也丙辰三月
十八夜記於正泉山下寒雲

宋刻本《水经注》袁克文跋

酈道元注水經殘本存卷十六至十九又卷三十
九四十凡六卷首尾完者四卷此自明以降（奎）
攷訂校勘皆出自陸孟鳧（柳大中）影鈔宋刻本
若宋刻則無聞焉此殘本出清內閣庫
中實希世之秘籍字畫整健當出北宋
本中如桓構諸字皆有剔痕決非刻時缺
避蓋南宋時所摹印也陸鈔後有宋刻

实希世之秘籍。字画整健，当出北宋。卷中如桓、构诸字皆有剔痕，决非刻时缺避，盖南宋时所摹印也。陆钞后有宋刻跋云："《水经》旧有三十卷，刊于成都学宫，元祐二年春，运判孙公始得善本于何圣从家，以旧编校之，才三分之一耳。乃与运使晏公委官校正，募工镂板，完缺补漏。比旧本凡益一十有三，共成四十卷。其篇帙小大、次序先后，咸以何氏本为正。元祐二年八月初一日记。"钱遵王所见即此钞本，且以后人无翻雕者为惜。观此，则此残本即元祐刻本无疑，信人间之鸿宝也。丙辰（1916）三月十八夜，记于玉泉山下。寒云。（钤"克文之钵"白文方印、"后百宋一廛"朱文方印）

之后，此数卷又悉数归入傅增湘箧中。随之，傅增湘又于宝应刘启瑞处得到数卷 **❶**。二者合璧，即此本现存之十二卷：卷五之卷八、卷一六之卷一九、卷三四、卷三八之卷四〇。其中，卷五缺前二十六叶，卷一八只前五叶。半叶十一行，行二十字或二十一二字，注低一格，白口，左右双边，单鱼尾。上鱼尾下记卷次，如"水经三十四""水经四十"等，下鱼尾处记叶次。版心下方记刻工姓名，如施宏、陈忠、陈高、蒋晖、洪新、吴礼、朱谅、洪乘、姚宏、洪茂、方择、方成、洪先、尤先、李荣、施蕴、胡瑞等。建国后，傅增湘旧藏捐献国家。1953 年 3 月，文化部社会文化事业管理局移交北京图书馆（即今国家图书馆）庋藏。

此宋刻残本《水经注》今题四十卷，然《崇文总目》称其中已佚五卷，故《元和郡县志》《太平寰宇记》所引溥沱水、洛水、泾水，皆未见于今书。《四库全书总目》认为，"今书仍作四十卷，盖宋人重刊分析，以足原数也。" **❷**

此本当为宋南渡后绍兴刻本。书中张宗祥跋云："吴琯刻出自元祐，此为绍兴本，证在十八卷，与吴刻不同。"袁克文则以钱曾《读书敏求记》之语，定为北宋元祐刻本。然根据此本的字体、雕工等，傅增湘认为"观其字迹、雕工初不类蜀中风气，其言未可深信。且详审其结体整严而气息朴厚，要是南渡初浙杭所开，则张君阆声谓为绍兴本者庶几近

---

❶ 《藏园群书题记》卷四《宋刊残本水经注书后》，第 234—238 页。《藏园群书经眼录》卷五，第 376—377 页。

❷ 详见《四库全书总目》卷六九·史部二十五·地理类二。

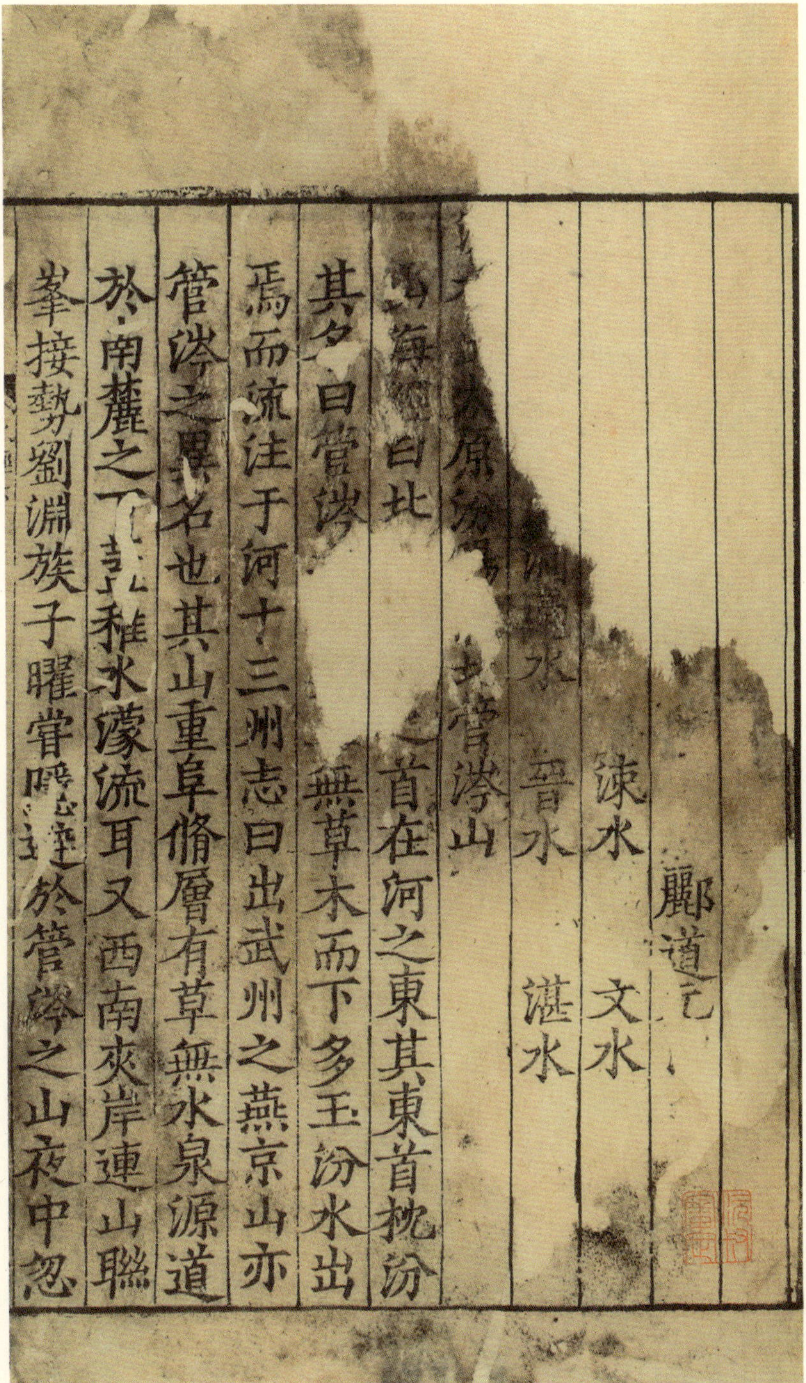

酈道元

涑水　文水

洞[illegible]水　晉水　湛水

[illegible]原汾[illegible]北管涔山

山海經曰北[illegible]首在河之東其東首枕汾

其名曰管涔[illegible]無草木而下多玉汾水出

焉而流注于河十三州志曰出武州之燕京山亦

管涔之異名也其山重阜脩巖有草無水泉源道

於南麓之下蓋稱水濛流耳又西南夾岸連山聯

峯接勢劉淵族子曜嘗隱迹於管涔之山夜中忽

宋刻本《水经注》

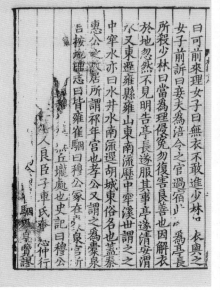

宋刻本《水经注》卷一八

之矣"　❶。书中有讳字如殷、郭、敬、沟、恒、匡、垣、玄等缺末笔，
桓、构二字有避或不避，疑为南渡之初刊刻行世。

　　关于《水经注》，近代学术史上有一桩"戴袭赵"公案，即戴震钞
袭赵一清《水经注》一案，纷扰了几代人，不仅在戴学研究领域，郦学
界也围绕戴震撰校的《水经注》是否钞袭赵一清而议论纷纷，持续至今。
杨应芹曾撰《戴震与〈水经注〉》一文，通过对《水地记初稿》《水经
考次》（即《水经》）与殿本《水经注》案校的比勘考证，确定《水地
记初稿》是戴震早年研究《水经注》的见证。杨文以济、淮二水为例，
将武英殿戴本、四库赵本与《水地记初稿》的引文进行了统计对比，结
果发现：戴本的校改与赵本相同之处，十之七八是他早年校勘的成绩；
戴氏晚年的校改与赵氏同者仅为十之二三而已。因此，对于戴赵相同之
处，应成为郦学史上闭户暗合的佳话，而不是什么相袭的"证据"　❷。

　　今《水经注》传世刻本有明嘉靖十三年（1534）黄省曾刻本、明万

❶　《藏园群书题记》卷四《宋刊残本水经注书后》，第 237 页。
❷　详见杨应芹《戴震与〈水经注〉》，载《江淮论坛》，1995 年第 3 期，第 60—69 页。

历十三年（1585）吴琯刻本、明万历四十三年（1615）李长庚刻朱谋㙔笺注本，世人以吴本为最佳。傅增湘曾以诸本取校宋刻，认为各家所见之影宋本与此宋刻残本皆非同一源[1]；并比勘此宋刻残本与《永乐大典》本，亦为戴震鸣冤。傅氏认为此宋刻残本即纂修《永乐大典》时的钞录底本，"《渭水篇》在卷十八中，今宋刊残本此卷适存，详检其文正在第二叶，自'所得白玉'起，至'及皇览谬'止，适为全叶，以行格计之，应得四百一十八字，因此以推知赵氏言孙潜夫用大中本校补四百二十字，或云四百二十二字，或云四百三十四字，皆未见宋刻，以意增省，而致此差舛也"[2]；而"昔张石洲（即张穆）为全、赵平议《水经》事，于戴东原大肆訾謷，谓提要所言脱简有自数十字至四百馀字者，此《大典》本绝无之事。今《大典》原本既出，其事已可大明，而四百馀字之原文宋刻又适存于余箧，行当影摹传世，用以执石洲之口，为东原雪此沉冤，斯亦学林中一快举也"[3]。从这桩学术公案的前后经过，可见《水经注》宋刻残本，虽是区区数卷，已是难能可贵，洵属珍罕。

二○一

---

[1] 详见《藏园群书题记》卷四，第235—237页。

[2] 《藏园群书题记》卷四《宋刊残本水经注书后》，第236页。而今，"所得白玉方一尺，有文字曰：皇亡皇亡改赵昌……"中"所得白玉方一尺，有文字曰：皇亡皇"等诸字亦残。

[3] 参见《藏园群书题记》卷四《宋刊残本水经注书后》，第234—238页；附录一《双鉴楼藏书杂咏》，第1028页。

宋刻两汉《会要》

宋刻两汉《会要》传世罕见，甚为珍贵。1916 年元月底，袁克文购得南宋嘉定八年（1215）建宁郡斋刻《西汉会要》残本七卷 **1**，书中有其手跋云：

> 《西汉会要》宋刊残帙，存卷第十三之十九，凡七卷。印本虽稍漫漶，尚无元明补板，书衣、题签皆元时之旧，与予所藏元国子监崇文阁藏《册府元龟》、明洪武朝天宫进到《云山集》两书签衣、题字皆相类。《册府元龟》衣背有元官书长印；《云山集》亦原装未损。故可考知此书之衣亦元时故物。重为修整，因并记之。寒云。（下钤"双莲华盦"朱文方印）

书中钤有"臣印克文""上第二子""佞宋""双莲华盦""流水音"诸印记。现存较完整的一部南宋嘉定八年建宁郡斋刻本《西汉会要》，今藏上海图书馆。

1916 年三月十四日，袁克文又购得南宋宝庆二年（1226）建宁郡斋刻《东汉会要》三卷 **2**，亦题有一跋：

> 《东汉会要》目录及一、二、三，三卷，刊印装潢与前得《西汉会要》残本了无异别，此书合刊于宋，合印于元。自清内阁归图书馆，为人窃出，流入厂市，遂并购之。书中宋讳多不缺笔，惟"桓"

---

1 《寒云日记》，第 157 页。

2 《寒云日记》，第 160 页。《寒云日记》所记购书日期与此书中跋文日期不合，不详何故。

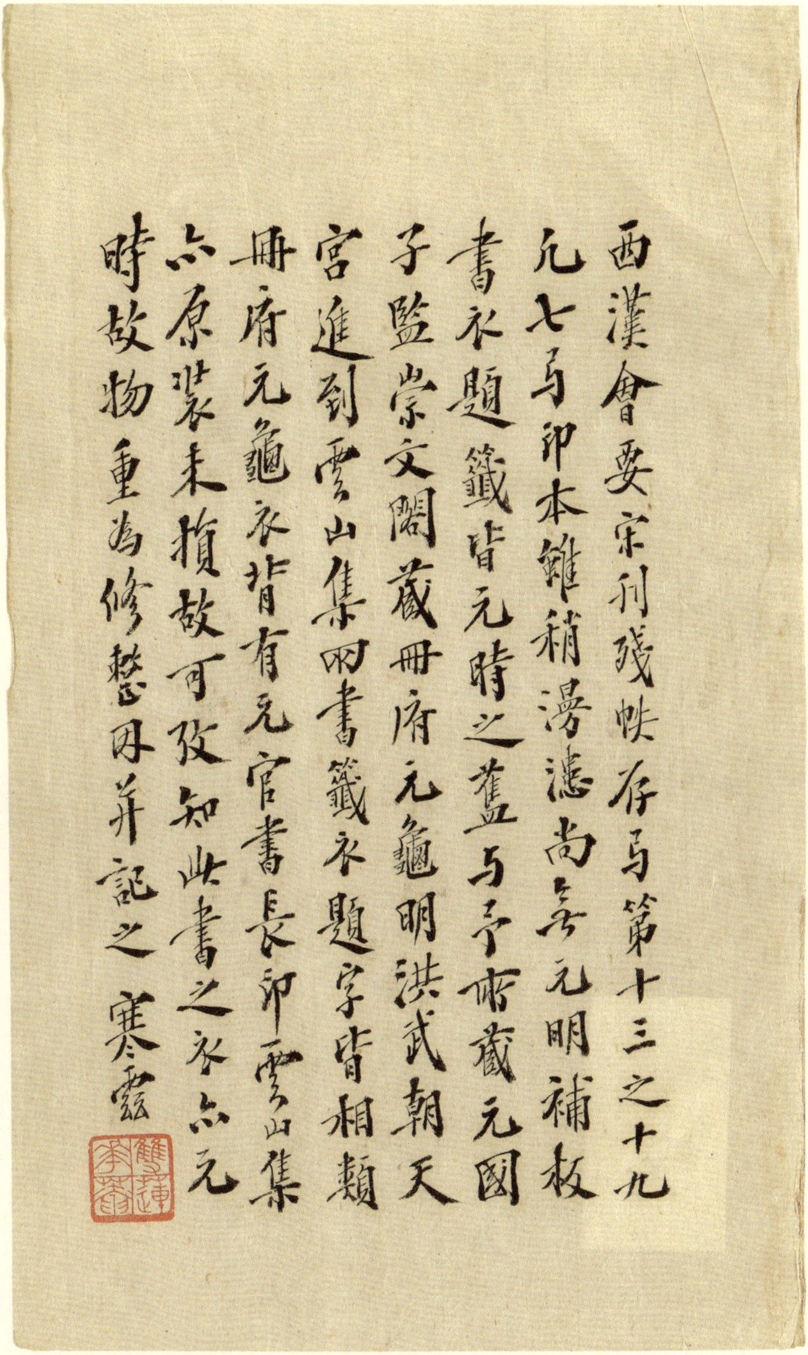

西漢會要宋刊殘帙存馬第十三之十九
凡七馬印本雖補湊慮尚寄元明補板
書衣題籤皆元時之舊与予所藏元圀
子監崇文閣藏冊府元龜明洪武朝天
宮進到雲山集四書籤衣題字皆相類
冊府元龜衣背有元官書長印一雲山集
六原裝未損故可攷知此書之永為元
時故物重為修整丹并記之　寒雲

宋嘉定八年建宁郡斋刻元修本《西汉会要》袁克文跋

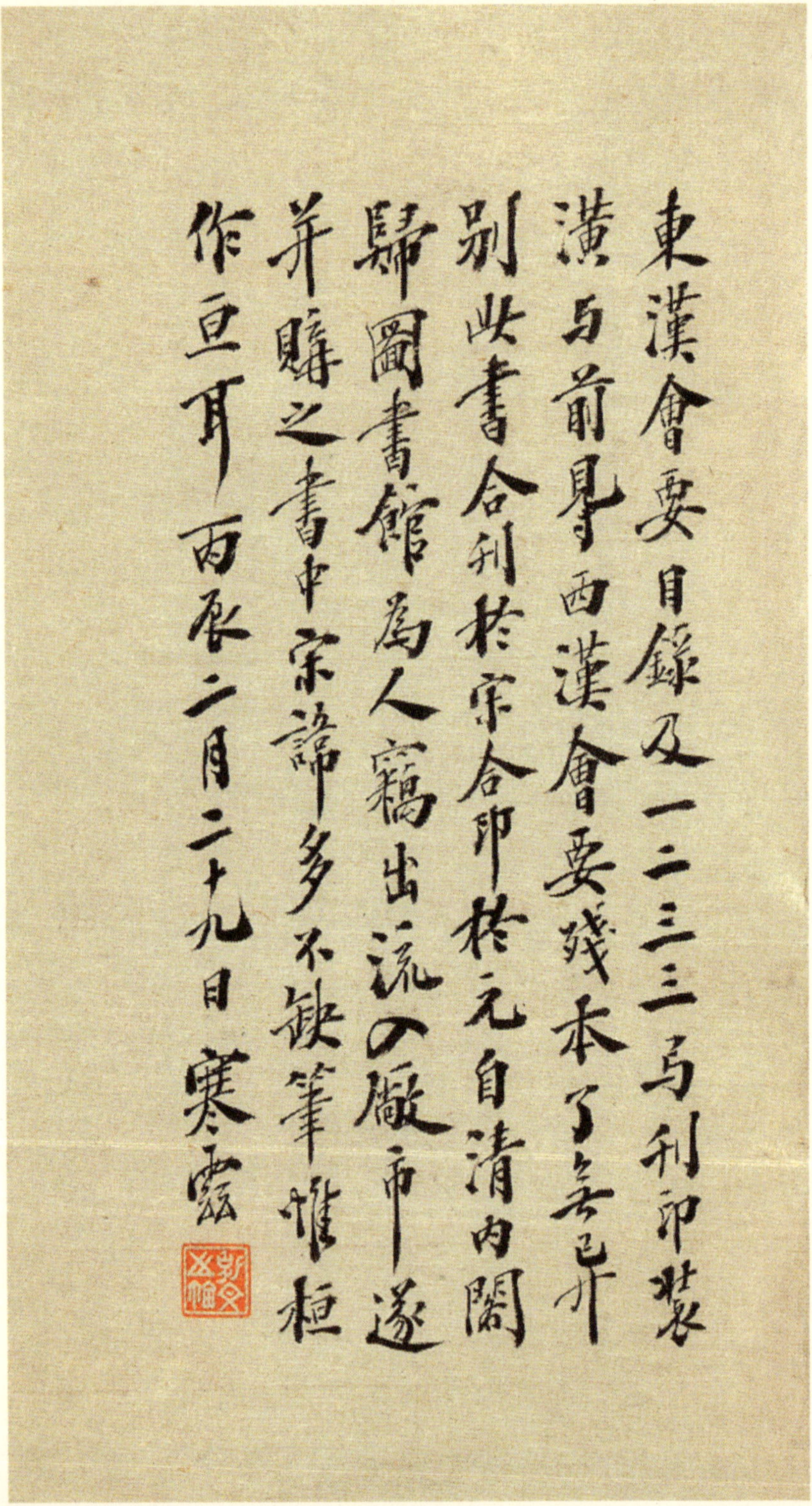

東漢會要目錄及一二三与刋印裝
漢与前畢西漢會要殘本了吾已升
別此書合刋於宋合印於元自清內閣
歸圖書館為人竊出流入廠而遂
并蹯之書中宋諱多不缺筆惟桓
作亘耳 丙辰二月二九日寒霧

宋宝庆二年建宁郡斋刻本《东汉会要》袁克文跋

作"亘"耳。丙辰（1916）二月二十九日，寒云。（下钤"克文之钵"白文方印）

是书卷端题"东汉会要卷第一"，次行题"奉议郎武学博士臣徐天麟上进"。钤有"克文之钵""臣印克文""侫宋""上第二子""寒云庐""双莲华菴"等印鉴。几年后，袁克文将两汉《会要》转让潘宗周宝礼堂 [1]。建国后，潘氏后人潘世兹捐献国家，入藏今国家图书馆。

两汉《会要》为南宋徐天麟先后撰成。徐天麟，字仲祥，临江（今属江西）人。南宋开禧元年（1205）进士。其生平事迹附见《宋史·徐梦莘传》。宋楼钥《攻媿集·西汉会要序》云："徐思叔为《左氏国纪》，其兄秘阁商老为《北盟录》。已而，思叔之子孟坚，著《汉官考》；次子仲祥，又作《汉会要》。"

《西汉会要》仿照《唐会要》之体，取《汉书》所载典章制度见于纪、志、表、传者，以类相从，分门编载；其无可隶属者，又依唐苏冕旧例，以《杂录》附之。是书分十五门，共三百六十七事，对研究西汉王朝的典章制度及其演变，有一定参考价值。宋嘉定四年（1211），《西汉会要》七十卷著成，时任抚州教授的徐天麟将《西汉会要》具表进呈朝廷。其后，徐天麟官武学博士时，又著《东汉会要》四十卷，体例与《西汉会要》相同，所列亦十五门，分三百八十四事。《西汉会要》不加论断，而《东汉会要》则沿用苏冕《驳议》之例，间附以案语，或杂引他人论说。

《西汉会要》进呈四年之后，建宁郡斋将其锓梓刊行，传诸后世。每半叶十一行，行二十字，白口，左右双边。版心上记字数，下记刻工姓名，如余岩、范云、范志、连于、叶涣等人。卷端题"西汉会要卷第几"，次行题"从事郎前抚州州学教授臣徐天麟上进"。其卷首宋宁宗嘉定八年李谌序云："谌闻徐氏《西汉会要》久矣，兹辱奏院公贻书，此其介弟总干所传录经进别本，俾刊于郡斋，嘉定乙亥春巨野李谌书。"据《康熙建宁府志》，宋嘉定年间，李谌任建宁知府。

《西汉会要》刊行十年之后，即南宋宝庆二年，《东汉会要》亦由建宁郡斋梓行传世。其行款与《西汉会要》相同，版心上记字数，下镌

[1] 《张元济古籍书目序跋汇编》上册《宝礼堂宋本书录》，第242—243页。

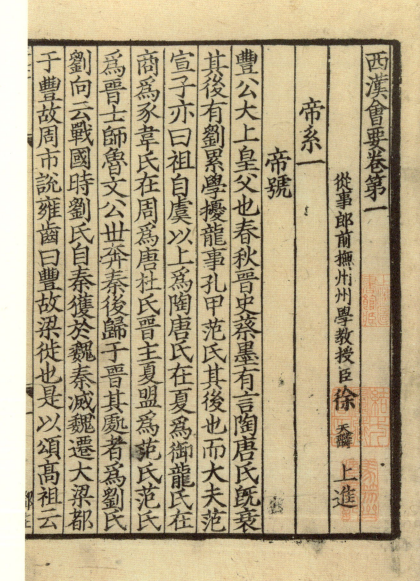

西漢會要卷第一

從事郎前撫州州學教授臣徐天麟上進

帝系一

帝號

豐公大上皇父也春秋晉史蔡墨有言陶唐氏既衰其後有劉累學擾龍事孔甲范氏其後也而大夫范宣子亦曰祖自虞以上為陶唐杜氏在夏為御龍氏在商為豕韋氏在周為唐杜氏晉主夏盟為范氏范氏為晉士師魯文公世奔秦後歸于晉其處者為劉氏劉向云戰國時劉氏自秦獲於魏秦滅魏遷大梁都于豐故周市說雍齒曰豐故梁徙也是以頌高祖云

宋嘉定建宁郡斋刻元明递修本《西汉会要》

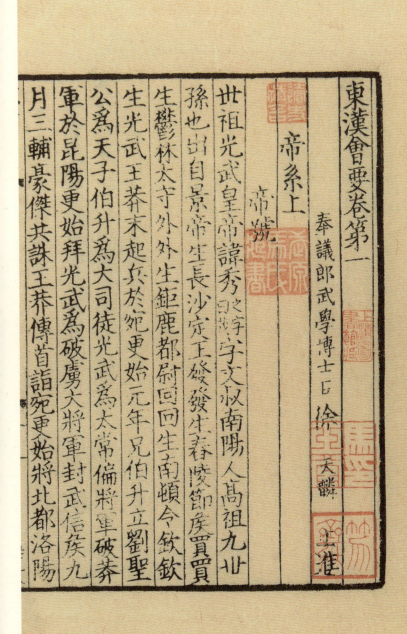

東漢會要卷第一

奉議郎武學博士臣徐天麟上進

帝系上

帝號

世祖光武皇帝諱秀，字文叔，南陽人，高祖九世
孫也，出自景帝生長沙定王發，發生舂陵節侯買，買
生鬱林太守外，外生鉅鹿都尉回，回生南頓令欽，欽
生光武。王莽末，起兵於宛。更始元年，兄伯升立劉聖
公爲天子，伯升爲大司徒，光武爲太常偏將軍，破莽
軍於昆陽，更始拜光武爲破虜大將軍，封武信侯。九
月三輔豪傑共誅王莽，傳首詣宛。更始將北都洛陽

宋宝庆二年建宁郡斋刻本《东汉会要》

刻工姓名，如丁和、占明、共文、余秀、余武、余嵩、吴元、吴圭、胡明、翁正、陈元、陈至、陈明、华文、庄奉、刘生、刘右、刘永、刘洪等人。涵芬楼旧藏有此书同版，其卷首宝庆二年叶时序云：

> 唐治不过两汉。唐有会要，汉乃阙而未备。武学博士徐君仲祥汇集两汉事，各为会要一书。会要有书，则两都之制度典章散在纪传表志间者，皆易于参考。既于治道不为无补，加惠后学，亦非鲜浅。前郡侯已刊《西汉会要》于郡斋。逾十年，东汉事会粹始就，仲祥父子伯仲俱刻意史学，各有书行于世。仲祥此书尤有益于世用，其用志亦笃矣，并锓木以广其传。宝庆丙戌良月朔古栝叶时书。 **❶**

清代乾隆年间纂修《四库全书》，收录两汉《会要》，均出自钞本。据《四库全书总目》载，《西汉会要》七十卷为浙江汪启淑家藏本；《东汉会要》四十卷为浙江范懋柱家天一阁藏本。四库馆臣可能未见宋刻本，《四库全书总目·东汉会要》云"其书世所传者皆据宋本传钞，第三十七、三十八两卷全阙，三十六、三十九两卷亦各佚其半。无可考补，今亦并仍之焉"。此袁克文旧藏宋刻《西汉会要》与《东汉会要》均为蝴蝶装，曾为元代内廷官书，尚存宋代装帧旧式，弥足珍贵。明代入藏晋王府敬德堂，书中首叶钤有"晋府书画之印"，尾叶钤有"敬德堂图书印""子子孙孙永宝用"等印记。

---

❶ 详见国家图书馆藏宋宝庆二年（1226）建宁郡斋刻本《东汉会要》。

元至正刻本《通鉴总类》

北宋司马光《资治通鉴》集历代治乱兴衰于一书，一千三百多年之事，了然在目。然士人多嫌其浩繁而不能通读。因此后人多有释读、节略之书问世，如江贽《少微通鉴节要》、袁枢《通鉴纪事本末》、朱熹《资治通鉴纲目》、陆唐老《增节音注资治通鉴》、王应麟《通鉴地理通释》等，沈枢《通鉴总类》亦其中之一。袁克文旧藏善本中有此书，书中有其跋文云：

> 《通鉴总类》原二十卷，宋沈枢撰。嘉定中刊于潮阳，元至正癸卯复刻于苏州。行格皆同，惟元刊版心无字数，书中有圈句耳。此残本当即嘉定原刊。潮阳僻处海隅，故刊刻不甚精严，讳字多有不避，而字体浑整，决非元刊必矣。卷中偶有补叶，亦结体方健，当出于宋末元初间也。乙卯（1915）九月，寒云。

据《安吉州志》，沈枢，字持要，德清（今浙江湖州）人，绍兴间进士，官太子詹事光禄卿，谥宪敏。沈氏撷取《资治通鉴》所载君臣、人物、功业、论议、筹谋、制作等各以类聚，条分缕析，分为二百七十馀门，编次成书。此本卷首嘉定元年（1208）楼钥序云：

> 《资治通鉴》，不刊之书也，司马公自言精力尽于此书，而士夫鲜有能遍读者。……故詹事光禄沈宪敏公，少而耆学，晚益不倦，扬历中外，入从出藩，年登九秩，神明不衰。素无声色之奉，形清气和，望之如神仙然。既挂衣冠，向来功名政事付之昨梦，

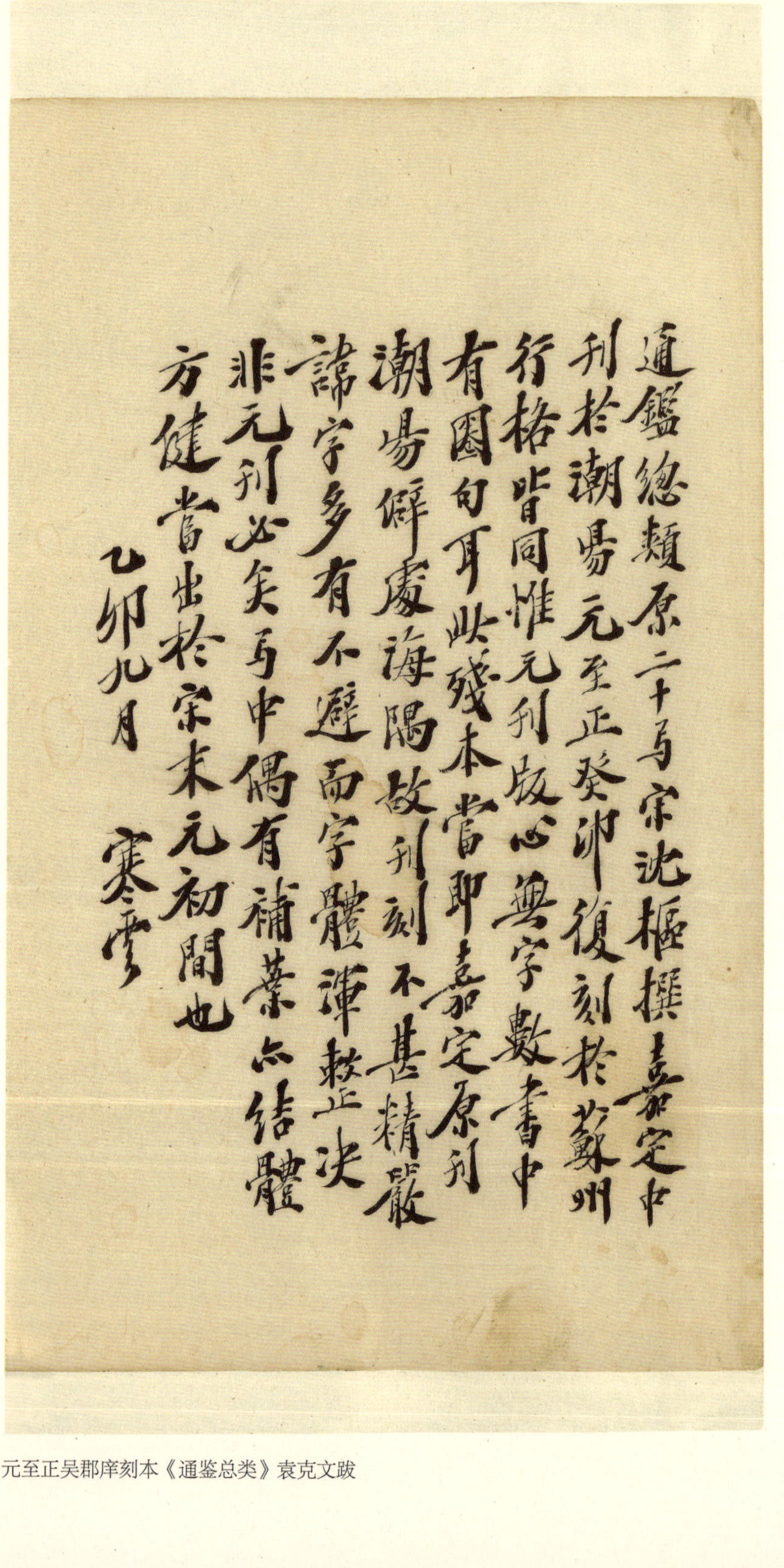

通鑑總類原二十卷宋沈樞撰嘉定中
刊於潮陽元至正癸卯復刻於蘇州
行格皆同惟元刊版心與字數書中
有圈句耳此殘本當即嘉定原刊
潮陽僻處海隅故刊刻不甚精嚴
諸字多有不避而字體渾朴止決
非元刊必矣与中偶有補葉点結體
方健當出於宋末元初間也
乙卯九月　寒雲

元至正吴郡庠刻本《通鉴总类》袁克文跋

治世門

漢高祖規摹弘遠

初高祖不脩文學而性明達好謀能聽自監門戍卒見之如舊初順民心作三章之約天下既定命蕭何次律令韓信申軍法張蒼定章程叔孫通制禮儀又與功臣剖符作誓丹書鐵契金匱石室藏之宗廟雖日不暇給規摹弘遠矣

父老見漢世祖喜稱復見漢官威儀

更始元年冬十月更始將都洛陽以劉秀行司隸校尉使前整脩宮府秀乃置僚屬作文移從事司察一如舊章時三輔吏士東迎更始見諸將過皆冠幘而服婦人衣莫不笑之及

元至正刻本《通鑒總類》

而笔力劲敏，不减少年书生。取司马公所著，各以事类编之，为二百七十一门，首曰治世、曰知人，终曰辩士、曰烈妇，而后自战国以迄五代，一千三百馀年之事，汇聚昈分，粲然易见，繁词细故，悉删去之。古所谓耄期称道不倦者，其公之谓乎！公之季子守潮阳，欲锓版以广其传，以承先公之志，俾钥序之。钥晚出试郡永嘉，实守萧规以自免于戾。荷公忘年定交，知予甚厚，又与公之子都官洎永州昆仲游，为书卷首，以示后之君子，使知前辈之学问云。嘉定元年仲冬朔旦四明楼钥序。

从序中知此书为沈枢年高辞官返乡后撰成。查《宋史·楼钥传》，楼钥于孝宗淳熙年间出知温州，楼、沈二人忘年定交当在此时。楼作序之时即嘉定元年，沈枢已经故去，距其官永嘉之时已二十馀载。沈氏季子守潮阳时，为成先公之志，将此书锓版梓行，并请楼钥为之序，以期流传于世。此嘉定元年潮阳刻本，是为《通鉴总类》初刻之本。

元至正年间，此本流传日渐稀少，浙江行省重刊，周伯琦《通鉴总类叙》云：

……宁宗朝詹事沈宪敏公潜心史学，以引年馀力，撅《通鉴》所载君臣、人物、性行、功业、论议、筹谋、制作事为各以类聚，条分贯秩，为门二百七十有一。……是书锓梓于潮阳，数千里之外，世亦罕见。今江浙行中书省左丞海陵蒋公德明分省于吴，偶购得之，遍阅深玩，嘉其编次有益于治。意谓积岁弗靖，兵燹所被，无不荡然，非广其传，必致泯没，遂命郡庠重刻之，以行于世。而都事钱君逵请予文，以表章之。夫经籍邃奥，史册浩夥，简撮精密，莫若《通鉴》，离析明切，莫若《总类》。习《通鉴》，以识体要；究《总类》，以备遗忘。正己治人，择善而从，进德修业，居易以俟，将见树立事功，抗美于古昔之明哲者矣。蒋公得是书，不私其有，而以公天下为心，则于稽古考文岂小补哉。《书》曰："人求多闻，时惟建事"，君子未有不师古而能有为者也。故述其所由使知发明是书者，自蒋公始。至正二十三年（1363）岁在癸卯秋七月既望，前太史知制诰鄱阳周伯琦叙。

知浙江行省左丞海陵蒋德明守吴郡时，偶得潮阳刻本，惜其罕传，故令郡庠重梓行世。此即至正二十三年刻本，故此书版本应著录为"元至正二十三年蒋德明吴郡庠刻本"**❶**。

《铁琴铜剑楼藏书目录》卷一〇著录此书同版**❷**，并云："元至正癸卯复刻于苏州郡庠，前有周伯琦序。"即是说此书在铁琴铜剑楼时，周序尚存，今周序已佚。国家图书馆藏杨氏海源阁旧藏之本与此同版，《楹书隅录》误以为"此本犹是嘉定初宪敏季子守潮阳锓板之原帙"**❸**。《天禄琳琅书目后编》卷四著录此书三部宋刻**❹**，"称为潮阳初刻，实际都是元平江路重刻的，原书周伯琦序被人撤去，故有此误"**❺**。王文进《文禄堂访书记》亦著录此书宋本，云：

> 宋潮阳刻本。半叶十一行，行二十三字，线口，板心刊门类，上记字数，下记刊工姓名。平江张俊刊、夫、陈仁、王、赵、可、原。嘉定七年楼钥序。**❻**

然据版心刻工"平江张俊"，"平江即元平江路（今苏州），正是重刻之地，即此亦足以令人怀疑这是至正平江路重刻本了"**❼**，换言之，此数部所谓"潮阳刻本"实为元至正二十三年刻本。

袁克文旧藏此残本卷四，亦与前数部同一版本，即元至正二十三年吴郡庠刊本。半叶十一行，行二十三至二十四字，细黑口，左右双边。卷首题"通鉴总类卷第四"。版心下镌刻工有芦显、元、傅、夫、可、赵等。袁氏本周叙脱，书衣有袁克文朱笔题签，"《通鉴总类》，宋刊。后百宋一廛重装"，卷末跋语误定此本为"嘉定原刻"。书中钤有"臣印克文""上第二子""佞宋""寒云鉴赏之钵""与身俱存亡""后百宋一廛""寒云秘笈珍藏之印"等印鉴。袁氏书散，此本为南海潘宗周宝礼堂购藏。张元济《宝礼堂宋本书目》著录云，"《四库提要》称'嘉定中锓版，潮阳楼钥为之序'，此为宋刻，殆即潮阳刊本"**❽**，亦误题宋刻。建国后，潘氏后人潘世兹捐献国家，入藏今国家图书馆。

关于通鉴类书，今上海图书馆藏宋刊《通鉴纪事本末》《通鉴纲目》亦曾经袁克文收藏。1915年八月十二日，袁克文从天津王氏书商处购

❶ 详见《中华再造善本总目提要》，第982—984页。

❷ 《铁琴铜剑楼藏书目录》卷一〇，第159—160页。

❸ 杨绍和《楹书隅录初编》卷二，第458页。

❹ 《天禄琳琅书目后编》卷四，第285页。

❺ 杜泽逊《文献学概要》第五章《文献的版本·版本鉴定》，中华书局，2001年，第149页。

❻ 《文禄堂访书记》卷二，第112页。

❼ 杜泽逊《文献学概要》第五章《文献的版本·版本鉴定》，第148—149页。

❽ 《张元济古籍书目序跋汇编》上册《宝礼堂宋本书录》，第236页。

宋宝祐赵与篡刻元明递修本《通鉴纪事本末》袁克文跋

得《通鉴纪事本末》四十二卷 **1**，宋宝祐五年（1257）赵与篡刻元明递修本。每半叶十一行，行十九字，小字双行同，白口，左右双边。书中袁克文手跋云：

> 《通鉴纪事本末》四十二卷，宋本第二刻，印于元延祐间者，即天禄续目中之第二部也。此书印本传世虽多，倭宋者原不斤斤于此耳。乙卯八月，寒云。（下钤"惟庚寅吾以降"朱文方印）

1918 年四月初七日，袁克文又购得《资治通鉴纲目》五十九卷 **2**，宋嘉定十四年（1221）庐陵刻本，卷五六末有其题款云："戊午（1918）初夏购自倭估田中氏，时客都下，寒云。"此本每半叶八行，行十五字，

---

1 《寒云日记》，第 147 页。
2 《寒云日记》，第 177 页。

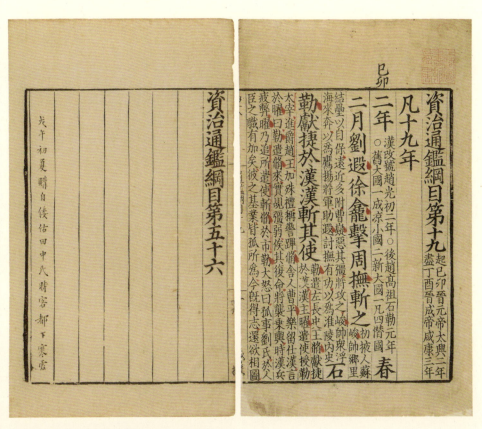

宋嘉定庐陵刻本《资治通鉴纲目》袁克文题款

小字双行二十二字。左右双边，白口，版心下有字数及刻工姓名。袁克文在《寒云日记》中赞曰："刊印精绝，楮墨尤佳，宋椠中之上乘。"[1]

[1] 《寒云日记》，第177页。

莲华精舍中的清净

子部藏书题跋

　　1915 年三月，袁克文从海王邨装书工人魏书衡处，以九百银元购得七卷本《妙法莲华经》[1]。1915 年九月，袁克文又得八卷本《妙法莲华经》。一年之中，袁克文喜得双璧，叹为人间奇宝[2]，并以"莲华精舍""双莲华盦"为其藏书室名，且刻石制印。"是乘微妙，清净第一，于诸世间，为无有上。"[3] 无意于政治争斗的袁克文，想求得清净心，制"满足清净""无垢"印记以明心迹。1929 年三月，袁克文应天津大华饭店老板之请，为其饭店题字亦云"满足清净"[4]。两年之后，1931 年二月，袁克文驾鹤西去，得到了永久的清净。

---

[1] 《寒云日记》，第 136 页。
[2] 《寒云日记》，第 150 页。
[3] 详见《妙法莲华经》卷二。
[4] 袁家楫口述《我的父亲袁克文》，项城市政协编《百年家族——项城袁氏家族资料汇辑》，河南大学出版社，2012 年，第 432 页。

宋刊《纂图互注荀子》

　　"纂图互注"与"监本纂图重言重意互注""监本附音"等类似题名，均为宋人帖括之书 **❶**。此宋刻元明递修本《纂图互注荀子》二十卷，书中配有插图。每半叶十一行，行二十一至二十三字不等，小字双行二十五字，黑口，左右双边，左栏外有书耳，记篇名，间记卷数、叶数；偶有元刻补版之叶，栏外不记。卷端题"纂图互注荀子卷第一"。书中讳字有匡、筐、恒、贞、徵、树、慎、敦、敬等，皆缺末笔。另有俗字如无、举、礼、齐、万等，当为坊刻之病。1915 年九月初一日，袁克文购得此书 **❷**，并撰有一跋：

　　《纂图互注荀子》为南宋建阳坊刻之一，传世者多元时覆刻。谓宋本惟天禄、平津有之，皆六子全书。天禄所藏未见流出，平津故物曾睹数种，即元覆本。予获其《冲虚》，以足成六子，视此宋刻流动精整，则判若霄壤矣。虽以此中补板较之，亦不能及。盖补板犹出于宋末，故刀法尚不失宋之规度。此虽当时帖括之书，而宋刻者颇罕。偶见于厂市，亟购置后百宋廛中。时乙卯（1915）秋月，寒云记于流水音。（钤"恖行"朱文方印）**❸**

　　书中钤有"佞宋""寒云鉴赏之钵""后百宋一廛""与身俱存亡""寒

---

❶ 关于"纂图互注"，参见上文经部"宋刻《纂图互注周礼》"篇相关内容。

❷ 《寒云日记》，第 148 页。

❸ "恖行"，古代吉语，此印疑为袁克文旧藏古玺。参见罗福颐主编《古玺汇编》，第 395—396 页，文物出版社，1981 年。

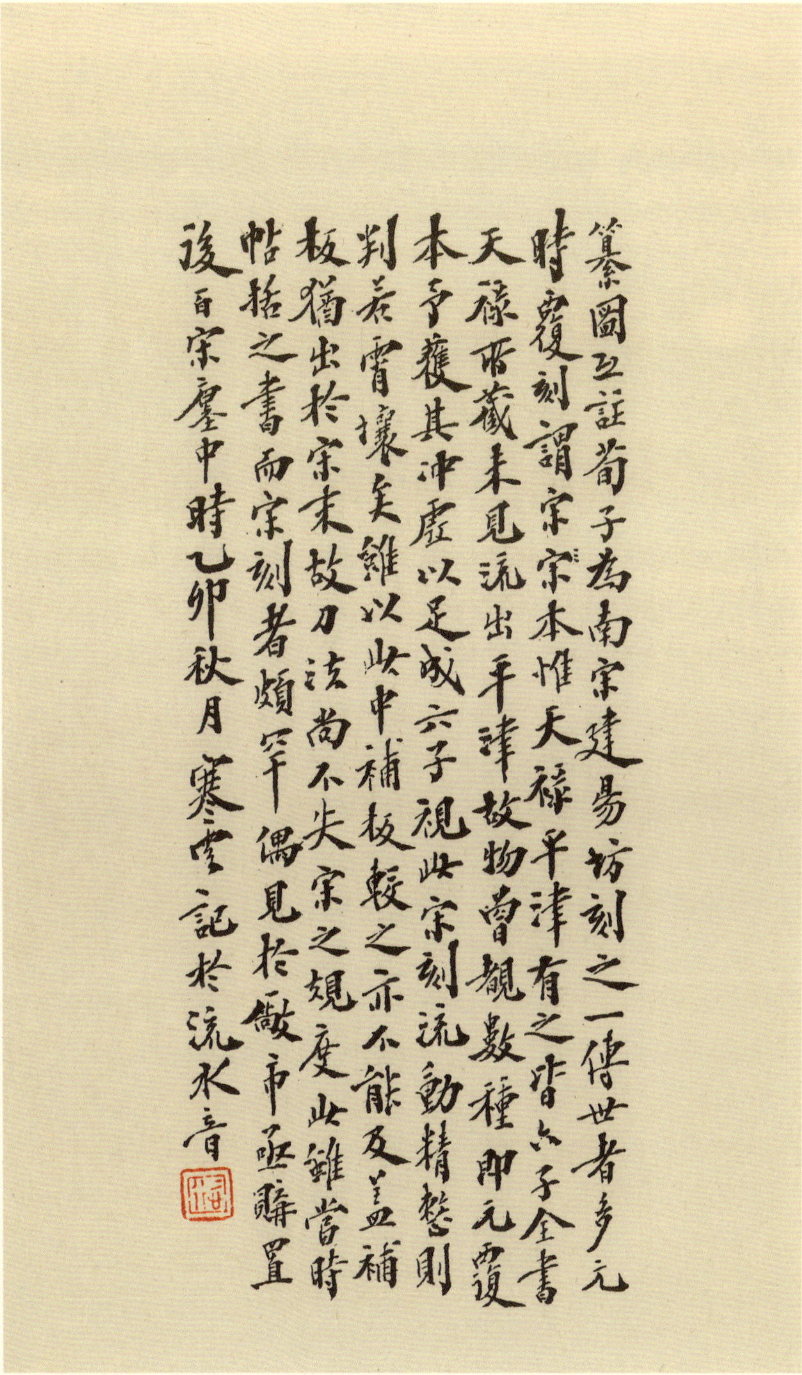

纂圖互註荀子為南宋建陽坊刻之一傳世者多元
時覆刻謂宋宗本惟天祿平津有之皆六子全書
天祿所藏未見流出平津故物曾覩數種即元覆
本予藏其沖虛以足成六子視此宋刻流勤精整則
判若霄壤矣雖以此中補板較之亦不能及蓋補
板猶出於宋末故刀法尚不失宋之規度此雖嘗時
帖括之書而宋刻者頗罕偶見於廠市亟購置
後百宋廛中時乙卯秋月寒雲記於流水音

宋刻元明递修本《纂图互注荀子》袁克文跋

云秘笈珍藏之印""寒云子子孙孙永保"诸印。几年之后，袁克文将其转让潘宗周宝礼堂，张元济《宝礼堂宋本书录》子部著录 **❶**。建国后，由潘氏后人潘世兹捐献国家，入藏今国家图书馆。

《纂图互注荀子》为南宋末年纂图互注四子之一，源自监本。国家图书馆藏宋刻十一行本《纂图互注扬子法言》宋咸序后有牌记六行云：

> 本宅今将监本九经四子纂图互注附入重言重意，精加校正，兹无讹缪，誊作大字刊行。务令学者得以参考，互相发明，诚为益之大也。建安谨咨。

其行款、字体与《纂图互注荀子》同。另藏有宋刻元明递修本《纂图互注南华真经》十卷，其行款与前两者相同。

诸子合刻始自宋代，南宋有"四子"，元代有"六子"，明代则有"五子""六子"。明代"五子"即《纂图互注南华真经》《冲虚至德真经》《纂图互注扬子法言》《纂图互注老子道德经》《中说》；或无《中说》，增加《纂图互注荀子》者。明嘉靖九年（1530），吴郡顾春世德堂亦刊刻"六子"，即《老子》《庄子》《列子》《荀子》《扬子》《文中子》，书中镌有"世德堂刊"四字。今《纂图互注老子道德经》二卷宋刻本未见传世，然元明时多有翻刻，如明刻《纂图互注老子道德经》，其行款版式与宋刻《纂图互注荀子》等三者基本相同 **❷**，且卷首有宋理宗景定元年（1260）龚士卨序，其源自宋刻无疑。

由上文可知传世元明翻刻"五子"中，或增入《冲虚至德真经》八卷，或增入《中说》十卷，然其书名前均未冠以"纂图互注"字样，疑《冲虚》《中说》二书为南宋以后新增入者，而冠以"纂图互注"四字之荀、扬、老、庄"四子"则为宋刊原有。前人或云"南宋已有纂图互注六子" **❸**，有待商榷。

---

❶ 《张元济古籍书目序跋汇编》上册，第 243—244 页。

❷ 宋刻为左右双边，明刻又有四周双边。

❸ 详见《藏园订补邵亭知见传本书目》卷七，第 479 页。

宋刊《伤寒明理论》

宋刻《伤寒明理论》残卷为清代怡亲王府旧藏，怡府书散，又经李之郇、刘履芬、黄彭年等人递藏；1915年六月和1916年初，袁克文先后两次购自贵筑黄氏 **❶**。书中钤有"安乐堂藏书印""怡府世宝""明善堂览书画记""宣城李氏瞿研石室图书印记""宛陵李之郇藏书印""江城如画楼""江山刘履芬彦清父收得""克文""皇二子"（白文、朱文二枚方印）"佞宋""寒云如意""侍儿文云掌记""寒云鉴赏之铢""寒云秘笈珍藏之印""后百宋一廛""与身俱存亡"诸印。几年之后，袁克文将其转让潘宗周宝礼堂 **❷**。建国后，潘氏后人潘世兹捐献国家，入藏今国家图书馆。

此本虽为残卷，袁克文以其原刊而甚宝贵之，题有两跋。其一：

> 《读书敏求记》云："《伤寒明理论》四卷，此书首尾断烂，序作于开禧改元，称成公，当乙亥、丙子岁，其年九十馀，则必生于嘉祐、治平之间。诚仲景之功臣，医家之大法。成公不知谁何？盖北宋时人也。"观此，则此本序及目录，均有割裂补缀之痕，非完书可知也。元明诸刻俱作三卷，附《伤寒论注》后。此本虽残，犹是当时原刊无疑矣。乙卯（1915）夏日，克文。（下钤"寒云小印"朱文方印）

---

❶ 《寒云日记》，第141、155页。
❷ 《张元济古籍书目序跋汇编》上册《宝礼堂宋本书录》，第248—249页。

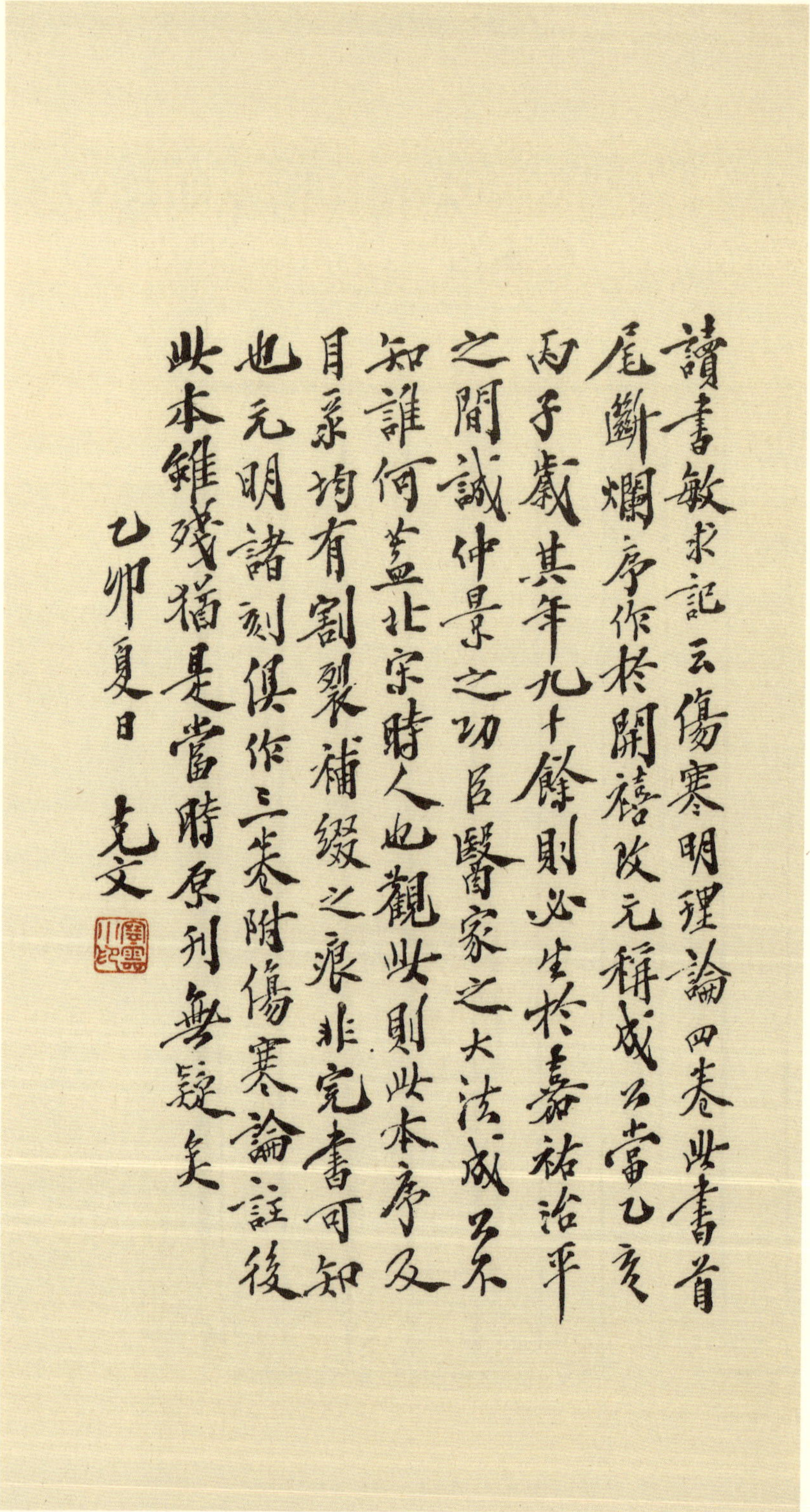

讀書敏求記云傷寒明理論四卷此書首
尾斷爛序作於開禧改元稱成於當乙亥
丙子歲其年九十餘則必生於嘉祐治平
之間誠仲景之功臣醫家之大法成矣不
知誰何蓋北宋時人也觀此則此本序及
目録均有割裂補綴之痕非完書可知
也元明諸刻俱作三卷附傷寒論註後
此本雖殘稿是當時原列無疑矣
乙卯夏日　克文

宋刻本《伤寒明理论》袁克文跋一

其二：

上册为宋时原刊，下册当是从别本钞补，已非四卷之旧，故将前序目录削改，以就下册。后来覆刻，皆终于"劳复第四"，一卷不复可见，而脱讹纷纭，尤属憾事。据此可以矫失正误，虽残亦足快已。此书获自湘南黄氏，先得上册，后于厂市遇下册，亟购以归。原装依然，可知残之由来久矣。寒云再记。

是书作者成无已（约1063～1156），约生于北宋嘉祐、治平年间，宋金时期著名医学家，山东聊摄（今属山东）人。后聊摄为金所占，遂成金人。曾全面注解张仲景《伤寒杂病论》，撰成《注解伤寒论》，并撰《伤寒明理论》，进一步阐发张仲景之说。成氏好友亦是当时医学名家的严器之曾为其二书作序。此宋刻残本《伤寒明理论》卷首有严序，其末署"岁在壬戌八月望日锦帻山严器之序"。每半叶十行，行二十字，白口，左右双边。卷端题"伤寒明理论第一"，下题"聊摄成无已"。《伤寒明理论》卷三、《方论》一卷均为钞配。《方论》卷末钞配有开禧元年（1205）张孝忠后序，并有牌记"景定辛酉建安庆有书堂新刊"二行，知《方论》当是据景定二年（1261）建安庆有书堂刻本钞配。张序云：

右《注解伤寒论》十卷，《明理论》三卷，《论方》一卷，聊摄成无已之所作。自北而南，盖两集也。予以绍熙庚戌岁入都，传前十卷于医者王光廷家。洎守荆门，又于襄阳访后四卷，得之望闻问切治病处方之要，举不越此。……士大夫宦四方，每病无医。予来郴山，尤所叹息，欲示之教，难于空言。故刊此书，以为楷式，使家藏其本，人诵其言，夭横伤生庶乎免矣。成公当乙亥（1155，绍兴二十五年）丙子（绍兴二十六年）岁，其年九十馀，则必生于嘉祐、治平之间。国家长育人材，命医立学，得人之效，一至于此，则天下后世，凡所谓教养云者，可不深加之意也。夫开禧改元五月甲子，历阳张孝忠书。❶

由张序可知，开禧元年有张氏郴山刻本，《注解伤寒论》《伤寒明理论》与《伤寒论方》三者当是同时刊刻。按，文渊阁《四库全书》

---

❶ 宋刻本《伤寒明理论》，国家图书馆藏。

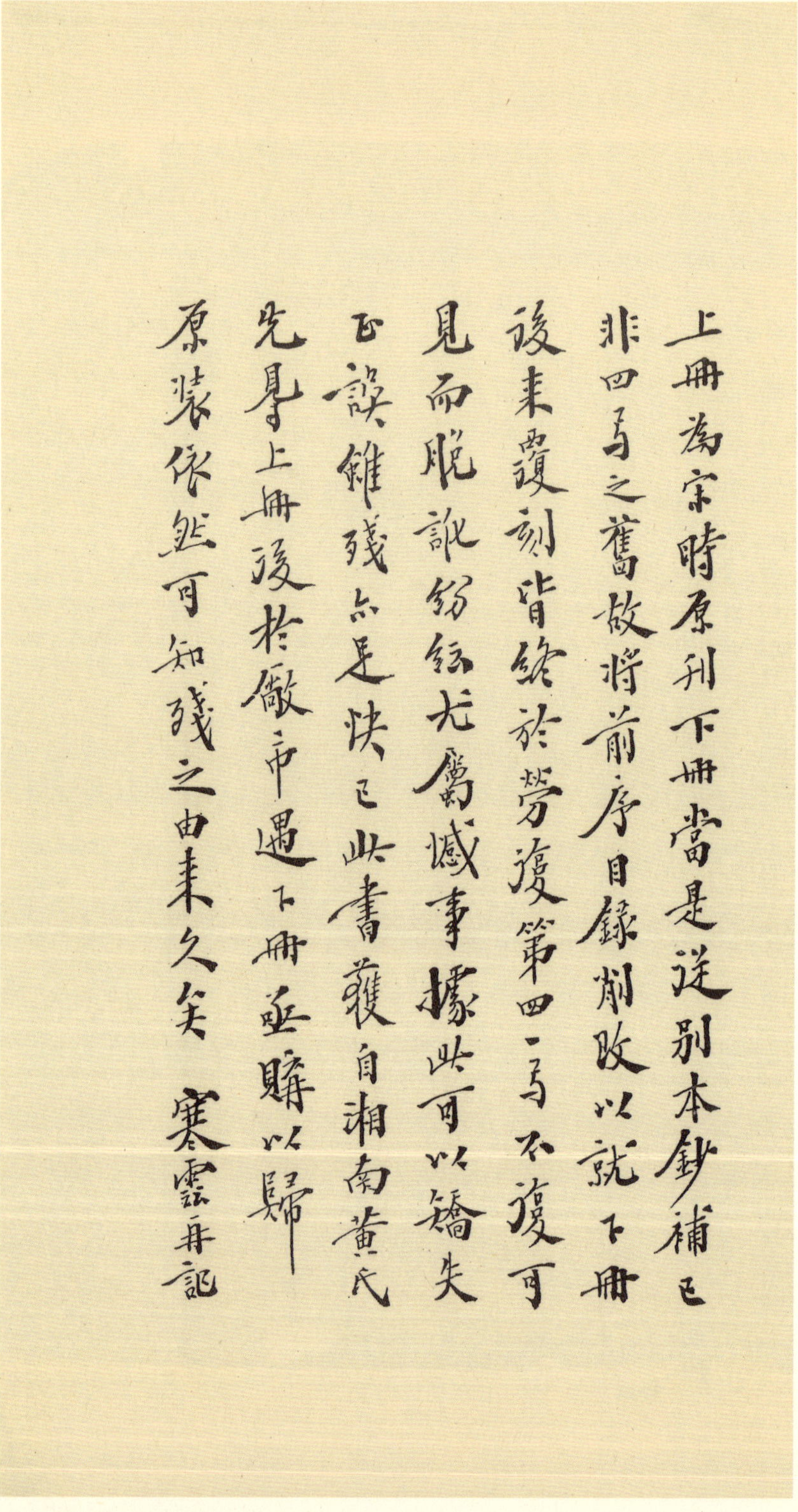

上冊為宋時原刊下冊當是迻別本鈔補已
非四馬之舊故將前序目錄削改以就下冊
後來覆刻背終於勞瀆第四馬不復可
見而脫訛紛錯尤屬憾事據此可以矯失
正誤雜殘點定快已此書覆自湘南黃氏
先弟上冊後於厰市遇下冊亟購以歸
原裝依然可知殘之由來久矣　寒雲再記

宋刻本《伤寒明理论》袁克文跋二

傷寒明理論第一

發熱第一　　聊攝成無已

傷寒發熱何以明之發熱者謂怫怫然發於皮膚之間焰焰然散而成熱者是也與其潮熱若同而異與其煩躁相類而非煩躁者也潮熱之熱有時而熱不失其時寒熱之熱寒已而熱相繼而發至於發熱則無時而發也有謂翕翕發熱者有謂蒸蒸發熱者此則輕重不同表裏之區別矣所謂翕翕發熱者謂若合羽所覆明其熱在外也故與桂枝湯發汗

宋刻本《伤寒明理论》

电子版作"伤寒论方",与张序"《论方》一卷"合。《四库全书》子部医家类收入成氏此三书,曾为内府藏本。今卷四钞配题作"伤寒明理方论",疑钞者笔误。

国家图书馆藏元刻《注解伤寒论》卷首亦有严序,序末署"时甲子中秋日洛阳严器之序"。两处严序均不署年号。据张元济考证,壬戌即南宋绍兴十二年(1142);甲子即南宋绍兴十四年(1144)。当时洛阳已经陷落,严氏两序均不署年号,疑为遗民故国之情。《爱日精庐藏书志》有影写金刻本《伤寒论注解》,书中大定壬辰王鼎后序中云"《明理论》一编,十五年前已为邢台好事者镂板,流传于世"。张元济据此考证,绍兴二十七年(1157)邢台刊本当是此书第一刻本。开禧元年,张孝忠刊于郴山之本,是为此书第二刊本。之后五十七年,即景定辛酉庆有书堂重刊本,当为此书第三刻本。此残本前两卷书法刀工与建安刻本相去甚远,故前两卷与钞配建安刻本二卷不相匹配。此本严序"始于发热终于劳复,凡五十篇",其中"劳复"二字及"五"字均有剜改补缀痕迹,目录中第三卷一行及十四篇之目次亦经割裂补写。故此,张元济认为邢台初刻之本原分四卷,不止五十篇,《伤寒明理方论》附其后,不列卷次。此配补之《伤寒明理方论》卷端下并未题"第四"二字,可为一证。至景定重刊之际第三卷已佚失,便以《伤寒明理方论》凑成四卷,以合张孝忠跋中所言[1]。

---

[1] 以上关于《伤寒明理论》版本考证详见《张元济古籍序跋汇编》上册《宝礼堂宋本书录》,第248—249 页。

清鲍廷博钞本《一角编》

鲍廷博手钞本《一角编》[1]，半叶九行，行十九字，无格。书衣为杨溆题字"一角编，鲍渌饮先生手书，梅庵珍藏"，下署"壬辰闰九月杨溆题"，并钤"溆"朱文方印。扉页附有"知不足斋主人渌饮先生遗像"[2]，下署"壬辰十月吴江杨溆题"，并钤有"龙石"朱文长方印。画像右边栏外钤"吴昌绶印"白文方印、郑文焯"石芝西堪题记"白文方印、赵元方之"钫"朱文方印。左下角钤袁克文"三琴趣斋珍藏"朱文长方印。另有章钰题赞：

> 从事校勘，与丹铅为缘。而犹署知不足斋之榜，以自志其拳拳。呜呼！劝书者众矣，畴则如先生之专？后有来者，一灯谁传？渌饮先生小像，后学长洲章钰谨赞。（钤"长州章钰"白文方印、"四当斋"朱文方印）

1916年正月，吴昌绶将此书赠与袁克文[3]。两月之后，袁克文展卷濡毫，题跋于书：

> 鲍氏钞书至夥，多唐宋人小集，间有手写序目，或自加批校，而手书之籍独罕。伯宛因予近获宋刊《挥麈三录》，有莹翁小像，随举此见贻，以其有渌饮小像，可以俪莹翁也。黄、鲍皆予所最钦慕者，今皆得瞻见颜色，真厚幸也。丙辰（1916）三月二十日识

---

[1] 鲍廷博，字以文，号渌饮，清代藏书家、刻书家。详见《藏书纪事诗》卷五，第526—529页。另见《文献家通考》上册，第332页。

[2] 详见马培洁《鲍廷博钞本〈一角编〉与鲍廷博画像》，《中国典籍与文化》2011年第四期，第105—108页。

[3] 《寒云日记》，第157页。

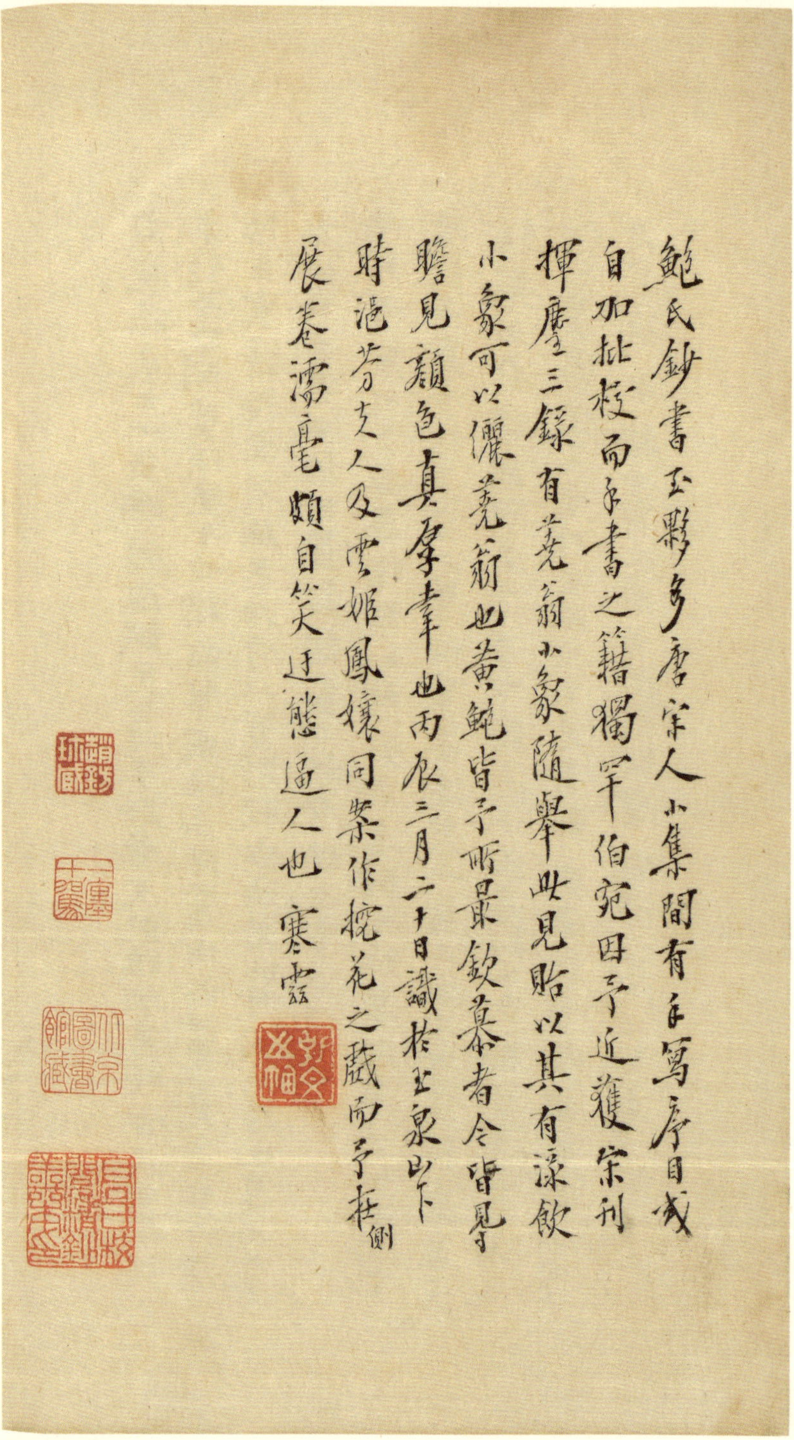

鮑氏鈔書玉聯多唐宋人小集間有手寫序目或
自加批校而手書之籍獨罕伯宛四予近獲宋刊
揮麈三錄有荛翁小象隨舉此見貼以其有涤歙
小象可以儷荛翁此黃鮑皆予所最欽慕者今皆見
瞻見顏色真厚幸也丙辰三月二十日識於玉泉山下
時泛芳支人及雲姬鳳孃同粲作挖花之戲而予拉伽
展卷濡毫頗自笑廷態遏人也　寒雲

清鮑廷博鈔本《一角編》袁克文跋

于玉泉山下。

时浥芬夫人及云姬、凤娘同案，作挖花之戏 **1**；而予在侧，展卷濡毫，颇自笑迂态逼人也。寒云。（下钤"克文之钵"白文方印）

据书中徐楙、郑文焯等人跋云 **2**，是册旧藏赵氏星凤阁，后归题红馆主人王氏梅庵珍藏。又经姚燮大某山馆、苏州桃花坞贝墉 **3**、吴重熹石莲闇收藏。后为吴昌绶所得。袁氏书散，此本为赵元方收得。书中另钤有"赵印辑宪""古杭王光祖印""藏于题红馆中""梅菴珍赏""古欢书室""甬東大某山馆姚氏金石书画图籍藏印""姚渔夫印""贝墉曾读""贝墉""石莲闇所藏书""重熹鉴赏""吴昌绶印""双照楼收藏记""章保世精鉴印""寒云""抱存""皇二子"（三枚不同形制）"三琴趣斋""流水音""双玉龛""刘妽""梅真侍观""梅真""赵钫珍藏""曾在赵元方家""无悔斋"诸印鉴。20 世纪 50 年代，赵氏转让北京图书馆一批旧藏善本，此本即在其中 **4**。

《一角编》作者周二学，字幼闻，号药坡，别号晚崧居士，浙江钱塘（今杭州）人，一说仁和人。主要活动在康熙、雍正两朝，乾隆初年卒。喜好收藏书画、碑帖；并精于鉴赏，洞晓装潢。另撰有《赏延素心录》《一粒粟赏》等。周氏家中藏书甚富，其将自藏书画中之佳品真迹编纂成册，名曰《一角编》。其云"一角"者，乃自比南宋画家马远之残山剩水 **5**，以未见元以前真迹为憾事。此书卷首雍正六年（1728）周氏自序云：

余鉴阅二十年，晋唐遗墨，稀于星凤，即宋元名品，亦罕得寓目。每叹足迹不出百里，故家收藏，复散落殆尽。苦心购求，得胜国人书画数十件，近始获《宝晋》册中赵集贤《兰亭》真迹，要愈于标

清鲍廷博钞本《一角编》

二三一

1 挖花：一种用纸牌或骨牌作赌具的博戏，源自唐代。
2 跋文详见《文禄堂访书记》卷三，第 174—176 页。
3 贝墉（1780—1846），字既勤，号简香、见香，又号定甫，袁廷梼之婿，江苏吴县人。喜好藏书及金石、书画，藏书处为千墨庵。详见《文献家通考》中册，第 680 页。
4 详见《冀淑英文集》，北京图书馆出版社，2004 年，第 384—385 页。
5 马远，字遥父，号钦山，出身于绘画世家，家学渊源深厚。他继承家学并吸收李唐画法，在构图取景上，一改五代、北宋以来的"全景式"绘画，善于小中见大，只取景物的一角以表现广大空间。人称"马一角"，鉴赏家多以马远的绘画为"残山剩水"，赞誉他的独特风格。马远绘画虽得自家传，然能独树一帜。与其齐名画家夏圭构图常取半边，焦点集中，空间旷大，近景突出，远景清淡，清旷俏丽，独具一格，人称"夏半边"。二人并称"马夏"。

書畫題跋

余鑒閱二十年晉唐遺墨稀於星鳳即宋元名
品亦罕得寓目每歎足跡不出百里故家收藏
復散落殆盡苦心購求得勝國人書畫數十件
近始獲寶晉冊中趙集賢蘭亭真蹟要愈於標
名烜赫瑙叔敖之優孟也此編辟言之馬家一角
方冀集成董巨大觀識者幸勿識眼福之薄
雍正戊申浴佛日仁和周二學書於晚菘草堂

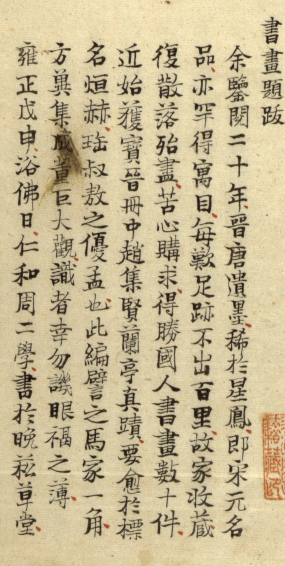

清鮑廷博鈔本《一角編》卷首作者自序

名烜赫，宝叔敖之优孟也。此编譬之马家一角，方冀集成董巨大观。识者幸勿讥眼福之薄。

书中收入周氏从康熙五十一年（1712）至雍正六年所得书画佳品，"随得随录，只记岁月为先后，不叙画人时代。编中书画俱纸白板新。凡纸敝墨渝者，即名迹，宁割爱不录。编中书画尺寸悉遵部颁丈量尺，俾鉴赏家知所循准。编中书画印章拙于篆法，未遑钩摹形制，只录其字样备阅"。**1** 《一角编》卷首丁敬序云："友兄周晚崧氏，砚田所入蓄书画百馀种，一一精订而手录之。体例虽仍乎《销夏》，而所录悉一己之藏，不阑入他氏一鳞片羽。至装潢亦纤屑具备，则为晚崧所独创。"

周氏将此数年所得书画分为甲、乙两册，从康熙五十一年（壬辰，1712）至康熙六十年（壬寅，1722）为甲册，末题"一角编甲册终"。自雍正元年（癸卯，1723）至雍正六年（戊申，1728）为乙册，末题"一角编乙册终"。雍正七年（己酉，1729）至雍正十一年（癸丑，1733）所购书画另入丙册，册末题有"雍正己酉、庚戌、辛亥、壬子、癸丑五年所购书画俟入丙册"字样。惜传世未见丙册，是周氏未及编撰成书，抑或早已佚失，存疑待考。

---

1 详见此书卷首周氏编撰凡例。

明钞本《书苑菁华》

《书苑菁华》为宋代书贾陈思所辑，与其《书小史》相辅而并行❶。《天禄琳琅书目后编》卷五误以陈思为陈起之父❷。据叶德辉考证，陈思仅"卖书开肆及自刻所著书，世行宋书棚本各书，于思无与"❸。此明钞本为晚明赵宧光旧藏，半叶十一行，行十九至二十一字不等，无格。卷首扉页魏了翁序右下角钤有"吴郡赵宧光家经籍"白文方印。至清代，此本又为大兴朱锡庚、贵筑黄彭年、国瑾父子收藏。1916 年一月十三日，袁克文购自贵筑黄氏❹。文中有朱笔校勘。卷首扉页背面有墨笔题签云"寒山赵凡夫校正"，其中"寒山赵凡"四字残，为袁克文补写，并于其左侧题跋云：

> 读朱少河跋，知"夫"上尚有四字，当是朱氏后收藏者不慎损去一角。苟无朱跋，见者又当聚讼纷纭，莫衷一是。予因憾其剥残，爰据朱跋，补填圆满，并记其后。时丙辰（1916）二月十五夜，寒云记于云合楼。（下钤"寒云主人"朱文长方印）

袁跋中所云"朱少河跋"，即此书中朱锡庚（字少河）跋，云：

首题"寒山赵凡夫校正"，是编于古人论书之语分体编次，

---

❶ 黄丕烈旧藏有宋刻《书小史》，详见《黄丕烈书目题跋·百宋一廛书录》，第 414 页。

❷ 《天禄琳琅书目后编》卷五，第 298 页。

❸ 《书林清话》卷二"南宋临安陈氏刻书之一"，第 39 页。关于陈氏父子刊书，详见《书林清话》卷二"南宋临安陈氏刻书之一""南宋临安陈氏刻书之二""宋陈起父子刻书之不同"，第 35—43 页。

❹ 《寒云日记》，第 156 页。

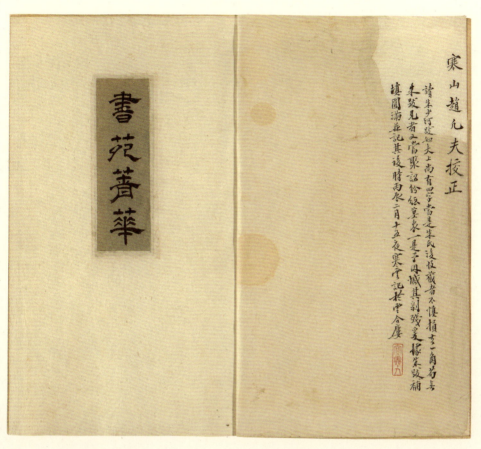

明钞本《书苑菁华》袁克文跋

凡三十二类一百六十馀篇，亦墨薮之类，而所收较为该博，亦较为芜杂，盖长短不相掩也。魏了翁为之序，称思为嗜书人，亦古来书贾中可传者也。辛巳（1821）九月十六日。

袁克文据朱跋补写残字。袁氏书散，此书入藏赵元方无悔斋。书中钤有"大兴朱氏竹君藏书之印""锡庚阅目""朱印锡庚""贵筑黄氏珍藏训真书屋""惟黄氏子孙世永保之""黄再同藏""一廛十驾""赵钫珍藏"诸印鉴。今藏国家图书馆。

《书苑菁华》传本颇多，乾隆时有三部采进四库馆[1]，《四库全书》所用底本为浙江汪汝瑮家藏本。《书苑菁华》收录古人论书之语

[1] 《四库采进书目》，第45、55、104页。

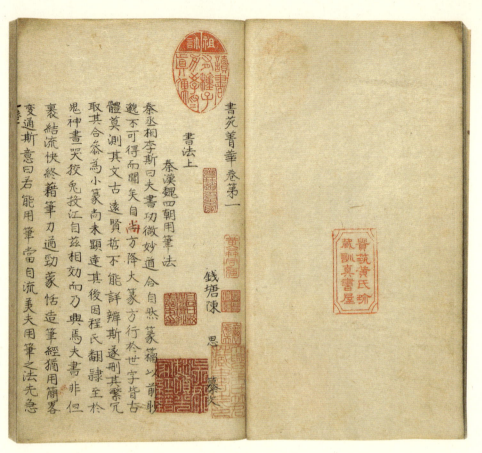

明钞本《书苑菁华》

一百六十馀篇，四库馆臣虽认为此书"以意主阅传，故编次丛杂，不免疏舛"，然瑕不掩瑜：

> ……自唐以来，惟张彦远《法书要录》、韦续《墨薮》采群言，而篇帙无多，未为赅备。其裒录诸家绪言，荟萃编排以资考订，实始于是编。《御定佩文斋书画谱》中论书一门，多采用之。虽思书规模草创，万不及后来之精密，而大辂肇自椎轮，层冰成于积水，其造始之功固亦未可泯焉。

国家图书馆藏有一部宋刻《书苑菁华》二十卷，半叶十一行，行二十字，白口，左右双边。为清宫天禄琳琅旧藏❶。卷首有魏了翁序，序中称"魏山翁题"。书中钤有"太上皇帝之宝""八徵耄念之宝""五

❶ 《天禄琳琅书目后编》卷五，第298—299页。

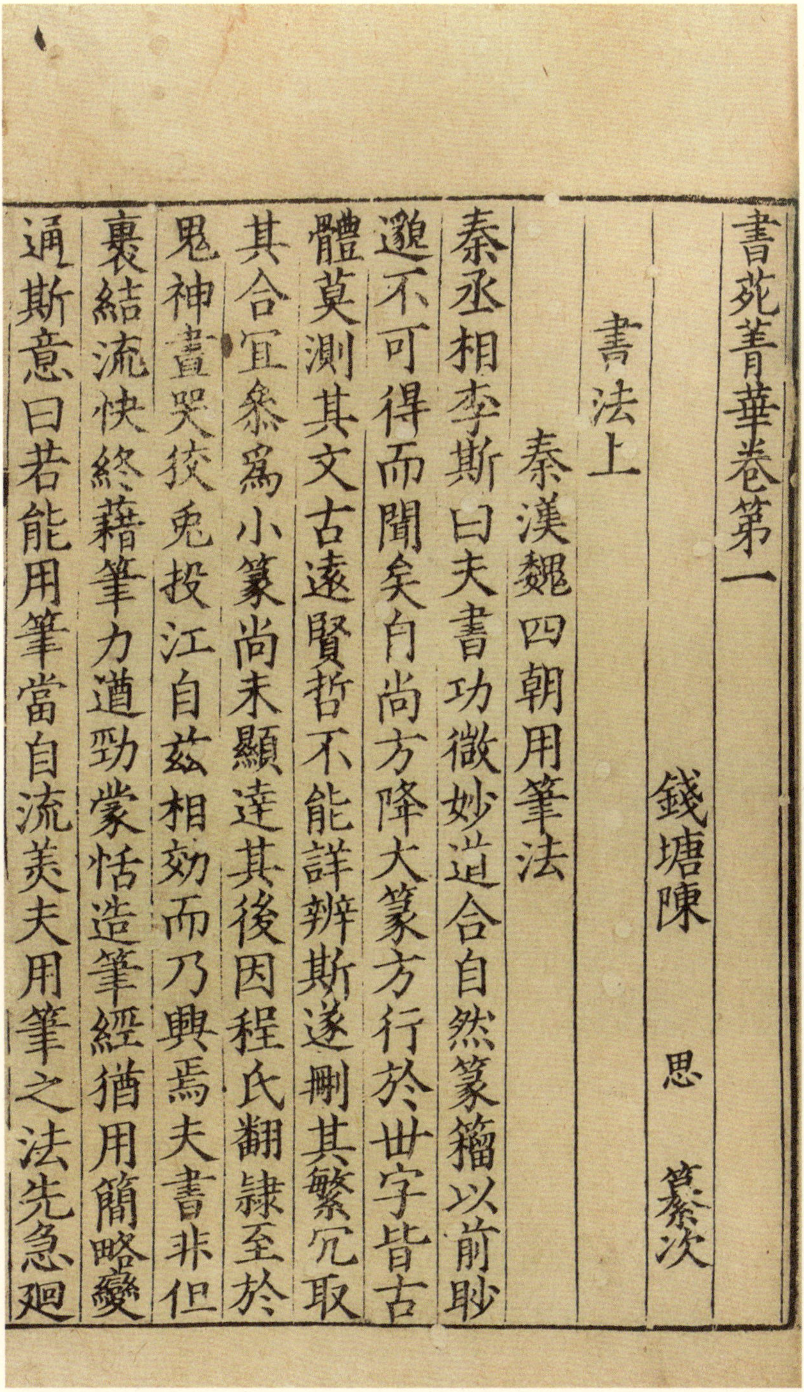

書苑菁華卷第一

書法上

錢塘陳　思　纂次

秦漢魏四朝用筆法

秦丞相李斯曰夫書功微妙道合自然篆籀以前眇

邈不可得而聞矣自尚方降大篆方行於世字皆古

體莫測其文古遠賢哲不能詳辨斯遂刪其繁冗取

其合宜㸑爲小篆尚未顯達其後因程氏翻隸至於

鬼神畫哭投江自茲相効而乃興焉夫書非但

裹結流快終藉筆力遒勁篆恬造筆經猶用簡略變

通斯意曰若能用筆當自流美夫用筆之法先急廻

宋刻本《书苑菁华》

福五代堂宝""乾隆御览之宝""天禄琳琅""天禄继鉴"诸印记。

另藏有三部钞本，其行款与宋刻相同，疑从宋本钞录，或至少源于宋本。其中明万历徐玄佐家钞本，即《铁琴铜剑楼藏书目录》著录旧钞本《书苑菁华》二十卷，书中钤有"铁琴铜剑楼"白文长方印。其卷端题"书苑菁华卷第一"，次题"钱塘陈思纂次"，钤有"徐印玄左""铁佛斋"两印。册末有明万历七年（1579）徐玄佐跋云：

> 《书苑菁华》其原本乃先君文敏公所遗，宋朝佳刻也。仲兄珍藏箧笥，宦游携行，已经三十年馀。近兄物故，犹子不暇捡阅，逐失去第十六卷至终一册，余甚惜之。复恐他日并其所有而亡，遂取过摹写，藏于斋阁。后闻五芝龚君亦有是书，且不吝假人，又得请归，续录完之。噫！凡物聚散得失，固有时也，亦由乎人也。今偶留心典籍，以全古人之书，以存先子遗书之意，岂不快哉！万历七年七月既望，东海徐玄佐谨识。（下钤"徐印玄左"白文方印）**1**

另有黄丕烈手跋云：

> 是书于秋间得之湖估，初不知其所自来，中有钦远猷印，则吴中故物也。末有神庙时人徐玄佐跋**2**，谓其先君文敏公所遗宋朝佳刻，从失去末册，后摹写，复赖别本续录完之，可谓勤矣。按徐文敏公者，讳缙，仕至少宰，王文恪公之婿，西洞庭人。今子孙不知若何，而公之谥号，犹藉后人珍重遗书，留于楮墨，不亦幸哉。己卯十月廿有六日雨窗，长梧子识。**3**

1 《铁琴铜剑楼藏书题跋辑录》卷三著录，上海古籍出版社，2006年，第160—161页。
2 神庙，即明神宗朱翊钧。明刘若愚《酌中志·忧危竑议前纪》云："神庙天性至孝，上事圣母，励精勤政。"
3 《黄丕烈书目题跋·荛圃藏书题识》卷五，第88页。

明成化刻本《草书集韵》

明成化十年（1474）蜀藩刻本《草书集韵》，曾为清陈鳣旧藏。1916 年元月，袁克文收得此本 **❶**，题跋曰：

> 《草书集韵》五卷，明蜀藩刊，不著辑者姓字。比获倭岛旧翻洪武本，金锦溪老人张天锡《集草书韵会》五卷，即此书所自出，首有正大赵闲闲、樗轩两序 **❷**，刊刻较此为佳，无稍讹谬。此惟后增张天锡、鲜于枢两家书法，二书皆不见著录，深可宝也。寒云。（钤"寒云小印"朱文方印）**❸**

此本后为张氏适园所得。书中钤有陈鳣印鉴"得此书费辛苦后之人其鉴我""仲鱼图像"，以及张钧衡之子张乃熊印鉴"菦圃收藏"等 **❹**。今藏台北"中央"图书馆。

《草书集韵》五卷，金张天锡原编，无名氏续辑。张天锡，字君用，号锦溪老人，河中（今属山西）人，其所编《草书韵会》，集古名家草书于一帖。明陶宗仪《书史会要》卷八云，张天锡"官至机察。真字得

---

❶ 《寒云日记》，第 157 页。

❷ 赵闲闲，即赵秉文（1159—1232），字周臣，号闲闲居士，晚年称闲闲老人，金代学者、书法家。磁州滏阳（今河北磁县）人。世宗大定二十五年（1185）进士，调安塞主簿。历平定州刺史，为政宽简。累拜礼部尚书。樗轩，即完颜璹（1172—1232），本名寿孙，字仲实，一字子瑜，号樗轩老人。金世宗孙，越王完颜永功长子。

❸ 《标点善本题跋集录》上，第 44 页。书影见台北《"国立中央"图书馆善本题跋真迹》一，第 245 页。《"国家"图书馆善本书志初稿》经部，第 263 页。本书据《中国古籍善本书目》，《草书集韵》列入子部。

❹ 详见台北《"国家"图书馆善本书志初稿》经部，第 263 页。

柳诚悬法，草师晋宋，亦善大字。遭遇道陵，诸殿字匾，皆其所题，有《草书韵会》行于世"。

据杨慎《墨池琐录》载，《草书韵会》传至元末，有好事者以《草书韵会》为蓝本，加以增补、删改，改编而成《草书集韵》。从草书编纂的角度来说，《草书集韵》较《草书韵会》更加完善，是《草书韵会》的增补本 ❶。

明洪武时蜀邸翻刻《草书集韵》，并采用洪武正韵，重新编次汉章帝以后至元人草书之法，每字之下，各注其人。明成化十年蜀藩朱申凿因书流传日久，蠹鱼蛀毁，无法卒读，便将此书重新附之梨枣，梓行于世，即明成化十年蜀藩刻本。由此可知，《草书集韵》初刻于元末，再刻于明洪武时蜀邸，第三次刻于明成化十年。

此成化刻本每半叶八行，小注双行，黑口，四周双边，卷端题"草书集韵"，次行低一格题"平声"，卷末有尾题。卷首朱申凿"草书集韵序"云：

> 予于国政之瑕，必草书三五幅以畅其情，……我献祖开国于蜀，不贵金玉，所宝者惟圣贤经籍也。自经史以下，文章翰墨俱收蓄于内阁，一日忽览书目，见有《草书集韵》，取而披阅，因字类以知四声之韵，因韵语以识诸家之体，……然后知草书之源流，古人之变化，……惜乎久历年岁，苦于蠹鱼，于是命工重绣于梓，以永其传，俾后之学草书者有所取法也。是为序。成化十年岁次甲午十月望日。

卷末有"恭题草书集韵后"，末署"成化甲午岁十月一日蜀府环卫百户臣琋珬识"。另有"西蜀亲藩""藩卫王室"方形印文墨记 ❷。书中有明天启元年（1621）吕元肇题记云：

> 石刻《草书要领》已为得草书之全矣，讵意又有《草书集韵》也。西蜀贤王梓行于世，人得此如获拱璧，余偶得之，掌上有指南矣，心悦契赏，诚莫可状。时天启改元季夏朔也。洛阳吕元肇识。❸

国家图书馆藏有明刻《草书集韵》残本，行款与袁氏藏本同。天一

---

❶ 详见胡彦、丁治民《〈草书集韵〉与〈草书韵会〉二者之关系及其版本辨证》，《文献》，2011年第4期，第32—37页。

❷ 详见台北《"国家"图书馆善本书志初稿》经部，第263页。《"国立中央"图书馆善本序跋集录》经部，"国立中央"图书馆编印，1992年，第567页。

❸ 《标点善本题跋集录》上，第44页。书影见《"国立中央"图书馆善本题跋真迹》一，第244页。

明成化刻本《草书集韵》吕元肇、袁克文题记

阁旧藏亦有此书，其与国图藏本版式虽相近，其行间小注、字体笔画皆有差异，故为不同版本❶。

---

❶ 详见前引《〈草书集韵〉与〈草书韵会〉二者之关系及其版本辨证》，第 37 页。

明刻《太音大全集》

"太音"即雅音,《太音大全集》其前身即南宋田芝翁撰《太古遗音》,明代经朱元璋之子宁王朱权重新校订后,名为《新刊太音大全集》。台北"中央"图书馆现藏有明初刻本朱权辑《臞仙神奇秘谱》三卷。另藏有明书林金台汪氏重刊本朱权辑《新刊太音大全集》六卷,半叶十四行,行二十六字,书中亦有附图 ❶。此明刻《太音大全集》五卷,半叶十一行,行二十六字,黑口,四周双边,书中配有插图。卷端题"太音大全集卷之一"。1917年二月,袁克文购得此本 ❷。书中有其题识云:

> 丁巳春日杂诗之一
> 玉屑重雕出瑞昌,书衣题字认纯皇。太音集更珍图谱,五卷曾存述古堂。
> 《太音大全集》五卷,无撰者姓名,前序缺后叶,复莫考索年代。《读书敏求记》极称许之,惟亦未详载。窃审卷四尾叶结题下有墨钉白文"前集终"三字,卷五首叶标题下又有"后集"两字墨钉,卷五尾却无墨钉,是此下尚有书也。钱氏所记亦只五卷,且引序中语,而又不记岁年,盖即此帙,虽无述古藏印,亦可断焉。丁巳(1917)二月杪。寒云。

此书卷首"太音大全集题辞"云:

> ……予自少时酷好是音,恨未得其传。暨长宦游南北,既得

---

❶ 台北"国立中央"图书馆特藏组编《"国立中央"图书馆善本书目》(增订二版)第二册,第544页。
❷ 《寒云日记》,第171页。

太音大全集卷之五終

丁巳春日雜詩之一

玉屑重雕出瑞昌書各題字謚純皇太音集矣

珍圖譜五弓曹孫述堂

太音大全集五弓蓋撰者姓名前序鐫後集矣墓攷年代讀

書厳求記極辟許之惟六未詳載竊審弓四尾葉結題下有墨

每白文前集終三字弓五音葉標題下又有後集兩字衡弓五卯

玄裏衝是此下尚有書此錢氏術記尔祇五弓且刻序中語而又不記

歳年蓋卯此帙雜氣逃古藏卯亦可鬻寫丁巳二月抄寒雲

長樂鄭枝鐘藏書之印

明刻本《太音大全集》袁克文跋

其传矣，恨未造其妙。因取诸家琴谱，与夫近代所谓《太古遗音集》，反复紬绎，订其是非。繁者剔之，略者详之；难疑者音释之，驳杂者厘而正之。门分类别，会稡成编，名之曰《太音大全集》，藏诸箧……（后缺）

知此书亦源于南宋田芝翁《太古遗音》。惜题辞末叶缺失，成书年代不详，不知撰者何人。明黄虞稷撰《千顷堂书目》卷二著录《太音大全》五卷，同卷另著录袁均哲《太古遗音》二卷。琴学大师查阜西认为，《太古遗音》原是琴论专书，朱权序文中说明是宋代田芝翁所辑，原名《太古遗音》。至嘉定间，杨祖云更名《琴苑须知》，献之于朝。明初袁均哲为此书作注释，并附入五个小品琴曲示范，焦竑《国史·经籍志》及《明史·艺文志》遂以袁均哲为《太古遗音》之撰人，不可不辨 [1]。

此书《读书敏求记》著录云："《太音大全》五卷，凡琴之制度考订咸备焉。镂图朴雅，援据赅洽，琴谱中可谓集大成矣。" [2]《寒云日记》中所云"卷尾标题下有'前集终'三字墨钉"，疑即"太音大全集卷之四终"下镌"前集终"三字白文墨围。

袁克文之后，此书又经周庆云、郑振铎递藏。建国后，郑氏将此书捐献国家，入藏今国家图书馆。书中钤有"匈奴相邦""乌程周庆云""家藏二宋二元刊""号梦坡""长乐郑振铎西谛善本""长乐郑氏藏书之印"等印鉴。

据考，中华书局旧版、新版《琴曲集成》曾先后收入两种版本的《太音大全集》。60年代版《琴曲集成》收入明初朱权于1413年作序的《新刊太音大全集》，其底本即明嘉靖金台书林汪氏刻本 [3]。1949年冬，古琴大师查阜西在北京饭店巧遇郑振铎 [4]，有幸寓目此袁氏旧藏明刻《太音大全集》。经其鉴定，知此本与时存美国国会图书馆的朱权撰《新刊太音大全》有所不同 [5]，然亦是明初刻本。80年代版《琴曲集成》便收

---

[1] 详见傅暮蓉《查阜西对〈琴曲集成〉的贡献》，《中国音乐》（季刊）2011年第1期，第52页。

[2] 钱曾《读书敏求记》卷一"礼乐"，书目文献出版社，1983年，第17页。另见钱曾撰，管庭芬、章钰校证《钱遵王读书敏求记校证》卷一下，第51页。

[3] 陈应时《论"宜徽"和〈新刊太音大全集〉》，载《中国音乐》1992年第4期，第20页。

[4] 详见许健《近代琴坛领袖查阜西》，《南京艺术学院学报》（音乐与表演版），1992年第2期。华音网、古琴文化网许健撰稿（2008年2月27日），题为《为重振琴坛毕生操劳——介绍古琴家查阜西》。网址 http://news.huain.com/html/2008.03.27/news_173221.html、http://www.guqinwenhua.cn/read.php?tid-693.html。

[5] 即上文所言现藏台北"中央"图书馆明书林金台汪氏重刊本朱权辑《新刊太音大全集》。

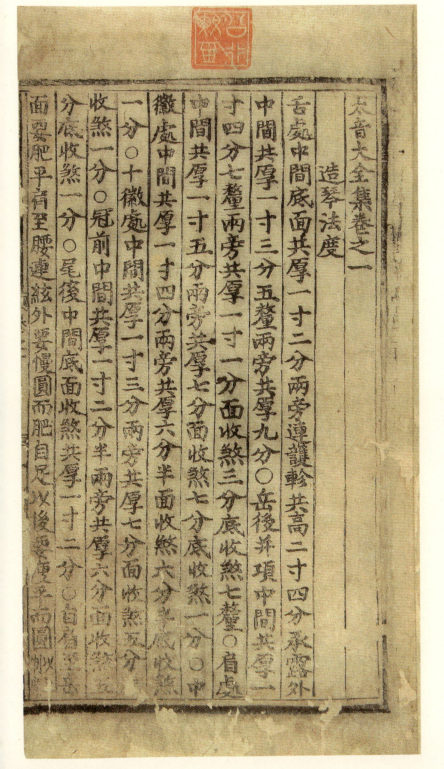

太音大全集卷之一

造琴法度

舌處中間底面共厚一寸二分兩旁連護軫共高二寸四分承露外

中間共厚一寸三分五釐兩旁共厚九分○岳後并項中間共厚一

寸四分七釐兩旁共厚一寸一分面收煞三分底收煞七分○眉處

中間共厚一寸五分兩旁共厚七分面收煞七分底收煞一分○中

徽處中間共厚一寸四分兩旁共厚六分半面收煞六分半底收煞

一分○十徽處中間共厚一寸三分兩旁共厚七分面收煞六分半底收煞

收煞一分○冠前中間底面收煞共厚一寸二分半兩旁共厚六分面收煞

分底收煞一分○尾後中間底面收煞共厚一寸二分○自省至岳

面窦肥平肩至腰連絃外要慢圓而肥自足收後要更平而圓收煞

明刻本《太音大全集》

入此袁氏藏本 [1]，并于其后附有《新刊太音大全集朱权序》[2]，序云：

……然是书也，乃芝翁田君所纂，目曰《太古遗音》，集为三卷。至嘉定间，祖云杨君目为《琴苑须知》，表而进之于朝，以为一代之佳制也。于今仅二百馀载矣，今罕其传。予昔得于涂阳，多有脱落。后至江右，数见有之，皆未尽善，亦非旧本也。故常为之叹息。于是从考校正，无益者损之，脱落者补之，定为二卷，仍名曰《太古遗音》，俾好事者有所助焉。时永乐癸巳（1413）十一月望日序。

序后钤有"臞仙"长方墨印。由序知朱权此书亦源于田氏《太古遗音》，然存世朱权所著《新刊太音大全集》为六卷，与其序中"二卷"不合，且书名亦有出入。二者关系如何，存疑待考。

[1] 前引陈应时《论"宜徽"和〈新刊太音大全集〉》，第20页。
[2] 《琴曲集成》，中华书局，2010年，第93页。

明龙山童氏本《文房四谱》

明龙山童氏刻本《文房四谱》，仿欧阳询《艺文类聚》，且有所创新，专举一物，辑成一谱。其后之《砚笺》《蟹录》均沿此成规。1917年十一月十九日，袁克文得到此书 **❶**。扉页有其夫人刘姌楷书题签"《文房四谱》"，其下右题"寒云藏梅真题"，左题"明龙山童氏刊，附治安药石"，下钤"寒云小印"朱文方印。卷末有袁克文手书题跋：

> 《文房四谱》四卷，传世刊本惟《学海类编》《格致丛书》两丛刻本。单行本则诸藏家著录皆旧钞，无有旧刊者。旧钞以常熟张氏所藏为最善，书分五卷，第二卷为笔词赋。此巾箱本字体隽足，楮墨苍古，确是嘉靖以前刊本，不分卷次，标目冠于每卷之首，当为宋本之旧。四谱俱无词赋，则钞本定属后来增入。此明刊之可贵也。丁巳（1917）岁暮获于上海。（下钤"寒云"白文方印、"袁克文"朱文白文方印）

跋后有姚朋图墨笔题款一行，云："戊午（1918）春三月，三弇姚朋图观于都门题名册尾。"书中钤有"袁二""寒云""八经阁""百宋书藏""曾在周叔弢处""周暹"诸印记，其中卷首"赵氏子印"一印，疑伪。此书今藏国家图书馆。

是书作者苏易简（958—997），字太简，梓州铜山（今四川中江县）人。太平兴国五年（980）进士，官至参知政事。以礼部侍郎出知邓州，

---

❶ 《寒云日记》，第173—174页。

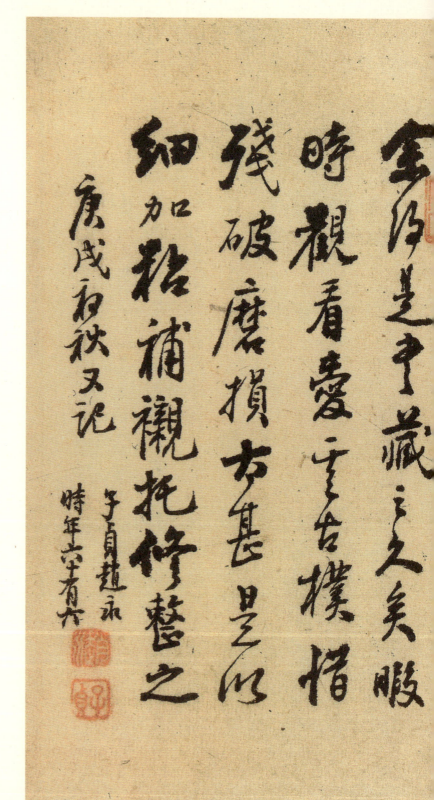

明龙山童氏刻本《文房四谱》袁克文跋、姚朋图题款、赵永跋

文房四谱四卷傳世刊本惟學海類編

格致叢書兩叢刻本單行本則諸藏家

著錄皆舊鈔無有舊刊者舊鈔以常

熟張氏師藏為最善書凡五卷第二卷為

筆詞賦此巾箱本字體雋足楷墨蒼古

碻是嘉靖以前刊本不分卷次標目冠于

每卷之首當為宋本之舊四誼俱無詞賦

則鈔本宜屬為後來增入此明刊三可貴也

丁巳歲茸穫於上海

移知陈州卒。生平详《宋史》本传。撰有《文房四谱》一书。此书分笔、砚、纸、墨四谱，每谱又厘为叙事、造、杂说、辞赋四个方面，分别叙述了笔、砚、纸、墨产生缘起、制作工艺、传播逸事，以及相关的诗文辞赋。其中，"笔谱"多一"笔势"。此书卷末有苏易简雍熙三年（986）九月自序，云因"尝观《茶经》《竹谱》，尚言始末，成一家之说，况世为儒者，焉能无述哉？因阅书秘府，遂检寻前志，并耳目所及，交知所载者，集成此谱"。

《文房四谱》成书后，徐铉曾为之序，云："由是讨其根源，纪其故实，参以古今之变，继之赋颂之作，各从其类，次而谱之。"知《文房四谱》成书之初即分为笔、砚、纸、墨四者的产生、古今变化、流传故实、赋颂之作等。袁跋云"四谱俱无词赋，则钞本定属后来增入"，恐有不妥。

洪适《盘洲文集》卷六三《跋文房四谱》云："右《文房四谱》五卷，参知政事苏公所集，番阳洪某假守新安，刻之四宝堂。"此新安（徽州）四宝堂刻本当是目前所知此书最早刻本，惜早已失传于世。据《宋史》本传，洪适知新安当为绍兴二十九年（1159）前后。其弟洪迈绍兴三十年十月二日撰有《辨歙石说跋》，云："景伯兄治歙期年……既揭苏氏《文房谱》于四宝堂，又别刻《研说》三种"，亦即四宝堂《文房四谱》刻于南宋绍兴二十九年前后。或因洪适四宝堂刻本之故，尤袤《遂初堂书目》题作《文房四宝谱》，又有《续文房四宝谱》。

洪适刻此书时为五卷。公私史志目录亦多著录为五卷，如《郡斋读书志》《直斋书录解题》《文献通考》《宋史·艺文志》等；然南宋郑樵《通志》卷六六《艺文略第四》则著录苏易简撰《文房四谱》四卷，知《文房四谱》一书流传之初即有四卷本、五卷本之别。

此书宋元刻本不见诸家著录。其刻本传世，亦以丛书本居多。正如袁克文跋中所言，流传后世多为钞本 [1]，此明龙山童氏刻本《文房四谱》乃单行四卷本 [2]，疑合"笔谱"上、下为一卷，从中亦可见宋本之旧。

---

[1] 《善本书室藏书志》卷一八，第605页。《铁琴铜剑楼藏书目录》卷一六，第230页。杨绍和《楹书隅录续编》卷三，第604—605页。《绛云楼题跋》著录《文房四谱》残本，第482页。《藏园群书经眼录》卷七著录旧写五卷本，第543页。《藏园订补邵亭知见传本书目》卷九著录格致丛书四卷本、昭文张氏有精钞校本等，第645页。

[2] 参见《自庄严堪善本书影·子部》上册，国家图书馆出版社，2010年，第597—599页。此即《藏园群书经眼录》题为"明龙山童子鸣刊巾箱本"者，《藏园群书经眼录》卷七，第543页。

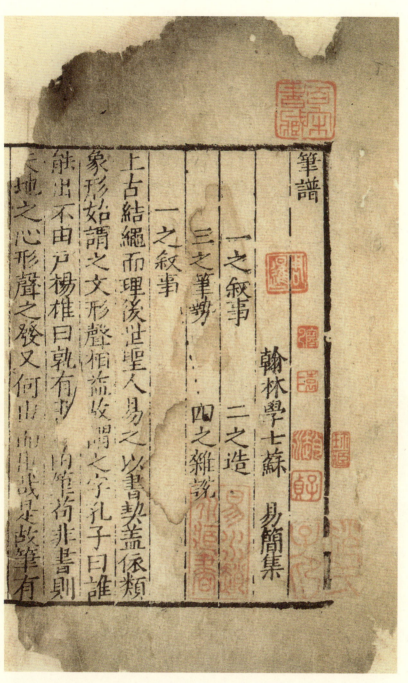

筆譜

翰林學士蘇　易簡集

一之敘事　　　二之造

三之筆勢　　　四之雜說

一之敘事

上古結繩而理後世聖人易之以書契蓋依類
象形始謂之文形聲相益故謂之字孔子曰誰
能出不由戶楊雄曰乾有 ……内筆苟非書則
天地之心形聲之發又何由而出矣或是故筆有

明龙山童氏刻本《文房四谱》

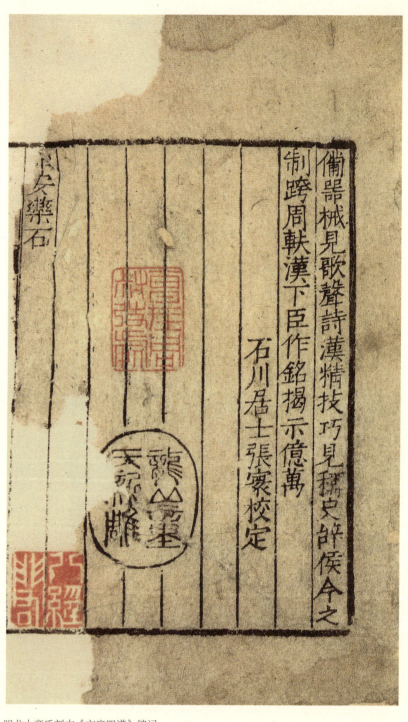

明龙山童氏刻本《文房四谱》牌记

半叶九行，行十八字，白口，四周单边。卷端题"笔谱"，次行"翰林学士苏易简集"。卷末镌"龙山童氏新雕"篆文木记。每谱末镌校勘人姓氏，如"笔谱"后镌"尤质懋华子校阅于鹤梦山房"；"砚谱"末"昆人叶恭焕子寅校定"；"纸谱"末镌"绣石居士秦汴思宋甫校过"；"墨谱"卷尾镌"钱唐十洲方九叙曾校"。后附"治安药石"一卷，末镌"石川居士张寰校定"。

此书卷末有庚戌赵永跋：

> （钤"砚田"朱文白文长方印）余得是书藏之久矣。暇时观看，爱其古朴，惜残破磨损太甚，是以细加粘补衬托修整之。庚戌初秋又记。子贞赵永时年六十有六。（下钤"赵永"白文方印、"子贞"朱文方印）

书中另钤有"易水赵永藏书"等印记。按，国家图书馆藏有清齐翀撰《思补斋日录》[1]，清道光三十年（庚戌，1850）刻本，镌有牌记"道光三十年仲夏之月刊"，书中有墨笔眉批，并钤有"易水赵永藏书""子贞""赵永"等印记。因疑赵永为嘉庆道光年间人。

---

[1] 作者齐翀，字雨峰，婺源人。乾隆二十八年（1763）进士，另撰有《雨峰诗钞》。

明弘治碧云馆活字印本《鹖冠子解》

明碧云馆活字本《鹖冠子解》为中国现存最早的木活字印书实物，堪称"聚珍丛书所祖"。书中有袁克文手跋云：

> （钤"赐画堂"白文椭圆印）《鹖冠子》博该群言，理尚精确。论者多以伪书轻之。柳子厚谓言尽浅陋，则未免失之过甚。按《汉志》止一篇，韩文公所读有十六篇。又有谓文公所读者为十九篇。《四库书目》则有三十六篇，或谓原本无多，馀悉后人增入。聚讼纷纭，莫能定也。历来之无善本可知矣。此本为聚珍丛书所祖，且明活字本传世绝希，至足宝也。中华建国四年（1915）二月，寒云。（钤"袁氏仲子""克文私印"二白文方印）

袁氏跋首钤有"赐画堂"白文椭圆印，跋后仅钤"袁氏仲子""克文私印"二枚袁氏人名章，书中无其收藏印鉴，且《寒云日记》1915年的收书记录中亦未提及此书，故不能确定此书是否经袁克文收藏。

作者陆佃（1042—1102），字农师，号陶山，越州山阴人，南宋爱国诗人陆游的祖父。陆佃自幼家贫，夜晚无灯，映月苦读，少年曾师从王安石研习经学。宋熙宁三年（1070）进士甲科，授蔡州推官，召补国子监直讲。徽宗即位，召为礼部侍郎，命修《哲宗实录》。后迁吏部尚书，拜尚书右丞，转左丞。不久，罢为中大夫，出知亳州，卒于官。追复资政殿学士。事迹详《宋史》本传。

据传，鹖冠子为楚人，因其居于深山，以鹖（一种勇猛好斗的鸟）的翎羽饰冠，故著述曰《鹖冠子》。书中记有赵武灵王、赵悼襄王、庞

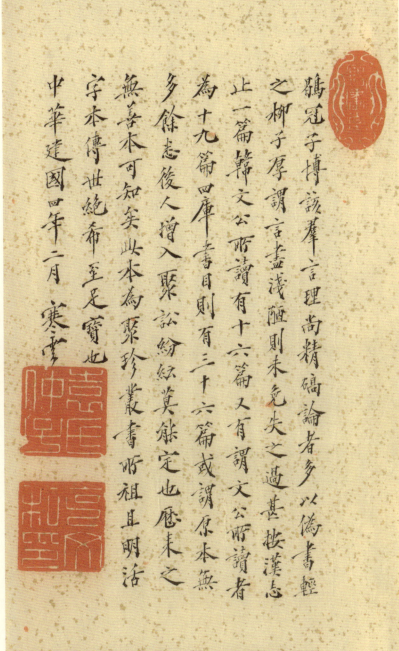

鶡冠子博該羣言理尚精碻論者多以偽書輕
之柳子厚謂言盡淺陋則未免失之過甚按漢志
止一篇韓文公所讀有十六篇又有謂文公所讀者
為十九篇四庫書目則有三十六篇或謂原本無
多餘志後人增入聚訟紛紜莫能定也歷未之
無善本可知矣此本為聚珍叢書所祖且明活
字本傳世絕希至足寶也
中華建國四年二月 寒雲

明弘治碧云馆活字印本《鹖冠子解》袁克文跋

焕、庞煖等人的问答，可推知作者当为战国晚期人。作者主张道家黄老思想，以道德、阴阳、法令、天官、神徵、伎艺、人情、械器、处兵为"九道"，认为一切法治，皆当顺其自然。本书以黄老刑名为本，兼及阴阳数术、兵家等学说，故儒道名法之书，可与其相互参证，堪称子部瑰宝。《汉书·艺文志》道家著录此书。清代纂修《四库全书》，认为"其说虽杂刑名，而大旨本原于道德，其文亦博辨宏肆"，将其列入杂家类杂学。

前人多以此书为伪书。宋代陆佃注解此书，不同意伪书之说。吕思勉认为今传世十九篇，词古意茂，决非汉以后人所能为 **1**。1973 年，长沙马王堆三号汉墓出土的帛书中，《老子》乙本卷前的古佚书里，有不见于别书而与《鹖冠子》相合的内容，此亦可作为《鹖冠子》当是战国时著作的佐证 **2**。

此明弘治间碧云馆活字本，半叶十行，行二十字，白口，四周单边，注大字低一格。版心镌有"碧云馆""弘治年"或"活字本"等字样。扉页有吴昌硕墨笔题签："明碧云馆鹖冠子，彝盦属老缶篆。""彝盦"即朱文钧。"老缶"即吴昌硕。此本在清代曾为扬州马氏小玲珑山馆旧藏，乾隆年间修《四库全书》时马裕进献内府，即四库采进本。

根据国家图书馆藏善本，四库采进本一般有以下特点：

其一，书衣钤有采进书朱文长方印，其基本格式通常是"乾隆三十×年×月××××送到××××家藏××××部计书×本"，或"乾隆三十×年×月×××××××家藏×××计书×本"等格式，"×"处为朱笔补写；

其二，开卷钤"翰林院印"满汉朱文大方印 **3**；

其三，封底左下角钤有标明各省最初采购备选书籍朱记，如"江苏巡抚采购备选书籍""两江总督采购备选书籍"等。因现存善本多数已经重装，或因封底易磨损，所钤朱文长方印今多不得见。**4**

上述四库采进本的特点，此明碧云馆活字本《鹖冠子》基本具备。其书衣钤有"乾隆三十八年四月两淮盐政李质颖送到马裕家藏鹖冠子壹

1 吕思勉《经子解题》，华东师范大学出版社，1995 年，第 197 页。
2 唐兰《马王堆出土〈老子〉乙本卷前古佚书的研究》，《考古学报》，1975 年第 1 期，第 7—27 页。
3 参见刘蔷《"翰林院印"与四库进呈本真伪之判定》，《图书馆工作与研究》，2006 年第 1 期。
4 参见拙作《国家图书馆藏四库采进本经眼录》，《版本目录学研究》第五辑，2014 年。

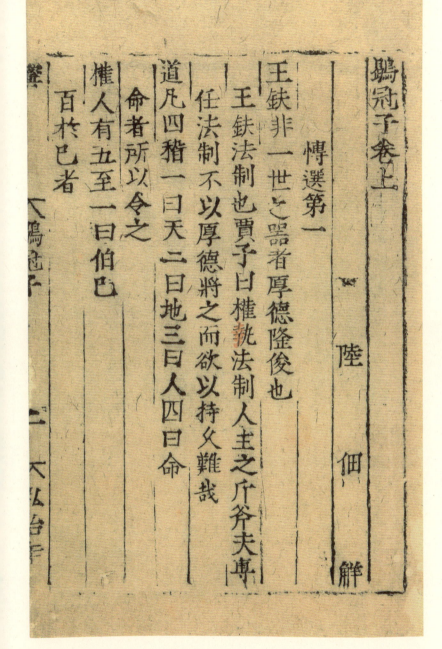

明弘治碧云馆活字印本《鶡冠子解》

明弘治碧云馆活字印本《鹖冠子解》乾隆题诗

題鶡冠子

鉄器原歸厚德將襦

刑迤獨老和黄朱評

陸汪同因題柳謗韓

磬丙示方完失韋亨書

部计书一本"朱文长方印，尺寸为10.2×6.3厘米。卷首钤有"翰林院印"满汉朱文大方印，扉页有清高宗弘历乾隆三十八年(癸巳，1773)题诗云：

> 铁器原归厚德将，杂刑匪独老和黄。朱评陆注同因显，柳谤韩
> 誉两不妨。完帙幸存书著楚，失篇却胜代称唐。帝常师处王友处，
> 戒合书绅识弗忘。乾隆癸巳季夏中澣御笔。

书中钤"乾隆御览之宝"朱文椭圆印、"乾"龙纹朱文方印、"隆"龙纹白文方印诸印鉴。据《四库采进书目》著录，当时两江、两淮均有《鹖冠子》进呈[1]，而两淮马裕家藏本为四库馆臣选作《四库全书》所用底本。《四库全书总目》此条下注明"两淮马裕家藏本"，当即此明弘治碧云馆活字印本。

此书中有四库馆臣朱笔校改。卷首扉页有四库馆臣签条云："臣等谨查宋陆佃注《鹖冠子》三卷。此书论三才变通、古今治乱之道。唐韩愈称之。而所见只十六篇，未为全书。此本凡十九篇，首尾完备，佃注世亦罕见，系明宏治中活字板本，坊间并无流传。计三册。"签条骑缝处钤有"臣"朱文方印、"毓鼎"白文方印等，书中另有"澂斋收藏书画"等印记，知此书曾经恽毓鼎收藏。恽毓鼎（1862—1917），字薇孙，一字澂斋，河北大兴人，祖籍江苏常州，清光绪时国史馆总纂。傅增湘曾于恽毓鼎家见过此书[2]。1914年，陶祖光以重金购自海王邨书肆，书中钤有"祖光所得""陶度审定"之印。第三册末有清季书画家庄蕴宽手跋，"宣统逊位之三年，钵民购得之于海王邨肆，以示蕴宽，因识"，并钤有"蕴宽读过"白文长方印。据《文禄堂访书记》[3]，陶祖光曾有跋文，记其得书前后之事，跋云：

> 此《鹖冠子》三卷，原为扬州马氏玲珑山馆所藏，乾隆时进
> 呈内府，其间朱笔校雠出自翰林院，即聚珍丛书之祖本也。按碧云
> 馆本著录至罕，而此书尤为希觏。黄荛圃藏旧钞本，以袁又恺明《道
> 藏》本校，弥自珍异，今在海源阁。荛翁跋称收书二十年，从无善
> 本可对，明《道藏》本亦唯五砚楼有之，更未闻有古于《道藏》者。
> 惜乎此本不为荛翁见也。此本曩为吾乡恽薇孙学士毓鼎所宝，董授

[1] 《四库采进书目·两江第一次书目》，第39页。《四库采进书目·两淮商人马裕家呈送书目》，第74页。
[2] 详见《藏园群书经眼录》卷八，第550页。《藏园订补郘亭知见传本书目》卷一〇上，第663页。
[3] 《文禄堂访书记》卷三，第181页。

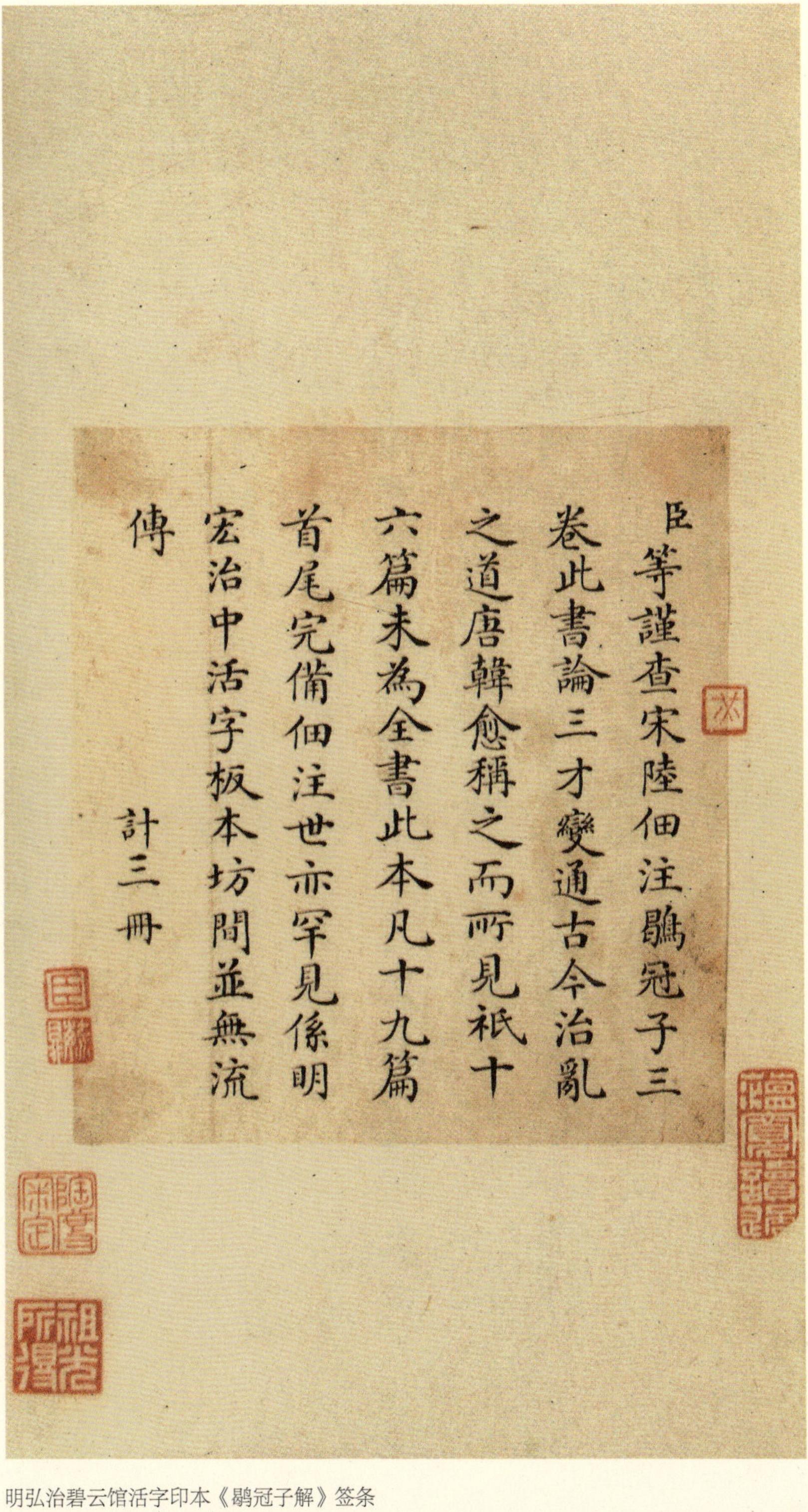

臣等謹查宋陸佃注鶡冠子三

卷此書論三才變通古今治亂

之道唐韓愈稱之而所見祇十

六篇未為全書此本凡十九篇

首尾完備佃注世亦罕見係明

宏治中活字板本坊間並無流

傳

計三冊

明弘治碧云馆活字印本《鶡冠子解》签条

经欲以重资易之，余闻而先往，遂为余有。长沙叶丽楼一见叹曰：
"此文韵阁旧物，真海内孤本也！子其善守之。"余唯唯受教。重
装既竟，记其崕如此。甲寅（1914）秋初，祖光。

今书中已无此跋，疑已佚去。此书后为周叔弢所得，钤有"周暹"
白文方印，《自庄严堪书目》著录 [1]。建国后，周叔弢将此书捐赠，入
藏今国家图书馆。

---

[1] 《周叔弢古书经眼录》下册《自庄严堪书目》，第 646 页。又见《周叔弢古书经眼录》上册《古
书经眼录》，第 159—161 页。另见《周叔弢藏书题跋》（年谱），第 331 页。

宋刻《挥麈第三录》

顾广圻《百宋一廛赋》云："《挥麈》结衔，朝请明清"，指黄丕烈旧藏宋刻《挥麈录》，黄氏注云："残本《挥麈录》，所存仅第一、第二两卷，《三录》三卷全，卷首题'朝请大夫主管台州崇道观汝阴王明清'一行，临安府陈道人书籍铺刊行本。"而今仅存《三录》三卷，其馀二卷不知所终。

此残本乃明董其昌旧藏。入清，为蒋廷锡所得。后流入京师琉璃厂，为黄丕烈购藏 **1**。黄氏书散，由张金吾爱日精庐收藏，然《爱日精庐藏书志》未见著录。其后又入藏张蓉镜小嫏嬛，张氏请孙原湘题跋。张氏卒后，藏书星散，此书为吴县顾麟士收藏。1912 年，傅增湘曾于顾麟士处见过此书 **2**。1916 年三月，袁克文得自吴县顾家 **3**。袁克文素来仰慕黄丕烈，今幸获其遗书，更是视如珍宝，于书中题跋云：

　　《挥麈录》见于《百宋赋》中者，《后录》二卷、《三录》全帙，此《第三录》三卷，即顾赋所谓"《挥麈》结衔，朝请明清"是也。惜《后录》不知何时散失，而第三卷半经剥蚀，为尤憾焉。卷首题"万历三年项氏原生"，当为墨林一家，其收藏从未见闻。莞翁小象题字下有"孙原湘"小印，恐皆出孙氏手。莞翁像传世绝罕，况为名人所绘，不尤可珍耶！此帙得自吴县顾子山家。丙辰（1916）三月十九夜，寒云题于玉泉旅舍。（下钤"克文之钵"白文方印）

1 《黄丕烈书目题跋·百宋一廛书录》，第 423 页。
2 《藏园群书经眼录》卷九，第 640 页。《文献家通考》下册，第 1324 页。
3 《寒云日记》，第 162 页。

揮麈錄見於百宋賦中者後錄二與三錄
全帙此第三錄三卷即顧賦所謂揮麈结
銜朝請明清是也惜後錄不知何時散失
而第三卷半經剝蝕為尤憾焉卷首題萬
曆三年項氏原生當為墨林一家其收藏
未見蕘翁小象題字下有孫原湘小印
恐皆出孫氏手蕘翁像傳世絕罕况為名
人所繪不尤可珍耶　此帙舉自吳縣顧子山家
丙辰三月十九夜寒雲題於玉泉旅舍

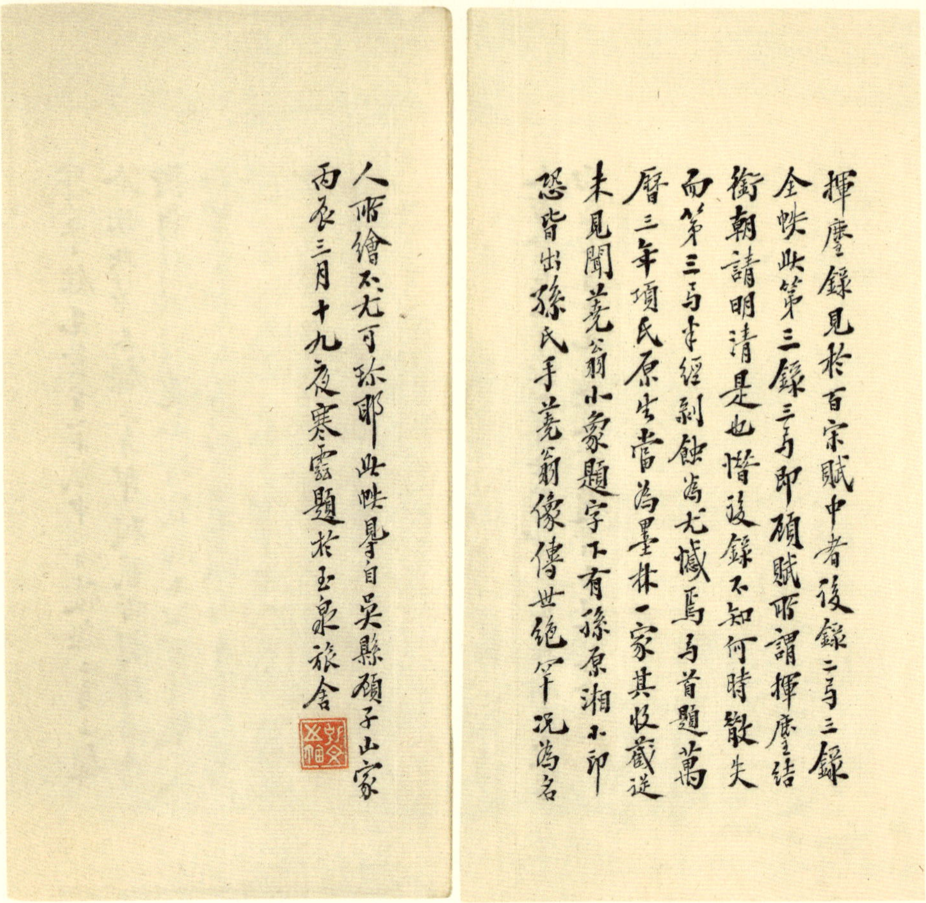

宋刻本《挥麈第三录》袁克文跋

书中钤有“董其昌”“董氏”“酉君”“士礼居”“黄印丕烈”“求古居”“复翁”“荛圃”“爱日精庐藏书”“蓉镜”“小琅嬛清閟张氏收藏”“小琅嬛福地秘笈”“小琅嬛福地”“虞山张蓉镜芙川信印”“孙印原湘”“心青”“鹤逸”“克文与梅真夫人同赏”“三琴趣斋珍藏”“流水音”“后百宋一廛”“寒云如意”“侍儿文云掌记”“佞宋”“上第二子”“臣印克文”“惟庚寅吾以降”诸印记。

几年之后，袁克文将此书转让潘宗周宝礼堂，张元济《宝礼堂宋本书录》子部著录[1]。张元济曾以毛氏《津逮秘书》本及涵芬楼《四部丛刊》

[1] 《张元济古籍书目序跋汇编》上册，第 278—281 页。

揮塵後録餘話卷之一

　　朝請大夫主管台州崇道觀汝陰王　明清

永昌陵上吉命司天監苗昌裔往相地西洛既覆土
昌裔引董役内侍王繼恩登山巔周覽形勢謂繼
恩云　太祖之後當册有天下繼恩默識之
太宗大漸繼恩乃與參知政事李昌齡樞密趙鎔
知制誥胡旦布衣潘閬謀立　太祖之孫惟吉適
洩其機呂正惠時爲上宰鎖繼恩而迎　真宗于
南衙即　帝位繼恩等尋坐誅竄前人已嘗記之
熙寧中昌齡之孫逢登進士第以能賦擅名一時
吳伯固編三元衡鑑祭九河合爲一者是也逢素

宋龙山书堂刻本《挥尘后录》

印影钞宋本与此残本对校，认为毛氏《津逮秘书》所据之本为宋代覆刻本，而此残本则为原版，洵为珍贵。建国后，潘氏后人潘世兹捐献国家，入藏今国家图书馆。

此宋刻残本，每半叶十一行，行二十字，细黑口，左右双边。册首有孙原湘绘制黄丕烈小像，其后有袁克文墨笔题款"丙辰三月后百宋一廛续收，寒云记"一行。册末有孙原湘跋 [1]，已残破。

书中另有项原生、翁方纲题款。卷首"挥麈第三录卷之一"栏外有细笔小字题款云"万历三年（1575）檇李项氏原生得之爱墨堂赵伯枚斋头时立秋后五日也。"扉页袁跋之后有"北平翁方纲审定宋刻记于册前"隶书墨笔题款一行；背面又题"乾隆丁未（1787）秋七月，展读一过，重装"，下钤"翁方纲印"。项、翁二人题记未见黄丕烈提及 [2]，故此二人手书，疑伪。

宋刻《挥麈录》全本现存尚有龙山书堂刻本 [3]，即《挥麈前录》四卷，《后录》十一卷，《第三录》三卷，《馀话》二卷。此本为季振宜旧藏，疑即黄丕烈《百宋一廛书录》中所云"……见于《延令宋板书目》者，其全璧也" [4]。此本卷首有牒文并衔名。《挥麈前录》总目末镌有"前四卷秀州已当刊行"。《挥麈馀话》总目后有龙山书堂刻书牌记：

> 此书浙间所刊止《前录》四卷，学士大夫恨不得见全书。今得王知府宅真本，全帙四录，条章无遗，诚冠世之异书也。敬三复校正，锓木以衍其传，览者幸鉴。龙山书堂谨咨。

其行款与黄氏旧本相同。据《挥麈前录》卷四末、《挥麈第三录》卷三末王明清识语可知，《挥麈录》乃渐次成书。南宋孝宗乾道二年（1166），王明清奉亲居会稽，撰《挥麈录》；绍熙四年（1193），居临安七宝山，撰《挥麈后录》；五年，撰《挥麈第三录》。

另《挥麈后录》卷一一末有绍熙五年（甲寅，1194）王明清跋云："总一百七十条，无一事一字无所从来，厘为六卷，名之曰《挥麈后录》。尚容思索，嗣列于左。"《郡斋读书志·附志》卷五著录"《挥麈录》《后录》《第三录》《挥麈馀话》二十三卷"，《直斋书录解题》作"《挥

[1] 孙原湘（1760—1829），字子潇，长真，晚号心青。清代诗人。昭文（今江苏常熟）人。
[2] 《黄丕烈书目题跋》，第402、423页。
[3] 参见《中华再造善本总目提要》，第419—421页。
[4] 《黄丕烈书目题跋·百宋一廛书录》，第423页。

麈录》三卷《后录》十一卷《第三录》三卷《馀话》一卷"，与传世之本亦不同。《直斋书录解题》又云"《后录》，跋称六卷，今多五卷"，知此书卷数在宋代已与王氏成书之时不同。传世《挥麈后录》有十一卷，二百馀条，是其"尚容思索"嗣后之作，抑或流传中后人添加，尚待考证。

明成化刻《桯史》

明成化刻本《桯史》残卷，半叶十行，行二十字，黑口，四周双边。书衣有袁克文墨笔题签"桯史元刊"，署名"寒云"，为袁克文早年所收**❶**。册末袁氏手跋云：

> 《桯史》十五卷，元陈文东批点本。昔岁获于安阳，为予藏宋元本之始。惟缺卷七之九，凡三卷。去年适遘此三卷于沪市，亟购归。审之，即此书原帙，盖板本既同，而牧斋藏印亦相符合。时经十年，地暌千里，何遇合之奇耶！予有宋刊一卷，行格迥殊，栏端无批语。己未（1919）二月二十六日重装于沪寓。寒云倚枕写记。

然此部被袁克文称之为收藏"宋元本之始"之"元刊"《桯史》，实则为明成化十一年（1475）江沂刻本，袁克文误题元刻。傅增湘《明刊桯史跋》云：

> 据他家藏目著录，此本前有成化十一年建安江沂序，言"旧版刻于嘉兴，脱落既多，奉按广东，姑苏刘公钦谟忽出善本，经陈璧文东先生批点，遂登诸梓"云云，此本失去江氏序，其陈氏批语刊于眉上，间有小字列为旁注，刻本之中特为罕见。**❷**

国家图书馆藏有明嘉靖四年（1525）钱如京翻刻成化本，半叶十行，行二十字。卷首为嘉靖四年钱如京"重刊桯史叙"，其次即为明成

---

❶　《寒云日记》，第167、175页。参见上文"寒云藏书述略"相关内容。《日记》中所录钤印印文不全，或为略写。

❷　《藏园群书题记》卷八，第435—436页。

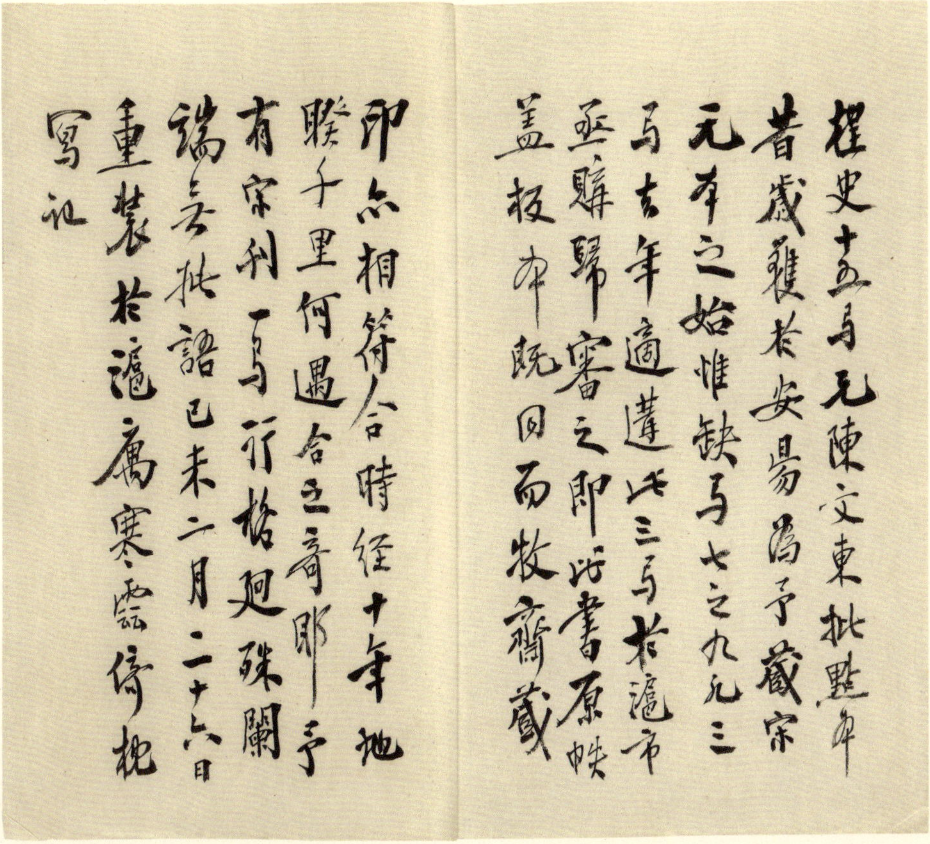

桯史十五卷元陳文東批點本昔歲獲於安易為予藏宋元本之始惟缺卷七之九凡三卷去年適遘此三卷於滬市延驊騮審之即此書原帙蓋板本既同而牧齋藏印亦相符合時經十年地暌千里何遇合之奇耶予有宋刊下卷行格廻殊闕端無批語己未二月二十六日重裝於滬寓寒雲倚枕寫記

明成化江泝刻本《桯史》袁克文跋

化十一年建安江泝刻书题识，云：

……旧板刻于浙之嘉兴，脱落既多，读辄中废。访求每恨未见其全者。近奉朝命来按广东，大参姑苏刘公钦谟问学该博，良由富蓄，忽出善本，尝经云间陈璧文东先生批点者，为之欣然。若攻值玉，初志竟得遂。命翻登诸梓，与同好者共之。按史，岳武穆王五子：云、雷、霖、震、霆。先生，霖之子也，仕至嘉兴知府。又有《愧郯录》，亦传于世。……是书之传，文章之显，将与厥祖之名同不朽欤？时成化十一年乙未正月元日，建安江泝题。

此段文字与傅氏所言亦可互证。

数年之后，袁克文寓居上海时，于 1917 年初购得《桯史》七、八、九三卷，恰好是早年收开封故官家藏书所得《桯史》之缺卷：

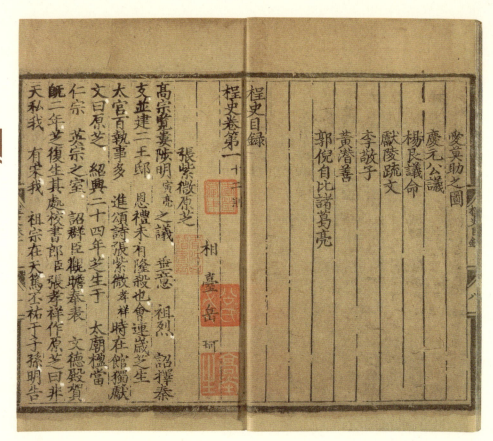

明成化江泝刻本《桯史》

（正月十二日）四十元购元刊残本《桯史》三卷，适为向藏所缺。昔居洹上，偶收开封故官家藏书数百卷，惟《桯史》与《柳先生集》为元刊善本，皆缺数卷。……今所得为七、八、九三卷，即向藏所缺卷。❶

1919年初，当袁克文再次展读《桯史》时，回想起获得此书的前前后后，感慨万千；事隔十年，地暌千里，遇合之奇，令袁克文喜不自胜，重新装裱《桯史》，题签、识语如上。

此跋作于1919年2月，跋中所云"去年适遘此三卷于沪市"，当指1918年袁克文在上海书肆中喜获《桯史》七、八、九三卷。而据《寒云日记·丁巳日记》，《桯史》七、八、九三卷，乃其1917年正月十二日所得；1918年初，袁克文于罗振常蟫隐庐所购乃是宋刊《桯史》

❶ 《寒云日记》，第167页。

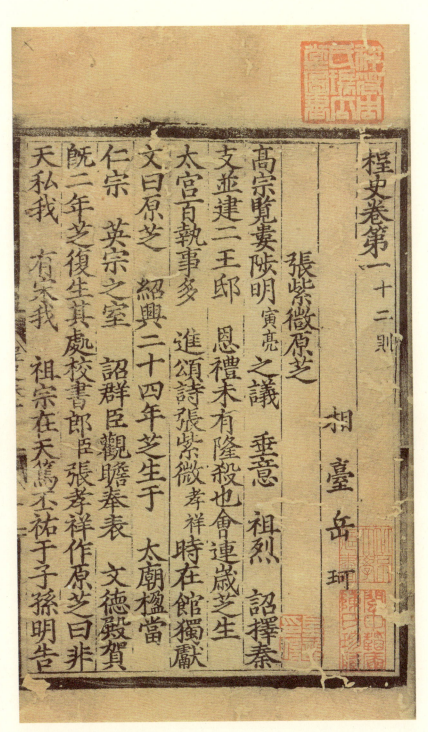

桯史卷第一十二則

張紫微原芝

胡臺岳珂

高宗覽妻陝明寅亮之議　垂意　祖烈　詔擇秦

支並建二王邸　恩禮未有隆殺也會連歲芝生

太宮百執事多　進頌詩張紫微孝祥時在館獨獻

文曰原芝　紹興二十四年芝生于　太廟櫺當

仁宗　英宗之室　詔群臣觀瞻奉表　文德殿賀

旣二年芝復生其處校書郎臣張孝祥作原芝曰非

天私我　有宋我　祖宗在天篤祜于子孫明告

宋刻元明遞修公文紙印本《桯史》

第三卷 **❶**。

由此可知，1919 年二月袁跋中云"去年适遘此三卷于沪市"，当指 1917 年初获得《桯史》三卷，而非 1918 年初；跋云"去年"者，或是虚指，或是追忆有误。由 1919 年《桯史》跋中"时经十年"，向前推十年，知袁克文初得《桯史》的时间大约是 1909 年前后，与《寒云日记》中"昔居洹上，偶收开封故官家藏书数百卷"时间相吻合，亦即 1919 年跋中所云《桯史》"昔岁获于安阳，为予藏宋元本之始"一事。

此成化刻本为明末钱谦益旧藏，后为其族人钱兴祖所得，清代入藏听雨楼查氏。今书中钤有"牧翁""钱印谦益""赐砚堂书画印""钱印兴祖""听雨楼查氏式圻珍赏图书""元禔氏印""查莹私印""查映山读书记""龙山查氏珍藏书帖印记""项城袁氏抱存所藏""寒云藏书""袁克文印""寒云秘笈珍藏之印""长无相忘""苍芒斋""德启借观"等印记。几年之后，袁克文将此本转让潘宗周宝礼堂。建国后，潘氏后人潘世兹捐献国家，入藏今国家图书馆。

国家图书馆另藏有蒋汝藻旧藏宋刻元明递修本 **❷**，每半叶九行，行十七字，白口，左右双边。其卷首有作者岳珂嘉定甲戌（1214）自序。序中详细叙述"桯史"之意。《四库全书总目》卷一四一称"惟其以《桯史》为名，不甚可解"，又云"……与著书之义不合"，疑《四库全书》所收浙江鲍士恭家藏本原序已佚。是本文中语涉宋室均空格，字体端整，白口，上记字数，下记刻工姓名者，当为宋椠原版。刻工可辨者有吴懋、蒋兴祖、刘昭、王通、朱春、宋芾、宋蓁、王显诸人。"其阔黑口者，则为以后递修之版。其镌工愈率者，为时亦愈晚。卷七、卷八皆半叶十行，行二十字，则成化重覆宋本也。卷九钞配，卷一一、卷一二均阙"，书中所钤"文渊阁""季振宜藏书""沧苇"诸印，疑伪 **❸**。北京大学图书馆亦藏有宋刻元明递修公文纸印本《桯史》，其行款、刻工等与国图藏本同，二者当是同版 **❹**。

❶ 《寒云日记》，第 175 页。
❷ 《藏园群书经眼录》卷九，第 643 页。《张元济古籍书目序跋汇编》中册《涵芬楼烬馀书录》，第 632 页。
❸ 此段文字叙述详见《张元济古籍书目序跋汇编》中册《涵芬楼烬馀书录》，第 632 页。
❹ 参见《中华再造善本总目提要》，第 421—422 页。

明弦歌精舍刻本《虞初志》

明弦歌精舍如隐草堂刻本《虞初志》三十二卷，每半叶八行，行十五字，白口，左右双边。收入小说三十一种。其卷端题"续齐谐记"，下镌"虞初志一"。次行下署"梁吴均撰"。"集异记卷二"末镌"弦歌精舍"四字；《莺莺传》卷末镌"如隐草堂"四字。1925年，袁克文收得此本，于卷首题跋曰：

> 是书原阙旧目，右目乃估人以意补写，故与原书舛异。吾初欲删去之，嗣以便于检读，遂姑存之。按《集异记》一书，清《四库书目》及各家藏目咸止一卷，惟铁琴铜剑楼藏有明钞本二卷，适与此合。寒云记。
>
> 小说梁唐卅一篇，《虞初白志》罕流传。《伽蓝记》外今逢此，如隐堂存两钞镌。乙丑（1925）八月，洹上袁克文题于天津旅舍。（钤"寒云"白文方印、"袁二"朱文方印）

书衣钤有"乾隆年仿金粟山藏经纸"朱文长方椭圆印。扉页有扬进篆书题签"《虞初志》八集，凡三十二卷，明如隐堂刊。乙丑八月扬进居士褐檗"，下钤"扬进"白文方印。卷首"虞初志总目"有袁克文朱笔校字，文中有朱笔圈点。

此本后经王礼培、周叔弢等人收藏（下文简称"袁跋本"，以示区别），书中钤有"流水音""百宋书藏""双爰盦""寒云主人""寒云鉴赏之钤""寒云""袁二""洹上寒云""佩双印斋""一鉴楼""克文私印""礼培私印""扫尘斋积书记""曾在周叔弢处"等印鉴。

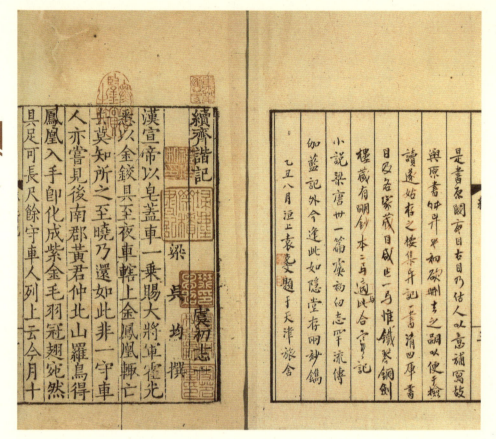

明弦歌精舍如隐草堂刻本《虞初志》袁克文跋

张衡《西京赋》曰："小说九百，本自虞初。"《汉书·艺文志》著录虞初撰《周说》九百四十三篇，注文称其为西汉武帝时方士，这说明小说兴起于汉武帝之时。《四库全书总目》卷一四〇小说家类小序：

……然屈原《天问》，杂陈神怪，多莫知所出，意即小说家言。而《汉志》所载《青史子》五十七篇，贾谊《新书·保傅篇》中先引之，则其来已久，特盛于虞初耳。

进一步阐明小说家言由来已久，至虞初撰《周说》时日趋兴盛；故后人称"虞初"为小说之祖，并借用"虞初"为小说之名，如《四库全书总目》卷一四四"子部·小说家类存目二"著录浙江范懋柱家天一阁藏本《陆氏虞初志》云：

旧本题"陆氏虞初志"，不著其名。惟第一卷中《续齐谐记》

有跋，称得于外舅都公家，疑为都穆婿也。其书所收诸家小说，惟吴均为梁人，馀皆唐人杂传，不出《太平广记》之中，殊乏异闻。

陆氏，即指陆采。此明弦歌精舍如隐草堂本《虞初志》中未见题"陆氏"二字。然据书中《续齐谐记》卷末跋语云："……是书亦罕得佳本，惟外舅都公家藏有之，命余镂梓以传焉。"都公，即都穆，陆采即都公之婿 **❶**，疑此本当即陆氏《虞初志》。《四库全书总目》另著录《陆氏集异记》四卷云：

> 旧本题唐比部郎中陆勋撰。《书录解题》及《宋史·艺文志》并作二卷。陈振孙曰：语怪之书也，凡三十二事，言犬怪者居三之一。此书较陈氏所载多二卷，而事较振孙所记之数多三四倍，亦不多言犬怪，岂后人附会，非其本书欤？

然此本《虞初志》中所收《集异记》二卷，唐薛用弱撰，非陆氏《集异记》。其卷一记徐佐卿、王积新、平等阁、裴珙、萧颖士、韦宥、蔡少霞等七则，卷二记集翠裘、王维、王涣之、张镒、裴通远、邢曹进、韦知微、狄梁公、宁王等九则，与《陆氏集异记》卷数、条目皆不同。晁公武《郡斋读书志》卷一三著录"《集异记》二卷，右唐薛用弱撰。集隋唐间谲诡之事。一题《古异记》。首载徐佐卿化鹤事"；同卷又著录"《陆氏集异记》二卷，右唐陆勋纂。语怪之书也，凡三十二事，言犬怪者居三之一"。陈振孙《直斋书录解题》未见著录《陆氏集异记》。四库馆臣所言"陈振孙曰……"者，当是《郡斋读书志》中语，四库馆臣误作《直斋书录解题》。

袁氏题诗云"《伽蓝记》外今逢此，如隐堂存两纱镌"，即指如隐堂刻《虞初志》与《洛阳伽蓝记》。其中，如隐堂刻本《洛阳伽蓝记》为传世最早的刻本，传本罕见，堪比宋元珍本 **❷**。叶德辉《书林清话》

---

❶ 详见程毅中《〈虞初志〉的编者和版本》，《程毅中文存》，中华书局，2006年，第398—401页。

❷ 黄裳《来燕榭书跋》云："《洛阳伽蓝记》传世以如隐堂本为最旧，罕见传本，稀若宋元。徐森玉丈云，并世只有二本，此其一也。如隐堂刻书尚有《虞初志》一种，嘉靖中姑苏雕板，周叔弢有之，并邢之襄所藏之《伽蓝记》，今并归北京图书馆矣。此册旧系蝶装，然技劣，已散为零叶，爰手为折叠，仍作一册，倩工重装，亦自明净可喜。用楮系东洋皮纸，虽不旧，亦佳于竹纸、宣纸之属也。此册余买得于传薪书店，其肆挟周今觉遗书入市，无旧本，余只得此及景宋《鱼玄机诗》两种，大册精善，盖自庄严堪主人自藏之册也。卷端有丁巳十一月我病手书三行，云此蝶装出于厂肆文德堂老韦之手，虽装治不精，亦姑识之，以存装工姓名。恐再过十年更无人能知蝶装之义，即此不精之装，容可再得乎？乙未四月十三日。"上海古籍出版社，1999年，第28—29页。

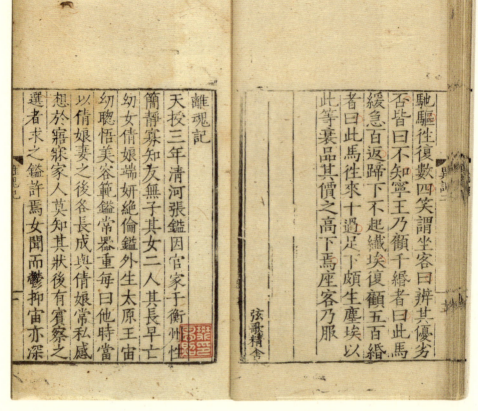

明弦歌精舍如隐草堂刻本《虞初志》

亦提及，"如隐堂，无年号刻《洛阳伽蓝记》"❶。此书董氏诵芬室已影印行世，后又收入《四部丛刊》三编中。傅增湘曾据如隐堂本校明末毛氏汲古阁刊津逮祕书本❷。如隐堂"两纱镌"今并藏国家图书馆。

国家图书馆另藏有两部明刻《虞初志》，其中一部版本题"明弦歌精舍凤桥别墅刻本"，1955 年，北京图书馆从丽生书局购藏（下文简称"购藏本"）。另一部亦为周叔弢旧藏❸，仅题"明刻本"（下文简称"周氏旧藏本"）。1954 年，周氏藏书捐赠国家，由社会文化事业管理局移交北京图书馆（即今国家图书馆）庋藏。

上述三部《虞初志》行款相同。周氏旧藏与袁跋本两部版刻风格、

❶ 《书林清话》卷五"明人私刻坊刻书"，第 102 页。
❷ 《藏园订补郘亭知见传本书目》卷五下，第 390—391 页。
❸ 卷端钤有"曾在周叔弢处"朱文长方印。

虬髯客傳

唐　張　說　撰

虞初志

隋煬帝之幸江都。命司空楊素守西京。
素驕貴又以時亂天下之權重望崇者
莫我若也。奢貴自奉禮異人臣。每公卿
入言實客上謁。未嘗不踞牀而見。令美
人捧出侍婢羅列頗僣於。上末年愈甚。
無復知所負荷。有扶危持顛之心。一日

明弦歌精舍凤桥别墅刻本《虞初志》

字体笔画，几乎相同，然二者确非一刻。周氏旧藏本笔画较细，古拙，文中上鱼尾间镌有“口”“乙”“午”“巳”“中”“入”“卯”“之”“乂”“正”“亥”“丁”“子”“丑”“共”“友”“申”等字样。袁跋本笔画稍粗，基本上为黑鱼尾，无字形，间有白鱼尾。疑袁跋本覆刻周氏旧藏本，并重修调整书版先后顺序。

购藏本与袁跋本版刻笔画相同，购藏本笔画清晰，笔画之间干净利落，袁跋本笔画多有吃墨处，笔画之间略有牵连，不甚利索。文中间有书版裂痕、墨丁，二者亦相同，当为同一版。根据书中断版情况，购藏本当刷印在前，袁跋本在原来的版子上加以修饰，增添条目，并将原版顺序重新调整。根据三书比勘，如隐草堂、弦歌精舍、凤桥别墅疑是同一刻书处，或至少相互有关联。

《虞初志》细目对照表

序号	条目 袁跋本	袁跋本 三十二卷	周氏旧藏本 十三卷	购藏本 二十卷
1	续齐谐记	卷端题"续齐谐记",下镌"虞初志一",版心镌"齐谐记",末有跋云:"右此记梁奉朝请吴均撰。或谓其《续东阳》无疑而作。余按均先有《齐谐记》一卷,在唐已失传。而其事往往杂见于诸类书中。均盖自续其书,非祖《东阳》也。是书亦罕得佳本,惟外舅都公家藏有之,命余锓梓以传焉"		1. 卷端题"续齐谐记",下镌"虞初志一",版心镌"齐谐记",末有跋
2	集异记	卷首"集异记卷第一"、卷第二下无字,均未镌"虞初志几"。卷末左下镌"弦歌精舍"。无跋		2. "集异记卷第一"。第二册卷端题"集异记卷第二"下镌"虞初志二"。卷末左下镌"弦歌精舍"。后有跋云"唐之文,未纯于古而高词丽句,犹存江左馀味。虽野书稗说之靡,亦臻其妙,萧然有言外之趣。非复后世所能及。宋人极力模仿,若洪野处者,犹未足比肩。况其他乎?是记本十卷,宋初犹存。观《广记》所录可见已。予窃爱而刻之,不忍以残缺废焉"
3	离魂记	下无字		12. "离魂记"
4	虬髯客传	下镌"虞初志二"。周氏旧藏本无"二",此叶别处版裂处大同。次行题"唐张说撰"。末有跋。跋末行格整齐无空白	1. "虬髯客传"下镌"虞初志",次行题"唐张说撰"。末有跋	6. "虬髯客传"下镌"虞初志",此三字当是重刻,与袁跋本笔画有差异,此叶别处相同。次行题"唐张说撰"。末有跋。跋后行格有空白方形,疑是将牌记等文字剜去
5	柳毅传	下无字		8. "柳毅传",下镌"虞初志",之下有墨丁
6	红线传	下无字	4. "红线传"下镌"虞初志"。无跋	
7	长恨传	无字		

明弦歌精舍刻本《虞初志》

二七九

序号	条目 袁跋本	袁跋本 三十二卷	周氏旧藏本 十三卷	购藏本 二十卷
8	韦安道传	下镌"虞初志三"		9.卷端"韦安道传",下镌"虞初志八"
9	周秦行记	卷首"周秦行记论"(钞配),"周秦行记"下无字。版心镌"行记"	11."周秦行记",卷端题"周秦行记",下镌"虞初志八"。版心"行记"	13."周秦行记",下镌"虞初志八"。版心镌"行记"。(卷首无"周秦行记论")
10	枕中记	有钞配		3."枕中记",下镌"虞初志",之下有墨丁,疑原为卷次。版心镌"吕翁传"
11	南柯记	卷末有字迹,当是把后跋铲去		16."南柯记",下镌"虞初志五"。后有跋
12	嵩岳嫁女记	下镌"虞初志四"	12."嵩岳嫁女记",下镌"虞初志"	4."嵩岳嫁女记",下镌"虞初志",之下有墨丁,疑原为卷次
13	广陵妖乱志	下无字。版心"妖乱志"		10."广陵妖乱志",下镌"虞初志四"。版心"妖乱志"
14	崔少玄传	下无字		
15	南岳魏夫人传	下无字。版心镌"魏夫人传"		
16	无双传	下镌"虞初志五"	10."无双传",下镌"虞初志七"	
17	谢小娥传	下镌"李公佐撰"		
18	杨娼传	下无字	9."杨娼传",下镌"虞初志六"	
19	李娃传	下无字	8."李娃传",下镌"虞初志六"。卷末有跋。跋末左下角镌"凤桥别墅"四字	
20	莺莺传	下镌"虞初志六元稹譔",卷末镌有跋,左下角镌"如隐草堂"。文中有墨丁	6."莺莺传",下镌"元稹撰",卷末镌有跋。无墨丁。卷末有跋,缺后半叶	
21	霍小玉传	下镌"蒋防撰"		
22	柳氏传	下无字	2."柳氏传"下镌"虞初志二"。末有跋	
23	非烟传	下镌"皇甫放"		

序号	条目 袁跋本	袁跋本 三十二卷	周氏旧藏本 十三卷	购藏本 二十卷
24	高力士外传	下镌"虞初志七",此与购藏本不同,然文中版裂处相同。次行"唐太原郭湜撰"。版心镌"力士传"。无跋		5.卷端题"高力士外传",下镌"虞初志三",此与袁跋本不同。次行唐太原郭湜撰。版心镌"力士传"。其他处二者当为一版。卷末有跋。跋后左下角镌"凤桥别墅"
25	东城老父传	下无字		7."东城老父传",下镌"虞初志",之下有墨丁
26	古镜记	有钞配。文中鱼尾间有阴文,与周氏旧藏本同,当是未改净处。周氏旧藏本缺处,袁跋本不缺	7."古镜记",下镌"虞初志"。袁跋本有墨丁处,此本有文字	11."古镜记",下镌"虞初志",之下有墨丁
27	冥音录	下无字	5."冥音录"。无跋	14."冥音录"
28	任氏传	下镌"虞初志八",有跋云"……予游两京,得狐事数十,拟聚而传之。姑先刻是说,贻诸好事者"	13."任氏传",下镌"虞初志"	18."任氏传",下镌"虞初志十",后有跋
29	蒋琛传	下无字		15.卷端题"蒋琛传",下镌"虞初志",之下有墨丁
30	东阳夜怪录	下无字		19."东阳夜怪录"
31	白猿传	卷末有钞配	3."白猿传"下无字。末有跋。跋末左下角镌"凤桥别墅"四字。此与购藏本相同	17."白猿传",后有跋,跋末左下角镌"凤桥别墅"

涵芬楼旧藏亦有明刻《虞初志》。1914 年，傅增湘曾经寓目此书，有《续齐谐记》《集异记》等十四种。《藏园群书经眼录》著录云："八行十五字，字体似济美堂《柳文》，有跋称外舅都公云云，疑是吴中所刊。" **1** 书中钤有"上党大冯收藏图籍""上党""默菴"，另钤有黄丕烈印记数枚，《黄丕烈书目题跋》未见著录 **2**。然《涵芬楼烬馀书录》亦未见著录，仅《涵芬楼原存善本草目》收录"《虞初志》，明刊本，上党冯氏默菴话雨楼士礼居藏印" **3**，因疑此书早已毁于 1932 年涵芬楼劫难。

---

1 《藏园群书经眼录》卷九，第 667 页。

2 《黄丕烈书目题跋》，包括《荛圃藏书题识》十卷附补遗、《荛圃刻书题识》一卷附补遗、《荛圃藏书题识续录》四卷杂著一卷、《荛圃藏书题识再续录》三卷、《士礼居藏书题跋补录》《百宋一廛赋注》《百宋一廛书录》一卷。

3 《张元济古籍序跋汇编》中册《涵芬楼烬馀书录》，第 498 页。

明正德杨氏清江书堂刻本
《新增补相剪灯新话大全》

　　旧时通俗话本、演义等绘有人物绣像及每回故事内容者，其书名常常冠以"全相""补相""绣像"等字样。鲁迅《中国小说史略·元明传来之讲史上》云："日本内阁文库藏元至治（1321 至 1323 年）间新安虞氏刊本全相（犹今所谓绣像全图）平话五种。"袁克文旧藏亦有此类善本，如明瞿祐撰《新增补相剪灯新话大全》四卷 **❶**，明正德六年（1511）杨氏清江书堂刻本，卷四末镌有"正德辛未孟秋杨氏清江书堂刊"牌记二行。末附明李昌祺撰《新增全相湖海新奇剪灯馀话大全》四卷。书版分上下两栏，下栏文字，上栏依事绘图，半叶十四行，行二十四字，黑口，四周单边。第一册末有袁克文手书云：

　　　　丁巳（1917）正月十七日卯时，谨占一课，其辞曰：时可图兮势可成，为山端的自丘陵。扶持总赖青云客，龙跃于渊象有徵。以予困厄潦倒之时，忽得此矫赫煊腾之象，望梅画饼，又劳南柯一度矣。寒云。

　　第一册内封面上为"清江书堂"，中上为图案；下右左两边云"编成神异新奇事，敦尚人伦节义口（字残）"；中间有大字分左右两行云"重增附录剪灯新话"；正中有墨围白文小字"湖海"。卷端题"新增

---

❶ 关于《剪灯新话》的作者、成书、版本等相关研究，详见市成直子《关于〈剪灯新话〉的版本》，《上海大学学报》（社科版），1995 年第 3 期；李剑国、陈国军《瞿祐续考》，《南开学报》，1997 年第 3 期；赵素忍《〈剪灯新话〉研究》，河北师范大学 2004 年硕士学位论文；乔光辉《〈剪灯新话〉版本流变考述》，《中国典籍与文化》，2006 年第 1 期。

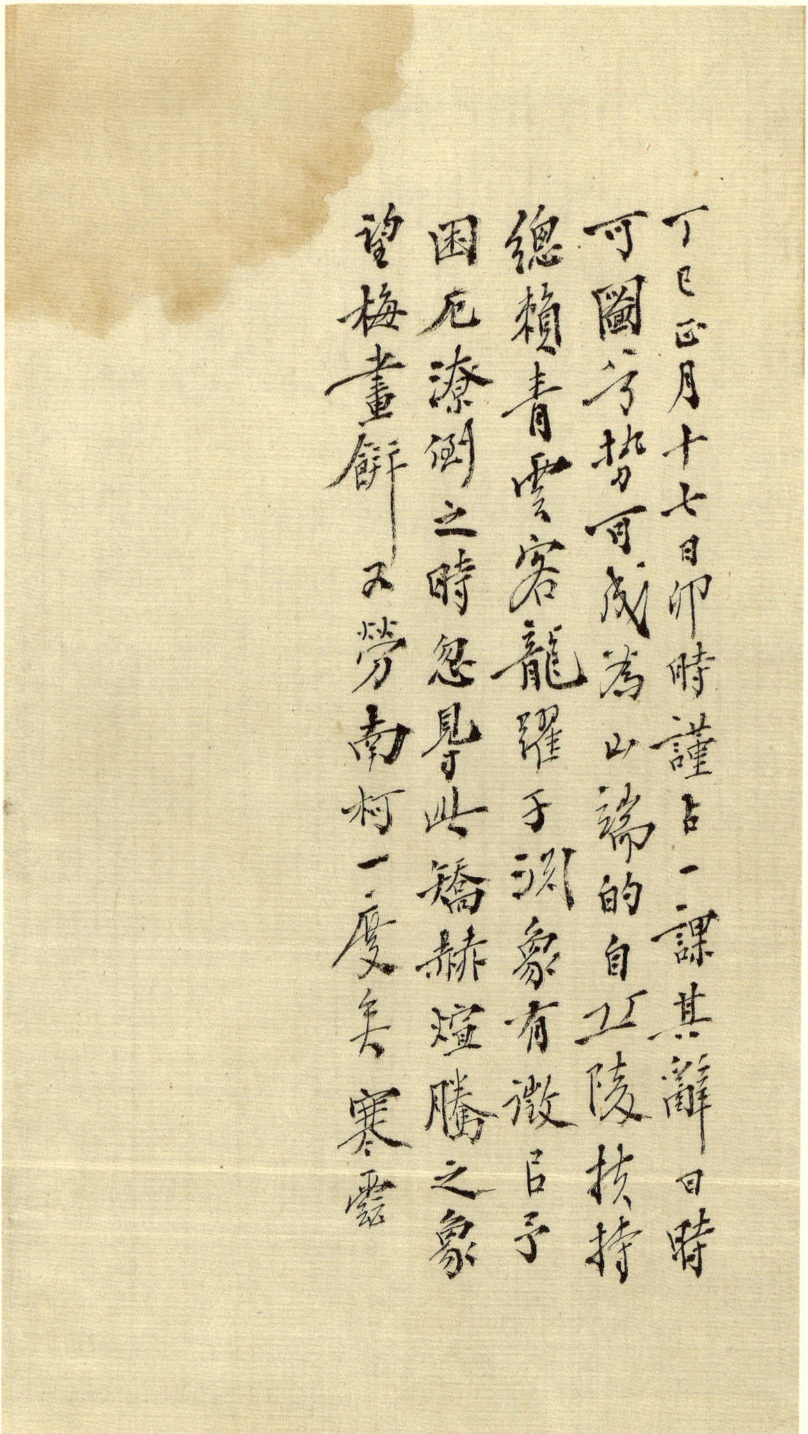

丁巳正月十七日卯時謹占一課其辭曰時
可圖方哲可成為山端的自工陵扶持
總賴青雲容龍躍于淵象有徽呂子
困厄潦倒之時忽見乎此矯赫煊騰之象
望梅畫餅不勞南柯一度矣　寒雲

明正德清江书堂刻本《新增补相剪灯新话大全》袁克文跋

补相剪灯新话大全卷之一"，次行题"古杭山易瞿祐宗吉编著"，"瞿祐"或作"瞿佑"。三行题"清江书堂杨氏重校刊行"，四行题"书林正巳詹吾孟简图相"。此卷末则署"新增全相剪灯新话大全卷之一"，"补相"易为"全相"。馀卷首尾"补相"或作"全相"，各不相同。其附录卷首则题"新增全相湖海纪闻剪灯新话附录"，次行题"古杭瞿佑宗吉编著"，三行题"建阳县知县张光启校正"。

第二册书衣有袁克文朱笔题签"剪灯新话，丙辰（1916）三月孤本书室重装"。其内封面与第一册大同，略有区别。上镌有"清江书堂"四字；中上为图案，与第一册不同；下面左右两边分别书"究神仙变幻之机蒐怪异张施之迹"；中间大字左右分别为"续还魂记剪灯馀话"；正中有墨围白文小字"渊谈"。其卷端题"新增全相湖海新奇剪灯馀话大全卷之一"，二行之下依次题"广西左布政使庐陵李昌祺编撰，翰林院庶吉士文江刘子钦订定，上杭县知县盱江张光启校刊，建阳县县丞何景春同校绣行"。

此书《寒云日记》未见著录，疑为其1915年之前所得。1916年，袁克文痛失双亲，其经济来源断绝，生活日渐紧张。此占辞为袁克文1917年初所得，正可谓"困厄潦倒"。1920年，此书为张元济收入涵芬楼，《涵芬楼烬馀书录》著录❶。书中钤有"海盐张元济庚申岁经收"白文长方印、"涵芬楼"朱文长方印、"菊生经收"朱文方印、"涵芬楼藏"白文方印等。今藏国家图书馆。

1915年四月，袁克文获藏元刻《新编连相搜神广记》❷。"连相"，为杂耍名。源于金代乐曲《连厢词》。表演时，除有琵琶笙笛及锣鼓等乐器外，常以四人各持竹杆，竹杆两头各嵌直径寸许的小铜钹，或制钱十馀枚，用以击节，并敲击身体四肢、肩、背各部，不断打出清脆的响声，故亦称"打连厢"。清李调元《弄谱百咏》云："闻道辽金繁盛日，六街风静听连厢。"清顾禄《桐桥倚棹录·舟楫》载："杂耍之技，来自江北，以软硬工夫、十锦戏法、象声、间壁戏、小曲、连相、灯下跳狮、烟火等艺擅长。"胡朴安《中华全国风俗志·江苏·仪征岁时记》云："元宵前后，龙灯之外，俗尚花鼓灯……厥后曰"连相"，曰"花

❶ 《张元济古籍书目序跋汇编》中册《涵芬楼烬馀书录》，第639页。

❷ 《寒云日记》作"新刊连相搜神广记"，第136页。《藏园群书经眼录》卷九著录为"明淮海秦子晋编"，疑误，第668页。

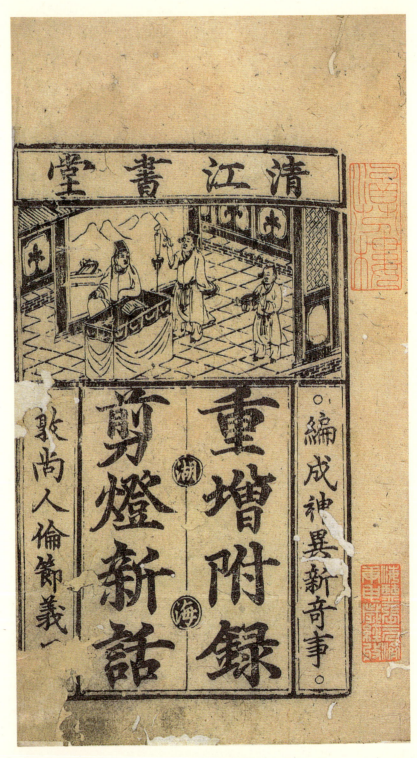

明正德清江书堂刻本《新增补相剪灯新话大全》内封

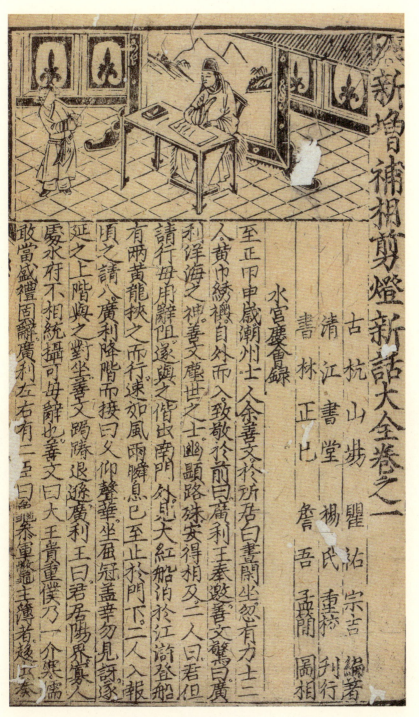

明正德杨氏清江书堂刻本《新增补相剪灯新话大全》

新增補相剪燈新話大全卷之一

古杭山陽瞿佑宗吉編著
清江書堂楊氏重校刊行
書林正已詹吾孟簡圖相

水宮慶會錄

至正甲申歲潮州士人余善文於所居白晝蘭坐忽有力士二
人黃巾綉襖自外而入致敬於前曰廣利王奉邀善文驚曰廣
利洋海之神善文塵世之士幽顯路殊安得相及二人曰君但
請行毋用辭阻遂與之偕出南門外見大紅船泊於江諸登船
有兩黃龍挾之而行速如風兩瞬息已至止於門下二人入報
頃之請八廣利降階而接曰久仰聲華坐蛋坐毋冠蓋華勿見訝
延之上階善文蹴踖退遜廣利曰大王貴重僕乃一介寒儒
霧水苻不相統攝可毋辭也善文曰大王陽界寶
敢當盛禮固辭廣利左右有二至曰恭軍鑑主蓮者趣六奏

明正德清江书堂刻本《新增补相剪灯新话大全》

鼓"。"杂耍之技，以文字表现，传承后人，多有刻本行世，如"连相"。

书中有插图，每神佛均有像，先像后说。花鱼尾提行。半叶十四行，行二十四字，黑口，四周双边。题目及神名均大字占双行，卷首"新编连相搜神广记目录"，次行题"淮海秦子晋编"，卷前依次为"释氏源流""道教源流""西王母""后土皇地祇""玄天上帝""梓潼帝君"；卷端题"新编连相搜神广记"，下镌"前集"白文。正文首为"儒氏源流"。正文诸题名与目录稍有不同。袁氏之后，此书入藏刘氏嘉业堂，再为郑振铎所得。书中钤有"寒云秘笈珍藏之印""寒云""吴兴刘氏嘉业堂藏""翰怡心赏""长乐郑氏藏书之印""长乐郑振铎西谛藏书"诸印记。1958年11月，郑振铎夫人高君箴将郑氏藏书捐赠北京图书馆。

宋刊《册府元龟》残帙

宋刻《册府元龟》一千卷，明代曾为晋府典藏，书中钤有"晋府图书""晋府书画之印""敬德堂图书印""子子孙孙永宝用"等印。清代流散民间。1915 年四月，袁克文从完颜景贤处购得卷二八六至卷二九五 **[1]**，并题写跋语，置于册中：

> 《册府元龟》残帙十卷
>
> 此北宋最初之刊本也。皕宋楼有四百八十三卷，已归海外矣。铁琴铜剑楼尚存五卷。次则有《新刊监本册府元龟》，亦北宋本，视此则后矣。昭文张氏藏有九卷，后归瞿氏 **[2]**，又佚一卷。此本有南宋覆刻，张氏存四百八十卷，行字皆同新刊监本，半叶十三行，行廿四字。天壤间之宋本惟此耳。此十卷又在诸藏目之外，余幸得之，佞宋之私，深足慰也。卷中缺讳，如敬、竟、弘、殷、恒、玄、祯、贞 **[3]**，而讓、佶、桓，皆不减笔。当是祥符书成后，天圣、明道间之监本。故谓之为北宋最初之刊本也。乙卯（1915）五月廿五日，寒云记于中海来福堂。（钤"袁二"朱文长方印）

袁克文另撰有提要一篇：

---

[1] 《寒云日记》，第 139 页。
[2] 昭文张氏，即张金吾。《铁琴铜剑楼藏书目录》卷一七著录："……每半叶十三行，行二十四字。旧为宋内府、明内府藏本，继藏汲古阁毛氏、爱日精庐张氏"，第 246 页。
[3] 原文均缺末笔。

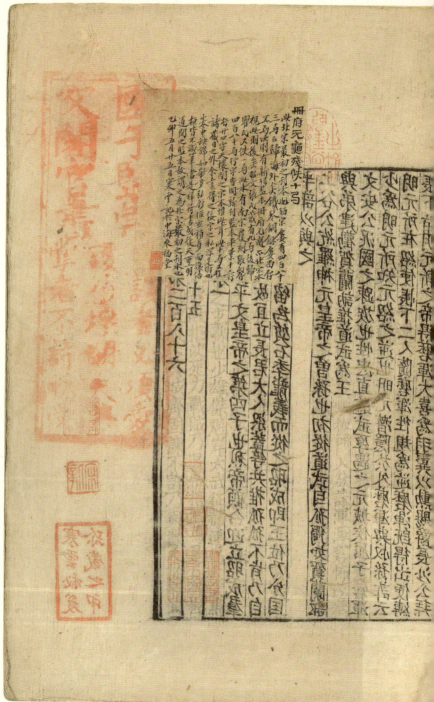

宋刻本《册府元龟》袁克文跋

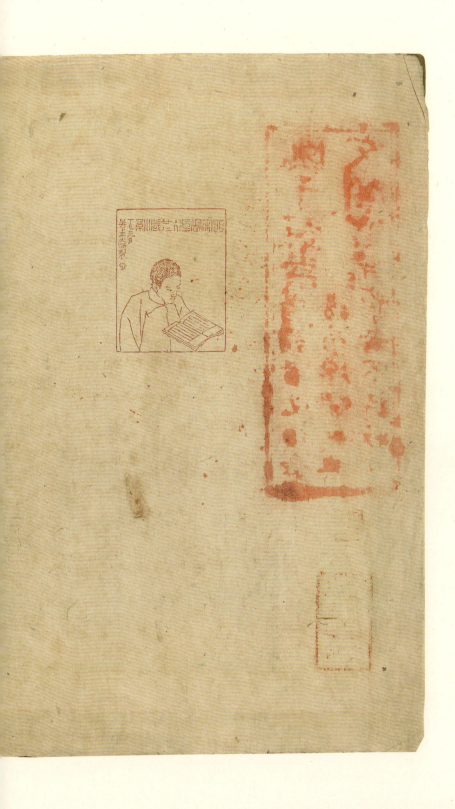

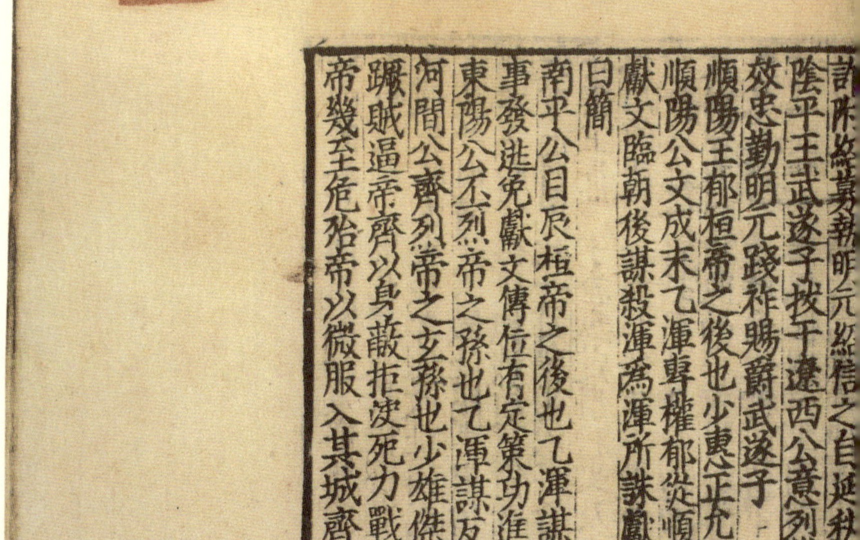

許所給其初明元紹僖之自延秋門出遂迎立明元以功進爵
陰平王武遂子拔干遼西公意列子道武以宗親委之心腹肇
效忠勤明元踐祚賜爵武遂子
順陽王郁桓帝之後也少東正允直文成時位殿中尚書賜爵
順陽公文成末乙渾專權郁從順德門入欲誅渾渾窘忤遂奉
獻文臨朝後謀殺渾為渾所誅獻文錄郁忠正追贈順陽王諡
曰簡
南平公目辰桓帝之後也乙渾謀亂自辰與順陽王郁謀殺之
事發逃免獻文傳位有定策功進爵為王
東陽公不烈帝之孫也乙渾謀友不以奏聞詔牧渾謀
河間公齊列帝之玄孫也少雄傑魁岸太武征赫連昌大武馬
蹶賊逼帝齊以身蔽拒奮死力戰賊乃退帝得上馬是日微齊
帝幾至危殆帝以微服入其城齊固諫不許乃與與人從帝入

宋刻《册府元龟》（袁氏旧藏）

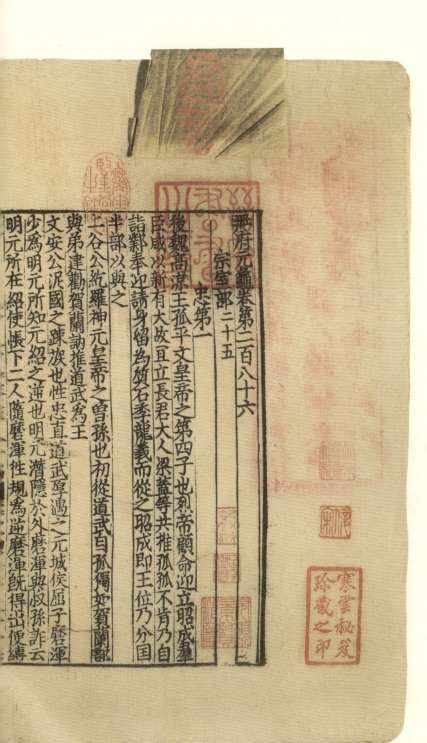

册府元龜卷第二百八十六

宗室部二十五

忠第一

後魏高涼王孤平文皇帝之第四子也烈帝顧命迎立昭成事
臣咸以新有大故宜立長君大人梁蓋等共推孤孤不肯乃自
詣鄴奉迎請身留為質石季龍義而從之昭成即王位乃分國
一谷公紇羅神元皇帝之曾孫也初從道武百孤獨安賀蘭部
與弟建勸賀蘭訥推道武為王
文安公泥國之疎族世性忠直道武厚遇之元城侯屈子磨渾
少為明元所知元紹之遍世明元潛隱於外磨渾與叔孫託云
明元所在紹使帳下二人隨磨渾性規為逆磨渾既得出便縛

《册府元龟》卷第二百八十六之第二百九十五，北宋刊宋印，二册
宋王钦若等撰

半叶十四行，行二十四字，小字双行，字同。白口，左右双阑，
鱼尾下标"册府"及卷次，或"册"，或"府"，或只标卷次。此
标题或有墨钉白文，无刻工姓名。

缺讳：敬、竟、弘、殷、恒、玄、祯、贞桓字无一缺者

藏印：国子监崇文阁官书上八字居首列两行、借读者必须爱护损
坏缺失典掌者不许收受上十八字略小，列三行，上大长印四周双阑，
钤在卷第二百八十六首叶、二百九十尾叶、二百九十一首叶、
二百九十五尾叶，皆在纸背。晋府书画之印二百八十六首、二百九十一首、
敬德堂图书印、子子孙孙永宝用二百九十尾、二百九十五尾。

印用淡灰罗纹纸，黄色厚纸衣，黄罗纹纸签题，曰"册府元龟"
二百八十六之二百九十，一曰：二百九十一之二百九十五，两签题下皆钤晋
府图书印，书法绝似吴兴，盖元国子监中手笔。二册皆蝴蝶原装，
书根题字同签题，惟直书与后来题书根者异。此根题字体方健，当
是宋人之旧迹。

《册府元龟》十卷，自内阁书库流出，即常熟瞿氏书目所称"祥
符书成，最初刊本"，较瞿氏所藏则倍之。瞿另有南宋覆本，与此
行格同。张金吾得汲古所储明文渊阁藏本，九卷，亦北宋刊，惟标
题上有"新刊"二字，半叶十三行，字数则同。**❶**

书中钤有"完颜景贤精鉴""小如庵祕笈""䣵宋书藏主人廿八岁
小景""寒云如意""侍儿文云掌记""寒云秘笈珍藏之印""佞宋""寒
云鉴赏之钤""莲华精舍""袁氏仲子""瓶盦""克文私印""袁氏
世藏""后百宋一廛""与身俱存亡""寒云子子孙孙永保""豹岑""赐
画堂"诸印记。此数卷后归潘宗周宝礼堂**❷**。建国后，潘氏后人潘世兹
捐献国家，入藏今国家图书馆。

此宋刻残本曾是元代国子监崇文阁官书**❸**，书中钤有"国子监崇文

---

❶ 参见《寒云手写所藏宋本提要廿九种》，第149—150页。

❷ 《张元济古籍书目序跋汇编》上册《宝礼堂宋本书录》，第264—265页。

❸ 国家图书馆所藏此部宋刻残本，半叶十四行，行二十四字，白口，左右双边。现存二十卷，即
卷二八六至卷二九五、卷三〇九、卷四四二、卷四四四、卷四四五、卷四八二至卷四八四、卷
七八六、卷七八七、卷七八九。

阁官书，借读者必须爱护损坏阙失典掌者不许收受"朱文长方大印，印文前八字双行在上，其馀十八小字三行在下。国家图书馆藏钤有此朱文长方大印的善本佳椠尚有宋元递修本《经典释文》、宋绍兴四年（1134）温州州学刻本《大唐六典注》[1]、宋绍兴初年两浙东路茶盐司公使库刻本《资治通鉴》、元大德九年（1305）建康路儒学刻本《唐书》、宋刻元修本《晦庵先生文集》等。元代国子监崇文阁旧藏善本，除书中钤有此印之外，其书衣、题签亦有一定形式[2]。

李盛铎曾以此《册府元龟》残本与《晋书》对校[3]，称此本乃寒云秘笈中之"无上上品"：

> 《册府元龟》明刊外，传世惟旧钞本。数十年来所见明钞已
> 尟完帙，何论宋刻。即宋刻残卷著于录者，亦仅瞿、陆二目。丽宋
> 藏书已归海外，虞山典籍咸同间散失已多。此书宋椠，中土殆将绝
> 响。今此十卷残帙，半叶十四行，行二十四字，即瞿目所称祥符书
> 成后最初刊本，而卷帙倍之。又为元国子监崇文阁官书，装潢、签
> 题尚存天水、蒙古之旧。在寒云秘笈中，断推无上上品。残珪零璧，
> 亦当珍若球图矣。乙卯夏日获观因记。盛铎。

李、袁二人跋中所言"瞿目所称祥符书成后最初刊本"，即瞿镛《铁琴铜剑楼藏书目录》卷一七著录《册府元龟》五卷，同卷亦著录另一部宋刊残本《册府元龟》，即《新刊监本册府元龟》八卷[4]。张元济《宝礼堂宋本书录》亦提及《瞿目》所藏《册府元龟》[5]，误以为瞿氏铁琴铜剑楼与陆氏丽宋楼所藏《册府元龟》一样亦"流出海外"。今此两部宋刻《册府元龟》均藏国家图书馆。

周叔弢亦曾收得此部书残卷，即卷三〇九、卷七八六，其卷首钤"曾在周叔弢处""周暹"。建国后，周叔弢捐献国家，入藏今国家图书馆。

清内阁大库尚残存数卷，即卷四八四、卷七八九两卷，蝶装一册，

---

[1] 详见《藏园群书题记》卷五，第245—250页。《藏园群书经眼录》卷六，第390—392页。

[2] 详见上文史部《宋刻两汉〈会要〉》。

[3] 此本卷二九五末李盛铎第二跋云："……《册府》只收习见之经史也。实则《册府》所收皆据北宋以前本，较景祐、绍兴诸刻实有过之。偶检卷二百八十八忠谏门，校《晋书·齐王攸传》'使去奢节俭'，此书'节'作'即'；范阳王（九虎）传'足匡王室'，此书'匡'作'辅'；……察之数篇，异同已如此，且颇有胜今本处。后之读史者未可忽视此书也。"

[4] 《铁琴铜剑楼藏书目录》卷一七，第246页。

[5] 《张元济古籍书目序跋汇编》上册，第265页。

冊府元龜卷第九百一

總錄部百五十一

公直 直 服義

公直

滅私之謂公正曲之謂直君子之懿德也自上古之世後至公
之道廢則情勝於理恩克於義心由利易政以勢遠自非時厥
中庸好是正直執不回之道守無頗之性則焉能獻替可否不
以讎而撓賢閱實憲章不以親而害法臨事盡節靡顧於妻孥
當官而行罔避於權右刑奏列而無隱矰問遺而不通故能成
剛毅之風全忠信之行先聖所以嘉歎良史所以收書宜乎爲
後世之懿範也

史魚爲衛大夫孔子曰直哉史魚邦有道如矢邦無道如矢道有
無諡行直如
矢諡不曲

叔向爲晉大夫晉邢侯與雍子爭鄐田鄐侯楚申公巫臣之子也
雍子晉人亦故楚人也

宋刻《冊府元龜》（瞿氏旧藏）

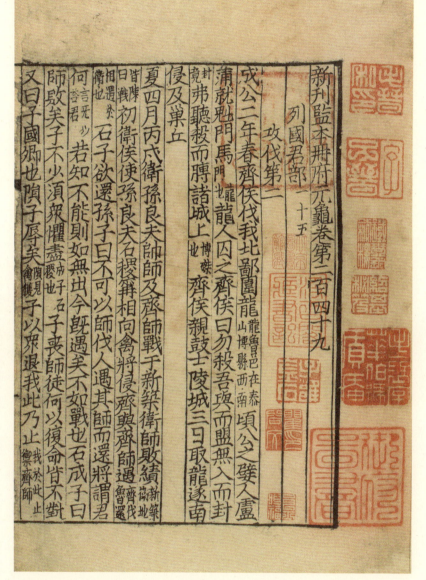

新刊監本册府元龜卷第二百四十九

列國君部一 十五

攻伐第一

成公二年春齊侯伐我北鄙圍龍魯邑在泰山博縣西南項公之嬖人盧

蒲就魁門馬門也龍人囚之齊侯曰勿殺吾與而盟無入而封

竟弗聽殺而膊諸城上博磔也齊侯親鼓士陵城三曰取龍遂南

侵及巢丘

夏四月丙戌衞孫良夫師及齊師戰于新築衞邑師敗績衞地築

皆陳初衞侯使孫良夫石稷甯相向禽將侵齊與齊師過魯還

日戰相遇也石子欲還孫子曰不可以師伐人遇其師而還將謂君

何苟君少若知不能則如無出今既遇矣不如戰也石成子曰

師敗矣子不少須衆懼盡殪子喪師徒何以復命皆不對

又曰子國卿也隕子辱矣奮獲子以衆退我此乃止

宋刻本《新刊監本册府元龜》（瞿氏旧藏）

清末拨交京师图书馆，即今国家图书馆 **❶**。

  傅增湘旧藏亦有数卷，即卷四四二、卷四四四、卷四四五、卷四八二、卷四八三、卷七八七，钤有"沅叔长年""沅叔审定""藏园秘籍孤本""江安傅增湘沅叔珍藏""双鉴楼珍藏记""沅叔审订宋本""双鉴楼""晋生心赏""忠谟继鉴"等印鉴。其中，卷四八三为朱文钧旧藏，张允亮所赠，钤有"翼盦""萧山朱文钧印""翼盦珍秘"诸记；1931 年朱氏又赠与傅增湘，祝其六十大寿 **❷**，册末有朱文钧手跋：

  藏园主人六十初度，无以为寿。因检敝箧，得此册，并元刊陈桱《续通鉴》两卷，以将微意。主人藏弆极富，此不过九牛一毛耳，曾何足以邀主人之一盼！然古籍多寿，亦借祝修龄之意。此《册府元龟》语尤吉祥，倘亦主人所乐闻乎？辛未九秋。翼厂手识。

  建国后，傅增湘将旧藏善本捐献国家，入藏今国家图书馆，与潘宗周、周叔弢两家旧藏在国家图书馆延津剑合，堪称书林佳话。

---

❶　《藏园群书经眼录》卷一〇宋刻《册府元龟》中所列诸卷，标明"北京图书馆"或"北京图书馆藏"者八十一卷，潘宗周（明训）藏二十卷（即本文中袁克文旧藏残卷），其馀诸家藏六十五卷，包括重复六卷，总计一百六十六卷，另有残卷四卷。傅氏下文中云"此书宋本北京图书馆藏九十八卷，各家藏三十三卷，共一百卅一卷"，不详何据。详见《藏园群书经眼录》卷一〇，第684—685页。《藏园群书经眼录》标明"北京图书馆"诸卷中有八十卷现藏台湾，详见台北"中央"图书馆特藏组编《"国立中央"图书馆善本书目》（增订二版）第二册，第620页。

❷　《藏园群书题记》卷九，第477页。

宋刻《妙法莲华经》

宋刻本《妙法莲华经》七卷，后秦释僧鸠摩罗什译，半叶十行，行二十一字。1915 年三月初一日，袁克文从装书工人魏书衡处得到此书，喜不自胜，赞曰"楮墨精洁，首尾完好，洵无双秘册也"[1]，并于卷七末手书题跋两则。其一：

> 宋藏皆大字本，曾于李木斋、杨惺吾处见之。余所藏有《大方广总持宝光明经》三卷，为宋藏中之精刊。此经字体纯摹率更，楮墨尤精，当是北宋单行本，完好如新，斯难得之尤难者。中华建国四年（1915）三月，寒云记于中海来福堂。（下钤"克文"朱文联珠印）

其二：

> 徐森玉为余言，曾于鄂中徐某处见钱牧斋影宋钞《妙法莲华经》残本，汪阆源旧藏，与此刻无少异。钱之原本后无见者，当付绛云一炬矣。三月初六夜，寒云又记于倦绣室。（下钤"袁二"朱文方印）
>
> 一部七册全，价银九百圆，得于海王邨。（上钤"满足清净"白文方印）

得此书前一日，即二月二十九日，张允亮曾转让袁克文宋刻《大方

---

[1] 《寒云日记》，第 136 页。

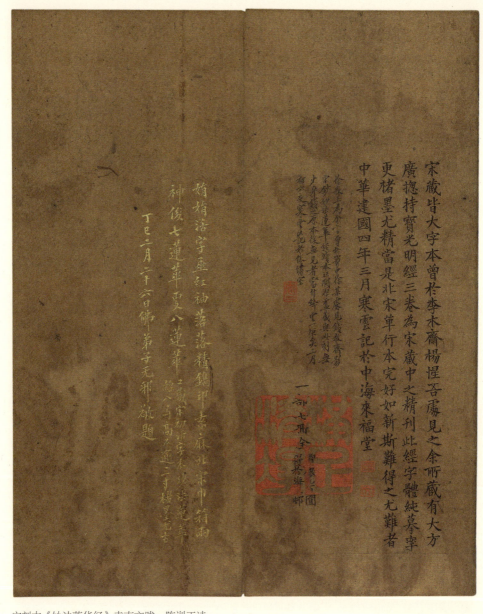

宋刻本《妙法莲华经》袁克文跋、陈训正诗

广总持宝光明经》残卷 **1**，即袁跋中所言"余所藏有《大方广总持宝光明经》三卷"，其中亦有袁克文手跋云：

---

1 《寒云日记》，第136页。

智慧性空無涤妄想解脱之因緣可以離煩

惱於心田可以得清涼於宇宙朕勲非博學

釋典微開豈堪序文以示來者如縻螢爝火

不足比之於皎日將微蠡量海未能窮盡於

深淵者哉

大方廣總持寶光明經卷上

趙宋中印度摩伽陀國那爛陀寺三藏賜紫傳教大師 法天奉 詔譯

如是我聞一時世尊在王舍城鷲峯山中與

大比丘眾百千人俱圓滿一切白法大師子

吼智慧無量得大善利并諸菩薩摩訶薩眾

其名曰

普賢菩薩摩訶薩寶印手菩薩摩訶薩常現

宋刻本《大方广总持宝光明经》

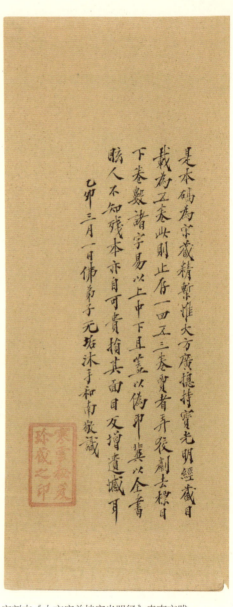

宝光明经残本三卷其雕镌楮墨未在宋藏中阮臻上乘
沉有郭氏十七娘款识尤为罕观故与重和二年福
州藏注花珠林残本同入百宋之选册中梁溪某宋衍
滮英照斋诸藏色皆真碼无疑馀色颜色新泽
不足据也丙辰四月初八日寒云记於後百宋庼中

是本碃为宋藏精椠准大方广总持宝光明经藏目
载为五卷此则止存一四五三卷贾者弄狡铲去标目
下卷数诸字易以上中下且盖以伪印冀以全书
眩人不知残本亦自可贵损其面目反增遗憾耳
乙卯三月一日佛弟子无垢沐手和南敬识

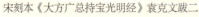

宋刻本《大方广总持宝光明经》袁克文跋二　　　　宋刻本《大方广总持宝光明经》袁克文跋一

　　是本碃为宋藏精椠，惟《大方广总持宝光明经》藏目载为五卷，此则止存一、四、五，三卷，贾者弄狡铲去标目下卷数诸字，易以上、中、下，且盖以伪印，冀以全书眩人，不知残本亦自可贵，损其面目，反增遗憾耳。乙卯三月一日，佛弟子无垢沐手和南敬识。（下钤"寒云秘笈珍藏之印"朱文长方印）

一年之后，袁克文重读《宝光明经》，濡毫再跋：

> 《宝光明经》残本三卷，其雕镂楮墨在宋藏中既臻上乘，况
> 有谢氏十七娘款识，尤为罕觏，故与重和二年福州藏《法苑珠林》
> 残本，同入百宋之选。册中梁蕉林、宋纫淳、英煦斋诸藏印，皆真
> 确无疑，馀印颜色新浮，不足据也。丙辰（1916）四月初八日，寒
> 云记于后百宋廛中。（钤"克文"朱文方印）

此残卷现藏上海图书馆。

此宋刻《妙法莲华经》函套有袁克文墨笔题签云"妙法莲华经宋刊
本"，下署"寒云"。扉页亦有其题字："妙法莲华经七卷，乙卯上巳
前二日佛弟子袁克文敬题。"上钤"四海八荒同一云"朱文圆印。书中
钤有"䣝宋书藏主人廿八岁小景""袁二""侍儿文云掌记""双莲华盦""流
水音""臣印克文""寒云庐""八经阁""三琴趣斋""克文之钤""佞宋"
诸印鉴。1917年二月，陈训正于书中题诗 [1]，泥金书写，熠熠生辉：

> 娟娟活字垂红袖，落落精镂印素麻。北宋巾箱两神俊，七莲
> 华更八莲华。又藏宋初活字本《妙法莲华经》八卷，高不逾三寸，楮墨尤古。
> 丁巳（1917）二月二十六日，佛弟子无邪敬题。

诗中"七莲华"指此本；"八莲华"，即当年九月袁克文所得八卷
本《妙法莲华经》，半叶六行，行十二字，上下单边。经折装，巾箱本。
磁青纸书衣上勾画泥金莲花、罗汉，卷端题"妙法莲华经序品第一"。
此"与前所得北宋刊本小字本七卷《莲华经》适成双璧" [2]，因名"双
莲华盦"，并制有"双莲华盦"或"莲华精舍"两方印。1918年初，
袁克文又请姚朋图同赏此书，书中姚氏题识云：

> 右五代初年活字版印《莲华经》八卷，与鸣沙石室本分卷同，
> 此唐本之证。活版为庆历中毕昇所造，说见《梦溪笔谈》。然以
> 予所见，日本人黑板胜美曾以小木塔见示，中藏小经咒一卷，高二
> 寸许，长七八寸许，亦用活字印，与此经绝相类，云得于某县坏塔

[1] 陈训正（1872—1943），字无邪，又字屺怀，号玄婴，亦作天婴，浙江省慈溪县（今属宁波）
西乡官桥人。清光绪二十九（1903）年举人，名扬乡里，为甬上"陈氏三文豪"之一。著有《天
婴诗丛稿》。
[2] 《寒云日记》，第150页。

中。塔建之年，当我唐季，以此知活字版唐时已有之，不得据《梦溪》之说致疑也。抱存先生出示此经，因记于首册之尾。戊午(1918)二月，朋图。**[1]**

姚跋中所云"曾以小木塔见示，中藏小经咒一卷"，疑即日本百万陀罗尼塔中的藏经**[2]**，因名"百万陀罗尼经"。

袁克文书散，将其旧藏七卷本《妙法莲华经》转让潘宗周宝礼堂**[3]**。建国后，潘氏后人潘世兹捐献入藏今国家图书馆。八卷本为张元济收入涵芬楼，《涵芬楼烬馀书录》著录为"五代刊本"，并对姚朋图所云"五代初年活字版印"，"窃未敢信"**[4]**。书中钤有"海盐张元济经收"朱文方印、"涵芬楼"朱文长方印、"涵芬楼藏"白文方印。今藏国家图书馆，馆藏数据著录为"日本刻本"。

[1] "妙法莲华经卷第一"卷末。
[2] 参见辛德勇《记百万塔陀罗尼清末传入中国的一条史料》，《藏书家》第16辑，齐鲁书社，2009年。
[3] 《张元济古籍书目序跋汇编》上册《宝礼堂宋本书录》，第281—282页。
[4] 《张元济古籍书目序跋汇编》中册，第639页。

宋刻元椠《北山录注》

　　《北山录》[1]，全称《北山参玄语录》，《新唐书·艺文志》著录为神清《参元语录》。作者释神清，字灵庾，俗姓章氏，绵州昌明（今属四川）人。《宋高僧传·唐梓州慧义寺神清传》云："清平好为著述，……前后撰成《法华玄笺》十卷，……《北山参玄语录》十卷，都计百馀轴，并行于代。就中语录博该三教，最为南北鸿儒名僧高士之所披玩焉。寺居郪城之北长平山阴，故云'北山'，统三教玄旨，实而为录，故云参玄也……"[2]

　　《北山录》在宋代颇为盛行，刻本亦夥；然千年之后，存世罕见。明代项元汴家藏宋刻《北山录》，流传后世，堪称孤本秘籍。1915年七月二十二日，徐森玉为袁克文购得此书[3]。是月二十六日，袁克文游览玉泉山，途中遇雨，"衣履尽湿"，唯独此书无损。袁克文深感"有神物护持"，挥笔识之：

　　　　《北山录》十卷，唐沙门神清所著。西蜀沙门慧玄注之。典丽该博，释典中所仅见，且为藏目、续藏目未收秘籍，他家目录亦未经载记。惟《延令书目》有"宋辽《北山录》宋版四册"，当即此书。惟误以作序之沈辽为著书者耳。此本北宋熙宁翻刻蜀本，北宋所印，比丘用瑄写补诸叶，缺讳谨严，字体娟疋，亦似宋人手笔。

---

[1]　参见杜正乾《唐释神清〈北山录〉刍议》，《烟台师范学院学报》（哲学社会科学版），2006年第2期。

[2]　详见《宋高僧传》卷六。

[3]　《寒云日记》，第144页。另见《琉璃厂小志》，第106页。

北山錄十卷唐沙門神清所著西蜀沙門慧寶
注之典贍該博釋典中所僅見且為藏目續藏
目未收秘籍他家目錄亦未經載記惟丞令書
目有宋槧北山錄宋版四冊當即此書惟誤以
作序之沈遼為著書者耳此本北宋熙寧繙
刻蜀本北宋所印比丘用溍寫補諸葉缺諱
謹嚴字體婉足亦似宋人手筆森玉偶遊廠
市以廉值得之雖已缺殘猶存天籟舊裝而
其珍貴尚不在楮墨間也予藏宋槧孤本如三
山黃唐本禮記紹興本羣經音辨荀子句解
四卷單行本傷寒明理論于湖居士文集四十
卷慶元己未黃汝嘉刻倚松老人文集百宋一
廛賦中友林乙稿諸書雖皆希世之珍然
無如是書之罕且秘者頃與溫雪偕遊玉
泉舟中遇雨衣履盡濕惟此書處革
囊中毫無損汙是在在處處定有神物護
持也乙卯七月二十六日記於玉泉旅舍寒雲
惟庚寅吾以降

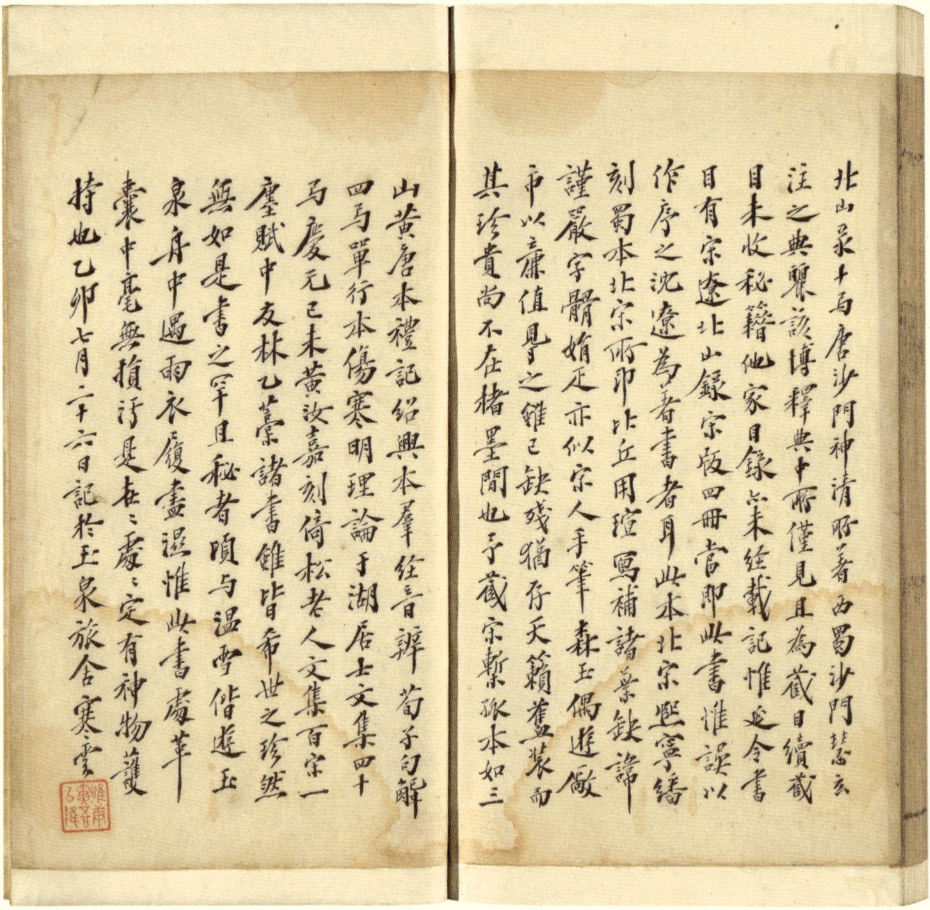

宋刻本《北山录注》袁克文跋一

森玉偶游厂市，以廉值得之。虽已缺残，犹存天籁旧装。而其珍贵尚不在楮墨间也。予藏宋椠孤本，如三山黄唐本《礼记》、绍兴本《群经音辨》、《荀子句解》四卷、单行本《伤寒明理论》、《于湖居士文集》四十卷、庆元己未黄汝嘉刻《倚松老人文集》、《百宋一廛赋》中《友林乙稿》诸书，虽皆希世之珍，然无如是书之罕且秘者。顷与温雪偕游玉泉，舟中遇雨，衣履尽湿，惟此书处革囊中，毫无损污，是在在处处定有神物护持也。乙卯（1915）七月二十六日记于玉泉旅舍。寒云。（下钤“惟庚寅吾以降”朱文方印）

次年三月，袁克文故地重游，展卷赏读，即兴跋云：

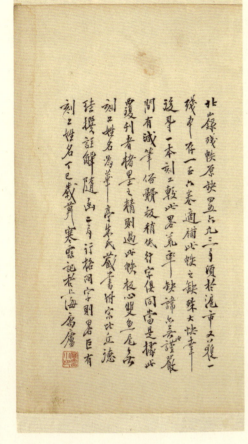

宋刻本《北山录注》袁克文跋三　　　　宋刻本《北山录注》袁克文跋二

　　丙辰（1916）三月十九日重游玉泉，信宿旅舍。当游倦初归，发箧展此读之，神志清凉，已忘尘世。箧中与俱者，有《挥麈三录》《韦苏州集》《片玉词注》《中兴词选》，皆宋椠完帙、书林秘籍。馀若三山黄唐刊《孟子注疏》、淳祐重修《舆地广记》、元祐刊《水经注》、绍兴修本《文选》、黄州刊《东坡后集》，虽一鳞一羽，亦绝世珍也。（下钤"克文之钵"白文方印）

　　1917年底，袁克文又获一部元刊《北山录》，两书相较，更见前本之精美。其跋云：

禅宗秘籍藏遗书释鉴传鉴
抱不如更喜重装搨万千药
师题字未糢糊　蜀僧注释唐
僧撰楮墨千年北宗存况是雕鑴
宗五代不磨香色最銷魂　寒云

宋刻本《北山录注》袁克文题诗

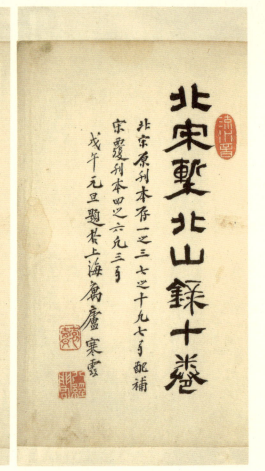

北宋槧北山錄十卷

北宗原列本存一之三七之十九七　配補
宋覆刊本四之六元三
戊午元旦題於上海寓廬　寒雲

宋刻本《北山录注》袁克文跋四

　　《北山录》残帙，原缺四、五、六，凡三卷。顷于沪市又获一残本，存一至六卷，适补此帙之缺。殊大快幸！后得一本，刻工较此略荒率，缺讳亦无此谨严。间有减笔、俗体，板稍低，行字俱同，当是据此覆刊者。楮墨之精则过此帙。板心双鱼尾，无刻工姓名，为华亭朱氏藏书，附宋比丘德珪撰《注解随函》二卷，行格同，字则略巨，有刻工姓名。丁巳（1917）岁暮，寒云记于上海寓庐。（下钤"寒云小印"朱文方印）

　　1918年初，袁克文再次题识云：

北宋椠北山录十卷（右钤"流水音"白文椭圆印）

北宋原刊本存一之三、七之十，凡七卷，配补宋覆刊本四之六，凡三卷。戊午（1918）元旦题于上海厲庐。寒云。（下钤"袁克文"朱文方印、"八经阁"白文方印）

书中另有袁克文题诗一首：

禅宗秘籍藏遗书，释鉴传灯总不如。更喜重装犹万历，药师题字未模糊。

蜀僧注释唐僧撰，楮墨千年北宋存。况是雕镌宗五代，不磨香色最销魂。寒云。（下钤"豹承"朱文长方印）

此宋刻本卷末有项元汴题款"明万历丙子仲秋望日重装。墨林项元汴持诵"二行，并钤有"项子京家珍藏""墨林山人""项墨林鉴赏章""项元汴印""子孙世昌""宫保世家""墨林秘玩""子京所藏""天籁阁""檇李项氏世家宝玩"诸印鉴。《季沧苇藏书目》著录"宋辽《北山录》四册，宋版"[1]，然此本中并无季氏藏印，季氏所藏与此本是否为同一部书[2]，存疑待考。书中袁克文藏印琳琅满目，如"流水音""瓶盦之鉨""寒云""三琴趣斋""佞宋""克文""人间孤本""孤本书室""上第二子""莲华精舍""后百宋一廛""与身俱存亡""寒云秘笈珍藏之印"等印记。

袁克文对于此宋刻孤本甚为珍爱，另撰有提要一篇：

《北山录》卷一之三，卷七之十北宋刊北宋印，二册

唐释神清撰，蜀释慧宝注

次行标"梓州慧义寺沙门神清撰"，三行标"西蜀草玄亭沙门慧宝注"。下标篇目："始天地始""二圣人生""三法籍兴""四真俗符""五合霸王""六至下缺""七宗师议"。以下皆缺。凡半叶之半，惟卷一标题名，卷前首钱唐沈辽序，次殿中丞致仕丘濬

---

[1] 《丛书集成初编·季沧苇藏书目》，商务印书馆，1935 年，第 62 页。
[2] 袁克文、张元济认为此本即经季氏收藏。《张元济古籍书目序跋汇编》上册《宝礼堂宋本书录》，第 282 页。

后序。沈序于熙宁元年五月十二日，半叶十二行，行二十四字，注双行，行三十字。左右双阑，白口，鱼尾。板心单鱼尾下标"北山录"及卷次。沈序半叶十行，行十七字。丘序半叶十二行，行二十三字。钞补者卷一第十二叶，卷二第八、九叶，卷三第八、九叶，卷八第五、六叶，卷十第三、四叶，卷七缺第一叶，前半叶卷尾"禀学赐紫□□□赞述"。后序缺后半叶，卷中与钞配缺讳桓字以次俱不缺俱谨严。钞配第二卷九叶末行题曰"馀英凤岭比丘用瑄为见"。此文不全，借本添续，字体娟弱，审为宋人手笔。

刊工：美、赵、潘、兆、护、善、奉、徐志、包

藏印：天籁阁、檇李项氏世家宝玩上二印在卷首附叶 **1**、墨林山人、项子京家珍藏沈序前、又有二印甚古，已模糊。项墨林秘笈之印、山形印中有一"辉"字丘序前；项元汴印、项墨林鉴赏章、山形印卷一前、山形印 🔲 🔲 希圣卷三尾；檇李、子京所藏、墨林秘玩、子孙世昌、官保世家后序尾。

卷尾题字四行：一曰"行要坚深心要定"；一曰"念须慈忍量须宽""念"点去改"性"字；一曰"明万历丙子仲秋望日重装"；一曰"墨林项元汴持诵"。栏外下角又题"原值壹金"四字"壹"字为妄人改为"佰"字。墨笺衣，朱题"宋椠北山录上"或"下"六字。上册首、下册尾附宋纸一叶，天籁阁旧装。

《北山录》残本七卷，得于京师海王邨。丁巳冬暮又获一残本六卷于海上。洽有前缺四、五、六三卷，竟成全书，殊大快事。此书全藏未收，惟《延令书目》有宋板一部，其他俱无藏者，亦罕见秘籍。前得者为熙宁覆蜀原本沈序称得蜀本刻之。后一本又覆刊熙宁本也。 **2**

此宋本每半叶十二行，行二十三、二十四字不等，小字双行二十九、三十字不等，白口，左右双边，单鱼尾，版心题"北山录几"，下记刻工姓名，有徐志、姜、赵、叶、包、姚等。卷端题"北山录卷第一"，次行题"梓州慧义寺沙门神清撰"，三行题"西蜀草玄亭沙门慧

---

1 "檇李项氏世家宝玩"，"世家"原文作"士家"。

2 参见《寒云手写所藏宋本提要廿九种》，第 171—174 页。

宝注"[1]。卷首有熙宁元年（1068）五月十二日钱唐沈辽序云：

> 余闻神清在元和时，其道甚显，为当世公卿所尊礼，从其学
> 者至千人。而性喜述作，其出入诸经者，或删焉，或益焉，凡百馀
> 卷。而斯录独发其所蕴，尤称赡博。使世之学者，尽得其书而达其
> 源，何患不为神清乎？神清，其名也，生大安山下，后居长平山阴，
> 故谓之《北山录》。惟贤大师先得蜀本，将传诸好事者，请余叙其
> 大方而刻之。因述南屏法师之言以为首云。

文中注释时见"诸本""绛本""绛京本"等字句，知当时并非沈
辽序中所言一种蜀本[2]。现存卷一至卷三、卷七至卷一〇，计七卷。书
中有殷、宁、桓、玄、徵、弘、敬、镜、境等字，缺末笔避讳。卷首沈
辽序称据蜀本覆刻，其序作于熙宁元年（1068），疑作序之时随即梓
行于世，故"顼"字尚未及避讳[3]。另有致仕殿中丞丘濬序。

1917年十二月，袁克文又得元刊《北山录注》残卷，现存卷一至卷六，
行款同前本[4]，仅版式比前本稍短，张元济疑为重刊本[5]。今此本卷末
有周叔弢所捐半叶，恰是刻书题记：

> 宣授讲主心印广福大师全吉祥谨施长财陆续重刊《北山录》
> 一部十卷，《释音》一卷，《注解随函》二卷，《科文》一卷，《钞
> 文》一十二卷，善利端为祝延皇帝万岁、太子千秋，天下太平、风
> 调雨顺、五谷丰登、万民乐业。

此残叶右下角钤"华亭朱氏文石山房藏书印"，与书中钤印相合，
是为同一部书，故其版本《中国古籍善本书目》今题作"元广福大师全
吉祥刻本"[6]。其卷首亦有熙宁元年沈辽序，因疑此元本据沈辽刻本重
刻，而袁克文则误以为北宋重刊本。

此重刊本后附有释德珪撰《注解随函》二卷，卷端题"北山录注解
随函卷上"，次行题"仪封县平城村净住子比丘德珪撰"。其行款同前。
版心有刻工姓一字，如"李""范"等。书中讳字有徵、敬、玄、贞等，

[1] 释慧宝生平详见《续高僧传》卷二五。
[2] 《张元济古籍书目序跋汇编》上册《宝礼堂宋本书录》，第283页。
[3] 详见《张元济古籍书目序跋汇编》上册《宝礼堂宋本书录》，第283页。
[4] 此本卷端题"北山录卷第一"，次行署"梓州慧义寺沙门神清撰"，三行题"西蜀草玄亭沙门慧宝注"，
四行以下为篇目，接连正文。"玄"字不讳；次行"西蜀草玄亭沙门慧宝注"；版心无刻工。
[5] 《张元济古籍书目序跋汇编》上册《宝礼堂宋本书录》，第283页。
[6] 《中国古籍善本书目》子部，第987页。清钱大昕《十驾斋养新录》卷九："僧称吉祥，惟元有之"，
上海书店，1983年，第215—216页。

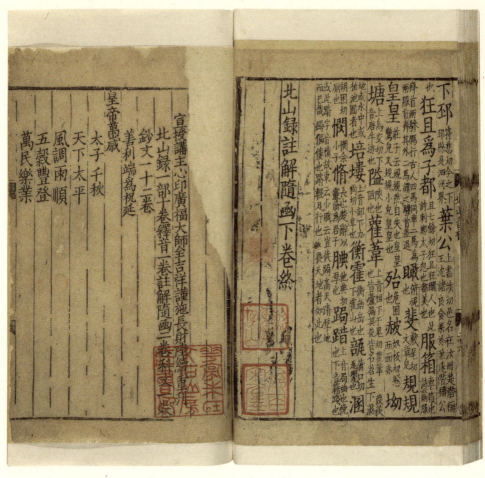

元广福大师全吉祥刻本《北山录注》卷末题记

缺末笔；亦有不缺者，如殷、徵、玄、敬、境、镜、弘等。另书中间有俗体字如"齐""弓"等。此书原为华亭朱氏旧藏，后归入袁克文八经阁，书中钤有"华亭朱氏文石山房藏书印""八经阁""袁克文""项城袁氏之铢""百宋书藏""克文""寒云小印""后百宋一廛""与身俱存亡"等印鉴。关于此书与《北山录》的关系，袁克文认为"《北山录注解》乃释《北山录》及其原注之作"。其所撰提要云：

《北山录》卷一之六宋刊宋印，二册

唐释神清撰，蜀释慧宝注

卷一次行标"梓州慧义寺沙门神清撰",三行标"西蜀草玄亭沙门慧宝注"。四行"天地始第一""圣人生第二";五行"法籍兴第三""真俗符第四";六行"合霸王第五""至化第六";七行"宗师议第七""释宾问第八";八行"丧服问第九""讥异说第十";九行"综名理第十一""报应验第十二";十行"论业理第十三""住持行第十四";十一行"异学第十五""外信第十六"。

半叶十二行,行二十四字,注双行,行二十九、三十、三十一字不等,左右双阑,白口,鱼尾下标"北山录"及卷次,下又有鱼尾。宋讳缺或否。

无刊工姓名。卷首沈辽序,大字,半叶十行,行十七字。

藏印:华亭朱氏文石山房藏书印卷三、卷五两首叶

纸色黄,精刊初印,纸墨如新。

《北山录》残帙第二本,第四、五、六,三卷,合前残本,适成全书。此本刻工较前本稍荒率,有减笔俗体字,故断为覆刊本,字体方健,当亦北宋时重刊。🔲

此本后附有《注解随函》,克文亦误题宋刻,并撰提要一篇:

《北山录注解随函》二卷,北宋刊北宋印,一册

宋释德珪撰

次行标曰"仪封县平城村净住子比丘德珪撰"

半叶十二行,字无通行,注双行,行三十字,及三十一二三字不等。左右双阑,白口,鱼尾下标"北山音"及"北山音下"。

缺讳:匡、筐、恒

刻工姓名:范、李

藏印:华亭朱氏文石山房藏书印卷上、下,首叶

《北山录注解》乃释《北山录》及其原注之作。予旧藏《北山录》,亦北宋刊,原十卷,缺四至六,凡存七卷,唐沙门神清撰,西蜀沙门慧玄注,为天籁阁故物。二书俱未收入全藏。《北山录》尚见于

🔲 参见《寒云手写所藏宋本提要廿九种》,第175—176页。

《延令书目》。此注解则从无道及者。今竟璧合，皆北宋刊北宋印之孤本，殊大快事。二刊字体皆法欧虞，方整峻洁，注解尤精。行字较《北山录》宽大，字形瘦长，楮墨皆极古致，为宋刊本之特异者。注解上卷三十一叶，下卷二十六叶，无稍缺损，尤难得之难者。**❶**

两部《北山录注》，版式、行款、字体大同。宋刻本内容稍有错乱，如卷三叶十八当在叶十五、十六之间；如此，十八叶末"古者呼僧曰道"，可接续十六叶首"士、阿练、阿尚是也（更有此三名）"**❷**；此卷版心叶数为补写，疑为重装致误。元刻本不误。

袁克文晚年，将此两部旧藏善本转让潘宗周宝礼堂**❸**。建国后，潘氏后人潘世兹捐献入藏今国家图书馆。

❶ 参见《寒云手写所藏宋本提要廿九种》，第143—144页。
❷ 括号内原文为双行小字。
❸ 《张元济古籍书目序跋汇编》上册《宝礼堂宋本书录》，第282—283页。

明刻《佛果圜悟真觉禅师心要》

1917年八月，袁克文收得一部明刻《佛果圜悟真觉禅师心要》残卷。当天，袁克文在日记中说此书中"慎、廓缺笔，刻工特异，古隽可玩"[1]。事后，又撰提要一篇：

> 《佛果圜悟真觉禅师心要》卷上，宋刊宋印，一册
>
> 宋释子文编
>
> 次行标"嗣法子文编"
>
> 半叶十一行，行二十字。册首"实迹"，半叶十行，行十六字。每半叶为一板，四周双阑，无板心标字，及上下鱼尾。
>
> 缺讳：慎、廓
>
> 藏印：碧梧翠竹山房"实迹"下角；季振宜印、沧苇、炳文秘玩
>
> 卷首
>
> 字体浑朴，摹印沉疋，为宋刊之别品。淡黄茧纸，阔簾横印。
>
> 《佛果心要》仅存上卷，犹缺尾半叶，皆论经典尺牍。从不见于著录。全藏亦未收，洵奇书也。佛果，宋徽宗时人，圆寂于绍兴五年八月。[2]

今中国科学院图书馆藏有明刻本[3]，亦仅存卷上，书中钤有"碧梧翠竹山房""炳文祕玩""沧苇""季印振宜"诸印记，疑即袁克文旧

---

[1] 《寒云日记》，第174—175页。
[2] 参见《寒云手写所藏宋本提要廿九种》，第167—168页。
[3] 《中国古籍善本书目》子部下，上海古籍出版社，1996年，第963页。

藏之本，袁氏误题宋刻。

　　傅增湘曾经眼此书，《藏园群书经眼录》著录云："《佛果圜悟真觉禅师心要》二卷，宋刊本，十一行二十字，版心四周双栏。钤有季沧苇氏藏印"，**❶** 傅氏亦误题宋刻。

❶　《藏园群书经眼录》卷一〇，第734页。另见《藏园订补邵亭知见传本书目》卷一一下，第885页。

元刻《舒州龙门佛眼和尚语录》

元刻《舒州龙门佛眼和尚语录》二卷，每半叶十一行，行二十二字。白口，双鱼尾，间有单鱼尾，左右双边。此为现存最早刻本，传世仅此一帙。卷端题"舒州龙门佛眼和尚上堂语录上"，次行标"住南康云居嗣法善悟编"。天头钤有"佞宋"朱文方印、"寒云鉴赏之钵"朱文椭圆印。

1915 年八月初八日，袁克文收得此本 **1**，并手书提要一篇：

> 《舒州龙门佛眼和尚语录》二卷，宋刊宋印，四册
> 宋释善悟编
> 　　上卷标"上堂语录"，下卷标"小参语录"，次行俱标"住南康云居嗣法善悟编"。上卷上堂偈颂，下卷小参、普说、颂古、室中垂示、垂代、示禅人心要。尾宣和七年冯楫叙。
> 　　半叶十一行，行二十二字。首豫章徐俯序。半叶九行，行十六字，白口，左右双阑，板心有字数，鱼尾下标"佛眼上"，或"佛上"，又"佛下"。宋讳有缺笔，遇宋帝，字皆提行。
> 　　刊工：章湘、章、震
> 　　藏印：钦差处置边务关防序、卷下、大兴徐氏藏图籍印朱文方印，半满洲文，序首、季振宜藏书序（首册）、小参（三册）、颂古（四册）、乾隆五十有七年遂初堂初氏记一、二、三、四册首

---

1 《寒云日记》，第146页。

首册书根题"宋刻佛眼禅师语录"。**1**

今上海图书馆藏有元刻本 **2**，曾经季振宜、袁克文收藏，疑即此本，袁氏误题宋刻。

1 参见《寒云手写所藏宋本提要廿九种》，第 169—170 页。

2 《中国古籍善本书目》子部下，第 964 页。

宋刻《五灯会元》

　　"五灯"者，即释道原《景德传灯录》三十卷、驸马都尉李遵勖《天圣广灯录》三十卷、释维白《建中靖国续灯录》、释道明《联灯会要》、释正受《嘉泰普灯录》。"五灯"共一百五十卷，南宋末年灵隐寺僧普济以"五灯"繁杂浩博，学者罕能通究，遂与其弟子采摭指要，删繁就简，纂成《五灯会元》二十卷，嘉惠后学。

　　普济俗姓张，号大川，四明奉化（今属浙江）人 **❶**。书中以七佛为首，次四祖、五祖、六祖，南岳、青原以下，各按传法世数载入。《四库全书总目》评价此书云：

　　　　盖禅宗自慧能而后，流派滋多，有良价号洞下宗，文偃号云门宗，文益号法眼宗，灵祐、慧寂号沩仰宗，义元号临济宗。学徒传授，几遍海内，宗门撰述，亦日以纷繁，名为以不立语言文字为不二法门，实则镂繢纷纭，愈生障碍。盖唐以前各尊师说，儒与释争，宋以后机巧日增，儒自与儒争，释亦自与释争；人我分而胜负起，议论所以多也。是书删掇精英，去其冗杂，叙录较为简要。其考论宗系，分篇胪列，于释氏之源流本末，亦指掌了然。

　　南宋理宗淳祐十二年（1252），《五灯会元》编纂成书，普济题辞一篇，宝祐元年（1253）由沈净明刻梓行世，沈氏序云：

　　　　……谨就景德灵隐禅寺，命诸禅人集成一书，名曰《五灯会元》，以便观览。爰竭己资，及慕同志，选工刻梓，用广流通。……宝祐元年正月旦日沈净明谨题。

---

❶　《续藏经》第二十六套第二册有《大川普济禅师语录》一卷，附《灵隐大川禅师行状》。

沈氏刻本当为此书初刻。元末，宝祐初刻已极为罕见，元至正二十四年（1364）重刻此书。其卷首至正二十四年江浙等处行中书省左右司员外郎林镛序云："（清）公今年及八十，每慨《五灯会元》板毁，学者于佛祖机语无所考见，于是罄衣钵之资，以倡施者。"此两种为此书现存较早刻本。

据诸家著录，国内现存宋刻《五灯会元》有三部：

其一，袁克文旧藏本。此本每半叶十三行，行二十四字，白口，单鱼尾，左右双边。现存五卷，即卷一至五。书中宋讳缺末笔，如弘、慎、玄、徵、朗等。版心刻工有郑恭、郑、吴文杲、刘、积斋叶椿年、积斋刊、叶、积斋、恭、余、王锡、钱良等。此本曾经汪士钟、王定安等名家递藏。书中钤有"阆源真赏""汪印士钟""俍陵王氏宝宋阁收藏之印""王印定安"等印鉴。1915年四月，袁克文购得此书 **❶**，书中有其题跋云：

《五灯会元》宋刊残本
《艺芸书舍宋元本书目》子部释家：宋本《五灯会元》，存一至十卷，《经籍仿（访）古志》有宋宝祐本《五灯会元》零本，十三行，行二十四字，存二卷。乙卯四月初十日晨起记于倦绣室。寒云。（钤有"寒云"白文方印）

之后，袁克文将此书转让陈澄中。书中钤有"寒云秘笈珍藏之印""祁阳陈澄中藏书记""郇斋"等印鉴。建国后，陈清华转让一批旧藏善本。1955年，在周恩来总理的关怀下，北京图书馆成功购回陈清华"郇斋"旧藏第一批善本，《五灯会元》前五卷，即卷一至卷五亦随之而来，入藏今国家图书馆。其卷六至卷一〇，函套有袁克文墨笔题签云："五灯会元寒云裁唐硬黄纸并题卷六之十。"直至2007年，这后五卷才出现在中国嘉德国际拍卖公司的拍卖名录上 **❷**，后为上海元雨轩主人吴氏拍得；2009年入选第二批《国家珍贵古籍名录》。2012年，此书卷六至卷一〇再次出现在中国嘉德国际拍卖公司的秋季拍卖会上 **❸**。

---

❶　《寒云日记》，第137页。
❷　参见《中国嘉德2007春季拍卖会·古籍善本》拍卖图录2371号拍品。
❸　详见拓晓堂《荀斋旧藏宋刻〈五灯会元〉叙》，《中国嘉德2012秋季拍卖会·古籍善本》拍卖图录3863号拍品说明。

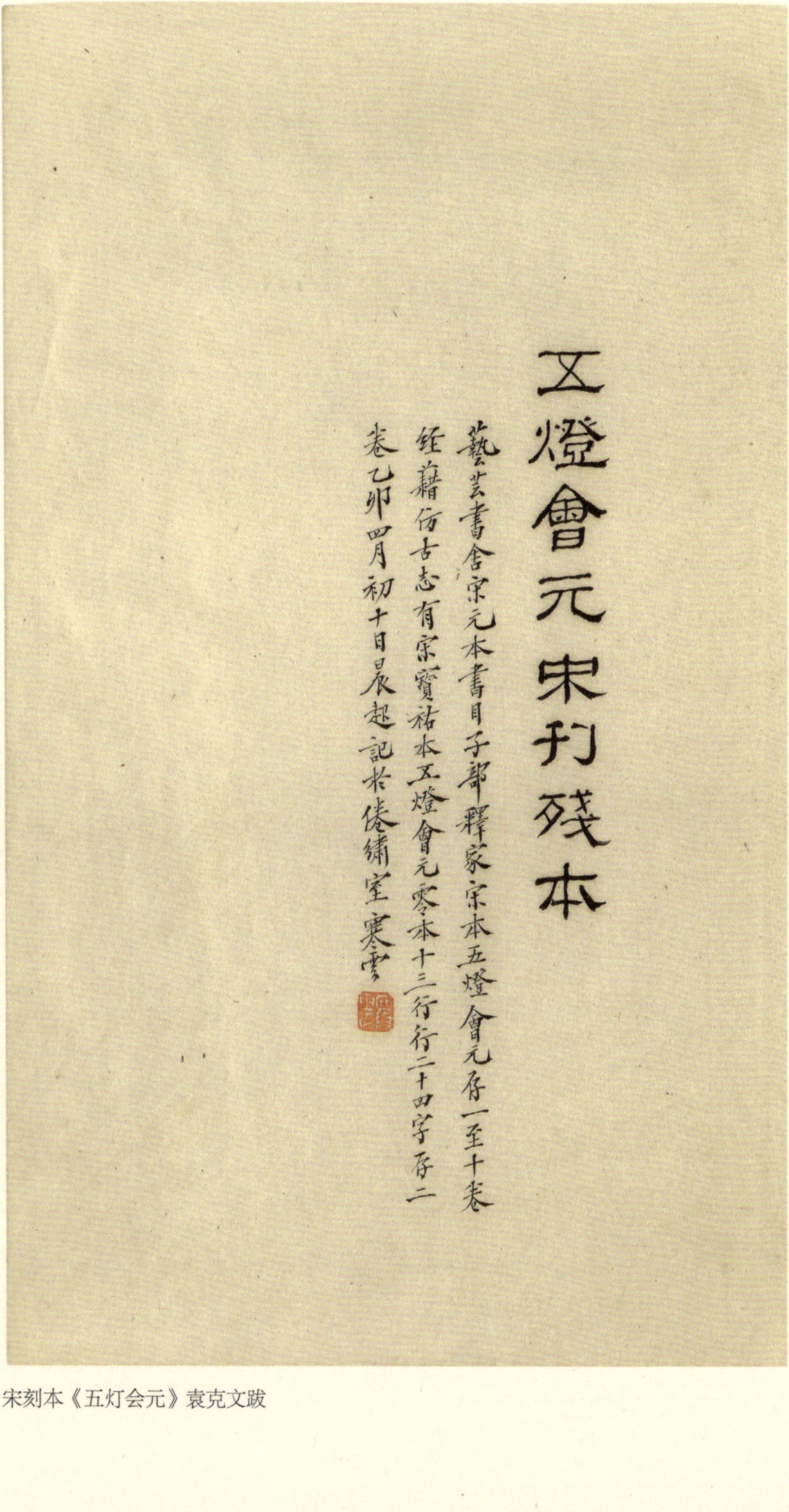

五燈會元宋刊殘本

藝芸書舍宋元本書目子部釋家宗本五燈會元存一至十卷

鈺籍仿古志有宗寶祐本五燈會元零本十三行行二十四字存二

卷乙卯閏月初十日晨起記於僶俛硯室寒雲

宋刻本《五灯会元》袁克文跋

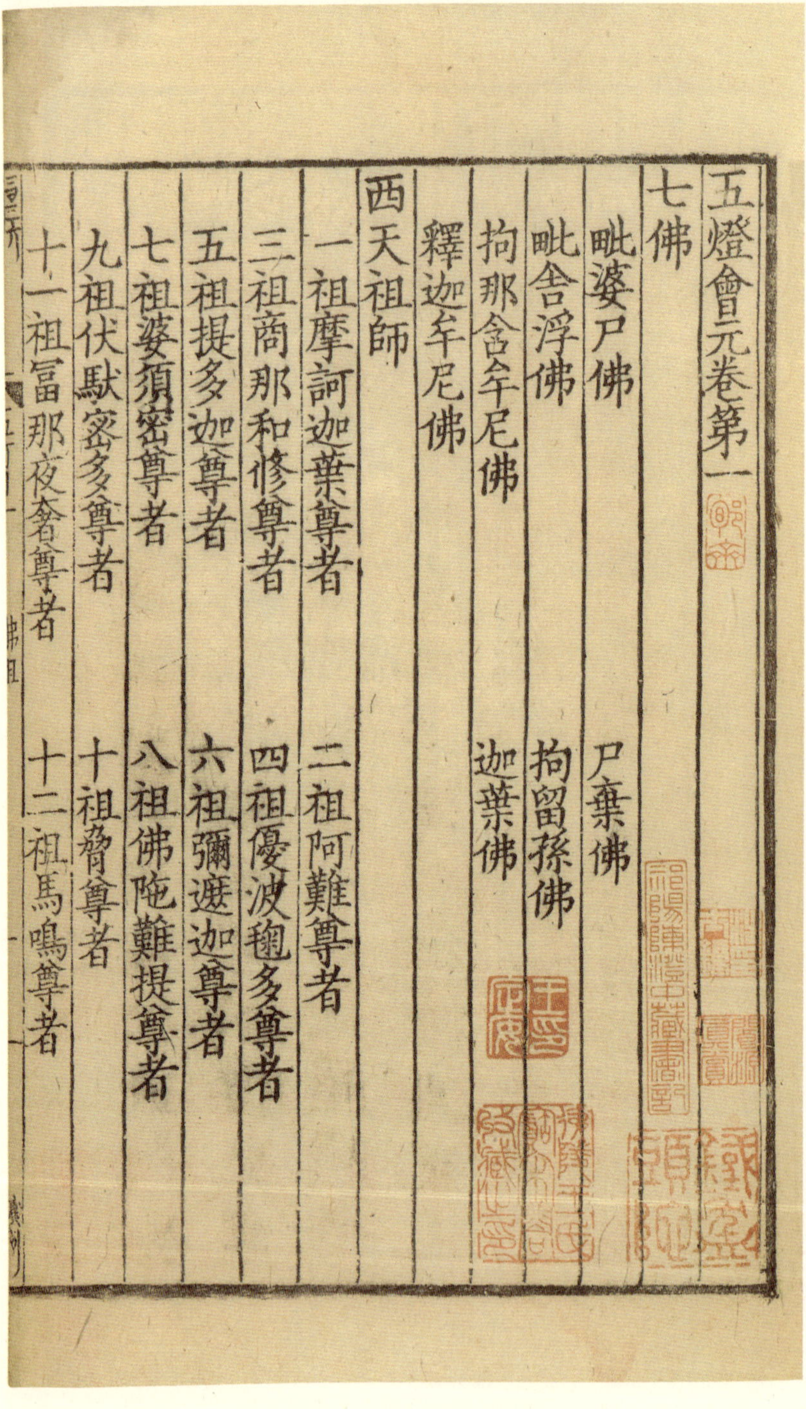

五燈會元卷第一

七佛

毗婆尸佛

尸棄佛

毗舍浮佛

拘那舍牟尼佛　拘留孫佛

釋迦牟尼佛　迦葉佛

西天祖師

一祖摩訶迦葉尊者　二祖阿難尊者

三祖商那和修尊者　四祖優波毱多尊者

五祖提多迦尊者　六祖彌遮迦尊者

七祖婆須密多尊者　八祖佛陀難提尊者

九祖伏馱密多尊者　十祖脅尊者

十一祖富那夜奢尊者　十二祖馬鳴尊者

宋刻本《五灯会元》卷一

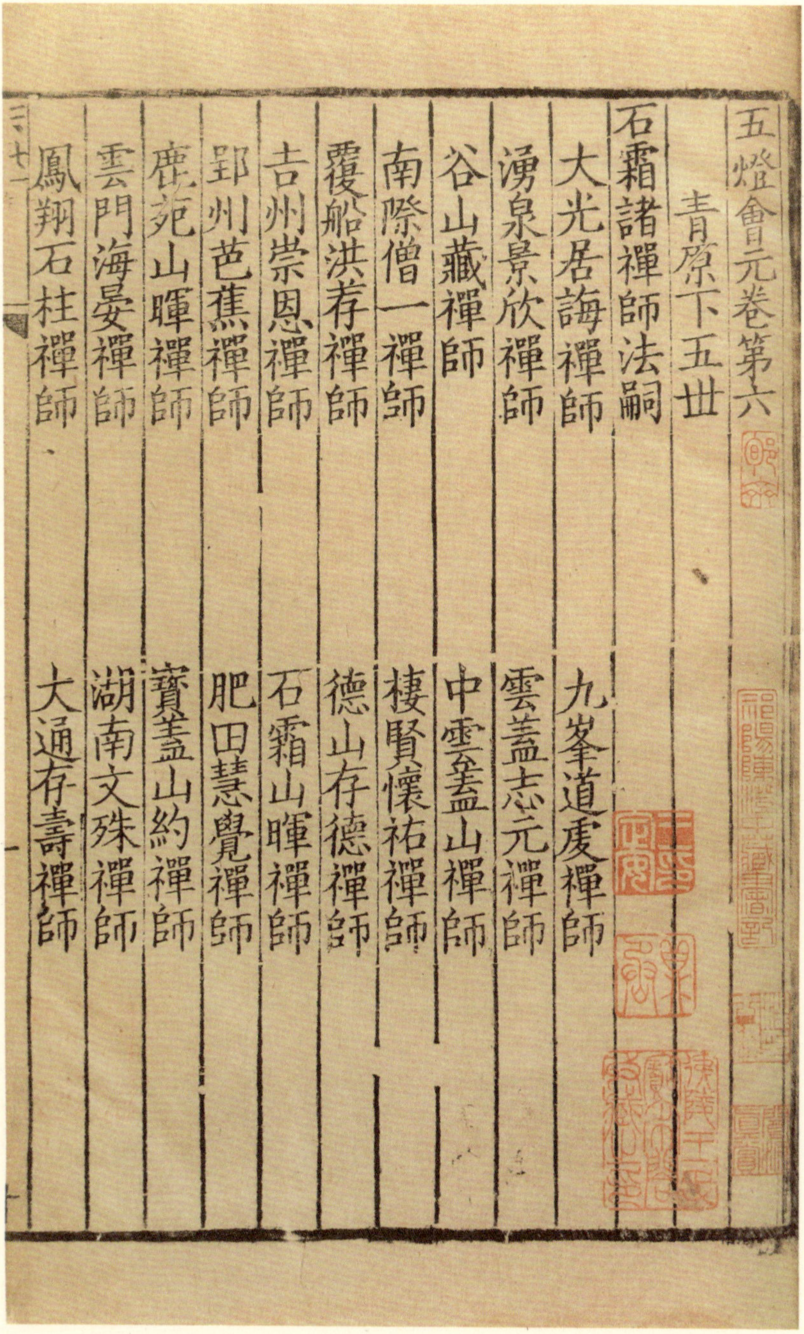
五燈會元卷第六

青原下五世

石霜諸禪師法嗣

大光居誨禪師　九峯道虔禪師

湧泉景欣禪師　雲蓋志元禪師

谷山藏禪師　中雲蓋山禪師

南際僧一禪師　棲賢懷祐禪師

覆船洪荐禪師　德山存德禪師

吉州崇恩禪師　石霜山暉禪師

郢州芭蕉禪師　肥田慧覺禪師

鹿苑山暉禪師　寶蓋山約禪師

雲門海晏禪師　湖南文殊禪師

鳳翔石柱禪師　大通存壽禪師

宋刻本《五灯会元》卷六

其二，周叔弢旧藏宋刻《五灯会元》全帙，今藏国家图书馆。此本卷首钞配宝祐元年清明日通庵王楠序、宝祐元年正月旦日沈净明序各一篇。此本文中、天头、地脚批注颇多，卷中间有日文音训。卷七、卷八等末题"享德壬申十月日"，享德乃日本年号，享德壬申即明代宗景泰三年（1452）。可知此本亦由海外传归。批注者当通晓汉文典籍，书中除征引佛教经籍之外，另有《礼记》《论语》《老子》《史记》《文选》《资治通鉴》等数十种，遍涉经史子集四部。每卷首数叶天头处依次题有"萩府正宗山洞春禅寺什物""宗山洞春寺什物""正宗山洞春禅寺什物"等，间或缺"萩府正"三字，疑是此书在日本时典藏之处。书中另钤有"曾在周叔弢处""自庄严堪"等印记。1952 年，周叔弢先生捐赠国家，入藏今国家图书馆 **❶**。袁氏旧藏本卷首有沈净明序，与周叔弢旧藏《五灯会元》为同版，刷印略早于周氏旧藏本。

此本与周氏旧藏宋绍兴四年（1134）释思鉴刻本《景德传灯录》并称"双绝"。1928 年正月，周叔弢以重值从北京文禄堂购得《景德传灯录》三十卷。数日后适逢第七子降生，周氏便于书中手书题跋，以志因缘：

> 宋本《景德传灯录》三十卷，此存卷五至卷九，又卷十三至卷十九，又卷二十三、四，凡十四卷。每半叶十五行，每行廿八、九字不等。丁氏八千卷楼旧藏。丁氏藏书举归江南图书馆，此或先散佚者。戊辰正月廿三日，以重值得之北京文禄堂。此书宋本，惟常熟瞿氏铁琴铜剑楼著录，乃每半叶十三行，每行廿一字至廿五字。余所得元至正庆元路残本，贵池刘氏所刻元延祐湖州路本，行款皆与瞿本同，是十五行本流传甚稀。以字体审之，当是绍兴时刻于台州者。祥符原刻断不可见，不能不推此为祖本矣。余旧蓄宝祐本《五灯会元》，今复收此书，可称双绝。得书之五日，适第七子生，因取此书第一字命名曰"景良"，深冀此子他日能读父书，传我家学。余虽不敢望兔床，此子或可为虞臣乎！周暹。**❷**

跋末钤有"周暹""叔弢""自庄严堪"诸印记。是年秋，袁克文应邀与周叔弢共赏佳椠，并手书识语云：

---

❶ 详见《中华再造善本总目提要》，第 463—464 页。

❷ 《弢翁藏书题跋》（年谱），第 46 页。《文禄堂访书记》卷三亦收录此书诸跋，第 223—225 页。

景德傳燈錄卷第五

第三十三祖慧能大師

第三十三祖慧能大師法嗣四十三人

西印度堀多三藏　　　韶州法海禪師

吉州志誠禪師　　　　區擔山曉了禪師

河北智隍禪師　　　　洪州法達禪師

壽州智通禪師　　　　江西志徹禪師

信州智常禪師　　　　廣州志道禪師

廣州法性寺印宗和尚　吉州清原山行思禪師

南嶽懷讓禪師　　　　溫州永嘉玄覺禪師

司空山本淨禪師　　　婺州玄策禪師

曹谿令瑫禪師　　　　西京光宅寺慧忠國師

西京荷澤寺神會禪師 已上二十九人見錄　　撫州淨安禪師

韶州祇陁禪師

嵩山尋禪師　　　　　羅浮山定真禪師

宋刻本《景德传灯录》卷五

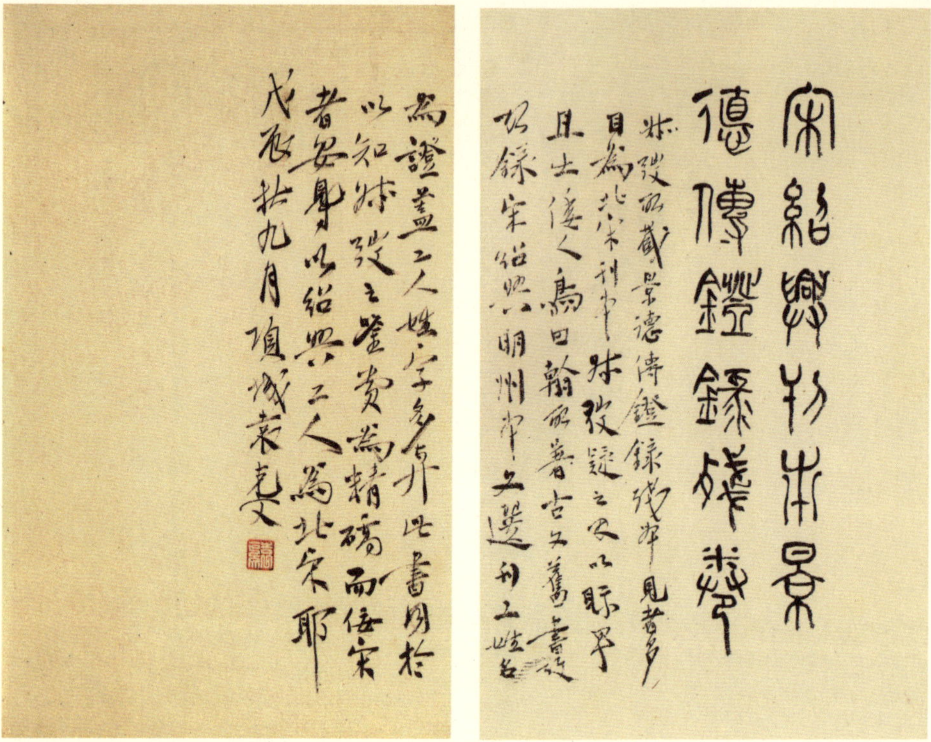

宋刻本《景德传灯录》袁克文跋

宋绍兴刊本《景德传灯录》残卷

　　叔弢所藏《景德传灯录》残本，见者多目为北宋刊本，叔弢疑之，因以眎予，且出倭人岛田翰所著《古文旧书考》所录宋绍兴明州本《文选》刊工姓名为证，盖工人姓字多与此书同。于以知叔弢之鉴赏为精确，而倭宋者安得以绍兴工人为北宋耶？戊辰（1928）秋九月，项城袁克文。（钤"袁克文"白文方印）

　　其三，杨守敬旧藏本，半叶十三行，行二十四字，白口，左右双栏，版心记字数及刊工姓名。卷前有淳祐十二年（1252）任山普济序，及宝祐元年（1253）王楣序。清光绪六年（1880）杨守敬从日本购回，1902年十月，此书为刘世珩收入玉海堂❶。刘氏以宋本孤罕可贵，于光绪二十八年（1902）付黄冈陶子麟影刻，历经四年，光绪三十二年

----

❶ 梁春醪、吴荣子《浅谈宋版佛经》，台北《"国家"图书馆馆刊》第 2 期，1998 年，第 261—293 页。

（1906）影印成书，收入玉海堂影宋丛书中[1]。刘世珩题有光绪二十八年、三十二年两跋叙述前后因缘。此宋刻底本卷端钤有"萨摩国鹿儿岛郡寺田盛业藏书记""东京溜池灵南街第六号读杜草堂主人寺田盛业印记""向黄邨珍藏印"三枚印鉴[2]。1931年二月，傅增湘曾寓目此书[3]。此书后为张钧衡之子张乃熊收入适园，《莚圃善本书目》著录[4]。1941年秋冬，张乃熊以七十万元将适园藏书转让文献保存同志会[5]，后入藏台北"中央"图书馆[6]。

据梁春醪、吴荣子《浅谈宋版佛经》一文中所记，书中有刘氏题款："光绪壬寅（1902）十月得于鄂杨氏，慈石记。"按，"慈石"当为"葱石"，即刘世珩。版心刻工有积斋、王锡、钱良、余斌、芦洪、刘、叶、恭、吴、因、元、郭、才、孚、翁、森、陈等人。书中钤有"仁寿山庄""好古堂图书记""萨摩国鹿儿岛郡寺田盛业藏书记""东京溜池灵南街第六号读杜草堂主人寺田盛业印记""寺田盛业""读杜草堂""天下无双""杨氏守敬""邻苏园藏书印""星吾海外访得秘籍""飞青阁藏书记""阮盦""秘书正字""周仪读竟""世珩珍秘""聚学书藏""聚学轩""葱石暴书记""曾经贵池南山村镠氏聚学轩所藏""贵池文献世家""镠氏宝货""刘世珩继盦赏鉴""世珩十年精力所聚""开元乡南山村镠葱石鉴赏记""曾经贵池开元乡南山村刘氏五松七竹九蒲之斋""葱石读书记""莚圃收藏"诸印记[7]。

冯国栋误以《留真谱初编》所收《五灯会元》书影，即刘世珩影印底本；且误认为周叔弢所藏宋刻《五灯会元》即贵池刘世珩玉海堂影印之底本[8]。然《留真谱初编》收录《五灯会元》卷端书影，并无上文所言"萨摩国鹿儿岛郡寺田盛业藏书记"等三枚印鉴[9]，其与刘氏影印底

[1] 《藏园订补郘亭知见传本书目》卷一一下，第886页。
[2] 参见上海国际商品拍卖有限公司《2011春季艺术品拍卖会古籍善本专场》图录，拍品号D263。此为陶氏影印本，由此知宋刻底本中钤有此三枚印记。
[3] 《藏园群书经眼录》卷一〇，第743页。
[4] 张乃熊《莚圃善本书目》，书目三编，广文书局有限公司，1969年，第10页。
[5] 《郑振铎全集》第一六卷，花山文艺出版社，1998年，第173—193页。苏精《近代藏书三十家》，中华书局，2009年，第217页。
[6] 台北"中央"图书馆特藏组编《"国立中央"图书馆善本书目》（增订二版）第二册，第701页。
[7] 详见梁春醪、吴荣子《浅谈宋版佛经》，"国立中央"图书馆藏宝祐本《五灯会元》典藏号为08960。台北《"国家"图书馆馆刊》第2期，第274—275页。
[8] 详见《宗教学研究》2004年第4期，第89—91页。
[9] 《留真谱》下，北京图书馆出版社，2004年，第1067—1068页。

本不是同本。《留真谱初编》所录疑为是另一部《五灯会元》，是否周氏旧藏，暂存疑待考。

流传日本的《五灯会元》很多[1]，杨守敬《日本访书志》卷一六《佛说大孔雀咒王经》中云"……且自达摩东迈，禅宗既盛，语录日增。《五灯》之书充栋，三藏之籍束阁"[2]。日本宫内省《图书寮汉籍善本书目》卷三子部释家类亦著录宋刻《五灯会元》二十卷残本，缺八、九两册，及卷一五、卷一九两卷。其首尾钤有"新宫城书藏"印记[3]。另著录模印本一部，亦为残卷，缺一、四、五、八、九诸卷，每卷首叶有墨笔题"吉祥寺常住公用"。书衣及每卷首墨笔题有"永禄拾丁卯霜月吉日"。每册首钤有"佛法僧""宝溁翁""大州"诸印记。册末钤有"安充"一印。

另有瞿氏铁琴铜剑楼旧藏元刻《五灯会元》一部二十卷全本，其中卷三、卷四的卷末列有助刊人姓氏，卷一六末有"奉佛信人顾道珍书"一行[4]。

[1] 参见严绍璗《日藏汉籍善本书录》中册，中华书局，2007 年，第 1353—1355 页。
[2] 《日本藏汉籍善本书志书目集成》第九册杨守敬《日本访书志》卷一六，第 347 页。
[3] 《图书寮汉籍善本书目》卷三，第 74 页。
[4] 《铁琴铜剑楼藏书目录》卷一八著录，第 262 页。

元刻《老子鬳斋口义》

《老子鬳斋口义》，宋林希逸著。林希逸（1193—1271），字肃翁，号竹溪，斋名曰"鬳斋"。福清（今属福建）人。宋端平二年（1235）进士，授平海军节度推官。淳祐六年（1246），召为秘书省正字，除校书郎。后累官国史院、实录院。终官中书舍人。事迹见《南宋馆阁续录》卷七、卷八、卷九，《闽中理学渊源考》卷八等。

林希逸曾著"三子口义"，即《老子鬳斋口义》《列子鬳斋口义》《庄子鬳斋口义》，是其晚年闲居在家所撰。"口义"，意为不讲究文辞修饰，参杂俚俗之语而直接阐述。据傅增湘旧藏元刻《列子鬳斋口义》景定三年（1262）中秋日其门生王庚后序中所言 **❶**，先得《庄》《老》口义，后登门请益，得其刚脱稿之《列子口义》。可见，"三子口义"中，《列子鬳斋口义》最后成书，即景定三年撰成。又据国家图书馆藏季振宜旧藏宋刻《庄子鬳斋口义》，卷首有南宋理宗景定元年（1260）林经德序云：

> 戊午访竹溪于溪上，因语而及，溪忽谓我曰："余尝欲为南华老仙洗去郭、向之陋，而逐食转移，未有闭户著书之日。忧患废退以来，遂以此纾忧而娱老，今书幸成矣。"

知《庄子鬳斋口义》成书于宋理宗宝祐六年（1258），即"戊午"。景定元年由林经德主持刻于邵武军建宁县。由此推测，《老子鬳斋口义》的成书时间当在景定元年（1260）前后 **❷**。

---

❶ 序末署"宣教郎知福州福清县主管劝农公事王庚"。序文全文详见《藏园群书题记》卷一〇，第519—520页。

❷ 详见《藏园群书题记》卷一〇，第518—520页。

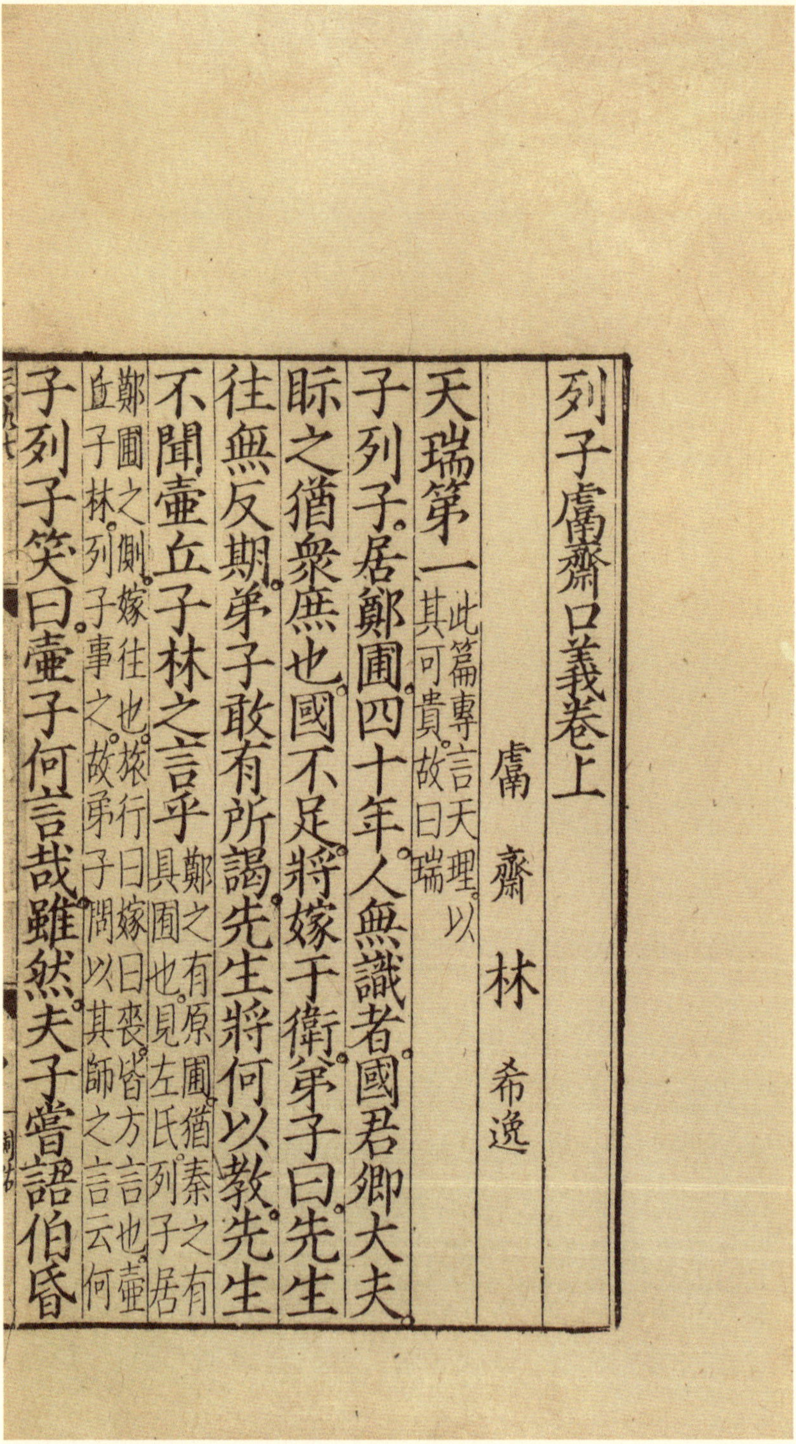
列子鬳齋口義卷上

鬳齋林　希逸

天瑞第一此篇專言天理以其可貴故曰瑞

子列子居鄭圃四十年人無識者國君卿大夫眎之猶衆庶也國不足將嫁于衛弟子曰先生往無反期弟子敢有所謁先生將何以教先生不聞壺丘子林之言乎鄭之有原圃猶秦之有具囿也見左氏列子居鄭圃之側嫁往也猶行曰嫁曰喪皆方言也壺丘子林列子事之故弟子問以其師之言云何

子列子笑曰壺子何言哉雖然夫子嘗語伯昏

元初刻本《列子鬳斋口义》

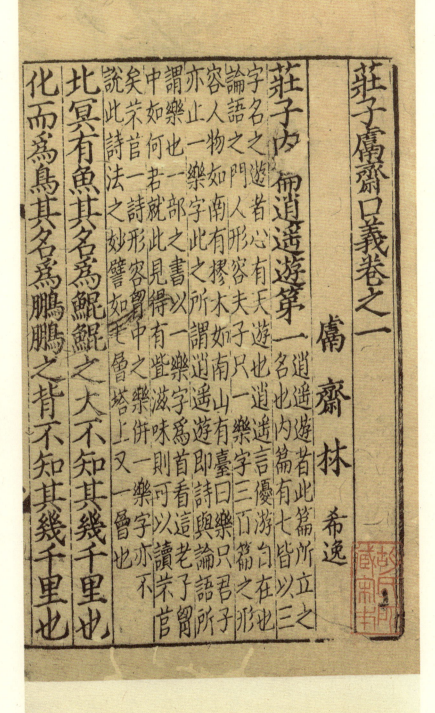

莊子鬳齋口義卷之一

鬳齋林希逸

莊子內篇逍遙遊第一　逍遙者此篇所立之名也内篇有七皆以三

逍遙遊言優游自在也逍遙遊三字只一君子之形也

一名逍遙遊即詩與論語所謂君子

亦樂一物如南有樛木如南山有臺曰樂只君子

字名之門人形容夫子只一樂字三百篇之

謂樂也一部之書得有一箇樂滋味

容止如官一君就此容嘗如毛魯塔上又一魯字也亦不

中謂此詩法之妙譬如毛魯

說矣此詩法之妙

北冥有魚其名為鯤鯤之大不知其幾千里也

化而為鳥其名為鵬鵬之背不知其幾千里也

元刻本《庄子鬳斋口义》

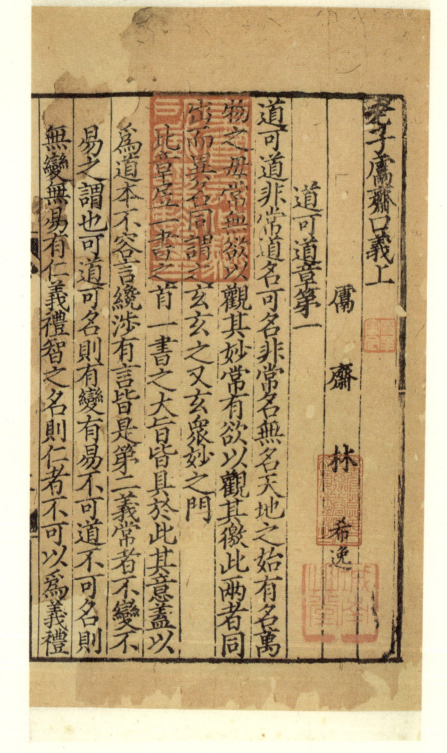

老子鬳斋口义上

鬳斋　林希逸

道可道章第一

道可道非常道名可名非常名无名天地之始有名万
物之母常无欲以观其妙常有欲以观其徼此两者同
出而异名同谓之玄玄之又玄众妙之门

先皇疏云此一书之大旨皆具于此其意盖以
为道本不容言绕涉有言皆是第二义常者不变不
易之谓也可道可名则有变有易不可道不可名则
无变无易有仁义礼智之名则仁义者不可以为义礼

元刻本《老子鬳斋口义》

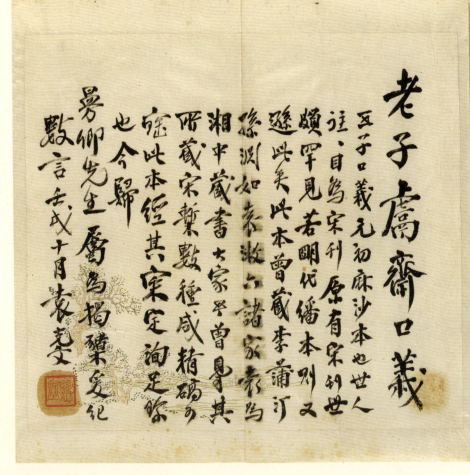

元刻本《老子鬳斋口义》袁克文跋

国家图书馆藏宋刻《列子鬳斋口义》《庄子鬳斋口义》，行款均为半叶九行，行十八字，注双行同。细黑口，左右双边。另有元刻本，行款有九行十八字、十行二十一字，亦有十一行十八字者。其中，九行十八字者，疑为覆宋本。

此元刻《老子鬳斋口义》，半叶十行，行二十一字，双鱼尾，黑口，左右双边。卷首有林希逸"老子鬳斋口义发题"，卷端题"老子鬳斋口义上"，下题"鬳斋林希逸"。此本曾为明代弘治进士李廷相旧藏，第一册中夹叶云"李廷相，明宏治进士，有《李蒲汀书目》一卷。'孙氏万卷楼'乃孙渊如藏书印，知者盖尠。此卷见《孙祠书目》，注明宋本。卧雪庐袁氏，湘潭人，孙祠书尽归袁氏"。知此书清代先后经孙星衍、湘潭袁芳瑛递藏，《孙氏祠堂书目》著录，并误题"宋本"。湘潭袁氏卧雪庐书散，多数归李盛铎之父李明墀。而此本则为秦更年所得。书中秦更年1920年跋，略叙此书递藏源流：

> 孙渊如先生星衍《孙祠书目》载"《老子鬳斋口义》二卷，宋本"。孙祠藏书于洪杨乱后，大半归之湘潭袁漱六芳瑛。此本卷首有"袁氏卧雪庐藏书""孙氏万卷楼印"两印记，盖即《祠目》所载之本也。其最初藏印为"濮阳李廷相书屋记"。案，廷相，字蒲汀，宏治壬戌进士，累官户部尚书兼太子宾客，赠太子太保，谥文敏，有《蒲汀书目》一卷行于世，亦当时一大藏家也。重装既成，因识其收藏源流于此。庚申八月婴庵。（下钤"曼青"朱文方印、"秦更年"白文方印）

1922年，袁克文应邀为其题识一则：

> 老子鬳斋口义
>
> 《五子口义》[1]，元初麻沙本也，世人往往目为宋刊。原有宋刊，世颇罕见。若明代翻本，则又逊此矣。此本曾藏李蒲汀、孙渊如、袁漱六诸家。袁为湘中藏书大家，予曾得其所藏宋椠数种，咸精确可宝。此本经其审定，洵足珍也。今归曼卿先生，属为揭橥，爰纪数言。壬戌（1922）十月，袁克文。（下钤"龟盦"朱文方印）

书中钤有"濮阳李廷相书屋记""孙氏万卷楼""卧雪庐袁氏藏书""秦更年""曼青""更年审定"等印鉴。后又辗转入藏东莞莫伯骥五十万卷楼，钤有"东莞莫伯骥所藏经籍印""东莞莫氏五十万卷楼""东莞莫伯骥号天一藏""东莞莫氏五十万卷楼劫后珠还之""东莞莫伯骥号天一藏书之印""莫印培樾"诸印。今藏国家图书馆。

---

[1] 据下文所引傅湘旧藏元刻《列子鬳斋口义》景定三年（1262）中秋日其门生王庚后序，林希逸撰有三子口义，袁克文此处云"五子口义"，疑为笔误。

宋刻《百川学海》

宋刻《百川学海》残本，为清初季振宜旧藏。乾嘉时期，顾广圻曾经眼。1915年二月，袁克文购自装书工人 **❶**。此乃宋刊原本，传世罕见。1919年正月，袁克文展卷重读，并手书题跋：

> 《百川学海》四种，乃宋刊原本，极罕见于世者。明华氏即据此复刊，而已窜易其行格。字画秀弱，近世藏家多目为宋刊，盖真宋不易觏焉。陆莼斋藏二百宋刊书，其泰半即华刊《百川学海》也。华氏本视宋刊字体微扁，版心倍阔，无字数及刻工姓名。以季沧苇收宋本之富，其藏目所列除此四种外，馀不过十馀，当彼时已为希见可知已。华氏复刊于成化时，至嘉靖修补几半，诸藏家所目为明刊者，即重修本也。今人惟荍微师藏有《学斋佔毕》残本一卷。邓孝先藏《笔记》一卷，未悉其名。此四种于壬子岁获于京师。己未（1919）元宵，寒云。（下钤"袁克文"朱文白文印）

今书中钤有"沧苇""御史振宜之印""季印振宜""季振宜藏书""顾千里经眼记""寒云如意""侍儿文云掌记""后百宋一廛""抱存欢喜""克文与梅真夫人同赏""八经阁""寒云秘笈珍藏之印"诸印记。几年后，袁克文将此本转让南海潘宗周宝礼堂 **❷**。建国后，潘氏后人潘

---

❶ 《寒云日记》，第135页。袁跋中云"此四种于壬子岁获于京师"，壬子，即1912年，与《寒云日记》记载得书时间不合。二者相对照，两处所述无疑为同一种善本。此跋写于1919年，或许是袁克文追忆有误。

❷ 《张元济古籍书目序跋汇编》上册《宝礼堂宋本书录》，第259—260页。

百川學海四種乃宋刋原本極罕見於世者明華氏即檢此

復刋而已氣易其行格字畫意翁近世藏家多目為宋刋盖真

宗不易觀焉陸蕊齋藏二百宋刋書其秦丰即華刋百川學

海也華氏本視宋刋字體激扁版心倍闊無字數及刻立姓名

以李濟華收宋本之富其藏目币刋除此四種外餘不過十餘

當次時已為希見可知已華氏復刋於成化時至嘉靖修

補凡諸藏家济日為明刋者即重修本也今人惟蘇藏

藏育學齋佑畢綠本一卷鄧余先藏筆記一卷未悉其

師

名此四種於壬子歲獲於京師己未元宵寒雲

宋刻本《百川学海》袁克文跋

世兹捐献国家，入藏今国家图书馆。

南宋左圭所辑《百川学海》一百种，一百七十九卷，为我国古代刻印较早的丛书。在此之前，即南宋宁宗嘉泰元年（1201），太学生俞鼎孙及其兄俞经曾辑《儒学警悟》四十卷 **1**，收宋人杂说六种，即汪应辰《石林燕语辨》十卷、程大昌《演繁露》六卷、马永卿《嬾真子录》五卷、程大昌《考古编》十卷、陈善《扪虱新话》八卷、俞成《萤雪丛说》二卷，共四十卷。因《扪虱新话》分上、下两集 **2**，故又称《儒学警悟七集》。《儒学警悟》现存最早的传本为明嘉靖十一年（壬辰，1532）吉菴王良栋钞本，此本卷四〇末有"嘉靖壬辰季春吉菴王良栋录藏"墨书一行。此本流传至清代，为宗室盛昱意园收藏。盛氏书散，流入厂肆，辗转为傅增湘所得。今藏国家图书馆。

通常认为俞氏兄弟《儒学警悟》与左氏《百川学海》为丛书之滥觞，或谓《儒学警悟》为丛书之祖 **3**。《儒学警悟》传本稀少，仅以钞本传世，直至1924年陶湘以明嘉靖王良栋旧钞本刊印，才为世人所知。左氏《百川学海》之成书虽晚于《儒学警悟》七十馀年，然其纂成之初即梓行于世，流传广泛，影响深远，亦是宋人汇刻之书仅存于今者 **4**。后人又有续编，如明代吴永《续百川学海》一百二十种、冯可宾《广百川学海》一百三十种等。

左氏《百川学海》书名源自汉代扬雄《扬子法言》，其《百川学海》序云：

> ……余旧裒杂说数十种，日积月累，殆逾百家，虽编纂各殊，醇疵相半，大要足以识言行，裨见闻，其不悖于圣贤之指归则一。扬子云有言"百川学海而至于海"，又曰"川虽曲，而通诸海则由诸"。夫川惟其流而不息，故能合众水而朝宗，使其或止或停，或有所限而不通，则潢潦沟浍而已矣。人能由众说之流派，溯学海之

---

1 《四库全书总目·石林燕语》："……盖宋末传本即稀，《儒学警悟》"一句之下按语云："《儒学警悟》亦南宋之书，不著撰人姓名。"《宋史·艺文志》卷二百七已著录"俞鼎、俞经《儒学警悟》四十卷。"《文渊阁书目》卷二亦著录"俞鼎孙《儒学警悟》一部"，并非"不著撰人姓名"，四库馆臣当有失察之误。至于"俞鼎"又作"俞鼎孙"，二者是非，存疑待考。

2 关于此书的作者、版本源流及其相关问题，请参见拙作《〈扪虱新话〉及其作者考证》《〈扪虱新话〉版本源流考》，《中国典籍与文化》，2002年第1期、2007年第3期。另见陈名琛《陈善与其〈扪虱新话〉研究》，福建师范大学2008年8月硕士学位论文。

3 详见国家图书馆藏明钞本《儒学警悟》卷末傅增湘跋。

4 详见《中华再造善本总目提要》，第801—802页。

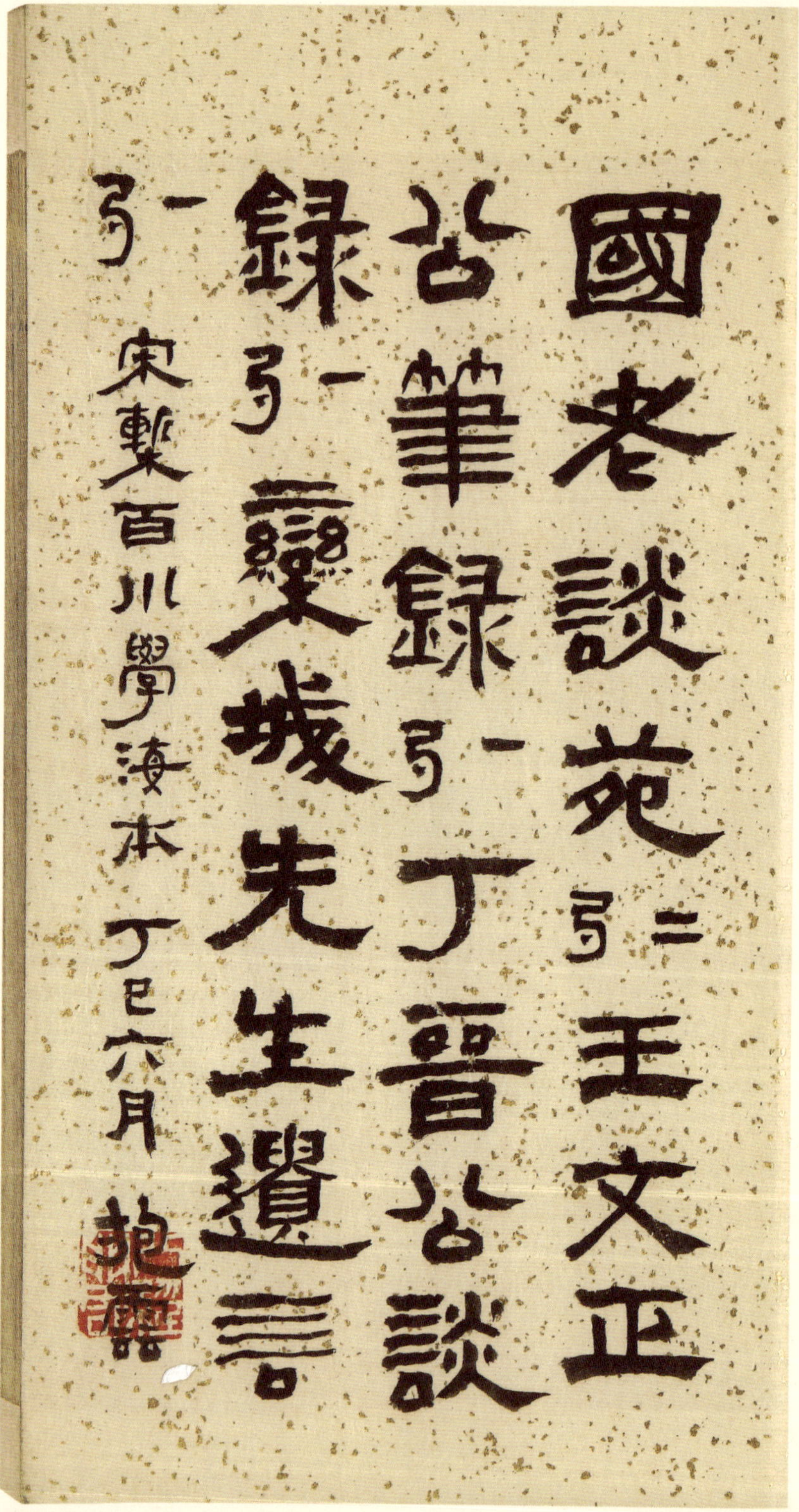

國老談苑二王文正

古古筆錄引丁晉公談

錄引夔城先生遺言

引一宋槧百川學海本 丁巳六月

宋刻本《百川学海》袁克文题签

渊源，则是书之成，夫岂小补。因寿诸梓，以溥其传，而名之曰《百川学海》。时昭阳作噩岁柔兆执徐月，古鄮山人左圭禹锡叙。

序末署"昭阳作噩岁"，"昭阳"，十天干中癸的别称，《尔雅·释天》："（太岁）在癸曰昭阳。""作噩"，十二地支中"酉"的别称，《尔雅·释天》："（太岁）在酉曰作噩。""昭阳作噩"即癸酉，据书中各目卷前小序，如史绳祖《学斋佔毕》序末署"淳祐庚戌"（即淳祐十年，1250），知左氏所署之"癸酉"乃是南宋度宗咸淳九年（1273），因推知《百川学海》之编集成书当在是年之前，付梓行世亦当在是年完成 ❶。

国家图书馆藏宋刻《百川学海》卷首序目、甲集《李国纪圣门事业图》《学斋佔毕》等残缺数种，均据陶湘涉园影宋本配入。而陶湘覆刻底本为傅增湘旧藏宋咸淳间刻本，缺九种及序目。傅增湘与陶湘合赀覆刻时，所缺之处以明弘治华珵本配补 ❷。殊不知，华氏虽是据古本刊刻，然已经其改分，将宋本目次重新编排，以类相属，已非宋刻原貌。《明文海》卷二一三载钱福《百川学海叙》云：

> 顷者，尚古先生华汝德购得古本《百川学海》，喜甚，曰："近时刻本无有，好古博雅者展转假借，疲于誊录，讹舛相踵，至不能读。而况欲求其文艺事迹义理哉？人之患，犹吾之患也。既以所得本付梓，择良工刊之，与天下后世共，无吝惜，且不计所费赀。"福闻之以为难，而往观之，则垂成矣。先生请曰："左录每书各厘为册，凡百。每聚数种成一帙，以十干第之，甚妙。但其所分帙未能尽合予意，乃敢仍其旧帙而妄改分之，皆以类属，而先后亦有说焉。何如？"

1929 年十一月，傅增湘在日本获观图书寮藏书，方知宋本与华本之别。《藏园群书经眼录》云：

> 今获观寮本，序目幸完好如故，取以核对，则全书自甲至癸，每集目录次第视通行本既不相符，即华本亦全然错误。如甲集华本首《圣门事业图》，终《刊误》，凡八种。宋本则首为《钟辂前定录》，终《石湖梅谱》，凡十种。盖宋本每集十种，不似华本之多寡不同。每集中如杂记、诗话、小说、谱录等咸具，不似华本之每集以类相从。……宋本十集目录列下：……后隔二行有白文牌子，

---

❶ 详见《中华再造善本总目提要》，第 801—802 页。

❷ 《藏园订补邵亭知见传本书目》卷一〇下，第 758 页。

文曰"后集见刊"。据木记始知当时尚有后集，为各家目录所不载，亦异闻也。❶

宋本十集目录与明弘治十四年（1501）华珵本目录详见《藏园群书经眼录》❷。由日本图书寮藏宋刻本❸，知左氏《百川学海》原以十天干为序，分为十集，每集十种。同集之中兼收杂记、小说、谱录诸类，不似明刻华本每集以类相从。图书寮藏宋本原目"癸集"后隔两行有白文木记，题"后集见刊"❹，知左氏当时尚有后集，然古今目录均不载，恐早已亡佚。今国家图书馆藏宋刻诸集各种之顺序与华本同，疑为后人因原书卷首失去序目，便按明弘治华珵本目录分集，重新调整❺。盖当时未见钱福之叙，故不知华氏《百川学海》乃"仍其旧帙而妄改分之"。清宫天禄琳琅旧藏有元版《百川学海》❻，其十集类目次序与傅增湘所见日本图书寮宋本异，而与明弘治年间华本同。元刻既已如此，抑或经后人调整？存疑待考。

此袁克文旧藏宋刻《百川学海》残本，与上文所言国家图书馆藏宋刻全本同版，半叶十二行，行二十字。语涉帝室均空格，左右双栏，版心细黑口，双鱼尾，上记字数。扉页有袁克文1917年（丁巳）六月墨笔题签，末署"抱云"，上钤"八经阁"白文方印。此本现存《国老谈苑》二卷，《王文正公笔录》一卷，《丁晋公谈录》一卷，《栾城先生遗言》一卷。其中《丁晋公谈录》中版心下有一"立"字者，疑是刻工之名。宋刻《百川学海》中，《王文正公笔录》《王君玉国老谈苑》为己集，《栾城先生遗言》《丁晋公谈录》为癸集。而日本图书寮本癸集作《栾城遗言》《丁晋公录谈》。

---

❶　《藏园群书经眼录》卷一一，第 768 页。

❷　《藏园群书经眼录》卷一一，第 768—775 页。

❸　《图书寮汉籍善本书目》卷三，第 47—48 页。《图书寮汉籍善本书目》著录之书即《经籍访古志》所载求古楼旧藏"宋椠本"，并对此本"从来定为宋椠"提出质疑，认为"审其纸墨殆不可信据"。傅增湘所见与《图书寮汉籍善本书目》著录是否同一版本，暂存疑待考。《日本藏汉籍善本书志书目集成》第一册《经籍访古志》卷四，第 277—280 页、第 841—843 页。另《日本藏汉籍善本书志书目集成》第四册《静嘉堂秘籍志》卷八著录宋刻本，第 468 页。

❹　《藏园群书经眼录》卷一一，第 770 页。

❺　《藏园订补郘亭知见传本书目》卷一〇下，第 758 页。

❻　《天禄琳琅书目后编》卷一〇，第 355—356 页。

三琴趣斋主人的词曲人生

集部藏书题跋

自称"皇二子"的袁克文，身处政治的漩涡，却无心政治，力图置身事外 [1]。袁克文喜欢诗词文赋，堪称诗坛名宿、文坛游勇 [2]。在其旧藏古籍善本中，诗词歌赋、散曲小令颇多，且不乏珍本佳椠，如明刻《朝野新声太平乐府》，黄丕烈曾列入士礼居"乙编"藏书；宋刊书棚本《唐女郎鱼玄机诗》，可谓袁氏旧藏百宋一廛遗书之冠；宋刊两《片玉集》、宋淳祐本《中兴以来绝妙词选》，等等。书中琳琅满目的题跋、诗赋，述说着每一部善本曾经的风霜，仿佛听见三琴趣斋主人戏如人生与人生如戏的无奈吟咏，从中我们亦可体味这位藏书家所经历的艰辛与沧桑。

三琴趣斋主人的词曲人生　集部藏书题跋

三四三

---

[1] 《袁克文传》，第 63—90 页。

[2] 《袁克文传》，第 166—175、201—228 页。

明铜活字印本《刘随州集》

《刘随州集》作者刘长卿,字文房,唐河间(今属河北)人。唐开元二十一年(733)进士。官至随州刺史,人称"刘随州"。其诗文集,在唐代已经成书,流传后世,通常有三种题名。

其一,题名"刘长卿集",如《新唐书·艺文志》著录为《刘长卿集》十卷。宋晁公武《郡斋读书志》亦著录《刘长卿集》十卷,其中诗集九卷,杂文一卷,陈振孙《直斋书录解题》著录,"建昌本十卷,别一卷为杂著"。由此可知,"刘长卿集"宋时即有十卷本与十一卷本。《宋史·艺文志》著录为二十卷,盖析十卷本而成 ❶。

其二,题为"刘文房集",如宋蜀刻本《刘文房集》十卷,半叶十二行,行二十一字,白口,左右双边。常熟瞿氏铁琴铜剑楼藏有残本,现存六卷,即卷五至卷一〇,为黄丕烈旧藏,傅增湘曾经借校此本 ❷,今藏国家图书馆。另有南宋书棚本,何焯(义门)曾经寓目 ❸。

其三,题作"(唐)刘随州文(诗)集",或曰"刘随州集"。如明刻铜活字《唐人集》本,题为《刘随州集》十卷,半叶九行,行十七字,细黑口,左右双边;明弘治年刻本,题《刘随州文集》十一卷,《外集》一卷,半叶十行,行十八字,黑口,四周双边;明嘉靖二十九年(1550)蒋孝刻《中唐十二家诗集》本,题《唐刘随州诗集》十一卷,《外集》一卷,半叶十行,行二十字,白口,左右双边;明万历十六年(1588)

---

❶ 关于刘长卿文集的版本流传,请参见高桥良行撰、蒋寅译《刘长卿传本考》,《扬州大学学报》(人文社会科学版),1988年第1期;陈顺智《刘长卿集版本考述》,《文献》,2001年第1期;任晓辉《刘长卿集版本源流试说》,《吉林师范大学学报》(人文社会科学版),2005年第1期。

❷ 《藏园群书题记》卷十一,第586页,今藏国家图书馆。

❸ 《藏园订补郘亭知见传本书目》卷一二上,第998页。参见《藏园群书题记》卷一一,第586—587页。

汉东瑞珠堂刻本，题《刘随州诗集》十二卷，半叶九行，行二十字，白口，四周单边；清康熙席氏琴川书屋席启寓刻《唐诗百名家全集》本，题《刘随州诗》十卷，《补遗》一卷，半叶十行，行十八字，白口，左右双边；等等。此数部国家图书馆均有藏本。

袁克文旧藏共有三部《刘随州集》，即明铜活字本、明写本与"李刊"本。

明铜活字印本《唐人集》民国间存四十九种，蒋汝藻所得有十馀种；袁克文曾得近三十种[1]。1915年七月，袁克文又获藏八种，《刘随州集》即其中之一[2]。书中袁氏手跋云：

> 《刘随州集》十卷，古活字本。编次与宋明刊本俱异，复无末卷杂文。此本首五古，终七绝，明弘治李士修翻宋棚本。卷一之七为五言，首绝句，次律体，又次古体；卷八之十，首六言，次七言，次第与五言同；卷十一为文。予藏明写本与李刊同。寒云。（下钤"百宋书藏"朱文方印）

此明代铜活字本中钤有"三琴趣斋""寒云秘笈珍藏之印"等印。高世异曾借阅此书，并钤有"德启借观"白文方印一枚。今藏国家图书馆。

袁藏第二部刘集为明写本，即明钞《刘随州集》十卷，《文集》一卷，《外集》一卷，现藏台北[3]。此本卷首有袁克文题字"刘随州诗集"，次行题"郁华阁藏古钞本"，下署"寒云"。卷端题"刘随州文集卷第一"。前十卷虽题"文集"，实为诗集。卷首目录末题"刘随州诗集目录"。卷首总目中有卷一一的目录，是为文集，卷一一题为"刘随州文集卷第十一"。卷一一之后，即"刘随州外集"，收有"酬刘员外月下见呈""重送""恩敕重推使牒追赴苏州次前溪馆作""刘展平后""送裴二十七端公使岭南""双峰下故人李宥""云秋岭""同山阳（浮立团曰隐处）""横龙渡""赤沙湖""至德三年春正月时谬蒙差摄海盐令闻王师收二京因书事寄上浙西节度李侍郎中丞行营五十韵"等文。书

[1] 详见《藏园群书经眼录》卷一七，第1217—1218页。
[2] 《寒云日记》，第142—143页。1914年，傅增湘曾寓目《唐人集》明铜活字印本四十九家。《藏园群书经眼录》卷一七，第1217—1218页。
[3] 台北《"国立中央"图书馆典藏国立北平图书馆善本书目》，台北"中央"图书馆编印，1969年，第180页。

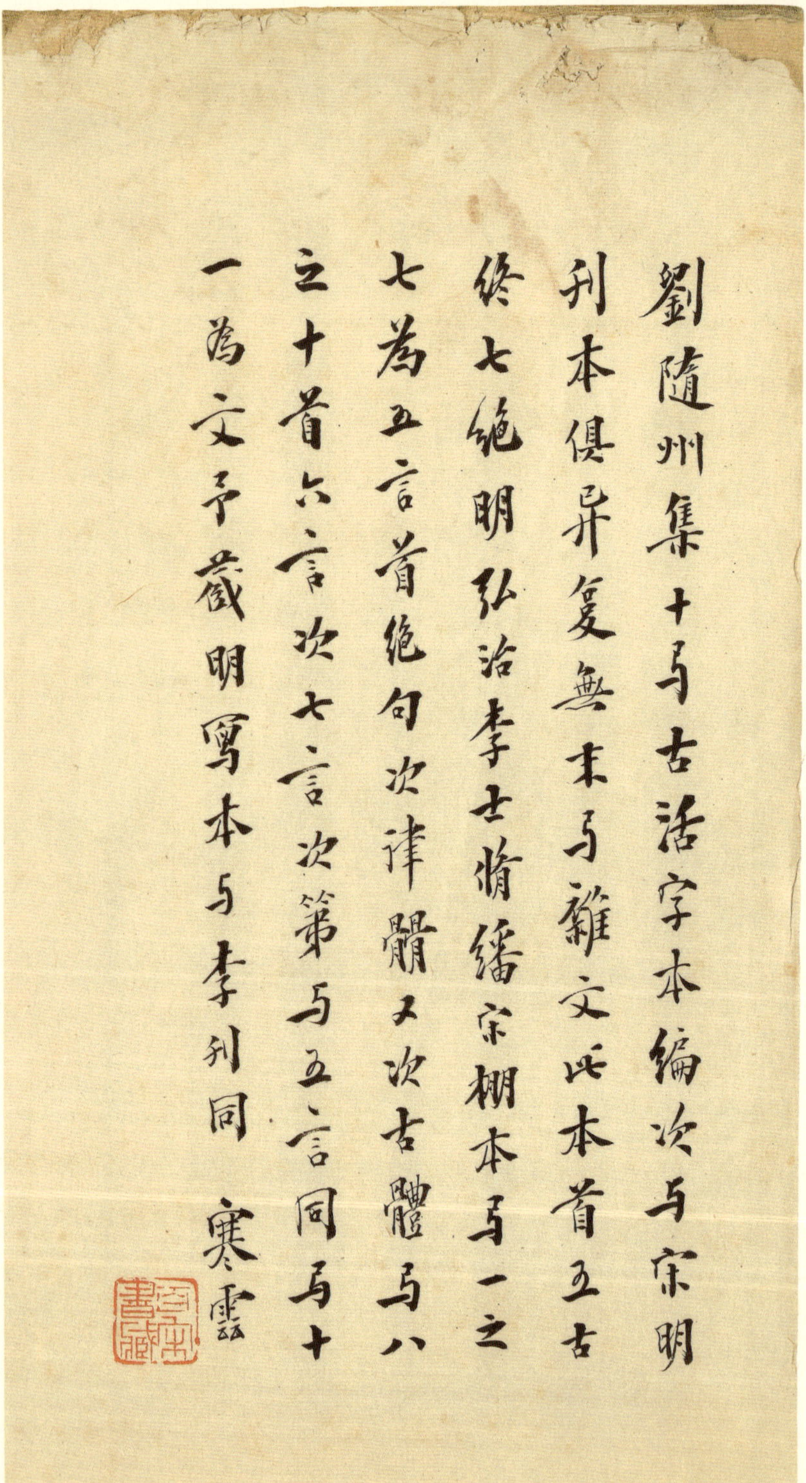

劉隨州集十卷古活字本編次與宋明
刊本俱異復無末卷雜文此本首五古
終七絕明弘治李士脩繕宋棚本卷一之
七為五言首絕句次律體又次古體卷八
之十首六言次七言次第與五言同卷十
一為文予藏明寫本與李刊同　寒雲

明铜活字印本《刘随州集》袁克文跋

中袁克文跋，述及此书递藏：

> 《刘随州文集》十一卷，明人写本。字甚拙古，惟间有脱误。
> 历经叶文庄、周松霭、盛伯兮诸家藏，其珍贵可知。编次与宋本及
> 宏治翻棚本悉合，惟古活字本，以五古居首为独异，诗次亦不同。
> 此册皆宋纸，颇足觊赏。客京师时所得。己未（1919）二月，寒云。
> （钤"百宋书藏"朱文方印）**❶**

高世异亦曾借阅此书。今书中钤有"叶文庄公家世藏""叶印子寅""松
霭藏书""伯羲父""盛昱之印""宗室文愨公家藏""寒云小印""寒
云秘笈珍藏之印""世异之印""德启借观"诸印。卷末有盛昱题款云"光
绪己丑（1889）宗室伯兮郁华阁藏"。1912 年，傅增湘经眼此书**❷**。

袁克文旧藏第三部"李刊"本刘集，指明弘治十三年（庚申，
1500）李充嗣（字士修）刻《刘随州文集》**❸**，书中袁氏跋云：

> 《刘随州文集》十一卷，明弘治庚申李士修刊本。每半叶十行，
> 行十八字。宋讳多缺避，当是遵宋棚本覆刻。黄荛翁藏宋建本，标
> 曰《刘文房集》，予藏明活字本无末卷；又明钞本标末卷文为《外
> 集》。己未（1919）二月，寒云。**❹**

跋中所云"又明钞本标末卷文为《外集》"，指上文明钞《刘随州集》。
这部李刊本卷首原有弘治十三年宗彝序**❺**，言："西蜀内江李公士
修田秋官作判岳阳，来知随州，好古颖敏，劳心苦节，……虽尝刻之临
洮守李君，而所传不广，好诗者每每惜之。庸是捐赀寿梓，俾人知刘诗

❶ 《"国立中央"图书馆善本题跋真迹》三，第 1914 页；《标点善本题跋集录》下，第 449 页。
❷ 《藏园群书经眼录》卷一二，第 851 页。
❸ 《明史》卷二〇一《列传》八九云："李充嗣，字士修，内江人。给事中蕃孙也。登成化二十三
年进士，改庶吉士。弘治初，授户部主事。以从父临安为郎中，改刑部。坐累，谪岳州通判。久之，
移随州知州，擢陕西金事，历云南按察使……"。中华书局，1974 年，第 5307 页。李充嗣，或
作李克嗣。
❹ 详见《文禄堂访书记》卷四，第 252 页。
❺ 末镌"宗氏子孝""百吉室清暇"墨记。《藏园群书经眼录》著录四部《刘随州文集》，第二部
即明弘治十三年（1500）李充嗣刊本。半叶十行，行十八字，黑口，四周双栏。《藏园群书经眼
录》卷一二，第 850—851 页。

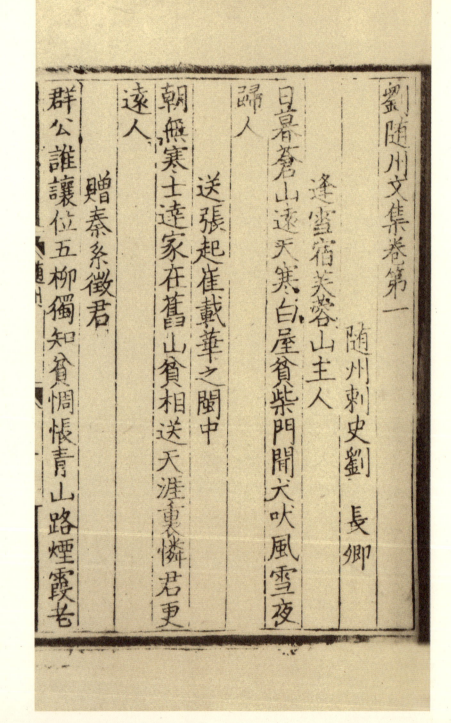

明弘治十一年李纪刻本《刘随州文集》

盛可颉颃李杜……"卷末另有明弘治十一年（戊午，1498）陕西按察司副使馀姚韩明识语云：

> 予同寅提举邃庵杨先生应宁尝为予言：……予闻而识之，遂从邃庵假所藏善本各录一过，将有所图，而力不能也。比明年，则孟、韦诸集，邃庵已梓行之，而王右丞诗亦刻诸西蜀矣。独《刘随州集》尚为阙典，乃谋诸临洮守李君纪儆工市林，刻之郡斋。呜呼！昔人评品随州诗为中唐第一，其风格上逼曹刘徐庾，而下弗论也。学诗者并孟韦诸家而熟复之，久而有得，以窥风雅。此其筌蹄耳。是集之传，顾非人间一快事邪！弘治戊午春二月朔中顺大夫陕西按察司副使馀姚韩明识。

据此，知弘治十三年李充嗣刊本是以弘治十一年李纪刊本为底本覆刻的。[1]

据弘治十一年韩明序知，杨应宁曾刊刻孟浩然、韦应物诸集，王维诗亦刻于西蜀，当时仅《刘随州集》尚未梓行于世。因此，韩明从杨应宁处借得善本[2]，嘱临洮太守李纪与孟、韦诸集同刻于郡斋[3]。

明铜活字印本《刘随州集》

三四九

---

[1] 《藏园订补郘亭知见传本书目》卷一二上，第998—999页。《藏园群书经眼录》卷一二，第851页。

[2] 杨一清（1454—1530），字应宁，号邃庵，祖籍云南安宁。晚年居镇江。杨一清历侍成化、弘治、正德、嘉靖四朝，为明代名臣，多有建树。事迹详见《明史》卷一九八。

[3] 《藏园订补郘亭知见传本书目》卷一二上，第998页。

元詹光祖刻本

《黄氏补千家注纪年杜工部诗史》

《黄氏补千家注纪年杜工部诗史》三十六卷，唐杜甫撰，宋黄希注，黄鹤补注，每半叶十一行，行十九字，小字双行二十五字，细黑口，左右双边。卷内天头有朱笔批校、圈点。盛氏郁华阁旧藏，1914 年十一月，袁克文购自完颜景贤处 **1**，第一册扉页衬纸内有袁克文题签"宋椠杜工部诗史三十六卷百宋书藏重装"，下钤"寒云"白文长方印。袁氏撰有提要一篇：

> 《黄氏补千家注纪年杜工部诗史》三十六卷，宋刊宋印，六册
> 唐杜甫撰，宋黄希、黄鹤注
> 卷一次行标"前剑南节度参谋宣义郎、检校尚书工部员外郎、赐绯鱼袋杜甫撰"；三行标"临川黄希梦得补注"，四行标"临川黄鹤叔似补注"。
> 半叶十一行，行十九字，注双行，行二十五字，线口，四周双阑，或左右双阑，鱼尾下标"杜诗"，或"诗"。首宝庆丙戌富沙吴文跋，行书，半叶六行，行十五字；次宝庆二年董居谊序，行书，半叶六行，行十一字；次传序碑铭，建安吴元景秀集录，次集注姓氏，次目录。宋讳或缺或不缺，无刻工姓名。
> 藏印：泉隐此印极多，序、目、卷二、四、七、十、十二、十四、十七、廿、廿二、廿六、廿九、卅一、卅四，俱在卷前下角栏外

1　详见前文"袁克文藏书述略"中相关叙述。

在在处处有神物护持序、传、卷一、三、六、十、十二、十五、十八、廿、廿三、廿六、廿九、卅一、卅四，俱在卷前栏上，与一▤卦文方印并列

五砚楼序前

唫芬馆珍藏序前

东晋毛晋传前 **1**

字子晋传前、卷三、卅四

浦祺之印传前

浦氏杨烈传前

盱江曾氏珍藏传前

毛姓秘玩传前

浦伯子姓氏前

浦玉田藏书记姓氏前、卷一、三、六、十、十二、十四、十七、二十、廿二、廿五、廿八、卅一、卅四

苏州袁氏家藏目前

留与轩浦氏珍藏目尾、卷九、十一、十三、十六、十九、廿一、廿四、廿七、三十、卅三、卅六

琴川毛氏珍藏目尾、卷卅六

虞山毛晋卷前、六、卅四

廷梼之印、袁氏又恺卷一前、十七

五砚楼、袁氏收藏金石图书印卷卅六尾

毛氏藏书子孙永宝卷卅六尾

《杜工部诗史》，建本之绝精而罕见者，惟天禄藏有一部。惜经朱笔批抹圈点，为可憎。纸色深黄，以宋黄罗纹纸为衣，得自满人景贤家。**2**

此书为明末毛氏汲古阁旧藏，后经浦祺、袁廷梼、完颜景贤、袁克文等人收藏。今书中钤印，除袁氏提要列举外，尚有"完颜景贤精鉴""任斋铭心之品""袁""寒云秘笈珍藏之印""人间孤本""长金之钵"诸印记。几年之后，袁氏书散，此书售于南海潘宗周，《宝礼堂宋本书

---

1 当为"东吴毛晋"，原文作"东晋毛晋"，疑袁克文笔误。

2 《寒云手写所藏宋本提要廿九种》，第163—166页。

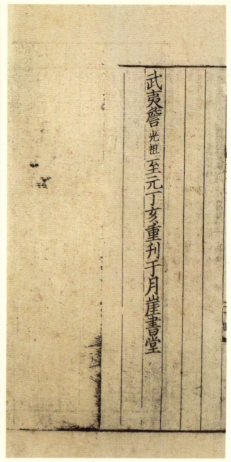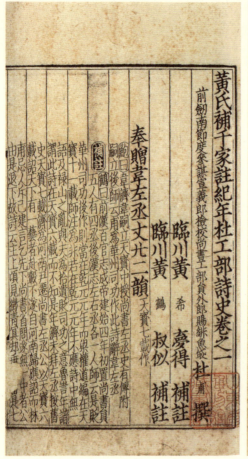

元詹氏月崖书堂刻本《黄氏补千家注纪年杜工部诗史》（1970 年山东邹县出土）

录》著录 **1**。今藏国家图书馆。

　　是书刊印俱佳，因传世本失去牌记，过去的书目如《天禄琳琅书目》《宝礼堂宋本书目》《藏园群书经眼录》等，一直误题为宋刻。1970 年，山东邹县明鲁荒王朱檀墓中出土善本古籍《黄氏补千家注纪年杜工部诗史》一书，与这部袁氏旧藏本版刻完全相同。出土之书有"黄氏补注杜工部年谱辨疑"，袁克文旧藏本缺。其卷三二末尾下半叶镌有"武夷詹光祖至元丁亥重刊于月崖书堂"牌记一行，使该书刊印年代十分明确，知袁氏旧藏本亦为元刻，从而纠正了过去鉴定上的错误，诸家"宋刻"著录之误方得以更正。刻书者詹光祖（1248—1299），字良嗣，号月崖，

---

1 《张元济古籍书目序跋汇编》上册，第 286—287 页。

崇安（今属福建）人。生活年代正值宋末元初，入元，荐举为武夷书院教授。他曾翻刻过《资治通鉴纲目》五十九卷 **❶**。此元刻本是根据宋本翻刻。今书中避宋讳，如宋始祖讳"玄"、太祖讳"匡"与"筐"、仁宗讳"贞"与"徵"、钦宗讳"完"、孝宗讳"慎"、光宗讳"敦"，皆缺末笔，避讳字止于光宗，知此元刻本所依据的本子大致刊印在南宋光宗朝，即1190至1194年间 **❷**。"至元丁亥"即通常所说的前至元二十四年（1287），后至元六年中无丁亥年。故《中国古籍善本总目》著录此本为"元前至元二十四年詹光祖月崖书堂刻本"。此书在国家图书馆、成都杜甫草堂皆有藏本，然均非全本。现藏于山东省博物馆的明鲁荒王朱檀墓出土本最为完整。

---

❶ 《书林清话》，第62页。
❷ 参见《中华再造善本总目提要》，第1184—1185页。

宋刻《韦苏州集》

袁克文酷爱唐代诗人韦应物之诗，先后曾得四部韦诗[1]，即宋刻《韦苏州集》、元刻《须溪先生校本韦苏州集》以及两部明刻本。宋刻《韦苏州集》乃1916年三月，袁克文以重金从旗人贵族处购得[2]，得书之后，袁克文频频题跋赋诗，以抒"初解吟讽，即酷嗜韦诗"之情。其一：

> 《韦苏州集》十卷，宋临安书棚本。明多覆刊，此其祖也。《天禄书目》载有五部，两宋一元两明。考其藏印，皆与此不合。此当在著录以前赐出，故《书目》无之。书中藏印虽多无可考，如戴氏长印、周琬诸印，古色苍郁，至近亦明初藏家。棚本《韦集》明翻极夥，几可乱真。近世藏家多误识为宋。真者版心有字数及刻工姓名，无沈明远补传，且字画瘦健，神姿幽逸，非覆本所能仿佛。存于今者，惟闻江宁图书馆所得泉唐丁氏书中有之，馀者俱未敢断。此则棚本之绝精者，况首尾完好，了无缺残，尤足为希世之珍。予藏宋椠虽已盈百，尚无棚本，今首即获此，益自喜也。丙辰（1916）上巳，寒云。（下钤"云合楼"朱文长方印）

其二：

---

[1]　《寒云日记》，第135、160、161页。《藏园订补郘亭知见传本书目》卷一二上著录袁克文旧藏明铜活字印本《韦苏州集》，第1000页。

[2]　《寒云日记》，第160—161页。《寒云日记》记载1916年三月三十日购得此书，与书中题跋时间不相符合。其原因尚待查考。

顷见茉微师所藏《百宋一廛赋》中之《密秀集》残本，亦书棚本也。与此板式、字画皆相同，尚逊此帙之精。闻邓氏《三李》**❶**、吴氏《英灵》及《鱼玄机》都不能及 **❷**。而丁氏之《韦集》亦非完帙。予之获此，真可豪矣。丙辰三月二十夜，又识于玉泉山下旅舍。寒云。（下钤"无尘"朱文长方印、"瓶盒"白文长方印、"张"白文方印 **❸**、"袁鈇克文"白文方印、"豹岑"白文方印）

其三：

千秋岁

道入经籍，二酉临安宅。联蝶翼，蒐狐腋。十门工剞劂，四部同行格。存百一，《苏州》十卷千金易。

独爱旋风册，藐矣连城璧。唐小集，兹为伯。罗书真古趣，佞宋原痴癖。签帕里，雄观未灭琳琅迹。丙辰四月十一日，寒云倚声。（下钤"袁克文"朱文白文方印）

其四：

明刊韦集至夥，以嘉靖翻棚本为最精。序后增入宋沈明远补传。字画微异，藏家自天禄以降，如海源杨氏，皆误识为宋刻，其精直

❶ 邓氏《三李》指邓邦述旧藏宋刻唐朝三李之书。其一，《李群玉诗集》前后集五卷，其二，李中《碧云集》三卷，二书均为南宋临安府陈宅书籍铺刊行，书中钤有文徵明、徐乾学、张隽、季沧苇、安岐、黄丕烈等人印记，且黄丕烈题跋皆满。其叙述收此两书经过云："光绪乙巳，余应端忠敏之约，将游欧美。书友柳蓉邨持此两集同来，谓蓉翁重视二李过于他书，读其题跋语，良信。时方戒装，不及议价，还之。明年四月归国至沪，而蓉邨又以书要于客邸云，特留以饷我。余感其意，如价收之。实余收宋刻之初桄也。"邓氏得此二书，似有因缘，亦一段佳话。黄丕烈曾以二集名楼曰"碧云群玉居"，且刻一印。邓氏考群玉先于晚唐，碧云已入南唐，亦仿黄氏，遂名其楼为"群碧楼"。此又一段佳话也。三为唐李咸用《披沙集》六卷，系杨守敬自日本带回，亦南宋临安府陈宅书籍铺刊行本，先归傅增湘，后归张元济，邓氏坚欲得之，张元济慨然相许。邓氏因此名其藏书处为"三李盦"。邓氏晚年经济窘迫，将此宋刻"三李"转让台北"中研院"史语所。邓邦述《群碧楼善本书录》卷一，第53—71页。书衣题作"书目"，本文依照正文题"书录"，下同。

❷ 莫友芝旧藏宋刻《河岳英灵集》，后归袁克文。《藏园订补郘亭知见传本书目》卷一六上云："宋刊本，十行十八字，白口，左右双边，审其版式似棚本。钤莫友芝印，即莫氏著录之本，余得诸莫棠，袁寒云坚求相让，遂以归之，今又辗转入粤人潘宗周箧中"，第1512页。《张元济古籍书目序跋汇编》上册《宝礼堂宋本书录》著录，第320—321页。此处作"吴氏《英灵》"，不详何故。

❸ 此印疑为袁克文旧藏元代押印。

宋刻本《韦苏州集》袁克文跋一

袁克文跋二

子䌹䋻

道人經籍二酉臨安宅聯蝶翼覓狐腋十門工剞劂四部
同行格存百一蘇州十寫千金易　獨覓蕉風葉皃失
蓮城壁唐小集弟為伯羅書真古趣侔宋原癡癖藏帖
裹雄觀未減琳琅迹　丙辰四月十一日寒雲倚聲

明刊韋集至影以無靖緰棚本為最精序後增入字沈
明遠補傳字畫徵玉卉藏家自天祿以降如海源楊
氏皆誤識為宋刻其精直可亂真若持此相戡俊
覺奄奄無神米美緰木雖未改易行字而多中多咶增
揩皆以意為之无覺失當此本缺譁如身立樹紅黴
狼即影鈔相禎慎筐宁郭精涵攜暘諸字惟曙字
最見無缺耆緰本則止怕栢數字缺筆耳辣心志文

可乱真。若持此相较，便觉奄奄无神采矣。翻本虽未改易行字，而卷中多所增损，皆以意为之，尤觉失当。此本缺讳，如贞、恒、玄、树、絃、徵、慎、朗、殷、敦、桓、祯、慎、筐、完、廓、構、泫、搆、暾诸字，惟曙字数见无缺者。翻本则止恒、桓数字缺笔耳。棘人克文。

其五：

（钤"云合楼"朱文椭圆印）《唐书》无传史官误，宋椠惊时雕技高。五百篇馀集嘉祐，一千年后仰功曹。禁中秘籍联双璧，箧底精函抵万珤。碧海苍天吟未勚，只惊佳句不惊涛。丙辰（1916）八月十八夜，题于安平舟中。（下钤"袁抱存"紫色方印 [1]）

其六：

有唐歌诗承汉魏之绪，接六朝之风，律格厥备，为百世宗法盛矣。而五言古体殊寡其人焉。虽唐初诸杰，暨杜陵之博，皆未极善美。独韦苏州秉不世之豪，恣跌宕之奇；纳雄旷于沈逸，收谲怪于平淡；纵以情，严以律；捶枚乘之骨，吸渊明之魄；屏靡丽之旨，尽天籁之音，三唐作者一人而已。予初解吟讽，即酷嗜韦诗。每读《遇杨开府》一章，辄流连忘倦，忠壮之词，洋溢腾跃，若哀梨并剪，快语耸人。噫嘻！旷达矫健，气挟云雷，视杜陵之酸寒拘守，虽同抱忠悃，岂足方也！况馀子哉！丁巳（1917）岁暮。寒云记，梅真书。（钤"袁克文"朱文白文方印、"克文与梅真夫人同赏"朱文方印、"刘"朱文方印。跋首钤"李广之印"白文方印、"驸马都尉"白文方印、"璧珋主人"白文方印、"惟庚寅吾以降"朱文方印）

袁氏手书题跋之外，又撰有提要一篇，更见其嗜韦诗之深：

《韦苏州集》十卷，《拾遗》一卷，宋刊宋印，三册

---

[1]　《中华再造善书》将此印误为朱色。

唐書無傳史官誤宗蘗驚時雕技
高丕百篇餘集嘉祐一千年後卿
功聲蘗中秘籍瓣雙璧篋底精函
抵萬瑠碧海蒼天吟未勒祇驚佳
句不驚濤　丙辰八月十八夜題于安平舟中

袁克文跋五

乘之骨吸淵明之魄屏靡麗之旨盡
天籟之音三唐作者一人而已予初
解·吟諷即酷嗜韋詩每讀遇楊開府
一章輒流連忘倦忠壯之詞洋溢騰
躍若哀梨并剪快語聳人噫嘻曠達
矯健氣挾雲雷視杜陵之酸寒拘守
雖同抱忠悃豈足方也況餘子哉丁
已歲暮寒雲記梅真書

袁克文跋六

有唐歌詩承漢魏之緒接六朝之風
律格厥備為百世宗法盛矣而五言
古體殊寡其人焉雖唐初諸傑暨杜
陵之博皆未極善美獨韋蘇州秉不
世之豪恣跌宕之奇納雄曠於沈逸
收謠怪於平淡縱以情嚴以律捶枚

唐韦应物撰

次行标"苏州刺史韦应物"

半叶十行，行十八字，左右双栏，白口，有字数，鱼尾下标"韦苏州序"，次叶韦州序，次韦目。次韦及卷次。每卷首尾叶皆标❖式。

刻工姓名：余目之二、三、四叶，卷一及卷二第三四叶、何目第十三叶、余同甫刁卷二首叶；同甫刁卷二次叶；应卷七第十三叶

缺讳：贞、恒、玄、樹、絃、徵、悢、朗、殷、敦、桓、禎、慎、筐、完、廓、構、泫、曒、搆

藏印：张用礼印序前、目前、卷四前、卷七前

天禄琳琅、乾隆御览之宝大方印，序前，卷三尾、卷四前、卷六尾、卷七前、拾遗尾

光溪草堂序后、卷七尾

庭草交翠与上印相连，次其下

鄞人周琬目前、卷三尾、卷六前、拾遗前

周氏子重卷一前、卷七前、卷八前

青琐仙郎卷二前、卷八尾、卷九前

清白传家卷二尾、卷五前、卷十尾

濂谿后裔卷三前、卷四前、卷十前。以上七印，审出一家

嘉兴雋湖戴氏家藏书画印记卷三尾、卷六尾、拾遗尾。

纸色黄厚而坚润，宋黑色笺衣，宋藏经纸签题，字似明人手笔，册前后附叶皆明纸。第六卷首叶纸背书曰"十二月上一行墨书二十七日，准赤县翼万户府关为前军上一行墨书，当日行下象山县并下台州宁海县上一行朱书"。

《韦苏州集》，以刻工及纸背地名证之，虽无刊记，定系棚本；明人覆刊，增入沈明远补传，或有目之为宋刊者，则误矣。真宋本自天禄另有大字本外，世无再闻，惟沅叔曾于江宁图书馆见，收得丁氏所藏宋刊残本云。**❶**

宋刻《韦苏州集》十卷，版心鱼尾上记字数，下记刻工姓一字，有余、何、应等，第二卷首记"余同甫刁"四字。弦、殷、贞、禎、恒、徵、构、完、树、

❶ 《寒云手写所藏宋本提要廿九种》，第135—137页。

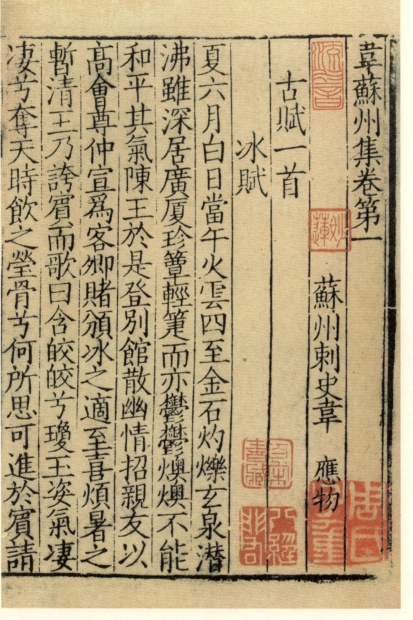

韋蘇州集卷第一

蘇州刺史韋 應物

古賦一首

冰賦

夏六月白日當午火雲四至金石灼爍玄泉潛
沸雖深居廣厦珍簟輕箑而亦鬱鬱燠燠不能
和平其氣陳王於是登別館散幽情招親友以
高會尊仲宣爲客卿賭領冰之適至喜煩暑之
暫清王乃誇賓而歌曰含皎皎兮瓊玉姿氣凄
凌兮奪天時飲之塋骨兮何所思可進於賓請

宋刻本《韦苏州集》

慎、敦等字缺笔避宋讳。卷首嘉祐元年（1056）太原王钦臣"韦苏州集序"，次"韦苏州集目录"，卷端题"韦苏州集卷第一"，次行空八格题"苏州刺史韦应物"。后附《拾遗》一卷，有目记，熙宁九年（1076）校本添四首，绍兴二年（1132）校本添二首，乾道七年（1171）校本添一首。卷六第一叶纸背有墨书"二十七日准升县冀万才所关为前事"、朱书"当日行下象山县并下台州宁海县"各一行，疑为当时官纸，惜其年月不可考。据书中讳字，"是书刊于宁宗时，距乾道辛卯不过二十馀年，则此或为最后校添之第一刊本"，书中间有讹夺、误字，然后来刊本多从此本出，故仍不失为珍本佳椠 **1**。袁克文好友京剧名家汪笑侬于书中赞云"抱存藏宋刊《韦苏州集》第一本" **2**。

袁克文得此书后，曾展读数次。1916年冬，其弟袁克权寓目此书，并于书中赋诗云：

　　阅籍何如对昼暾，他年策府定昆仑。芸编旧饰梁王壁，玉检今参众妙门。

　　两汉还延三箧底，孤舟聊伴大江奔。寒窗把读依冰影，差喜琳琅密印存。

　　丙辰冬季获读二兄宝藏宋椠诸册及烟客手钞经本。克权敬题。

1918年，姚朋图获观此书，书中有其墨笔小字题款云"戊午上巳三拿姚朋图获观题名"。是年，姚朋图遍赏袁克文旧藏宋本佳椠，大饱眼福，每每题款、题跋，以志书缘 **3**。

此本为明代周琬旧藏，清代又经张用礼、戴光曾等人收藏。后入藏清宫天禄琳琅。每册首尾皆钤有"天禄琳琅"朱文方印，"乾隆御览之宝"朱文阔边大玺，此与袁克文"历来所见闻天禄琳琅藏书不同" **4**。

---

1 此段叙述详见《张元济古籍书目序跋汇编》上册《宝礼堂宋本书录》，第290—291页。

2 汪笑侬（1858—1918），又作孝农，本名德克金，字仰天，号竹天农人。满族，生于北京。中国京剧作家、表演艺术家，汪派创始人。他出身官宦之家，自幼聪颖好学，喜好戏曲。清光绪五年（1879）中举，但他无意仕途。其父为其捐一河南太康知县，因性情刚直，被劾罢职。转而投身戏曲界。以擅长演唱表达悲愤慷慨情感的《战长沙》《文昭关》《取成都》等剧目而著称。

3 如宋婺州市门巷唐宅刻本《周礼》、宋刻八卷本《妙法莲华经》、宋刻《迂斋标注诸家文集》、宋临安府陈宅书籍铺刻本《唐女郎鱼玄机诗》、宋淳祐九年（1249）刘诚甫刻本《中兴以来绝妙词选》等善本均有姚氏题跋、题款。再如，上海图书馆藏隋开皇十七年（597）写本《大方广佛华严经》卷一四卷末姚朋图跋云："此写经与后款识非一时一手所书，出资题名者为开皇时人，写经者恐尚在北齐之世，可以字体辨之，寒云先生属记此说于卷尾，以谂来者。朋图。"其下钤"寒云秘笈珍藏之印"朱文长方印。

4 《寒云日记》，第161页。

三琴趣斋主人的词曲人生　集部藏书题跋

《天禄琳琅书目》卷六著录有元刻本；《天禄琳琅书目后编》卷六著录两部宋版《韦苏州集》，一为巾箱本，一为大字本，均为明末汲古阁旧藏；另《后编》卷一八著录明刻两部，分别为钱谦益、季振宜旧藏**❶**。然均非此部宋刻《韦苏州集》，或如袁克文所言"此书之流出当在著录之前"**❷**；故疑此书当是入藏天禄琳琅后，清乾隆四十年（1775）《天禄琳琅书目》编纂之前，皇帝又赏赐旗人贵族。

今书中钤印，除袁氏提要列举之外，尚有"寒云如意""佞宋""臣印克文""上第二子""流水音""八经阁""百宋书藏""三琴趣斋珍藏""惟庚寅吾以降""袁鉽克文""寒云小印""豹岑""皕宋书藏主人廿八岁小景""瓶盦""刘姌之印""袁刘姌""姌""梅真侍观""无尘""侍儿文云掌记"诸印鉴。几年之后，袁克文将此书转让南海潘宗周，张元济《宝礼堂宋本书录》著录**❸**。建国后，潘氏后人将此书捐献国家，入藏今国家图书馆。

上文袁克文跋中以其行款与南宋书棚本同，而定为书棚本。书棚本通常在卷首目录后或卷末镌有刊书木记，如《朱庆馀诗集》卷末有"临安府睦亲坊陈宅经籍铺印"，《甲乙集》目录后刊"临安府棚北睦亲坊南陈宅经籍铺印"一行；《唐女郎鱼玄机诗》册末镌"临安府棚北睦亲坊南陈宅书籍铺印"一行，等等；而此本未见。傅增湘"曾取校明翻宋书棚本，行款虽同，目录及卷中行次均有异，文字亦有异处"**❹**。

《周叔弢古书经眼录·宋刻工姓名录》亦著录袁克文旧藏此本，题为书棚本，版心刻工有余、何、余同甫刁、同甫刁、应等人**❺**。周叔弢亦藏有此书宋刻，其版式与书棚本相同，亦无牌记；其版心刻工有郏良臣、江孙、范崇、刘尚、余士等人。其中，范崇、刘尚、余士等刻工姓名，与邓邦述旧藏宋书棚本《碧云集》刻工相同。宋书棚本《碧云集》为黄丕烈旧藏，目录后刻有"临安府棚北睦亲坊南陈宅书籍铺印"木记一行，版心刻工有虞才、陈才、刘生、黄坚、丁明、刘宗、蔡化、范宗、

❶ 《天禄琳琅书目·天禄琳琅书目后编》，第121—122、309—310、433页。
❷ 《寒云日记》，第161页。
❸ 《张元济古籍书目序跋汇编》上册，第290—291页。
❹ 《藏园订补郘亭知见传本书目》卷一二上，第1000页。详见《藏园群书经眼录》卷一二，第866—867页。
❺ 详见《周叔弢古书经眼录》下册《宋刻工姓名录》，第449页。

刘文、蔡应、吴才、余士、刘尚、范崇、范仁、俞生、蔡明等人 **1**。故此，周叔弢旧藏《韦苏州集》本疑为书棚本。

袁氏旧藏《韦集》"棚本"之说，其师李盛铎亦曾有过疑问。在李盛铎得到《唐僧弘秀集》残本之后，袁克文曾以此宋刻《韦苏州集》与之比勘，认为"其刻工与此书版心有姓名之叶若出一手，始知真棚本亦不必定有陈解元刊记一行也" **2**，即袁氏旧藏《韦集》亦疑为书棚本。

1918 年二月，袁克文又得到《须溪先生校本韦苏州集》十卷 **3**，《拾遗》一卷，每半叶十行，行十六字。此即汪笑侬所言"云合楼主人藏宋刊韦苏州集第二本" **4**。扉页有袁克文题签，云"宋德祐刊本须溪先生校点韦苏州集十卷拾遗一卷"，下署"寒云"，钤有"寒云主人""惟庚寅吾以降""皕宋书藏主人廿八岁小景"等印鉴。卷首有刘辰翁行书序，半叶五行，行十至十二字不等。次王钦臣序，次目录，目录每卷之几之上加墨围。卷端题"须溪先生校本韦苏州集卷第一"。行间有圈点，异字注于本字之下，评语小字双行，或在本句之下，或每首诗末。卷末附有《须溪先生校点韦苏州集拾遗》诗八首，其后有南宋恭帝德祐初年须溪题记七行，云：

> 韦应物居官，自愧闵闵有恤人之心。其诗如深山采药，饮泉坐石，日晏忘归。孟浩然如访梅问柳，偏入幽寺。二人趣意相似，然入处不同。韦诗润者如石；孟诗如雪，虽淡无采色，不免有轻盈之意。德祐初初秋看二集并记。须溪。

跋后又刊"孟浩然诗陆续刊行"两行八字，知当时韦应物、孟浩然二人之诗集先后刊行。

此本袁克文、汪笑侬均题为"宋刊"。罗振常《善本书所见录》著录此本 **5**，亦为宋椠。丁丙《善本书室藏书志》 **6**、王文进《文禄堂访

1 详见《周叔弢古书经眼录》下册《宋刻工姓名录》，第 438、456 页。
2 详见下文"宋刻《唐僧弘秀集》"。
3 《寒云日记》，第 176 页
4 书中汪笑侬题款云"云合楼主人藏宋刊《韦苏州集》第二本"，下属"仰天题"，并钤"安居长年"白文方印。"仰天"即其字。详见上文汪氏小注。此页背面有姚朋图题款云"戊午（1918）上巳三弇姚朋图观题名册首"。
5 罗振常《善本书所见录》卷四，商务印书馆，1958 年，第 139—140 页。
6 丁丙《善本书室藏书志》卷二四，第 684 页。

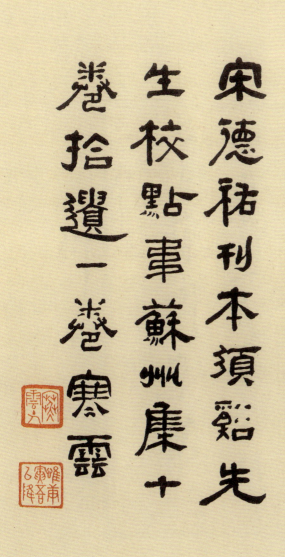

宋德祐刊本須谿先
生校點車蘇州集十
卷拾遺一卷寒雲

元刻本《须溪先生校本韦苏州集》袁克文题签

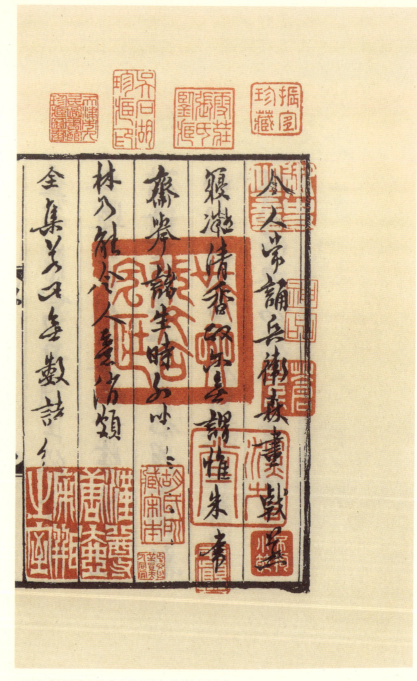

元刻本《须溪先生校本韦苏州集》卷首刘辰翁序

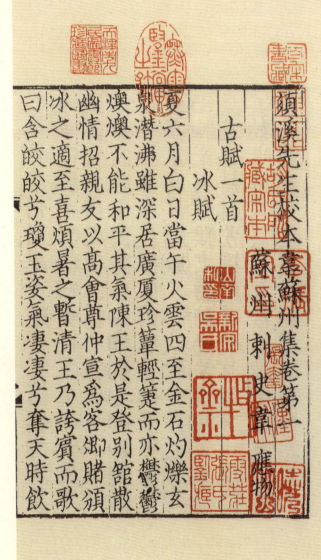

須溪先生校本臺蘇州集卷第一

蘇州刺史韋應物

古賦一首

冰賦

夏六月白日當午火雲四至金石灼爍玄
泉潛沸雖深居廣厦珍簟輕篷而亦鬱鬱
燠燠不能和平其氣陳王於是登別舘散
幽情招親友以高會尊仲宣爲客御賜頒
冰之適至喜煩暑之暫清王乃誇賓而歌
曰含皎皎兮瓊玉姿氣淒淒兮奪天時飲

元刻本《须溪先生校本韦苏州集》

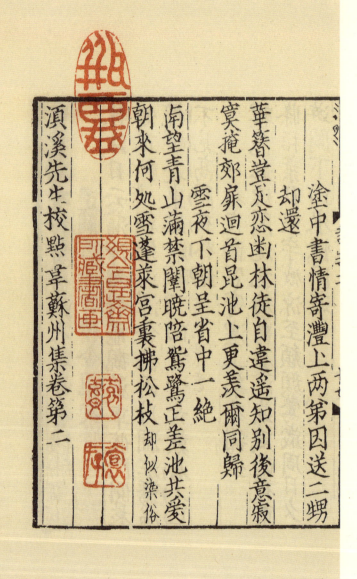

塗中書情寄灃上兩第四送二甥
却還

華簪豈足戀幽林徒自違遙知別後意寂
寞掩郊扉迴首昆池上更羡爾同歸
雲夜下朝呈省中一絕
南望青山滿禁闈曉陪駕鷺正差池共愛
朝來何處雪蓬萊宮裏拂松枝却以藥俗

須溪先生校點韋蘇州集卷第二

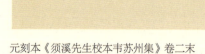

元刻本《須溪先生校本韋蘇州集》卷二末

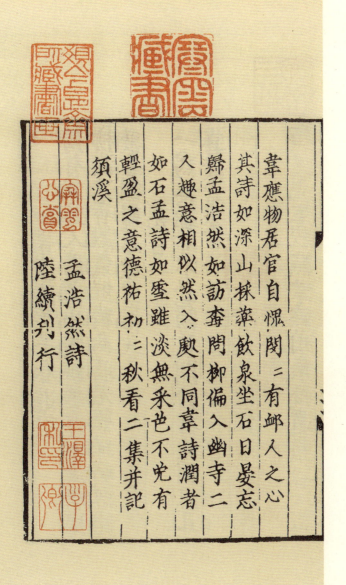

元刻本《须溪先生校本韦苏州集》卷末刻书跋

书记》❶、傅增湘《藏园群书经眼录》等则著录为元刻本❷。今据卷首刘辰翁序云"丁亥正月为康绍宗刻此本,复书其后",疑此本为元前至元二十四年(1287)刊本❸。傅增湘曾经借校此本,用绿笔批于清康熙四十一年席启寓琴川书屋刊唐诗百名家全集本之上❹。

此书为清初季振宜旧藏,后又经张奎、王泽、吴石湖、袁克文等人收藏,书中钤印累累,有"吴兴张文宝家藏"❺"季振宜印""沧苇""御史之章""振宜珍藏""神"与"品"联珠印、"牧斋""雪庄张氏鉴藏""张奎""汉文""秋槎""青云山房""清河郡图书记""胡氏所藏宋本""王泽私印""子卿""吴石湖珍藏印""山南私印""新安吴氏""惟庚寅吾以降""瓶盦"(白文长方、朱文椭圆印两枚)、"克文不朽""瓶盦之钵""三琴趣斋""克文与梅真夫人同赏""汉尊唐壶宋瓶之室""寒云心赏""寒云""寒云藏书""寒云鉴赏之钵""豹岑""璧琊主人""抱存""百宋书藏""八经阁""云合楼""后百宋一廛""与身俱存亡""相对展玩""袁克文""袁克文长寿""袁钵克文""觉今是斋所藏书画"❻等印记。此本现藏杨氏枫江书屋。

1914年,傅增湘曾见袁克文旧藏明弘治、正德间铜活字印唐人集本《韦苏州集》一帙,半叶九行,行十七字,细黑口,左右双栏,存八卷。傅氏著录其存卷有异,《藏园群书经眼录》著录袁氏旧藏明铜活字印本"《韦苏州集》十卷,缺卷一、二,存八卷"❼,而《藏园订补邵亭知见传本书目》则云"存卷一至八"❽,疑二者中有一处为笔误。1915年二月十二日,袁克文又得明本《韦苏州集》❾,书中有其题款云:"乙

❶ 《文禄堂访书记》卷四,第252—253页。

❷ 《藏园群书经眼录》卷一二,第867页。

❸ 详见《中华再造善本总目提要》,第1186—1188页。

❹ 《藏园订补邵亭知见传本书目》卷一二上,第1000页。

❺ 明吴宽《匏翁家藏集》卷四九《跋解学士笔舫铭》云:"吴兴张文宝,在国初业擅制造,因名其舟,当时士大夫多为诗文遗之,而学士解公缙绅特为作铭。盖公之书妙,固资其用而赏之也。"此"张文宝"不知是否即此印印主。明正德三年(1508)吴奭刻本,国家图书馆藏。

❻ 是书八册,几乎每册末皆有此印,且与袁克文诸印鉴相随。目前所知袁克文旧藏百馀部古籍中尚未见到此印,故"觉今是斋所藏书画"一印是否为袁克文之印,尚待进一步核实。另,津门陈椿年编《觉今是斋义论正轨初编》,光绪二十四年(1898)秋七月天津石印本,不知此印是否与之有关,待考。陶潜《归去来兮辞》云:"悟已往之不谏,知来者之可追;实迷途其未远,觉今是而昨非。"

❼ 《藏园群书经眼录》卷一七,第1217—1218页。

❽ 《藏园订补邵亭知见传本书目》卷一二上,第1000页。

❾ 《寒云日记》,第135页。

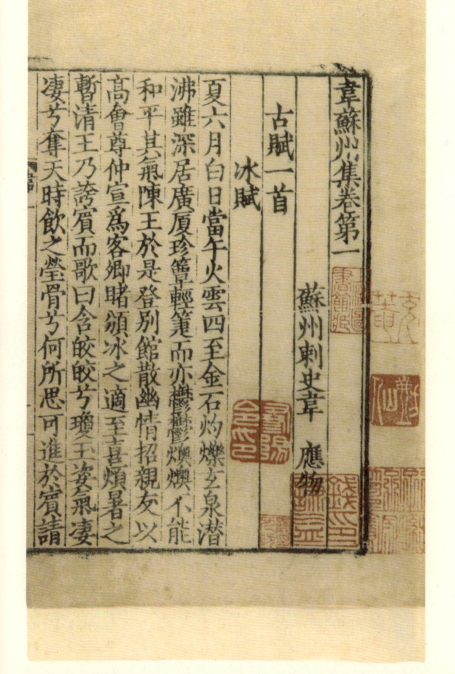

韋蘇州集卷第一

蘇州刺史韋　應物

古賦一首

冰賦

夏六月白日當午火雲四至金石灼爍玄泉潛
沸雖深居廣廈珍簟輕箑而亦欝欝煩燠不能
和平其氣陳王於是登別館散幽情招親友以
高會尊仲宣爲客卿睹頒冰之適至喜煩暑之
暫清王乃誇賓而歌曰含皎皎兮瓊玉姿衆凄
凄兮奪天時飲之塋骨兮何所思可進於賓請

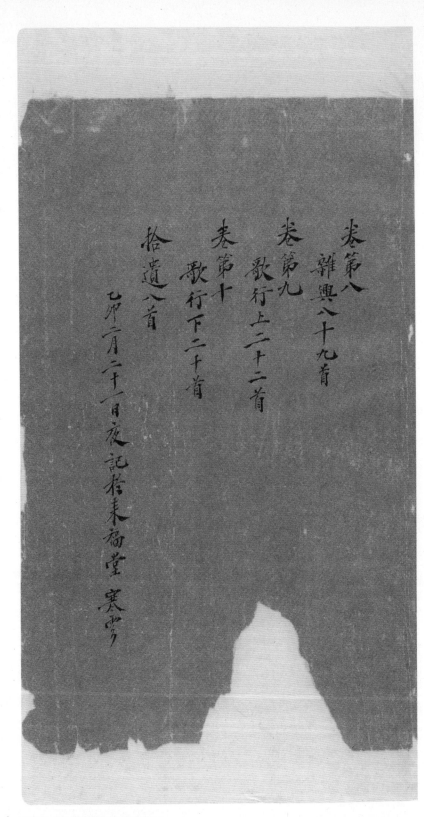

卷第八　雜興八十九首

卷第九　歌行上二十二首

卷第十　歌行下二十首

拾遺八首

乙卯二月二十一日夜記於集秀齋堂　寒雲

明刻本《韋蘇州集》袁克文題款

卯二月二十一日夜记于来福堂，寒云。"**1** 此即袁克文旧藏两部明刻《韦苏州集》。

袁克文旧藏唐人集颇夥，1915 年六月底，曾得明活字版唐人集二十八家 **2**。1919 年春，袁克文又得一唐人集，此即明仿宋刊本《唐贾浪仙长江集》十卷，每半叶十行，行二十字，小字双行同，白口，单黑鱼尾，左右双边 **3**。书中有袁克文手跋云：

> 《长江集》世鲜善本，厥明刊单行本颇为罕觏，去宋刊仅一间耳。己未（1919）春得于上海，裁明青笺为衣，重装一过。寒云识于百宋书藏。（钤"袁克文"朱文方印）**4**

袁氏书散，流入厂肆。1921 年，此书为秦更年购得。书中亦有其跋：

> 戊午（1918）冬在里门，书贾陆某来言，宝应王氏有书待沽，闻之欣然买舟往。书凡百五十种，因论价不合，未能交易。今来沪上，获拘此集 **5**，即畴昔所见百五十种之一，可见天下事物遇合自有其时，固不独蓄书为然也。辛酉（1921）祀灶先二日，大雪初霁，展阅漫书，江都秦更年。（钤"秦更年"白文方印）**6**

此书现藏台北"中央"图书馆 **7**，书中钤有"盱眙王氏十四间书楼藏书印""袁克文""寒云""百宋书藏""寒云鉴赏之钤""八经阁""克文与梅真夫人同赏""江都秦更年曼青之印""婴闇秦氏藏书""更年长寿"等印记 **8**。

---

1 此本今藏上海图书馆。

2 《寒云日记》，第 142 页。

3 《"国家"图书馆善本书志初稿》集部一，"国家"图书馆编印，1999 年，第 146 页。

4 《标点善本题跋集录》下册，第 466 页。书影见台北《"国家"图书馆善本题跋真迹》三，2005—2006 页。

5 原文作"拘"。

6 《标点善本题跋集录》下册，第 466 页。同上书，第 2005—2006 页。

7 台北《"国立中央"图书馆善本书目》（增订二版）第三册，第 903 页。

8 台北《"国家"图书馆善本书志初稿》集部一，"国家"图书馆编印，1999 年，第 146 页。

元刻《唐陆宣公集》

陆宣公，即陆贽（754—805），字敬舆，唐苏州嘉兴（今浙江嘉兴南）人。唐代宗大历八年（773）登进士第，中博学宏词科。授郑县尉，历渭南主簿、监察御史。建中四年（783），以祠部员外郎充翰林学士，扈从奉天，参决机谋，时号"内相"。唐贞元七年（791），拜兵部侍郎；八年，知贡举，迁中书侍郎、同中书门下平章事。陆贽为相时，指陈弊政，废除苛税；十年，为户部侍郎裴延龄所劾，罢相；十一年，贬忠州别驾。唐顺宗即位（805），下令召回，诏书未至而贽已卒，赠兵部尚书，谥曰"宣"。事迹详《旧唐书》卷一三九本传。

陆贽一生著述颇丰，据《中国古籍善本书目》，陆氏文集传世刻本甚多 **❶**；其中，宋元本相对较少。1915 年四月初十，袁克文友人为其觅得元刻《唐陆宣公集》**❷**。是年冬，袁克文于书中跋云：

> （钤"上弟二子"白文长方印）《翰苑集》二十二卷，以楮墨审之，且构字不缺，当在南渡之前。椒微近以所藏北宋本《说苑》见示 **❸**，惟字体略小，而刊刻楮墨与此无稍异，尤足证也。嘉道时

---

❶ 关于《陆宣公集》的版本源流考，参见刘京《〈陆宣公集〉研究》，首都师范大学，2004 年中国古代文学硕士学位论文。

❷ 《寒云日记》，第 136—137 页。

❸ 此即李盛铎旧藏宋刻《说苑》，书中袁克文跋云："《说苑》残本十卷，北宋末刊本。题下有'鸿嘉四年'一行，即绛云所谓'此古人修书经进之体式'，今本皆削去之者。士礼居所藏《新序》与此同种。《说苑》惟海源阁有之，湘潭袁氏亦有残本，殆即此耶？盖氏故物多归于椒微师也。病中师遣伻持此见示，谨缀数言以记眼福。乙卯冬日克文。"详见《文禄堂访书记》卷三，第 157 页。另见《木犀轩藏书题记及书录》，第 155 页。翁同龢旧藏宋咸淳元年（1265）镇江府学刻本《说苑》卷端"说苑卷第一"之次行低一格题"鸿嘉四年三月己亥左都水使者光禄大夫臣刘向上"。（转下页）

有覆本亦不易觏。乙卯（1915）冬月，皇二子。（下钤"后百宋一廛"朱文方印）

1927年四月，袁克文再次展卷，濡墨挥毫，跋云：

《读书敏求记》云："《陆宣公翰苑集》二十二卷，《制诰》十卷，《奏章》六卷，《中书奏议》六卷。权载之序，大字，宋椠本"，当即此刻。《百宋一廛书录》亦述其言。惟系小字残本。《平津馆鉴藏书籍记》有：新刊《唐陆宣公集》二十二卷，分卷同。惟有唐陆宣公像。又云：黑口板，板心俱题"奏议"，每叶廿行，行廿字。《皕宋楼藏书志》有元至大刊本《唐陆宣公集》二十二卷，每叶廿行，行十七字。权德舆序，苏轼进奏议札子外，又有淳熙讲筵札子。及至大辛亥季秋，嘉兴郡博士厉一鹗序。明刻则附会权序，所谓《奏章》七卷、《中书奏议》七卷，而妄加改窜，篇目则未稍增也。《翰苑集》以此刻为最先，"构"字未讳，当出北宋后。此有萧燧淳熙讲筵札子，则是淳熙覆本，元刻遵之。绍熙郎烨有注本十五卷，明宣德、天顺刻本，尚是二十二卷。宏治、万历及不负堂诸刊本，则皆更为二十四卷矣。宏治后惟嘉庆春晖堂翻宋本仍二十二卷之旧。此刻为诸本之祖。藏家之见于著录者，惟钱氏有之。后归钱大芹，今已不知所在。此本为梁蕉林旧物。楮墨雅纯，洵是北宋佳本，天壤有数物也。时余病腰，兼患肝气旧疾，痛不能起，卧床者累日矣。杞人步章五来为余诊脉，并出示此书，谓为余觅得于海王邨。披览数四，惊喜欲狂，跃起检诸家藏目载考载述。病馀弱腕，犹战战不能成字，而宿疴霍然，虽药饵无是速也。丁卯（1927）四月初十日，寒云记于倦绣室。（下钤"寒云"白文方印、"袁克文"朱文白文方印）

钞补者一卷之四叶至七叶，又十二叶，及二十二卷。觇字体，审楮墨，似乾嘉时自元刻十行十七字本影出者。

陆氏所作制诰、奏议百馀篇，最为后世重视。文中讥陈时病，论辩

（接上页）袁克文跋云"惟海源阁有之"，当是未见翁同龢藏本。黄丕烈士礼居旧藏《新序》卷端"新序卷第一"之次行低两格题"阳朔元年二月癸卯护左都水使者光禄大夫臣刘向上"。

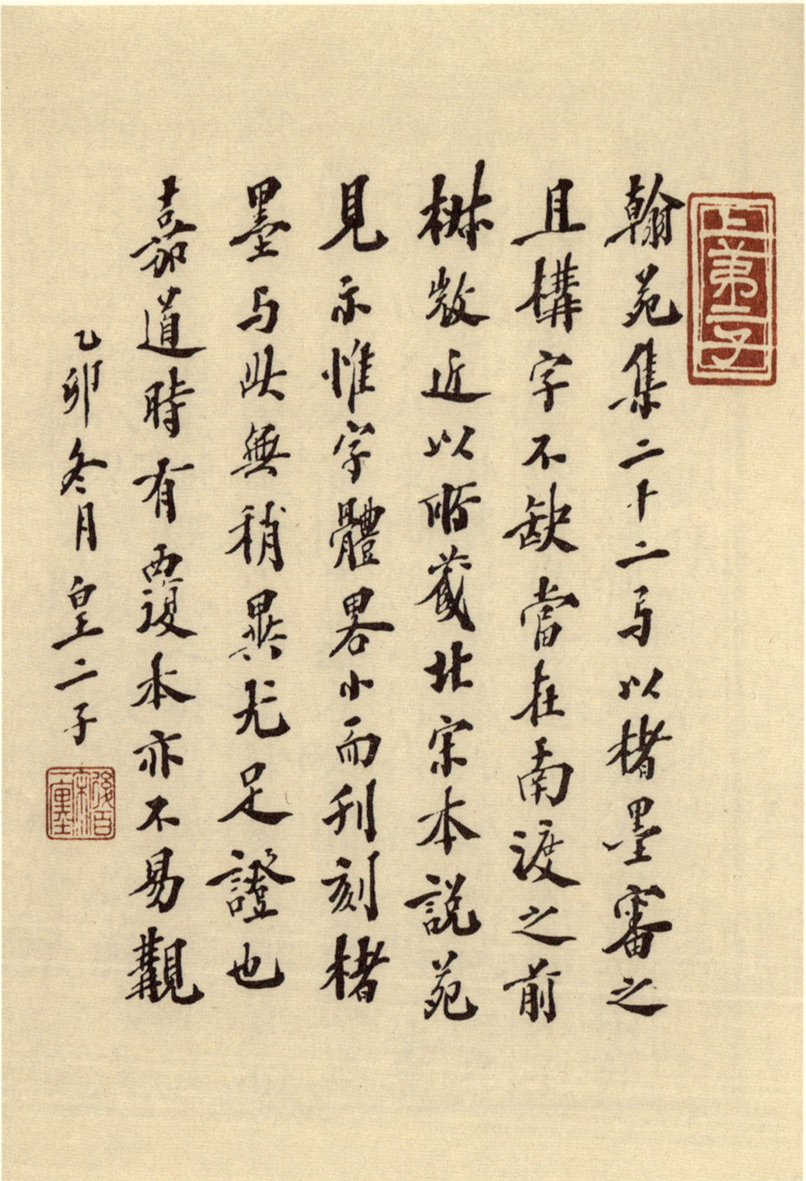

翰苑集二十二卷以楷墨審之
且構字不缺當在南渡之前
槧敬近以所藏北宋本說苑
見示惟字體畧小而刊刻楮
墨與此無稍異無足證也
嘉靖道時有覆宋本亦不易覯
乙卯冬月 皇二子

元刻本《唐陆宣公集》袁克文跋一

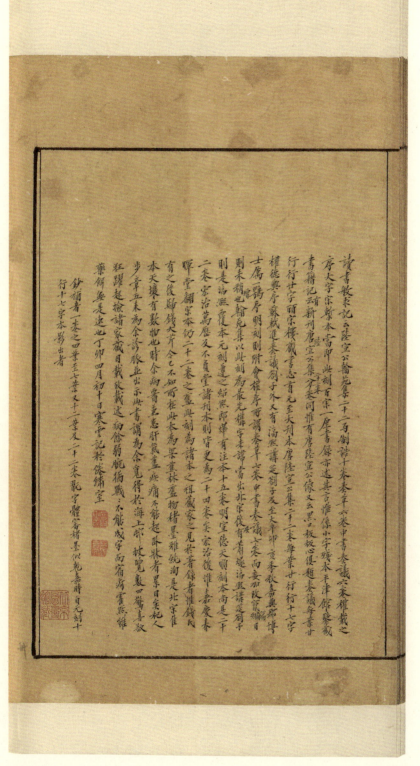

讀書敏求記云陸宣公翰苑集二十二年制誥十卷奏草六卷中書奏議六卷權載之
序大字宋槧本當印此刻自宋一麈書牘而述甚言惟係小字殘本平津館藏
書籍記云新刊唐宣公集六卷同惟有唐陸宣公像文云墨口板板心俱題奏議每葉十
行行廿字翟宗樣藏書志有元至大列本唐陸宣公集二十二卷年葉十七字
權德輿序家戴進奏議刻子外又有涵颴謙定刻子及至大平卯夏季秋奏嘉郡博
士屬鶚序明刻則附會權序西謂奏草十六卷中書奏議六卷而妄加改竄編目
則朱穎也翰苑集以此刻為最光棣字本書出北宇後有起涵颴謙定刻子
有之後歸錢大斤今乙不知尚在此本為某董棣盧物楷墨雅純洵是北宇雅
本天壤有數物也時余病齋齋痛不能起卧牀者累日案紀人
步章五末為余診脈並出示此書謂為余寬得於海上郵板覽囊四蠻喜教
二卷宏治萬曆又不負董蕭刊本則宵更為二十四卷寶宏治後惜本嘉慶春
睦堂翻宋本約二十一卷之盧此刻為諸本之祖藏家之見於著錄者惟錢內
藥劑與是述此丁卯四月初十日寒雲記於倀繡室

鈔補者一卷之四葉至七葉又十二葉又二十二卷戤字體寶楷似兜嬉時目元刻十
行十七字本影出者

明晰，尤以奏议恳切动人，正如唐权德舆序中所言"昭昭然与金石不朽"。此元刻本卷首权德舆《唐陆宣公翰苑集序》云：

> 考校医方，撰《集验方》五十卷，行于世。……公之秉笔内署也，榷古扬今，雄文藻思，敷之为文诰，伸之为典谟，俾摞狡向风，懦夫增气，则有《制诰集》一十卷。览公之作，则知公之为文也。润色之馀，论思献纳，军国利害，巨细必陈，则有《奏草》七卷。览公之奏，则知公之为臣也。其在相位也，推贤与能，举直错枉，将斡璇衡而揭日月，清氛沴而平泰阶。敷其道也，与伊说争衡；考其文也，与典谟接轸，则有《中书奏议》七卷。览公之奏议，则知公之事君也。……公之《文集》有诗文、赋集、表状，为《别集》十五卷。其关乎时政，昭昭然与金石不朽者，惟《制诰》《奏议》乎！虽已流行，多谬编次，今以类相从，冠于编首，兼略书其官氏景行，以为序引，俾后之君子览公制作，效之为文为臣事君之道，不其伟钦。

司马光作《资治通鉴》，尤其重视陆贽议论，采用其奏疏三十九篇。北宋元祐八年（1093）苏轼等朝臣撰《乞校正陆贽奏议上进札子》，联名上书宋哲宗，建议将陆氏奏议加以缮写进呈，"愿陛下置之坐隅，如见贽面；反复熟读，如与贽言，必能发圣性之高明，成治功于岁月"。至南宋绍熙二年（1191）八月初七日，郎晔上《经进唐陆宣公奏议表》，"迪功郎绍兴府嵊县主簿臣晔言，臣所注唐陆宣公贽《奏议》十五卷，缮写成帙，谨诣登闻"。

可见，至宋代，陆宣公奏议的借鉴意义仍不容忽视。四库馆臣云，陆文虽"多出于一时匡救规切之语，而于古今来政治得失之故，无不深切著明，有足为万世龟鉴者" **❶**，故为历代所珍视，传钞、刊刻不绝。官私目录均有著录，如《新唐书·艺文志》载陆贽《议论表疏集》十二卷。又《翰苑集》十卷，韦处厚纂 **❷**。晁公武《郡斋读书志》卷四载《陆贽奏议》十二卷，云：

> 旧《翰苑集》外，有《榜子集》五卷，《议论集》三卷。《翰苑集》，苏子瞻乞校正进呈，改从今名。疑是裒诸集成云。

宋赵希弁《郡斋读书志·附志下》著录《陆宣公文集》二十二卷，并云：

---

❶ 《四库全书总目》卷一五〇·集部三·别集类三。

❷ 《四库全书总目》误为"常处厚"，其正文不误，作"韦处厚"。

《读书志》云："贽《奏议》十二卷。"希弁所藏《制诰》十卷、《奏草》六卷、《奏议》六卷，凡二十二卷。

《直斋书录解题》卷一六载《陆宣公集》二十二卷，中分《翰苑集》十卷、《榜子集》十二卷；卷二二载《陆宣公奏议》二十卷，又名《榜子集》：

> 权德舆为序，称《制诰集》十三卷、《奏草》七卷、《中书奏议》七卷。今所存者，《翰苑集》十卷、《榜子集》十二卷。序又称别集文、赋、表、状十五卷，今不传。

榜子，即奏折，宋孔平仲《孔氏谈苑·奏事非表状谓之榜子》云："唐人奏事非表非状者，谓之榜子，亦曰录子，今谓之札子。"

由此可见，陆贽著述涉及广泛，举凡制诰、奏议、诗词、文赋、表状等，在当时即已纂辑成书。如《制诰集》十卷、《奏草》七卷、《中书奏议》七卷、《别集》十五卷、《陆氏集验方》五十卷等[1]。宋代以后，陆氏《别集》已久佚不传，其诗词文赋流传后世者很少，散见唐人文集之中。清董诰等编《全唐文》辑录其文赋七首，如《圣人苑中射落飞雁赋》《东郊朝日赋》《冬至日陪位听太和乐赋》等。清彭定求等编《全唐诗》仅收录其诗三首，如《赋得御园芳草》《晓过南宫闻太常清乐》等。

据权德舆《翰苑集序》，知陆氏《翰苑集》中分《制诰》十卷、《奏草》七卷、《中书奏议》七卷，凡二十四卷。然此卷数与后世史志目录著录不同。根据卷数，流传后世的有十卷本、十二卷本、十五卷本、二十二卷本等[2]。据晁、陈两家著录，二十二卷本《陆宣公文集》，在宋代流传普遍；其现存最早的刻本，当推宋蜀刻唐人文集本[3]。明代弘治以后，附会权序，改窜篇目，凑成二十四卷本。

此袁克文旧藏为二十二卷本，半叶十行，行十七字，白口，左右双边。前十卷《制诰》版心题名云"苑几"，次《奏草》六卷；《中书奏议》六卷版心题云"奏几"，上方间记字数，下记刻工姓名，有子明、允仁、何津、何源、徐文、徐戊、徐成、张中、遇春、元、拱、高、曹、谅、

[1] 《旧唐书·陆贽》本传云"……乃钞撮方书，为《陆氏集验方》五十卷行于代"，《新唐书·陆贽》本传亦云"只为今古集验方五十篇示乡人云"。然《新唐书·艺文志》著录《陆氏集验方》十五卷，其卷数，与其本传不同。

[2] 参见刘京《〈陆宣公集〉研究》；唱春莲《宋蜀刻本〈陆宣公文集〉再探》，国家图书馆古籍馆善本特藏部主办《文津流觞》第十期，2003 年。

[3] 详见《中华再造善本总目提要》，第 529—531 页。

赵等。卷二二钞配。文中有朱笔圈点，扉页陆宣公像，有袁克文题签云"唐陆宣公像，鲍惠人摹"，末署"寒云题"，下钤"寒云小印"朱文方印。卷首有唐权德舆"唐陆宣公翰苑集序"，次为北宋元祐八年（1093）苏轼等人"本朝名臣进奏议劄子"。卷端题"唐陆宣公集卷第一制诰卷第一"。1915年，袁克文曾以此本校嘉庆影宋刻本，文中有其朱笔校语，并有朱笔题款云："乙卯端午日校嘉庆影宋刊本"，末署"寒云"。书中钤有"佞宋""克文""后百宋一廛""寒云秘笈珍藏之印"诸印记。后来，袁克文因经济窘迫，将此书转让潘宗周，张元济《宝礼堂宋本书录》著录 **1**。建国后，潘氏后人潘世兹捐献国家，入藏今国家图书馆。

此本早先为梁清标收藏，每册首钤有"蕉林藏书"朱文方印。梁清标（1620—1691），字玉立，号苍岩，又号棠村、蕉林，直隶正定（今属河北）人。其藏书处为蕉林书屋、秋碧堂、悠然斋。藏印有"苍岩山人书屋记""蕉林藏书""蕉林梁氏书画之印""蕉林收藏""河北棠村""蕉林玉立氏图书"等 **2**。《藏园订补郘亭知见传本书目》误称"梁茝林印" **3**。张元济《宝礼堂宋本书录》亦误"蕉林藏书"为"茝林藏书"，误为福建梁章钜藏书 **4**。梁章钜（1775—1849），字闳中，一字茝林，号茝邻，晚年自号"退庵"，祖籍福建长乐，清初迁居福州，自称福州人。其精心设计、刻制的藏书印鉴多达二十馀方。其中藏书印主要有"梁章钜鉴赏印""茝林真赏""退庵居士""闳中""茝林曾观""茝林审定""梁氏茝林""吴中方伯""退庵""难进易退学者""提兵岭后筹海江东"等。藏书楼印鉴有"藤花吟馆""黄楼""东园""北东园""亦东园""花舫""观变轩""怀清堂""池上草堂""二思堂""古瓦研斋""戏彩亭""小沧浪""粤西开府"等印鉴 **5**。

袁氏旧藏本与涵芬楼旧藏为同一版本，张元济《宝礼堂宋本书录》《涵芬楼烬馀书录》等皆误题宋刻。陆心源《皕宋楼藏书志》著录"元嘉兴路学刊本" **6**。《仪顾堂续跋》云：

---

1 《张元济古籍书目序跋汇编》上册，第291—292页。
2 详见《文献家通考》上册，第49页。
3 《藏园订补郘亭知见传本书目》卷一二下，第1012页。
4 《张元济古籍书目序跋汇编》上册，第292页。
5 详见王长英《笔著千秋文橱藏万卷典——清代著名著述家、藏书家梁章钜》，《福建师范大学学报》（哲学社会科学版），1996年第1期，第108—114页。
6 详见《仪顾堂书目题跋汇编》，第625页。

……次苏轼等进奏议劄子，次至大辛亥厉一鹗序。……目录后记有云："至大辛亥秋，教官厉心斋奉总管王公子中命重新绣梓，详加校订。任其责者，学正四明陈沇，学录毗陵蒋腾、孙路，掾庐陵易伟也。监督直学张天祐、马天祺，学吏程泰孙、施去非"七行。按：是集宋时嘉兴学有版，岁久漫漶。至大辛亥，盱眙王子中来守，以推官胡德修家藏善本重刊。此其初印本也。每叶二十行，每行十七字。一至卷十版心刊"苑几"，十一至廿二版心刻"奏几"，皆有字数、刊工姓名。卷中有"石氏"朱文方印、"华亭朱氏"白文方印、……苏东坡所进劄子题曰"本朝名臣"，此从宋本翻雕之证也。[1]张元济以涵芬楼旧藏与陆心源皕宋楼旧藏本对照[2]，误认为涵芬楼旧藏可能是宋嘉兴刻本[3]。

傅增湘《藏园群书经眼录》著录涵芬楼旧藏为元刻，误以袁氏旧藏为宋刻[4]。《藏园订补郘亭知见传本书目》则著录二者均为元刊本[5]。傅氏书中提及刘启瑞（字翰臣）旧藏元刻本，即1920年张元济收入涵芬楼之本，此本中另钤有"涵芬楼""海盐张元济庚申岁经收""海盐张元济经收"诸印记，并有张元济1920年校记、题识。今藏国家图书馆。

[1] 《仪顾堂书目题跋汇编》，第414—415页。
[2] 《皕宋楼藏书志》卷六九著录，第781—782页。
[3] 详见《张元济古籍书目序跋汇编》中册《涵芬楼烬馀书录》，第658—659页。
[4] 《藏园群书经眼录》卷一二，第872—873页。
[5] 《藏园订补郘亭知见传本书目》卷一二下，第1012页。

元刻《增广注释音辩唐柳先生集》

1917年袁克文跋《极玄集》中，因宋永州刻《柳州集》残本已"为沅叔所获"而颇感遗憾 **1**。其实，在此之前的1916年十月，袁克文已得《柳集》一部，即此元刻《增广注释音辩唐柳先生集》，卷首袁氏跋云：

> 《柳先生集》，此宋麻沙刊本，亦罕见之品。各家著录多元刊本，若皕宋楼、平津馆所谓宋本，每半叶皆十三行，亦元本也。菽微师藏有宋刊《韩文》，与此行字、板本皆同，又有残宋本《柳集》一卷，即此刻也。丙辰（1916）十月，寒云。

是本虽不如永州刻《柳州集》，堪称"断种之秘籍，镇库之宝书" **2**，亦可谓"罕见之品"。袁氏另撰有一篇提要云：

> 《增广注释音辩唐柳先生集》四十三卷，别集二卷，外集二卷，宋刊宋印，十二册
>
> 唐柳宗元撰。
>
> "南城先生童宗说注释"次行"新安先生张敦颐音辩"三行"云间先生潘纬音义"四行 **3**。
>
> 半叶十二行，行二十一字，注双行字同。第一册首乾道三年陆之渊书序，半叶八行，行十六字。次乾道丁亥潘纬书序，半叶六

---

1 参见下文"明刊《极玄集》"。
2 《藏园群书题记》卷一二，第613页。
3 "敦"字原文缺末笔，当是避其二伯父袁世敦之名讳。

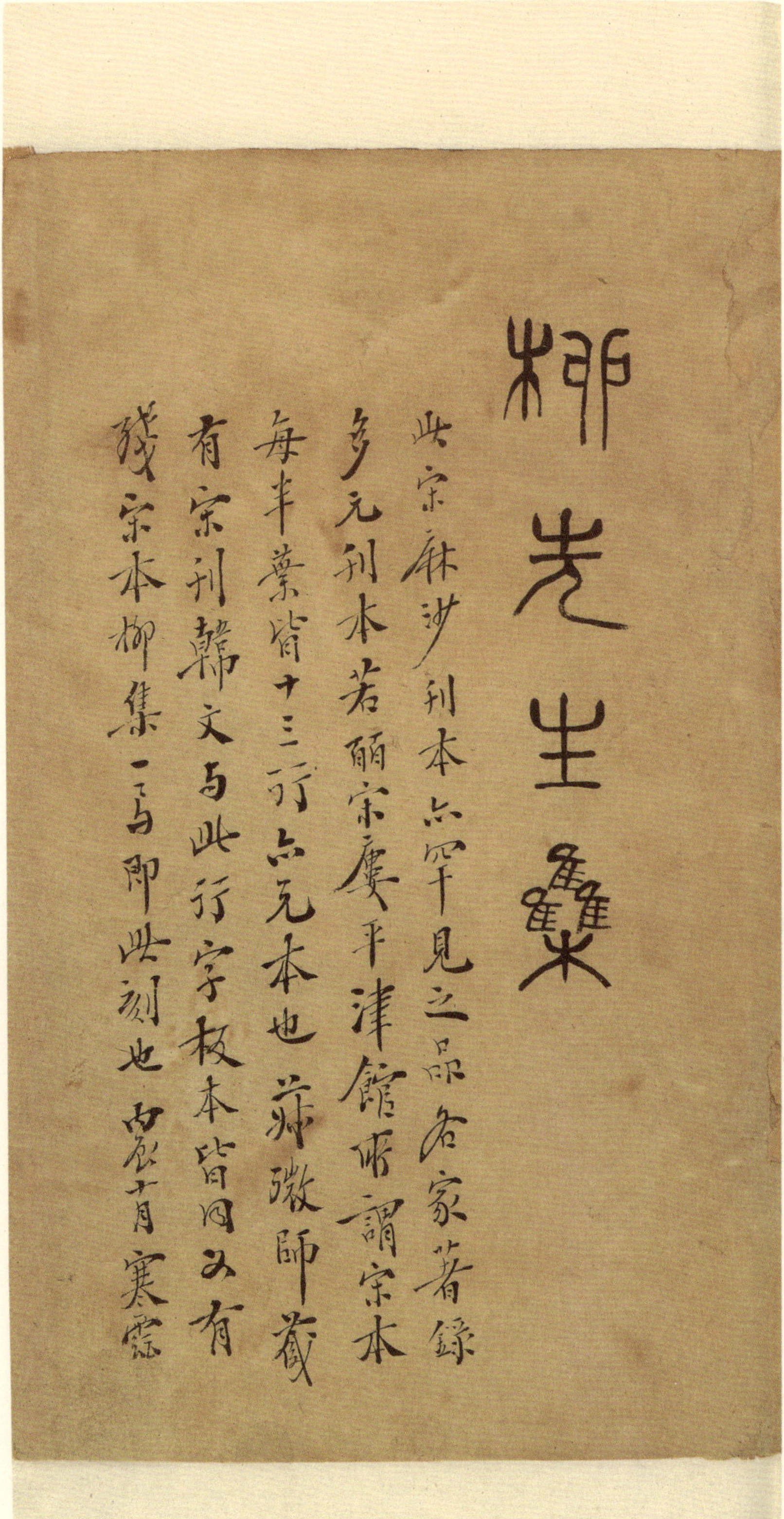

柳先生集

此宋麻沙刊本㝵平見之品名家著録
多元刊本若麗宋慶平津館所謂宋本
每半葉皆十三行六元本也荛敬師鍳
有宋刊韓文与此行字板本皆同又有
殘宋本柳集一与即此刻也 丁巳青寒窟

元刻本《增广注释音辩唐柳先生集》袁克文跋

行，行十二字。次诸贤姓氏，半叶六行，左右双阑，或四周双阑，线口，版心鱼尾下标"柳文"及卷次，或标"柳"，或标"文"，或有减笔"柳"字，若"邜""卬""夕"诸式。宋讳或缺或否，无刻工姓名。

藏印：友兰书室、陈氏珍藏每册首有之

《柳先生集》，宋麻沙刊本，刻工精妙，亦坊本上乘。元时覆刊，改为半叶十三行，藏书家往往误识为宋刊。盖真宋刊十二行本，殊不易有。今惟木斋师藏有一部，他无闻焉。**❶**

据《寒云日记》，袁克文曾先后三次得到《增广注释音辩唐柳先生集》**❷**。袁克文《日记》中此本书名与其所撰提要，略有出入。此本卷端题为"增广注释音辩唐柳先生集"，据《中国古籍善本书目》，现存柳集宋元以来版本五十馀种，未见题作"增刊增广……"者，《寒云日记》谓"《增刊增广注释音辩唐柳先生集》"者**❸**，疑为笔误。

根据此本版刻风格，当为元刊，袁克文误为宋麻沙刻本。其行款每半叶十二行，行二十一字，小字双行同，细黑口，四周双边。书中避讳不甚严格，讳字如贞、懲、敦、侦、匡、弘、恒等。其中、贞、玄、弘等字亦有不缺笔处。另有俗字，如学、举等。版心无刻工，目录叶有黑色鱼尾提行。卷端题"增广注释音辩唐柳先生集卷之一"。以下三行依次题"南城先生童宗说注释，新安先生张敦颐音辩，云间先生潘纬音义"。每册首钤"友兰书室"白文方印、"陈氏珍藏"朱文方印。书中钤有"寒云主人""克文之钤""侫宋""三琴趣斋""抱存"诸印记。几年后，袁克文将此书转让潘宗周，张元济《宝礼堂宋本书录》著录，亦误题宋

---

❶ 《寒云手写所藏宋本提要廿九种》，第141—142页。

❷ 其一，《寒云日记·乙卯日记（1915）》："（七月十四日）向某易回元刊《增广注释音辩唐柳先生文集》四十三卷，《别集》二卷，《外集》二卷，《附录》一卷，半叶十一行，行二十三字。"《寒云日记》，第143页。其二，《寒云日记·洪宪日记（1916）》："（二月一日）得元麻沙本《朱文公校昌黎先生文集》四十卷，半叶十三行，行二十三字。较昔所得汲古阁藏元刊精过十倍。又元刊《增广注释音辩唐柳先生集》四十二卷，与韩文同出一源，其刻工隽洁则不逮远甚。"《寒云日记》，第157—158页。其三，《寒云日记·洪宪日记（1916）》："（十月初二日）得元刊《增刊增广注释音辩唐柳先生集》四十三卷，《别集》二卷，《外集》二卷，《附录》一卷，半叶十三行，行二十一字。卷首陆三渊序，半叶八行十六字；次潘纬序，半叶六行十二字，皆行楷，刻极精。次诸贤姓名，次刘禹锡序，次世系图，次年谱，次目录。（元刊半叶十三行）。此即麻沙祖本，真宋刊宋印之精品也。"《寒云日记》，第166页。

❸ 《寒云日记》，第166页。

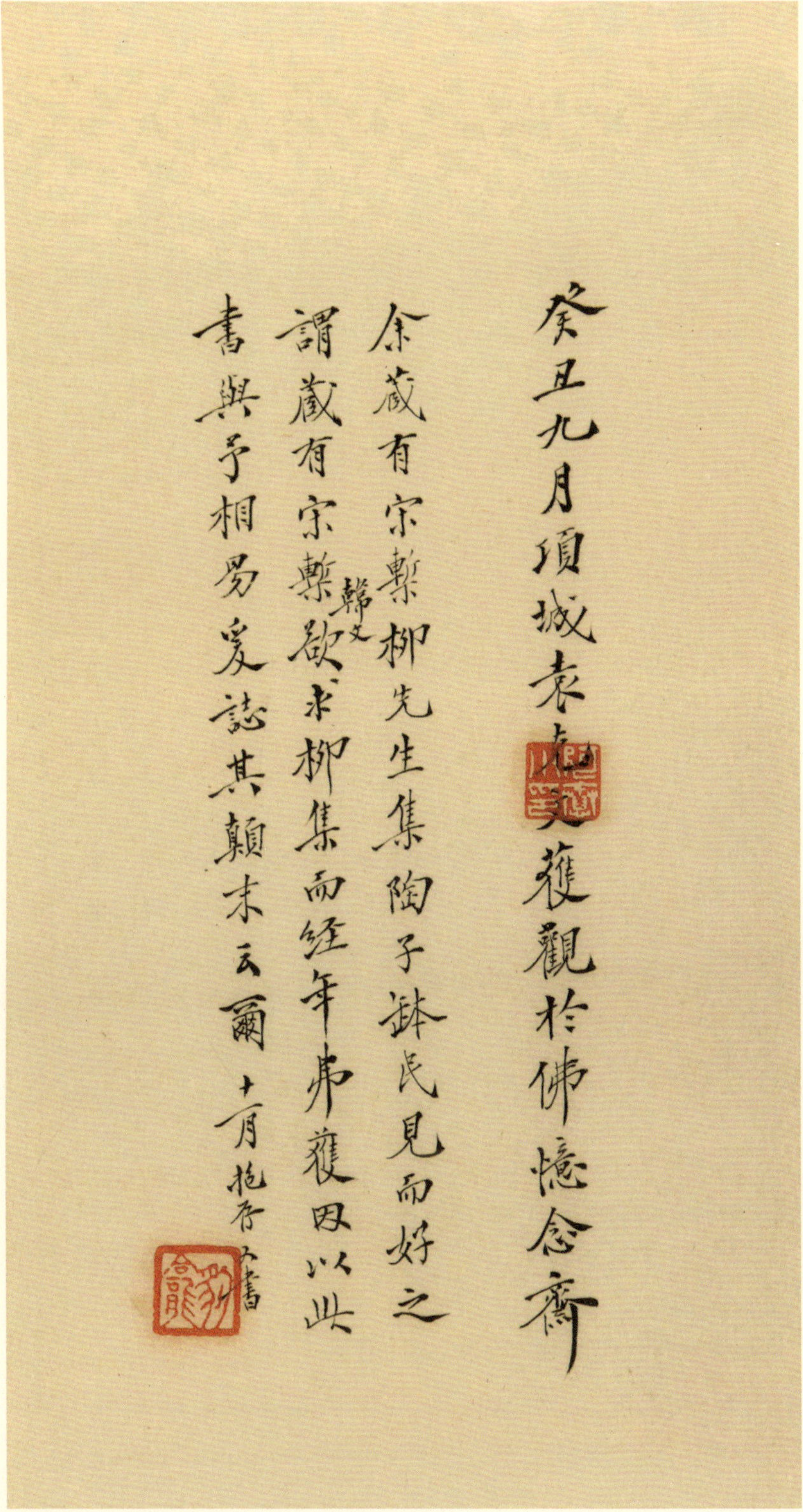

癸丑九月頂城袁克文獲觀於佛憶念齋

余蔵有宋槧柳先生集陶子鉢民見而好之

謂蔵有宋槧 韓文 欲求柳集而經年弗獲因以此

書與予相易爰誌其顛末云爾 十月抱存父書

清乾隆二十年卢见曾刻本《金石三例》袁克文跋

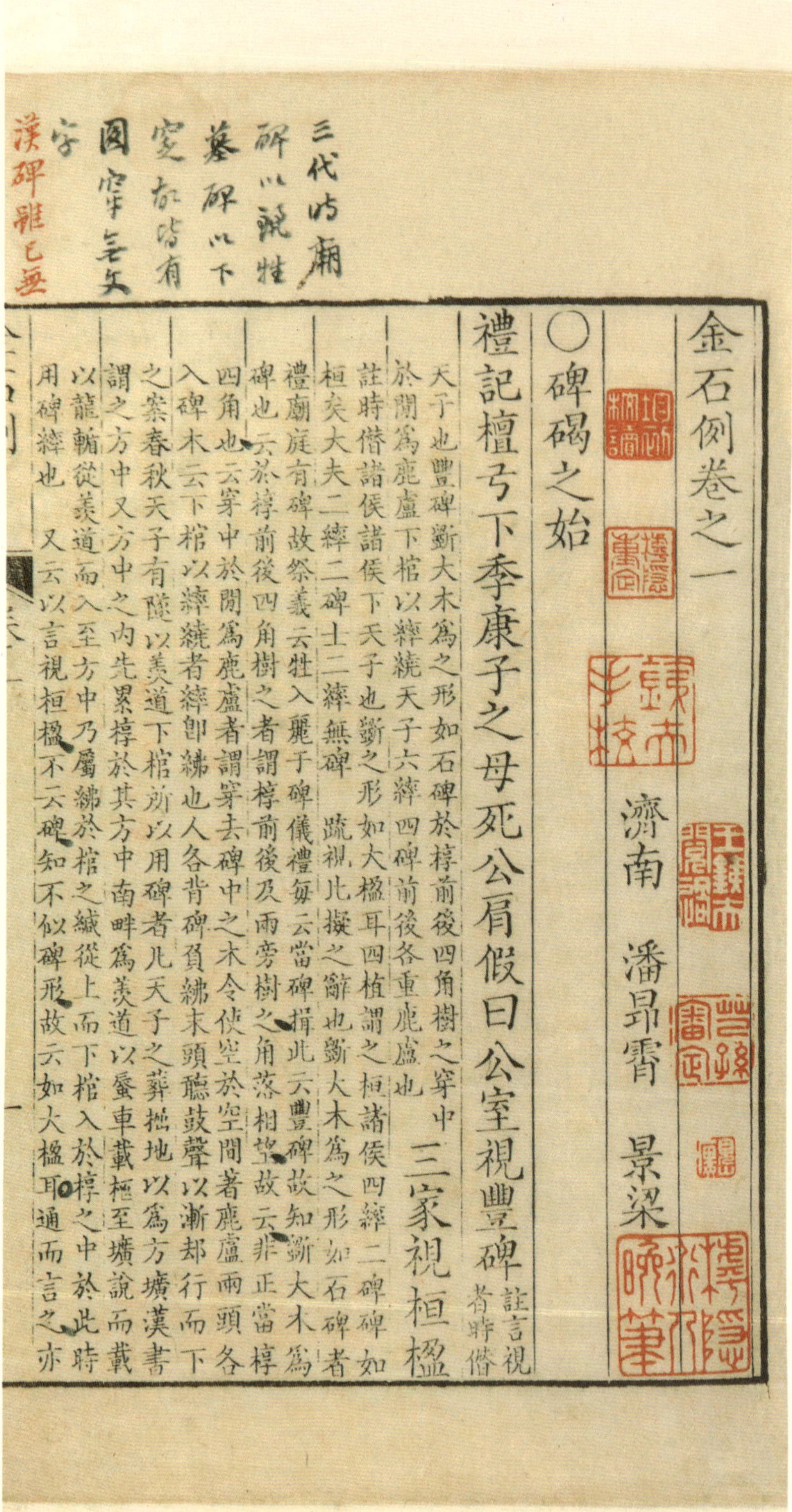

三琴趣斋主人的词曲人生　集部藏书题跋

三代吩廟
斫以說牲
墓碑以下
窆亦皆有
圓窆无文
漢碑雖已無字

金石例卷之一

濟南　潘昂霄　景梁

〇碑碣之始

禮記檀弓下季康子之母死公肩假日公室視豐碑者昨借視

三家視桓楹

禮記檀弓斷大木爲之形如石碑於椁前後四角樹之穿中之
於間爲鹿盧下棺以繂繞天子六繂四碑前後各重鹿盧也諸
註時借諸侯諸侯四繂二碑碑如
桓矣大夫二繂士二繂無碑疏視此擬之辭也斷大木爲之形如石碑者
禮廟庭有碑故祭義云麗于碑每云當碑揹此云豐碑故知斷大木爲
碑也云茶樹前後四角樹之者謂樹之者謂椁前後及兩旁樹之角遮相望故云非正當椁
四角也云穿中於閒爲鹿盧者謂穿即繂也人各背碑負繂末頭聽鼓聲以漸却行而下
入碑木云下棺以繂别以用碑者几天子之葬掘地以爲方壙漢書
之窆春秋天子有隧以羡道下棺以蜃車載柩至壙說而載
謂之方中又方中之内先累塊於其方中南畔爲羡道以蜃
以龍輴從羡道而入至方中乃屬繂於棺之繩從上而下棺
用碑繂也又云以言視桓楹不云用碑知不似碑形故云如大
楹耳通而言之亦

刻 **❶**。建国后，潘氏后人潘世兹捐献国家，入藏今国家图书馆。

天禄琳琅旧藏有此书同版两部：第一部为全本，其中卷三至卷四、卷三二至卷三八配补明初刻本。书中钤有"古吴蒋氏收藏""思彦""供奉名家""浮清堂珍藏""乾隆御览之宝""天禄琳琅""天禄继鉴""五福五代堂宝""八徵耄念之宝""太上皇帝之宝"诸印，清蒋香洲旧藏，后入藏清宫天禄琳琅 **❷**。清末流出官外。建国后，凌志斌捐献北京图书馆，即今国家图书馆。

第二部则为残本，仅存《增广注释音辩唐柳先生别集》二卷，卷端题"增广注释音辩唐柳先生集卷之别上"。今书中钤有"朱季子""朱氏珍祕""诸西崖书画印""西厓诸氏家藏""乾隆御览之宝""天禄琳琅""天禄继鉴""五福五代堂宝""八徵耄念之宝""太上皇帝之宝""补萝藏书""曾经山阴张致和补萝盦藏"等印鉴，知此本曾经朱家宾、诸西崖旧藏，后入清宫天禄琳琅 **❸**。民国间为张致和所得，现藏国家图书馆。

袁克文旧藏柳集数部，《寒云日记》记载之外，至少还有一部。为成人之美，1913 年，袁克文曾以之与陶钵民置换《金石三例》，并在《金石三例》扉页题款之后再跋，以志此事原委：

> 癸丑（1913）九月项城袁克文获观于佛忆念斋。（钤"阿悫小印"白文方印）
>
> 余藏有宋椠柳先生集，陶子钵民见而好之，谓藏有宋椠韩文，欲求柳集而经年弗获，因以此书与予相易，爰志其颠末云尔。十一月，抱存又书。（下钤"豹毫"朱文方印）

《金石三例》十五卷，清卢见曾编，清乾隆二十年（1755）卢见曾刻本，书中另有清王芑孙批校并跋。书中钤有"芑孙审定""王铁夫阅过""铁夫手校"等印记。今藏上海图书馆。

❶ 《张元济古籍书目序跋汇编》上册，第 292—294 页。
❷ 《天禄琳琅书目后编》卷六，第 312 页。
❸ 《天禄琳琅书目后编》卷一，第 240—242 页。

宋刊《皇甫持正文集》

宋刻《皇甫持正文集》六卷 **1**，每半叶十二行，行二十一字，白口，左右双边。其版心书名题"正几"。卷端题"皇甫持正文集卷第一"。1918 年七月，袁克文从海王邨购得，并重装。书中其题识云：

（钤"袁刘姆"白文方印）宋椠《皇甫持正文集》六卷，百宋书藏珍甂中虎揭獿。戊午（1918）七月二十三日得于海王邨。（下钤"寒云小印"朱文方印）

戊午七月寒云重装，都五十二叶。（下钤"克"白文、"文"朱文联珠印）

得书之后的丙辰日，即八月初二日，袁克文展卷重读，手书题跋云：

《皇甫持正文集》六卷，世鲜刊本，旧钞亦不易得。读诸家藏目，以钱遵王校写明文渊阁钞本为最善，汲古亦遵钞本付刊，伪脱尤甚。此宋刊审为南宋所刊唐人文集之一。黄荛翁藏宋刊刘文房、孟东野诸集，与此刊正同。予同时得权文公、元微之二集残帙，亦同一刊本，俱有明"翰林国史院官书"印。此刊虽系坊间刊刻，而皇甫集已成孤本，视他集尤足宝贵。况元明皆无重刊，赖此庶纠传钞之谬。予何幸，独获遘此耶？丙辰日，寒云。

---

1 此书傅增湘曾影印行世，《藏园群书经眼录》卷一二，第 902 页。

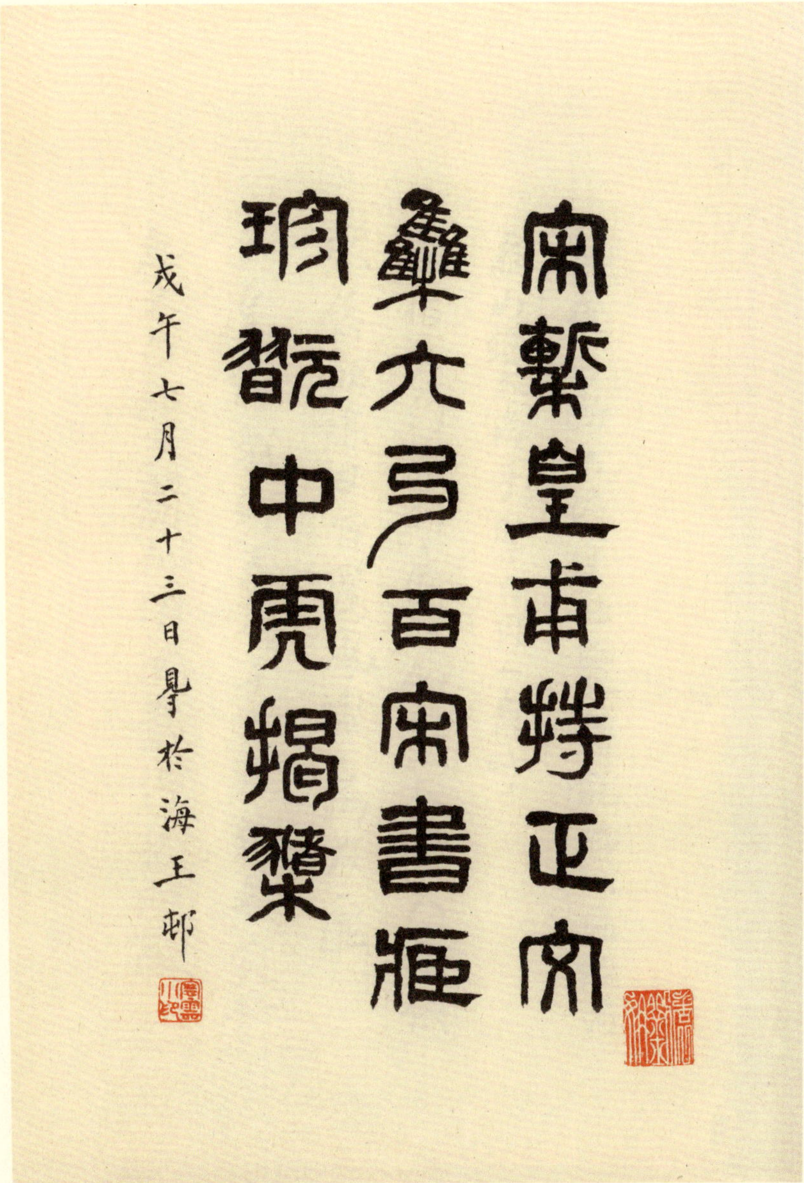

宋槧皇甫持正文

集九弓百宋書罐

瑶龕中最娟嫕

戊午七月二十三日學於海王邨

宋刻本《皇甫持正文集》袁克文題簽

皇甫持正文集六卷世鮮刊本舊鈔亦不易見讀諸家藏目以錢遵王校寫明文淵閣鈔本為最善汲古亦遵鈔本付刊偽脫尤甚此宋刊審為南宋所刊唐人文集之一黃蕘翁藏宋刊劉文房孟東野諸集與此刊正同予同時曾權文與元微之二集殘帙亦同一刊本俱有明翰林國史院官書印此刊雖係建坊間所刻而皇甫集已成孤本視他集尤足珍貴況元明皆無重刊賴此庶糾傳鈔之繆予何幸獨獲遘此耶 丙辰日寒雲

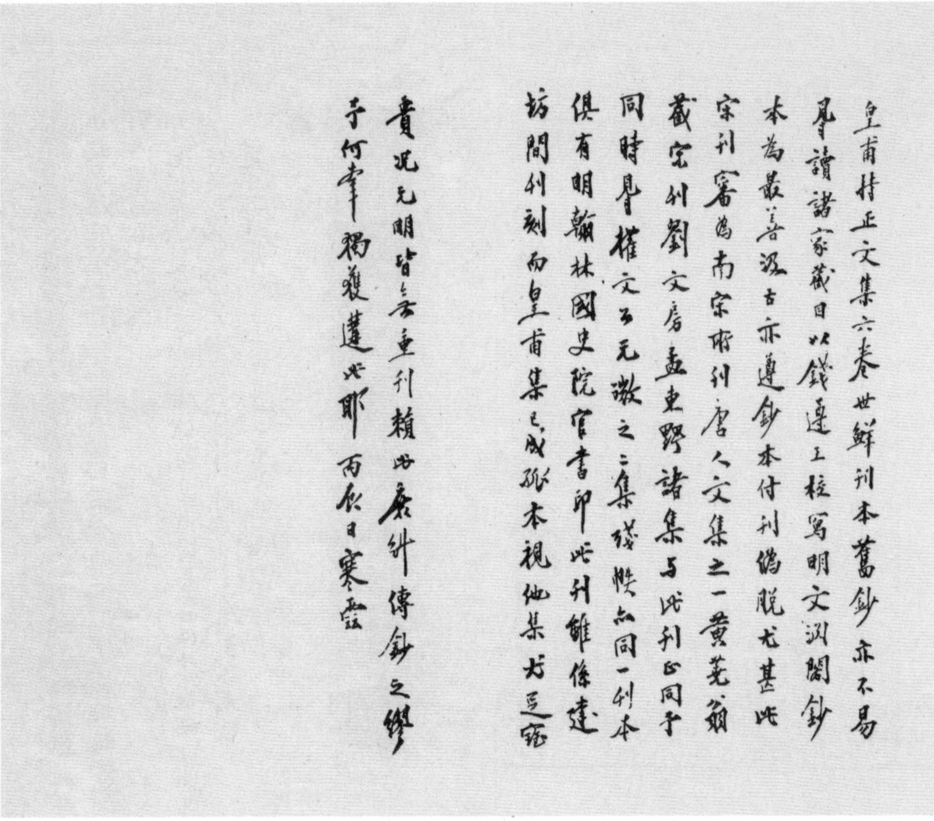

宋刻本《皇甫持正文集》袁克文跋

方尔谦（无隅）曾以皇甫持正《出世》一篇赋诗四首。1919年七月，袁克文请其录于册首云：

羁罗自断出泥涂，泛览骑龙游八区。经过泰山绝大海，手摩日月一长吁。

直指天门帝所居，群仙迎笑塞天衢。依然食饮谋甘旨，鸾凤嘈嘈满太虚。

玉皇许我御天姝，千百为翻气宛舒。忽不自知支体化，俄然散漫久而苏。

与天终始漫为娱，颜色芙蓉玉不如。下视人间真溷粪，说来何物不蝇蛆。

右从皇甫持正《出世》一篇衍为四诗，偶以语寒云，乃出宋椠孤本，属写卷首，已是点金成铁，又复佛头著粪，可笑人也。大方。是月，袁克文于册末和诗一律：

　　且断羁罗瞰八区，骑龙泛览一长吁。弄珠摩镜凌天阙，绝海经山指帝居。宛宛仙姝翻玉露，嘈嘈凤鸟桀金舆。人间下顾蝇蛆瓦，入世当为大丈夫。

　　无隅师以《入世》一篇衍四绝句见示。因索题此集册首。予偶学步，更成一律，并录于尾，或不免蛇足之诮耳。己未（1919）七月二十七日，寒云。（钤"百宋书藏"朱文方印）

　　按，《皇甫持正集》中有《出世》一文，却无《入世》一篇。《出世》一文云：

　　生当为大丈夫，断羁罗，出泥涂。四散号呶，俶扰无隅。埋之深渊，飘然上浮。骑龙披青云，泛览游八区。经泰山，绝大海，一长吁。西摩月镜，东弄日珠。上括天之门，直指帝所居。群仙来迎塞天衢，凤凰鸾鸟桀金舆。音声嘈嘈满太虚，旨饮食兮照庖厨。食之不饫饮不尽，使人不陋复不愚。旦旦狎玉皇，夜夜御天姝。当御者几人，百千为翻，宛宛舒舒，忽不自知。支消体化膏露明，湛湛无色茵席濡。俄而散漫，斐然虚无。翕然复搏，搏久而苏。精神如太阳，霍然照清都。四支为琅玕，五脏为璠玙。颜如芙蓉，顶为醍醐。与天地相终始，浩漫为娱。下顾人间，涸粪蝇蛆。

　　方诗几乎全取《出世》诗中语，袁跋中"无隅师以《入世》一篇衍四绝句见示"，与之相左，疑为袁氏笔误。

　　此书后归潘宗周，张元济《宝礼堂宋本书录》著录 **1**。建国后，潘氏后人捐献国家，入藏今国家图书馆。今书中另钤有"八经阁""寒云鉴赏之钤""寒云藏书""后百宋一廛""瓶盦""克文之钤""寒云主人""刘姌之印"等印记。

　　宋蜀刻本唐人文集，指南宋四川地区刊刻的唐人诗文集。此袁克文旧藏《皇甫持正文集》为南宋中叶蜀刻本唐人诗文集之一，亦为此书现存最早的版本。

1 《张元济古籍书目序跋汇编》上册，第295—296页。

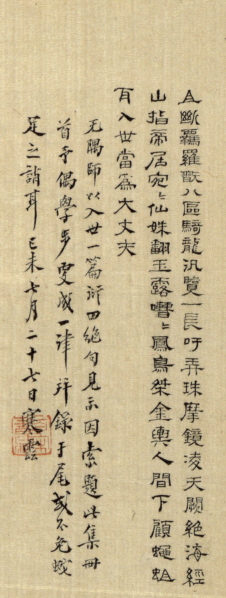

人歐羅歡八區騎龍汎覽一長吁弄珠摩鏡凌天闕絶海經

山指帝居宛然仙姝翻玉露噀上鳳鳥栞金輿人間下顧蝇蚹

百入世當爲大丈夫

无闇師以入世一篇并四絶句見示因索題此集冊

首予偶學步受威一律并錄于尾或不免蛟

足之詩耳　己未七月二十七日寒云

戊午七月寒雲重裝都五十二葉

宋刻本《皇甫持正文集》袁克文和方尔谦诗并跋

目前所知，传世蜀刻唐人集可分为三个系统。

其一，十一行本，行二十字，白口，左右双边。约刻于南北宋之际，现存《骆宾王文集》《李太白文集》《王摩诘文集》三集。

其二，十二行本，行二十一字，白口，左右双边。约刻于南宋中叶。目前尚存《孟浩然诗集》《李长吉文集》《郑守愚文集》《张承吉文集》《欧阳行周文集》《许用晦文集》《孙可之文集》《司空表圣文集》《皇甫持正文集》《杜荀鹤文集》十种全本；《孟东野文集》《刘文房文集》《韩昌黎先生文集》《张文昌文集》《刘梦得文集》《姚少监文集》《陆宣公文集》《新刊权载之文集》《新刊元微之文集》九种残本。其中，权载之、元微之、皇甫持正三集曾经袁克文收藏❶。

其三，十行本，即南宋中期大字本，行十八字，白口，左右双边。据《中国古籍善本书目》著录，现存《新刊经进详注昌黎先生文》《新刊增广百家详补注唐柳先生文》两种❷。

十二行本蜀刻唐人集中，除上海图书馆藏的《杜荀鹤文集》之外，其馀十八种唐人集卷首均钤有"翰林国史院官书"朱文长方印，知其元、明时为官府藏书。其中，《陆宣公文集》《新刊权载之文集》《新刊元微之文集》《皇甫持正文集》等十一种书中钤有"刘印体仁""颍川刘考功藏书印"等印记，知此数种清初曾经颍川刘体仁收藏，相传当时刘氏藏有唐诗三十家❸。其馀《孟浩然文集》《孟东野文集》《姚少监文集》《刘文房文集》《刘梦得文集》《韩昌黎先生文集》《欧阳行周文集》七种没有刘体仁印鉴，当未经刘体仁收藏。根据书中钤印，此数种分别经黄丕烈、杨氏海源阁、瞿氏铁琴铜剑楼等诸家收藏❹。

1908 至 1909 年间，述古堂书商于瑞臣曾在山东得到数种唐人集，有全本《司空表圣文集》《李长吉文集》《许用晦文集》《郑守愚文集》《孙可之文集》《张文昌文集》六种；残卷二种，即《新刊权载之文集》两册十三卷，即卷一至卷五、卷四三至卷五〇；《新刊元微之文集》两

---

❶ 参见《藏园群书题记》卷一二，第 619 页。

❷ 以上关于蜀刻唐人集的相关考证，详见中国版本文化丛书《宋本》，第 62—68 页。另见《宋蜀刻唐人集丛刊》第一册卷首《宋蜀刻本唐人集丛刊影印说明》，上海古籍出版社，1994 年。《中国版刻图录·郑守愚文集》，第 46 页。

❸ 《张元济古籍书目序跋汇编》上册，第 295 页。《藏园群书题记》卷一二，第 635 页。

❹ 详见中国版本文化丛书《宋本》，第 67—68 页。另见《藏园群书题记》卷一二，《校宋蜀本新刊元微之文集残卷跋》，第 618—621 页。

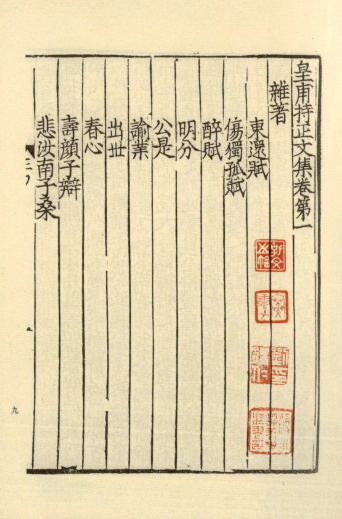

宋刻本《皇甫持正文集》

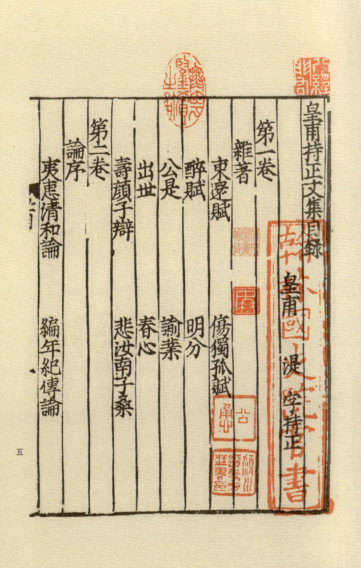

宋刻本《皇甫持正文集》目録

册十六卷，即卷一至卷六、卷五一至卷六〇。其中，六种唐人集全本为傅增湘友人朱文钧所得，其书斋因之名曰"六唐人斋"。《新刊权载之文集》卷四三至卷五〇、《新刊元微之文集》首末两册二残帙皆为袁克文所得 **❶**。

1928 年，朱氏藏书散出，傅增湘收入《司空表圣文集》，周叔弢购得《许用晦文集》，其馀四种为邢之襄（赞庭）购得。袁克文藏书散出后，《新刊元微之文集》首册归蒋汝藻，后入藏上海涵芬楼。《新刊元微之文集》末册即卷五一至卷六〇与《新刊权载之文集》末册残卷则抵押给慈溪李思浩（字赞侯）**❷**。

1929 年，李氏书散，又归入庐州刘体智箧中 **❸**。之后，《新刊元微之文集》卷五一至卷六〇辗转为张元济收入涵芬楼 **❹**。今此书另有卷三〇，仅存残叶，曾为刘喜海旧藏，其卷首叶钤有"刘喜海印"白文方印。"元微之文集卷第六十"末有傅增湘朱笔校书题识，《藏园群书题记》未收，钞录于此，可与《藏园群书题记·校宋蜀本新刊元微之文集残卷跋》互参：

> 己巳（1929）十一月，假慈溪李氏残宋刻，取校董本，订正凡数百字，且有出卢抱经《拾补》之外者。盖抱经所据为浙本。此则蜀本，虽断珪零璧，殊可宝玩。后之得者宜珍视之。傅增湘记于藏园。

而《新刊权载之文集》残卷四三至卷五〇为南京中央图书馆收藏，现藏

---

❶　关于蜀刻唐人集的递藏源流，详见《藏园群书题记》卷一二《钞本新刊权载之文集跋》，第598—600 页；《校宋蜀本新刊元微之文集残卷跋》，第618—621 页。

❷　《藏园群书题记》卷一二，第618—619 页。《藏园群书经眼录》云《元微之文集》"存卷一至十四，五十一至六十，计二十四卷"，《藏园订补邵亭知见传本书目》著录卷数与之相同。而《藏园群书题记》则云袁克文仅得《新刊元微之文集》卷一至卷六及卷五一至卷六〇，与《藏园群书经眼录》著录卷数略有差异。今此书卷首"元微之文集序"钤"八经阁"白文方印、"寒云鉴赏之钵"朱文椭圆印。次页"元微之文集目录"钤有"寒云主人"朱文方印、"克文之钵"白文方印。卷端"新刊元微之文集卷第一"天头钤有"寒云"朱文长方印。"元微之文集卷第十四"末钤有"寒云藏书"朱文方印、"后百宋一廛"朱文方印、"瓶盦"朱文椭圆印。因之，此书卷一至卷一四均为袁克文旧藏，后为张元济收入涵芬楼。而卷五一至卷六〇中无袁克文钤印，是否确经袁氏收藏，待考。《藏园群书经眼录》卷一二，第900 页。《藏园订补邵亭知见传本书目》卷一二下，第1045 页。

❸　《藏园群书题记》卷一二，第598—599、618—619 页。

❹　《张元济古籍书目序跋汇编》中册《涵芬楼烬馀书录》，第664—666 页。今书中钤有"海盐张元济经收"朱文方印、"涵芬楼"朱文长方印、"涵芬楼藏"白文小方印诸印记。

台北^❶。祁阳陈澄中购得《新刊权载之文集》卷一至卷八、卷二一至卷三一，20世纪50年代转归北京图书馆即今国家图书馆庋藏^❷。

❶　台北"国立中央"图书馆特藏组编《"国立中央"图书馆善本书目》（增订二版）第三册，第893页。
❷　《宋蜀刻唐人集丛刊》第十四册《新刊权载之文集》卷末拓晓堂《新刊权载之文集跋》。

宋刻乾道间公文纸印本《歌诗编》

宋刻乾道间公文纸印本《歌诗编》四卷，《集外诗》一卷，每半叶九行，行十八至二十一字不等，白口，左右双栏，单黑鱼尾。版心鱼尾下记"李贺"二字，《集外诗》记"集外"二字。下记叶数，最下记刊工姓名，如刘青、金宣、唐时、唐用、刘恭、金仲、王悦等。书中讳字有玄、絃、敬、弘、泓、殷、镜、恒、桓等均缺末笔。

1917年六月，书贾王锡生从上海二酉书屋为袁克文购得此书 **1**。袁克文于书中记下此事：

> 丁巳（1917）年六月初七日，获于上海二酉书屋。百宋书藏主人记。（钤"百宋书藏"朱文方印）

两年之后，袁克文读何焯跋《歌诗编》，手书题识云：

> 何焯跋《歌诗编》云：方丈辀从常州一士人借得北宋本，有文梬端文补写之叶，且记目录后云半偈翁旧藏，今归青甫舅氏。半偈庵王百穀之精舍，青甫则张丑也。义门于长吉集颇多校本，今读此跋，知何尚未见此真本也。己未（1919）夏。寒云。（钤"寒云"白文方印、"袁二"朱文方印）
>
> 文梬，长洲人，从筒子，书法酷肖其父。（钤"克文"朱文方印）

1　《寒云日记》，第172页。

其夫人梅真手题七绝一首云：

秘本新教入碧笼，精严北宋锦囊中。歌诗锻炼谁堪匹，丰韵娟妍律调工。梅真。（钤"刘姅"白文长方印）**1**

袁克文亦撰有提要一篇：

李贺《歌诗编》四卷，《集外诗》一卷，北宋刊南宋印，二册
唐李贺撰
卷一、卷三、卷四，题陇西李贺，卷二、《集外诗》无之
每半叶九行，行十八字，间有多字者，卷一首叶为补板，每行二十字，左右双阑，白口，鱼尾下皆标"李贺"二字，《集外诗》则标"集外"二字，四卷连贯而下，卷二不隔，卷三、卷四俱隔一行，序目、《集外》各另起。《集外》刻工较后，当是补入者，缺序第二叶，目第三叶，本集第十四叶，皆系文栅钞补。序后有题款二行曰："右宋梓李长吉诗集四卷，昔为半偈翁收藏，今归母舅青甫氏。偶过镂史斋，出阅目补录三纸，己巳四月望后文栅记。"下有文栅长文二朱文小方印。文栅，长洲人，从简子。书法工秀。目录低一字，每行二题，或一题，卷中诗题低三字。《延令宋板书目》第七叶第二十二行曰"李贺《诗歌》四卷，并《集外诗》二本，文栅题跋"，即此书也。
刻工姓名：金宣、唐田、唐时、王景、景以上原刊正集；刘青卷一首叶；金仲、刘恭、王悦以上《集外诗》、目录有金仲补刊二叶
缺讳：敬、驚、镜、泓、擎、胘、絃、弘、殷、玄、恒、泫自仁宗以下讳俱不缺避，惟一"桓"字，系后来剔去，另补一字，字较他字为巨，与《集外》刻工同，则此桓字与《集外诗》当属南宋初高宗时同时修补者，原刊定在仁朝生不讳，故贞字不缺避。
纸色淡灰，背有"乾道八年"等字，又有广德、宣州两官印，当印于乾道时。卷一首叶刀痕宛在，刻工与他书南宋初刻本者同，不若绍兴本之古，定系乾道印时补刊。得时已非旧装。因复季氏之原装成二册，加以宣德二年（1427）内造绿色库纸为衣。书尾题字

---

1 《标点善本题跋集录》下册，台北"国立中央"图书馆特藏组编，"国立中央"图书馆，1992年，第468页。书影见台北《"国立中央"图书馆善本题跋真迹》三，"国立中央"图书馆特藏组编，"国立中央"图书馆，1983年，第2013—2015页。

一行，曰"顺治二年（1645）八月朔日山阴司马氏珍藏"，下钤"司马"朱文小印。

藏印：江左、玉峰珍藏、玉兰堂、梅谿精舍、扬州季氏、沧苇、振宜之印、司马以上序前；翠竹斋、铁研斋、辛夷馆印以上目录前；乾学、徐健菴、季振宜字诜兮号沧苇以上卷一前；季振宜藏书卷二尾；辛夷馆印、王履吉印、玉兰堂、梅谿精舍、铁研斋、季振宜藏书以上卷三前；御史季振宜章《集外诗》前；季氏藏除《集外》前一印，他俱黑色。

李长吉《歌诗》，菉翁有金刊巾箱本，无《集外诗》，有注。今不知所归，盖入瞿氏后，又散去矣。他惟影写宋书棚本。据瞿氏记，与金刊异。又有元刊有注本，馀无善本焉。此北宋本以纸背宣州官印证之，当是元刊。所引之宣城本，自季氏后，诸藏家从无见之者。丁巳夏见于沪市，亟以重值易之。字体若唐人写经，刻工尤拙健，所见宋刊无此之古隽者。诗中若《高轩过》一首"东京才子文章公"，又"九精照耀贯当中"。他本俱作"云是东京才子，文章巨公，元精耿耿贯当中"，逊此本远矣。金刊、棚本皆与此合，惟金刊视棚本尚多异同，不若棚本之善。棚本则多与此本合，而犹有不逮此本者，此本兼金刊、棚本之善而过之。若卷一《苏小小歌》"风雨吹"，金刊"吹"作"晦"，棚本作"风吹雨"。卷四《艾如张》"张在野春平碧中"，金刊"春"作"田"，棚本作"山"，皆以北宋为胜。❶

李贺（790—816），字长吉，唐福昌（今属河南）人。本李唐宗室远支，然久已没落，家境穷困。因父名李晋肃，为避父嫌名讳而不应进士科。虽韩愈为其作《辨讳论》以解之，仍未应举。后因文学名气曾仕为奉礼郎。其诗多抒发政治上不得意的悲愤，于时弊亦有所揭露和讽刺。李贺常骑一头跛脚驴子，背着一个破锦囊，出外寻找灵感。故他的集子有称"锦囊集"者。其诗作想象极为丰富，常用神话传说来托古寓今，后人称之为"鬼才""诗鬼"，创作的诗文为"鬼仙之辞"。李贺为诗用字奇险，过于雕琢，然才情横溢，给世人留下了"黑云压城城欲摧""雄鸡一声天下白""天若有情天亦老"等千古佳句。元和十一年

❶ 《寒云手写所藏宋本提要廿九种》，第123—126页。

（816）病卒于家，年仅二十七岁。

　　李贺生前曾亲自对自己的诗作进行整理编订，厘为四编，凡二百三十三首。其去世前，将整理好的诗作交付好友集贤学士沈子明。然沈氏多年来辗转各地，认为此诗编早已遗失。直至十五年后的大和五年（831）才又偶然从书箧中复得此诗编，并于当年十月，致书诗人杜牧为李贺诗集求序。杜序中引沈信云：

　　　　我亡友李贺，元和中义爱甚厚，日夕相与起居饮食。贺且死，
　　尝授我平生所著歌诗，离为四编，凡二百三十三首。数年来东西南
　　北，良谓已失去。今夕醉解，不复得寐，即阅理箧帙，忽得贺诗前
　　所授我者。❶

　　杜牧序又云："太和五年十月中，半夜时，舍外有疾呼传缄书者，牧曰：'必有异，亟取火来。'及发之，果集贤学士沈公子明书一通……贺死后凡十有五年，京兆杜牧为其叙"，知杜牧撰序之年乃大和（即"太和"）五年，说明此时《歌诗编》已有传本❷。

　　据考，在晚唐、五代时期，李贺诗集就有四卷本、五卷本和别集几种不同的本子流传。至宋代，雕版印刷日渐兴盛，李贺诗集也出现了数种版本，主要有六种，即京师本、蜀本、会稽本、宣城本、鲍本、金刊本❸。题名亦有不同，主要有《昌谷集》《李长吉集》《歌诗编》等；其中，题"歌诗编"者罕传于世❹。

　　此袁氏旧藏本《歌诗编》全书以乾道间宣州公文纸印，疑即上文所言"宣城本"。公文纸上可见的纪年有乾道元年（1165）至九年（1173），并有"大理院抵当库""宣州广德军建平县""宣州广德军"等官印❺。根据宋代文书档案的管理制度❻，对于不需要长期保存的文书档案，通常要保存十年至十二年，每三年进行一次剔除工作。因此，此书的刷印时间不会早于淳熙十年（1183）。

　　是本卷首有杜牧序，次目录。卷端顶格题"歌诗编第一"，次行低

❶ 台北《"国立中央"图书馆善本序跋集录》集部一，第190—191页。
❷ 参见《中华再造善本总目提要》，第1192—1194页。
❸ 详见《四库全书总目》卷一五〇"浙江巡抚采进本《昌谷集》四卷外集一卷"。
❹ 此段论述参见刘衍《李贺诗集版本源流及校勘说略》，《长沙水电师院学报》（社会科学版），
　 1989年第3期，第138—141页。
❺ 详见台北《"国家"图书馆善本书志初稿》集部一，第147页。
❻ 关于公文纸的考证，参见汪桂海《宋代公文纸印本断代研究举例》，《文献》，2009年第3期。

九格题"陇西李贺",下接正文,卷内无子目。每卷末题"李贺歌诗编第几",后空一行,接下卷之首,如前式。四卷相连,分卷处不另起叶;其叶数亦四卷相连,共六十四叶,尚存卷子装遗式,"在宋刊中为仅见,可宝之至"❶。另有《集外诗》八叶❷。傅增湘认为此本前四卷"字体雕工似北宋本",然"其卷前序目、卷一首叶及《集外诗》一卷则南渡后所补"❸。由此推测,李贺《歌诗编》在北宋即刊刻行世,南宋时又补版重印。此本当是目前所知现存《歌诗编》传世最早刻本。

此本为明文徵明旧藏,清代又经季振宜、徐乾学收藏。后流入厂肆,为袁克文所得。袁氏书散,此本又为张乃熊收入适园,现藏台北"中央"图书馆,其《善本书目》著录云:"李贺《歌诗编》四卷,《集外诗》一卷,二册,唐李贺撰,北宋末南宋初间公牍纸印本,明文柟及近人袁克文手书题记。"❹《标点善本题跋集录》则题"宋绍兴初刊南宋初修公牍纸印本"❺。

书中钤印除袁克文提要列举之外,另有"寒云鉴赏之钵""寒云""八经阁""寒云藏书""皕宋书藏""孤本书室""袁二""克文与梅真夫人同赏""抱存""百宋书藏""莚圃收藏"等印记。此本董氏诵芬室已影印行世;傅增湘亦藏有此书宋本,曾据袁克文旧藏此本校勘,并请吴慈培以涵芬楼藏明初刊《李长吉诗集》雠校❻。

国家图书馆藏宋元本李贺诗集有两种。其一,《李长吉文集》四卷❼,南宋中叶成都眉山地区蜀刻唐人集十二行本,每半叶十二行,行二十一字,白口,左右双边,疑即上文所及"蜀本"。

其二,《歌诗编》四卷,蒙古宪宗六年(1256)赵衍刻本,每半叶十行,行二十字,白口,左右双边❽。即黄丕烈等人所言的"金刻本",亦是袁克文提要中之"莞翁有金刊巾箱本"。书中"丙辰秋日碣石"赵衍后序云"双溪中书君诗鸣于世,得贺最深,尝与龙山论诗及贺,出所藏旧

---

❶ 《藏园群书经眼录》卷一二,第906页。《藏园订补邵亭知见传本书目》卷一二下,第1038页。
❷ 详见台北《"国家"图书馆善本书志初稿》集部一,第147页。
❸ 《藏园群书经眼录》卷一二,第906页。《藏园订补邵亭知见传本书目》卷一二下,第1038页。
❹ 台北"中央"图书馆特藏组编《"国立中央"图书馆善本书目》(增订二版)第三册著录,第903页。台北《"国家"图书馆善本书志初稿》集部一,第147页。
❺ 《标点善本题跋集录》下册,第468页。《"国立中央"图书馆善本题跋真迹》三,第2013—2015页。
❻ 《藏园订补邵亭知见传本书目》卷一二下,第1038页。
❼ 详中国版本文化丛书《宋本》,第62—68页。
❽ 《黄丕烈书目题跋·荛圃藏书题识》,第157页。

李長吉文集卷第一

歌詩

李憑箜篌引　　殘絲曲
還自會稽歌　　出城寄權璩楊敬之
示弟　　　　　竹
同沈駙馬賦得御溝水
始為奉禮憶昌谷山居
七夕　　　　　過華清宮
送沈亞之歌并序　詠懷二首
追和柳惲　　　春坊正字劍子歌
貴公子夜闌曲　鴈門太守行
大堤曲　　　　蜀國絃

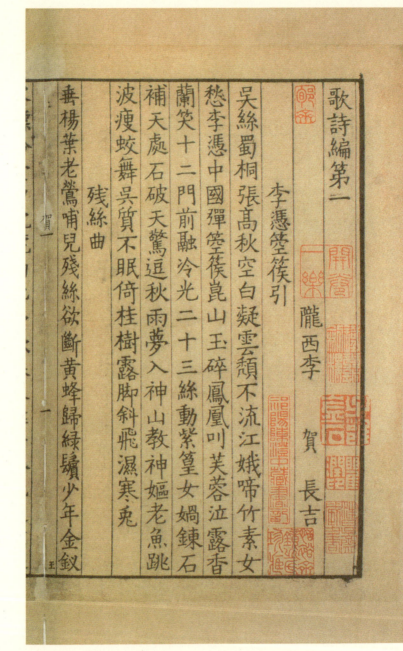

蒙古宪宗六年赵衍刻本《歌诗编》

本，乃司马温公物也，然亦不无少异，龙山因之校定，且曰喜贺者尚少，况其作者耶！意欲刊行，以广其传，冀有知之者。会病不起，余与伯成绪其志而为之。此书行，学贺者多矣，未必不发自吾龙山也"；瞿镛认为李贺《歌诗编》，以临安书棚本为最善，曾将此本与临安书棚本对勘，二者有互异处 **[1]**。

此本为明文嘉旧藏，清代为黄丕烈所得，书中有其跋，无其印，《荛圃藏书题识》著录。后又经汪士钟、瞿氏铁琴铜剑楼、陈澄中等人收藏。书中钤有"休承""平阳汪氏藏书印""汪""文琛""汪厚斋藏书""汪印士钟""士钟""阆源父""阆源审定""民部尚书郎""虞山瞿绍基藏书之印""绍基秘笈""恬裕斋镜之氏珍藏""铁琴铜剑楼""菰里瞿镛""子雝金石""瞿润印""瞿印秉冲""瞿启甲""良士""良士眼福""绶珊经眼""祁阳陈澄中藏书记""郇斋"诸印。

南宋以临安为都城，瞿镛所言"临安书棚本"，或即上文所及"京师本"。清初藏书家钱曾旧藏有南宋临安府陈宅经籍铺刻本，《读书敏求记》云："李贺《歌诗编》四卷《集外诗》一卷，宋京师本，无《后序》。此鲍钦止家本也。临安府棚前北睦亲坊南陈宅经籍铺印行。" **[2]** 惜现存仅有钱氏述古堂影钞本，其行款每半叶十行，行十八字，白口，左右双边，一仍棚本旧式。书中钤有"钱曾之印""虞山钱曾遵王藏书""遵王""述古堂图书记""钱氏幽吉堂收藏印"等印。此影钞本后入藏瞿镛铁琴铜剑楼 **[3]**，今藏国家图书馆。

---

[1] 《铁琴铜剑楼藏书目录》卷一九，第285—286页。
[2] 《钱遵王读书敏求记校证》卷四中，第202页。另见《读书敏求记》，第133页。
[3] 《铁琴铜剑楼藏书目录》卷一九，第286页。

宋临安府陈宅书籍铺刻本
《唐女郎鱼玄机诗》

　　1916 年九月二十九日，袁克文师钱葆奇从湖南长沙周海珊处，以八百金为他购得南宋临安府陈宅书籍铺刻本《唐女郎鱼玄机诗》[1]。该书每半叶十行，行十八字，单鱼尾，版心上鱼尾下题"鱼玄机"，下鱼尾处记叶数，白口，卷末镌"临安府棚北睦亲坊南陈宅书籍铺印"条记一行[2]。其镌刻秀丽工整，为陈氏书籍铺本中的代表之作。一般认为，前四叶雕工精美，为棚本本色。后四叶粗劣，非出一人之手[3]。此本即顾广圻《百宋一廛赋》中"幼微咸宜女郎"题咏之本，堪称袁克文收藏黄丕烈百宋一廛遗书之冠[4]。得书之日，袁克文手书题跋，记下获藏此书之艰辛：

> 《鱼玄机诗》一卷，即《百宋赋》所谓"幼微咸宜女郎"。南渡后，涮有棚本，刻工字画首尾每殊。余藏之《韦苏州集》及菽微师所藏《宏秀集》皆然。惟此册摹印最先。首四叶尤极精整，后虽稍近荒率，然皆出于一时。若判为两代，则误矣。抱器师为余搜得于长沙，历十阅月，辛苦艰难，始入余箧，亦云幸矣。丙辰（1916）九月二十九日，寒云记于上海寓楼。
>
> 吟身艳女郎，小集秘巾箱。槜李曾依项，平江更事黄。幽魂埋宛委，倩影压缥缃。十二乌栏侧，长留字字香。同日又题。（钤

[1] 《寒云日记》，第 165—166 页。
[2] 关于陈氏刻书，详见《书林清话》卷二"南宋临安陈氏刻书"，第 35—43 页。
[3] 《藏园群书经眼录》卷一二，第 922 页。《藏园订补郘亭知见传本书目》卷一二下，第 1067 页。
[4] 详见下文"宋嘉定刻本《友林乙稿》"袁克文跋。

"寒云主人"紫色长方印）

　　册尾有黄逢元跋，谓："前四叶为北宋，后为南宋。"谬妄可哂。因剔去之。恐观余跋者不知所指，爰附记于此。十月二十二日，寒云。

之后，袁克文又相继在卷前册末题跋、赋诗、填词：

　　美人一代推秋室，诗史千秋说幼微。不许黄绖真入道，悲欢一梦兆先机。人世悲欢一梦，集中句也。已恐相将不到头，还伤惊梦复添愁。蘼芜持对斜晖泣，应向银床恨早秋。此诗皆用集中语意。

　　忽获奇珍，欢喜踊跃，与无尘、文云展翫竟夕。册已片片离解，文云手自胶联，可无折损之虞矣。漫题二绝，正东方之既白。时十月朔日，克文。（钤"寒云如意"朱文方印、"文"紫色方印、"惟庚寅吾以降"朱文大方印、"璧珅主人"白文大方印）

　　香沉春歇了，苌弘血，万古咽诗魂。看剪脂搓粉，韵含幽怨，断梨雕枣，编重瑶琨。十二曲，陆离陈麝影，轻薄束罗纹。天籁剩囊，宋廛馀帙，越江前梦，湘水新痕。

　　黄绖怜眉鬓，亭亭处，愁意苦吊真真。何况锦词惊醉，繁思伤神。有玉井摩挲，曹娥题翫，佩珊珍护，勑绣殷勤。应更柱藏室秘，芸染兰薰。调寄《风流子》，丙辰十月晦夕，寒云。（钤"抱道人"朱文方印）

　　一角眉山淡入微，鸳鸯曾绣五云衣。白头未许红颜到，绿鬓翻随碧血飞。咏絮有才原不忝，妒花无意漫相讥。诗篇五十多哀怨，黛墨香毫预祸机。和芄翁分韵诗前篇。寒云题于上海后百宋一廛，时冬月朔夕。

　　裁红染素比蔷薇，棚本精奇况更稀。香辟蠹鱼珍锦帙，装联蝴蝶祕书帏。一廛曾寓长洲苑，千里今归燕子矶。神物护持随处处，琳琅坐觉遣尘机。越夕和后篇均，后宋廛主人。（钤"八经阁"朱文方印）

其夫人刘姌亦于书中题诗云：

東舟收即但不知其何堅
也魚無巳是初送來之藏佈
渺之負韻筆之妙真而歷老
綜世喬才世老臥餘子集
菁朧下

羞圓得幼微道人集倩秋室學士圖像於前復索拙
句自慚荒芳不稱是題代索女弟子歸佩珊填壹中天一
閣置之瓻玉集中盖不能辨也七十九翁奕集又觀

宋临安府陈宅书籍铺刻本《唐女郎鱼玄机诗》袁克文等跋一

宋临安府陈宅书籍铺刻本《唐女郎鱼玄机诗》余集绘影、袁克文等跋二

唐女道士魚元機小影
秋室參莫圃作

今古双廛百宋奇，就中尤爱女郎诗。坊南秘椠精严甚，况是千秋绝妙辞。丙辰十月，梅真刘姌。（钤"刘"朱文方印）

1917年夏，袁克文因急需用钱，不得已将此书抵押。因其来回奔波，凭证丢失，使得赎回此书成为奢望。后经方尔谦出面，此书才得以完璧而归，袁克文甚为感念、庆幸，提笔以志：

兹岁初夏，从道如姊北游。比至都下，而姊遽仙逝。适近畿灾，水阻不获南。寓津兼旬，客囊忽罄，乃持箧中所携《鱼女郎诗》及两《周官》，皆宋刊之尤，质于吾戚旌德周家。频频转徙，质约忽失。比持值求赎，周氏以无据见拒。予恐惶不安寝食者累日。方无隅师闻之，出责周氏，兼以婉讽，遂得完璧以归。感激欣幸，爰志颠末。时丁巳（1917）十月，寒云。（钤"克文"朱文方印）

袁克文另撰有提要一篇：

《唐女郎鱼玄机诗》一卷，宋刊宋印，一册
唐鱼玄机撰
半叶十行，行十八字，白口，左右双阑，板心鱼尾下标"鱼玄机"，尾刊"临安府棚北睦亲坊南陈宅书籍铺印"一行。
藏印：小雅堂、项元汴印、子京父印、项墨林鉴赏章、自宽斋印、子儋、沈未公氏图书、池湾沈氏、木公、劲寒松书画记、百宋一廛、惕甫经眼、业涛所得铭心真品上俱在卷首；永宝、沈木公氏图书、茶仙、审定珍玩、三松过眼、士礼居藏、项墨林父秘笈之印、子孙世昌、沈案之印、木公珍玩、檇李骆天游鉴赏章、休文后人、北山艸堂、麟湖沈氏世家、项元汴印、墨林秘玩、项子京家珍藏、西舜城居士、檇李项氏世家宝玩、潘曾绶印、沈未公氏图书、项子协真赏章、海野堂图书记、黄丕烈印、荛圃、平江黄氏图书、周氏家藏、海珊氏收藏金石书画。
卷尾有两题，一曰戊戌四月得于项氏子协，劲寒案识。一曰朱承爵鉴。

附叶题咏跋识：寿凤署唐女郎鱼元几诗寿凤，茮翁子，在册首，余集绘女郎小影，陈文述四首七绝，曹贞秀七绝四首，楞伽山人同观，李福词分茮均、吴嘉泰七律分翁均、瞿中溶七古分属字、戴延介词分题均、孙延分词分唐均、顾莼六言分女均、董国华词分郎均、袁廷梼七律分鱼均、徐云路词分玄均、黄丕烈七律二首分机均、夏文焘七绝分诗均、余秋室笺、达真七绝、茮翁两跋，集鱼句七绝二首、顾南雅笺、潘奕隽笺跋、归懋仪词、女道士韵香七绝四首、潘三松七绝、石韫玉七绝二首、潘遵祁观款、徐渭仁七绝、盛昱观款。

《鱼玄机诗》，茮翁装裱成册，以宋纸为缘，附叶皆宋罗纹纸，楠木夹板，刊"《唐女郎鱼玄机诗》，宋本，士礼居藏"十三字。此书首四叶绝精整，馀八叶稍荒率，然皆初印，楮墨芬芳，触手如新，真无价宝也。❶

此本为明朱承爵旧藏，后经项元汴、项禹揆等收藏，入清经沈棻、何焯、兰陵缪氏、黄丕烈士礼居递藏❷，至民国初年归湘中黄鹤汀所藏，后转至周海珊处。当时，词学家吴梅为之谱《无价宝》杂剧，叶德辉题诗讽云："闻道佳人嫁厮养，请君重谱凤随鸦。"张伯驹甚为此事忿忿不平："试问藏书者谁非厮养？……此宋本《玄机诗》归寒云，不惟非'凤随鸦'，而直'凤随凤'也。"❸今书中钤印在袁克文提要列举之外，另有"克文之钵""抱存""臣印克文""无尘""抱存欢喜""克文与梅真夫人同赏""后百宋一廛""上第二子""抱道人""云合楼""惟庚寅吾以降""双玉主人""寒云主人""佞宋""双莲华菴""寒云心赏""流水音""匈奴相邦""袁刘梅真""倦绣室""侍儿文云掌记"诸印记。这累累钤印，默默地向世人昭示此书曾经拥有的繁华与厚重。

此本卷末另有"周遇吉印"，疑非明末之周遇吉，或为黄丕烈之后的收藏家❹，其印主生平存疑待考。

又，此本卷端"唐女郎鱼玄机诗"右上角栏外钤有"赐画堂"白文椭圆印，印文两边有龙形图纹。目前所知国家图书馆藏善本中钤有此印

❶ 《寒云手写所藏宋本提要廿九种》，第159—161页。
❷ 《黄丕烈书目题跋·百宋一廛书录》，第436页。
❸ 参见雷梦水《宋本〈鱼玄机集〉》，《读书》，1989年12期，第144页。
❹ 详见下文"宋刊《详注周美成词片玉集》"的相关内容。

香沉春歇了羹弘血萬古咽詩魂者剪脂搓粉韵
含幽怨斷黎雕棗編重瑤琨十二曰陸離陳麝影
輕薄束羅紋天籟纏裹宗塵餘帙越江前夢湘
水新痕　黃絶憐者鬢亭三厴愁思苦吊真
何況錦詞驚醉繁思傷神有玉升摩挲曹娥
題觝佩珊珍護勘鑄懸懸應喪柱藏室秘笈
染蘭薰　調箏風流子　丙辰十月晦夕寒露

今古雙塵百宋竒就中
尤愛女郎詩坊南秘縶
精嚴甚況是千秋絶妙
辭　丙辰十月梅真劉姍

廿年前蓮盦以影刊本爲贈
今得見祖刻眼福不淺姚□圖

宋临安府陈宅书籍铺刻本《唐女郎鱼玄机诗》朱承爵、袁克文等跋三

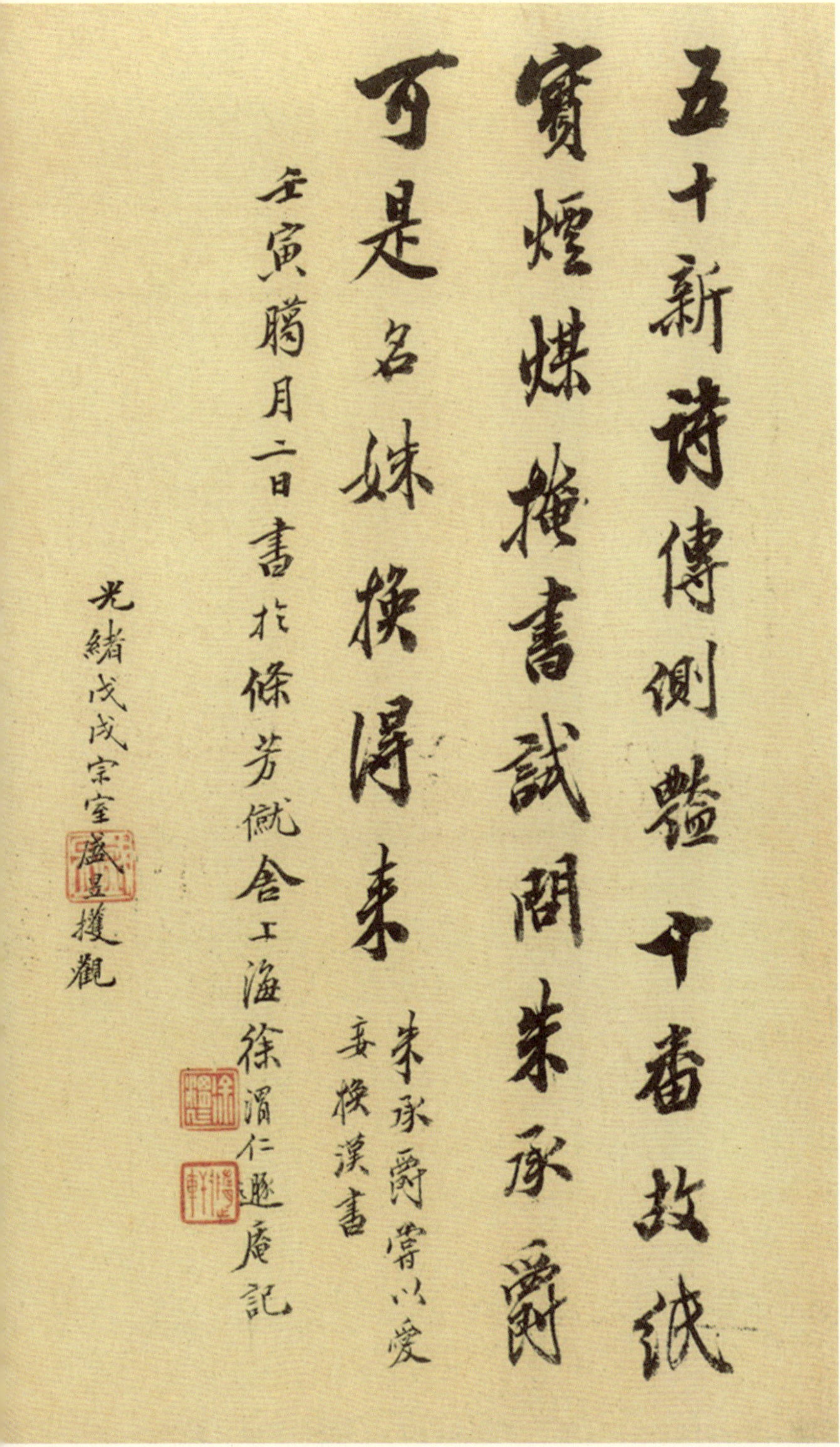
五十新詩傳側艷千番故紙
寶煙媒權書試閱朱承爵
可是名妹換得來
朱承爵嘗以愛妾換漢書
壬寅臘月二日書於滌芳馡舍上海徐渭仁遯庵記
光緒戊戌宗室盛昱獲觀

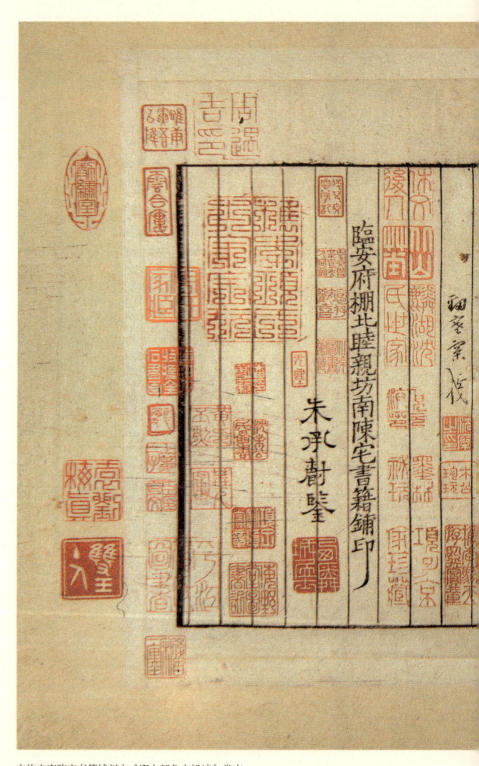

宋临安府陈宅书籍铺刻本《唐女郎鱼玄机诗》卷末

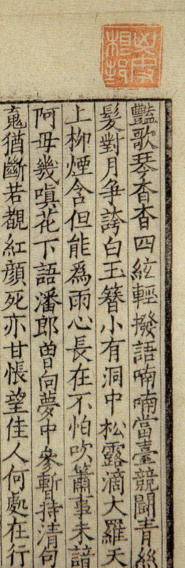

豔歌琴杳杳四絃輕撥語喃喃當臺競鬭青絲

髮對月爭誇白玉簪小有洞中松露滴大羅天

上柳煙含但能爲雨心長在不怕吹簫事未諧

阿母幾嗔花下語潘郎曾向夢中參暫持清句

竟猶斷若覷紅顏死亦甘悵望佳人何處在行

雲歸北又歸南

唐女郎魚玄機詩集終

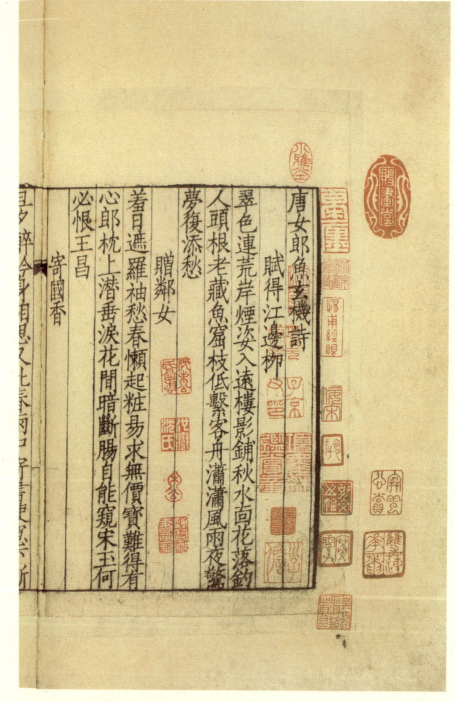

宋临安府陈宅书籍铺刻本《唐女郎鱼玄机诗》

的尚有两部，亦曾为袁克文旧藏。其一为宋刻《册府元龟》第二九五卷末；其二即明弘治间碧云馆活字印本《鹖冠子》扉页袁克文跋文右上角，故"赐画堂"疑为袁克文藏印。

自清代以来，宋临安府陈宅书籍铺刻《唐女郎鱼玄机诗》得到历代藏书名家、文人雅士的仰慕与垂怜。顾莼、潘奕隽、黄丕烈、袁克文都有题跋和题诗，曹贞秀、吴嘉泰、瞿中溶、戴延介、孙延、董国华、袁廷梼、徐云路、夏文焘、释达真、女道士韵香、陈文述、石韫玉、徐渭仁等亦先后题诗，李福、归懋仪题词，朱承爵、沈窠、王芑孙、潘遵祁、盛昱题款。其中，"百宋一廛"主人黄丕烈曾经先后两次倩人于书中题赞赋诗，共赏佳椠❶。吴嘉泰于题诗中称此书为"尤物"，云：

> 女郎入道太匆匆，剩墨残香也自工。故纸数番犹宋椠，小诗一卷尚唐风。缥囊郑重思元汴，朱印周遭仞木公。尤物世间知不少，主人难得遇涪翁。吴嘉泰分得翁字。（钤"吴印嘉泰"白文方印）

对于"此人间之尤物"❷，"后百宋一廛"主人袁二公子亦情有独钟，钤印、题识多处，表现了袁克文对此书的深爱。

1919年，袁克文将宋刊本、清钞本等善本以及古泉一箱，以三千元抵押在丁福保处。其中，钞本以毛钞《酒边词》、黄钞《皇元通雅集》为上品❸；宋刻则以《唐女郎鱼玄机诗》为最佳。之后，《唐女郎鱼玄机诗》又以一千六百元转售南海潘宗周❹，其馀诸书以三千元售与傅增湘，古泉则以一千五百元转让丁福保❺。建国后，潘氏后人潘世兹将此书捐献国家，入藏今国家图书馆。

---

❶ 详见丁延峰、李波《袁克文与宋陈氏书棚本〈唐女郎鱼玄机诗〉》，《古典文学知识》，2009年第3期，第147—153页。张秀玉《黄丕烈与南宋书棚本〈唐女郎鱼玄机诗〉》，《现代出版》，2011年第1期，第76—78页。

❷ 《寒云日记》，第165—166页。

❸ 按，袁克文旧藏有黄氏士礼居影宋钞本《皇元风雅》，雷文中作"《皇元通雅集》"，疑为《皇元风雅》之误。雷梦水《宋本〈鱼玄机集〉》，第144页。

❹ 《张元济古籍书目序跋汇编》上册，第296—297页。

❺ 详见雷梦水《宋本〈鱼玄机集〉》，第144页。

元建安虞氏刻本《增刊校正
王状元集注分类东坡先生诗》

　　建安虞平斋务本书堂，元代建阳刻书名肆。其刻书木记题"虞氏务本堂""建安虞氏"等，或如此本题作"建安虞平斋务本书堂"❶。"平斋"疑为该书坊主人之号。袁克文曾先后两次得到元建安虞平斋务本书堂刻本《增刊校正王状元集注分类东坡先生诗》残卷，并于书中撰有题跋两篇。其一：

　　　书友王锡生自湘南归，携《苏诗》目录一册，诗卷一之四，凡三册，云购自黄氏。展读即前所缺者。装潢未稍损，经年完合。微神物护持，曷能泯兹大憾！书索四百圆，适岁暮穷途，无从筹措，而王贾复迫，不能待，几不获作延津之合。幸梅真出其奁馀，始偿所索，乃成全璧。因快而书。此时丙辰（1916）腊月十八日晨，记于横桥寓楼，寒云。

　　其二：

　　　东坡生日合苏诗，定有神灵呵护之。一箧黄建安黄善夫刊《王注苏诗》二十五卷虞双建本，两贤王十朋赵尧卿百家辞。黄州黄州刊《东坡后集》大字残本后集原孤罕，郎晔郎晔注《经进东坡文集事略》残本残编况秘奇。献果摊书吟思苦，便持石鼓东坡石鼓小研洗冰池。

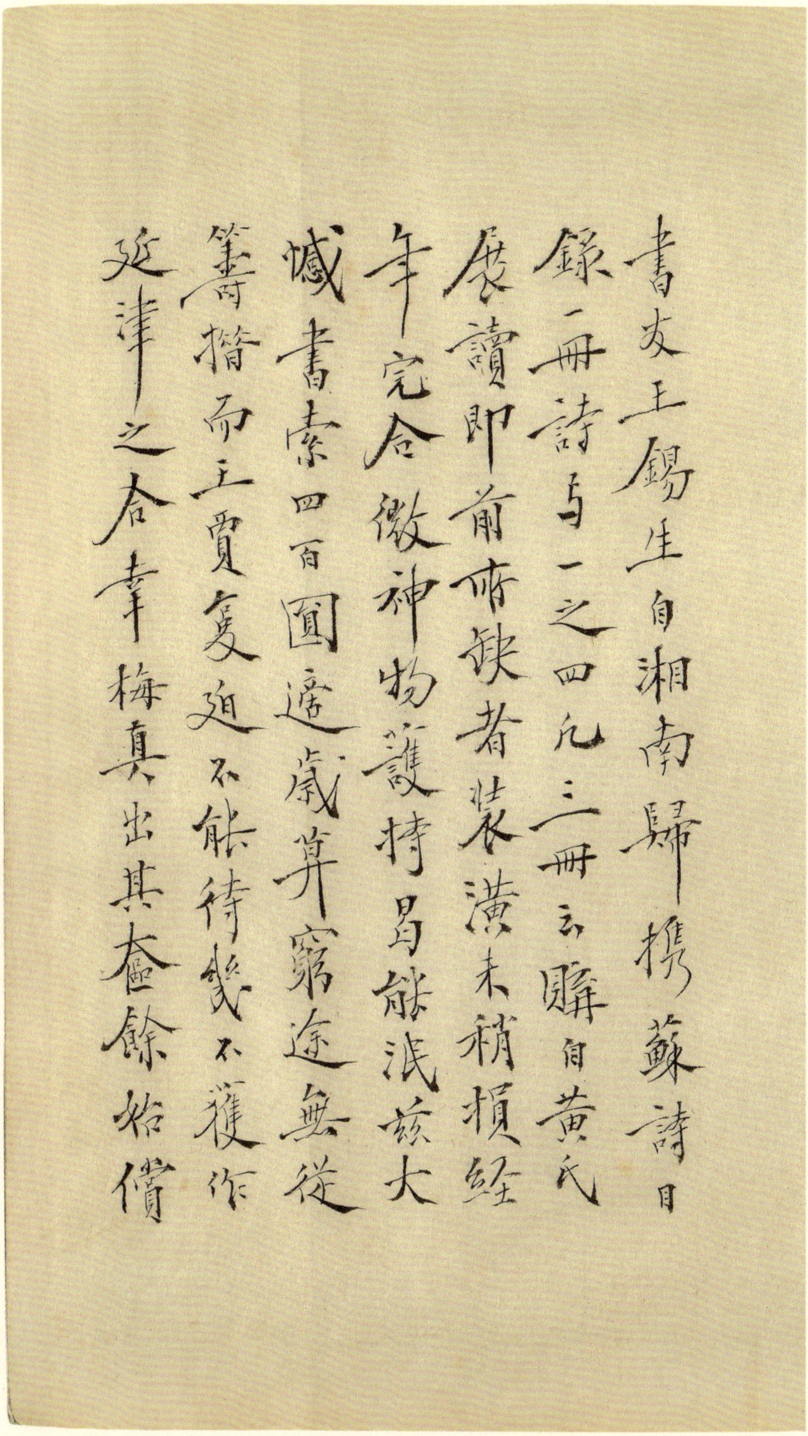

書交上錫生自湘南歸攜蘇詩曰
錄二冊詩与一之四九三冊云購自黃氏
展讀即前所缺者裝潢未補損經
年完合微神物護持焉能泯蹟大
感書素四百圓遽藏箕竊途無從
篝搯而上買复延不能待歲不獲作
延津之合幸梅真出其奎餘始償

元建安虞平齋務本書堂刻本《增刊校正王狀元集注分類東坡先生詩》袁克文跋一

聊索乃成全辟因快而書此時丙辰

朧月十八日晨記於橫橋偏樓寒露

東坡生日合蘇詩定有神靈呵護之一篋黃建安黃善夫刊

王註蘇詩二十五卷虞雙蓮本兩賢王翊趙卿百家辭黃州黃州

刊東坡後集大字殘本後集原派罕郎曄註經進筆東坡詩文集事君殘本殘編況

秘奇獻果攤書吟思著便持石鼓東坡名鼓小研洗冰池

越日為東坡生日設位於百家魔中陳時果及宋刊東坡詩文集以為供養誠拜繁敬記以詩棘人袁克文并書

元建安虞平斋务本书堂刻本《增刊校正王状元集注分类东坡先生诗》袁克文跋二

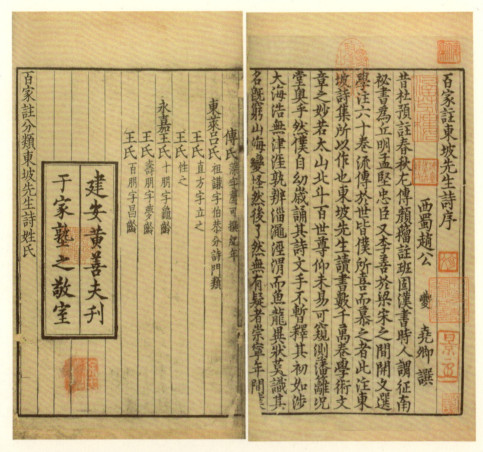

宋建安黄善夫家塾刻本《王状元集百家注分类东坡先生诗》卷首、牌记

　　越日为东坡生日，设位于百宋廛中，陈时果及宋刊东坡诗文集，以为供养。展诚拜祭，敬纪以诗。棘人袁克文并书。

　　袁克文题诗中述及四部苏诗，现均藏国家图书馆。第一句诗云"一篋黄建安善夫刊《王注苏诗》二十五卷虞双建本，两贤王十朋赵尧卿百家辞"，其中"黄虞双建本"指两部建安刻本。

　　"黄建本"即宋建安黄善夫家塾刻本《王状元集百家注分类东坡先生诗》[1]，卷首有"百家注东坡先生诗序"二篇，第一篇署"西蜀赵公

[1] 全书二十五卷，卷一至四、九至十二配另一印本。卷首王、赵序后为"百家注分类东坡先生诗姓氏"，次行低九格题"状元王公十朋龟龄纂集"，次为仙谿傅藻编纂"东坡纪年录"，次为"百家注分类东坡先生诗门类"，再次为"王状元集百家注分类东坡先生诗目录"，次行题"前礼部尚书端明殿学士兼侍读学士赠太师谥文忠公苏轼"。卷端"王状元集百家注分类东坡先生诗卷之一"之下题"前礼部尚书端明殿学士兼侍读学士赠太师谥文忠公苏轼"。半叶十三行，（转下页）

夔尧卿撰"、后篇署"状元王公十朋龟龄撰",故诗云"两贤王赵百家辞"。序后为"百家注分类东坡先生诗姓氏",末镌"建安黄善夫刊于家塾之敬室"牌记二行。

此本为清方功惠旧藏,后经张之洞、盛昱、完颜景贤收藏。1915年六月二十四日,徐森玉为袁克文购得此方功惠碧琳琅馆旧装本❶。后为张元济收入涵芬楼。书中钤有"鲁望氏""张之洞审定旧椠精钞书籍记""万物过眼即为我有""壶公""圣清宗室盛昱伯羲之印""宗室文悫公家世藏""完颜景贤精鉴""完颜景贤字享父号朴孙一字任斋别号小如盦印""景贤曾观""景行维贤""景贤""任斋铭心之品""咸熙堂鉴定""小如庵祕笈""克文""佞宋""寒云鉴赏之钵""惟庚寅吾以降""璧琊主人""八经阁""百宋书藏""寒云秘笈珍藏之印""寒云心赏""后百宋一廛""与身俱存亡""海盐张元济经收""涵芬楼""涵芬楼藏"诸印记。

王注苏诗,《四库全书》所收有近三十类。赵夔序中称五十类。建安万卷堂本增为七十二类,虞平斋务本书堂又增为七十八类,此本则为七十九类❷。

"虞建本"即此本《增刊校正王状元集注分类东坡先生诗》二十五卷❸,宋王十朋纂集。卷首"增刊校正王状元集注分类东坡先生诗姓氏"末镌"建安虞平斋务本书堂刊"篆文牌记二行。后附《东坡纪年录》一卷,宋傅藻编纂。

书中钤有"函雅堂藏书印",疑为光绪时王咏霓旧藏❹。后为黄彭年所得,钤有"彭年""戴经堂藏书""子寿""彭年之印""黄十二"等印记。1916年正月初七日,袁克文从贵筑黄彭年购得此书卷五至卷二五,缺卷一至卷四❺。是年十二月十九日,袁克文又从书估王

（接上页）行二十二、二十三字不等,小字双行二十七至二十九字,细黑口,左右双边。文中语涉宋帝均空格,讳字不严格。

❶ 《寒云日记》,第141页。

❷ 《张元济古籍书目序跋汇编》中册《涵芬楼烬馀书录》,第684页。

❸ 半叶十一行,行十九字,小字双行二十五字,细黑口,左右双边。版心上方记字数。卷端题"增刊校正王状元集注分类东坡先生诗卷之一"、次行署"宋礼部尚书端明殿学士兼侍读学士赠太师谥文忠公苏轼"。卷首有二序,其一"增刊校正百家注东坡先生诗序",次行题"状元王公十朋龟龄撰",其二题西蜀赵公夔尧卿撰。

❹ 王咏霓有《函雅堂集》,此印疑为王氏之印。

❺ 《寒云日记》,第155页。

锡生处以四百元辗转购得此书卷一至卷四 **1**。如此先后两次，终使此书合成全璧。书中钤有"后百宋一廛""与身俱存亡""佞宋""克文""寒云鉴赏之钤""抱存欢喜""寒云如意""侍儿文云掌记""克文与梅真夫人同赏""皇二子""寒云秘笈珍藏之印"诸印鉴。几年之后，袁克文将此书与部分旧藏转让南海潘宗周，张元济《宝礼堂宋本书录》著录 **2**。建国后，潘氏后人捐献入藏今国家图书馆。《四部丛刊》即以此书为底本影印 **3**。此本字体隽丽，堪称建本之至精者。书中黄彭年题识以其与宋刻《施注苏诗》相媲美，难免溢美之嫌 **4**。

其实，在得到黄彭年旧藏本的两个多月前，袁克文已得到另一部建安虞平斋本《增刊校正王状元集注分类东坡先生诗》残本 **5**，书衣题签云"王注苏诗，存卷三，又卷七至卷一二，凡七卷。宋刊宋印。附元刊卷四。乙卯（1915）十月二十八日，寒云"，书中亦有其手书识语云：

> 王注苏诗，藏有二部。一黄善夫刊于敬室，曾在八千卷楼及郁华阁。一建安虞平斋刊，为黄彭年故物。二者皆宋刻之精本，久著声于人寰。今复获此残本，与黄所藏者同，当亦虞刊，惟楮墨略过之，差可贵也。此书之刊刻、摹印，精健润洁。稍识版本者，一望即知为宋之佳刻。独怪《楹书隅录》所载标为元本，木记、行格，了无异别。以杨氏父子审鉴相承，岂尚不能辨此耶？或元时犹有覆本，未可知也。此中卷之四为元本配补。昔之藏者，亦师述古百衲之意。惟今存者凡八卷，其他集而复散，殊可憾耳。寒云。 **6**

据跋中所言，知写此跋之际，袁克文已得黄彭年旧藏王注苏诗，故疑此跋非袁氏得书之时所写，当写于 1916 年元月上旬之后。

据《书林清话·元时书坊刻书之盛》载，虞氏务本堂为元时建安名肆，

1 《寒云日记》，第 166—167 页。
2 《张元济古籍书目序跋汇编》上册，第 308—310 页。
3 《藏园订补郘亭知见传本书目》卷一三上，第 1133 页。《藏园群书题记》卷一三，第 682 页。
4 《张元济古籍书目序跋汇编》上册，第 309—310 页。
5 现存卷三、卷七至十二。半叶十一行，行十九字，小注双行二十五字。《寒云日记》，第 152—153 页。此残本现存华东师范大学图书馆，《中国古籍善本书目》著录，题"宋建安虞平斋务本书堂刻本"，《中国古籍善本书目》集部上册 2867 号，第 245 页。参见韩进《袁寒云旧藏宋元本拾零》，《上海高校图书情报工作研究》，2010 年第 4 期，第 51—54 页。
6 转引韩进《袁寒云旧藏宋元本拾零》，第 54 页。

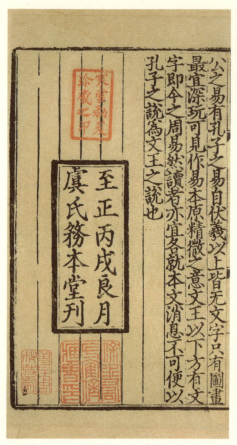 

元至正六年虞氏务本堂刻本《周易程朱传义音训》牌记　　元至正六年虞氏务本堂刻本《周易程朱传义音训》卷一

刻书甚多 **❶**，傅增湘误认为"宋虞平斋" **❷**。此本之外，另有元泰定四年（1327）刻《新编四书待问》二十二卷、至元辛巳刻《赵子昂诗集》七卷、至正六年（1346）刻《周易程朱传义音训》十卷《易图》一卷等。

国家图书馆藏《赵子昂诗集》目录后有"至元辛巳春和建安虞氏务本堂编刊"阴文木记一行。前至元辛巳即前至元十八年（1281），其时赵子昂年方二十八岁，又五年程巨夫荐于世祖乃得进用，与集中往还诸人年代不相符，则非前至元可知。其后至元六年（1340）为庚辰，

---

❶ 《书林清话》卷四，第 81 页。

❷ 《藏园群书题记》卷一三《宋虞平斋刊本集注分类东坡先生诗跋》，第 678 页。《藏园群书经眼录》卷一三，第 978—979 页。《藏园订补邵亭知见传本书目》卷一三上亦题"宋建安虞平斋务本书堂刊本"，第 1133 页。

次年辛巳正月朔改元，为至正元年（1341）。今此云"至元辛巳春和"，盖地僻未奉诏书，故仍然使用旧年号❶。叶德辉误以"至元辛巳"为前至元十八年，故云虞氏务本堂"由至元辛巳下至明洪武二十一年戊辰，凡百有馀年矣"❷。若以现存虞氏务本堂刻本中有明确纪年计，建安虞氏务本堂当是"泰定四年以下至明洪武二十一年戊辰……"几十年而已。

杨氏海源阁旧藏亦有虞平斋务本书堂刻本❸，即著录"虞平斋本"者❹。此本为明濮阳李廷相双桧堂旧藏，入清又经汪士钟、汪宪奎、徐遵礼、杨氏海源阁递藏。民国间为周叔弢收入自庄严堪❺。1937年十二月，周叔弢欲得傅增湘旧藏金俊明校黄丕烈跋明钞《席上辅谈》、叶奕校孙江跋明钞《宾退录》、陈墫校并跋明钞《邵氏闻见录》，便以此书作为酬谢，转赠傅增湘❻。书中钤有"濮阳李廷相双桧堂书画私印""君明孙子鉴赏""汪印士钟""汪士钟曾读""艺芸主人""平阳汪氏藏书印""平江汪宪奎秋浦印记""宪奎""秋浦""徐遵礼字以文别号虚涵子识""东郡杨氏鉴藏金石书画印""东郡杨氏宋存书室珍藏""海源阁""宋存书室""聊摄杨氏宋存书室珍藏""杨以增字益之又字至堂晚号冬樵行式""以增私印""关西节度系关西""臣绍和印""东郡杨绍和字彦合藏书之印""杨氏彦合""协卿珍赏""周暹""傅印增湘""江安傅增湘沅叔珍藏""沅叔""沅叔审定""双鉴楼珍藏印""藏园"诸印。此本现藏国家图书馆。

傅增湘旧藏另有元建安熊氏刻本，书中傅跋误题宋刻，然收入《藏园群书题记》时则题为"元建安熊氏"❼。关于苏诗刊刻大略，傅跋中已详述其源流，此处不赘❽。

熊氏刻本与建安虞平斋刻本大同，其卷首"增刊校正王状元集注分类东坡先生诗姓氏"末亦镌篆文牌记"建安熊氏鼎新绣梓"二行。建安

---

❶ 详见《中华再造善本总目提要》，第1207—1209页。

❷ 《书林清话》卷四，第82页。

❸ 《藏园群书题记》卷第十三，第678—680页，亦误题宋刻。

❹ 杨绍和《楹书隅录初编》卷五，第541页。

❺ 《周叔弢古书经眼录》下册《自庄严堪书目》，第609页。

❻ 《藏园群书经眼录》卷一三，第978页。

❼ 《藏园群书题记》卷一三，第686—688页。《藏园群书经眼录》卷一三亦题"元建安熊氏刊本"，并云："此书号为宋刻，而细审字体雕工，实元椠之佳者"，第977页。

❽ 《藏园群书题记》卷一三，第687—693页。关于《百家注分类东坡诗集》相关版本源流考，可参见刘尚荣《苏轼著作版本论丛》，巴蜀书社，1988年，第54—56页。

熊氏是刻书世家中的名家之一，起于南宋，历元、明两朝。元代刻书可考者有四家，如"熊氏万卷书堂""熊氏博雅堂""熊氏卫生堂"和"建安熊氏" **1**。

袁诗中所云第三部苏诗，即"黄州黄州刊《东坡后集》大字残本《后集》原孤罕"之宋刻递修本《东坡先生后集》二十卷，现存卷一〇至卷一一。每半叶十行，行十六字，白口，左右双边。版心双鱼尾上记字数，下记刻工姓名，如尧善、吴辅、吉父、彦才、王九、阮圭等。中缝题"东坡后集几"，间有"乙卯刊""庚子重刊"字样，间有阴文。书中讳字如慎、敦等缺末笔。卷一〇第二十八、九叶鱼尾上有"黄州"，故傅增湘 **2**、袁克文等人称其为"黄州刊本"。书中袁克文跋云：

> 《东坡先生后集》残本二十三叶。起二十五，迄四十二，凡十八叶，为卷十后半；其十八至二十二，五叶，乃另一卷。版心虽已剥残，"十一"二字尚可彷彿辨识，则应是卷十一也。缪艺风曾得数卷，观者皆不审为何地所刊。予得此卷，适版心上端有"黄州"两字，故断为黄州刊本。木师、印丞、沅叔、森玉皆深韪此言。惜未能假缪氏所藏一较证耳。寒云。（钤"克文之钵"白文方印）

卷末吴昌绶朱笔跋亦云"黄州刊本"：

> 寒云主人新收宋椠《东坡后集》卷十残本，半叶十行，行十六字。自十八至四十二，中缺廿三、四，凡存二十三叶，中缝题"庚子重刊"者十一叶，题"乙卯刊"者六叶，惟廿八、九叶鱼尾上有"黄州"二字，皆庚子刊。庚子、乙卯相距十五年，乙卯版新于庚子，云重刊者，盖原刻远在庚子以前也。缪氏艺风堂亦有残本数卷，未详。为黄州刻，此说实自主人发之，为著录家增一掌故。乙卯（1915）十月，仁和吴昌绶谨志。（钤"伯宛"朱文方印）

袁跋与吴跋均提及缪荃孙所藏残本数卷，即卷四、卷五、卷六，半叶十行，行十六字，白口，左右双边。版心鱼尾上记字数，中缝镌"东坡后集卷几"，间有"乙卯刊""庚子重刊"等字样，"庚子重刊"间有阴文，下记刊工姓名，有王九、阮圭、吉父、元、仁等。后归南浔刘

1 详参《中华再造善本总目提要》，第 1207—1209 页。
2 《藏园群书经眼录》卷一三，第 973 页。

三琴趣斋主人的词曲人生　集部藏书题跋

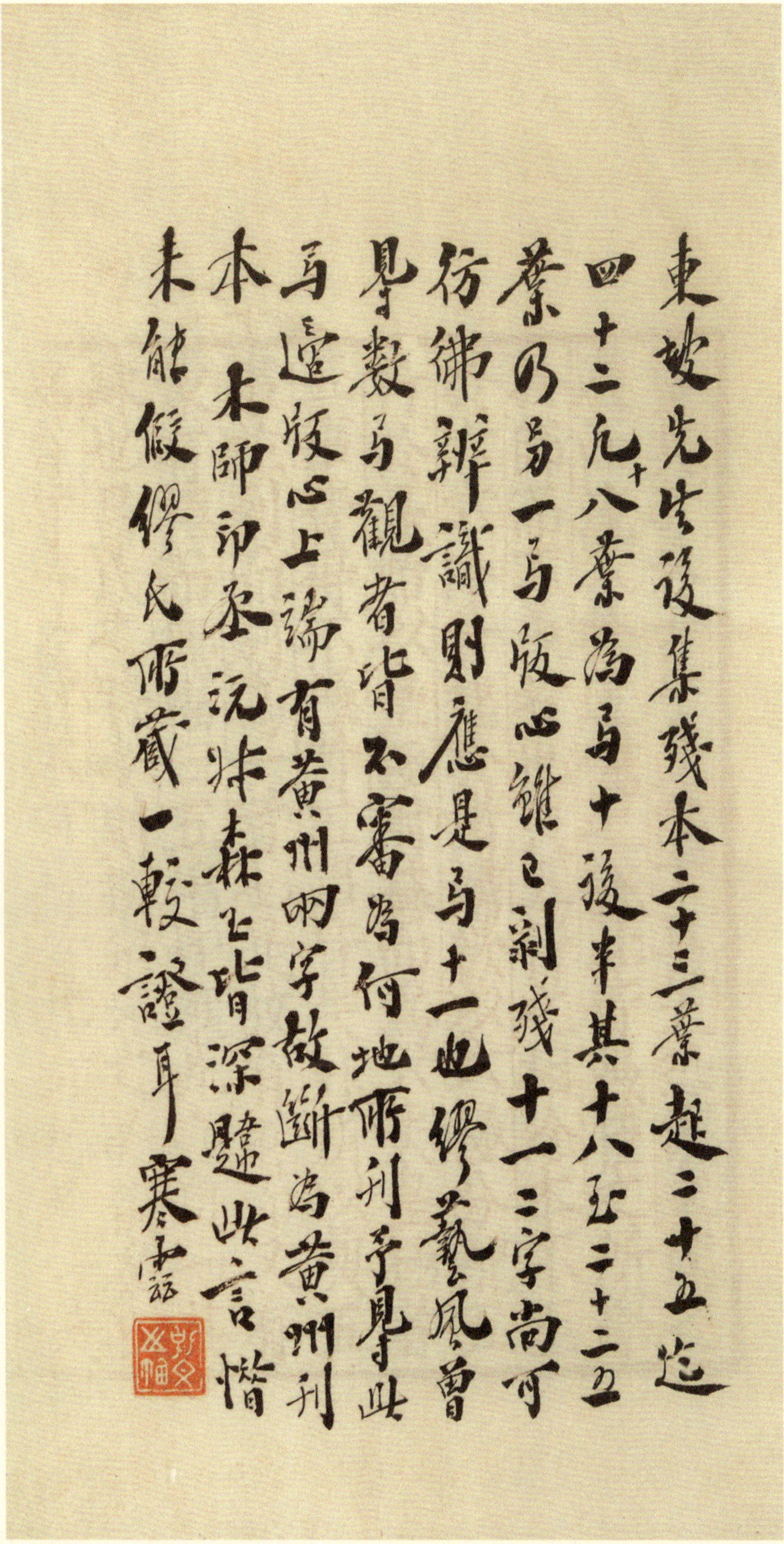

東坡先生後集殘本三十三葉趙三十五造

四十二凡十八葉為馬十後半其大五三十二四

葉乃另一馬版四雖已剝殘十二三字尚可

彷彿辨識則應是馬十此儇藝風曾

舉數馬觀者皆不審為何地所刊予甚此

馬遞版心上端有黄州兩字故斷為黄州刊

本木師印承玩朕森正皆深墅此言楷

未能假儇氏所藏一較證耳　寒雲

宋刻递修本《东坡先生后集》袁克文跋

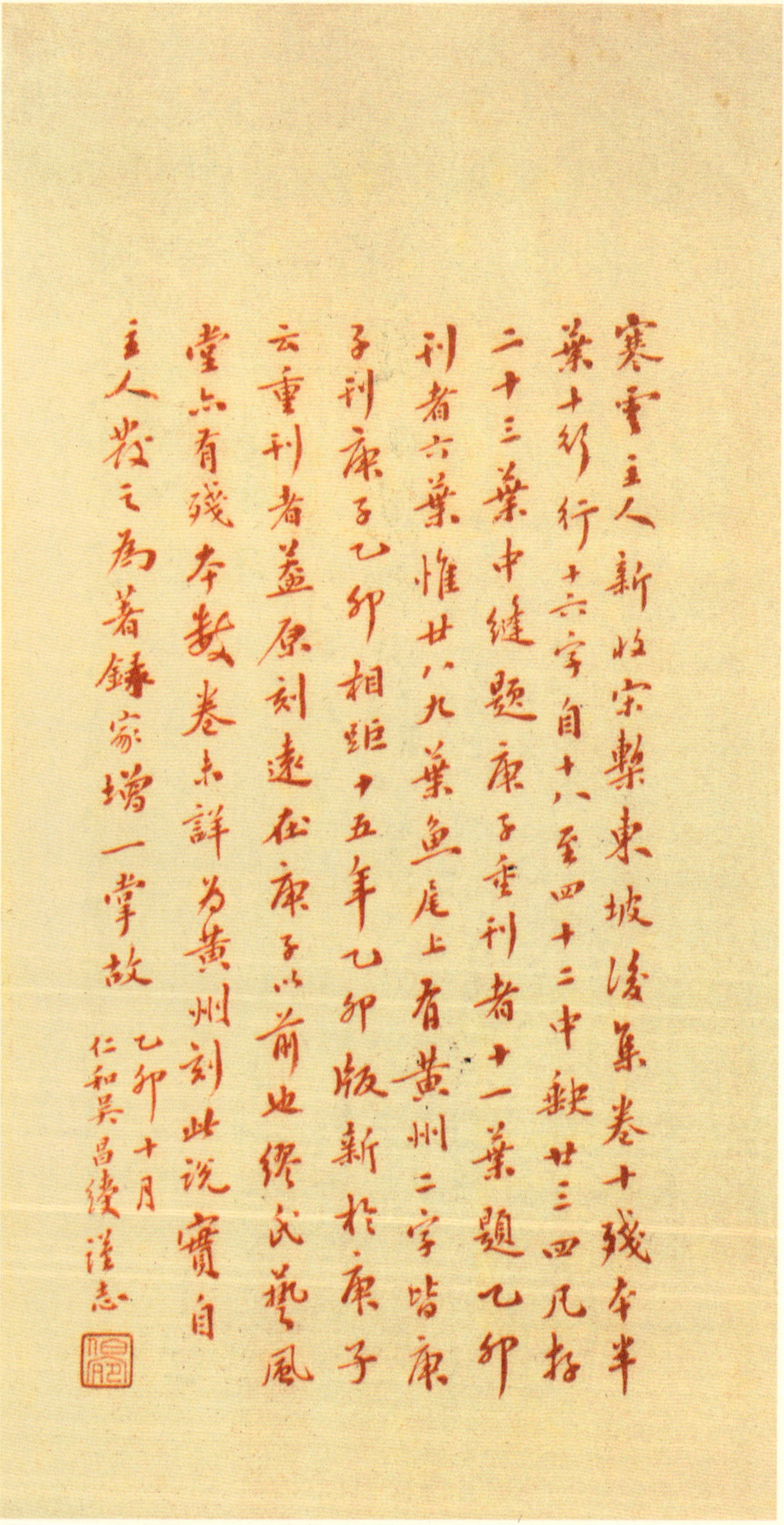

寒雲主人新收宋槧東坡後集卷十殘本半
葉十行行十六字自十六至四十二中缺廿三四凡接
二十三葉中縫題康子壬重刊者十一葉題乙卯
刊者六葉惟廿八九葉魚尾上有黃州二字皆康
子刊康子乙卯相距十五年乙卯版新於康子
云重刊者蓋原刻遠在康子以前也繆氏藝風
堂點有殘本數卷末詳為黃州刻此說實自
主人發之為著錄家增一掌故
乙卯十月仁和吳昌綬謹志

宋刻遞修本《东坡先生后集》吴昌绶跋

承幹嘉業堂，與此殘本當為同一版本[1]。

1912年，此殘本曾在正文齋中出售[2]。1915年九月十一日，為袁克文購藏[3]。袁氏書散，轉讓南海潘宗周寶禮堂，《寶禮堂宋本書錄》著錄此殘本[4]，云"存卷十起第二十六至四十二，計十七葉。卷十一起第十八至二十二、第二十五，存六葉"，張元濟以卷一〇之第二十五葉，記入卷一一，疑誤。今著錄存卷一〇起第二十五至四十二葉，存十八葉；卷一一起第十八至二十二葉，存五葉。書中鈐有"寒雲秘笈珍藏之印""后百宋一廛""與身俱存亡""佞宋""寒雲鑒賞之鉨"。建國后，潘氏后人潘世茲將此殘卷捐獻國家，入藏今國家圖書館。《東坡先生外制集》三卷為周叔弢舊藏，卷首"東坡先生外制集目錄"鈐"周暹"白文小方印，卷端題"東坡先生外制集卷上"亦鈐此印。建國后，周叔弢將此書捐獻國家，入藏今國家圖書館。兩家舊藏在國圖合璧而成是本。

上海圖書館藏亦有此書殘卷，其行款格式、刻工姓名，均與國家圖書館藏此本相同。且卷一〇、卷一一殘葉相互銜接，故二本疑為同一刻本而散出者[5]。

第四部蘇詩，即袁克文詩中"郎曄郎曄注《經進東坡文集事略》殘本殘編況秘奇"之宋刻郎曄選注《經進東坡文集事略》六十卷，半葉十二行，行二十一字，小字雙行同，細黑口，左右雙邊。書衣有袁克文題簽，文中有朱筆圈點。此本曾為日本人島田重禮舊藏，甚為珍視，其子島田翰目之為"刻之精善者"，並對此書版本做進一步考證，認為此書為《三蘇文注》合刻之本[6]。後因維持生計，不得已將此書售與田吳炤[7]。書中田氏跋云：

> 右見島田翰所著《古文舊書考》卷第二。翰又言："此書為
> 其先人所藏精本中之最善本"，以生計艱難，為予所得。彼之忍痛

[1] 詳見《藏園群書經眼錄》卷一三，第973頁。
[2] 《藏園群書經眼錄》卷一三，第973頁。
[3] 袁克文跋《東坡先生后集》中已辨其所得殘本二十三葉所屬卷次，因知《寒雲日記》云"自十八葉至四十二葉"，當是概括言之。《寒雲日記》，第149頁。
[4] 《張元濟古籍書目序跋匯編》上册，第308頁。
[5] 參見楊忠師《蘇軾全集版本源流考辨》，《中國典籍與文化論叢》第一輯，中華書局，1993年，第216—217頁。
[6] 日本島田翰《漢籍善本考》，《日本藏漢籍善本書志書目集成》第三册，北京圖書館出版社，2003年，第345—356頁。《漢籍善本考》原名《古文舊書考》。
[7] 《文獻家通考》下册，第1344頁。

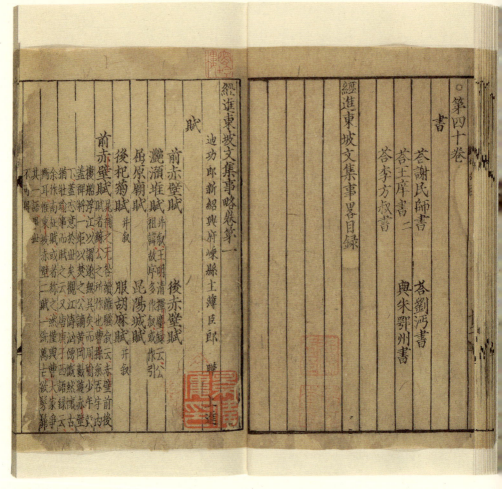

宋刻本《经进东坡文集事略》

可知也。特录以志之。宣统元年（1909）十一月，潜山记。（钤"炤印"白文长方小印）

之后，此书为蒋祖诒所得。1915 年七月底，袁克文收得此书 [1]。数年后，袁氏将此书转让南海潘宗周宝礼堂收藏 [2]。书中每册钤印大同，有"篁邨岛田氏家藏图书""敬甫""岛田重礼""岛田重礼敬甫氏""双桂书楼""岛田重礼读书记""岛田翰字彦桢精力所聚""景伟楼""田伟后裔""潜山所藏""荆州田氏藏书之印""縠孙""蒋祖诒""乌

[1] 《寒云日记》，第 145 页。
[2] 《张元济古籍书目序跋汇编》上册《宝礼堂宋本书录》，第 305—306 页。

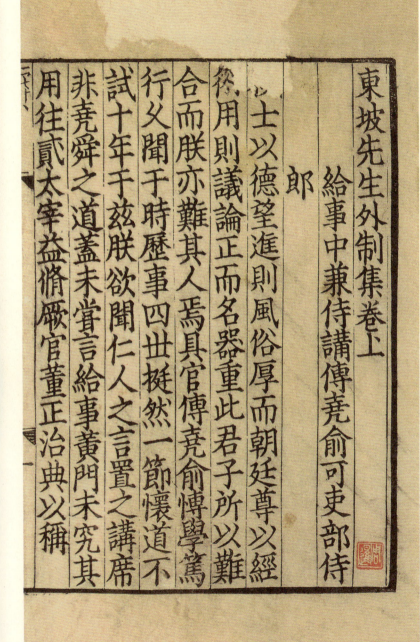

東坡先生外制集卷上

給事中兼侍講傅堯俞可吏部侍
郎

士以德望進則風俗厚而朝廷尊以經
術用則議論正而名器重此君子所以難
合而朕亦難其人焉具官傅堯俞博學篤
行久聞于時歷事四世挺然一節懷道不
試十年于茲朕欲聞仁人之言置之講席
非堯舜之道蓋未嘗言給事黄門未究其
用往貳太宰益脩厥官董正治典以稱

宋刻遞修本《东坡先生外制集》

元建安虞氏刻本《增刊校正王狀元集注分類東坡先生詩》

程蒋穀孙平生真赏""蒋祖诒读书记""密韵楼""穀孙祕笈""乌程蒋祖诒藏""侫宋""克文""人间孤本""三琴趣斋""寒云秘笈珍藏之印"。建国后,潘氏后人捐献国家,入藏今国家图书馆 ❶。

关于此本的阙存情况,岛田翰《汉籍善本考》记载说:

> 仅脱数叶耳。……卷十一第十六叶,卷十六第十二叶,卷十七第三叶,卷三十六第十一叶,各一张,旧人据同种刻本所依样重钞。大抵在元明间。卷六十"书蒲永昇画后"其后"后蜀人黄荃孙知微皆"以下,至卷末阙逸,馀卷则完存。❷

袁克文得书之日,于《寒云日记》亦有记载:

> 得宋刊《经进东坡文集事略》,原六十卷,今存卷一之二十五、又三十四之四十、又四十六之六十,尾缺数叶。半叶十二行,行二十二字。爱日精庐残本二十九卷,以不知原卷数目为憾。此岛田翰旧藏全部,后归田吴炤,辛亥之变失于武昌,乱后重获。已缺二十六之三十三、又四十一之四十五,共十三卷,首尾无恙,尚足珍贵。……岛田翰所著《古文旧书考》记之颇详。❸

知袁克文得书之初尚存四十七卷。而《宝礼堂宋本书录》则云"全书六十卷,归田氏时完善无缺,今佚去卷二十六至三十二、卷四十至四十五、卷四十七至六十"❹,说明此书归南海潘宗周时,又非袁氏所得全部,再次佚去卷四〇、卷四七至卷六〇,计十五卷。袁氏旧藏本现存卷一至卷二五、卷三四至卷三九、卷四六,仅存三十二卷,当即潘氏所得之卷次。

《宝礼堂宋本书录》又云"吴兴适园张氏藏本与此同,惜亦缺后十九卷"❺,知张钧衡适园亦藏有此书同版,残存四十一卷。张氏《适园藏书志》著录"《经进东坡文集事略》四十卷 ❻,宋刻本"云:

> ……每半叶十二行,行二十一字,高六寸五分,广四寸一分,黑线口,单边,字画精湛。《东坡文集》未有注者。是书钩稽事实,

❶ 《中国古籍善本书目》集部上,第249页,2897号。
❷ 日本岛田翰《汉籍善本考》,第345、352页。
❸ 《寒云日记》,第145页。
❹ 《张元济古籍书目序跋汇编》上册《宝礼堂宋本书录》,第305页。按,袁克文乱后重获此书时,此书卷三三已经佚去,此处云"二十六至三十二","三十二"疑为"三十三"。
❺ 《张元济古籍书目序跋汇编》上册《宝礼堂宋本书录》,第305页。
❻ 文中云"此本存卷一至四十一,后缺",而题曰"四十卷",疑为笔误。

考核岁月，元元本本，具有条理，可与施元之、王十朋诗注相颉颃。原书六十卷，此本存卷一至四十一，后缺，与张月霄自一至廿八卷又非一书。沔阳田复侯在日本得岛田旧藏六十卷完善无缺。复侯在鄂交陶子麟影刻。革命骤起，分写分校，诸友各自乱窜，书遂遗失不全，亦天壤间恨事。今复侯钞到卷四十六，至末，尚少五卷，如能配全，庶弥此恨。**❶**

张氏文中亦提及此书有三部。其一，适园旧藏，存四十一卷；其二，昭文张月霄旧藏，存卷一至卷二八，二者并非同一书；第三，岛田氏旧藏本。田吴炤（复侯，即伏侯）在日本购得岛田翰旧藏六十卷，并附陶子麟影刻。只因辛亥革命骤起，以致书卷遗失不全。换言之，陶子麟影刻之底本是田吴炤从日本购回之岛田氏旧藏本，亦即此袁氏藏本。

张钧衡适园藏书后由其长子张乃熊继承，宋刻《经进东坡文集事略》残本亦在其中。张乃熊《菦圃善本书目》卷一"宋刊本"著录：

> 《经进东坡文集事略》六十卷，宋苏轼撰，郎晔注，宋刊十二行本，八册，阙卷四十一之四十五，田潜叟、罗叔蕴题，袁寒云跋，日本岛田翰旧藏。**❷**

由父子藏书目著录可知，宋刻《经进东坡文集事略》残本在张钧衡时仅四十卷，其子张乃熊时，又得卷四六至卷六〇。其卷四七至卷六〇疑为岛田氏、田吴炤、袁克文等人旧藏。1941年，张乃熊菦圃藏书转让南京中央图书馆，今藏台北"国立中央"图书馆**❸**。

台北《"国立中央"图书馆善本书目》著录《经进东坡文集事略》存五十五卷**❹**，八册，缺卷四一至卷四五，书中有内藤虎、罗振玉、田吴炤、袁克文等人题识**❺**，与《菦圃善本书目》著录相同：

> 此书日本只有一部，为岛田均一君所藏，珍本无匹。前三年，文芸阁东游时一见之**❻**，芸阁今春托仆影钞，以岛田君有意景印，未许也。湖南内藤虎。壬寅（1902）十一月十日，观刘君藏东坡经进文稿。

❶ 张钧衡《适园藏书志》（下）卷一一，书目续编，广文书局，1968年，第530—531页。
❷ 张乃熊《菦圃善本书目》，第12页。
❸ 苏精《近代藏书三十家》，第217页。
❹ 台北"国立中央"图书馆特藏组编《"国立中央"图书馆善本书目》（增订二版）第三册，第931页。
❺ 《"国立中央"图书馆善本题跋真迹》三，第2151—2153页。
❻ 文芸阁，即文廷式。

宣统纪元（1909）六月，上虞罗振玉观，叹为绝伦。

潜叟秘笈。

　　《经进东坡文集事略》，存于中土而见著录者，惟昭文张氏书目有残本二十九卷，无目，故不知卷之数次。自倭人岛田翰《古文旧书考》出，始知全书六十卷，尚有流入海外而存乎人间，后为田某购归，携至武昌，值辛亥之变，旋经失去，乱定重获，已缺卷第二十六至三十三，及卷第四十一至四十五诸卷，幸首尾独完，尚足为世所称贵。予既藏王注苏诗黄虞两刻，遂又以千金易此，俾成合璧焉。乙卯八月朔，寒云。（钤"克文""袁抱存"二朱文方印）

据其馆所撰善本书志，可见此本概况：

　　缺卷四十一至四十五、卷六十后半。……扉页贴有内藤湖南（虎次郎）壬寅年（1902）手书题记，署"湖南内藤虎"。其后叶有宣统元年（1909）罗振玉题款，并有"臣玉之印"白文方印、"叔言"朱文方印。同叶有田复侯题"潜叟祕笈"与"田伟后裔"朱文方印。再次叶有乙卯年（民国四年，1915）袁克文题记与"克文"朱文方印、"袁抱存"朱文方印。卷首为宋孝宗乾道九年（1173）撰"御制文忠苏轼文集赞并叙"，……据卷首各题记及《适园藏书志》，可知本书原由日本岛田翰（均一）收藏。自岛田氏《古文旧书考》出，中土学者始知本书仍有全本留存。复为田复侯购归，携至武昌交陶子麟影刻。适逢辛亥革命起，书遂流散不全。书中偶见朱笔点校。书叶有缺损，尤以首尾较严重，虽经裱补与墨笔钞阙字，然部分文字不免漏失。

　　书中钤有"黄氏家藏"白文方印、"陇西李祁"朱文方印、"安阳开国印记"朱文长方印、"边武印"白文方印、"国立中央图书馆收藏"朱文长方印、"莐圃收藏"朱文长方印、"张印钧衡"白文方印、"石铭收藏"朱文方印、"石铭祕笈"朱文方印、"吴兴张氏适园收藏图书"朱文长方印、"择是居"朱文椭圆印、"云屋"朱文方印、"视成"墨文方印、"潜山所有"朱文长方印、"王氏俊华"白文方印、"荆州田氏藏书之印"朱文长方印、"篁邨岛田氏家藏图书"朱文长方印、"岛田翰读书记"白文长方印。

　　《适园藏书志》卷十一有著录，然仅存卷一至卷四十一。《适园藏书志》亦述田复侯由日本携回全本（即本馆现藏此部），却因辛亥革命散失之始末。此外，《爱日精庐藏书志》卷三十亦著录宋刊本残二十九卷，不知是否为本部书之同椠。 **❶**
此本卷六〇阙后半部分，与岛田氏藏本卷六〇阙叶相同。

　　综上所述，推知台藏《经进东坡文集事略》残本前半部分当是刘启瑞抱残守缺斋旧藏 **❷**，1902 年十一月内藤虎曾经眼；后归董康，再入张钧衡适园，经张氏父子收藏，后转让南京中央图书馆；后半部分，即卷四七至卷六〇，疑为岛田翰、田吴炤、袁克文旧藏。换而言之，台藏残本当是张氏与袁氏两家合璧本，台北"国家"图书馆善本书志认为"田复侯由日本携回全本（即本馆现藏此部）"，疑误。

　　另据《四部丛刊》影印本，知其卷四〇前之底本尚有卢靖藏书印，然上文所引台北《"国家"图书馆善本书志初稿》未见提及。是此书中未见，或省略未录，抑或另一藏本？尚待查证。

　　《四部丛刊》影印本卷端仅钤"石铭秘笈""张印钧衡"。而台藏本卷端不仅钤有张氏父子印记如"石铭秘笈""张印钧衡""莐圃收藏"，其卷端右下角另钤"陇西李祁""边武印"；袁氏藏本，亦即岛田氏旧藏本中现亦钤有"陇西李祁""边武印"二印。按，边武，字伯京，元代书法家，曾师从鲜于枢学习书法。根据印鉴所钤位置，"陇西李祁"尚在"边武印"之前。然从岛田重礼至袁克文均未有人提及此印，此二印是前人忽略未提，抑或后人伪造，存疑待考。

---

❶ 《"国家"图书馆善本书志初稿》集部一，台北"国家"图书馆编印，1999 年，第 259 页。

❷ 《藏园群书经眼录》卷一三，第 979 页。

元刻《后山诗注》

元刻《后山诗注》十二卷，宋陈师道撰，任渊注。每半叶十三行，行二十三字，细黑口，间有白口，左右双边。卷一配日本钞本。袁克文师李盛铎旧藏 **1**，今藏国家图书馆。卷端题"后山诗注卷第一"，次行题"天社任渊"。1917年六月，袁克文拜见李盛铎，有幸获观此稀世秘籍，并于扉页题跋，以志古缘：

> 宋椠《后山诗注》
>
> 丁巳（1917）六月自沪归来，诣师子菴。菽微夫子出示所藏宋椠《周礼》《说文》《后山诗注》诸精本，皆希世之孤秘。爰假归斯册，展读竟夕，谨识卷首，用志古缘。袁克文。（钤"百宋书藏"朱文方印）

跋中袁克文误称此书为宋刻，应予纠正。

陈师道（1053—1102），字履常，一字无己，号后山居士，彭城（今江苏徐州）人。累官太学博士、秘书省正字。曾学诗于黄庭坚，为江西诗派代表作家之一。事迹详《宋史》本传。任渊（1090—1164），字子渊，四川新津（今属四川）人，因新津有天社山，故以"天社"自署。

国家图书馆另藏有宋刻《后山诗注》六卷本，每半叶十三行，行二十四字，白口，单鱼尾，左右双边。现存四卷，即卷三下至卷六。版心下记刻工，如李彦、甘祖、张小四、张小五、张小八等人。书中讳字

1　《木犀轩藏书题记及书录》，第286页。

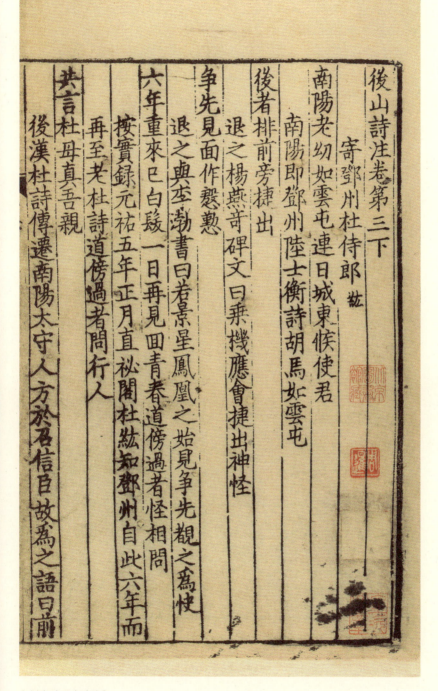

後山詩注卷第三下

寄鄧州杜侍郎紘

南陽老幼如雲屯連日城東候使君

南陽即鄧州陸士衡詩胡馬如雲屯

後者排前旁捷出

退之楊燕奇碑文曰乘機應會捷出神怪

爭先見面作懇懇

退之與垚渤書曰若景星鳳凰之始見爭先觀之爲快

六年重來巳白髭一日再見四青春道傍過者怪相問

按實錄元祐五年正月直祕閣杜紘知鄧州自此六年而

再至老杜詩道傍過者問行人

共言杜母真吾親

後漢杜詩傳遷南陽太守人方於召信臣故爲之語曰前

有弦、眺、竟、殷、弘、署、顼、桓等。傅增湘认为，这是南宋绍兴蜀刻本。

据《藏园群书题记》云："此书各卷钤章有'皇次子章'（朱文）、'养正书屋'（朱文）、'华云从龙'（白文）各印，审为旧时内府散出者。"[1] 今检书中钤印，每册首仅钤"皇次子章""周暹"，册末钤"养正书屋""周暹"。而每册均有印章剜痕，疑是"华云从龙"之印被人剜去。

"养正书屋"乃清仁宗嘉庆第二子道光帝幼年读书、执政后处理朝政的御用书房，其名为嘉庆皇帝所赐。知此书曾经道光帝御览。书从内府散出后，流出官外，为周叔弢所得[2]。建国后，周氏捐赠国家，入藏今国家图书馆。

《后山诗注》传世有六卷本、十二卷本之别。陈振孙《直斋书录解题》著录为六卷本。陈师道生前曾手订诗文为甲、乙、丙三稿。政和五年（1115），门人魏衍合而编定为诗六卷、文十四卷，凡二十卷，即《后山居士文集》，当是陈师道诗文现存最早的集子。魏衍亲授此本于王云，次年正月，王云为之题记。而任渊之注陈诗，乃依据王云所得本，《后山诗注》卷首任渊自序云："近时刊本，参错谬误。政和中，王云子飞得后山门人魏衍亲授本，编次有序，岁月可考，今悉依据，略加绪正。诗止六卷，益以注，卷各厘为上、下。"据此可推，《后山诗注》在政和六年之后成书，任注完全依据魏氏原本"略加绪正"，仍旧分为六卷。因知今本十二卷乃后人所为，已非任氏诗注旧貌。周叔弢旧藏残本卷端题名分为上下，可见任氏诗注旧式，弥足珍贵。傅氏曾以之校聚珍本，改定千馀字[3]。元代以后的刻本，以明弘治十年（1497）袁宏刻本影响较大，之后的嘉靖十年刻本、朝鲜活字本皆与之一脉相承[4]。

任渊少时曾师从黄庭坚学诗，不仅注陈师道、黄庭坚等人诗作，亦曾选编黄庭坚诗文，纂成《黄太史精华录》八卷。袁克文旧藏亦有此书，为明初朱君美写刊巾箱本。书中袁氏手跋云：

---

[1] 《藏园群书题记》卷十三，第 704 页。
[2] 详见《自庄严堪善本书影》集部上，第 1154—1156 页。
[3] 《藏园群书经眼录》卷一三，第 989—990 页。《藏园群书题记》卷一三，第 700—704。
[4] 参见《中华再造善本总目提要》，第 1213—1215 页。

《黄太史精华录》八卷，宋任渊选。渊曾注《山谷集》，复又选其精华，皆黄生平合作。苏黄为一代巨子，其诗家弦户诵。黄诗尤淡炼，入魏晋之室，全书浩若江海，读者每苦之。今获此编，不必求其全豹也。此书审为明初刊本，颇不易觏，惟天禄琳琅及常熟瞿氏有之。于宋人中，予最好苏黄，苏诗已两得宋椠，黄氏独藏此本，亦聊解酷嗜矣。丁巳元旦，寒云。**❶**

是书封面题有篆字"黄太史精华录八卷"，次行小字楷体题"明朱君美写刻本"。每半叶九行，行十五字，白口，单黑鱼尾，四周单边**❷**。国家图书馆藏有明朱承爵刊本，其版式与袁氏旧藏同；八卷末叶第八行题"邑人朱君谟缮写"**❸**，疑二者为同一版本。

❶ 《标点善本题跋集录》上，第 522 页。书影见台北《"国立中央"图书馆善本题跋真迹》三，第 2200 页。

❷ 台北《"国家"图书馆善本书志初稿》集部，第 289 页。

❸ 《藏园群书经眼录》卷一三，第 987 页。

宋庆元黄汝嘉重刻《倚松老人文集》

"倚松老人"，即饶节，字德操，抚州（今属江西）人。北宋元符年间，以诗名成为曾布门客。后因与曾布辩论新法不合，便削发为僧，更名如璧，挂锡灵隐寺，晚年主持襄阳天宁寺。曾经作偈语云："闲携经卷倚松立，试问客从何处来？"遂号倚松道人。今传《倚松老人集》二卷中 **1**，大多是其遁世之后所作。当年纂修《四库全书》时，采进两部，一为两淮商人马裕呈送 **2**，一为浙江鲍士恭进呈 **3**，惜均为钞本。《四库全书》所收为两淮马裕家藏钞本，其卷末有"庆元己未校官黄汝嘉重刊"一行，当源自宋本。此宋刻原本，堪称孤本秘籍，四库馆臣无缘寓目。相较之下，袁克文却与此书缘分不浅。1915年七夕，此书入藏三琴趣斋，袁克文"喜不成寐"，起身展卷挥毫，跋云：

> 饶集从无刊本见于著录，《四库》所收亦影钞也。藏家所记钞本，每卷尾皆有"庆元黄汝嘉重刊"一行，当即出于此本。此本传为西陵旧物，久非完帙。满洲景氏得自正文谭估，后归吴印臣。印臣知余有佞宋癖，举以见贻。可与《于湖居士集》并珍箧中，宋刊宋印宋人集，得双孤本矣。七夕喜不成寐，起而书此。（钤"抱存"朱文方印）

---

1 《文禄堂访书记》卷四著录为"三卷"，第296—297页。

2 《四库采进书目·两淮商人马裕家呈送书目》著录"《倚松老人集》二卷，宋饶节，一本"，第68页。附录一《江苏采辑遗书目录简目》著录《倚松老人诗集》二卷"钞本"，第223页。

3 《四库采进书目·浙江省第四次鲍士恭呈送书目》著录"《倚松老人集》二卷，宋饶节撰，一本"，第92页。附录二《浙江采集遗书总录简目》著录为"写本"，第281页。

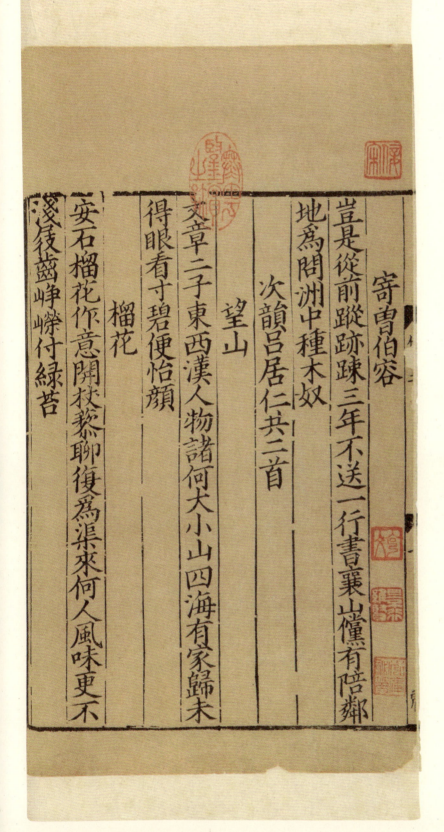

寄曹伯容

豈是從前蹤跡踈三年不送一行書裹山懍有陪鄰

地爲閩洲中種木奴

次韻呂居仁共二首

望山

文章二子東西漢人物諸何大小山四海有家歸未

得眼看寸碧便怡顔

榴花

安石榴花作意開扶藜聊復爲渠來何人風味更不

淺後齒峥嶸付綠苔

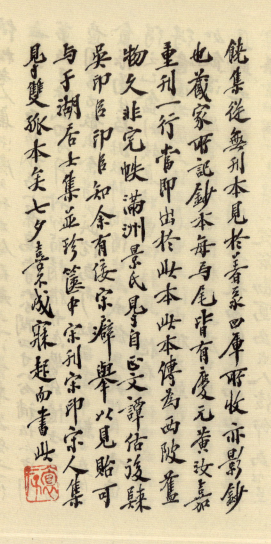

宋庆元黄汝嘉刻宋重修本《倚松老人文集》袁克文跋一

题款云：

> 乙卯（1915）七夕归三琴趣斋，寒云记于上苑倦绣室，梅真侍观。

是年八月，袁克文题诗云：

> 诗派江西几辈传，倚松遁世有残编。庆元佳刻成孤本，并世《于湖》两宋镌。乙卯八月。寒云。（下钤"惟庚寅吾以降"朱文方印）

次年春末，袁克文出游颐和园，诗兴勃然，录之册端：

> 暮春佳日，偕云姬游颐和园。出城时得句曰：近城村市两三家，桃李疏疏半著花。最是好春残未老，长条细叶向人斜。诗成，适览此帙，即录于册端。丙辰（1916）三月十八夜，寒云。（下钤"克文之钵"白文方印）

此宋庆元五年（1199）黄汝嘉重刻本《倚松老人文集》二卷，半叶十行，行二十字，白口，左右双边，乃此书现存最早刻本，今藏上海图书馆。书衣为红色笺纸，上有袁克文题签云："《倚松老人文集》，宋刊残本，寒云藏。"扉页袁克文题识云："后百宋一廛鉴藏宋庆元刊本《倚松老人文集》第二卷，凡存三十九叶。丙辰（1916）九月，寒云题于上海寓楼。"册末钞补数字"倚松老人文集第二卷终"，次行低六字镌有"庆元己未校官黄汝嘉重刊"条记。上卷已经不全，袁克文以其师李盛铎藏清钞本钞补 **1**。卷二"倚松老人文集第二卷"为袁克文补字。现存卷二第十叶下半叶至第四十八叶，前后字体似有不同。而真正属于黄氏原刻者仅八叶，馀者均为修版补刻，亦在宋代 **2**。

相传此本为商丘宋荦旧藏。光绪年间宋氏遗书出售，为清宗室盛昱郁华阁所收。盛氏书散，流入厂肆，为琉璃厂正文斋书贾谭锡庆收购，

---

1 详见《木犀轩藏书题记及书录》，第 39 页。

2 详见陈先行《打开金匮石室之门——古籍善本》，上海文艺出版社，2003 年，第 90—91 页。

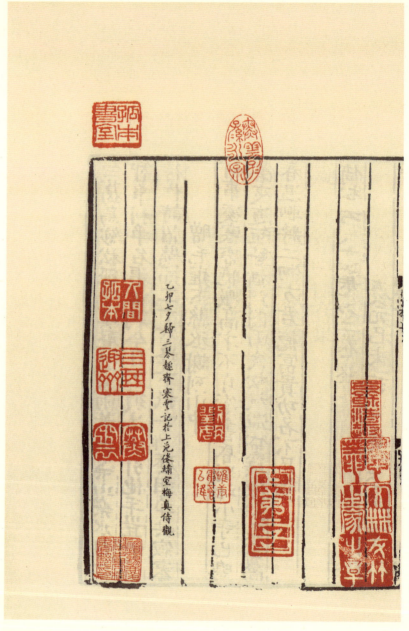

宋庆元黄汝嘉刻宋重修本《倚松老人文集》袁克文题款

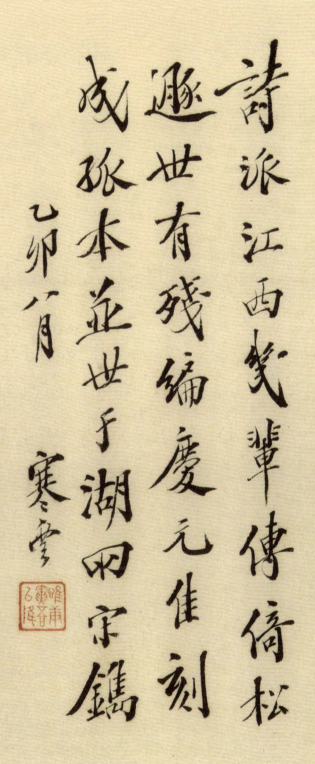

詩派江西笑輩傳倚松
遯世有殘編慶元佳刻
成孤本並世于湖兩宋鎸

乙卯肖寒雲

宋庆元黄汝嘉刻宋重修本《倚松老人文集》袁克文题诗

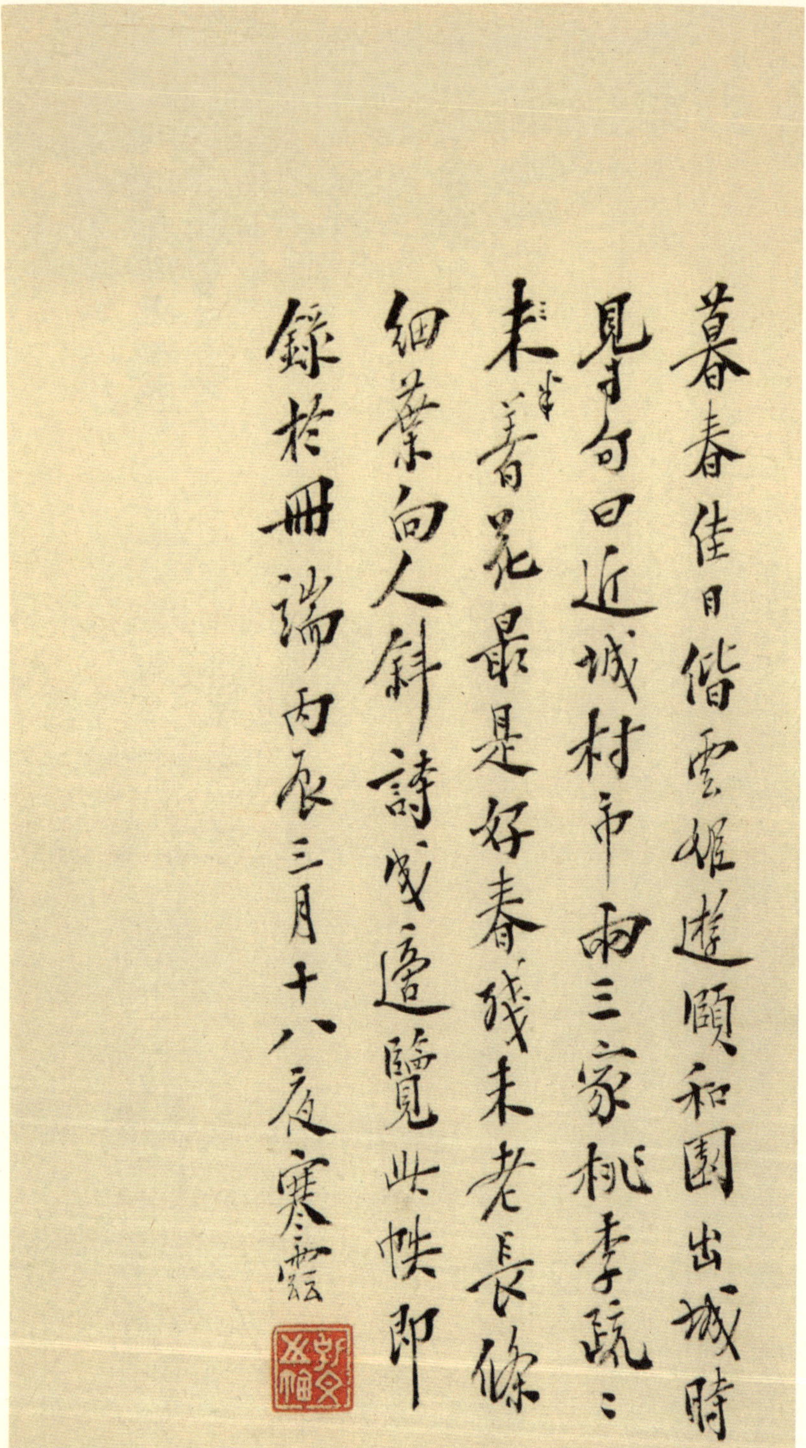

暮春佳日偕雲姬遊頤和園出城時
見一句曰近城村市雨三家桃李疎=
未春花最是好春殘未老長條
細葉向人斜詩成遍覽此怏即
錄於冊端丙辰三月十八夜寒雲

宋庆元黄汝嘉刻宋重修本《倚松老人文集》袁克文跋二

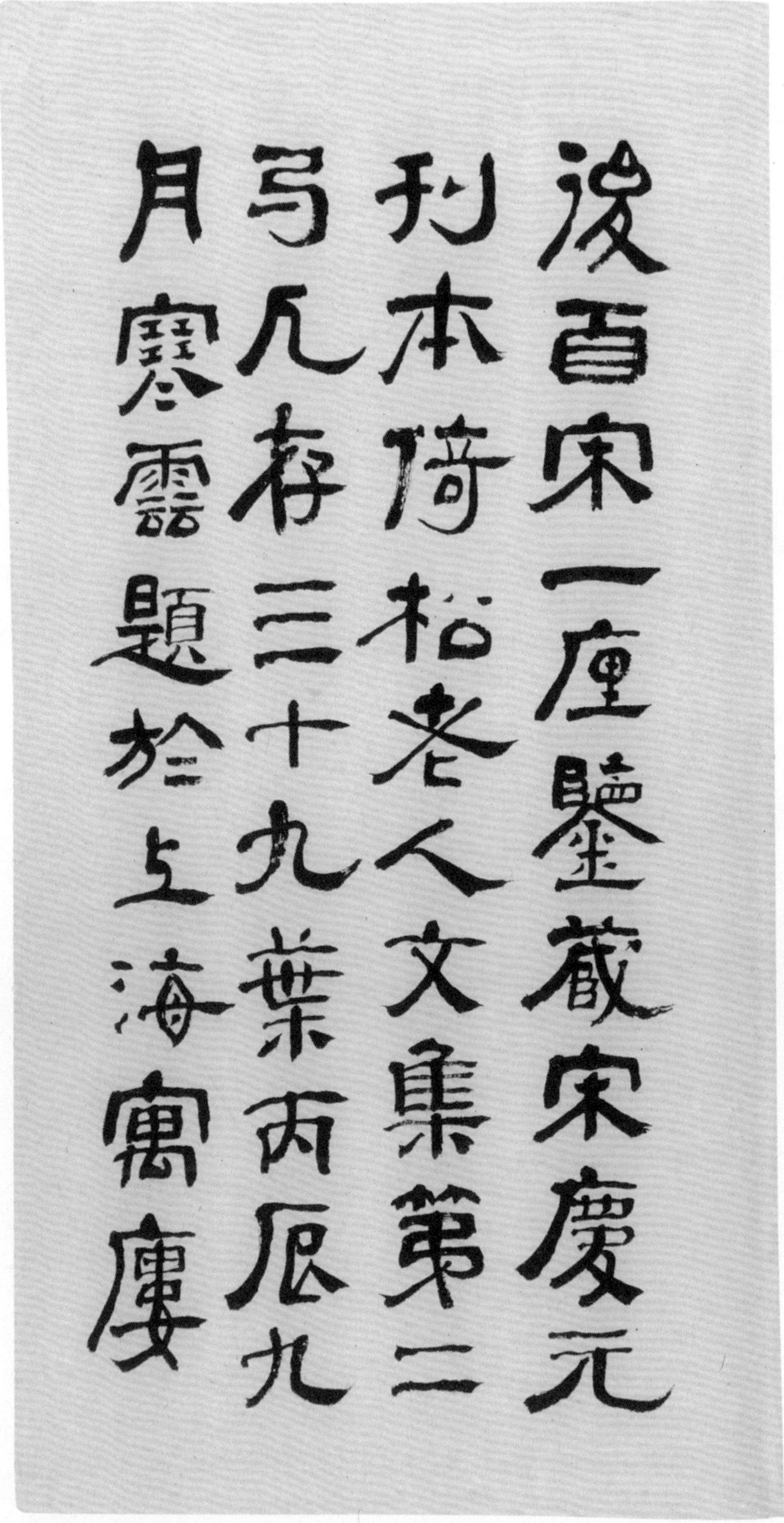

後百宋一廛鑒藏宋慶元
刊本倚松老人文集第二
弓几存三十九葉丙辰九
月寒雲題於上海寓廬

宋庆元黄汝嘉刻宋重修本《倚松老人文集》袁克文题识

完颜景贤又从谭氏购回 **❶**。后为吴昌绶所得 **❷**。1915 年七月，吴昌绶将此残卷转让袁克文 **❸**。书中钤有"谭锡庆学看宋板书籍印""完颜景贤精鉴""小如庵祕笈""景行维贤""寒云秘笈珍藏之印""后百宋一廛""与身俱存亡""克文""佞宋""寒云鉴赏之鉢""上第二子""惟庚寅吾以降""刘姁""孤本书室""寒云""三琴趣斋""人间孤本""寒云子子孙孙永保"诸印。袁氏于书中频频题识赋诗，并请李盛铎、傅增湘先后赏鉴、题跋，足见其对此书之钟爱。

宋刻《倚松老人集》一书中李盛铎、傅增湘两跋《木犀轩藏书题记及书录》《藏园群书题记》皆未载，并录如下，以飨读者。

李跋云：

> 饶德操为江西诗派廿五人之一。《宋志·倚松集》十四卷，今行世钞本止存二卷，末题黄汝嘉重刊者，皆从此本钞出也。《四库提要》谓与谢迈、韩驹二集传本、行款相同，卷首标目俱题"江西诗派"四字。余藏景宋本《竹友集》，板式与此本相似，行款则为十行十八字，而所见钞本《陵阳集》标题诗派者，行款确与此同。又明刻《具茨集》标题下亦题"江西诗派"，且卷末亦有"庆元己未校官黄汝嘉重刊"一行，是皆江西诗派一百三十七卷之存于今者。而诗派宋本则仅此书，与潘文勤师藏《竹友集》同为海内孤本也。抱存其宝之。盛铎。（下钤"李氏木斋"朱文方印）

傅跋云：

> 《倚松老人集》，宋庆元刊本，今存者三十八叶半，每叶二十行，每行二十字，原板只存八叶，高六寸六分，阔四寸八分，补板亦宋刊，第板匡略低四分耳。刊印皆精，雅古香郁。然忆壬子夏初，意园书方散出，余得见此，诧为奇秘，留斋中数日，为沈乙盦、张菊生及荛微师谐价，皆未成。旋为吴印臣以重值得之。乙盦刻饶集时，曾假校焉。抱存兄佞宋成癖，既得意园所藏三经三集，皆为海内孤本。然犹皇皇四索如饥渴之思食饮，尺书商榷，殆无虚日。因为作缘，以是集归之。余既喜意园之书散而复聚，而抱存通怀乐善。它

---

❶ 李盛铎跋清钞本《倚松老人诗集》云"……旧藏商邱宋氏，光绪中宋氏遗书售出，遂归郁华阁。迨壬子年〔1912〕由郁华后人售于厂肆，为吴估韩姓所得，辗转归三琴趣斋……"，未及谭氏书贾，与此本中谭锡庆藏印不合，或因书在厂肆，流转不定。详见《木犀轩藏书题记及书录》，第 39 页。
❷ 《藏园群书经眼录》卷一三著录云"仁和吴昌绶松邻藏书"。第 997 页。
❸ 《寒云日记》，第 143 页。

日俾同志得以从容勘写，为古人续命，为尤足幸也。乙卯新秋傅增湘谨识。

李盛铎跋中所云明刻《具茨集》，即明嘉靖刻本《具茨晁先生诗集》一卷，袁克文旧藏亦有此本，书中钤有"项城袁氏抱存所藏"朱文长方界格印。此本卷首有南宋绍兴十一年（1141）九月五日陵阳俞汝砺"具茨晁先生序"。卷端"具茨晁先生诗集"下题"江西诗派"四字，次行"澶渊晁冲之叔用"。版心镌"晁氏宝文堂"，卷末镌"庆元己未校官黄汝嘉刊"，次行钞配"嘉靖甲寅裔孙瑑"，次行下题"东吴重刊"，书中有讳字如"敦"字等，知其底本即宋庆元五年黄汝嘉重刻本。钞补处原有剜改痕迹，当是有意为之，藉此冒充宋本。国家图书馆另藏此书嘉靖三十三年（1554）晁氏宝文堂刻本，其字体、版式皆与此本同，故此本当为嘉靖三十三年晁氏宝文堂刻本。惟其笔画略有不清，疑为后印本。

"江西诗派"源自吕本中所作《江西诗社宗派图》。南宋孝宗淳熙年间，江西提刑程书达，有感于江西诗派诸家诗作散逸，曾以"谢幼槃之孙源所刻石本"为底本，汇集江西诗派，"自山谷外，凡二十有五家"，而成"江西诗派"，淳熙十一年（甲辰，1184），汇刻于豫章学官，并请杨万里作序。《诚斋集》卷七九《江西宗派诗序》云：

> 秘阁修撰给事程公……因谓曰："《江西宗派图》，吕居仁所谱，而豫章自出也。而是派之鼻祖云仍，其诗往往放逸，非阙欤？"于是以谢幼槃之孙源所刻石本，自山谷外，凡二十有五家，汇而刻之于学官，将以兴发西山章江之秀，激扬江西人物之美，鼓动骚人国风之盛，移书谂予曰："子江西人也，序斯文者，不在子，其将焉在？"予三辞不获，则以所闻书之篇首云。淳熙甲辰十月三日庐陵杨万里序。**❶**

杨万里《答卢谊伯书》亦云"程帅来觅《江西诗派》诗序，盖渠尽得派中二十六家全集刻之豫章学官"**❷**。

《直斋书录解题》卷一五"总集类"著录"《江西诗派》一百三十七卷、《续派》十三卷，自黄山谷而下三十五家，又曾纮、曾思父子诗"。卷二〇"诗集类下"收录《江西诗派》二十馀家，其中包括目前所知《江

❶ 明末毛氏汲古阁钞本《诚斋集》，国家图书馆藏。放逸，原书作"于逸"，疑误。
❷ 此段详见黄宝华《〈江西诗社宗派图〉的写定与〈江西诗派〉总集的刊行》，《文学遗产》，1999 年第 6 期，第 66—73 页。

西诗派》零本《东莱先生诗集》《具茨集》《倚松集》《陵阳集》等。卷二〇又著录黄庭坚撰《山谷集》三十卷、《外集》十一卷、《别集》二卷，并注明"江西所刻《诗派》，即《豫章前后集》中诗也。《别集》者，庆元中莆田黄汝嘉增刻"。知当时已有《江西诗派》一书刻本行世，疑即程氏叔达刻本。至庆元五年，黄汝嘉又有重刊、增刻本。

傅增湘旧藏亦有黄氏重刊增刻《江西诗派》零本，即《东莱先生诗集》二十卷，《外集》三卷 **❶**。日本内阁文库亦藏有《东莱先生诗集》二十卷本，书中于"慎"字下注"御名"，卷末有乾道二年（1166）四月六日赣川曾几题跋，知为乾道二年沈度（公雅）刻《江西诗派》于吴门郡斋。而傅增湘旧藏本则为庆元五年黄汝嘉重刻乾道二年沈本，后于沈本三十四年，二者诗题次第、篇中小注等文字差异极少。其避讳已至"敦"字，而"慎"字亦仅缺末笔 **❷**。傅增湘另藏有明写本《东莱先生诗集》，后有南宋孝宗乾道二年（1166）曾几跋，卷末亦有"庆元己未校官黄汝嘉重修"一行 **❸**。

综上所述，知《东莱先生诗集》早在乾道二年已经刊刻行世，而《江西诗派》这一诗歌总集初刻于淳熙十一年豫章学官，庆元五年黄汝嘉又据沈本、程本"重修"，间或"重刊""增刻"，梓行于世。

据《［乾隆］兴化府莆田县志》记载，黄汝嘉为福建莆田人，宋淳熙五年（1178）进士，曾任广州通判，堪称宋代江西刻书的重要人物。不仅重修、增刻《江西诗派》丛集，还曾经主持经部典籍《春秋传》乾道四年（1168）刻本的补版重修 **❹**。

───────────────

❶ 书中有沈曾植题诗。半叶十行，行二十字，白口，左右双边。现存六卷，即卷一八至卷二〇。外集全。详见《藏园群书题记》卷一四，第722—730页。《藏园群书经眼录》卷一四，第1020—1021页。

❷ 详见《藏园群书题记》卷一四，第723页。《藏园订补邵亭知见传本书目》卷一三下，第1187—1188页。

❸ 《藏园群书经眼录》卷一四，第1021页。

❹ 此书今藏北京大学图书馆，详见《中华再造善本总目提要》，第93—95页。

宋嘉泰刻本《于湖居士文集》

张孝祥（1132—1169），字安国，号于湖居士，历阳乌江（今属安徽）人。宋高宗绍兴二十四年（1154）进士第一。孝宗朝累迁中书舍人，直学士院，领建康留守，颇有政声。寻以荆南湖北路安抚使，请祠。曾上疏请为岳飞昭雪，为秦桧所忌。因疾以显谟阁直学士致仕。事迹详《宋史》本传。

张孝祥诗词文集在其生前卒后皆有刊刻，惜宋元刻本流传后世稀少。此南宋嘉泰年间刻本，是目前所知张氏文集传世最早的全集本，也是现存张氏文集最完备的本子 **❶**。1914 年十一月，袁克文购自完颜景贤处。是本传世罕见，惜经改装，可谓白圭之玷。此即上文"宋庆元黄汝嘉重刻《倚松老人文集》"中袁克文题诗"庆元佳刻成孤本，并世《于湖》两宋镌"之"于湖" **❷**，现藏台北"中央"图书馆 **❸**。1916 年，袁克文重装题跋以志之：

> 《于湖居士文集》传世向罕足本，即明刊亦不易觏。此宋刊四十卷从未见于著录，清末季流转厂市，为满人景贤所得，裂毁旧装，取原衬佳楮影写一过，举此与黄唐《礼记》、黄善夫《苏诗》诸书并售于予。颇憎其改装之俗恶，乃尽去衬纸，并装六册，加以旧青纸衣，庶不掩其古色古香也。丙辰（1916）三月，寒云。（钤"臣

---

❶ 关于此书的版本源流，详见彭国志《张孝祥文集四十卷本版本述略》，《文教资料》，2001 年第 3 期，第 120—125 页。另见《中华再造善本总目提要》，第 670—672 页。
❷ 详见《周叔弢古书经眼录》下册《宋刻工姓名录》，第 447 页。
❸ 台北"国立中央"图书馆特藏组编《"国立中央"图书馆善本书目》（增订二版）第三册，第 951 页。

印克文"朱文方印）**❶**

另撰有提要一篇，并录于此：

《于湖居士文集》四十卷，宋刊宋印，六册

宋张孝祥撰

半叶十行，行十六字，白口，左右双栏，板心上端有字数，鱼尾下标"于湖集目录"，或"于湖目"，或"于湖集"及卷次；或"于湖"及卷次。首嘉泰改元门下士谢尧仁序，次嘉泰元年十月知隆兴府充江南西路安抚使张孝伯序。孝伯，于湖之弟，刊此集于豫章。二序皆影钞配补。又影补目录、三十七之四十三叶、卷十第一叶之五叶，书尾禁榜一叶，附录一卷，凡二十三叶影钞，精旧非近人所能办。宋讳多缺笔，遇宋帝诸字皆空一格。

刊工：陈荣、良、陈良、俞文俊、王祐新、陈、俞永成、俞永、祐新、文俊、荣、永、文、永成、刘处仁、刘大有、处仁、大有、朱正、正

藏印：文渊阁印此明印，目录、卷一、卷十八、卷二十五、卷三十三、外有景贤藏印甚夥。

刻工方劲，墨色淡古，罗纹麻纸，精洁如新，旧青纸衣。

《于湖集》世无足本。此宋嘉泰时，其弟孝伯刊于豫章，为明文渊阁故物，满人某自内库窃出，于乃展转得之。卷一赋、辞、颂、乐章，二、三、四、五古诗，六、七、八、九律诗，十、十一、十二绝句，十三文、记；十四记，十五序、铭、说、赞；十六、十七、十八奏议；十九内制、外制；二十表，廿一、廿二、廿三启，廿四书，廿五疏文、青词、释语，廿六释语，廿七祝文、致语，廿八定书、题跋，廿九、卅墓志、祭文，卅一、卅二、卅三、卅四乐府，卅五、卅六、卅七、卅八、卅九、四十尺牍。**❷**

❶ 《标点善本题跋集录》，台北"国立中央"图书馆特藏组编，"国立中央"图书馆，1992年，第537页。书影见《"国立中央"图书馆善本题跋真迹》四，"国立中央"图书馆特藏组编，1983年，第2272—2273页。

❷ 《寒云手写所藏宋本提要廿九种》，第151—152页。

张氏文集刻本传世罕见，故宋元时期其诗词文集的刊刻情况，仅能从传世序文中窥得一斑。首先，南宋乾道五年（1169），张孝祥在荆州杷梓堂与门人王质畅谈古今，并将其文章数十篇交给王质。是年，张孝祥病卒于芜湖，"而其歌词数编先出"。此当是张氏生前诗词编集行世的最早本子。

其次，乾道七年（1171），建安刘温父裒次张孝祥文章翰墨而成法帖，又"别集乐府一编"，请汤衡、陈应行先后为序。陈序云"比游荆湖间，得公《于湖集》，所作长短句凡数百篇"，知乾道七年之前，张孝祥诗词已刊行于世，或即上文所及张氏生前之本。刘温父集文章诗词刊刻行世，当是张氏诗作第二刻。

第三，乾道八年，历阳使君胡元功蒐集张孝祥诗集，"得若干篇，将刻而传之"，并"掇其歌词，以附于后"，请序于韩元吉。胡元功刻本有诗词歌赋，是为第三刻。

第四，乾道九年，张孝祥"之弟王臣官大冶，道永兴"，王质与其商定编集张孝祥文集，"公之文当丞辑，世酬于其歌词，而其英伟粹精之全体未著，将有以狭公者。王臣既去一年，以公之文若干篇若干册示某，公之文非修辞立论之所可赞也"。淳熙元年（1174），张孝祥之弟编纂其文集成册，王质为之序。此淳熙间刻本或为第四刻，重在文集，诗词歌赋为辅。

南宋嘉泰元年（1201）张孝祥弟孝伯知隆兴府充江南西路安抚使时，在南昌邂逅张孝祥故交王大成（名集），"尽以家藏与诸家所刊属其雠校，虽不敢谓全书，然视他本则有间矣。继有所得，当为《后集》云"，意即四十卷本《于湖居士文集》是由张孝伯、王大成共同编集，于嘉泰年间在江西付梓刊行 **1**。当为第五刻。

此袁氏藏宋嘉泰刻本曾为明内阁官书，卷端钤有"文渊阁印"，清代经盛昱、完颜景贤收藏。袁氏书散，此书又经李思浩 **2**、陈清华、张

---

1 以上本页所引序文参见宋张孝祥《于湖先生长短句》卷首《于湖先生雅词序》，清钞本；宋韩元吉《南涧甲乙稿》卷一四《张安国诗集序》，清乾隆武英殿聚珍版丛书活字印本；宋王质《雪山集》卷五《于湖集序》，清乾隆四十一年（1776）孔继涵微波榭钞本；国家图书馆藏。徐鹏校点《于湖居士文集·张于湖先生序》，上海古籍出版社，1980年6月，第3页。

2 《藏园订补郘亭知见传本书目》卷一三下，第1195—1196页。另见《藏园群书经眼录》卷一四，第1024页。

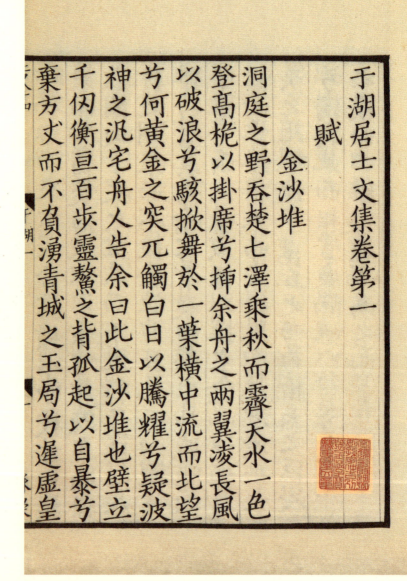

于湖居士文集卷第一

賦

金沙堆

洞庭之野吞楚七澤乘秋而霽天水一色
登高桅以掛席兮挿余舟之兩翼凌長風
以破浪兮駿掀舞於一葉橫中流而北望
兮何黃金之突兀觸白日以騰耀兮疑波
神之汎宅舟人告余曰此金沙堆也壁立
千仞衡亘百步靈鼇之背孤起以自暴兮
棄方丈而不貞湧青城之玉局兮遲虛皇

清影宋钞本《于湖居士文集》

珩收藏❶。书中钤有"完颜景贤精鉴""小如庵祕笈""景行维贤""任斋铭心之品""抱存""流水音""三琴趣斋""寒云如意""人间孤本""无尘""侍儿文云掌记""寒云秘笈珍藏之印""祁阳陈清华字澄中印""张珩私印""吴兴张氏图书之记""吴兴张氏韫辉斋曾藏"等印记❷。现藏台北"中央"图书馆❸。

国家图书馆藏有此书影宋钞本，书中钤有"启迪""完颜金启迪号如孙字仲吉别号金清子宝藏书画文章"等印记，或即完颜氏当初影写之本。此影宋钞本已选入中华再造善本。

❶ 张珩（1914—1963），字葱玉，浙江南浔人。解放后任职文化部文物局，为著名鉴定家，著有《怎样鉴定书画》。其祖父张石铭是著名收藏家，号适园主人，著有《适园藏书志》。其父张乃熊（1891—1942），字芹伯、芹圃。张珩继承其祖父张石铭遗愿，搜书之兴不下其祖父，鉴别之精则有过之。祖孙三代相传藏书，收藏古籍名画甚多。
❷ 详见台北《"国家"图书馆善本书志初稿》集部一，第352—353页。
❸ 台北《"国立中央"图书馆善本书目》中册，甲编卷四·集部别集类，《中华丛书》委员会，1957年，第65页。另见台北"国立中央"图书馆特藏组编《"国立中央"图书馆善本书目》（增订二版）第三册，第951页。

元刻《晦庵先生朱文公文集》

朱熹文集在其生前曾三次编刻，其一，南宋淳熙十五年（1188），编定并刊刻前集，刻于建阳麻沙。其二，南宋绍熙三年（1192），编成后集，并与前集合刻于建阳麻沙，即现存之南宋淳熙、绍熙刻《晦庵先生文集》前集十一卷、后集十八卷。此本是目前所知现存最早的朱熹文集刊本，也是唯一在朱熹生前刊刻行世且流传至今的本子；此本为毛氏汲古阁旧藏，后入清宫天禄琳琅，《天禄琳琅书目后编》卷七著录❶，现存台北故宫博物院❷。其三，南宋庆元四年（1198），其弟子王岷（晋辅）为其文集编次锓木，此即广南刻本。

朱熹身后，其季子朱在着手纂辑朱熹诗文全集，《郡斋读书志·附志》著录嘉熙三年（1239）王野刻于建安书院《晦庵先生文集》一百卷，即百卷本朱熹全集。百卷本在传世过程中，又有浙本、闽本之别❸。

朱熹文集编辑成书后，宋元刊本颇多，题名大体相同，如《晦庵先生文集》《晦庵先生朱文公文集》等。1916 年十月二十四日，袁克文购得元刻《晦庵先生朱文公文集》残册卷三〇❹。次年末，袁克文于书

❶ 《天禄琳琅书目后编》卷七，第 320—321 页。1922 年，溥仪将此本赏赐溥杰，《赏溥杰书画目》著录。抗战初期，沈仲涛购此本于沪上，晚年将之捐献台北故宫博物院。详见郭齐、尹波《论宋淳熙、绍熙椠本〈晦庵先生文集〉》，《文献》，1998 年第 3 期，第 163 页。

❷ 见《"国立"故宫博物院善本旧籍总目》下册著录，台北"国立"故宫博物院，1983 年，第 1077 页。

❸ 有关朱熹文集的版刻源流等相关考证，详请参见束景南《宋椠〈晦庵先生文集〉考》，《古籍整理研究学刊》，1992 年第 1 期，第 20—21、48 页。郭齐、尹波《论宋淳熙、绍熙椠本〈晦庵先生文集〉》，第 162—180 页。马德鸿、陈莉《〈朱文公文集〉版本源流考》，《图书情报知识》，2005 年第 1 期，第 56—60 页。

❹ 《寒云日记》，第 166 页。

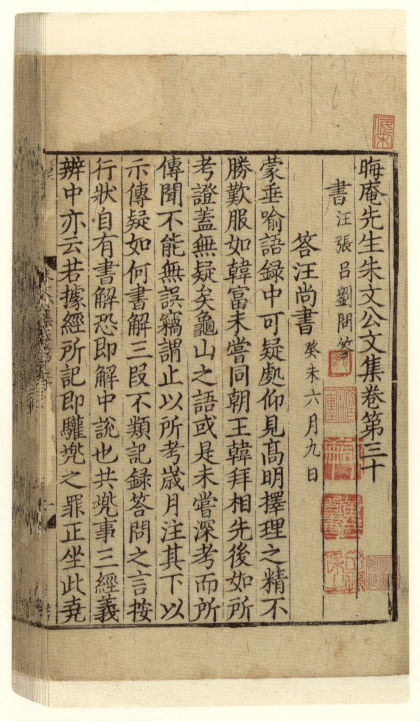

書汪張呂劉問答

答汪尚書 癸未六月九日

蒙垂喻語錄中可疑處仰見高明擇理之精不
勝歎服如韓富未嘗同朝王韓拜相先後如所
考證蓋無疑矣龜山之語或是未嘗深考而所
傳聞不能無誤竊謂止以所考歲月注其下以
示傳疑如何書解三段不類記錄答問之言按
行狀自有書解恐即解中說也共覽事三經義
辨中亦云若據經所記即雞兒之罪正坐此堯

中跋云：

> 《晦庵文集》，存卷第三十。宋刊宋印，精好无伦。按，朱公集，宋刊传世有二：一浙本，字体方整。余藏有明印，四十馀卷；一建本，即此册。春间获于沪市蟫隐庐。丁巳（1917）岁暮，夜寒手僵，捉笔为书，几难成字。百宋书藏主人。（下钤"克文"朱文方印）

此残本每半叶十行，行十八字，白口，左右双边，当为元代刻本，袁克文误题宋刊。书衣有其题款，右边题曰"宋建本"，下署"丙辰（1916）冬获于上海，后百宋一廛藏题。"左题"晦庵先生朱文公文集存卷第三十"。此本曾为罗振常蟫隐庐旧藏，今书中钤有"蟫隐庐祕籍印""寒云主人""克文之钵""三琴趣斋""后百宋一廛""佞宋""抱道人"诸印。

袁克文另藏有此书宋刻元明递修本，仅存卷三，二者行款相同，此递修本残卷补版间有黑口。此本第十九叶与第二十叶倒置。各叶刻工亦与原本不符，因疑此为明初翻刻本。袁克文书散，此两残卷均为南海潘宗周购藏，《宝礼堂宋本书录》著录 [1]。《寒云日记》另记 1915 年七月中旬曾得宋浙刻本《晦庵文集》残卷，存卷五五、卷六二至卷八一、卷八五至卷一〇〇，计三十七卷 [2]，不知今藏何处。

国家图书馆藏有数部浙本，多为残本，并经元明递修。半叶十行，行十九字，白口，左右双边。其卷端题名"晦庵先生文集" [3]。闽刻本十行十八字，补版为黑口，卷端题名云"晦庵先生朱文公文集"，与浙刻本略有不同。《藏园订补郘亭知见传本书目》著录有宋咸淳元年建宁府刻元明递修本：

> 宋咸淳元年建宁府刊本，十行十八字，白口，左右双栏，版心上记字数，下鱼尾下记朱文公集卷几，下鱼尾上记叶数，最下记刊工人名。刘承幹嘉业堂藏一帙，有明代补版。……[4]

据《中国古籍善本书目》集部著录 [5]，云南省图书馆藏有此本。

[1] 《张元济古籍书目序跋汇编》上册，第 311 页。
[2] 《寒云日记》，第 143 页。
[3] 此《晦庵先生文集》一百卷，疑即陈振孙《直斋书录解题》著录之《晦庵集》一百卷。
[4] 《藏园订补郘亭知见传本书目》卷一三下，第 1200 页。
[5] 《中国古籍善本书目》集部上册，第 329 页，第 3873 号。

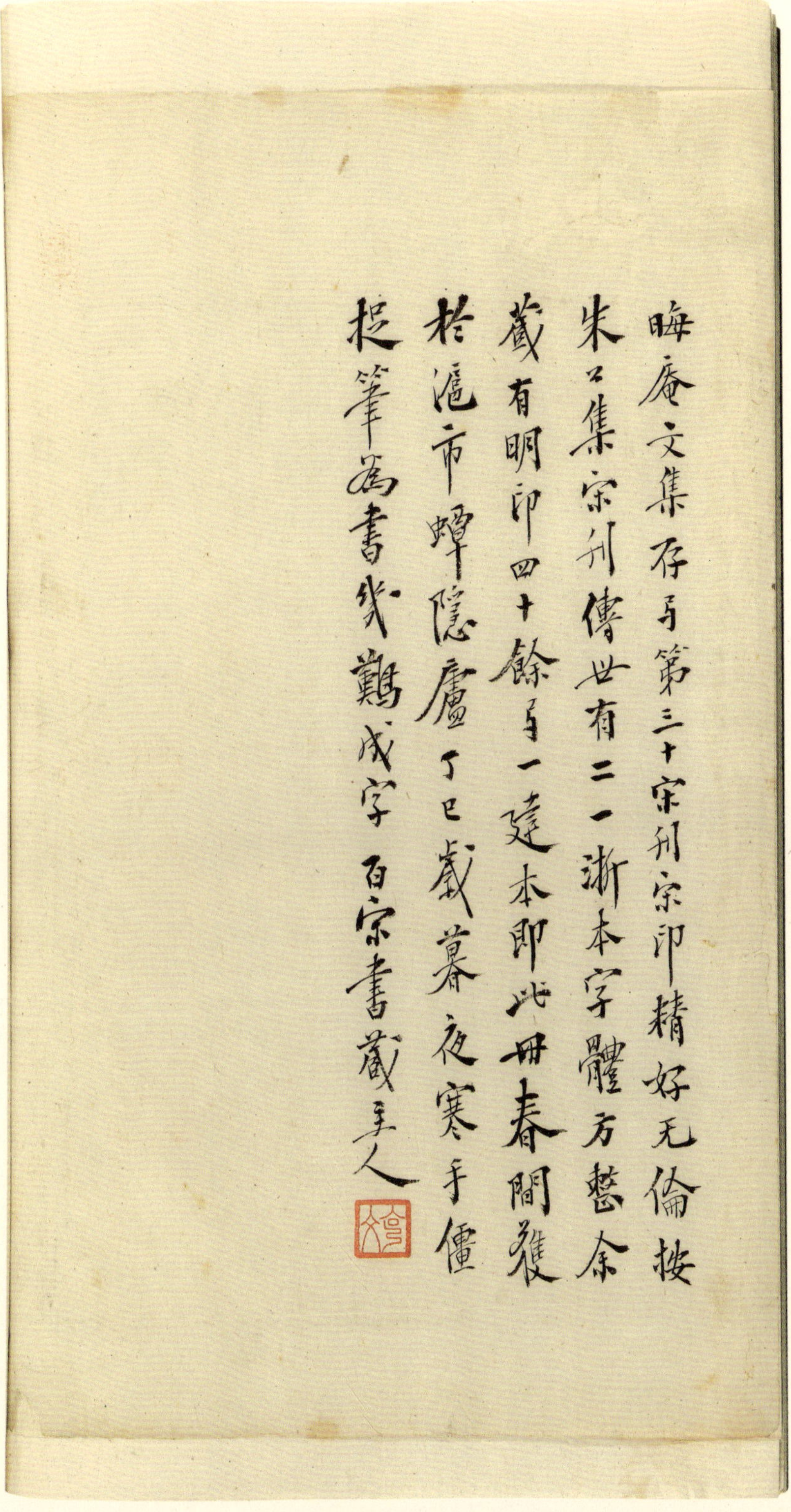

晦庵文集存弖第三十宋刊宋印精好无倫按
朱□集宋刊傳世有二一浙本字體方整余
藏有明印四十餘弖一建本即此冊春間雜
於滬市蟬隱廬丁巳歲暮夜寒手僵
提筆為書岌鸜戌字百宋書藏主人

元刻本《晦庵先生朱文公文集》袁克文跋

另有江西刻本，《文禄堂访书记》著录 **❶**，题"朱文公文集"，存卷三五至卷五九，半叶十行，行十八字，白口，版心上记字数，下鱼尾下记"朱文公集卷第几"，下记刊工名一字。傅增湘曾经眼此残卷 **❷**。《中国古籍善本书目》未见著录，不知现存何处。

❶ 《文禄堂访书记》卷四，第 304 页。《文禄堂访书记》亦著录浙刻本，存卷七五至卷八〇，宋讳避至"扩"字。版心刻工有张允、张荣、陈伸、陈晃、陈彬、李琪、李培、刘昭、刘海、余旼、余政、项文、范元、丁之才、吕信、黄邵、秦昌、石昌、翁定、何澄、曹鼎、朱祖等人。

❷ 《藏园订补郘亭知见传本书目》卷一三下，第 1200 页。

宋嘉泰吕乔年刻本
《东莱吕太史别集》

　　吕祖谦(1137—1181),字伯恭,人称东莱先生。婺州金华(今属浙江)人, 隆兴元年 (1163) 进士,复中博学宏词科。官至直秘阁著作郎、国史院编修,与朱熹、张栻齐名,人称"东南三贤"。著作颇丰,今有《十七史详节》《吕氏家塾读诗记》《增节标目音注精议资治通鉴》等传世。事迹详《宋史》本传。

　　据陈振孙《直斋书录解题》,其遗集分《文集》十五卷、《别集》十六卷、《外集》五卷、《附录》三卷,皆是吕祖谦殁后其弟祖俭及从子乔年先后辑刻行世。现存南宋嘉泰四年(1204)吕乔年刻本,是吕氏文集存世较早的本子。1915 年七月二十三日,傅增湘为袁克文购得此本 ❶ ,书中袁氏跋云:

　　　　此宋刊《东莱全集》之一,《皕宋楼藏书志》云:"《东莱吕太史外集》四卷,宋刊宋印本。卷中有'建安杨氏传家图书'朱文长印、'晋安徐兴公家藏书'朱文长印、'晋安蒋绚臣家藏书'朱文长印。"观此,则此本与陆氏所藏同为一部而散落于人间矣。卷中宽帘棉纸,皆为宋印;微薄而黄者,则元印补叶;其钞补者,纸尤脆薄,则出自明人矣。乙卯(1915)七月,寒云。(下钤"惟庚寅吾以降"朱文方印)

　　国家图书馆藏南宋嘉泰四年吕乔年刻《东莱吕太史文集》数部,分

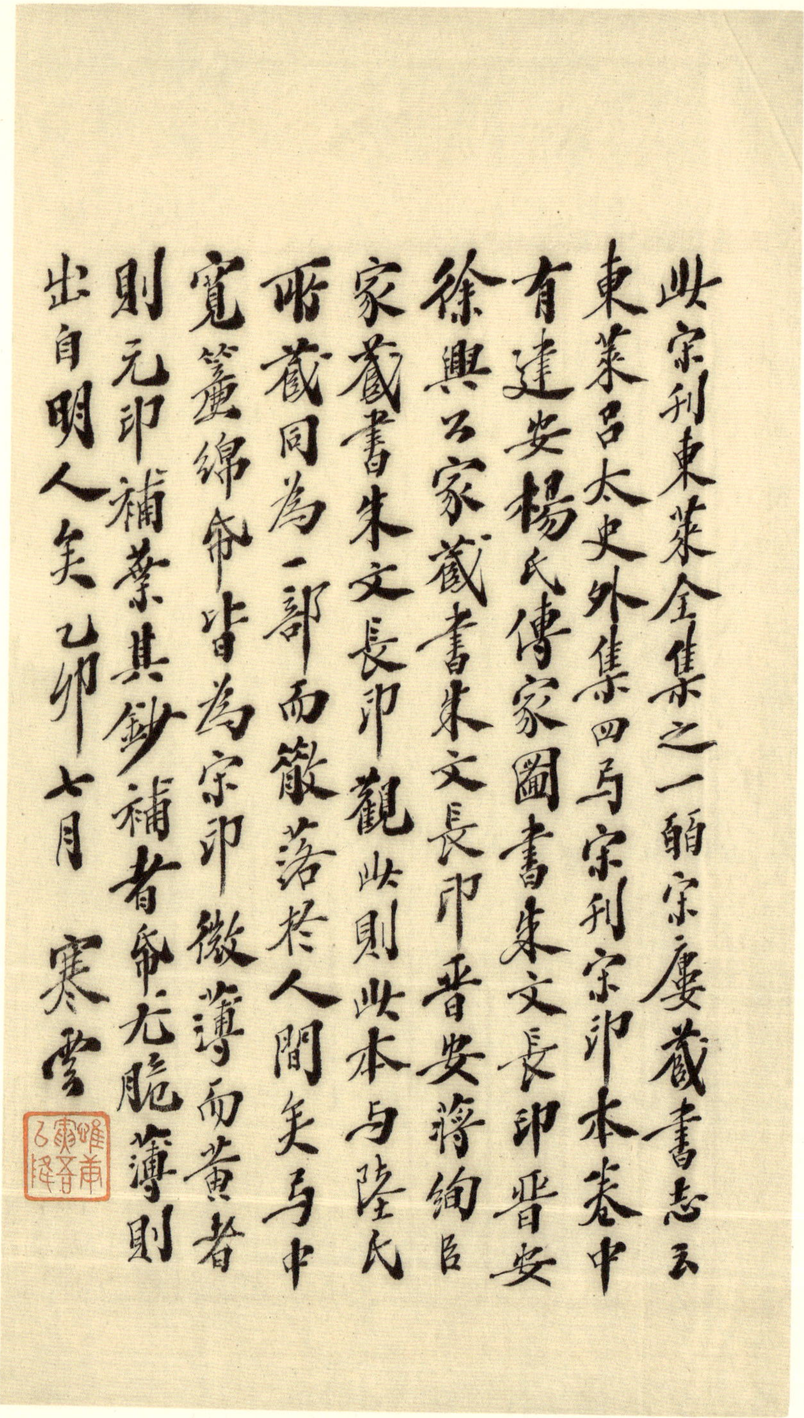

此宋刊東萊全集之一蹢宋廔藏書志云
東萊呂太史外集四與宋刊宋印本卷中
有建安楊氏傳家圖書朱文長印晉安
徐興公家藏書朱文長印晉安蔣詢呂
家藏書朱文長印觀此則此本與陸氏
所藏同為一部而散落於人間矣與中
寬簾綿希皆為宋印微薄而黃者
則元印補葉其鈔補者希左脆薄則
出自明人矣乙卯七月　寒雲

宋嘉泰吕乔年刻元明递修本《东莱吕太史别集》袁克文跋

别为清宫天禄琳琅、瞿氏铁琴铜剑楼、杨氏海源阁等诸家旧藏。宋嘉泰四年本吕氏文集，除《直斋书录解题》著录各集之外，另有《拾遗》一卷、《丽泽论说集录》十卷。《直斋书录解题》卷三"经解类"著录《丽泽论说集录》十卷云：

> 吕祖谦门人所录平日说经之语，末三卷则为《史说》《杂说》。东莱于诸经，亦惟《读诗记》及《书说》成书，而皆未终也。

由此可知，当时吕氏文集与《丽泽论说集录》各自流传。至嘉泰四年时，与《东莱吕太史文集》《别集》等合刻行世。

天禄琳琅旧藏本《东莱吕太史文集》卷一五后附有一叶 **1**，书口题"录后"，其文曰：

> 右《太史文集》十五卷，先君太府寺丞所次辑也。乔年闻之先君曰："太史之于文也，有不得已而作。故今所传诗多挽章，文多铭志，馀皆因事涉笔，未尝有意于立言也。"……国论传诸庠序，不待文字之摹刻而可见矣。而自太史之没，不知何人刻所谓《东莱先生集》者，真赝错糅，殆不可读。而又假托门人名氏，以实其传。流布日广，疑信相半。先君病之。乃始与一二友收拾整比，将付之锓木者，以易旧本之失，会言事贬不果就。乔年追惟先绪之不可坠，因遂刊补是正，以定此本。凡家范、尺牍、读书杂记之类，皆总之别集；策问、宏辞之类，为世所传者，皆总之外集；年谱、遗事与凡可参考者，皆总之附录，大凡四十卷。其他成书已传草具之未定者，皆不著，著其目于附录之末。虽或年月之失次，访求之未备，未可谓无遗恨。至于绝旧传之缪，以终先君之志，则不敢缓，且不敢隐焉。既以质诸先友，因辄记于目录之后。太史讳祖谦，字伯恭，天下称为东莱先生云。嘉泰四年秋从子乔年谨记。

因知此书之成曾经吕祖俭、吕乔年父子多方蒐求，至宋嘉泰四年吕乔年方始刻成。书中宋代刻工有丁明、丁亮、史永、吕拱、李信、李彬、李严、李思贤、周文、宋琚、思义、张世忠、张彦忠、张仲辰、吴志、吴春、杨先、孙显、姚彦、赵中、刘昭、韩公辅等人。

此袁克文旧藏《东莱吕太史别集》十六卷，卷一至卷六家范，子目分宗法、昏礼、葬仪、祭礼、学规、官箴，卷七至卷一一尺牍，卷一二

---

1 《天禄琳琅书目后编》卷七著录，卷五另著录《丽泽论说集录》十卷。《天禄琳琅书目后编》，第294、319—320页。

至卷一五读书杂记，卷一六师友问答，与陈氏所言相合。半叶十行，行二十字，间或二十一字，白口，左右双边。卷二、卷五配明钞本。其卷首有嘉泰四年吕乔年撰《东莱吕太史文集序》，宋讳避至宁宗嫌名，当是初刊之本 **1**。卷端题"东莱吕太史别集卷第一"。天禄琳琅旧藏《东莱吕太史文集》中的刻工，如李信、吴志、李思贤、周文、丁明、史永、李严、吴春、丁亮、张彦忠等人，亦见于《东莱吕太史别集》之中 **2**。

此本明代为建安杨氏家藏，又经晋安徐氏、蒋氏收藏。清乾隆、嘉庆间为郑杰所得。书中钤有"建安杨氏传家图书""晋安蒋绚臣家藏书""晋安徐兴公家藏书""郑氏注韩居珍藏记""一名人杰字昌英""郑杰之印""寒云秘笈珍藏之印""克文""佞宋"等印鉴。傅增湘《藏园群书经眼录》著录，并云"余藏" **3**，然书中未见傅氏藏书印鉴，《双鉴楼善本书目》亦未见著录。傅氏所言"余藏"之时，疑即此书购买之后至转给袁克文之前期间。几年之后，袁克文所藏宋元善本多数转让南海潘宗周 **4**。建国后，潘氏后人捐赠入藏今国家图书馆。

陆心源旧藏有两部吕氏文集，一部为马玉堂（笏斋）旧藏，有《文集》《别集》等，无《丽泽论说集录》十卷；另一部为"杨文敏公旧藏"，仅存《外集》四卷。《皕宋楼藏书志》卷八五著录云：

> 宋刊本，杨文敏公旧藏。案：此宋刊宋印本，行款同前，卷中有"建安杨氏传家图书"朱文长印、"晋安徐兴公家藏书"朱文长印、"晋安蒋绚臣家藏书"朱文长印。 **5**

此残本与袁氏旧藏《别集》藏印俱同，当同为一部书而散出者。至其馀半部，如今则不知飘坠何处。

吕祖俭辑《丽泽论说集录》，为吕祖谦与友人论说学问之集录。袁克文旧藏亦有此书宋嘉泰四年（1204）吕乔年刻本，间有元明补版。书中宋代刻工有李信、张仲辰、张彦忠、吴志、李思贤、丁亮、李彬、李思义、姚彦、韩公辅等人，亦见于嘉泰四年本《东莱吕太史文集》。卷首目录后有吕祖谦从子吕乔年题记"伯父讲说所及而门人记录之"；又云："先君尝所哀辑，今仍据旧录，颇附益比次之，不敢辄有删改。"

---

1 《张元济古籍书目序跋汇编》上册《宝礼堂宋本书录》，第 312 页。
2 详见《中华再造善本总目提要》，第 677—679 页。
3 《藏园群书经眼录》卷一四，第 1030 页。
4 《张元济古籍书目序跋汇编》上册，第 311—312 页。
5 陆心源《皕宋楼藏书志》卷八五，第 966—967 页。

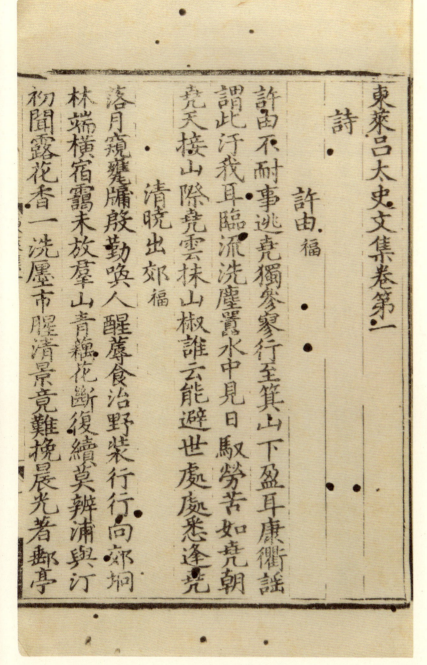

東萊呂太史文集卷第一

詩

許由．福

許由不耐事逃堯獨寥寥行至箕山下盈耳厭衢謠謂此汙我耳臨流洗塵賣水中見日馭勞苦如堯朝堯天接山際堯雲抹山椒誰云能避世處處悉逢堯

清曉出郊．福

落月窺甕牖殷勤喚人醒蓐食治野裝行行向郊坰林端橫宿霧未放羣山青藕花斷復續莫辨浦與汀初聞露花香一洗廛市腥清景竟難挽晨光著郵亭

宋嘉泰呂喬年刻本《东莱吕太史别集》

知此书初为吕祖谦门人记录吕氏论说，其弟吕祖俭蒐集，其从子吕乔年补缀。此本现存卷一至卷五，卷五配清影宋钞本。

此残本曾为吕留良旧藏，之后又经蒋重光、沈廷芳、杨绍和等人收藏。1915 年八月，袁克文购自天津王氏书商 **1**。书中钤有"光轮印""南阳讲习堂""辛斋""重光""曾在蒋辛斋处""沈印廷芳""椒园""杨绍和读过""储端华重""东郡宋存书室珍藏""克文""佞宋""寒云秘笈珍藏之印"诸印记 **2**。后为潘宗周所收 **3**。建国后，潘氏后人潘世兹捐献国家，入藏今国家图书馆。

1 《寒云日记》，第 146 页。

2 书中另有"潘麐"之印，疑为潘麐生，即潘钟瑞（1822—1890），长洲人。原名振先，字圈云，又字麐生、麟生，号近僧、瘦羊、香禅，晚号香禅居士、瘦羊居士。室名香禅精舍、百不如人室。诸生。太常寺博士。精于篆隶，擅长金石考证。嗜爱山水，所游诸名胜皆有记考。著作甚多，如《百不如人室诗文草》稿本，不分卷，苏州博物馆藏善本。另有叶廷管辑《劫馀所见诗录》录《百不如人室诗稿》一卷，苏州市图书馆藏善本。参见曹允源、李根源纂［民国］《吴县志》卷六八上，《中国方志丛书》华中地方第 201 号，台湾成文出版社有限公司，1975 年，第 1250 页。

3 《张元济古籍书目序跋汇编》上册《宝礼堂宋本书录》，第 246—247 页。

宋嘉定刻本《友林乙稿》[1]

　　《友林乙稿》是袁克文所得第一部黄丕烈"百宋一廛"旧藏，其行款每半叶八行，行十六字，白口，左右双边。版心上计字数，下记刻工如李春、楫、晟、之先等。卷首有乾道九年（1173）域序。卷端下题"四明史弥宁"。1915年七月，傅增湘从英古斋为袁克文购得此本[2]。得书之日，袁克文即两次挥毫。其一：

　　　　"跻友林之逸品，俪声价于吉光"，此《百宋一廛赋》中语也。黄荛翁注谓："真本流丽娟秀，兼饶古雅之趣，在宋椠中别有风神，未容后来摹仿也。余跋之，目为逸品"云云[3]。《百宋一廛书录》又谓：序文似不全，并多描写字，目首尾多钞补半叶，以诗证之，当是全本。《登雁峰》一首，割去九字，以素纸补空，未知何故。卷端有"天锡收藏"印，卷末有"学古"一印，审是元人图章云云[4]。观此，

---

[1]　此本前人疑为清影宋刻本，详见本篇下文。然目前尚无确凿证据，故仍沿旧题，作"宋嘉定刻本"。

[2]　《藏园群书经眼录》卷一四，第1056—1057页。《寒云日记·乙卯日记（1915）》："（七月十三日）又宋刊《友林乙稿》一卷，《百宋一廛赋》中之一，顾南雅题签。半叶八行，行十六字。有'三男''一真子''王锡（天锡）'汪士钟诸藏印。仲素□□元人手笔。"《寒云日记》，第143页。

[3]　《百宋一廛赋注》云："史弥宁《友林乙稿》一卷，每半叶八行，每行十六字。予又有覆本，行字相同，《潜研堂题跋》中在都门所见，即覆本耳。真本流丽娟秀，兼饶古雅之趣，在宋椠中别有风神，未容后来摹仿也。予跋之，目为逸品。又考赵希弁《读书附志》云：《友林诗稿》二卷，有黄景说、曾丰序。今诗即一卷，又无此序，佚其甲稿无疑矣。"《黄丕烈书目题跋·百宋一廛赋注》，第403页。

[4]　此段文字为袁氏节选。《百宋一廛书录·友林乙稿》云："《友林乙稿》，四明史弥宁著，前有序一首，其文似不全，并多描写字。作序之人仅有域以序序诸生，云云。可证其名为域，而究未知其人。中云：撷拾《友林诗稿》，而本书又名《友林乙稿》，不知先有甲稿否。目首尾多钞补半叶，以诗证之，当是全本。字体华丽，有娟秀之态。又为宋刻中之逸品，不多见也。（转四七二页）

甘泉鄒人藝云友林乙藁余舊藏明刻摹宋本甚精

閒吳門黃氏有宋版惜未見焉今在汪閬源家葢

士禮秘籍多歸藝云此其一也同日寒雲又記

曾讀儀顧題跋以其友林乙藁即黃氏故物深

為惋惜比事此冊頒疑之文觀此序至擬捨友林

諸藁云其百七十首四字係剝去補填原刊當是

與甲藁同序後乃佚去故改其序字以就乙藁

覆刻者即摹摞以付梓而宋刻之傳世入明即已奧多

至清則恐人閒無第二本矣賴宗書目嘗泉序文

与此本同想亦覆刻本也结一廬書目亦有此書迋

為宗刊亦真覆刻無疑葢覆刻精足葢未見真本遽

莫辨其真偽況陸氏未見皆貝食者流已隨晚近

藏家之風為其聰此耳葢二十六日又記於清溓山下寒雲

宋嘉定刻本《友林乙稿》袁克文跋一、跋二、跋三

躋友林之逸品儼膺價於吉光此百宋一塵賦中語
也黃荛翁注謂真本流麗娟秀蓋饒古雅之趣在宋
槧中別有風神未容後來摹倣也余跋之目為逸品
云○百宋一塵書錄又謂序文似不全并多描寫字
首尾多鈔補半葉以詩鐙之當是全本登雁峯一首
割友九字以素紙補空未知何故馬嵩有天錫收藏
印卷末有學古一印審是元人圖章云○觀此則此
書雖無荛翁跋印其為士禮居舊物無疑矣他惟前
宋隆氏有此書且歸海外惜哉乙卯七月十三日寒雲

则此书虽无荛翁跋印，其为士礼居旧物无疑矣。他惟皕宋陆氏有此书，已归海外，惜哉。乙卯（1915）七月十三日。寒云。（钤"袁克文"朱文方印）

其二：

《甘泉乡人稿》云："《友林乙稿》，余旧藏明刻摹宋本，甚精，闻吴门黄氏有宋版，惜未得寓目。今在汪阆源家。"盖士礼秘籍多归艺芸，此其一也。同日寒云又记。（钤"惟庚寅吾以降"朱文方印）

是月末，袁克文展卷重读，提笔又记云：

曾读《仪顾题跋》，以其《友林乙稿》即黄氏故物，深为惋惜。比得此册，颇疑之。及观此序，至"掇拾《友林诗稿》"云云，其"百七十首"四字，系铲去补填，原刊当是与《甲稿》同序。后因佚去，故改其序字，以就《乙稿》，覆刻者即据以付梓。可知宋刻之传世，入明即已无多，至清则恐人间无第二本矣。《皕宋书目》所录序文，与此本同，想亦覆刻本也。《结一庐书目》亦有此书，注为宋刊，亦覆刻无疑。盖覆刻精乑，若未见真本，遽莫辨其真伪。况陆氏、朱氏皆耳食者流，已堕晚近藏家之风，为其眩也，宜哉。二十六日又记于清凉山下。寒云。（钤"上第二子"白文长方印、"袁克文"朱文白文方印、"寒云"白文方印）

1916年三月十六日，袁克文获藏宋刻《挥麈录》[1]，此亦《百宋一廛赋》中书。不到一年之中，两得佳椠，其间苦乐自知。是月十九日，袁克文重游玉泉山，夜宿山舍，秉烛把卷，手题跋文一则：

《百宋一廛赋》中书，予所藏惟此一帙。今又于吴县顾氏家得《挥

（接四六九页）《登雁峰》一首，割去九字。以素纸补空，未知何故。尝见翻刻本于割补处皆墨钉，盖有自也。卷端有'天锡收藏'印，卷末有'学古'一印。审是元人图章。（元有两天锡，一为萨，一为郭，虞集有《道园学古录》。）"《黄丕烈书目题跋·百宋一廛书录》，第437页。

[1] 《寒云日记》，第162页。

麈录》三卷。首有孙子潇绘菉翁小像，亦稀世宝也。今已溢百宋，将作《后百宋赋》，以纪古缘。近世几经劫火，旧籍仅存。岁馀蒐集，精力交疲，较之前人难易实殊。而嗜之深、求之切，此志当不让前人。丙辰（1916）三月十九日重游玉泉，信宿山舍，挑灯展读，信手题记。寒云。（钤"克文之钵"白文方印）

1916年九月二十九日，袁克文又获宋书棚本《唐女郎鱼玄机诗》[1]。次年正月初一日，其好友王大炘为其刻影制印，袁克文再次挥笔，题有两跋。其一：

　　《百宋赋》中书，比于湘南又获棚本《鱼玄机诗》一册，题咏琳琅，为予藏百宋麈遗书之冠。晁氏《读书志》有《友林诗稿》二卷，首有黄曾说[2]、曾丰序二首，虽未言有椷跋，椒微师谓移跋作序，信可徵也。丁巳（1917）元旦，寒云记于上海后百宋一麈，时年二十又八。（钤"袁克文"朱文白文方印、"寒云"白文方印）

其二：

　　史弥宁，字安卿，嘉定中，以国子舍生之望，涖春坊事带阁门宣赞舍人，知邵阳。此书为史氏家刻，故"宁"字缺末笔。诗稿首叶有"三男"朱文方印，疑是安卿之子，即刊此书者。此印较"天锡"印尤古，必宋人无疑。尾叶题诗，与向藏郭天锡仿米山水轴题字正同，则"天锡考藏"印[3]，必郭氏，非萨氏也。予因慕菉翁为人，兼获其遗藏，故名藏书之室曰"后百宋一麈"。近王子父铁见而陋之，为予刻印影，且题其额曰："皕宋书藏"。予藏宋本书虽已逾百，却未盈皕，曷敢妄自张夸。然多王子之厚情，乃易名曰"百宋书藏"，以纪不忘，已觉忝颜之甚者矣。元旦后一日，寒云又记。（钤"寒云小印"朱文方印、"皕宋书藏"朱文长方印）

---

[1] 《寒云日记》，第165页。
[2] 袁氏跋文作"黄曾说"，《郡斋读书志》作"黄景说"。
[3] 当是"天锡收藏"朱文方印，袁克文作"天锡考藏"，疑误。下同。

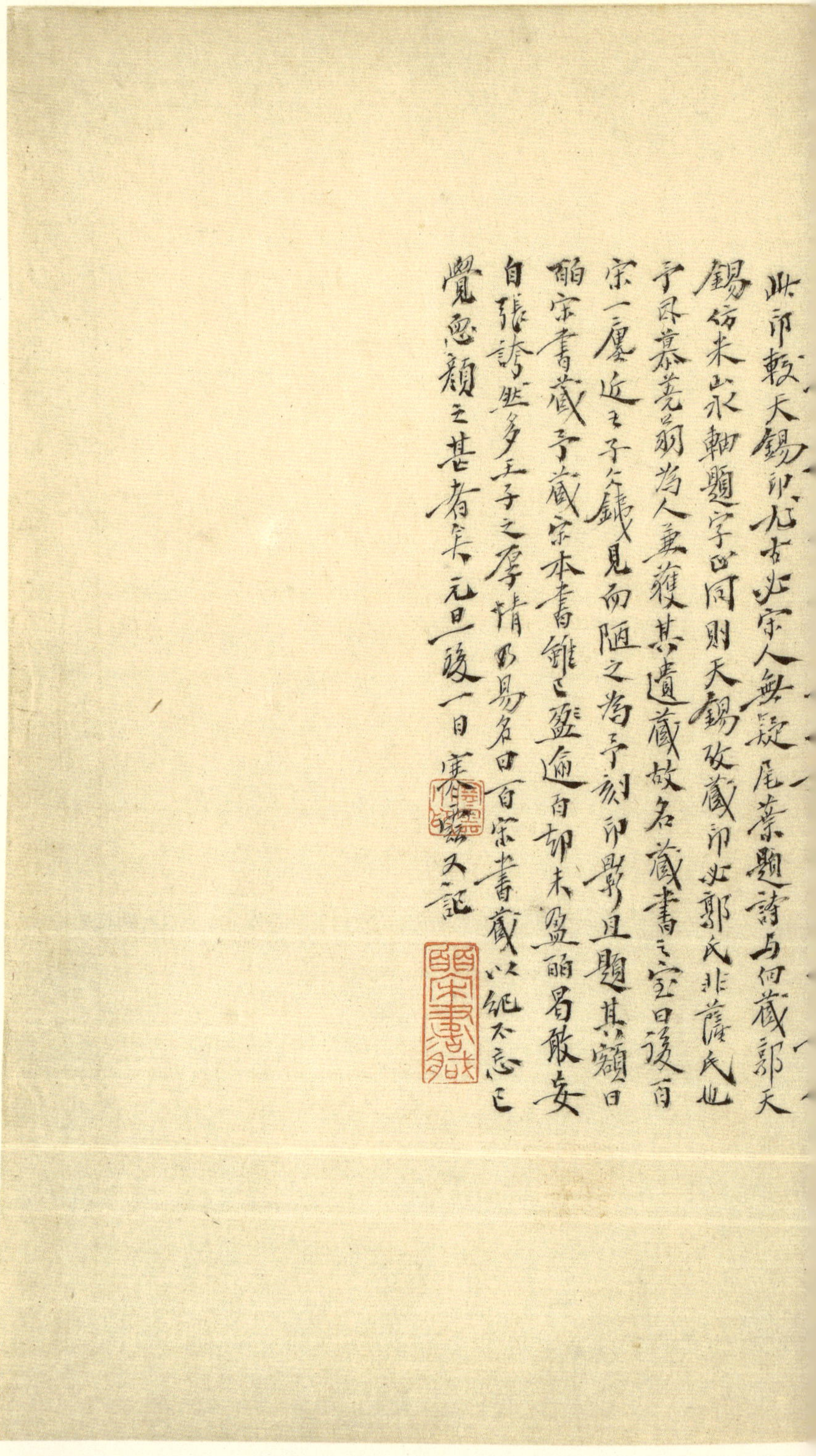

此印較天錫印尤古必宋人無疑尾葉題詩与何藏郭天
錫仿米氏永軸題字正同則天錫改藏印必郭氏非薩氏也
于民喜荒之羽為人無獲其遺藏故名藏書之室曰後有
宋一廛近之子矣鐵見而陋之尚亦刻印鈐旦題其額曰
酌宋書藏亍藏宋本書雖巳盥逼西却未盈酌暑敢妄
自詡誇然多壬子之摩情田易名曰百宋書藏以紀太忘已
覺惡顏之甚者集元旦後一日寒雲又記

宋嘉定刻本《友林乙稿》袁克文跋四、跋五、跋六

百宋一廛賦中書予所藏惟此一帙今又於吳縣

顧氏家見揮塵錄三馬首有孫子瀟繪羨

嶺上像点希世寶也今己逾百宋將作後百宋

賦以紀古緣近世幾經劫火舊籍僅存歲餘

覓集精力之疲輊之前人難易寶殊而嗜之

深求之初此志當不讓前人丙辰三月十九日雪游

玉泉信宿山舍挑鐙辰讀信手題記寒雲

百宋賦中壽此於湘南又獲榭本魚秀樣詩一冊題詠琳瑯有
予藏百宋廛遺書之二冠足氏讀書志有友林詩業二馬爵
黃魯説曾手三首雖未言有跋　秋徽師謂移跋作序信可徵也
丁巳元旦寒雲記於上海復見百宋一廛壽時年二十三八
史於寧字安卿　嘉定中以國子舍生之詩為後春坊車帶闕門

书中题跋之外，袁克文另撰有一篇提要：

《友林乙稿》一卷，宋刊宋印，一册

宋史弥宁撰

次行标"四明史弥宁"，上钤"三男"朱文方印。色泽古淡，当系史之后嗣刊书者之印。宁字缺笔，避其家讳。此书当时必有甲稿，久经散失，后人移跋作序，且剔改跋中"百七十首及之脱稿窃"八字，冒为完帙，明时即本此覆刊。目录缺首半叶，又尾一叶。

半叶八行，行十六字。跋半叶七行，行十四字。白口，左右双阑，板心上端标字数，次标"友乙"二字，或"乙"字。

刻工：李□、发、楫、晟、李春、之先、春、先、之

缺讳：弦、勖、絃、泫、玄、颊

藏印：宋本、三十五峰园主人、汪文琛印、士钟、阆源父上五印在跋前；开卷一乐、汪士钟读书、天锡考藏、三男上四印在卷首；弌真子、心铭上二印在卷尾；杭州谭仪中仪父此印在附叶；非二二子、𝌆上印在目中；龚氏藏书在目尾。卷尾题诗曰"幽居筑翠微，昼日与云依。自是尘寰远，无人质是非"。前题"山家"二字，上钤"履仲子"白文印，诗后钤"中素""中素""学古"三白文印。此诗书法与予藏郭天锡题画字同，卷首有"天锡考藏"印，盖即郭氏手笔。册首顾莼署签文曰"友林乙稿，宋刊，顾莼题签"，下钤"南雅手书"小印

《友林乙稿》为百宋一廛故物，字体仿褚、薛，隽丽飞舞，别有丰神。**❶**

从琳琅满目的跋文、识语及提要中，可想见袁克文对此书的钟爱与倾心。此即《百宋一廛赋》中所云"跻《友林》之逸品，俪声价于吉光"者。赵希弁《郡斋读书志·附志》卷五下著录"《友林诗稿》二卷，右史弥宁安卿之诗也。集有黄景说、曾丰序。安卿，嘉定中，以国子舍生之望莅春坊事，带阁门宣赞舍人，知邵阳"**❷**，故疑《友林诗稿》为甲、乙各一卷。

今《甲稿》久佚，只存《乙稿》一卷，故《附志》中所记录的黄景

---

❶　《寒云手写所藏宋本提要廿九种》，第 147—148 页。

❷　《郡斋读书志校证》，上海古籍出版社，1990 年，第 1202 页。

说、曾丰二序也不复存在，只存以"域"为名的序文一篇。清潘祖荫《滂喜斋藏书记》卷三云："序中自称其名曰'域'，厉樊榭云：集有《郑中卿惠蝤蛑》诗，《文献通考》郑域字中卿，当即其人也。"[1] 故序中署名"域"者，疑为郑域，淳熙十一年（1184）进士。李致忠先生进一步考证此书之初刻当为南宋嘉定七年（1214）郑域湖南邵阳刻本[2]。

此书向被视作宋本，然张元济《宝礼堂宋本书录》指出，该书卷首序中"百七十首"有剜改填补痕迹，当是作伪者欲以残帙充当全本[3]。李盛铎跋此书亦云：

> 《史安卿诗集》，《宋·艺文志》不著录，意当时必甲、乙稿合刻，不止百七十首，以乙稿仅存，贾人乃刮去跋中数目字，伪作损状，墨笔改填"百七十首"，冀充完帙。又移跋作序，遂不得不撤弃末叶，致跋者姓氏、年月都不得传。此故贾人之过，亦自来求书者斤斤较量完缺、有序无序之过也。自覆本据填字上板，顾赋黄注又未声言其谬。四库而下，如丽宋、滂喜、结一诸藏书家，遂人人自以为得隋侯之珠。其实二百年来，曾不见有与此填字歧异之本。覆刻与黄藏先后同此一帙，恐海内更无第二本矣。第覆本亦虎贲中郎，精整可爱。愿吾抱存慎勿扬言此事，令钱听默、侯驼子之流闻之，又损却无数美书也。乙卯（1915）白露后五日，德化李盛铎。（钤"李氏木斋"朱文方印）

综上所述，知此本中剜改、填补痕迹宛然在目，张元济、李盛铎等人已对此本提出疑点，然并未深究。当年，北京图书馆善本部陈恩惠先生清点接收此书时，又提出此本纸墨不像宋刻，并以清康熙翻刻本对比，证明二者相同[4]。李致忠先生亦认为此本中有很多可疑之处，如版刻用纸，天头地脚与版心并不一致，书眉用旧纸接补，以示陈旧，试图遮人耳目。今以国家图书馆藏三部清影宋刻本与之比勘，便可看出黄氏旧藏

[1] 潘祖荫《滂喜斋藏书记》卷三，《清人书目题跋丛刊》三，第715页。

[2] 详见《中华再造善本总目提要》，第701—704页。

[3] 《张元济古籍书目序跋汇编》上册《宝礼堂宋本书录》，第316—317页。

[4] 详见王玉良《纪念与随想——怀念国家图书馆善本特藏部三位已故专家》，《文津学志》第四辑，国家图书馆出版社，2011年，第10页。按，此本《友林乙稿》后入藏南海潘宗周宝礼堂，《张元济古籍书目序跋汇编》上册《宝礼堂宋本书录》著录，第316—317页。1949年以后，潘氏后人潘世兹将藏书捐献国家，1954年5月，由文化部社会文化事业管理局拨交北京图书馆（即今国家图书馆）庋藏。此文中云"1965年，政府购进陈清华所藏的一批善本，入藏今国家图书馆，此部《友林乙稿》即在其中"，疑误。

後百宋一廛鑒藏宋刊
孤本友林之藁一卷

丙辰十月朔日

寒雲記

宋嘉定刻本《友林乙稿》袁克文题识

这部所谓宋嘉定刻本，也是清影宋刻本，只不过被人动了手脚，以假充真，遮蔽了黄氏的眼目，定作宋本。由于自黄丕烈以来一直都定此本为宋刻本，故沿袭至今始终未曾生疑，今经反复核对，破绽百出，前人造伪无疑，故应将其改为"清影宋刻本" **[1]**。

今此本书衣有袁克文题签"后百宋一廛续装"，扉页墨笔题识"后百宋一廛鉴藏宋刊孤本《友林乙稿》一卷，丙辰十月朔日"。末署"寒云"，下钤"寒云小印""克文"朱文方印。左上钤"皕宋书藏主人廿八岁小景"朱文长方印，下署"丁巳元日吴下王大炘制"双行小字，内有袁克文小像。

黄氏书散，此本为汪士钟所得。今书中钤"汪印文琛""三十五峰园主人""阆源父""宋本""士钟""汪士钟读书""佞宋""人间孤本""莲华精舍""寒云子子孙孙永保""无尘""抱存小印""后百宋一廛""三琴趣斋""侍儿文云掌记""孤本书室""寒云秘笈珍藏之印"等。为嘉惠学林，民国年间此本已影印行世 **[2]**。袁氏书散，此书为南海潘宗周宝礼堂购藏 **[3]**。建国后，潘氏后人潘世兹捐献国家，入藏今国家图书馆。

1915 年冬，李盛铎收得影宋钞本《友林乙稿》，并于书中题跋，述及是年夏袁克文所得之"宋刻"《友林乙稿》。其跋云：

> 《友林乙稿》宋刊原本由士礼居转徙归艺芸书舍，散出后不知流落何所，迨光绪庚子（1900）后忽见于厂肆，为合肥龚比部心铭所得。藏之数年，今岁夏售之袁抱存。跋中"百七十"等字系刮去用墨笔填写，翻刻本据以上板，大足贻误后人，盖合《甲稿》断不止百七十首也。此本系新钞，其出于原刻或翻刻，亦不可考，姑收此，以备宋人小集中之一种耳。乙卯大雪日，盛铎记。 **[4]**

袁克文早年亦曾从海王邨购得清影宋刻本《友林乙稿》一卷一册。1915 年袁克文得到"宋刻本"之后，便将影宋刻本送给其师方尔谦。1929 年十月，周叔弢又从方尔谦处得此影宋刻本，并请袁克文题端，以识此书递藏源流：

[1] 详见《中华再造善本总目提要》，第 701—704 页。
[2] 《藏园群书经眼录》卷一四，第 1056—1057 页。
[3] 《张元济古籍书目序跋汇编》上册《宝礼堂宋本书录》，第 316—317 页。
[4] 《木犀轩藏书题记及书录》，第 42 页。

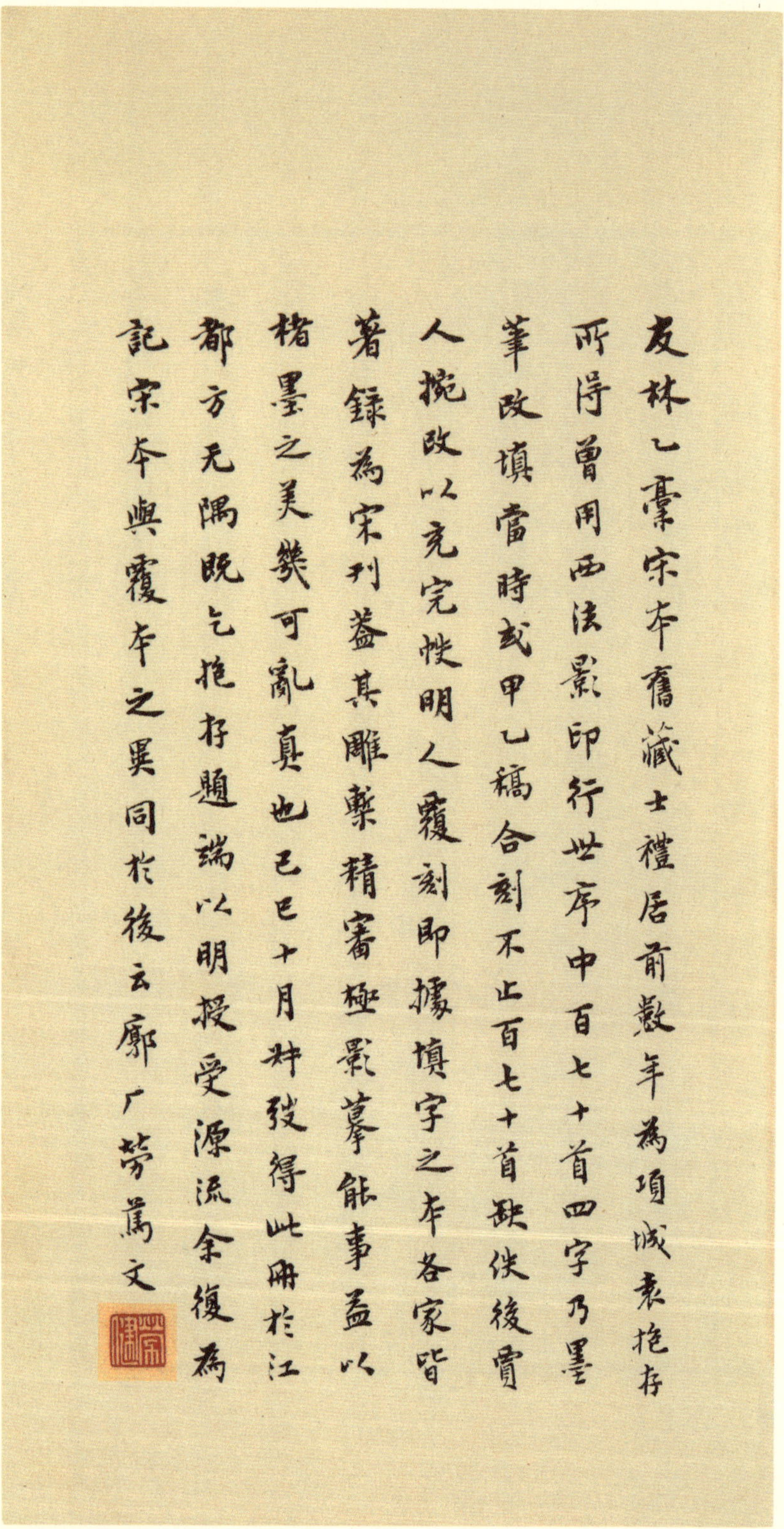

友林乙稿宋本舊藏士禮居前數年為項城袁抱存
所得曾用西法影印行世庫中百七十首四字乃墨
筆改填當時武甲乙稿合刻不止百七十首缺佚後賈
人挖改以充完帙明人覆刻即攄慎字之本各家皆
著錄為宋刊益其雕槧精審墨影摹能事盡以
楷墨之美幾可亂真也己巳十月杸殁得此冊於江
都方无隔晚乞拖存題端以明授受源流余復為
記宋本與覆本之異同於後云廓广勞巽文

清影宋刻本《友林乙稿》劳健跋

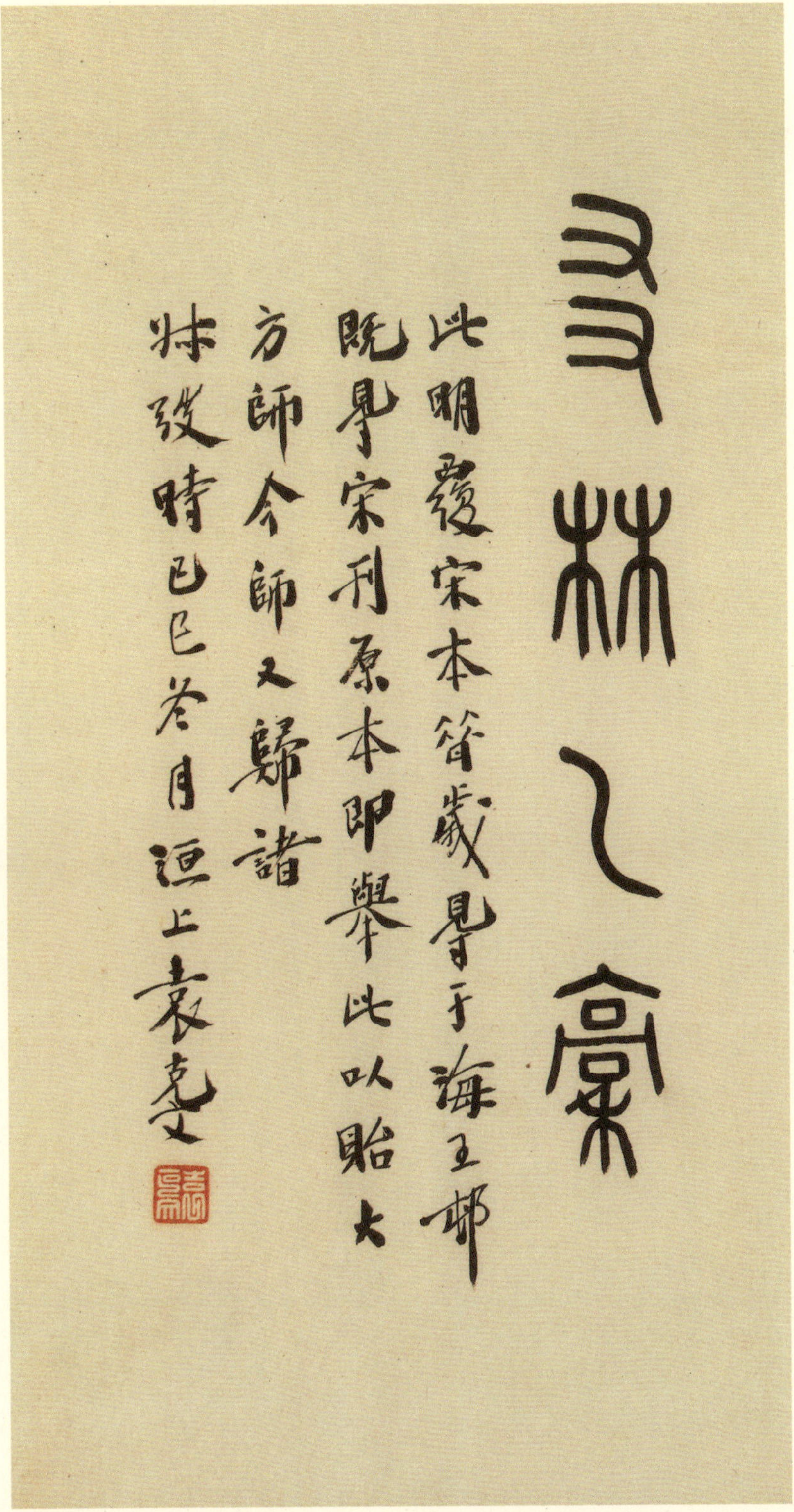

友林乙豪

此明覆宋本爰歲學于海王邨

既學宋刊原本即舉此以貽大

方師今師又歸諸

特發時己巳萘月逗上袁克文

清影宋刻本《友林乙稿》袁克文題款

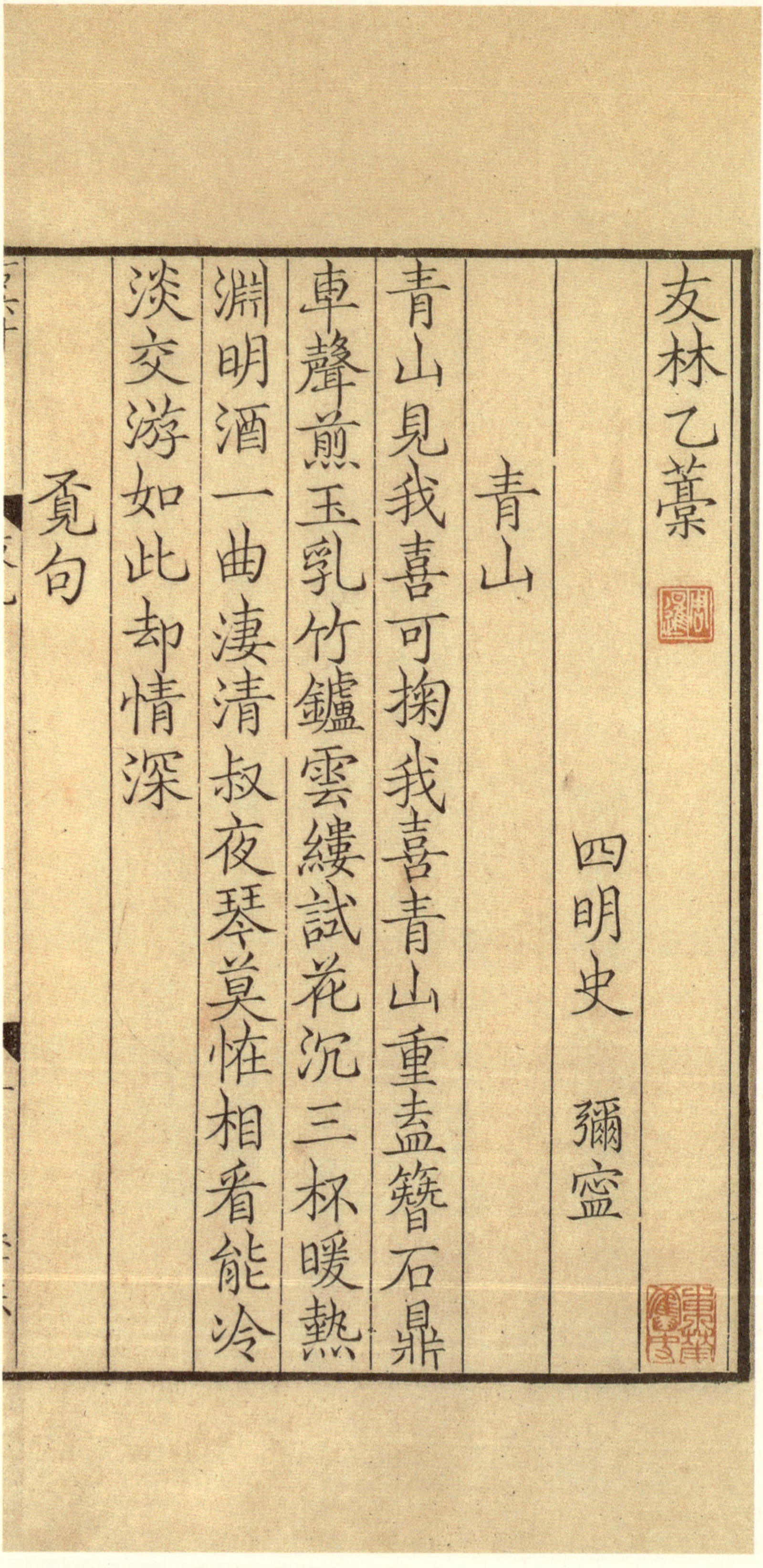

友林乙藳

　　　　　四明史　彌寗

青山

青山見我喜可掬我喜青山重盃籫石鼎

車聲煎玉乳竹鑪雲縷試花沉三杯暖熱

淵明酒一曲淒清叔夜琴莫恠相看能冷

淡交游如此却情深

覓句

清影宋刻本《友林乙稿》（周叔弢旧藏）

《友林乙稿》，此明覆宋本。昔岁得于海王邨。既得宋刊原本，即举此以贻大方师。今师又归诸叔弢。时己巳（1929）冬月，洹上袁克文。（下钤"袁克文"白文方印）

劳健题识于其后，略述"宋刻"与覆本之异同，亦述及此书之授受关系。其跋云：

　　《友林乙稿》宋本旧藏士礼居，前数年为项城袁抱存所得，曾用西法影印行世。序中"百七十首"四字乃墨笔改填。当时或甲、乙稿合刻，不止百七十首。缺佚后，贾人挽改，以充完帙。明人覆刻，即据填字之本。各家皆著录为宋刊，盖其雕椠精审，极影摹能事，益以楮墨之美，几可乱真也。己巳十月叔弢得此册于江都方无隅，既乞抱存题端，以明授受源流。余复为记宋本与覆本之异同于后云。廊厂劳笃文。（钤"劳健"白文方印）

书中另钤有"克文私印""百宋书藏""梅真侍观""八经阁""周暹"等印鉴。袁克文、劳健二人题跋皆以此书为明覆宋本，今据其版式、风格，《北京图书馆古籍善本书目》著录为清影宋刻本。清代有覆宋本行世，陆心源旧藏曾有一部，亦误题宋刻，可见翻刻之精美。此陆氏旧藏影宋本现藏日本静嘉堂文库，沿陆氏之误，题作"宋刊宋印本"[1]，1929年傅增湘曾经眼[2]。翁同龢旧藏亦有翻宋本，并于书中手书跋语，亦误称宋刻[3]。

[1]　《日本藏汉籍善本书志书目集成》第四册《静嘉堂秘籍志》卷一〇，第748页。
[2]　《藏园群书经眼录》卷一四，第1057页。
[3]　《藏园订补郘亭知见传本书目》卷一三下，第1243页。

宋刻元修本《后村居士集》

宋刘克庄《后村居士集》，存世宋元刻本颇多。其中，五十卷本一直被认为是宋刻宋印本而备受瞩目。1916年五月，袁克文购得五十卷本《后村居士集》残卷 **[1]**，认为是"宋刊最初之本"，且题跋于书：

> 《刘后村集》二十卷，宋刊最初之本。审其板式，当是陆续刊成，故《诗话》《诗馀》四卷，略有不同。书中如"胡虏"诸字，皆经剔去。盖元时印本也。瞿氏书目有宋刊残本三十八卷，无《诗馀》，而瞿记则谓缺《诗话》。《书牍》卷次亦与此异，行字虽同，岂另一刻本也？皕宋楼所藏宋本五十卷，半叶十行，行二十字。无"林秀发"款字一行，其他钞本亦皆五十卷，无二十卷自成一集者。此刻之罕有可知已。丙辰（1916）五月，棘人克文。

另撰有提要一篇：

> 《后村居士诗集》二十卷，宋刊元印，十册
>
> 宋刘克庄撰
>
> 首淳祐九年林希逸书序，次目录。《诗》十六卷，《诗话》二卷，《诗馀》二卷。
>
> 半叶十行，行二十一字。序半叶七行，行十三字。线口，左右双阑。
>
> 鱼尾下标"诗"及卷次，《诗话》《诗馀》四卷，四周间有双阑，

[1] 《寒云日记》，第163页。

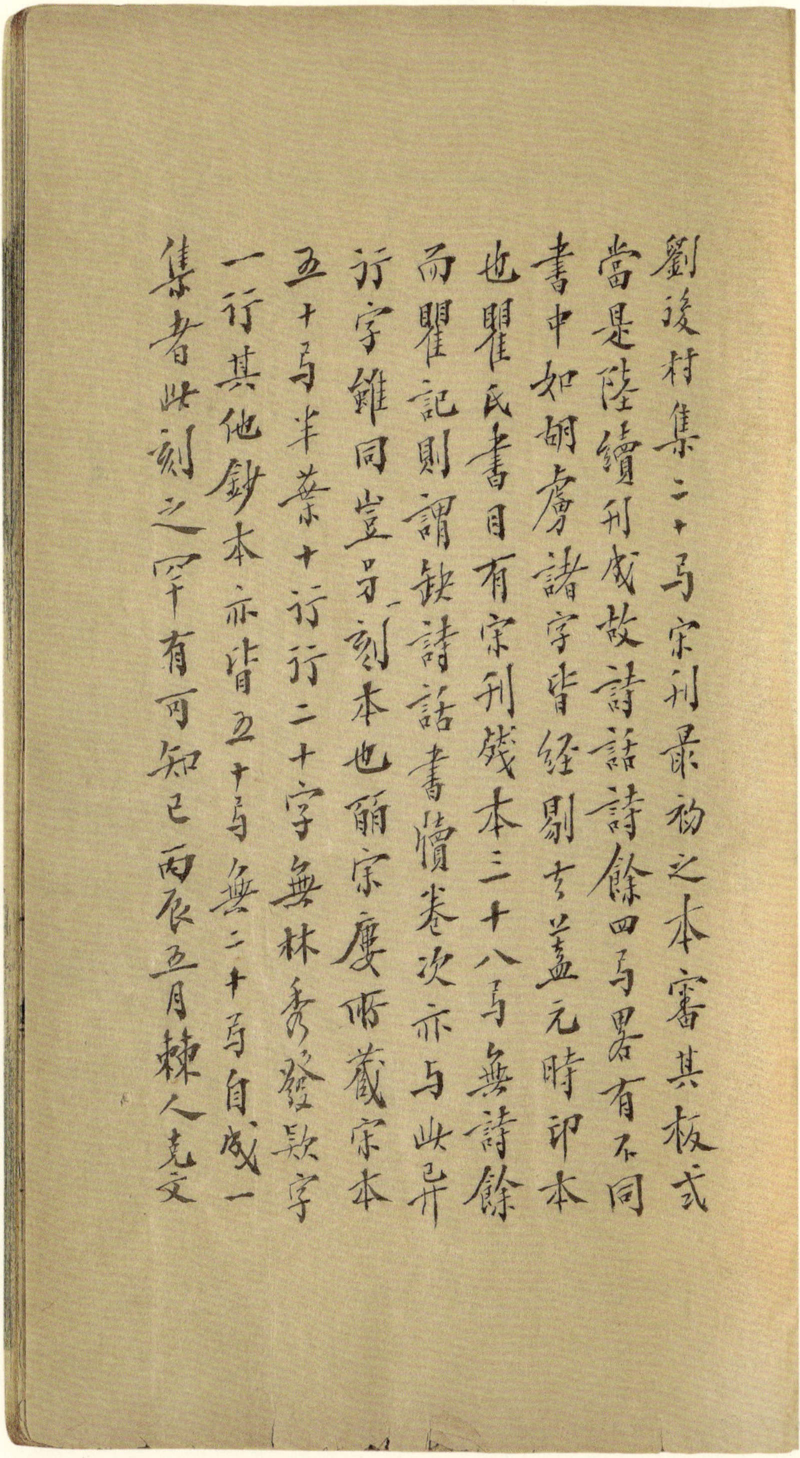

劉後村集三十卷宋刊最初之本審其板式
當是陸續刊成故詩話詩餘四卷畧有不同
書中如胡廬諸字皆經剜去蓋元時印本
也瞿氏書目有宋刊殘本三十八卷無詩餘
而瞿記則謂缺詩話書賸卷次亦與此并
行字雖同豈非刻本也耶宗慶所藏宋本
五十卷半葉十行行二十字無林秀發歖字
一行其他鈔本亦皆五十卷無三十卷自成一
集者此刻之卒有可知已丙辰五月棟人克文

宋刻元修本《后村居士集》袁克文跋

鱼尾下标"刘"或"文"及卷次。卷第二十《诗馀》后有"门人迪功郎新差昭州司法参军林秀发编次"一行。宋讳多缺笔，无刻工姓名，遇"胡""虏"诸字皆铲去，盖元时印本也。

藏印：隆庆壬申夏提学副使邵晒理书籍关防序及各册首；孙氏万卷楼印序及各册首；清江周氏家藏序目及各册首；谦牧堂藏书记序及各册首；孙承泽印白文，目前；孙承泽印朱文；黄冠故乡目及卷二十尾；谦牧堂书画记每册尾，第一册序、目，二册一之二，三册三之四，四册五、六，五册七之八，六册九之十，七册十一之十三，八册十四之十六，九册十七之十八，十册十九之廿。

黄色竹纸，印尚清朗，谦牧堂原装，黄色纸衣，冷金绿笺签题"刘后村集"。古锦函，冷金绿笺签题"刘后村集"。全函题字秀乭，亦谦牧之旧。

《后村集》宋刊五十卷。此则前集之单行者。目录止于二十卷。[1]

此残本现存卷一至卷二〇。据书中"胡虏""以金陵降虏"等此类字词或剔、或存的现象[2]，疑是宋刻元修本。袁氏提要中亦云"宋讳多缺笔"，"遇'胡''虏'诸字皆铲去，盖元时印本也"，对此本版刻刷印时间作出判断。

此残本曾经清初孙承泽、揆叙等收藏。今书中钤有"孙氏万卷楼印""孙印承泽""谦牧堂藏书记""兼牧堂书画记""后百宋一廛""侍儿文云掌记""臣印克文""八经阁""上第二子""佞宋""三琴趣斋""惟庚寅吾以降""皕宋书藏主人廿八岁小景"。几年后，袁克文将此书转让南海潘宗周，《宝礼堂宋本书录》著录[3]。建国后，潘氏后人潘世兹捐献国家，入藏今国家图书馆。

《后村居士集》的宋元本，国家图书馆藏有数部，分别为瞿氏铁琴铜剑楼、杨氏海源阁、清宫天禄琳琅、郑振铎等诸家旧藏。陆心源亦藏有此书，《皕宋楼藏书志》卷九〇著录[4]，现藏日本静嘉堂文库[5]。傅增湘亦藏有残卷，1929年十一月，他曾借阅静嘉堂本，并以之与瞿氏

[1] 《寒云手写所藏宋本提要廿九种》，第181—182页。
[2] 《张元济古籍书目序跋汇编》上册《宝礼堂宋本书录》，第317—318页。
[3] 《张元济古籍书目序跋汇编》上册，第317—318页。
[4] 《皕宋楼藏书志》卷九〇，第1013—1015页。
[5] 《日本藏汉籍善本书志书目集成》第四册《静嘉堂秘籍志》卷一〇，第744—748页。

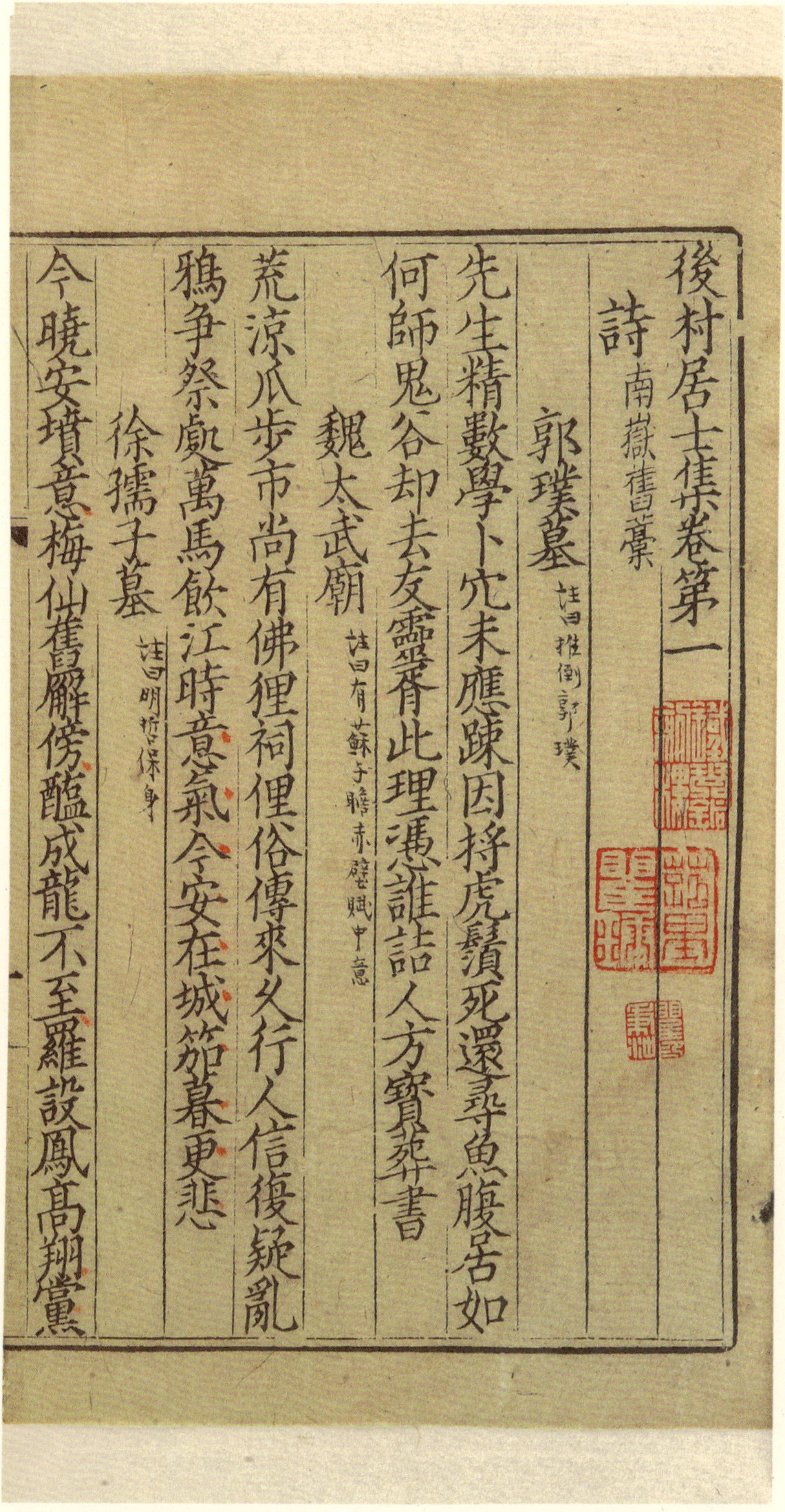
後村居士集卷第一

詩　南嶽舊藁

郭璞墓　注曰推倒郭璞

先生精數學卜宅未應踈因捋虎鬚死還尋魚腹居如何師鬼谷却去友靈胥此理憑誰詰人方寶葬書

魏太武廟　注曰有蘇子瞻赤壁賦中意

荒涼瓜步市尚有佛貍祠俚俗傳來久行人信復疑亂鴉爭祭處萬馬飲江時意氣今安在城笳暮更悲

徐孺子墓　注曰明哲保身

今曉安墳意梅仙舊解傍醢成龍不至羅設鳳高翔黨

宋刻元修本《后村居士集》

铁琴铜剑楼旧藏本相较（简称"瞿本"），对二者版刻之异同，提出疑问：

> ……按：据《后村大全集》本前咸淳六年林希逸序称，淳祐八年守莆田时曾刻前集于郡庠，咸淳八年刘希仁序又言前集刊于莆，既而后、续、新三集复刊于玉融，后板为书坊翻刻云云。静嘉本与瞿本均为前集，而一本左右双栏，一本四周双栏，判然两刻，然孰为莆田初刻，孰为书坊翻刻，非并几而校之，殆难决也。**❶**

静嘉堂本即五十卷本，与傅氏旧藏残本五卷为同一版，卷末有"门人迪功郎新差昭州司法参军林秀发编次"一行**❷**，而与瞿本不同。

五十卷本《后村居士集》传世刻本较多，世人习见，瞿本则鲜为人知。据程有庆考证，瞿氏旧藏本与五十卷本不同。瞿本以前十六卷诗为上卷，以十七卷之后文为下卷。五十卷本则以前二十卷为上卷，称《后村居士诗集》；以后三十卷为下卷，称《后村居士文集》。诗文集目录后有"门人迪功郎新差昭州司法参军林秀发编次"一行。五十卷本文集目录后"后村先生文集目录卷终"十字的字体风格与原书不一致。瞿本与五十卷本部分版刻字体相同之处，瞿本版刻清晰，五十卷本则字迹模糊。诗话与诗歌是两种文体，而五十卷本把诗话列入诗集之中，这在宋以前的诗集中甚为罕见；其诗集题名有"后村居士诗""后村居士集"等，各不相同。五十卷本之卷一九第二叶《贺新郎》上阕"休作寻常看"前被铲去"胡儿"二字，当是元印本。故此，瞿本与五十卷本并非同一版本系统，五十卷本是利用宋版重新编排过的本子，不是宋刻原本，而是宋刻元修本，为元代印本；而瞿本则刷印较早，堪称海内孤本，其版本价值远高于五十卷本**❸**。

三琴趣斋主人的词曲人生　集部藏书题跋

❶ 《藏园订补邵亭知见传本书目》卷一三下，第 1249 页。

❷ 《藏园群书经眼录》卷一四，第 1059—1060 页。

❸ 此段考证，详见程有庆《〈后村居士集〉铁琴铜剑楼旧藏宋本》，《文献》，1987 年第 3 期，第 204—209 页。

旧钞本《巴西文集》

元邓文原撰《巴西文集》，存世多为钞本，主要有十行本与十一行本。1914 年，傅增湘为友人董康收得《巴西文集》十行本，行十九字，细黑口，左右双边。1915 年四月二十八日，袁克文将此书纳入囊中 **1**。五年之后，袁克文展卷重读，手书题识云：

> 予所见知不足斋钞本《巴西集》，并此已有三部，以此为最精，且有鲍氏手跋，尤足增重，洵善本也。庚申（1920）五月廿五日记于泉唐，寒云。（下钤"袁克文"朱文白文方印）

傅氏认为此书乃知不足斋写本，鲍以文手校 **2**。书中鲍氏手跋云："乾隆四十年乙未夏四月以文鲍廷博并志"，并钤"以文"朱文长方印，书中另钤"知不足斋钞传秘册""遗稿天留"二印。《藏园群书经眼录》《藏园订补郘亭知见传本书目》均著录此本，然未述及鲍氏手跋之伪。

《四库全书总目》著录江西巡抚采进本《巴西文集》一卷云：

> ……文原，字善之，一字匪石，绵州人，随其父流寓钱塘，自称"巴西"，不忘本也。生于宋理宗宝祐六年（1258）。宋末应浙西转运司试，中魁选。至元间行中书省辟为杭州路儒学正，官至集贤直学士，兼国子监祭酒，致仕。致和元年（1328）卒于家，谥文肃。事迹具《元史》本传。文原学有本原，所作皆温醇典雅。当大德、延祐之世，独以词林耆旧主持风气。袁桷、贡奎左右之，操觚之士响

---

1 《寒云日记》，第 138 页。

2 详见《藏园订补郘亭知见传本书目》卷一四，第 1296 页；《藏园群书经眼录》卷一五，第 1090 页。

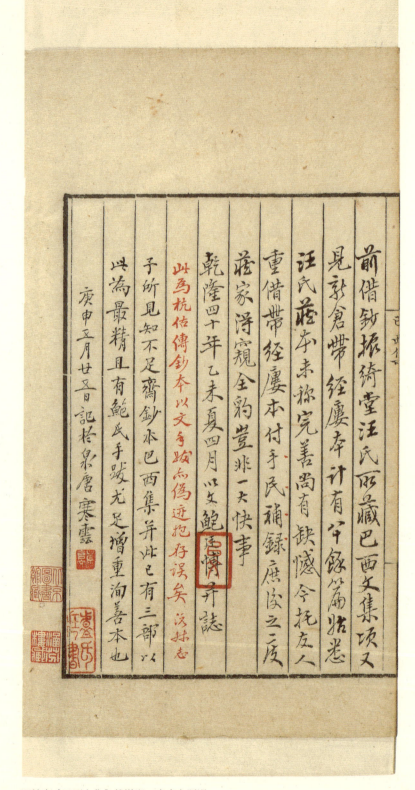

前借鈔振綺堂汪氏所藏巴西文集項又

見新倉帶經廔本計有卒錄篇粘乱

汪氏藤本未稱完善富有缺憾令托友人

重借帶經廔本付手民補錄庶俊之度

藤家浮窺全豹豈非一大快事

乾隆四十年乙未夏四月以文鮑廷博并誌

此為杭估傳鈔本以文爭姣点偽近抱好誤矣　　沅抹志

子所見知不足齋鈔本巴西集并此已有三部以

此為最精且有鮑氏手跋尤足增重泏善本也

庚申五月廿五日記於泉唐寒雲

旧钞本《巴西文集》傅增湘、袁克文题识

附景从。元之文章于是时为极盛，文原实有独导之功。所著有《内制集》《素履斋稿》，今并未见传本。此本不知何人所编，仅录其碑志记序等文七十馀篇，即顾嗣立《元诗选》中所录诸诗，亦无一首。盖出后人摘选，非其完帙。然黄虞稷《千顷堂书目》仅列二集之名，而无其卷数，盖亦未见。近时藏书家所有，皆与此本相同，则其全集之存否，盖未可知。或好事者蒐采遗篇，以补亡佚，亦未可知。然吉光片羽，虽少弥珍，固当以幸存宝之，不当以不完废之矣。

四库提要所言"《素履斋稿》"当为《履素斋稿》。国家图书馆藏有铁琴铜剑楼旧藏《履素斋稿》二卷，亦为十行本，行款与袁氏藏本同。书中天头间有墨笔注明每篇文章收入何处，如《元文类》《珊瑚网》《宝绘录》等。文中有朱墨笔校语，并题"嘉庆壬申七月晦八十五叟识"。书中钤"铁琴铜剑楼"一印记。此本为清鲍廷博、鲍正言辑录，并校勘。卷端原钞写为"素履斋稿"，后用墨笔勾乙为"履素"，即"履素斋稿"；次行下题"知不足斋辑录"。天头红笔校语云"重写时中缝当改'履素斋稿'"，中缝原钞"素履"二字亦墨笔勾乙为"履素"。

据《四库采进书目》，纂修《四库全书》时，有两淮商人马裕、浙江省第四次鲍士恭进呈本，均题《巴西集》一卷；江西巡抚海第四次呈送本，题《邓巴西文集》一卷[1]。《四库全书总目》著录《巴西文集》一卷，而《四库全书》所收题作《巴西集》，且厘为卷上、下两卷，收入邓氏文章近八十篇。据此推测，《总目》著录与《四库》所收当非同一版本。袁氏藏本不分卷（或即一卷），收入邓氏文章八十九篇，较《四库》本多。1927年，傅增湘曾见李礼南旧藏不分卷写本《巴西邓先生文集》[2]。1928年二月至五月间，傅增湘据李礼南藏旧写本、刘氏嘉业堂新刻本等校定此书。册末间有傅增湘朱笔校记、题跋，如第一册末云：

> 戊辰（1928）二月初三日据李礼南藏钞本校，沅叔记。

第六册末云：

> 戊辰五月十一日依李礼南藏旧写本勘定。原本十一行二十四字，假自朱君翼庵。留置案头，已四月矣。闻刘氏嘉业堂有新雕本竣，索取更校之，为刊入蜀贤丛书之张本焉。

末署"江安傅增湘记"。或是经过此次细致校勘，傅增湘认为，此

---

[1] 《四库采进书目》，第 68、95、163 页。

[2] 《藏园群书经眼录》卷一五，第 1090 页。

旧钞本《巴西文集》

袁氏藏本乃杭州书估传钞之本，伪造鲍以文手跋，袁克文跋中所云误。此书中鲍氏手跋之下有傅增湘题识云：

此为杭估传钞本，以文手跋亦伪迹，抱存误矣。沅叔志。

此本后入藏涵芬楼，《涵芬楼烬馀书录》著录，书中亦指出此本卷末鲍以文跋及知不足斋藏印均属伪造 **1**。今书中钤有"寒云小印""袁克文""海盐张元济经收""涵芬楼""涵芬楼藏"诸印鉴。

---

1 《张元济古籍善本序跋》中册《涵芬楼烬馀书录》，第711页。

国家图书馆藏有明末毛氏汲古阁旧藏明钞十一行本，行二十四字，无格。明朱性父旧藏，书中明弘治二年（1489）杨循吉跋云：

> 性父以此集与王止仲《褚园稿》同见示，邓公何得比拟止仲？略读一二，知其大略，因书。弘治二年二月廿四日杨循吉君谦父。

毛氏之后，此书又经清初季振宜收藏，后为朱文游所得。《爱日精庐藏书志》亦著录此书❶。乾隆四十一年（丙申，1776）钱大昕从朱文游处借得此书，倩人钞录。书中钱氏跋云：

> 予从吴门朱文游借得《巴西集》，乃明人钞本，汲古阁所藏。予募人钞其副，略校一过。旧钞潦草，多讹字，如"餘"作"余"、"释"作"什"之类。予所顾写手字拙而不读书，储之箧中，姑备一家，未可谓善本也。巴西所著曰《内制集》，曰《素履斋稿》，今皆不可寻见。此本殆后人蒐罗缀缉成之，故无卷次。然藏书家著于录者，亦罕矣。乾隆丙申冬十月十三日辛亥钱大昕及之甫书于屏守斋。❷

清嘉庆九年（1804），钱氏将此钞本赠予其婿瞿中溶（号木夫）❸。次年六月，黄丕烈从瞿氏借得此钱大昕钞本，与家藏旧本校勘一过，并手书跋语云：

> 嘉庆乙丑（1805）六月，从嘉定瞿木夫借得伊外舅钱辛楣先生所钞朱文游家藏毛汲古藏明人钞本，手校一过。行款大略相同，讹舛亦复不少。辛楣校正外，尚有此善于彼者，余为校于上方，而钱本一二佳处即录于此。书经三写鲁鱼亥豕，有同慨也。得此二本参之，略可读矣。中脱一叶，复赖钱本足之。荛翁丕烈识。❹

黄氏藏本流入坊肆，为常熟翁氏所得。书中钤有"白堤钱听默经眼""翁斌孙印"等印记。常熟翁氏另藏有刘喜海味经书屋钞本《巴西邓先生文集》一卷，半叶十一行，行二十二字，白口，四周双边，绿格，单绿鱼尾，版心下镌"东武刘氏味经书屋校钞书籍"。翁同龢曾以南昌彭氏旧钞本校勘，其父翁心存跋云：

> 咸丰庚申（1860）得东武刘氏此本，讹脱几不可读。其明年复得

---

❶ 张金吾《爱日精庐藏书志》卷三二，第589页。

❷ 详见国家图书馆藏《巴西郑先生文集》。

❸ 国家图书馆《巴西郑先生文集》一书中瞿中溶题款云"嘉庆甲子九月廿日外舅屏守斋翁以此书见赠，甥生中溶谨识"。

❹ 《黄丕烈书目题跋·荛圃藏书题识》卷九，第203页。

南昌彭氏旧钞本，亦讹脱不少。儿子同龢取两本互勘。误者正之，阙者补之，较旧差善，而舛落处尚多，安得有善本从而是正耶。拙叟翁心存记，时年七十有一。

此本今藏国家图书馆。而毛氏旧藏明钞本亦入藏瞿氏铁琴铜剑楼，《铁琴铜剑楼藏书目录》卷二二著录，并录杨循吉跋 **❶**。今书中钤有"子晋氏""毛凤苞印""汲古阁主人正本""毛氏藏书子孙永宝""沧苇""季印振宜""铁琴铜剑楼"诸印记。今亦藏国家图书馆。

---

❶ 详见《铁琴铜剑楼藏书目录》卷二二，第337页。

明正统刻本《书林外集》

明正统刻本《书林外集》，半叶十行，行二十字，黑口，四周双边。1918年四月二十九日，袁克文购自海王邨书肆 **1**，并撰有一跋：

> 《书林外稿》七卷，元袁士元撰。传本至寡，四库未曾搜及，他家书目亦鲜著录，惟带经堂陈氏藏有旧钞本，未记明出自何本。此明正统刊，楮墨、字画皆极精妙，当是此书原本，为陈氏旧钞所自出，岂可以寻常明本视之。戊午（1918）五月二十八日获于海王邨。寒云。

跋末署"戊午五月二十八日"，与《寒云日记》所载时间相差一月。不详何故。

此书卷六第二叶、卷七第十二至十六叶等，疑为徐森玉钞配。其卷首有"正统三年（1438）戊午秋七月初吉朝列大夫国子祭酒同郡后学陈敬宗"序，叙述作者袁士元生平大略。袁士元，字彦章，鄞县（今属浙江）人，宋末元初人。仕元，为乡县学官，后升任鄮山书院山长，再升翰林国史检阅，人称"菊邨先生"。其子袁瑜，字廷玉，永乐初授太常寺丞。其孙即袁忠彻（1376—1458），字公达，一字静思，官至尚宝少卿 **2**。家中藏书丰富，且多宋元佳椠流传后世，如国家图书馆藏宋稿本《资治通鉴》残稿、宋刻《十二先生诗宗集韵》、宋刻《京本增修五代史详节》等。其藏书印鉴有"尚宝少卿袁氏忠彻印""尚宝少卿袁

---

1 《寒云日记》，第178页。

2 详见明正统刻本《书林外集》卷首序。

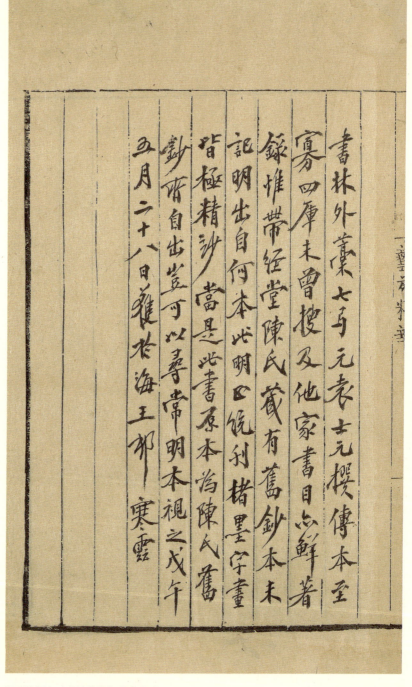

書林外藁七子元袁士元撰傳本至寡四庫未曾搜及他家書目亦鮮著錄惟帶經堂陳氏藏有舊鈔本未記明出自何本此明E鈔刊楮墨字畫皆極精鈔當是此書原本爲陳氏舊鈔崧自出豈可以尋常明本視之戊午五月二十八日龔杏海王郎寒雲

明正统刻本《书林外集》袁克文跋

记""忠彻""南昌袁氏家藏珍玩""子孙永保""袁申儒印""瞻衮堂""袁氏父子列卿""忠孝世家""袁氏忠彻""袁氏珍玩子孙宝之""尚宝司卿袁氏家藏"等 **1**。

袁克文跋云《书林外集》"传本至寡,四库未曾搜及",有不察之失。据《四库采进书目》,纂修《四库全书》时,全国进呈至少有三种本子,如两淮商人马裕家藏本、浙江鲍士恭旧藏本、国子监学正汪家旧藏本 **2**。《浙江采集遗书总录简目》著录"知不足斋写本",疑即鲍士恭旧藏本 **3**。《四库全书总目》卷一七四别集类存目所收即"浙江鲍士恭家藏本"。

此外,清朱绪曾《开卷有益斋读书志》卷五亦著录《书林外集》七卷,惜未注明版本 **4**,不知此本是否已毁于咸丰三年(1853)天平军战火 **5**。带经堂陈徵芝亦藏有旧钞本 **6**。陈徵芝,字兰邻,清闽县(今属福建)人,嘉庆七年(1802)进士 **7**。《带经堂书目》卷四下集部著录"《书林外集》七卷,钞本",惜未言明何人所钞。

另有朱彝尊旧藏本,《涵芬楼原存善本草目》集部著录 **8**,收入《涵芬楼秘笈》第五集影印行世,书中脱正统陈敬宗序 **9**。其卷首"书林外集目录"末有朱彝尊跋云:

> 《书林外集》鄞人袁彦章士元所著。彦章,宋忠臣镛之孙,元至正间以荐授翰林国史院检阅官,引年不就。竹垞记。

卷端"书林外集卷之一"之下钤"清华学校图书馆"。卷末孙氏"书林外集跋"云:

> ……其集罕见,四库未收,阮文达亦未进呈,惟嘉庆本《天一阁书目》载正统三年鄞人陈敬宗刊本,亦已残缺。兹独完善,乃亟为影行,从此天壤间又多存元人集一种。戊午五月,无锡孙

---

1 详见《仪顾堂续跋·蜀大字残本汉书跋》,《仪顾堂书目题跋汇编》,第 313、579 页。另见《藏书纪事诗》卷二,第 114—115 页。

2 《四库采进书目》:《两淮商人马裕家呈送书目》,第 68 页;《浙江省第四次鲍士恭呈送书目》,第 95 页;《国子监学正汪交出书目》,第 183 页。

3 《四库采进书目》附录二《浙江采集遗书总录简目》,第 285 页。

4 朱绪曾《开卷有益斋读书志》卷五,《清人书目题跋丛刊》七,中华书局,1993 年,第 87—88 页。

5 《文献家通考》中册,第 833—835 页。

6 《藏园群书经眼录》卷一五,第 1145 页。

7 详见《藏书纪事诗》卷六,第 612—613 页。

8 《张元济古籍书目序跋汇编》中册,第 823 页。

9 《藏园订补郘亭知见传本书目》卷一四,第 1356 页。《藏园群书经眼录》卷一五,第 1145 页。

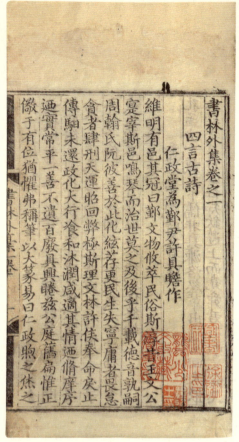

清乾隆三十五年知不足斋钞本《书林外集》　　　明正统刻本《书林外集》

毓修跋。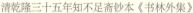

　　由此可知，乾隆年间纂修《四库全书》时，至少有三四种本子传世。或许珍本深藏，外人无缘寓目，故孙毓修、袁克文如是说。

　　据《中国古籍善本书目》，国内现存《书林外集》六部，有四部为明正统刻本，国家图书馆藏两部，一部即上文所及袁克文旧藏，卷首有正统三年陈敬宗序；另一部为叶氏菉竹堂、汪氏振绮堂旧藏，卷首脱正统三年陈敬宗序。书中钤有"叶氏菉竹堂藏书""振绮堂兵燹后收藏书"等印记。第三部正统本为南京图书馆藏残本。福建图书馆亦藏有此正统本，书中有明徐延寿跋。另外两部为钞本，其一即山东省博物馆藏清乾隆三十五年（1770）知不足斋钞本，其二即上海图书馆藏清钞本。

❶　朱彝尊、孙毓修两跋参见《涵芬楼祕笈》第五集，1918 年。

明成化刻《姑苏杂咏》

　　《姑苏杂咏》为高启晚年寓居苏州时的吟咏之作，收诗一百二十三篇，明洪武四年（1371）荟萃成书，并刊刻行世；洪武三十一年（1398）蔡伯庸镌版重刻。之后，明成化、万历时再次刻梓传世。1915年五月初六日，袁克文购得明成化二十二年张习刻殷辇重修本 **❶**。是年秋，袁克文于书中题识云：

　　　　此卷青丘自刊，与《大全集》颇有异同，流传绝罕。沅叔肃政得延令藏本，视此楮墨稍逊。惟多前序及三十五、四十一两叶。因假归，属梅真影写补完，庶无憾焉。乙卯（1915）初秋，寒云。（下钤"袁克文"朱文方印）

　　《姑苏杂咏》传世刻本较多，国家图书馆藏有五部。从卷端题名来看，大致有两个版本系列：

　　其一，卷端题"高季迪（赋）姑苏杂咏"者有两部。

　　第一部，明洪武三十一年蔡伯庸刻本，书中不分上下卷。其卷端题"高季迪赋姑苏杂咏"，次行镌"郡人周傅叔训编"。半叶十三行，行二十字，黑口，四周双边。卷末有《姑苏杂咏》刻书跋，末署"洪武三十一年岁戊寅五月朔郡人周傅识"。此本曾为明代项靖万卷堂旧藏，后经朱氏潜采堂、吴骞拜经楼 **❷**、唐翰题、吴重熹旧藏，民国间为周叔弢所收。书中钤有"樵

---

❶　《寒云日记·乙卯日记（1915）》："（五月）初六日，得高青邱自刊《姑苏杂咏》一卷，缺序又诗二叶，借沅叔藏本，嘱梅真影写补完。"《寒云日记》，第138页。

❷　吴寿旸《拜经楼藏书题跋记》卷五著录，第676页。

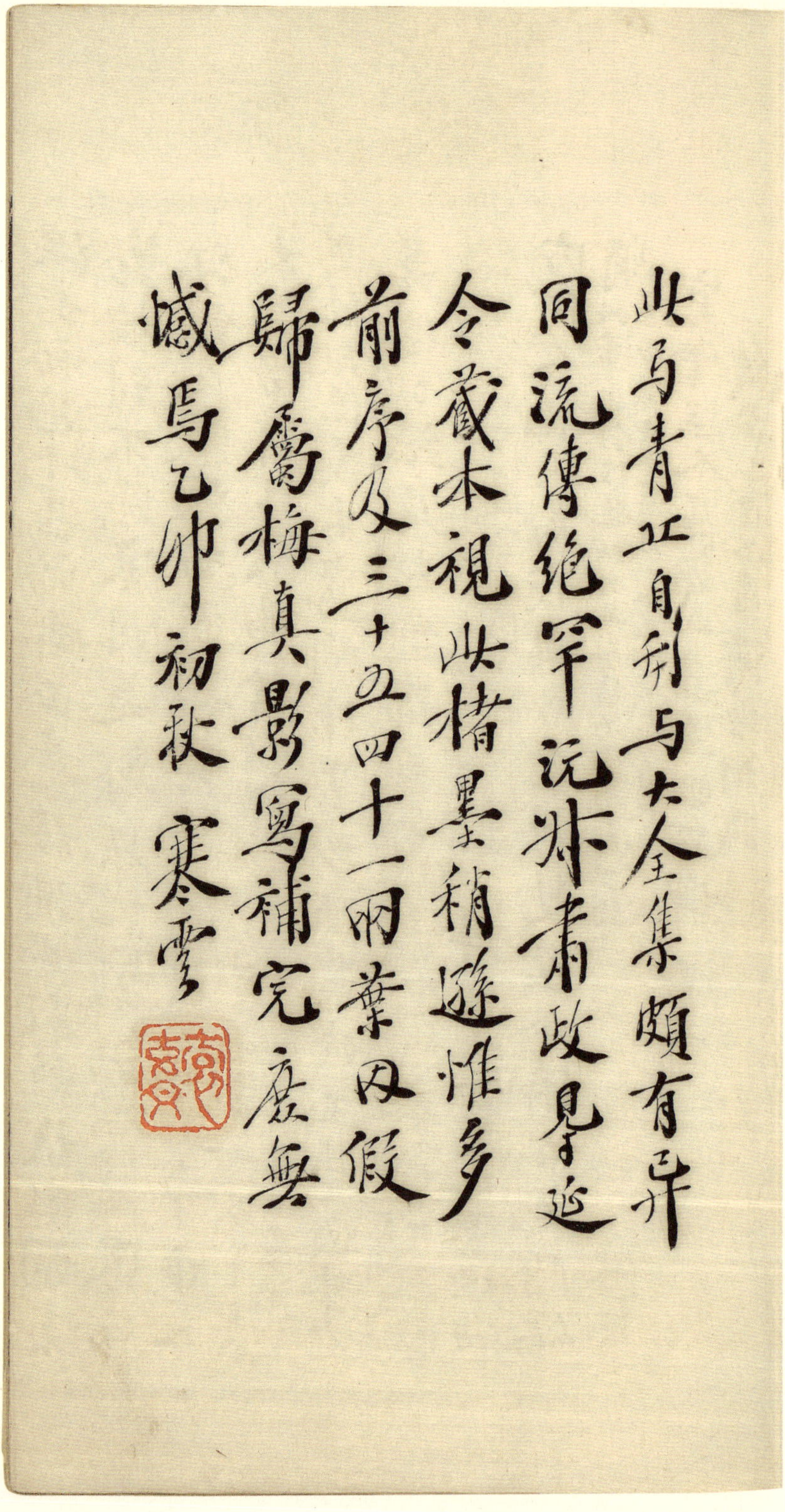

此书青正自刊与大全集颇有异
同流传绝罕远胜肃政乎延
令藏本视此楮墨精邃惟多
前序及三十五四十二两叶因假
归庽梅真影写补完庶无
憾焉乙卯初秋　寒云

明成化年张习刻殷铎重修本《姑苏杂咏》袁克文跋

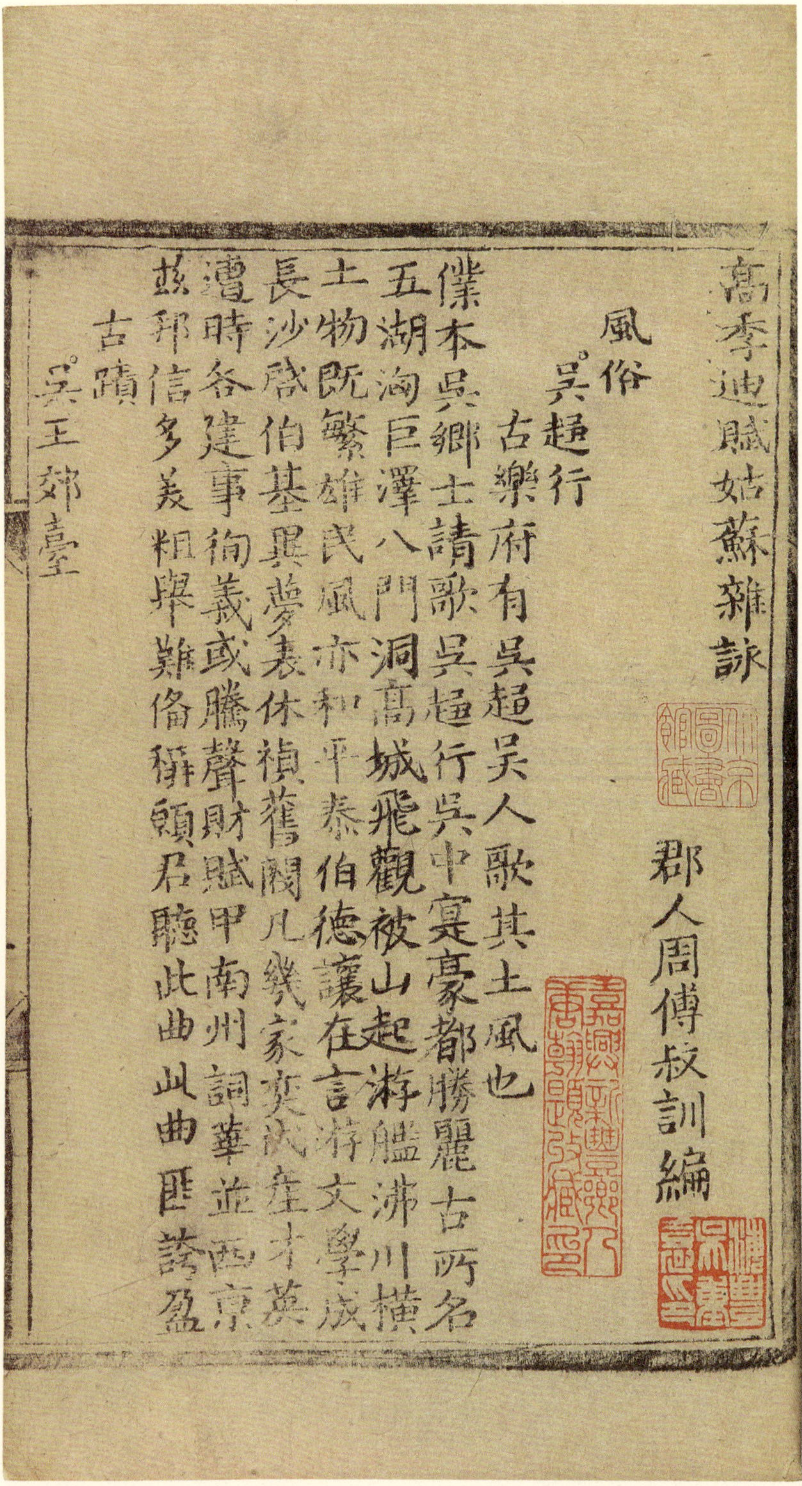

高季迪賦姑蘇雜詠

郡人周傳叔訓編

風俗

吳趨行

古樂府有吳趨吳人歌其土風也

傑本吳鄉士請歌吳趨行吳中寔豪都勝麗古所名
五湖淘巨澤八門洞高城飛觀被山起游艦沸川橫
土物既繁雄民風亦和平泰伯德讓在言游文學成
長沙啟伯基興夢表休禎舊閥几幾家英武在才英
澧時咨建事徇義或騰聲財賦甲南州詞華並西京
故邦信多美粗舉難備稱頗君聽此曲山曲匪誇盈

古蹟

吳王郊臺

明洪武蔡伯庸刻本《高季迪賦姑苏杂咏》

李项药师藏""秀水朱氏潜采堂图籍""临安志百卷人家""嘉兴新丰乡人唐翰题收藏印""鹡安校勘祕籍""海丰吴重熹印""周暹"诸印记。今洪武四年初刻本未见诸家书目著录，蔡伯庸刻本疑为此书现存最早刻本。

第二部，《北京图书馆古籍善本书目》著录为明刻本。其卷首"姑苏杂咏目录"分上、下卷，卷端"高季迪姑苏杂咏"之次行题"古吴卫拱宸翼明父编辑"。版心镌"上卷"或"下卷"，版心下间有字数。其行款为半叶九行，行十八字，白口，左右双边。傅增湘曾以明成化张习刻本校刊，书中有其朱笔校语，多与上文明洪武三十一年刻本同，知张习刻本当源自洪武三十一年刻本。

国家图书馆藏有明万历三十六年（1608）卫拱宸刻《百花洲集》二卷《京华元夕诗》一卷 **❶**，其行款、版式与此部《姑苏杂咏》全同。《百花洲集》卷下末镌"万历戊申岁兰月＼门人卫拱宸翼明＼重校于碧梧庭院"三行。又镇江市图书馆藏有明万历三十七年（1609）卫拱宸刻（其父卫勋辑）《两汉文选》**❷**。其卷端题"两汉文选"，次行低三格题"古吴检吾卫勋选男拱宸翼明父校注"，半叶九行，行二十字，白口，左右双边。重庆图书馆亦藏有卫氏刻本，即明万历五年（1577）卫拱宸刻《战国策选》，与镇江市图书馆藏卫氏刻本行款、字体亦相同。因疑此明刻九行十八字本《高季迪姑苏杂咏》为明万历年间卫拱宸刻本，或至少与卫拱宸有关系。

其二，卷端仅题"姑苏杂咏"，现存亦有两种版本。

第一种，明成化二十二年（1486）张习刻本，半叶十行，行二十字，黑口，四周双边。卷末"甫里即事"之后，即周传识语。后附张习诗六首，即《读书台》《郁林石》《虞雍公墓》《石湖》《鹤山书院》《瑞芝亭》，并有张习刻书识语。此本为清嘉庆道光间鄂顺安旧藏，后归入傅增湘藏园，继而转赠周叔弢。书衣钤"楞严室"白文方印，卷首另钤有"仲鄂收藏书籍印""鄂氏顺安珍藏""周暹"等印记。书中有傅增湘致周叔弢信函一通，略述原委：

❶ 明邓云霄撰。邓云霄，字元度，东莞人，万历二十六年（戊戌）进士，广西布政使参政。另钤有"慈谿胡哲煊藏书印""哲煊珍藏"等印记。
❷ 2010年12月，此本入选第一批《镇江市珍贵古籍名录》，名录号0098。

《姑苏杂咏》，岁杪有人持来。初拟存此复本，得藉以互补所缺。继而思之，一人而据此二钞，未免伤廉，不若与公分存之为得计，故仍以奉告。但此本前缺隶书序二叶，又目录半叶，异日可依敝藏本补之，而敝藏本末叶，乃嘉靖补刻，且增诗一首，又首叶添刻殷辇名，是为嘉靖补印本矣。此本尚是洪武原刊早印，其附录六诗为成化张习补刻，为敝藏本所无，即周傅序亦失去，则佳胜固远出敝本之上。竢公收得后，有暇更假我补录之，当蒙慨诺也。前途索值百六十金，适决计停止收书，乃从此书割爱始。所惜篇中缺字，恐世间无第二本可补也。藏园。

《自庄严堪书目》著录《姑苏杂咏》明洪武本及此成化张习刻本 **❶**。

第二种，明成化二十二年（1486）张习刻殷氏校刊重修本，即此袁克文旧藏本，半叶十行，行二十字，黑口，四周双边。扉页袁克文丁巳（1917）十一月题签误题"明洪武刊本"。此本曾经郑文焯、蒋祖诒收藏。袁克文之后，入藏陈澄中郇斋。书中钤有"叔问""叔问藏书""文焯私印""郑记""石芝西堪校秘书记""江南退士""密韵楼""縠孙""蒋祖诒""縠孙祕笈""克文与梅真夫人同赏""汉尊唐壶宋瓶之室""袁刘梅真""陈清华字澄中号郇斋"等印鉴。2004年，此书现身中国嘉德国际拍卖有限公司秋季拍卖会；几经周折，此本终为国家图书馆购藏。书中有傅增湘题诗，《藏园群书题记》《藏园群书经眼录》等未见收录，现钞录于此，以飨同好：

洪武初雕墨沈香，正嘉校补出殷辇。樵风词客勤搜讨，不识寒村是郑梁。小山前辈考《大石山志》，为正嘉时人所作。凤台江馆久飘零，百首新诗讬汗青。赖有王希重入木，尚留自注发幽馨。季迪诗单行者有《吹台》《江馆》《娄江》《凤台》等集，今皆不存。《姑苏杂咏》有国初王希刊本，然亦不多见。写韵风流羡彩鸾，闲挥墨妙补丛残。玉台逸事差堪比，纸尾亲题席佩兰。余藏此本，钤印极多，有姚芙初、方若蘅、姚畹真女士诸印。末有道华、席佩兰跋语。寒云得此本，属梅真夫人手钞四叶补之，景樗之精，汲古不逮。闺中清韵，先后辉映。拜经遗籍化云烟，海内何人觐此篇。我与君家剖双璧，今情古艳斗婵娟。此书自《拜经题跋》外，各家皆不著录。今忽得配本，与寒云各宝其一，亦近今书林佳话也。寒云主人属题此集，为赋四章，即希

❶ 《周叔弢古书经眼录》下册《自庄严堪书目》，第 620 页。

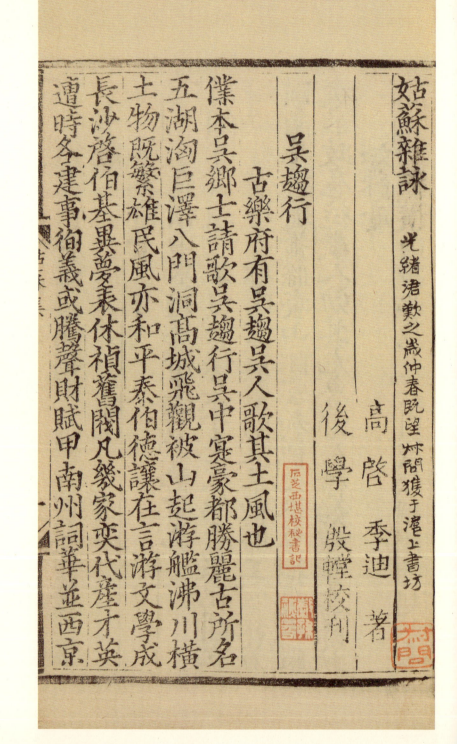

姑蘇雜詠　光緒涒灘之歲仲春既望枫閣獲于滬上書坊

高啓季迪　著

後學殷蟄校刊

吳趨行

古樂府有吳趨吳人歌其土風也

僕本吳鄉士請歌吳趨行吳中實豪都勝麗古所名

五湖淘巨澤八門洞高城飛觀被山起游艦沸川橫

土物既繁雄民風亦和平泰伯德讓在言游文學成

長沙啓伯基畢夢秦休禎舊閥凡幾家奕代產才英

遭時各建事徇義或騰聲財賦甲南州詞華並西京

明成化张习刻殷辙重修本《姑苏杂咏》

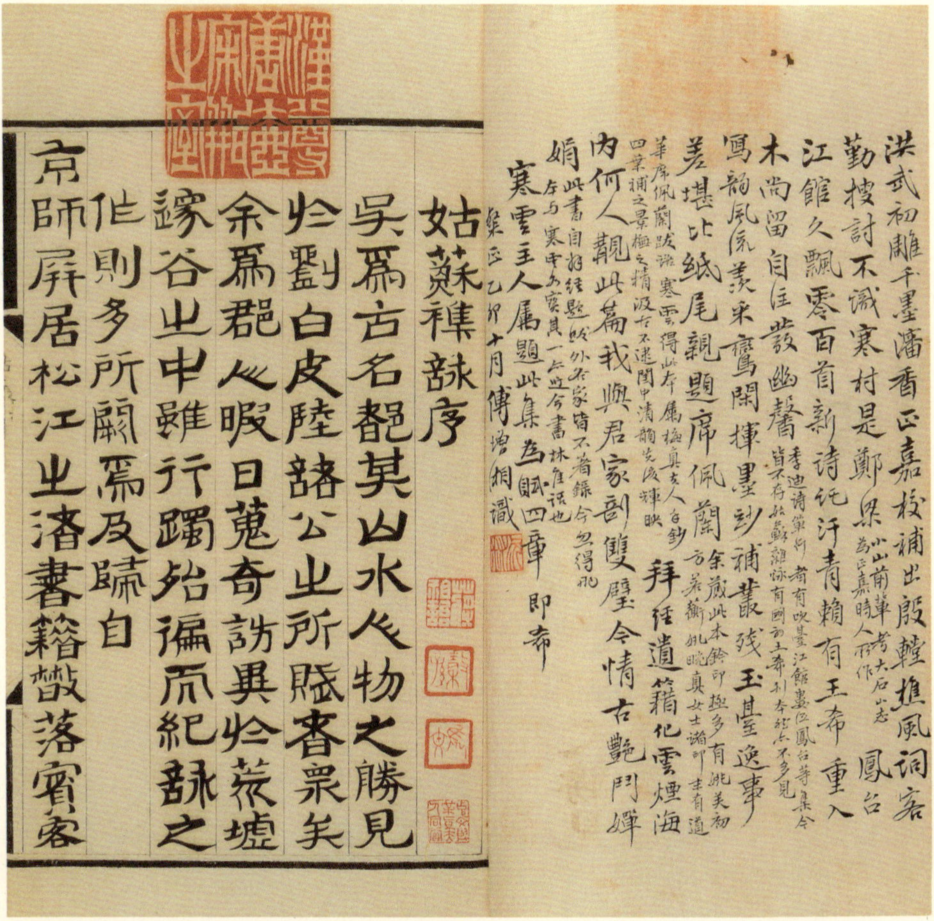

姑蘇雜詠序

吳爲古名郡其山水人物之勝見於劉白皮陸諸公之所賦者衆矣余爲郡以暇日蒐奇訪異於荒墟谿谷之中雖行躅殆徧而紀詠之作則多所闕焉及歸自京師屏居松江之渚書籍散落賓客

明成化张习刻殷輊重修本《姑苏杂咏》傅增湘跋

粲正。乙卯十月。傅增湘识。（下钤“沅叔”朱文方印）

傅增湘旧藏亦有此张习刻殷氏补刊重修本[1]，即上文袁跋中所云“延令藏本”，后又经陈揆稽瑞楼、张蓉镜等人递藏。书中亦有袁氏题跋，可与上文袁跋相呼应：

> 《姑苏杂咏》，青丘自刊诗，与《大全集》颇有异同。予所藏本楮墨佳于此册，惟缺前序二叶及三十五、四十一两叶。因假于沅叔，

[1] 傅增湘旧藏三部《姑苏杂咏》，即明刻九行十八字本、明成化二十二年张习刻本、明成化二十二年张习刻殷氏重修本。之后，傅氏将明成化二十二年张习刻本赠予周叔弢。此三部《藏园群书经眼录》卷一六均未著录，仅著录周叔弢旧藏明洪武三十一年刻本，第1160—1161页。《藏园订补郘亭知见传本书目》卷一五上著录三部，即明刻九行十八字本、周叔弢旧藏洪武刊本、傅氏赠予周叔弢之张习刻本，第1378页。而张习刻殷氏重修本二书均未著录。

属梅真影写补完。乙卯初秋。寒云记。（下钤"抱存小印"朱文方印）

今书中钤有"沧苇""振宜珍藏""振宜""稽瑞楼""畹芳女士""芙初女士姚畹真印""蓉镜收藏""姚氏畹真""芙初女史"等印鉴。建国后，傅氏后人捐赠国家，入藏今国家图书馆。

清吕无党钞本《鼓枻稿》

吕无党，又名葆中，吕留良长子。清康熙元年（1662），吕留良隐居石门南阳村，建讲习堂，课子读书。吕无党常随父亲评注选文，校刻书籍；且喜好藏书，凡遇孤本秘笈，必手钞而藏之。吕氏手钞本素来为藏家珍视 **❶**，不仅仅因其钞写精美，还因其受清初反清复明事件的牵连，凡吕氏父子校刻、手钞之书及其著述等相关文字，一律没入官府焚毁。故而，与吕氏父子相关的书籍文字传世罕见，其手钞本更是稀如星凤。国家图书馆藏有吕氏钞本数部，已有前辈撰文 **❷**，此处不赘。

1915 年，傅增湘曾在苏州书估柳蓉邨（春）处见到此吕氏手钞《鼓枻稿》一卷 **❸**。1916 年九月，柳蓉邨将此书售于袁克文 **❹**。是年冬，袁克文展卷挥毫，题跋如下：

> 无党名葆中，晚邨子，士礼居题跋《小畜集》，吾研斋补钞，留字皆缺末笔，吕无党手钞也。又赐书楼蒋氏所藏《栟榈集》《洪文惠集》，留字亦缺。洪集有蒋子宣跋，谓吾研藏书散后，皆归赐书楼。此《鼓枻稿》六卷，获于沪市博古斋。书友柳蓉邨知"南阳讲习堂"为晚邨藏印，而不知为无党手钞。予审其字极秀乏，决非书胥可办，及检视"留"字，皆书作"留" **❺**，榴、溜诸字又不缺，

❶ 参见《黄丕烈书目题跋·荛圃藏书题识》卷八：补钞宋本《小畜集》，第 175 页；明刻本《栟榈集》，第 186 页。

❷ 此段参见丁瑜《吕无党家钞本〈明史钞略〉及其他》，《文献》，1986 年第 1 期，第 199—207 页。

❸ 《藏园订补郘亭知见传本书目》卷一四，第 1367 页。《藏园群书经眼录》卷一五，第 1151 页。

❹ 《寒云日记》，第 164—165 页。

❺ "留"字原文末笔缺。

始知为无党手钞无疑。丙辰冬月，寒云。**❶**

　　是本每半叶十行，行二十一字。卷端题"鼓枻稿卷之一"。书中钤有"南阳讲习堂""瑞轩""竹居""如意""克文之钤""寒云主人""三琴趣斋""寒云""德启""高氏校阅精钞善本印""世异印信""莅圃收藏"等印记 **❷**。现藏台北"中央"图书馆 **❸**。

　　1921年底，袁克文曾经眼清钞本《虞山人诗》，并于书中题跋述及《鼓枻稿》云：

　　　　《虞山人诗》，影元钞本

　　　　元虞堪诗传本有《鼓枻稿》已不多见，厥本乃山人自定，尤为罕异，矧钞自元时原本耶？辛酉（1921）岁暮题赠相灵先生珍藏。寒云。（钤"寒云小印"朱文方印）

　　书中钤有"独醒居士""南通沈燕谋印""冀夫手勘之本"等印记。今藏上海图书馆。

　　"鼓枻"，亦作"鼓栧"，意为划桨。谓泛舟。《楚辞·渔父》云："渔父莞尔而笑，鼓枻而去。"《鼓枻稿》作者虞堪，虞集从孙 **❹**，字克用，一字胜伯，号青城山樵，流寓长洲，仍往来于蜀，自称西蜀书生，元至正中隐居不仕。至明洪武中，起为云南府学教授，卒于官。虞堪生前，即元至正二十七年（1367），曾裒集诗作三百三十馀首，编为三卷，是为《希澹园诗集》。卷首有金华桑以时撰《希澹园诗集序》，虞堪自撰《希澹园诗集跋》置于此集卷末 **❺**。

　　《四库全书总目》著录有《希澹园诗集》。另有虞堪诗别本，题曰

❶ 《标点善本题跋集录》上，第603页。书影见台北《"国立中央"图书馆善本题跋真迹》四，第2570页。

❷ 台北《"国家"图书馆善本书志初稿》集部二，第150页。

❸ 台北《"国立中央"图书馆善本书目》（增订二版）第三册，第1004页。

❹ 虞集（1272—1348），元代著名学者、诗人。字伯生，号道园，人称邵庵先生。曾师从理学家吴澄。成宗大德初，以荐授大都路儒学教授。仁宗时，迁集贤院修撰，除翰林待制。文宗即位，累除奎章阁侍书学士，领修《经世大典》。著有《道园学古录》《道园遗稿》等。虞集学识渊博，精于理学；又为元代中期文坛盟主，诗文素负盛名。其与揭傒斯、柳贯、黄溍并称"元儒四家"；其诗与揭傒斯、范梈、杨载齐名，人称"元诗四家"。

❺ 序跋详见《四库明人文集丛刊》本《希澹园诗集》，上海古籍出版社影印，1991年。

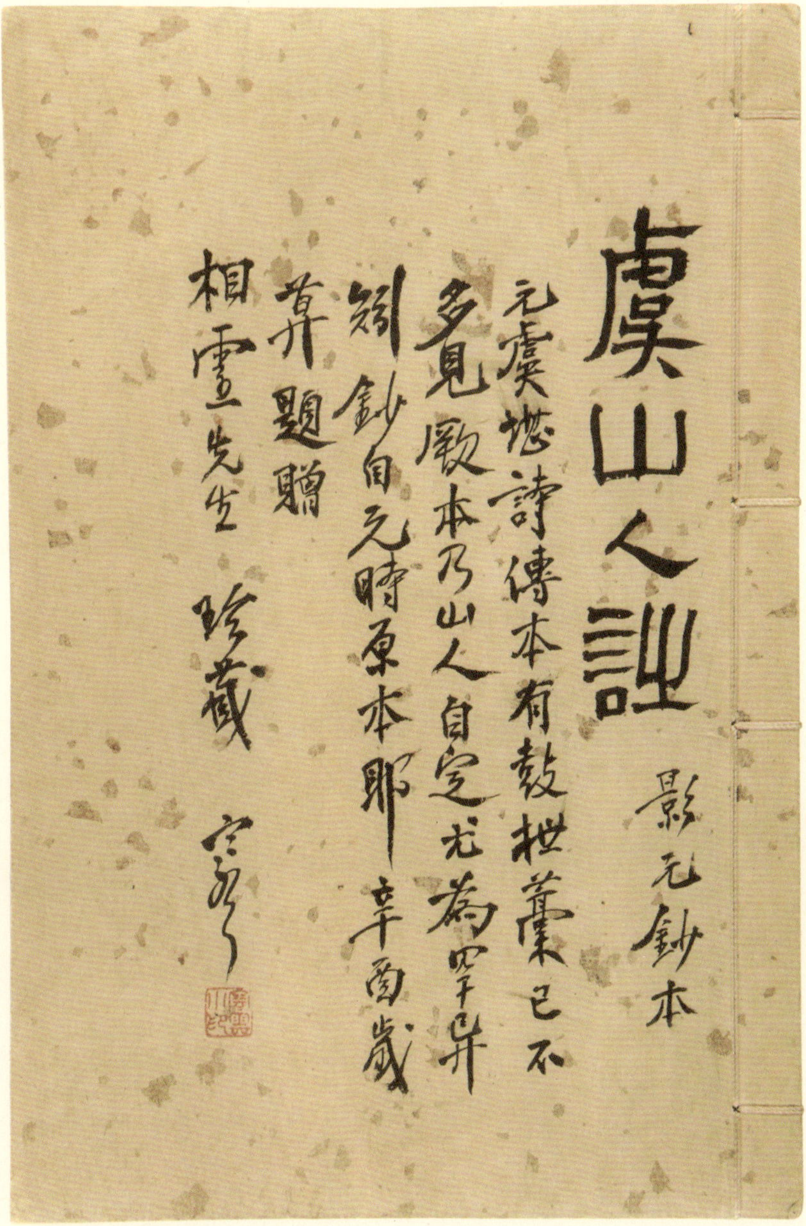

虞山人詩 影元鈔本

元虞愻詩傳本有鼓枻藁已不
多覓歐本乃山人自定尤為罕異
翻鈔自元時原本耶　辛酉歲
茸題贈
相雲先生　珍藏　寒雲

清鈔本《虞山人诗》袁克文跋

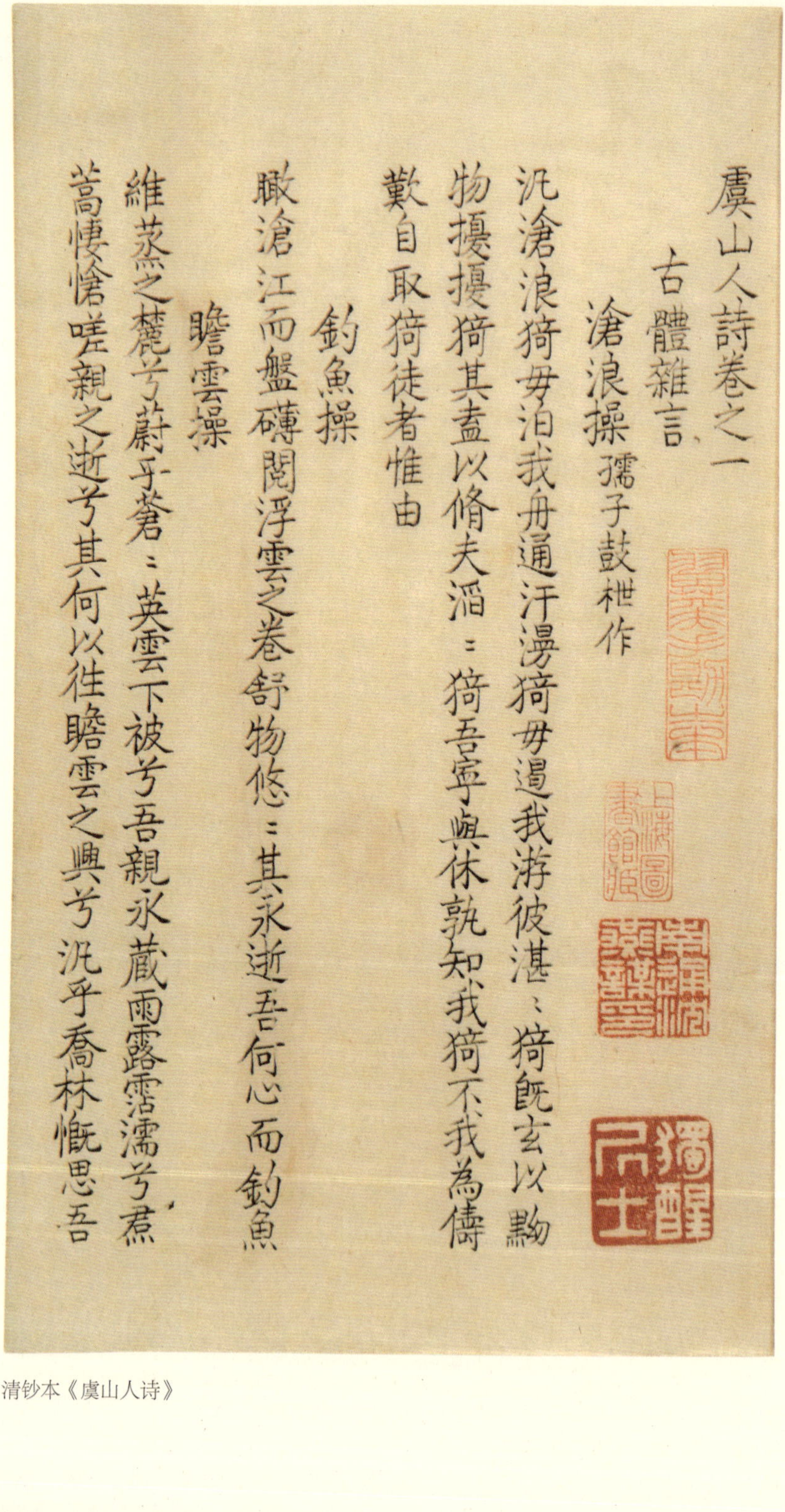

虞山人詩卷之一
古體雜言
　滄浪操孺子鼓枻作
沉滄浪狷毋泊我舟通汗漫狷毋遏我游彼湛二狷既玄以黝
物攝攝狷其盍以脩夫滔二狷吾寧與休孰知我狷不我為儔
歎自取狷徒者惟由
　釣魚操
瞰滄江而盤礴閱浮雲之卷舒物悠二其永逝吾何心而釣魚
　瞻雲操
維蒸之麓兮蔚乎蒼二英雲下被兮吾親永藏雨露霑濡兮君
蒿悽愴嗟親之逝兮其何以往瞻雲之興兮沉乎喬林慨思吾

清钞本《虞山人诗》

《鼓枻稿》。二者相较，诗作篇数相同，仅编次稍异，故而《四库全书》附存其目。虞堪诗作多为元时所写，"入明以后，篇什无闻"。相传虞堪卒后，诗作尚存数箧。然其子孙不读书，未及时编集，久置屋中，散佚良多。虞堪诗多题画之作；适逢元末，又有忧时感事之言 **1**。

据《中国古籍善本书目》，目前存世的虞堪集有三种，均为钞本 **2**，其卷数互不相同。其一，题《鼓枻稿》，有一卷、四卷 **3**、六卷、十卷本；其二，题《希澹园诗》，或《希澹园诗集》 **4**，三卷；其三，题《虞山人诗》，有三卷、四卷、八卷本 **5**。当是虞堪诗文久无刊本，仅钞本流传，故而传本各异 **6**。

清吕无党钞本《鼓枻稿》

---

1 此段参见《四库全书总目》提要。

2 《中国古籍善本书目》集部上，第547—548页。

3 四卷本《鼓枻稿》今藏台北"中央"图书馆，《"国立中央"图书馆善本书目》（增订二版）第三册，第1004页。

4 《希澹园诗集》三卷，清乾隆间写文渊阁四库全书本，台北《"国立"故宫博物院善本旧籍总目》著录，第1153页。

5 八卷本《虞山人诗》今藏台北"中央"图书馆，《"国立中央"图书馆善本书目》（增订二版）第三册，第1005页。

6 参见孙毓修等辑《涵芬楼祕笈》第八集《鼓枻稿》卷末孙毓修跋，上海商务印书馆排石印本，1916—1926年。

清劳权钞本《松雨轩集》

劳权（1818—1861），字巽卿、㪺卿，又字平甫，号丹铅生，又号蟫隐，别署饮香词隐、沤喜亭主等，浙江杭州塘栖镇人。其弟劳格（1819—1864），字季言；其父劳经元，字笙士，喜好藏书。劳氏兄弟自幼受到家庭熏陶，酷爱读书、藏书。劳氏藏书之所有丹铅精舍、学林堂、铅椠堂、拂尘扫叶楼、秋井草堂、沤喜亭、木芙蓉馆、双声阁、玉差参馆、燕喜堂等。劳权精校勘之学，与其弟劳格同隐乡里，以钞校群书为乐。劳氏钞本以其小字精整著称，素来为藏家所重视。

1915年，袁克文从其妹婿张允亮处获得劳钞本《松雨轩集》八卷，补遗一卷，附录二卷，为清咸丰二年（1852）劳权精钞本，其底本乃乾隆四十年（1775）知不足斋鲍廷博校本。今书中有袁氏题记云：

> 明平显《松雨轩集》，清劳㪺卿手钞本，以何道州书画聚头及手钞文稿二册，易自张庚楼妹婿。克文题并记。

册末题款云：

> 乙卯（1915）上巳前二日，无咎赠。寒云记于倦绣室。（钤"梅真"朱文椭圆印、"刘姏"白文长方印、"寒云秘笈珍藏之印"朱文长方印）

1928年，此本为李书勋（字又尘）所得。李氏手跋云："戊辰（1928）二月，又尘得于天津市上，七十二沽春水初涨时也。"之后，此书又为

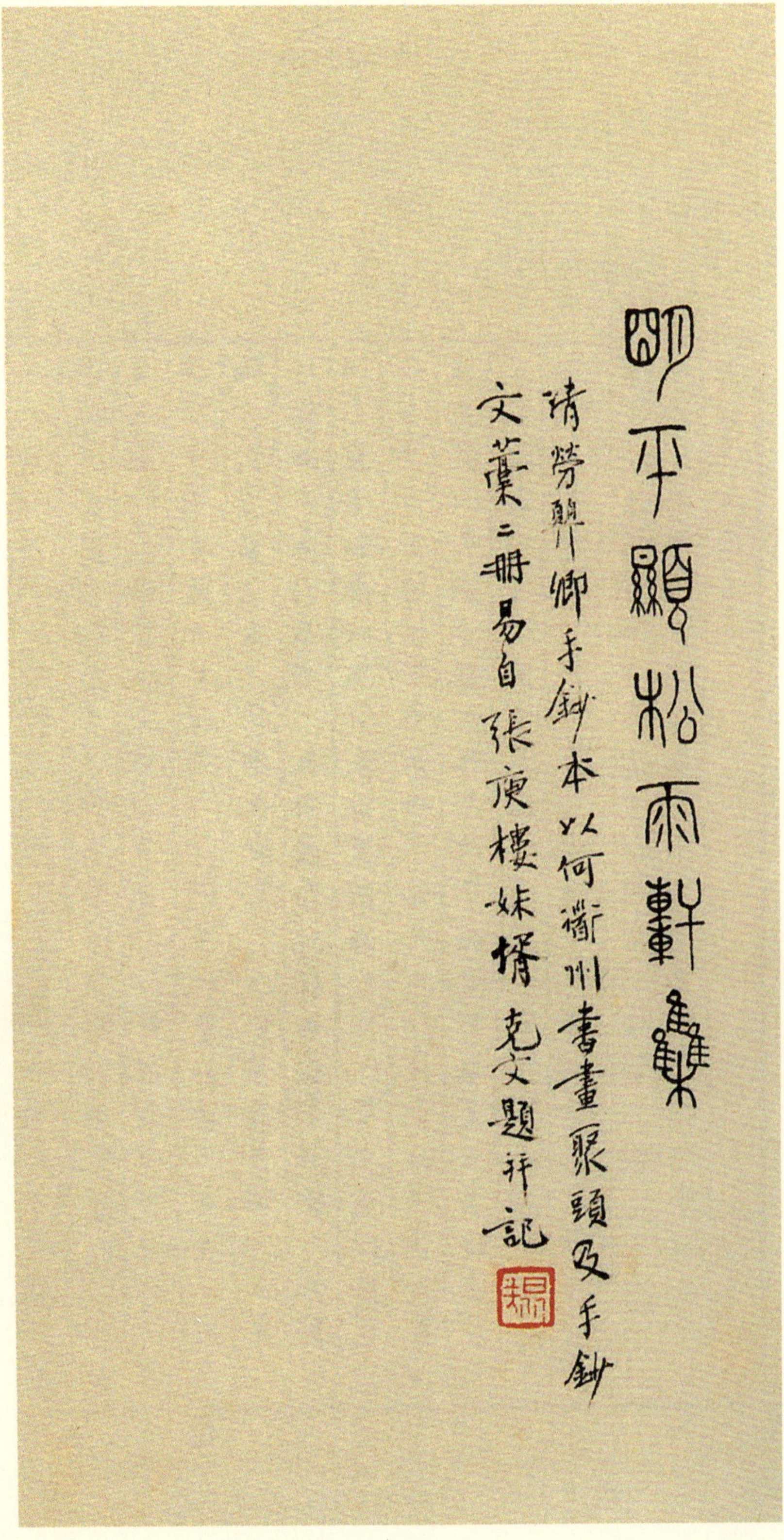

即平顯松雨軒集

清勞辮丬卿手鈔本以何衢州書畫聚題及手鈔
文蕖二冊易自張庾樓妹壻克文題幷記

清劳权钞本《松雨轩集》袁克文跋

祁阳陈澄中收藏。今书中钤有"克文私印""佩双印斋""寒云秘笈珍藏之印""刘姗""梅真""宜兴李书勋藏书记""祁阳陈澄中藏书记"等印记。

《松雨轩集》作者平显，字仲微，号松雨翁，钱塘（今属浙江）人。明洪武初年，以荐授广西藤县知县，后谪戍云南。黔国公怜其才，请除其伍，延主西席十馀年，卒年七十五 **❶**。其文集《松雨轩集》初刻于滇南，有景泰元年（1450）柯暹序。明嘉靖年间其裔孙重刻，嘉靖十九年（1540）陈霆为之撰序。《松雨轩集》刻本传世罕见，目前仅知有数部钞本传世。

此袁克文旧藏本每半叶十四行，二十四字。卷首钞录有明嘉靖十九年陈霆序、景泰元年柯暹序、宣德五年张洪序。每卷后过录乾隆年间知不足斋鲍廷博题记，卷末有劳权辑录方志、诸家文集诗集之补遗、附录等。劳权朱笔校勘，雌黄校改，书中另有劳权签条校记，堪称"劳钞""劳校"之精品。王文进《文禄堂访书记》收录此本中劳权题跋校语十馀条 **❷**，从中可见劳权钞校此本经秋历冬的辛劳。现摘录其中数条如下：

　　咸丰壬子（1852）秋，吴兴丁上舍肇庆寄示此集，从渌饮先生校本传出。松雨为吾乡先哲，求之弥久，一朝获之，殊感丁君不靳一瓻之雅意。每卷渌饮有题识，并录存之。九月朔钞此卷，翌日录毕。仁和劳权巽卿记于蟫隐别墅。

　　夏间于池上构一亭子，署名沤喜，轩窗临水，致饶佳趣。秋风乍起 **❸**，几席东向，差嫌砚水易涸，笔头转燥，新制兔豪又不中书，令人愈想风日妍美、笔研精良之适。巽卿记。

　　秋袯乍过，既佳光景，怀抱暂开。三度病中值兹节，今年幸此身尚健耳。巽卿记。

　　十月朔，独游湖上。归，解逅叔荃，适乞假返杭。来寓相寻，留连谭燕，殊慰经年采葛之思。初六日，于瑞霞主人许酌别，次日抵家。归后复钞此卷。十三日记。

---

❶ 详见丁丙《善本书室藏书志》卷三五，第 834 页。

❷ 参见《文禄堂访书记》卷五，第 347—348 页。

❸《文禄堂访书记》原文作"……署名沤喜轩。因临水，致饶佳趣。西风乍起"。今据拓晓堂《劳权钞本〈松雨轩集〉》叙改。参见《中国嘉德 2012 秋季拍卖会·古籍善本》图录 3862 号拍品。拓文中引劳氏此条题记，或作"西风乍起"，或作"秋风乍起"，根据上下文，当作"秋风乍起"，"西风"疑为笔误。

松雨軒集卷之一

五言古詩

光霽堂

明詩綜訊遇首四句
冥濤海遺珠誤鳴明詩綜同
島兄作島喜

碧雞翠冥濛夕影倒滇水月出金馬東徘徊白雲裏夷峻堂既
崇爽塵不起書籤承素輝琴露烏几濕我公黔岔嗣世濟忠
孝美容光照陳罇於焉燭斯理悵堂珠履榮老客思未已何當
駕長風一遡秋萬里

次韻荅陳叔振

橫經諸侯師韋布榮已極居依尺五天月既三百魄琴尊樂清
時圖書度高壁容來醉或歌我掌和而拍喜子遡紫霄欲鍊靈
娲石排雲抉河漢補袞成五色翱翔鸞峯表輝映蓮炬夕攡辭
巘閣老稱許莫損益余懷丘山報日覺濛汜迫詩壇得奇評甥
館忻綴戚積香看鵬運破浪在鯨力佇登蓬萊山何待兩塵隔

次韻朱雪舟新秋

邓邦述旧藏亦有劳权钞本 **1**，其与袁氏藏本几乎相同，然又略有差异。拓晓堂先生曾列举眉批、校改次数、文字、题跋等数端，论其异同。以笔者观察，邓氏藏本虽然晚出，但其抄写反多添改之处，以卷端叶为例，如"塵""鱕"二字即有剜改痕迹；另，"素辉"之前以墨笔勾画，补"承"字。而袁氏藏本此三处均如别处一样书写工整。邓氏藏本天头、地脚批注亦与袁氏藏本稍异。邓氏藏本天头有勾乙，如"'冥'，明诗误'鸿'，《沧海遗珠集》《明诗综》同"，勾乙之后为"'冥'，明诗《沧海遗珠集》误'鸿'，《明诗综》同"；袁氏藏本作"'冥'，《沧海遗珠》误'鸿'，《明诗综》同"，无勾乙。

邓氏藏本与袁氏藏本 **2**，不仅文字内容有差异，书中劳氏题识亦不尽相同。邓氏藏本卷八后有："咸丰壬子仲冬望，灯下劳权校毕并识"；卷末又题："咸丰丁巳冬，丹铅精舍重录。"而袁氏藏本无此题记。故邓氏藏本为劳氏咸丰丁巳（1857）重录本，而袁氏藏本当是咸丰壬子初钞本，或者说是劳氏校注底本 **3**。袁氏藏本虽为初钞本，已是小楷精写，邓氏藏本则益见劳氏钞本之精益求精。邓氏曾于书中题跋，赞叹不已：

> 此书八卷，皆夒卿蝇头工楷所写成者，每卷皆有题识，唯首尾两卷跋语与此集有关耳。夒卿精力过人，校雠之学晚出而突过前贤，益令后之学者不能仰企，真孤诣也。其弟季言与之并驾，有双丁两到之誉。惜此书有受霉湿处，字已烂损，幸所损无多，而未损处精气犹存。余在京师别见一本，比此完善，亦劳氏手钞，行款字体相同，惜未记为何人所书。或季言与兄各录一本，或夒卿重录一本，皆不可知。他日倘再相逢，当兼收而并蓄也。乙丑（1925）三月，群碧记于吴门。 **4**（钤"正闇学人"朱文方印）

邓氏跋中云，曾在京中"别见一本"，据其描述，非袁氏旧藏劳权钞本，疑即傅增湘旧藏劳格（季言）手写本 **5**。据载，宁波天一阁曾有

1　《标点善本题跋集录》下册，第607—609页。

2　邓氏藏本，今藏台北"中央"图书馆。袁氏藏本，即拓文中所言"元雨轩本"，现藏上海元雨轩。

3　参见拓晓堂《劳权钞本〈松雨轩集〉叙》一文。

4　参见《标点善本题跋集录》下册，第607页。书影见台北《"国家"图书馆善本题跋真迹》四，第2587—2588页。

5　参见《双鉴楼善本书目》。另见《藏园订补郘亭知见传本书目》卷一四，第1367页。

明嘉靖刊本 [1]，《中国古籍善本书目》未见著录。

清乾隆年间纂修《四库全书》开四库馆时，未见进呈此书。嘉庆年间，阮元任浙江巡抚时，曾得明嘉靖本，依样过录 [2]，进呈内府。今台北故宫博物院藏清嘉庆间阮元进呈影钞明刻本《松雨轩集》八卷 [3]，或即此本。

丁丙旧藏亦有钞本 [4]，曾是何元锡旧藏。丁氏认为，此书当是何元锡在阮元幕中钞录 [5]，书中有"钱塘何元锡字敬祉号梦华又字蜨隐"印记，现藏南京图书馆 [6]。

清劳权钞本《松雨轩集》

[1] 《藏园订补邵亭知见传本书目》卷一四，第 1367 页。
[2] 阮元《揅经室集》，中华书局，1993 年，第 1253 页。
[3] 台北《"国立"故宫博物院善本旧籍总目》下，第 1151 页。
[4] 丁丙《善本书志藏书志》卷三五，第 834 页。
[5] 阮元任浙江学政时，曾购入《四库全书》未收录的古书进呈内府，仿照《四库全书提要》的形式写成《四库未收书目提要》，由鲍廷博、何元锡等人参互审订。
[6] 据《中国古籍善本书目》集部上著录，第 551 页。

宋绍兴明州刻递修本《文选》

《文选》是我国现存最早的一部诗文总集，由南朝梁武帝长子萧统等人辑选。萧统卒后谥号"昭明"，故此书又称《昭明文选》。1915年，袁克文先后获藏南宋绍兴明州刻递修本《文选》残卷。今此本卷二六末有其跋云：

> 按《天禄琳琅后编目录》所载，末有识云："右《文选》，版岁久漫灭殆甚。绍兴二十八年冬十月，直阁赵公来镇此邦，下车之初，以儒雅饰吏事，首加修正，字画为之一新，俾学者开卷免鲁鱼三豕之讹，且欲垂斯文于无穷云。右迪功郎、明州司法参军兼监卢钦谨书。"据跋，乃四明刻，当时尚存全书，此四卷不知何时流出，为盛伯兮祭酒所得。予得自盛戚景氏。乙卯（1915）三月望日，寒云识于倦绣室。（下钤"袁克文"朱文白文方印、"寒云"白文方印）

《文选》一书流传后世，注本颇多，其中以李善注、五臣注影响最大，其版刻甚多 **❶**。今国家图书馆藏宋元时期付梓行世的《文选》注本大致可分为三类：

第一类，李善注本，馆藏有三种版本。

首先，北宋刻递修本，即"世传所谓天圣明道本" **❷**，半叶十行，行十七字，小字双行二十五、二十六字不等，细黑口，左右双边。版心题"李善注文选第几"，下记叶数，无鱼尾，而以横线隔断。卷端题

---

❶ 关于《文选》版本具体情况，详见傅刚《文选版本研究》，北京大学出版社，2000年。

❷ 《藏园群书经眼录》卷一七，第1224页。

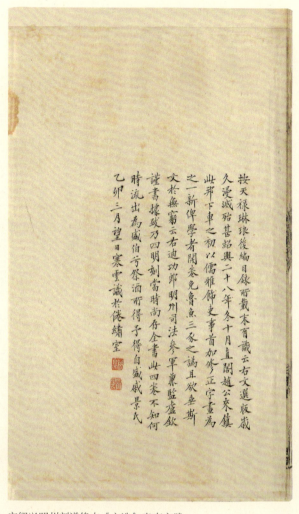

宋绍兴明州刻递修本《文选》袁克文跋

"文选卷第几",次行低两格半题"梁昭明太子撰",三行低三格小字题"文林郎守太子右内率府录事参军事崇贤馆直学士臣李善注上"。现存二十一卷。

其次,南宋淳熙八年(1181)池阳郡斋刻本及其递修本,即世传所谓尤延之本 **1**,半叶十行,行二十一字,小字双行同,白口,左右双边。卷端题"文选卷第几",次行低两格题"梁昭明太子撰",三行低三格题"文林郎守太子右内率府录事参军事崇贤馆直学士臣李善注上"。

---

1 《藏园订补郘亭知见传本书目》卷一六上,第 1505 页。

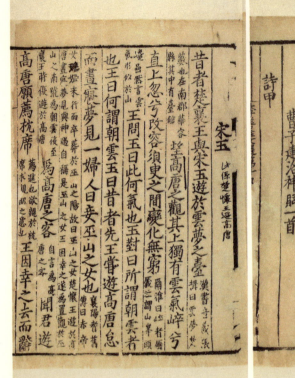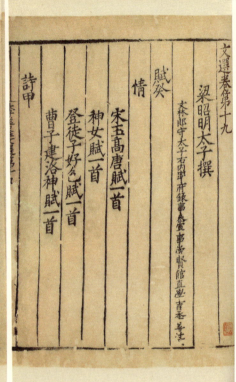

北宋刻递修本《文选》

　　再次，元池州路张伯颜刻重修本，半叶十行，行二十一字，小字双
行同，白口间有黑口，左右双边。卷端题"文选卷第几"，次行低一格
半题"梁昭明太子撰"，三行低二格题"唐文林郎守太子右内率府录事
参军事崇贤馆直学士臣李善注上"，四行低二格题"奉政大夫同知池州
路总管府事张伯颜助率重刊。"卷末题有一行"监造路吏刘晋英、郡人
叶诚"。

　　第二类，五臣注本，指唐玄宗开元时人吕延祚组织吕延济、刘良、
张铣、吕向和李周翰诸人所作注。国家图书馆藏有宋杭州开笺纸马铺钟
家刻本，仅残存一卷。半叶十二行，行十八字至二十字不等，小字双行
二十七字，白口，左右双边。其卷端题"文选卷第一"，次行低七格题
"梁昭明太子撰"，下空两格题"五臣注"，下接正文。卷前有篇目，
卷三○末镌"钱塘鲍洵书字"，另镌牌记"杭州猫儿桥河东岸开笺纸马
铺钟家印行"一行。

　　第三类，六家合注本，即李善与五臣合注本。根据李善注与五臣注

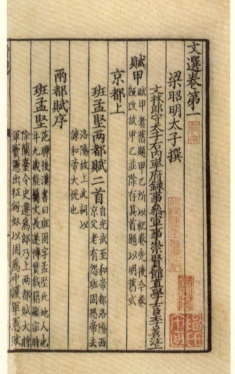

宋杭州开笺纸马铺钟家刻本《文选》　　　　宋淳熙池阳郡斋刻本《文选》

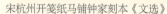

行文的先后，又可分为两个版本系统。

　　其一，李善注在前，五臣注在后❶，如宋赣州州学刻宋元递修本，其卷端题"文选卷第一"，次行低五格题"梁昭明太子撰"，三行低六格题"唐李善注"，四行低六格题"唐五臣吕延济、刘良、张铣、吕向、李周翰注"，下接正文。半叶九行，行十四至十六字，小字双行二十字，白口，左右双边。

　　国家图书馆藏宋刻本与赣州州学刻本题名不同，其卷端题"六臣注文选卷第一"，次行低六格题"梁昭明太子撰"，三行低六格题"唐李善并五臣注"，下接正文。半叶十行，行十八字，小字双行二十三字，细黑口，左右双边。版心上记字数，不分大小字，上鱼尾下记"文选几"，左栏外上方记篇名。此本即《四部丛刊》影印底本，其刊工棱角峭厉，

五二二

❶　傅刚称之为"六臣本"，详见《文选版本研究》，第179页。

“墨色如漆，字画中犹见木板纹，是建本初印之最精者”[1]。

其二，以五臣本为底本，五臣注在前，李善注在后[2]。如南宋绍兴明州刻递修本，半叶十行，行二十至二十二字不等，小字双行三十字，白口，左右双边。即此袁氏旧藏残本。其卷端题“文选卷第几”。次行低三格题“梁昭明太子撰”，三行又低一格题“五臣并李善注”，四行篇目，后接正文，版心刻工颇多[3]。

袁克文所得残本明代曾为杨慈湖、文徵明、毛氏汲古阁旧藏，清初为季振宜所得。后入清宫天禄琳琅，《天禄琳琅书目后编》卷七著录[4]。光绪年间被人盗出宫外，宗室盛昱郁华阁收得八册，即卷二〇至卷二八；1912 年，盛氏书散，流入完颜景贤小如庵[5]。书中藏书印鉴琳琅满目，如钤有“慈谿杨氏”“文述”“古粤世家”“玉兰堂”“竹坞”“小山懋斋”“宋本”“戊戌毛晋”“毛姓祕玩”“毛表”“毛氏藏书子孙永宝”“毛表印信”“毛氏奏尗”“字奏尗”“御史振宜之印”“季振宜读书”“五福五代堂古稀天子之宝”“八徵耄念之宝”“太上皇帝之宝”“天禄琳琅”“乾隆御览之宝”“天禄继鉴”“宗室文悫公家世藏”“圣清宗室盛昱伯羲之印”“景行维贤”“小如庵祕笈”等印记。

之后，是书各册分藏诸家，故每册钤印又略有不同。1915 年三月，袁克文从完颜景贤处购得四卷，即卷二二、卷二三、卷二四、卷二六。1915 年六月二十三日，袁克文析出卷二六，与傅增湘交换宋刊巾箱残本《京本点校附音重言重意互注礼记》卷八[6]。是月二十五日，徐森玉

---

[1] 《藏园群书经眼录》卷一七，第 1232 页。

[2] 傅刚称之为“六家本”，详见《文选版本研究》，第 176 页。国家图书馆另藏有元大德十三年（1309）陈仁子古迂书院刻《增补六臣注文选》残本，现存九卷，半叶十行，行十八字或十九字，小字双行二十三字，黑口，左右双边，间有四周单边。

[3] 有蔡正重刊、蔡政、蔡忠重刊、陈才、陈才重刊、陈高重刀、陈亢重刊、陈文刊、陈文重刊、陈真重刀、陈忠、陈忠重刀、丁文重刊、方成、方样重刊、方祐重刀、顾宥重刊、洪昌、洪昌重刊、洪乘重刀、洪茂、洪茂重刀、洪明重刀、洪先、胡正、黄晖、江政、蒋春、蒋椿重刊、金敦、金敦重刊、李珪、李涓重刀、李良、李显重刊、李忠、梁垂重刀、刘伸、刘文重刊、刘信、刘仲、骆晟、毛昌、毛昌重刊、毛章、毛章重刊、潘与权重刊、晟、施端、施端重刊、施俊重刊、施章重刀、宋道、宋宥、王椿、王进重刊、王举、王举重刊、王谅重刊、王伸、王时、王受、王雄、王乙、王因、王允重刊、王臻重刊、吴圭、吴浩、吴浩重刊、吴正、吴政、吴政重刊、徐亮、徐亮重刊、徐彦、徐宥、徐宥重刊、许中、杨昌重刊、杨永、叶达、叶明、张谨、张举重刊、张由、重刀陈高、重刀施蕴、重刀施章、重刊陈辛、周彦、周彦重刊、朱芾重刊、朱谅重刀、朱文贵、朱文贵重刊、朱因、朱宥重刊等。讳字有殷、玄（有不讳）、敬、泫、驚、弦等缺末笔。

[4] 《天禄琳琅书目后编》卷七，第 322 页。

[5] 《藏园群书经眼录》卷一七，第 1229 页。

[6] 《寒云日记》，第 141 页。

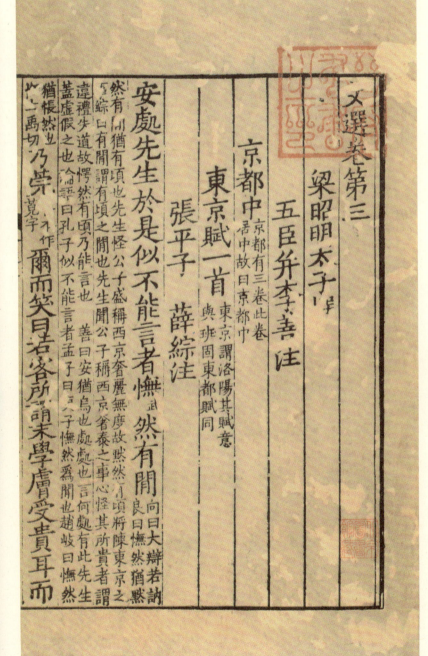

安處先生於是似不能言者<small>武</small>懵然有閒<small>向曰大辯若訥 良曰懵然猶默</small>
<small>然有閒猶有頃也先生怪公子盛稱西京奢麗無厭故黙然有頃 將陳東京之</small>
<small>事心怪其所貴者謂</small>

然<small>綜曰有閒猶有頃也先生怪公子盛稱西京奢麗無厭故黙然有頃</small>
<small>善曰安猶烏也處處也言何處有此先生</small>
<small>遠禮失道愕然有頃乃能言也</small>
<small>善曰安猶烏也處處也言何處有此先生謂</small>
<small>蓋虛假之也論語曰孔子似不能言者孟子曰夫子似不能言者 趙岐曰懵然</small>
<small>猶悵然也</small>

爾而笑曰若客所謂末學膚受貴耳而
<small>此□禹切乃崇 覺字不作</small>

張平子 薛綜注

東京賦一首<small>東京謂洛陽其賦意</small><small>與班固東都賦同</small>

京都中<small>京都有三卷此卷</small><small>居中故曰京都中</small>

五臣并李善注

梁昭明太子撰

文選卷第三

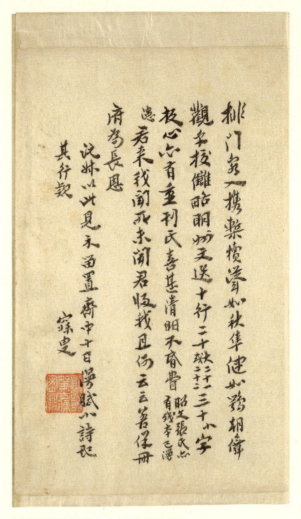

宋绍兴明州刻递修本《文选》沈曾植跋

以宋绍兴修补本《文选》卷二五赠予袁克文 **1**。故此五卷又钤有"佞宋""克文""寒云鉴赏之钵""后百宋一廛""与身俱存亡""寒云子子孙孙永保""寒云秘笈珍藏之印"诸印。馀下诸卷，即卷二〇、卷二一、卷二七、卷二八为李盛铎、李滂父子收藏 **2**，后为周叔弢所得。

---

1 《寒云日记》，第 142 页。

2 《藏园群书经眼录》卷一七，第 1229 页。李盛铎另藏有南宋淳熙八年尤袤池阳郡斋刻绍熙计衡修补本，为杨守敬从日本所得。《木犀轩藏书题记及书录》著录，第 341 页。此本即《文禄堂访书记》著录为"宋绍熙尤延之刻本"。书中有淳熙八年（1181）尤袤序，另有计衡绍熙壬子（三年，1192）刊书跋云："池頖《文选》，岁久多漫灭不可读。衡到□，属校官胡君思诚率诸生校雠，董工□而新之，亡虑三百二十二板、二十万□□九十二字，阅三时始讫工，今遂为全书。书成，以其板移真郡斋，而以新本藏昭文庙文选阁云。"版心另有"戊申重刊"（淳熙十五年，1188）、"壬子重刊"（绍熙三年，1192）、"乙丑重刊"（开禧元年，1205）、"辛〔转下页〕

此四卷另钤有"木斋""李印盛铎""木犀轩藏书""少微""李滂""周暹"诸印记。

袁氏所藏《文选》残卷后转让潘宗周宝礼堂，《宝礼堂宋本书录》著录 [1]。建国后，各家先后捐献旧藏，均入藏今国家图书馆，《文选》有幸在国家图书馆得以合璧，而成现存九卷 [2]，疑即 1926 年傅增湘清点故宫旧藏时所发现佚去的九卷 [3]。

1921 年，傅增湘从宝应刘启瑞家亦收得内阁大库旧藏南宋绍兴明州刻递修本《文选》二十四卷，即卷三至卷五、卷九至卷一一，卷一五至卷一七，卷二一至卷二三、卷二七至卷三五、卷四五至卷四七。原装蝶装八册，因虫蛀严重而改装二十四册 [4]。此本为明晋藩朱钟铉旧藏，书中钤有"晋府书画之印""敬德堂图书印""子子孙孙永宝用"诸印。此傅增湘旧藏内阁大库二十四卷本，与上文所言盛氏旧藏九卷，乃同版两部书，今亦藏国家图书馆。

袁克文赠与傅增湘的卷二六，傅增湘曾以此册邀沈曾植共赏，沈曾植题诗于卷末云：

> 排门客入携椠椟，耸如秋隼健如鹗，朝僎观乎校雠略。
>
> 明州文选十行二十大二十一或二十二三十小字，
>
> 板心亦有重刊氏，喜甚清明不昏瞀。昭文张氏亦有残本，已漫漶。
>
> 君来我闻所未闻，君归我且何云云，善保册府为长恩。
>
> 沅叔以此见示，留置斋中十日，漫赋小诗记其行款。寐叟。

傅增湘亦曾以内阁大库二十四卷本请诸友赋诗题识，沈曾植亦在其中。今此本卷三扉页沈氏题诗云：

> 闇淡春阴不速客，异书呷袖发缄縢。微吟上巳接寒食，刻岁明州纪绍兴。

（接上页）已重刊"（嘉定十四年，1221）等重刊印记。《文禄堂访书记》卷五，第 361—364 页。

[1] 《张元济古籍书目序跋汇编》上册，第 319—320 页。

[2] 此本现存九卷，即卷二〇至卷二八。

[3] 《藏园订补邵亭知见传本书目》卷一六上，第 1506 页。《藏园群书经眼录》卷一七云："光绪中为人盗出，盛伯羲收得八册，卷二十至卷二十八"，作八册九卷，第 1229 页；《藏园订补邵亭知见传本书目》卷一六上云："余丙寅清点故宫时，宫中尚存五十一卷，佚去九卷。其中八卷光绪中佚出，为盛昱收得"，作八卷。两处记载乃同一件事，略有不同，今据书中钤印，此本卷二〇至卷二八首页均钤有"圣清宗室盛昱伯羲之印"朱文方印，故推测卷二〇至卷二八，共计九卷，皆是盛昱旧藏。其中，卷二二至卷二六，共五卷，先后为袁克文所得；卷二〇、卷二一、卷二七、卷二八为李盛铎收藏。

[4] 《藏园群书经眼录》卷一七，第 1229 页。

鬼作长恩应不馁，印成宝筴或相凭。他年会是茅亭客，话我南耳白发僧。

上巳日沅叔自杭看桃花归，促题诗于诸公题名后 **[1]**，以为纪念，口占应之。寐叟。

卷二六与内阁大库二十四卷本为同一版本的不同印本，《藏园群书经眼录》将故宫旧藏本与内阁大库本合而为一，并以沈氏二诗均题于内阁大库二十四卷本 **[2]**。而《藏园订补郘亭知见传本书目》则明确著录故宫旧藏本与内阁大库二十四卷本为两部书 **[3]**。

1929 年十一月，傅增湘曾在日本图书寮寓目此宋绍兴明州刻递修本全本，卷末有卢钦绍兴二十八年（1158）刻书跋文 **[4]**，云：

右《文选》板岁久漫灭殆甚，绍兴二十八年冬十月，直阁赵公来镇是邦。下车之初，以儒雅饰吏事，首加修正，字画为之一新，俾学者开卷免鲁鱼三豕之讹，且欲垂斯文于无穷云。右迪功郎、明州司法参军兼监卢钦谨书。

与《天禄琳琅书目后编》所载相同 **[5]**。故此，上文所及傅增湘、袁克文旧藏《文选》之南宋绍兴明州刻递修本，似可著录为南宋明州刊绍兴二十八年递修本 **[6]**。

---

[1] 《藏园群书经眼录》卷一七录此句为"上巳日沅叔自杭州看桃花归，促题于诸公题名后"。
[2] 《藏园群书经眼录》卷一七，第 1228—1230 页。
[3] 《藏园订补郘亭知见传本书目》卷一六上，第 1506 页。
[4] 《藏园群书经眼录》卷一七，第 1230—1231 页。
[5] 《天禄琳琅书目后编》卷七，第 324—325 页。
[6] 《藏园群书经眼录》卷一七，第 1228—1229 页。

明刻《玉台新咏》

　　《玉台新咏》一书为徐陵编纂，南朝梁中叶成书，收录上起西汉，下迄南朝梁代的诗歌，堪称继《诗经》《楚辞》之后的第三部诗歌总集 **❶**。《郡斋读书志》著录此书云："采西汉以来词人所著乐府艳诗，以备讽览"，将其收入"乐类"。《直斋书录解题》则于"总集类"著录。明代寒山赵均（字灵均）小宛堂旧藏有宋刻本，并以之翻刻，堪比宋本。1915 年九月，袁克文获藏赵氏翻刻本 **❷**。此本之精洁，令袁克文不胜"厚幸"。其跋云：

> 　　郁华藏书辛亥间始流入厂市，最著如黄唐本《礼记》，已展转归予，其他宋元佳刻予得者，亦不下十数。今复获此，且首尾完好，装整若新。予求此书累年，所见十馀，从未如此本之精洁者，宁非厚幸耶。乙卯（1915）九月，寒云。（下钤"寒云"白文方印、"袁克文"朱文白文方印）

　　赵氏旧藏宋刻本卷末有宋嘉定八年（1215）陈玉父《玉台新咏集后序》 **❸**，据此知《玉台新咏》在宋代传本较多，曾有"旧京本""豫

---

❶ 关于此书的编者、版本等相关问题，详见《玉台新咏笺注》，中华书局，1985 年；刘跃进《玉台新咏研究》，中华书局，2000 年。章培恒《〈玉台新咏〉为张丽华所"撰录"考》，《文学评论》2004 年第 2 期，第 5—17 页。谈蓓芳《〈玉台新咏〉版本考——兼论此书的编纂时间和编者问题》，《复旦学报》（社会科学版），2004 年第 4 期，第 2—16 页。牛继清、纪健生《〈玉台新咏〉是张丽华所"撰录"吗？——从文献学角度看〈玉台新咏为张丽华所"撰录"考〉》，《淮北煤炭师范学院学报》（哲学社会科学版），2006 第 4 期，第 21—29 页。

❷ 《寒云日记》，第 151 页。

❸ 详见宋嘉定八年（1215）陈玉父《玉台新咏集后序》，《玉台新咏笺注》，第 531 页。（转五二九页）

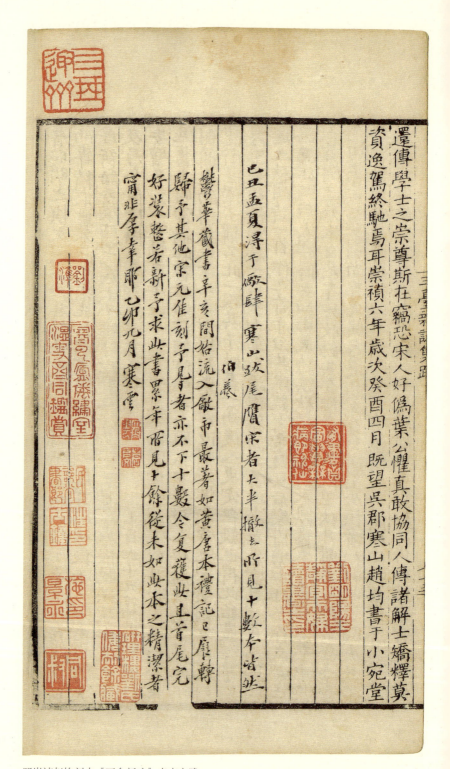

還傳學士之崇尊斯在竊恐宋人好偽葉公懼真敢協同人傳諸解士矯揉莫
資逸駕終馳焉耳崇禎六年歲次癸酉四月既望吳郡寒山趙均書于小宛堂

己丑孟夏得于廠肆　寒山跋尾贋宋者大半撤去所見十數本皆然　伯羹

鬻華藏書辛亥間始流入廠市最著如黃唐本禮記已屢轉
歸予其他宋元佳刻予見者亦不下十數今復獲此廿首尾完
好裝整若新予求此書累年罕見十餘從未如此本之精潔者
宵非厚幸耶乙卯九月寒雲

明崇祯赵均刻本《玉台新咏》袁克文跋

章刻本”“石氏钞录本”等。

明崇祯二年（己巳，1629）早春，冯舒挈友携弟，一行六人，前往寒山赵灵均处钞录宋本，“钞之四日夜而毕”[1]。其行款“凡七十三番，番三十行，行三十字”[2]。是年冬，冯班又借得赵氏宋本，“重录之”。钞写完成之后，又于崇祯五年（壬申，1632）从赵氏借来宋本，与何士龙重新校勘，两日而毕。此即冯班钞本，其行款半叶九行，行十九字，黑口，左右双边。书中有冯班三段跋文：

> 己巳之冬获宋本于平原赵灵均，因重录之如右。是书近世凡有三本。一为华亭杨玄錀本，一为归安茅氏本，一为袁宏道评本。茅、袁皆出于杨书，乃后人所删益也。是本则其旧书。夫后人有得此者，其审之□为常熟冯班者也[3]。壬申春日识此。（钤“班”朱文方印）

> 己巳冬方甚寒，燃烛录此，不能无亥豕。壬申春重假原本，士龙与余共勘二日而毕。凡正定若干字，其宋板有误，则仍之云。冯班再记于确菴之北窗。（钤“班”朱文方印）

> （朱字）余十六岁时，尝见五云溪馆活字本，于孙氏后有宋人一序，甚雅质。今年又见华氏活字本于赵灵均。华本视五云溪馆颇有改易，为稍下矣。然较之杨、茅，则尚为旧书也。闻湖广李氏有别本，宋板甚精，交臂失之，殊为怅恨也。班又识。（钤“班”朱文方印）[4]

明崇祯六年，赵灵均小宛堂以其旧藏宋本，翻刻《玉台新咏》[5]，即崇祯六年寒山赵氏小宛堂刻本，其行款与冯舒钞本相同。赵氏刻本宋讳缺末笔避讳，刊刻精美，传为影宋刻本，受到藏书家的喜爱。清顺治六年（1649），冯班曾借得宋本校勘赵氏刻本，跋云：

> 宋刻讹缪甚多，赵氏所改得失相半，姑两存之，不敢妄断。至于行款，则宋刻参差不一，赵氏已整齐一番矣。宋刻是麻沙本，

（接五二七页）另见《皕宋楼藏书志》卷一一二，第1264—1265页。

[1] 《玉台新咏笺注·原书序跋》，第533—534页。
[2] 详见冯舒《默庵遗稿》卷九《重校玉台新咏序》。
[3] “为”字前一字残。
[4] 另见《玉台新咏笺注》，第541—542页。
[5] 关于赵氏刻本《玉台新咏》的相关版本考证，参见林夕（即杨成凯）《明寒山赵氏小宛堂刻〈玉台新咏〉版本之谜》，载《读书》，1997年第7期，第145—148页。另见林夕《闲闲书室读书记》，广西师范大学出版社，2011年，第53—60页。

故不佳。旧赵灵均物，今归钱遵王。 **❶**

据钱大昕云："观宋刻《玉台新咏》小字本，刻甚工，嘉定乙亥永嘉陈玉父刻，每叶三十行，每行三十字" **❷**，知宋本《玉台新咏》的行款为每半叶十五行，行三十字，赵氏刻本行款虽有改动，却基本近似。而冯班刻本的行款却与其底本大相径庭，相去甚远。然冯班钞本后经以宋本重新校勘，文字上当更多地反映了宋本原貌。

冯班钞本后为钱孙艾所得，并于崇祯十七年（1644）题写跋文。至清中后期，此本又经阮元、翁同书收藏。书中另有翁同书跋 **❸**。今书中钤有"上党冯氏私印""班""二痴""钱孙艾印""忠孝世家""扬州阮氏琅嬛仙馆藏书印""玉璧图书""翁印同书""祖庚翰墨""长生安乐翁同书印""祖庚曾读""宝瓠斋藏书""文端文勤两世手泽同龢敬守"诸印记。

翁同书另藏有清影明钞本，其行款亦半叶十五行，行三十字。清咸丰九年（1859）腊月翁同书将此书寄给其父翁心存。

翁氏父子与《玉台新咏》颇有因缘。早在四五十年前，即嘉庆十六年（1811）夏，翁心存曾借得陈揆稽瑞楼藏冯知十影宋钞本，亲自临写三个月，即今国家图书馆藏清嘉庆十六年翁心存影钞冯知十影宋钞本 **❹**。书中有翁心存题跋，并钤有"翁心存字二铭号遂庵""海虞翁氏陔华馆图书印""遂庵珍藏""陔华唫馆""遂盦""臣印心存"等印记。

寒山赵氏旧藏宋刻《玉台新咏》，今已失传。幸赵氏小宛堂刻本流传后世颇多，可睹宋刻旧貌之一斑。国家图书馆藏有数部赵氏小宛堂刻本。其中一部选入第一批《中华再造善本》，书中有清伊秉绶、王霖、叶志诜、屠倬、刘嗣绾、汪喜孙、管同、梅曾亮、邓瑶、李士棻等人题款，以及陈鸿寿跋，其跋即误作宋刻本。

此袁克文旧藏本每半叶十五行，行三十字，细黑口，左右双边。卷首有"玉台新咏集并序"，次行"陈尚书左仆射太子少傅东海徐陵字孝

❶ 《钱遵王读书敏求记校证》卷四下，第215—216页。另见《玉台新咏笺注》，第534页。

❷ 钱大昕《潜研堂序跋·竹汀先生日记·十驾斋养心录摘钞》，《中国历代书目题跋丛书》第三辑，上海古籍出版社，2010年，第220页。

❸ 参见《玉台新咏笺注》，第542、547页。

❹ 谈蓓芳曾经比勘冯班钞本、翁心存影冯知十钞本诸本，此处不赘。谈蓓芳《〈玉台新咏〉版本补考》，《上海师范大学学报》，2006年第1期，第14—24页。又冯知十即冯彦渊，冯舒、冯班之弟，参见陈望南《海虞二冯研究》，中山大学出版社，2011年。

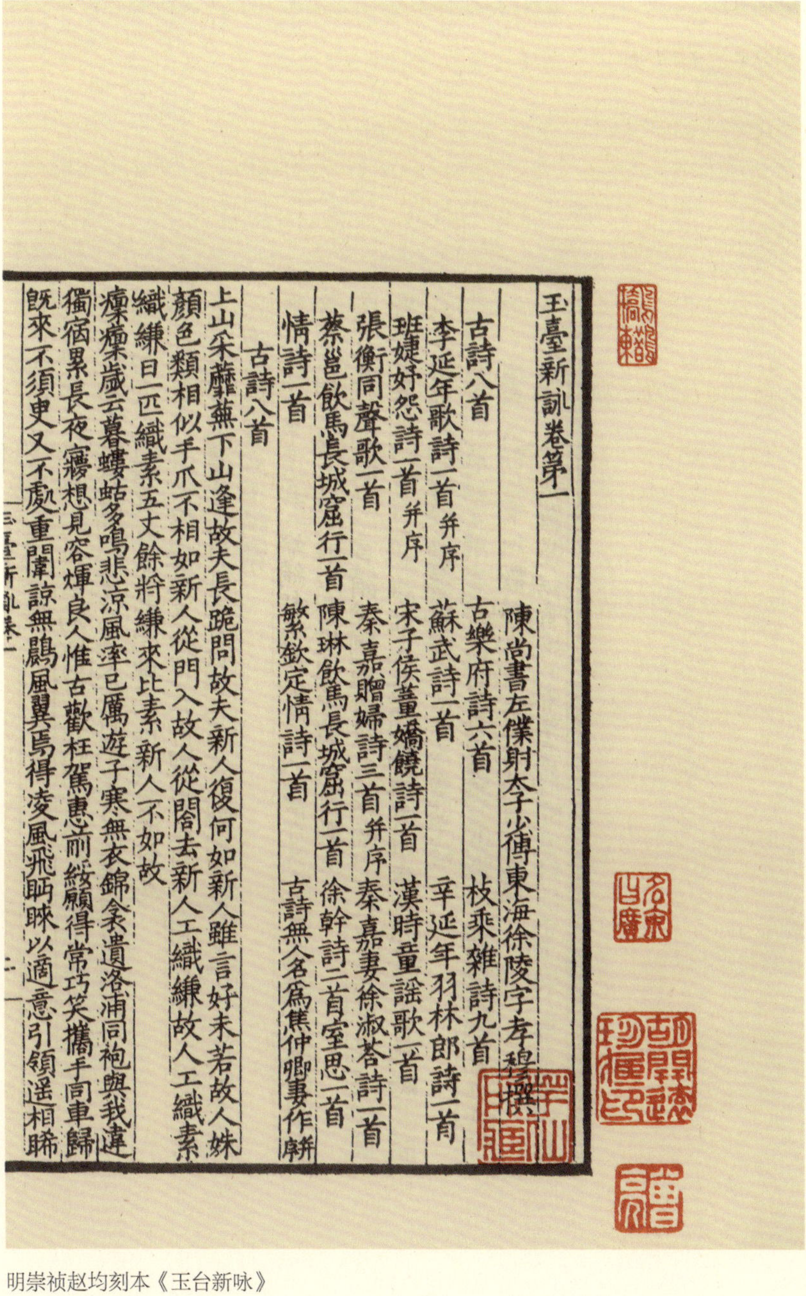

玉臺新詠卷第一　　陳尚書左僕射太子少傅東海徐陵字孝穆撰
古詩八首　　古樂府詩六首　　枚乘雜詩九首
李延年歌詩一首并序　　蘇武詩一首　　辛延年羽林郎詩一首
班婕妤怨詩一首并序　　宋子侯董嬌饒詩一首　　漢時童謠歌一首
張衡同聲歌一首　　秦嘉贈婦詩三首并序　秦嘉妻徐淑荅詩一首
蔡邕飲馬長城窟行一首　陳琳飲馬長城窟行一首　徐幹詩二首室思一首
情詩一首　　繁欽定情詩一首　　古詩無人名爲焦仲卿妻作并序
古詩八首
上山采蘼蕪下山逢故夫長跪問故夫新人復何如新人雖言好未若故人姝
顏色類相似手爪不相如新人從門入故人從閤去新人工織縑故人工織素
織縑日一匹織素五丈餘將縑來比素新人不如故
凜凜歲云暮螻蛄夕鳴悲涼風率已厲遊子寒無衣錦衾遺洛浦同袍與我違
獨宿累長夜夢想見容輝良人惟古歡枉駕惠前綏願得常巧笑攜手同車歸
既來不須臾又不處重闈諒無鶡風翼焉得凌風飛眄睞以適意引領遙相睎

玉臺新詠卷一

明崇祯赵均刻本《玉台新咏》

穆撰"。卷末后叙末署"（嘉定乙亥）……是岁十月旦日书其后永嘉陈玉父"。册末镌有"崇祯六年岁次癸酉四月既望吴郡寒山赵均书于小宛堂"刻书跋语。此本曾经汪士钟收藏。1889年盛昱于厂肆中觅得此本，册末有盛昱跋文一行，云："己丑（1889）孟夏得于厂肆，寒山跋尾，赝宋者大半撤去。所见十数本皆然。伯羲。"1911年前后，盛氏郁华阁藏书散出，流入厂肆。此本为吴昌绶所得，继而转让袁克文 **❶**。扉页袁克文墨笔题签云："明寒山堂刊本玉台新咏十卷，百宋书藏收藏"，下钤"抱存""袁克文"两枚印鉴。之后为天津刘明阳王静宜夫妇宝静簃收藏。今书中钤有"汪印士钟""民部尚书郎""盛昱之印""宗室文悫公家世藏""寒云鉴赏之铩""皇二子""寒云庐倦绣室温雪斋同鉴赏""三琴趣斋""宝静簃主王静宜所得祕笈记""研理楼刘氏藏""刘明阳王静宜夫妇读书之印""有书真富贵无病即神仙""研理楼刘氏倭刓馀藏""刘明阳"等印记。今藏国家图书馆。

❶ 《寒云日记》，第151页。

宋刻《迂斋标注诸家文集》

迂斋，即楼昉，字旸叔，"迂斋"是其号，鄞县（今浙江宁波）人。曾师从吕祖谦，南宋光宗绍熙四年（1193）进士，授从事郎，迁宗正簿，为人正直。后以朝奉郎守兴化军，卒赠直龙图阁。楼昉为文汪洋浩博，从学者数百人，人称"迂斋先生"。著有《中兴小传》《宋十朝纲目》《东汉诏令》《崇古文诀》等 [1]。其中，《崇古文诀》刻本传世，有"诸家文集""崇古文诀"之别。

1915 年十月二十四日，袁克文获藏宋刻残本《迂斋先生标注崇古文诀》[2]；1918 年一月二十六日，又以明刊杂书易得宋刊《迂斋标注诸家文集》三卷 [3]。两书对照，更见宋刊《迂斋标注诸家文集》之珍稀。书中有袁跋三则。其一：

> 此编即《崇古文诀》之初稿，《文诀》本之排编、修益而成，不若此之简当精确矣。姚珤序《文诀》云：广文陈君镃诸梓，时宝庆丁亥，此编陈振孙序为"宝庆丙戌"，盖先成《文诀》一年。明正德二年，《文诀》重刊于广西，未述先有此编。《天禄》《四库》亦莫蒐及，后世几无闻焉。独《直斋书录》传之，《延令书目》收之。今供吾摩挲诵读、获见原来面目者，幸存此耳。予藏有宋刊《崇古文诀》，已窜易次第，变更体格，非迂斋编集之初例，矧为明以后刻，尤窜易而又窜易，变更而复变者也，则此编巍然为书林之星

---

[1] 事见元袁桷《延祐四明志》卷五。

[2] 《寒云日记》，第 152 页。

[3] 《寒云日记》，第 175—176 页。

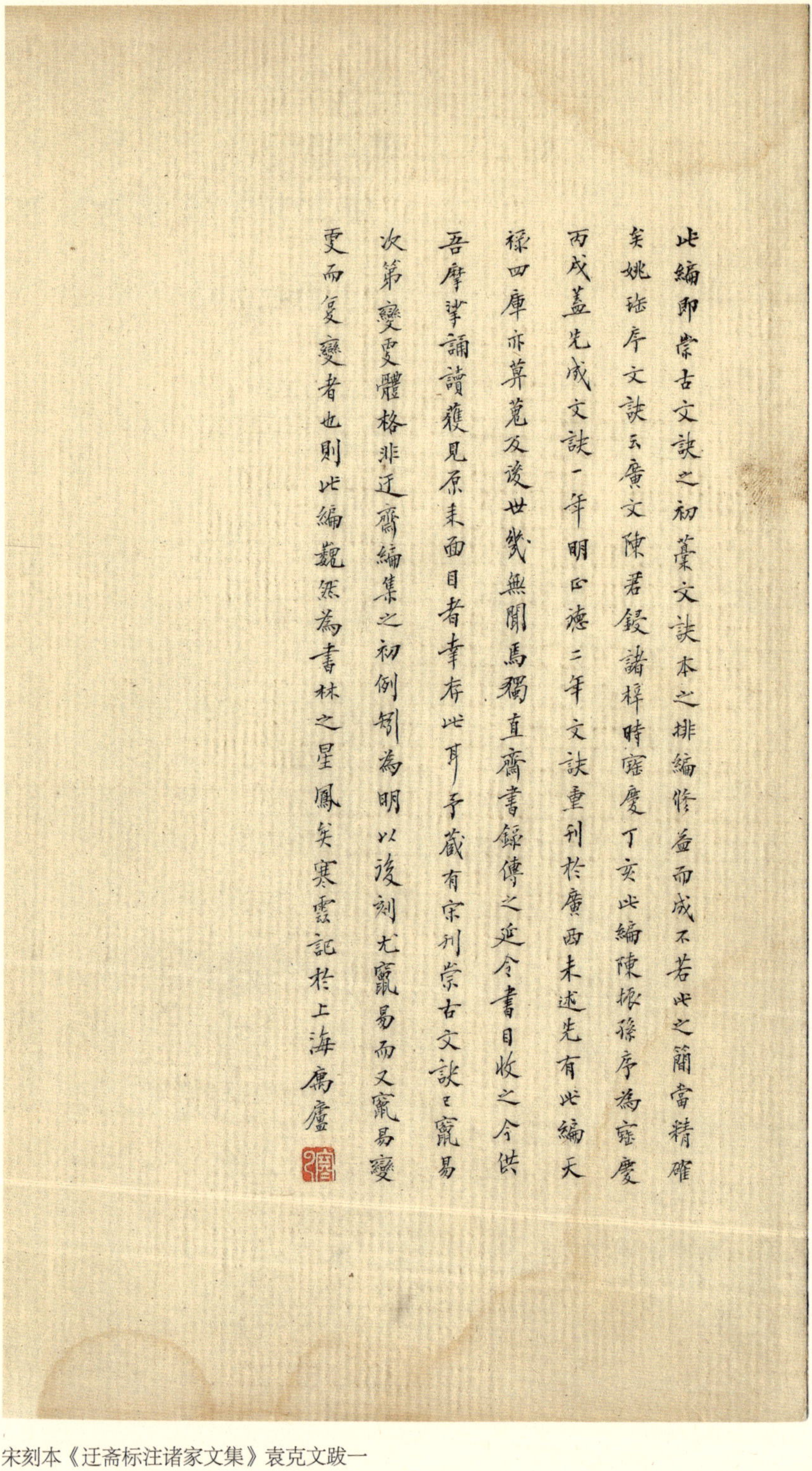

此編即崇古文訣之初蒐文訣本之排編修盈而成不若此之簡富精確
矣姚珌序文訣云廣文陳君鋐諸祥時寧慶丁亥此編陳振孫序為寧慶
丙戌盖先成文訣一年明正德三年文訣重刊於廣西未述先有此編天
禄四庫亦莫蒐及後世幾無闗焉獨直齋書錄傳之延今書目收之今供
吾摩挲誦讀獲見原末面目者幸存此耳予蔵有宋刊崇古文訣之寵易
次第變更體格非迂齋編集之初例刻為明以後刻尤寵易而又寵易變
更而复變者也則此編巍然為書林之星鳳矣寒雲記於上海廎廬

宋刻本《迁斋标注诸家文集》袁克文跋一

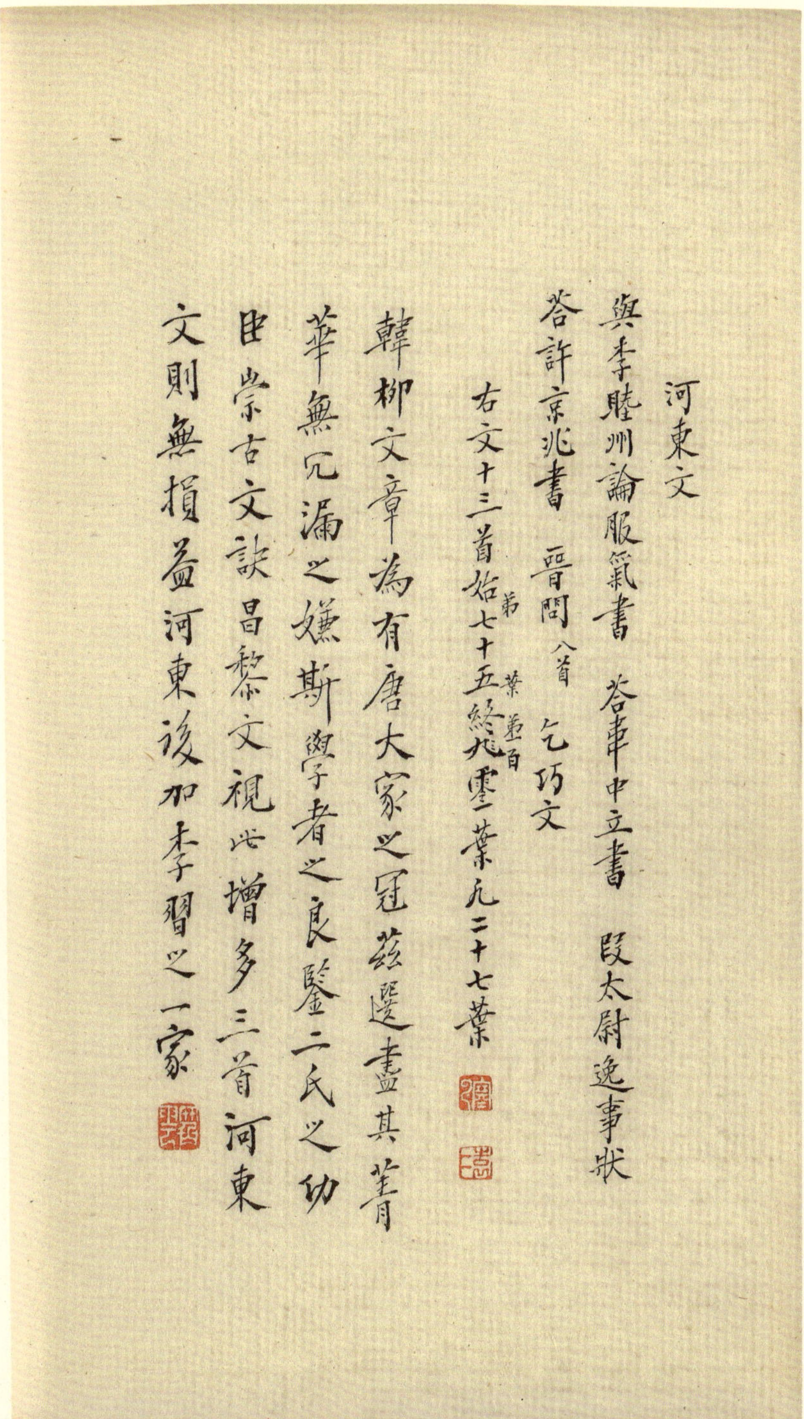

河東文

與李睦州論服氣書　答韋中立書　段太尉逸事狀

答許京兆書　晉問八首　乞巧文

右文十三首始第七十五葉終第百零一葉凡二十七葉

韓柳文章為有唐大家之冠茲選盡其菁華無冗濫之嫌斯學者之良鑒二氏之功臣嘗古文訣昌黎文視此增多三首河東文則無損益河東後加李習之一家

宋刻本《迂斋标注诸家文集》第五册扉页袁克文钞补篇目、跋二

凤矣。寒云记于上海厗庐。（下钤"寒云"白文方印）

其二：

　　韩柳文章为有唐大家之冠，兹选尽其菁华，无冗漏之嫌，斯学者之良鉴，二氏之功臣。《崇古文诀·昌黎文》视此增多三首，《河东文》则无损益，河东后加李习之一家。（钤"寒云"白文方印）

其三：

　　《迂斋标注诸家文集》，不分卷次，以板心叶数测之，则为三卷。《直斋书录解题》曰："《迂斋古文标注》五卷，宗正寺簿四明楼昉旸叔撰。大略如吕氏《关键》，而所取自《史》《汉》而下，至于本朝，篇目增多，发明尤精当，学者便之。"《延令书目》曰："宋板宋人楼昉《标注诸家文集选》十本"。据两家所记，则此书佚去后半帙明矣。此书卷首有季沧苇藏印，即《延令书目》所载。馀自《四库》《天禄》而降无一收者，迂斋选文传世者，惟《崇古文诀》。此书除此帙外，渺无闻焉，真希世之孤本，况刊印隽钞，为澥本之绝精者。虽残，庸何伤耶？戊午（1918）正月，寒云。（下钤"袁克文"朱文白文方印）

是年正月末，袁克文再次赋诗言情，并由夫人刘姌代笔，书于扉页。其诗云：

　　澥刻精严秘本孤，迂斋妙选冠吾庐。端知呵护凭神物，教合延令旧璧无。戊午正月杪寒云题，梅真书。（下钤"刘姌"白文长方印）

是本每半叶九行，行十九字，白口，左右双边。其卷前有宋宝庆二年（1226）陈振孙"迂斋古文编序"，行书大字，卷端题"迂斋标注诸家文集"。行间有墨线圈点，偶有评点之语，小字在行之右，间有墨线剟去者。每篇题下有总评数行。每册扉页有袁克文墨笔钞补篇目。此

迂齋標註諸家文集不分卷次以枚心葉數測之則為三卷真齋

書錄解題曰迂齋古文標註五卷宗正李薄四明樓昉暘林撰大

畧如呂氏關鍵而所取自史漢而下至於本朝篇目增多發明无

精當學者便之延今書目曰宋枚宗人樓昉標註諸家文集選十本

據兩家術記則此書佚古詭半帙明矣此書卷首有李于滄華藏印

即延今書目亦載餘四庫天祿而降無一收者迂齋選文傳世

者惟崇古文談此書除此帙外渺無聞焉真希世之秘本况刋印

萬鈔為刪本之絕精者雖殘庸何傷耶戊午五月寒雲

戊午上巳三 舍姚圖獲觀

宋刻本《迁斋标注诸家文集》袁克文跋三

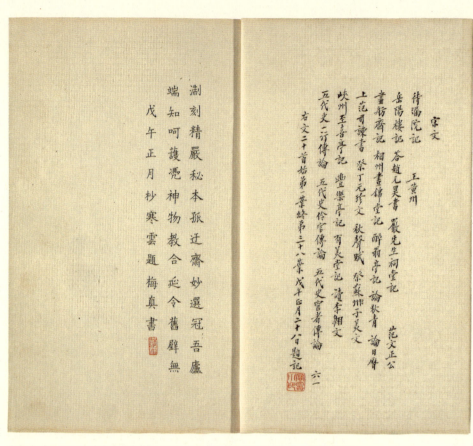

宋刻本《迂斋标注诸家文集》第六册扉页袁克文钞补篇目并题诗（刘梅真书）

本不分卷次，根据版心叶数推知，现存当为三卷。此书编纂，意在方便士人学习为文之法，体例仿照吕祖谦《古文关键》，其于文章的选取、注释则有所增广、发明。陈振孙《直斋书录解题》卷一五著录《迂斋古文标注》五卷，云"大略如吕氏《关键》……"者，当即此本。扉页有袁克文题款"宋椠孤本《迂斋标注诸家文集》，双片玉龛鉴藏"，末署"戊午正月寒云"。下钤"克文"朱文方印。文中另有1918年袁克文题诗，由夫人刘梅真书写。卷末袁克文题款云"戊午仲春寒云梅真同欣赏，昭云侍观"，下钤"刘姒"白文长方印；另有姚朋图1918年经眼题款。

此本为明代项药师旧藏。清代为季振宜所得。书中钤有"檇李项药师藏""宝墨斋记""沧苇""季印振宜""御史之章"诸印。季氏书散，流入厂肆。清末为袁克文所得。另钤有"丽宋书藏主人廿八岁小景""寒云藏书""百宋书藏""克文""寒云主人""克文之钵""璧琊主人""寒云鉴赏之钵""八经阁""寒云心赏""佞宋""瓶盒之鉢""寒云""克文与梅真夫人同赏""三琴趣斋""袁二""寒云小印""后百宋一廛""与身俱存亡""相对展玩""瓶盒"等印鉴。几年之后，袁克文将此二书转让南海潘宗周宝礼堂❶。建国后，潘氏后人潘世兹捐献国家，入藏今国家图书馆。

袁跋中所云《崇古文诀》，即《迂斋先生标注崇古文诀》，每半叶十二行，行二十三字，细黑口，左右双边，现存十卷，即卷四至卷一一、卷一九至卷二〇。此书曾为明代周良金旧藏，后为邓邦述群碧楼所得，每册首有邓邦述朱笔钞补各册存目，书中有邓邦述宣统元年（己酉，1909）朱笔跋文云：

> 此《崇古文诀》四卷至十一卷，又十九、二十两卷，共十卷。凡装三册，乃宋刻宋印本。黄荛圃有此书，亦残宋，存十四卷，钞补四卷，仍缺二卷。比余所得差多四卷耳。余书九至十一三卷，并为黄氏所无，黄书不知散归何许，他日能冀延津之合，则孟子之所谓大欲也。己酉八月付工装成书此。正闇学人。

> 顷都中寄一本来，乃明嘉靖刻本，前有闻人诠序，凡三十五卷，多于宋刻十五卷。文目前后淆乱，就宋本所存之十卷校之，多出者已复不少，谓明刻有增辑耶？则散入于各卷之中，不似后人补选，谓宋刻本苟简耶？则本朝人刻本朝选本，似更不应若是，此真不能索解者矣。他日归鸡林时，当通考诸家著录藏本，以释吾疑。己酉十月大雪寒甚，剪烛记此，漏下三刻矣。正闇。（钤"待价而沽"白文方印、"从吾所好"朱文方印）❷

今书中钤有"周良金印""毗陵周氏九松迂叟藏书记""正闇审定""待价而沽""群碧楼""从吾所好""寒云如意""寒云秘笈珍藏之印""寒云鉴赏之钵""三琴趣斋""后百宋一廛""与身俱存亡""侍儿文云掌记"诸印记。

《迂斋先生标注崇古文诀》与《迂斋标注诸家文集》二者文体相似，从现存残卷中的篇章，《迂斋先生标注崇古文诀》对《迂斋标注诸家文集》篇章有增益，故袁克文认为《迂斋标注诸家文集》五卷为初稿，而《迂斋先生标注崇古文诀》二十卷则为修改稿。

黄丕烈旧藏亦有宋刻《迂斋先生标注崇古文诀》，即《百宋一廛赋》

❶ 《张元济古籍书目序跋汇编》上册《宝礼堂宋本书录》，第323—325页。
❷ 详见邓邦述《群碧楼善本书录》卷一，第79—81页。

中"《文诀》变其从同"之《文诀》。黄丕烈注云：

> 残本《迂斋先生标注崇古文诀》，每半叶十二行，每行廿三字，
> 所存首至卷八，又卷十五至末，又钞补四卷，元二十卷之中，仍少
> 十二、十四两卷。有一印，文曰："吴郡西崦朱朱荣书画印"，又
> 有"朱荣""西崦"各一印，吾郡明初之藏书者也，颇不经见，《文
> 诀》藉此增重矣。予尝欲搜访藏书家，起元、明之交，终于所闻见，
> 各撰小传，合编一集，然后如朱荣者，或不致有名氏翳如之叹，此
> 亦好古者之责也。 **1**

黄氏此书是为朱良育（叔英、朱英）旧藏。朱良育，明吴县（今属
江苏）人，正德年间贡生 **2**。黄注误作"朱荣"，《百宋一廛书录》同误：

> 《迂斋先生标注崇古文诀》，此书为迂斋先生楼昉叔旸标
> 注，共二十卷。目全，卷存一至八、十五至二十，馀钞补。而仍缺
> 十二、十四。此书亦为毛褒华伯藏书，而其中有三印，一曰"吴郡
> 西崦朱朱荣书画印"，一曰"朱荣"，一曰"西崦"。此书之得于
> 京师，盖为其西崦藏书也。余好藏书。而于吾郡藏书家思辑一小传。
> 每恨不能悉知其人。向见一《杨诚斋易传》为西崦朱朱荣藏书，始
> 知吾郡有其人，并看其题识，知为明初人。其书未之得，故于心耿
> 耿焉。后见此本藏书之图记恰合，因急收之，所以存藏书之人也。 **3**

由此知黄氏旧藏宋刻残本存卷一至卷八，卷一五至卷二〇，卷九、
卷十、卷一一、卷一三钞配，缺卷一二、卷一四两卷。此残本曾是朱朱
英旧藏，后得叶万旧藏残本，二者相配遂成全璧：

> 《迂斋标注崇古文诀》非世间不经见之书也，即旧刻亦非希有。
> 余辛酉游京师，见残宋刻而补钞者。卷有吴郡西崦朱朱英图记，因
> 遂收之，入诸《百宋一廛赋》中，其所存宋刻卷数，注载瞭然也。
> 适书友又携一宋刻残本来，系叶石君旧藏，中可配前缺卷，因遂命
> 工重装，竟成全璧，始叹物之会合有缘，此两宋刻之残而复完，实
> 为难得。矧经吾郡诸名家所藏，而一归余手，两美顿合，岂不幸与？
> 嘉庆丁卯（1807）夏至日，复翁黄丕烈识。 **4**

---

1 《黄丕烈书目题跋·百宋一廛赋注》，第406页。
2 参见《藏书纪事诗》卷二，第157—158页。
3 《黄丕烈书目题跋·百宋一廛书录》，第438页。
4 《黄丕烈书目题跋·荛圃藏书题识》卷一〇，第230页。

黄丕烈友人夏文焘家中亦有宋刻"百衲本"《崇古文诀》，其中有周九松旧藏残本，黄丕烈跋云：

丁卯，余友夏方米之尊人容菴丈出其旧藏宋本《崇古文诀》[1]，属为装潢。检视之，知亦系诸宋本凑合而成。卷端有序无目，因从宋本原有序之存者影写，置余本首。其中更有奇者，多与叶石君旧藏本合。而周九松旧藏本间有失叶，在余本内即如卷十六末叶是也。彼所错出，又系余本之失叶，颠倒错乱，虽遇之而不能仍正之，是可叹已。夏丈宝爱其书，思装潢。卒因费不赀，索书去，又远馆洞庭，踪迹不常晤，未及将两书原委告之。戊辰（1808）正月下弦日复翁又识。[2]

由上文可知，黄丕烈旧藏本为朱良育、叶万（石君）两家旧藏合璧而成，无周九松旧藏本。

黄氏藏本后入藏陆心源皕宋楼，陆心源《皕宋楼藏书志》卷一一四著录宋刻本《迂斋先生标注崇古文诀》二十卷，误题周九松、朱赤英旧藏[3]。《宝礼堂宋本书录》中亦云"黄氏所得残本为周九松旧藏"[4]，不知何据。据陆心源按语，书中并无周九松印鉴。陆氏按语云：

案：此宋刻宋印本，每叶二十四行，每行二十三字。卷中有"吴郡西崦朱赤英书画印"朱文长印，"西崦"朱文长印，"叔英"朱文方印、"士礼居"朱文方印、"丕烈""荛夫"朱文二方印。[5]

此本现藏日本静嘉堂文库[6]，1929年十一月傅增湘在日本静嘉堂文库曾经眼此本[7]。据《皕宋楼藏书志》著录，此本卷首有宝庆二年（1226）陈振孙序、宝庆三年姚珤跋、宝庆三年莆田陈森刊版跋。陈序较《迂斋标注诸家文集》之陈序内容、篇幅有所不同，当是增订者，而所署时间则沿用旧序。此陈序云楼昉"间尝采集先□□以来，迄于今世之文，得一百六十有八篇，为之标注，以谂学者"[8]，知二十卷本选

---

[1] 夏方米，即夏文焘，方米是其字，江苏吴县人。

[2] 《黄丕烈书目题跋·荛圃藏书题识》卷一〇，第230页。

[3] 《皕宋楼藏书志》卷一一四，第1287—1289页。周九松，即周良金，明毗陵（今江苏武进）人。《皕宋楼藏书志》误作"周九峰"。

[4] 《张元济古籍书目序跋汇编》上册，第325页。

[5] 《皕宋楼藏书志》卷一一四，第1289页。另见《仪顾堂书目题跋汇编》，第648页。

[6] 《日本藏汉籍善本书志书目集成》第五册《静嘉堂秘籍志》卷一二，第75—79页。

[7] 《藏园群书经眼录》卷一七，第1250页。《藏园订补邵亭知见传本书目》卷一六上，第1529页。

[8] 《皕宋楼藏书志》卷一一四，第1287页。

录文章一百六十八篇。

此书流传后世，又有三十五卷本。如国家图书馆藏元刻《迂斋先生标注崇古文诀》收录文章一百九十三篇，包括先秦三家、两汉十家、三国一家、六朝二家、唐四家、宋二十九家，而韩、欧之文为多 **❶**。行间有夹注、点线。较宋刻本《迂斋先生标注崇古文诀》又增加了二十五篇，编次亦有不同。或是楼昉生前每次刻印此书，均作篇章上的增选、评点，同时对卷次亦作调整，三十五卷本最终成为定本，故元以后刻本皆保持三十五卷规制。明刻本据此本以大字重新雕印 **❷**。《四库全书总目》著录此本为内府藏本，疑即《天禄琳琅书目后编》"元版集部"著录之"麻沙袖珍本" **❸**。

❶ 《四库全书》三十五卷本收文一百九十一篇，较元刻本少王安石《韩琦制》、张耒《送李端叔赴定州序》。

❷ 关于元刻《迂斋先生标注崇古文诀》三十五卷本的有关考证详见《中华再造善本总目提要》，第1279—1281 页。

❸ 《天禄琳琅书目后编》卷一一，第369 页。

明刊《极玄集》

　　《极玄集》为唐人选唐诗之一。陈振孙《直斋书录解题》著录唐人选唐诗数种，如《搜玉小集》、令狐楚辑《御览诗》、姚合辑《极玄集》、元结辑《箧中集》、（后蜀）韦縠辑《才调集》、芮挺章辑《国秀集》、殷璠辑《河岳英灵集》、高仲武辑《中兴间气集》等。1917年二月十七日，袁克文从博古斋书贾柳蓉邨处购得明刻《极玄集》❶。卷末有袁克文墨笔题款"寒云文云同鉴赏"一行。书中另有袁克文题跋、校语。此本是为明刻，袁跋误题元刻。其跋及题诗云：

　　　　《极玄集》二卷，《郘亭知见闻书目》谓"收得元刊本"，即此册也。右纸及书衣题字皆郘亭手迹。书中莫棠小印，即其后裔，举所藏书尽付柳估蓉邨，鬻诸市上。宋永州刊《柳州集》残本为沅叔所获。予购得宋刊《集古文韵》《大藏音》，元刊《滋溪文稿》与此册。此书独完，馀皆残圭断璧耳。寒云。

　　　　（钤"郘宋书藏主人廿八岁小景"朱文长方印、"流水音"白文椭圆印）《极玄集》二卷，此元刊绝精之本。校订尤佳，而传世独罕。持此校汲古阁刻之唐人选唐诗，颇多是正，洵善本也。抱存。（下钤"无垢"朱文方印）

　　　　丁巳（1917）春日杂兴之一

　　　　百首选诗姚谏议，千年争诵《极玄》编。握珠怀璧惊奇遘，

---

❶　《王子霖古籍版本学文集·寒云日记》，第170—171页。王氏书中"瘦蕙初人淡如菊""春水船胥江长宜子"，句读有误。据善本书中钤印，当为"瘦""蕙初""人淡如菊"，"春水船""胥江""长宜子孙"；杨守敬墨笔题款云"壬子四邻苏老人观于沪上"，王氏书中"四"字后脱"月"字。

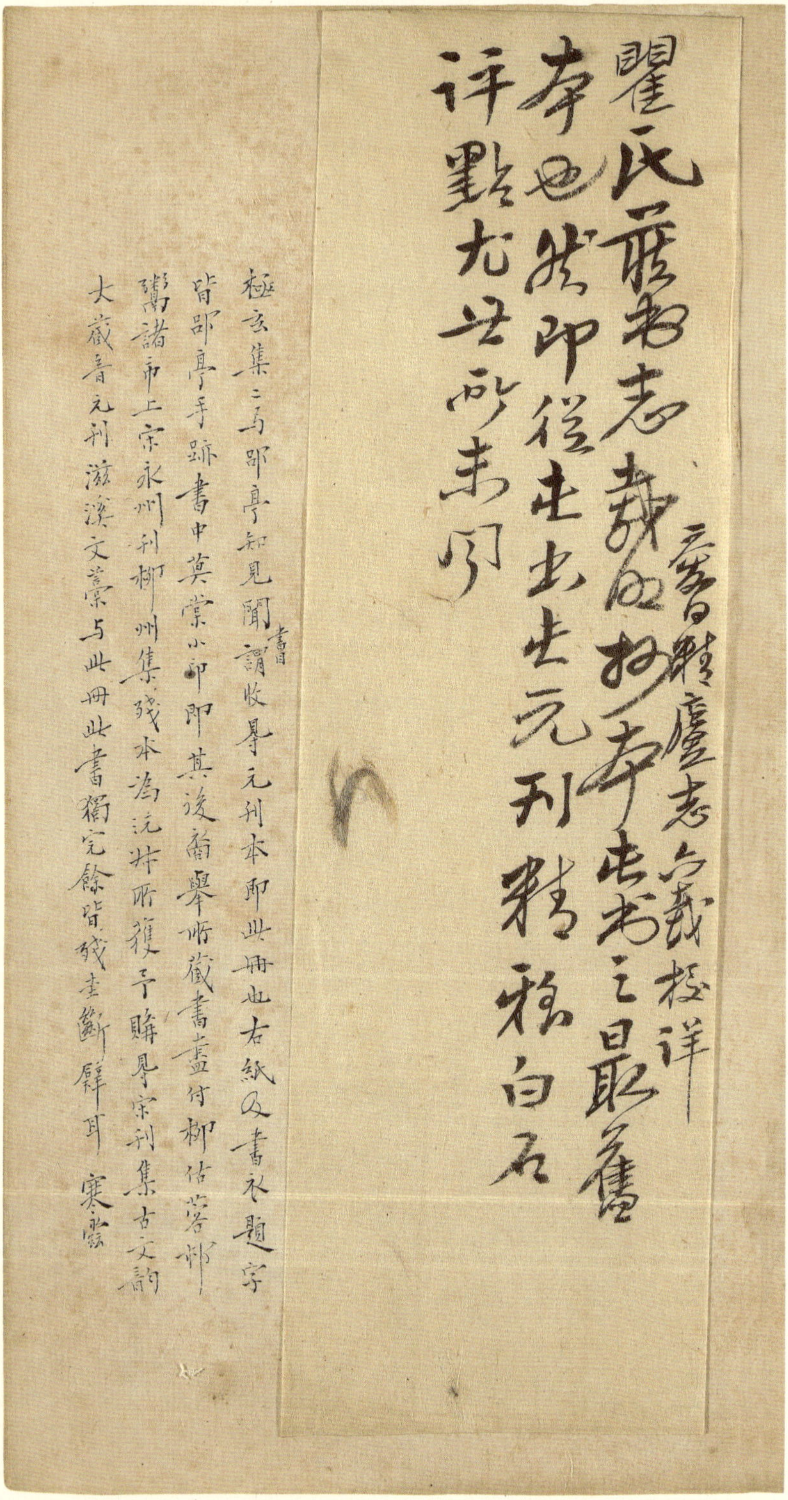

曜氏醒書志載回抄書群盧志六藏极詳
本也然即得生出出元刊精稿白石
評點尤出此所未明

極玄集三写邵亭知見聞謂收得元刊本即此冊此右紙及書衣題字
皆邵亭手跡書中莫棠小印即其後裔擧畔藏書畫付柳佑蓉邨
蕭諸巿上宗永州刊柳州集殘本為元杵所復于瞬景宋刊集古文韻
大藏青元刊滋溪文棠与此冊此書獨完餘皆查斷壁耳寒雲識

明刻本《极玄集》莫棠跋、袁克文跋一

極玄集二弓

此元刊絕精之本校奇
尤佳而傳世獨罕
持此校改古閣刻之
唐人選唐詩頗多
是正其善本也

明刻本《极玄集》袁克文跋二

珍重元朝蒋氏镌。

中和节后二日，录于百宋书藏。寒云时年二十又八。

袁克文得书数日之后，曾以此本与明初活字本唐人小集雠校一过，并于卷末记下其异同：

> 取向藏明初活字本唐人小集雠校一过，举其异同如下。二月二十六日，寒云。
>
> 王维《送晁监归日本》作"送秘书晁监还日本国"：九州何处所 "所"作"远"，鼇身映天黑 "鼇"作"鳌"。
>
> 送丘为下有"落第归江东" 羞称献纳臣 "称"作"为"。
>
> 祖咏《兰峰赠张九皋》作"扈从御宿池"：君王既巡狩 "巡"作"出"，远戍低苍垒 "戍"作"树"；"苍"作"枪"。孤山出草城 "出草"作"入幔"，丰水在园林 "丰"作"澧"；"在"作"映"。
>
> 夕次圖田居无"圖"字：前路入郑郊 "路"作"程"，马烦时欲歇 "烦"作"颁"。遥村烟火起 "村"作"林"。中夜渡京水 "京"作"泾"，籁阴覆座闲 "籁"作"松"；"闲"作"间"。

"极玄"，即最精妙之意。作者姚合（约779—约855），宰相姚崇曾孙，唐元和十一年（816）进士。调武功主簿，历任监察殿中御史、户部员外郎、谏议大夫等。开成末，终于秘书少监。姚合在当时诗名很盛，人称姚武功，其诗派亦称武功体。其与贾岛交好，人称"姚贾"。事见新旧《唐书》本传。

姚合《极玄集自序》云："此皆诗家射雕手也，合于众集中更选其极玄者，庶免后来之非。凡廿一人，共百首。"此集收入二十一人之作，《直斋书录解题》亦云："唐姚合集王维至戴叔伦二十一人诗一百首。"然宋计有功《唐诗纪事·姚合》云"合有《极玄集》，取王维等二十六人诗百篇"，明彭大翼撰《山堂肆考》卷一二三则云："唐姚合选唐诗二十三家为《极玄集》"，均与姚序所言人数不合，疑后世或有增删。

傅增湘曾经寓目宋刻唐人选唐诗残本《才调集》。据其字体雕工，

丁巳春日雜興之一

百首選詩姚諫議千年爭誦極玄編槌珠懷璧驚奇進

珍重元朝蔣氏鎸

中和節後二日錄於百宋書藏寒雲時年三十又八

明刻本《极玄集》袁克文题诗

明刻本《极玄集》袁克文跋、高世异题款

　　傅氏认为当是南宋临安书籍铺刊本❶。郑振铎题明万历本《唐人选唐诗》跋亦云："……乃知选刻唐人诸选，其风亦自南宋书棚创之。"❷此外，尚有影宋钞本《中兴间气集》《极玄集》《才调集》等，其行款均为每半叶十行，行十八字，白口，左右双边。

　　综上所述，《极玄集》南宋时有刻本行世。至明末清初，影宋钞本有毛氏汲古阁、钱曾述古堂影宋钞本，十行十八字，白口，左右双边；因知宋刻《极玄集》行款为十行十八字，乃棚本旧式❸。

❶ 《藏园订补邵亭知见传本书目》卷一六上，第 1514—1515 页。
❷ 《郑振铎全集》卷一七《西谛题跋》，花山文艺出版社，1998 年，第 624 页。
❸ 《藏园群书题记》卷一九《校唐人选唐诗八种跋》，第 934—946 页。

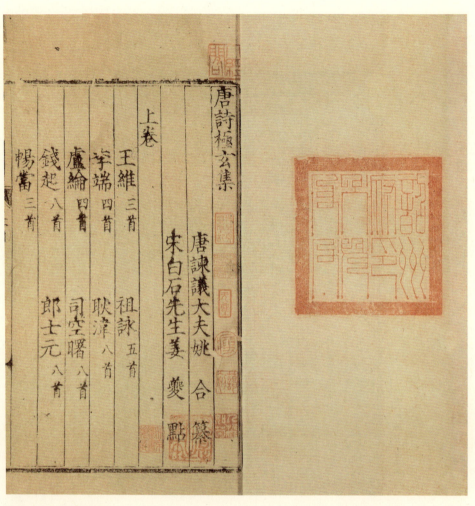

明刻本《极玄集》目录

　　然此书宋刻"世久不传"❶，目前所知传世较早的本子有元至元五年（1339）建阳蒋易刊本，分为上、下卷，文中有宋姜夔评点。卷首有蒋易《极玄集序》，末署"时重纪至元之五年三月既望建阳蒋易题"。

　　此袁克文旧藏明刻本目录后亦有至元五年建阳蒋易刊书题记，知其当从蒋易本出，莫友芝、袁克文、张元济等人皆误题元刻。此本每半叶九行，行十八字，细黑口，四周双栏，卷端题"极玄集卷上"。莫友芝之侄莫棠篆书题写书衣，并跋云：

　　　　瞿氏《藏书志》载明钞本，《爱日精庐志》六载较详，此书之最旧

❶ 《藏园群书题记》卷一九，第940页。

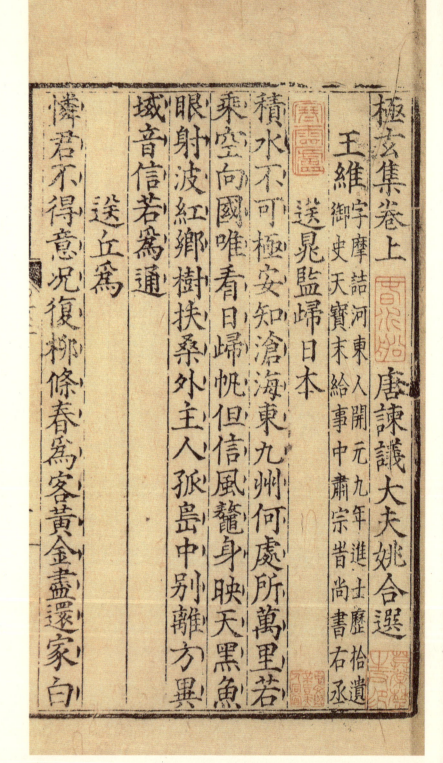

極玄集卷上

唐諫議大夫姚合選

王維　字摩詰河東人開元九年進士歴拾遺御史天寶末給事中肅宗朝尚書右丞

送晁監歸日本

積水不可極　安知滄海東　九州何處所　萬里若乘空　向國唯看日　歸帆但信風　鼇身映天黑　魚眼射波紅　鄉樹扶桑外　主人孤島中　別離方異域　音信若為通

送丘為

憐君不得意　況復柳條春　為客黃金盡　還家白

明刻本《极玄集》

本也。然即从此出。此元刊精雅，白石评点，尤世所未同。

莫氏跋中所言“《爱日精庐志》六载”，不详是何版本。今仅见《爱日精庐藏书续志》卷四著录“唐诗极元二卷”，疑即莫氏所言之本[1]。此本后入瞿氏铁琴铜剑楼[2]，即莫友芝《郘亭知见传本书目》中所言“张氏志有秦酉岩手钞本，题‘唐诗极玄’”之本，傅增湘订补云：

> 明秦四麟又玄斋写本，有蒋易跋，自蒋易刊本出。海虞瞿氏藏，即莫氏据张金吾《藏书志》著录之秦酉岩钞本。[3]

蒋易刻《极玄集》于白鹤书院，并附姜夔评点及跋语。至明万历丁亥（1587）有武林邵重生刻本。明天启七年（1627）毛晋重刊《极玄集》[4]，未言明所据何本。然据“其手跋，则姜白石点本，子晋实未曾见，其所称近刻”，或即武林邵氏本[5]。

此明刻本为莫友芝旧藏，《藏园订补郘亭知见传本书目》著录[6]。1918年末，其好友高世异以汲古阁本校勘，末有其蓝笔题款云“戊午岁暮假与汲古阁本点校一过”，下署“华阳高世异题记”。后为周叔弢所得，钤有“曾在周叔弢处”朱文长方印。周叔弢《自庄严堪书目》著录“《极玄集》元本，一本”，即此本[7]，亦误题元刻。建国后，周叔弢捐献旧藏给国家，入藏今国家图书馆。

袁克文跋中提及“宋永州刊《柳州集》残本”，即宋乾道元年（1165）零陵郡庠刻本《唐柳先生外集》一卷，每半叶九行，行十八字，白口，左右双边。零陵县郡治在永州，故称“永州郡庠”。卷首有乾道元年叶桯“重刊柳文后叙”。永州本《柳州集》为清曹寅旧藏。曹氏书散，此《外集》残卷为莫绳孙所得，扉页有莫绳孙跋，书中另有张允亮题款。1913年冬，

---

[1] 《爱日精庐藏书续志》卷四，第698页。

[2] 《铁琴铜剑楼藏书目录》卷二三著录，第355页，现藏国家图书馆。《铁琴铜剑楼藏书目录》著录云：“唐姚合选。有至元五年蒋易跋。每叶板心有‘又玄斋’三字。卷末有题记四行云：‘此系吾乡秦酉岩手录，庚寅上元日遵王见赠。弗乘。’‘庚申九月九日得于虞城肆中。超然。’卷中有‘五岭山人’‘又玄斋校阅过’二朱记’。”

[3] 《藏园订补郘亭知见传本书目》卷一六上，第1513页。

[4] 毛晋《姚少监诗集》刻书序云“天启丁卯（1627）余梓《极玄集》，乃姚武功取王维至戴叔伦二十余人诗百首，曰：此诗家射雕手也”。

[5] 此段叙述详见《藏园群书题记》卷一九，第940页。

[6] 参见《藏园订补郘亭知见传本书目》卷一六上，第1513页。

[7] 《周叔弢古书经眼录》下册《自庄严堪书目》，第615页。杨守敬《日本访书志》卷一二著录元刻《唐诗极玄集》二卷，疑亦为明刻本。

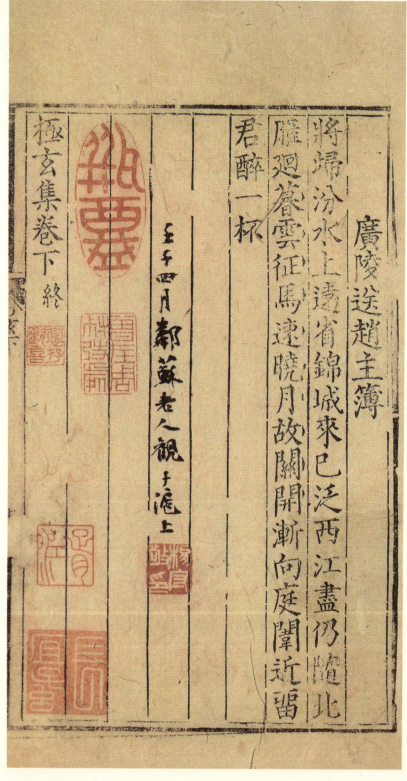

广陵送赵主簿

将归汾水上　远省锦城来　已泛西江尽　仍随北

雁廻　云征马速　晓月故关开　渐向庭闱近　留

君醉一杯

壬午四月邻蘇老人观于滬上

極玄集卷下　終

明刻本《极玄集》卷末

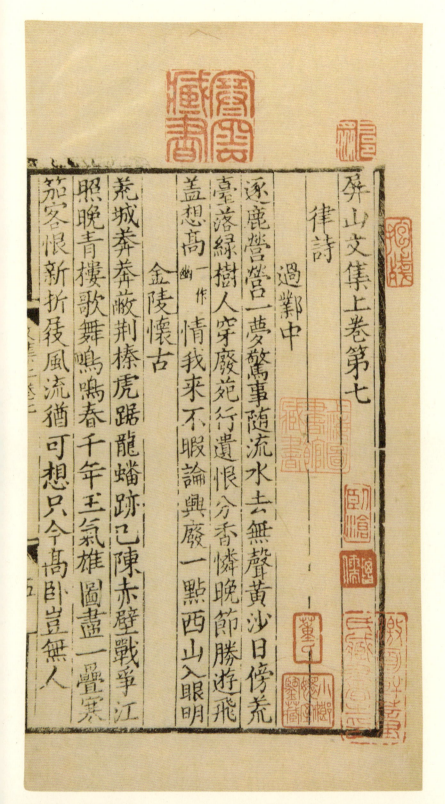

屏山文集上卷第七

律詩

過鄴中

逐鹿營營一夢驚萬事隨流水去無聲黃沙日傍荒
臺落綠樹人穿廢苑行遺恨分香憐晚節勝遊飛
蓋想高幽 一作 情我來不暇論興廢一點西山入眼明

金陵懷古

荒城莽莽蔽荊榛虎踞龍蟠跡已陳赤壁戰爭江
照晚青樓歌舞鳴春千年王氣雄圖盡一疊寒
笛客恨新折戾風流猶可想只今高卧豈無人

明弘治刻本《屏山文集》

五五三

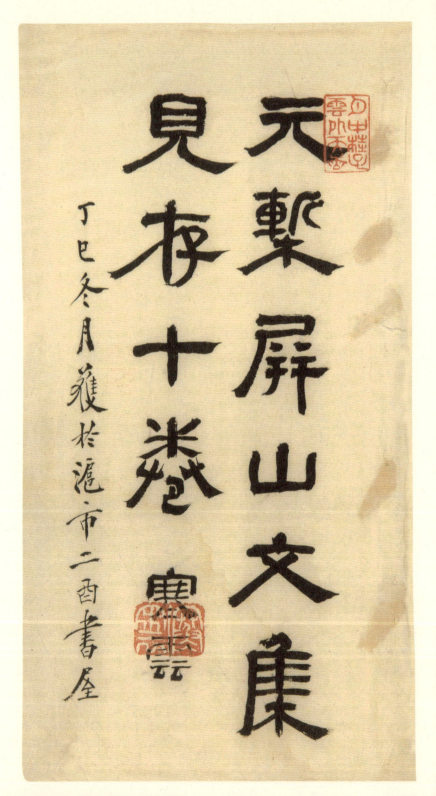

明弘治刻本《屏山文集》袁克文题识一

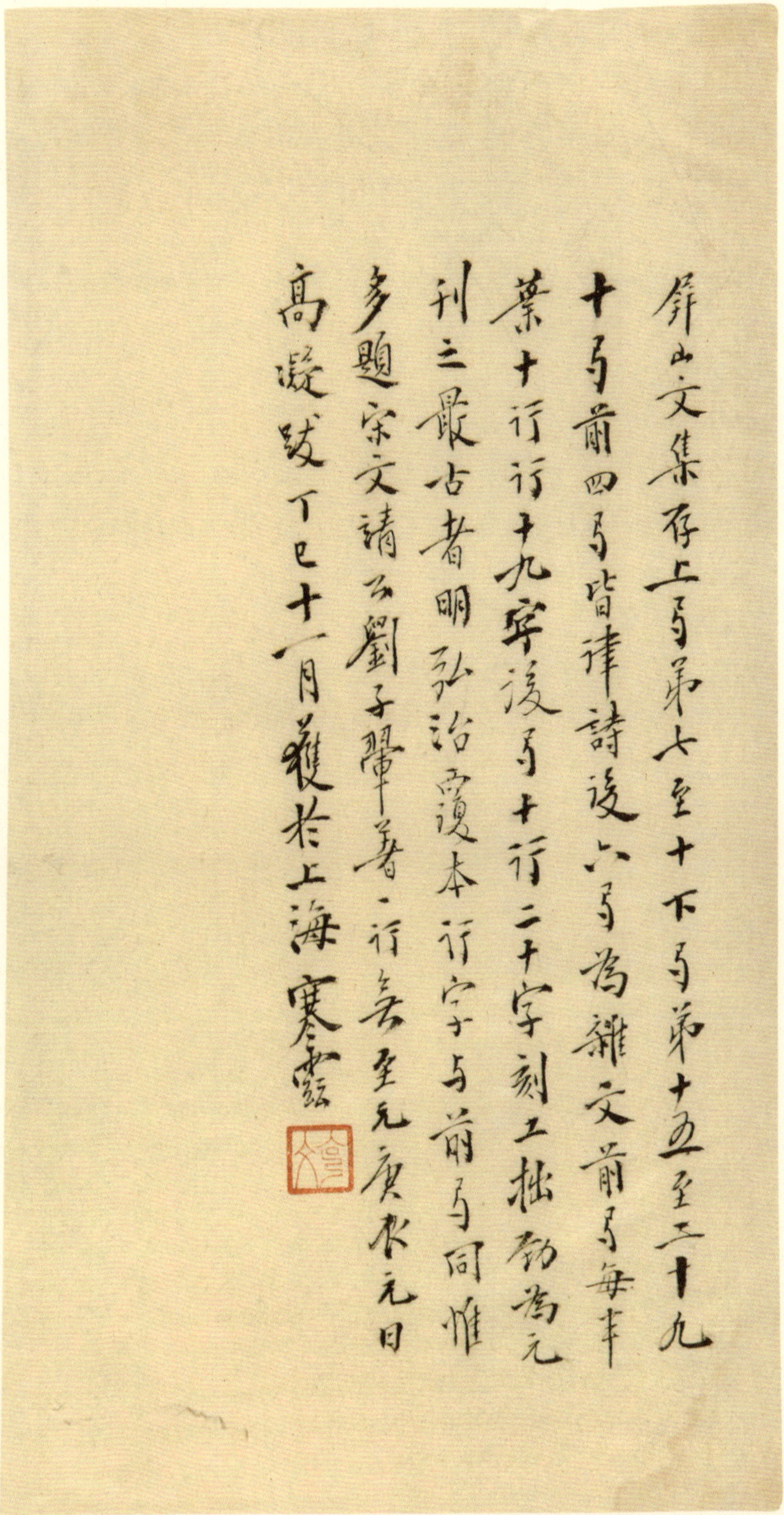

屏山文集存上弓第七至十下弓第十五至三十九
十弓前四弓皆律詩後六弓為雜文前弓每半
葉十行行十九字後弓十行二十字刻工拙劣為元
刊三最古者明弘治覆本行字与前弓同惟
多題宋文諸公劉子翬等一行舊至元庚水元日
高凝跋丁巳十一月覆於上海寒雲

明弘治刻本《屏山文集》袁克文題識二

张元济为傅增湘收得此书❶。扉页有藏园先生七十岁小像一幅。

1915 年七月下旬，袁克文从傅增湘处借来其"所藏宋本《唐柳先生外集》一卷，付胥影写一过"❷，并影写清同治十二年（1873）莫绳孙手跋，且于影写本中题款云："《唐柳先生外集》，乙卯七月假沅叔肃政所藏宋本影写一过。寒云。"此影写本现藏台北❸。而傅氏宋刻原本现藏国家图书馆，书中钤有"栋亭曹氏藏书""莫氏秘籍之印""莫氏图书之印""影山草堂""独山莫绳孙字仲武印""莫经农字筱农""莫俊农字德保""莫绳孙字仲武""莫绳孙字仲武长宜子孙""藏园秘籍孤本""沅叔审定""忠谟继鉴"诸印记。

1917 年初袁克文所得之《极玄集》，因其刊刻精美而令其误题"元刊"。是年十一月初一日，袁克文得明刻《屏山集》残本❹，则以其刻工古拙而误认为"元刊之最古者"。书中有其题识两则。其一：

> （钤"月中桂子云外天香"朱文长方印❺）元椠《屏山文集》，见存十卷。寒云。丁巳冬月获于沪市二酉书屋。（下钤"寒云"白文扁方印）

其二：

> 《屏山文集》存上卷第七至十，下卷弟十五至二十，凡十卷。前四卷皆律诗，后六卷为杂文。前卷每半叶十行，行十九字；后卷十行二十字，刻工拙劲，为元刊之最古者。明弘治覆本行字与前卷同，惟多题"宋文靖公刘子翚著"一行，无至元庚辰元日高凝跋。丁巳十一月获於上海。寒云。（下钤"克文"朱文方印）

宋刘子翚撰《屏山集》二十卷，明弘治十七年（1504）刻本，现存十卷。书中另有费寅、董增儒跋。今藏上海图书馆。

---

❶ 此段参见《藏园群书题记》卷一二，第 614—615 页。《藏园群书经眼录》卷一二，第 891—893 页。

❷ 《寒云日记》，第 144 页。

❸ 《标点善本题跋集录》下，第 456 页。

❹ 《寒云日记》，第 173 页。

❺ 此印钤于袁克文题签之后，疑为袁印。

宋刻《唐僧弘秀集》

宋刻《唐僧弘秀集》残本，曾为黄丕烈百宋一廛中之座上客，《百宋一廛赋》称之为"衲子之宏秀" **❶**。黄氏书散，此本入藏汪士钟艺芸书舍；汪氏身后，又流入厂肆。清光绪十年（甲申，1884），书商贾仲仁收自金陵孙澄，李盛铎以"番饼十六枚"购回，入藏木犀轩 **❷**。1916年三月，李盛铎以袁克文得棚本《韦苏州集》无刻书题识而"未敢自信"，故出示此本，请其比勘。袁克文遂于书中题跋一则：

> 《唐僧弘秀集》残本，存一至八卷，陈氏书棚本也。唐人小集盛于棚本，明时覆刻尤夥，精者几可乱真，而真本之存于今者，不过聊聊知名数种，此其一也。木老夫子以克文近得棚本《韦苏州集》，因无题识，未敢自信，遂出此见示，其刻工与此书版心有姓名之叶若出一手，始知真棚本亦不必定有陈解元刊记一行也。丙辰（1916）三月，克文谨识。（下钤"臣印克文"朱文方印）

今书中钤有"士礼居""复翁""丕烈之印""阆源真赏""汪印士钟""木斋审定""木斋审定善本""木斋宋元祕笈""李印盛铎""木斋真赏""木犀轩藏书""少微""李滂"等印鉴。书中另有黄丕烈、李盛铎识语。1936年，经傅增湘介绍，李盛铎之子李滂将其父遗书转让入藏北京大学图书馆。

傅增湘《藏园群书经眼录》著录《唐僧弘秀集》两部：

❶ "宏秀"，即"弘秀"，因避乾隆弘历名讳之故。《黄丕烈书目题跋·百宋一廛赋注》，第405页。

❷ 详见《木犀轩藏书题记及书录》，第30—31页。

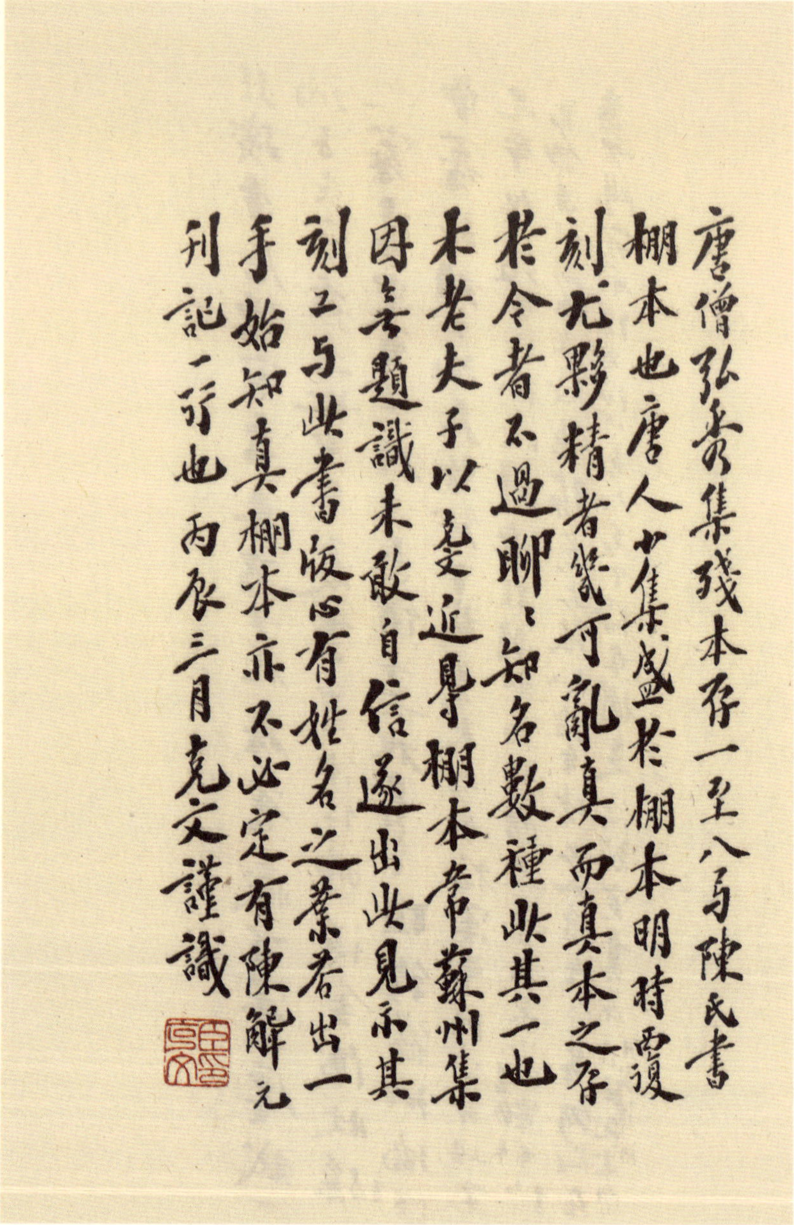

唐僧弘秀集殘本存一至八弓陳氏書
棚本也唐人七集盛於棚本明時再覆
刻無彩精者幾可亂真而真本之存
者令者不過聊聊知名數種此其一也
未老夫子以受近得棚本常蘇州集
因善題識未敢自信逐出此見示其
刻工与此書版心有姓名之業者出一
手始知真棚本亦不必定有陳解元
刊記一行也丙辰三月克文謹識

宋刻本《唐僧弘秀集》袁克文跋

宋陈宅书籍铺刊本，十行十八字，白口，左右双阑，版心下方间记刊工人名，有翁天祐、徐、林二等字。前李龏和父序，序后空二行有牌子，如下式："临安府棚北大街睦亲坊南陈解元宅书籍铺刊行"。

卷十后有幡式丹色木印记："嘉兴崇德凤鸣世医蔡济公惠，家无甔石之储，惟好蓄书于藏，以为子孙计，因书此，传之不朽。"

钤印有"蔡氏公惠""乾学""徐健菴""季振宜藏书""濮阳李廷相双桧堂书画私印"朱文大长印。第二卷第八叶原缺，新钞补。

清宫旧藏，函帙仍内府原装，内有原签一纸。（凡六行。）

《弘秀集》原一套，四本，五十六年三月十六日畅春园发下，去衬纸改插套，一本，系唐朝名僧之诗，宋宝祐年间人李龏纂录并序。宋板。（壬申正月初六日见于文友堂。）**❶**

第一部为全本，现藏台北"中央"图书馆，著录为"宋宝祐六年临安陈解元书籍铺刻本"**❷**。第二部为残本，即李盛铎旧藏，书中贞、树、匡、玄、构等字缺笔，版心下间有刻工名，有翁天祐，或作翁、天祐**❸**，与台北所藏全本同，二者疑为同一版本，即李盛铎旧藏本亦宋临安陈解元书籍铺刻本**❹**。

此书卷首有南宋宝祐六年（1258）中和节李龏序。是年四月初，李龏又给毛玶《吾竹小稿》作序。之前，即宝祐五年冬至日，李龏曾撰《端平诗隽序》云：

伯弼十七八时，即博闻强记，侍乃翁晋仙，已好吟。洎长，而四十年间宦游吴楚江汉，足迹所到，……声腾名振，江湖人皆争先求市，但卷帙中有晚学未能晓者稍多。予恐有不行之弊，兹于古体歌诗……摘其坦然者，兼集外所得者，近二百首，目曰《端平诗隽》，俾万人海中续芸陈君书塾入梓流行，庶使同好者便于看诵……**❺**

其序后镌"临安府棚北大街陈解元书籍铺印"一条记**❻**。《四库全

---

❶ 《藏园群书经眼录》卷一八，第1268—1269页。另见《藏园订补邵亭知见传本书目》卷一六上，第1533页。

❷ 台北"国立中央"图书馆特藏组编《"国立中央"图书馆善本书目》（增订二版）第三册，第1224页。

❸ 《古籍宋元刊工姓名索引》，第281页。

❹ 详见《中华再造善本总目提要》，第757—758页。

❺ 清钞本《南宋群贤小集》本《端平诗隽》，国家图书馆藏。

❻ 丁丙《善本书室藏书志》卷三二，第778页。

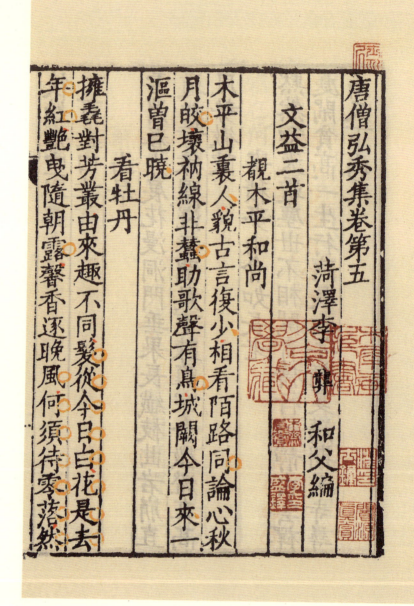

唐僧弘秀集卷第五

菏澤李龏和父編

文益二首

觀木平和尚

木平山裏人貌古言復少相看陌路同論心秋
月皎壞衲線非蠶助歌聲有鳥城闕今日來一
漚曾巳曉

看牡丹

擁毳對芳叢由來趣不同髮從今日白花是去
年紅艷曳隨朝露馨香逐晚風何須待零落

宋刻本《唐僧弘秀集》

书总目》收入浙江鲍士恭家藏本《汶阳端平诗隽》即为影宋本。叶德辉因此认为"……以称陈解元书籍铺、经籍铺者，属之起之子续芸。因推知单称陈道人、陈宅书籍铺、经籍铺者属之起"，叶德辉"以宋人书证宋时事，似乎不谬"[1]。

国家图书馆藏毛氏汲古阁影宋钞《梅花衲》有宝庆三年（1227）刘宰序、淳祐二年（1242）李羃后序。其卷首刘宰序后有"临安府棚北大街睦亲坊南陈宅书籍铺印"一行。卷后另有"临安府棚北大街睦亲坊南陈解元书籍铺刊行"条记一行。

宋刻《李群玉诗集》卷首郑处约行表后有"临安府棚前睦亲坊南陈宅书籍铺刊行"一行。卷五后另有"临安府棚北大街睦亲坊南陈解元书籍铺印"条记一行[2]。清道光四年（1824）黄氏士礼居影宋钞本亦与此同。

同时，临安府鞔鼓桥南河西岸、洪桥子南河西岸皆有"陈宅书籍铺"[3]。其中，洪桥子南河西岸陈宅书籍铺不仅刻过唐李建勋《李丞相诗集》[4]，亦刻过唐许浑《丁卯集》等书。1915年五月，袁克文收得许氏此书，惜非宋刻，乃为清初常熟钱氏也是园影钞宋本[5]，每半叶十行，行十八字，小字双行同，白口，单黑鱼尾。目录后有条记云"临安府洪桥子南河西岸陈宅经籍铺印行"，卷下尾题后有袁氏手书题记云：

> 《丁卯集》二卷，钱遵王影写宋临安书棚本，精足绝伦。汲古影本，世尚易有，而也是园所写刊，此册外犹未见有他书，殊足珍贵。惟元刊许诗较此多出倍馀，此独有近体，无古诗，故也是翁谓元本胜宋刊也。寒云。（钤"克文"朱文方印）[6]

书中钤有"钱曾之印""遵王""述古堂图书记""陈樽印""陈氏西畇草堂藏书印""西畇草堂""顾西津""寒云秘笈珍藏之印""孤本书室""寒云""克文""莚圃收藏"等印记[7]。

---

[1] 《书林清话》卷二，第41页。

[2] 详见邓邦述《群碧楼善本书录》卷一，第55—56页。另见沈津《书丛老蠹鱼》，中华书局，2011年，第107页。

[3] 详见《书林清话》卷二，第40页。

[4] 《铁琴铜剑楼藏书目录》卷一九，第293页。《李丞相诗集》已印入商务印书馆《四部丛刊续编》。

[5] 《寒云日记》，第138页。

[6] 《标点善本题跋集录》下，第474页。书影见台北"国立中央"图书馆善本题跋真迹》三，第2036页。

[7] 详见台北《"国家"图书馆善本书志初稿》集部一，第163页。

1912年二月,傅增湘所见顾鹤逸旧藏明末汲古阁毛氏写本,钤有"述古堂""西畇草堂"各印 **1**,疑即此本。

　　综上所述,关于南宋临安府陈氏刻书铺,不仅"棚北大街(或棚前)睦亲坊南"有,"鞔鼓桥南河西岸""洪桥子南河西岸"亦有名"陈宅书籍铺"者。而署"棚北大街(睦亲坊南)陈宅书(或经)籍铺"者,可能是陈起,亦可能是陈起之子陈解元续芸,叶德辉所言 **2**,有待进一步求证。

1 《藏园群书经眼录》,第907页。
2 详见《书林清话》卷二,第41—43页。

宋刊《圣宋文选全集》

《荛圃藏书题识》著录两部黄丕烈旧藏宋刻《圣宋文选全集》三十二卷 **❶**。其中一部为残本，每半叶十六行，行二十八字，白口，左右双边。版心镌刻工有李昌、李珍、周彦、杨昌、冲等人，缺卷七至卷十。卷端题"圣宋文选全集卷第一"。卷七至卷九配清影宋钞本。1916 年五月初二日，袁克文从北京书肆购得其中五卷 **❷**，即卷一至卷二、卷七至卷九。是年七月下旬，袁克文于书中跋云：

> 《圣宋文选》残帙，存目录及一、二两卷；又影写八、九两卷，即黄荛翁所藏之残本。黄氏藏有二部，后皆归汪阆源。一初印完好者，后为薛某得，与余仁仲《公羊》同宝一室。《公羊》今已归予，《文选》由盛氏入蒋某手。一残帙钞配者，自汪氏出，即分拆大半，归艺风丈，缺者惟此二册。予获于京市，延津剑合当有日矣。丙辰（1916）七月二十五日，寒人克文识于云合楼。

此残本获藏之日，《寒云日记》有记载，云"得宋刊《圣宋文选》残帙，存目录及第一、二两卷，又影宋写第七、八、九三卷"，此与袁跋中"……又影写八、九两卷"不合，疑跋或有笔误。清嘉庆四年（1799）秋，黄丕烈购自常熟苏姓书贾。当时缺卷七至卷一一，黄丕烈以赵怀玉

---

❶ 详见《黄丕烈书目题跋·荛圃藏书题识》卷一〇，第 230—232 页。《荛圃藏书题识》著录两部《圣宋文选全集》。第一部为残本，曾为江阴缪荃孙旧藏；第二部为全本，曾为武进盛宣怀旧藏。屠友祥校注《荛圃藏书题识》卷首目录误记第一部为"武进盛氏"、第二部为"江阴缪氏"。上海远东出版社，1999 年，第 792—794 页。

❷ 《寒云日记》，第 163 页。

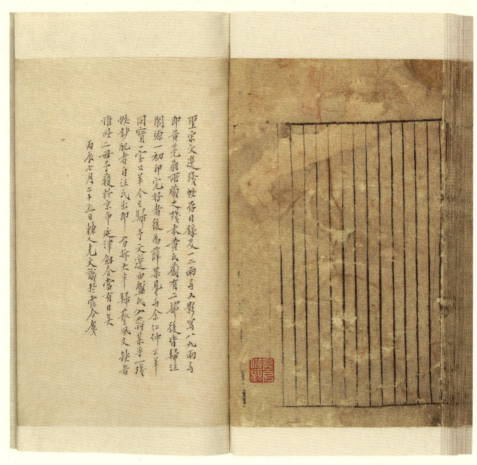

宋刻本《圣宋文选全集》袁克文跋

家藏全本钞配补齐[1]。黄氏书散，此残本为汪士钟所得。汪氏之后，此书大部分为缪荃孙所得。袁克文仅得此五卷，其卷首钤有"汪士钟印""宋本""民部尚书郎""汪厚斋藏书"等印。

袁氏书散，此书转让潘宗周，张元济《宝礼堂宋本书录》著录[2]。建国后，潘氏后人潘世兹承父命捐献国家，入藏今国家图书馆。

黄氏旧藏另一部为全本[3]，曾是吕留良旧藏，后为赵怀玉所收。清

---

[1] 赵怀玉（1747—1823），字亿孙，号味辛，又字印川，江苏武进人。参见《文献家通考》上册，第464页。

[2] 《张元济古籍书目序跋汇编》上册，第322页。

[3] 《藏园群书经眼录》卷一八，第1274页。

張右史　耒

秦論

賈生論秦曰仁義不施而攻守之勢異也此以爲權論余獨謂之不然夫
攻守殊而事相關異設施而同利害其守之安危視其攻之善惡報應
如表影聲響之不差此譬如人之殖産山耕我之田盡力以事之歲收千
石卦之倉廩而食之賈百金之貨於蠶國而贏千金焉蠶里不 我怨有我慢
司不我罪如是刀安坐享其富而臨之子孫則安樂而無後患今有人倨
人之田奪人之産又殺人于道而龋之金如是刀欲奪之倉廩藏之廐庫
而守之以君子長者之事恩怙作而披攘之矣故如是而取之必如是
而失之安有以盜賊所以取之而能以君子之道守之歟秦明法力征以
經營天下且數世矣至於始皇之時六國大抵皆消迫始滅韓後滅齊大
率十年間耳滅此六國諸侯者其上世
嘗有功於民又貨纍國數百年其本根深而結於人心者固一旦芟夷蕩
覆之其勢必不帖然而送巳如塞大水伐大木其漸瀆之末涵播散之餘
種蘖且復派而暴與不待其寂寥氣盡則不止秦雖欲及其所取之道守

宋刻本《圣宋文选全集》（南京图书馆藏）

嘉庆六年（1801）秋，黄丕烈购自武进赵怀玉处。嘉庆八年，黄丕烈于此本卷尾题识，追述其得书之颠末❶。黄氏家道中落，嘉庆十九年，此书为英龢购得，书中有其夫妻印记。后为薛次生所得。光绪二十一年（1895），缪荃孙在武昌修《湖北通志》，曾在薛处获观此书❷。之后，此全本又经武进盛宣怀、蒋汝藻、张钧衡等人递藏。书中钤有"士礼居""荛圃""恩福堂藏书印""煦斋藏弄""介文珍藏"❸"曾在张石铭处""吴兴张氏适园考藏"诸印记❹，书衣有"愚斋图书馆藏"，1941年十二月，傅增湘曾在文禄堂借阅此书❺。傅增湘亦曾经眼丁氏嘉惠堂旧藏此书宋刻❻，惜仅存四卷，现藏南京图书馆。

如今，黄丕烈旧藏此书全本与残本馀卷，现皆藏台北"中央"图书馆。台北《"国立中央"图书馆善本书目》著录云"《圣宋文选》三十二卷，十六册，宋不著编人，宋乾道间刊巾箱本，清嘉庆八年黄丕烈手跋"❼，此即黄氏旧藏第一部全本。黄丕烈百宋一廛曾覆刻此本，台北故宫博物院即藏有黄氏覆宋本❽。第二部著录云"宋乾道间刊钞补本，清黄丕烈及近人缪荃孙各手跋"，即袁跋中所云大部分为缪荃孙所得者，《艺风藏书再续记》著录❾。

❶ 详见《黄丕烈书目题跋·荛圃藏书题识》卷一〇，第230—231页。
❷ 缪荃孙《艺风藏书记》，《中国历代书目题跋丛书》第二辑，上海古籍出版社，2007年，第486页。
❸ 《藏园群书经眼录》卷一八，第1274页。介文（1767—1827），英龢之妻，姓萨克达，自号观生阁主人，满洲正白旗人。
❹ 《文禄堂访书记》卷五，第374页。
❺ 《藏园群书经眼录》卷一八，第1274页。
❻ 《善本书室藏书志》卷三八，第882页。《藏园群书经眼录》卷一八，第1274页。
❼ 《"国立中央"图书馆善本书目》中册甲编卷四·集部总集类，《中华丛书》委员会，1957年，第258页。
❽ 台北《"国立"故宫博物院善本旧籍总目》，第1209页。
❾ 缪荃孙《艺风藏书记·艺风藏书再续记（原题〈艺风堂新收书目〉）》，《中国历代书目题跋丛书》第二辑，上海古籍出版社，2007年，第484—487页。

宋庆元刻本
《新刊国朝二百家名贤文粹》

宋庆元本《新刊国朝二百家名贤文粹》三百卷，每半叶十四行，行二十四字，白口，左右双边。卷端题"新刊国朝二百家名贤文粹卷第一"，"新刊"之下空一格。原书卷尾"新刊国朝二百家名贤文粹后序"末署庆元丁巳"咸阳书隐斋"，故此本定为宋庆元三年（1197）咸阳书隐斋刻本，版心题"文粹"。1915年九月初九日，袁克文获藏此书残卷 ❶，蝴蝶装，尚存宋代书籍装帧旧貌。书衣袁克文题签云"新刊国朝二百家名贤文粹卷六十八之七十二"，次行云"宋刊宋印"，下署"乙卯九日寒云"。是年冬，袁克文于书中跋云：

> 《国朝二百家名贤文粹》残本五卷，海源杨氏藏有全帙，都一百九十七卷，不著编辑姓名。首载庆元丙辰眉山王称序，末有庆元丁巳咸阳书隐斋跋 ❷，凡一百九十九人。分为六类，曰论著，曰策，曰书，曰记，曰序，曰杂文，每类又分子目。此残本虽仅数十叶，而海源阁外，他家尚无藏者，在宋刊中亦几若星凤矣。况蝴蝶装之存于今者，尤为罕觏。乙卯（1915）冬月，皇二子。（下钤"惟庚寅吾以降"朱文方印）

宋赵希弁《郡斋读书志·附志》卷五下著录"《国朝二百家名臣文粹》三百卷"，"名贤"作"名臣"。傅增湘曾以劳格《读书杂识》所

---

❶ 《寒云日记》所记卷次为"卷七十八至卷八十四"，与书衣题签卷次"六十八之七十二"不同。《寒云日记》，第149页。

❷ 此句两处"庆"字原文缺末笔，当是避袁氏家讳。袁世凯养父袁保庆。

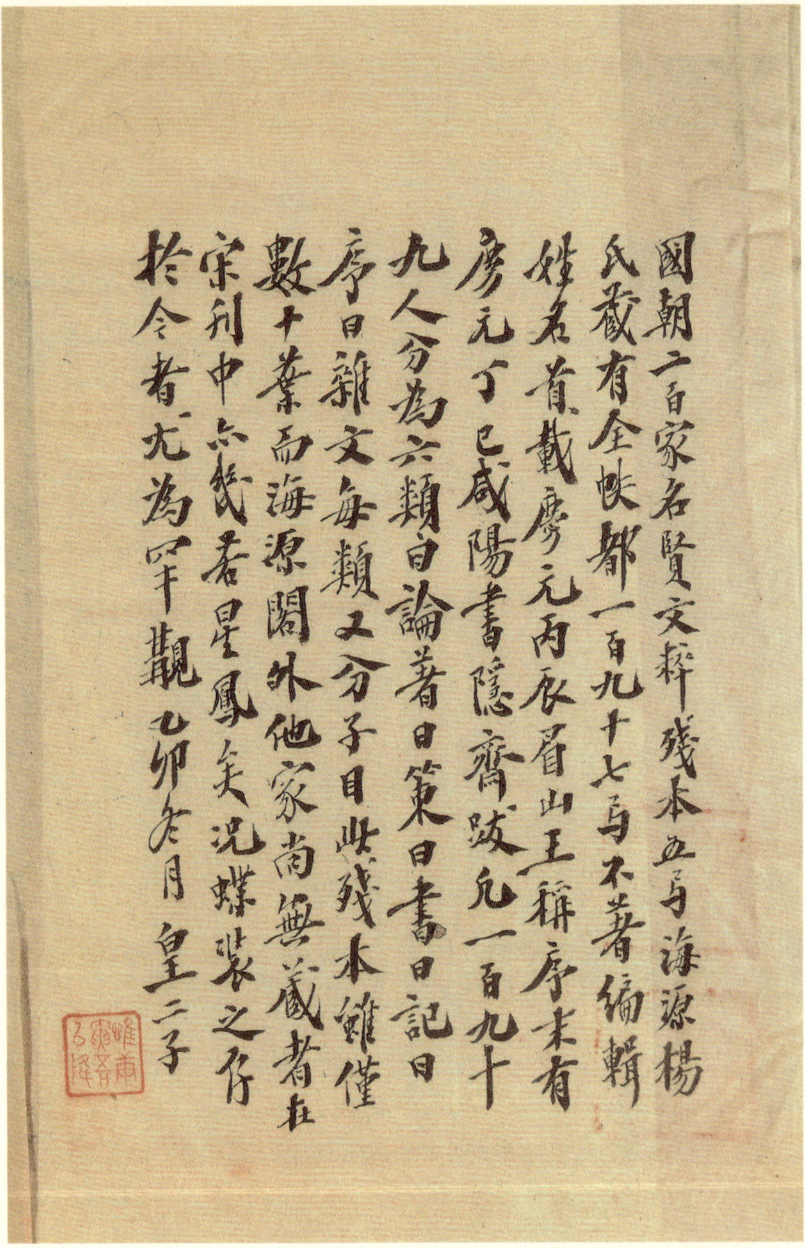

國朝二百家名賢文粹殘本五卷海源楊
氏藏有全帙都一百九十七卷不著編輯
姓名首載廖元丙辰眉山王稱序末有
廖元丁巳咸陽書隱齋跋元一百九十
九人分為六類曰論著曰策曰書曰記曰
序曰雜文每類又分子目此殘本僅
數十葉而海源閣外他家尚無藏者在
宋刊中尤為星鳳矣況蝶裝之存
於今者尤為罕觀乙卯冬月皇二子

宋庆元咸阳书隐斋刻本《新刊国朝二百家名贤文粹》袁克文跋

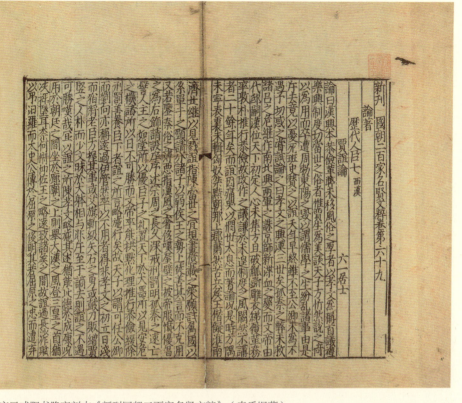

宋庆元咸阳书隐斋刻本《新刊国朝二百家名贤文粹》（袁氏旧藏）

载二百家与之相校，二者人名、次第相同，认为"名贤"作"名臣"为小异，《附志》所载当即此本。另有宋尤袤《遂初堂书目》著录"《本朝二百家文粹》"，又明《文渊阁书目》卷二著录"《二百家文粹》一部六十册"，疑皆此书。明代叶盛《菉竹堂书目》、焦竑《国史经籍志》亦有著录。

此本为宋蜀刻小字本，目前尚未见后世翻刻。书隐斋为四川眉山书坊斋名，咸阳乃其斋主籍贯。刻工王朝等人是南宋中期四川眉山地区刻工名匠，曾先后参与《苏文定公文集》《太平寰宇记》《太平御览》等书的刊刻 。

此书为清内阁大库旧藏，清末流入厂肆，其中五卷为袁克文所得。

---

❶ 详见《中华再造善本总目提要》，第 762—764 页。

袁氏残帙后为南海潘宗周收藏，张元济《宝礼堂宋本书录》著录[1]。20世纪50年代，潘氏后人捐献国家，入藏今国家图书馆。书中钤有"寒云秘笈珍藏之印""佞宋""后百宋一廛"（大小两枚朱文方印）、"与身俱存亡""寒云鉴赏之钵"等印记。

1922年，傅增湘曾寓目此书，并收得七卷，即卷一七〇至卷一七六，现已经改装。书中钤有"藏园祕籍孤本""双鉴楼藏书记""沅叔审订宋本""江安傅增湘沅叔珍藏"诸印。此即《双鉴楼善本书目》卷四所著录"《新刊国朝二百家名贤文粹》七卷"，亦即《藏园群书经眼录》卷一八所云"内卷一百七十至七十六，计七卷，余藏（壬戌）"；傅增湘曾云"存卷十五、十八至二十、九十至九十三、一百六十四至一百六十八、一百七十至一百七十六、一百八十四至一百九十、二百五至二百八、二百七十二至二百七十七、二百八十五至二百八十六，计存四十一卷。……各卷钤有'爨社书院文籍'楷书朱记。内卷一百七十至七十六，计七卷，余藏"[2]。傅氏此处所列诸卷实为三十九卷，其所题"计存四十一卷"者，不详何故；抑或原文有脱落，尚待查证。傅氏又云"此书近年内阁大库流散出残本，频年阅肆见四十七卷，余收得七卷，李木斋师有六卷，馀卷分藏各家"[3]，其所云"四十七卷"者，较其所列三十九卷多出八卷，其卷次不详，待考。而今，李木斋之六卷为北京大学图书馆收藏[4]，亦钤有"爨社书院文籍"[5]。

文禄堂书贾王文进（字晋卿）亦曾收有庆元书隐斋刻《新刊国朝二百家名贤文粹》数卷。《文禄堂访书记》云：

> 《新刊国朝二百家名贤文粹》三百卷，不著编辑名氏。宋蜀刻本。存卷一百六十四至一百六十八、卷一百八十四至一百九十。半叶十四行，行二十四字。白口。有"爨社书院文籍"印。[6]

1930年，周叔弢曾致书王文进，请他来天津观看自己从青岛带来的书，索阅《二百家文粹》，并嘱购朱君藏《韩文》。周叔弢致王文进

[1] 《张元济古籍书目序跋汇编》上册，第326页。

[2] 《藏园群书经眼录》卷一八，第1275页。《藏园订补邵亭知见传本书目》卷一六上亦著录此本，第1530页。

[3] 《藏园订补邵亭知见传本书目》卷一六上，第1530页。

[4] 详见《中华再造善本总目提要》，第762—764页。

[5] 参见《楮墨芸香——国家珍贵古籍特展图录》，国家图书馆出版社，2010年，第60页，名录号07237。

[6] 《文禄堂访书记》卷五，第373页。

书云：

> 近日有暇来看青岛带来之书否？《二百家文粹》能携来一看
> 为盼。朱君处《韩文》可商量否？

继而又致书王文进，谈购《二百家文粹》及《雁门集》等事。书云：

> 今日返津，有人欲购《二百家文粹》，望示一最低之价为盼。
> 《雁门集》既须七十元，即请由前售百元内代付，亦友人所购也。**1**

信函中《二百家文粹》，即《新刊二百家名贤文粹》。文禄堂旧藏
卷一八八至一九〇最终为周叔弢购藏。卷中钤有"周暹"白文小方印。
册末钤有"麗社书院文籍"大字楷书朱文印。此即周叔弢《自庄严堪书
目》著录之"《二百家名贤文粹》，宋蜀本，存三卷"**2**。

1941 年六月，"赵万里代收宋版《二百家名贤文粹》二卷，书价
二百廿元"，即卷九一、卷九二 **3**。此两卷与王文进旧藏是否同一部书，
目前尚无资料证实，存疑待考。据《辛巳新收书目》**4**，此二卷后贻赠
其子周珏良。周叔弢当时曾写一则题识云：

> 壬午（1942）三月，珏良授室，检此本授之。珏良小字酾孙，
> 此书标题有"二百"字，亦吉羊意，盖六书之假借也。若周子《通
> 书》、张子《正蒙书》为宋儒不朽之作，苟能熟读而深思，其有益
> 于身心岂浅显哉！弢翁记。**5**

海源阁旧藏此书同版 **6**，其卷首有王称庆元丙辰（1196）"新刊国
朝二百家名贤文粹序"，次行低一格小字题"朝散大夫直秘阁知邛州军
州兼管内劝农事王称撰"，次为"二百家名贤世次"。1935 年三月，
周叔弢又购得杨氏海源阁旧藏宋刻本一百九十七卷 **7**，此即袁跋中所言
"海源杨氏藏有全帙"，实则残存一百九十七卷之本。此本为明王世贞
旧藏，入清为汪士钟所得，之后，又为杨氏海源阁收藏。今书中钤有"普
福常住藏书之记""伯雅""贞元""汪士钟曾读""宋本""筠生""东
郡海源阁藏书印""古东郡海源阁杨氏珍藏""关西节度系关西""海

宋庆元刻本《新刊国朝二百家名贤文粹》

五七一

1 《弢翁藏书题跋》（年谱），第 59、80 页。

2 《周叔弢古书经眼录》下册《自庄严堪书目》，第 614 页。

3 《弢翁藏书题跋》（年谱），第 178、180—181 页。

4 《周叔弢古书经眼录》下册《辛巳新收书目》六月"《二百家名贤文粹》宋本二卷，付珏良。（斐
云）一本二百廿元"，第 700 页。

5 《弢翁藏书题跋》（年谱），第 180 页。《弢翁藏书题跋》（题跋），第 190 页。

6 《楹书隅录初编》卷五，第 560 页。

7 《弢翁藏书题跋》（年谱），第 67、68、72、178 页。

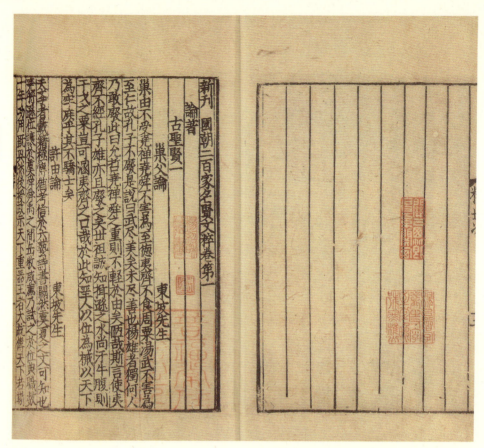

宋庆元咸阳书隐斋刻本《新刊国朝二百家名贤文粹》（海源阁旧藏）

源阁”“海源阁藏”“四经四史之斋”“宋存书室”“宋存书室珍藏”“杨氏海源阁藏”“杨印以增”“杨东樵读过”“杨以增字益之又字至堂晚号东樵”“至堂”“益之手校”“瀛海仙班”“臣绍和印”“绍和”“绍和彦合”“绍和筑岩”“绍龢”“杨二协卿”“杨绍和”“杨绍和藏书”“杨绍和读过”“杨绍和鉴定”“杨氏协卿平生真赏”“杨氏仲子”“协卿”“协卿读过”“协卿珍赏”“彦合读书”“彦合珍存”“东郡杨绍和彦合珍藏”“东郡杨绍和鉴藏金石书画印”“墓田丙舍退思庐主人”“道光秀才咸丰举人同治进士”“秘阁校理”“先都御史公遗藏金石书画印”“海源残阁”“杨印承训”“周暹”诸印记。此即周叔弢《自庄严堪书目》著录之“二百家名贤文粹，宋蜀本，六匣”❶。

❶　《周叔弢古书经眼录》下册《自庄严堪书目》，第609页。

建国后，周叔弢将其旧藏捐献国家，此两部宋刻《新刊国朝二百家名贤文粹》亦在其中，入藏今国家图书馆。

国家图书馆藏此部书中另有卷一六五与卷一六六、卷一六七与卷一六八，计四卷，二册，原为清内阁大库旧藏，仍为蝶装。清末拨交京师图书馆，即今国家图书馆典藏。

综上所述，今国家图书馆藏十九卷本《新刊国朝二百家名贤文粹》，即卷六八至七二（蝶装）、卷一六五至卷一六六（蝶装）、卷一六七至卷一六八（蝶装）、卷一七〇至卷一七六、卷一八八卷至一九〇，为袁、傅、周、国图四者合璧而成。

由上文诸家叙述可推测"檗社书院文籍"之印当在入清内阁之前已有，疑为元代高邮檗社书院❶，而非从清内阁流散之后近人所钤。今国家图书馆藏此部诸家合璧本中傅氏、周氏旧藏线装四册中，有三册卷首、或卷末钤有"檗社书院文籍"大字楷书朱文印，袁克文、国图所藏蝶装三册均无此印。再者，傅增湘、王文进等人著录此书时均未言及其装帧形式为蝴蝶装。蝴蝶装为宋代装帧原貌，历经元、明、清三代，尚未改装者，洵属可贵。通常情况下，一部善本若可见其原为蝴蝶装，又经改成线装者，著录时会述及。如傅增湘《宋刊南齐书跋》云：

> ……此书每卷首尾有"礼部官书"朱文大长印，其印间有跨在阴阳叶之间者，可知当时固系蝴蝶装矣。余因疑此书必旧为内阁大库所藏，不知何时流出，改为线装，而入穆相之家。❷

再如傅氏《百衲宋本资治通鉴书后》云"……陆氏之大字残本、北京馆之大库蝶装残本皆是"❸，《校宋江州刊淳祐重修本舆地广记残卷跋》云"各卷末有'淳祐庚戌郡守朱申重修'一行，与方本全同，即江州覆刻淳祐重修本，唯蝶装广幅犹存宋装耳"❹，诸如此类。而此数册若可知其为蝶装后经改装，傅增湘不会在行文中一字不提的。因此，根据此书装帧形式，傅氏、周氏所藏诸卷应为同一部书，袁氏与内阁大库

---

❶ 高邮旧有檗社湖，通常认为"檗社书院文籍"指元代高邮檗社书院，然目前尚未见确切文献可资考证。
❷ 《藏园群书题记》卷二，第83页。
❸ 《藏园群书题记》卷二，第105页。
❹ 《藏园群书题记》卷四，第195页。又，卷五《校宋绍兴刊唐六典残本跋》"麻纸，广幅，蝴蝶装。纸背钤有'国子监崇文阁'朱文大印"，第246页；《校宋本通典跋》，第254页；卷六《校宋本说苑跋》，第290页，等等。

旧藏疑为同版的另一部书，亦即国家图书馆藏这部合璧本，并非同版同部书，而是同版的两部书合而为一。傅、周两家旧藏与李盛铎旧藏是为同一部书，书中皆钤有"麑社书院文籍"朱文大字楷书印。上海图书馆藏十卷 **❶**，即卷二〇、卷二〇六至卷二〇七、卷二七二至卷二七七、卷二八五，其中卷二七七末亦钤有"麑社书院文籍"之印，疑即傅增湘《藏园群书经眼录》著录之本中数卷 **❷**。

《新刊国朝二百家名贤文粹》为宋文渊薮，所存宋代蜀贤佚文甚多，当年傅增湘辑宋代蜀文，曾以重价购求海源阁旧藏宋刻残本，因议价未谐而失之交臂，引为平生憾事 **❸**，并于册中手书题跋。此跋《藏园群书经眼录》《藏园群书题记》未收，现钞录于此，以飨同好：

> 《新刊国朝二百家名贤文粹》跋
>
> 宋刊残本，自卷一百七十五至一百七十六，凡七卷。存者为书门，前六卷，皆上宰相书，末一卷，则上执政书。版式半叶十四行，每行二十四字，白口双阑，版心上鱼尾下记文萃几，或文几。各卷撰文人不记姓名，或称官名，或标别字，或举谥号，为例不一。卷首钤有"麑社书院文籍"大字楷书朱文印。按《郡斋读书志·附志》卷五载："《国朝二百家名臣文粹》三百卷，右论著二十二门，策四门，书十门，碑记十二门，序六门，杂文八门，总目六，分门六十二。所谓二百家者，始赵普、柳开，终于王十朋、赵雄，凡一百九十九人。"余以劳格《读书杂识》所载二百家世次核之，人名、次第一一皆合，是所载即此书也。惟"名贤"作"名臣"，为小异耳。其后焦氏《经籍志》、叶氏《菉竹堂书目》皆载之，而刊本讫不可得。光绪之季，余在正文斋见一册，为袁抱存所得。后十馀年，复于文友堂得见三册，存三十馀卷。余分得一册，即此七卷也。考近世藏书家，惟海源阁杨氏有此书，载入《楹书隅录》中，所存为一百九十七卷，亦不著编辑人姓名。其后，余从杨氏后裔得见其书，首册前有庆元丙辰眉山王称序，言乡人有辑国朝闻人胜士之文为一集，属余为序云云。末有庆元丁巳咸阳书隐斋跋，始知是书不特为蜀中所刻，且为蜀人所编。其名贤世次中，蜀贤入录者至

---

❶ 《中国古籍善本书目》集部中，上海古籍出版社，1998年，第1687页。
❷ 《藏园群书经眼录》卷一八，第1274—1275页。
❸ 《藏园订补邵亭知见传本书目》卷一六上，第1530页。

新刊國朝二百家名賢文粹卷第二十

論著

經論二十上　論語

論語解二篇

觀過斯知仁矣　　東莱先生

孔子曰人之過也各於其黨觀過斯知仁矣自子安國以下說
者未有得其本指者也禮曰與仁同功其仁未可知也與仁同
過然後其仁可知也聞之於師曰此論語之義踈也請得以論
其詳人之難知也江海不足以喻其深山谷不足以配其險浮
雲不足以比其變楊雄有言有人則作之無人則輟之夫苟見
其作而不見其輟雖盜跖為伯夷可也然古有名知人者其效
如影響昔晉其信如蓍龜此何道也故彼其觀人也亦多術矣
以利以觀其節乘之以猝以觀其量同之以獨以觀其守懼之
以敬以觀其氣故晉文公以壷飱得趙襄郎林宗以破甑得孟

宋庆元咸阳书隐斋刻本《新刊国朝二百家名贤文粹》（上海图书馆藏）

新刊國朝二百家名賢文粹跋

宋刊殘本自卷一百七十五至一百七十六凡七卷存者為書
門前六卷皆上軍相書末一卷則上執政書版心上魚尾下記
四行每行二十四字白口雙闌版心上魚尾下記文粹幾卷或文
幾名卷撰文人不記姓名或標官名或標別字或舉諡號
為例不一卷首鈐有麗社書院文籍大字楷書宋文卯
按郡齋讀書志附志卷五載國朝二百家名臣文粹三百
卷右論著二十二門策四門書十門碑記十二門序六門雜
文八門總目云分門六十二所謂二百家者始趙普柳開終於
三十朋趙雄凡一百九十九人余以勞格讀書雜識所載二百
家世次核之人名次第一三皆合是所載即此書也惟名賢
王十朋為小異耳其後焦氏經籍志葉氏菉竹堂書目皆
載之而刊本說不可得光緒之季余在正文齋見一册為表
作名以示刊本說不可得光緒之季余在正文齋見一册為表
抱存所得後十餘年渡於文友堂得見三冊存三十餘卷

宋庆元咸阳书隐斋刻本《新刊国朝二百家名贤文粹》 "麗社书院文籍"印、傅增湘跋五十三人。时余方有蜀文辑存之役，愿斥巨资易得此本，以供蒐讨。而往返商论，终于不谐。后复再申情疑，披诚相告，乃更枝梧其辞，匿而不出，使人愤悒无已。不得已，就余所见残本采入遗文数十首，而此戈戈七卷中，又钞出二十七首，如王庠、刘泾、冯獬、彭俊民、韩驹、程敦厚、刘望之、赵遹之文，咸他书所未见。摭遗补坠，为功已闳。设得全书而综揽之，网罗放失，宁可量耶？昔人言，刊传前贤遗著，其事与埋骷掩骼同功。若祕惜自私而不肯出者，殆显与古人为仇，其存心至不可解。爰详识原委，以告后人。倘异时搜访得人，使三百卷奇书重出于世。区区素愿得以竟偿，岂非幸哉！岁在甲申（1944）二月初八日，江安傅增湘识于抱蜀庐。

卷一七○前扉页有傅增湘小像，云"藏园先生七十岁小像"，小像右上题"藏园老人七十寿赐念卅年十二月。永龢"，下钤"永龢"小印。傅氏旧藏善本中，有此小像者尚有别本，如国家图书馆藏宋刻《册府元龟》、元刻《周礼》等 **1**。

1　《藏园群书经眼录》题"宋相台岳氏家塾刊本"，下文又云"……虽号称宋刊，终不无疑意……"，可见傅氏已对此书宋刻之说提出质疑。《藏园群书经眼录》卷一，第37—38页。

清黄氏士礼居影元钞本《皇元风雅》

蒋易，字师文，福建建阳人。曾从杜本游，元末入阮德柔幕中。著有《鹤田文集》二卷。又历经数年，编集元代诗选三十卷，因"是集上自公卿大夫，下逮山林闾巷韦布之士，言之善者，弥所不录"[1]，故题曰《皇元风雅》。1919 年正月，袁克文通过书贾王锡生，以数种旧钞宋人集并劳格（季言）手钞《张小山北曲联乐府》，从博古斋易得清黄丕烈士礼居影元钞本《皇元风雅》十三卷。由此可见，此本之珍贵难得。得书后数日内，袁克文三次展卷题跋。其一：

> 此《皇元风雅》初稿未编卷时刊本，而以一人之诗次第之，标于板心栏上，如德机为六八，声之为六，道传为十四，晋卿为十六，正传为十七，继学为十二，子肃为十，宗海为十五，前后倒置，当由刻本原装之误。地山师藏有元小字本《皇元风雅》，容假一校。此残帙原为周香严所藏元刊，士礼居为汪阆源影写。旧藏明刊《稽古录》，有茗翁手影二叶，与此册书法正同，又茗翁跋宋刊《片玉词》小楷，亦与此书卷尾题字无殊，可知此书为茗翁手影无疑。以人间孤本而出自名家手笔，真绝世之至宝也。若影写之精雅，尤非钞胥所可及。虽汲古影本，亦不能敌。予藏有毛晋手影景祐本两《汉书》纪志，合此可称双绝，洵仅有难得者焉。己未（1919）正月二十三日以旧传钞本宋人集数种，由书友王锡生并劳季言手录《张小山北曲联乐府》四卷，易自博古斋，越日寒云记。（钤"寒

---

[1] 参见《爱日精庐藏书志》卷三五蒋易序，第 655—658 页。

云小印"朱文方印）

其二：

此书后编为三十卷，凡一百五十五家，又有十四卷本，凡三十五家，都题蒋易编，俱与此册异。观此书每家卷尾或有墨钉，以待增刊，可证为初选辑时所刊。诸家藏目俱未经载，周氏所搜元本不悉仍在人间否耳。此册卷尾仅有"士礼居影写香严书屋藏残元刊本"题字一行，未署荛翁姓字，复无另跋，故售者不识为荛翁手影，予遂得以廉值之书易之，亦云幸矣。原装三册，书衣多已损碎，爰合装一册，时元月二十八日，又记。（钤"克文"朱文方印）

其三：

爱日精庐收士礼居所藏三十卷本，有荛翁手跋，谓曾影写香严书屋元刻残本。与三十卷者颇多歧异，有数家一卷者，题《国朝风雅》蒋易编，予意度之，当是成书后之刊本。铁琴铜剑楼亦藏有元本三十卷，至元三年刻，目录后有梅溪书院图记，恐都不如此钞之古。盖荛翁即藏元本，而又假此手自影之，则此本必胜于所藏元本也。元月晦夕，寒云。（钤"寒云"白文方印）❶

国家图书馆藏有此书两部元刻，二者分卷、题名各异。据此可知，蒋氏此书至少有两种本子传世。其一，不分卷本《国朝风雅》，曾经黄丕烈、汪士钟旧藏❷，后为罗振玉所得，民国间，张元济收入涵芬楼❸。书中有黄丕烈、罗振玉题跋，另钤有"汪印士钟""阆源真赏""涵芬楼""涵芬楼藏""海盐张元济经收"诸印记。

其二，三十卷本《皇元风雅》，元建阳张氏梅溪书院刻本。此本为瞿氏铁琴铜剑楼旧藏❹。书中钤有"虞山瞿绍基藏书之印""恬裕斋镜

❶ 《标点善本题跋集录》上，第699页。书影见台北《"国立中央"图书馆善本题跋真迹》四，第2974—2977页。
❷ 《黄丕烈书目题跋·荛圃藏书题识再续录》卷三，第382页。
❸ 《张元济古籍书目序跋汇编》中册，第744—745页。
❹ 《铁琴铜剑楼藏书目录》卷二三，第372页。

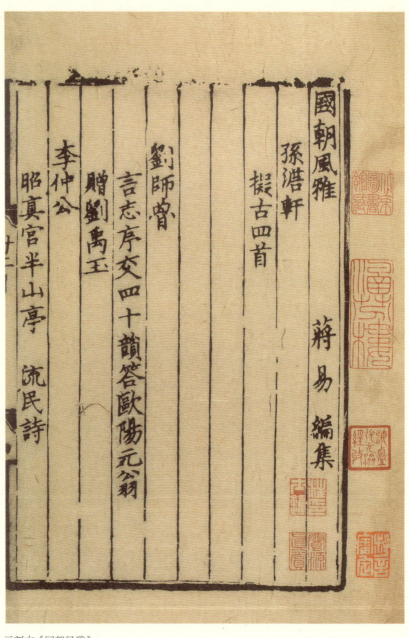

元刻本《国朝风雅》

之氏珍藏""铁琴铜剑楼""子雝金石""瞿启甲""良士""良士眼福"诸印。此本卷前有元后至元三年（1337）蒋易自序、后至元四年黄清老序、后至元五年虞集序。

按，黄清老（1290—1348），字子肃，人称樵水先生，福建邵武人。世居邵武路和平里，为黄峭第十六世孙。泰定进士。累官翰林编修。学行为时人所重。清老为文驯雅，诗有盛唐风，著有《樵水集》。黄溍（1277—1357），字文晋，又字晋卿。元代著名史官、文学家、书法家、画家，婺州义乌（今属浙江）人。仁宗延祐年间进士，任台州宁海县丞，累擢侍讲学士知制诰等职。生平好学，博览群书，议论精要，其文布置谨严，在朝中挺然自立，不附于权贵，时人称其为清风高节，如冰壶三尺，纤尘不污。蒋氏此书亦收录二人诗作。张元济误以黄清老为黄溍 [1]。

《皇元风雅》卷首蒋易自序云："易尝辑录当代之诗，见者往往传写，盖亦疲矣。咸愿锓梓，与同志共之。因稍加诠次，择其温柔敦厚、雄深典丽足以歌咏太平之盛……"据此可知，后至元三年之前，此书已有传本行世，疑即不分卷本《国朝风雅》。

对照两部元刻本，异处颇多：

其一，《国朝风雅》有子目，无总目、序跋；《皇元风雅》无子目，有总目、序跋。

其二，《国朝风雅》无卷次，仅《杂编》分上中下三卷；《皇元风雅》则合《杂编》，分为三十卷。

其三，二者除《杂编》内容、编次相同之外，其他部分则不尽相同。《皇元风雅》较《国朝风雅》所收诗人多五十八家，二者所收诗人、编次亦有不同。

其四，《国朝风雅杂编》目录后有蒋易跋语，云："记以杂名者，旁及他事，不专于一也。诗以杂名者，不拘流例，遇物即言也。是编杂采江湖之所传而不睹其全者，故题曰'风雅杂编'云"，《皇元风雅》无。而《皇元风雅》总目后有蒋氏叙述此书编纂缘起的一段文字，《国朝风雅杂编》无。

比勘二者，可见其相同部分，当是以《国朝风雅》书版刷印。其不同者，《皇元风雅》多有剜改之处。如，凡《国朝风雅》每卷端诗

---

[1] 《张元济古籍书目序跋汇编》中册，第745页。

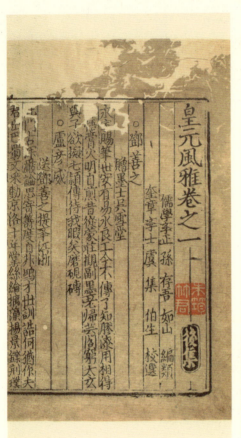

元李氏建安书堂刻本《皇元风雅后集》

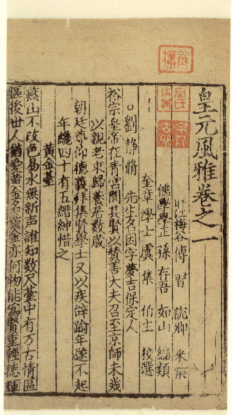

元刻本《皇元风雅》

人姓名，在《皇元风雅》一书中均被剜改为"皇元风雅卷之××"，卷末亦改刻为"皇元风雅卷之××终"，字画不清晰。《杂编》中亦有多处剜改。据此种种，知《国朝风雅》当是初编初刻初印本，而三十卷本《皇元风雅》，是在前者书版基础上增益修改刊刻而成，并非重新刻版 ❶。

　　此袁氏旧藏黄氏影元钞本，每半叶十行，行十八字，小字双行或单行字不等，黑口，四周双边。现存范德机、刘声之、柳传道、黄晋卿、吴正传、王继学、黄子肃、薛宗海八家诗。此本卷前有袁克文隶书所题内封云"士礼居主人影写元椠残本皇元风雅，凡存八家"，下署"寒云"，

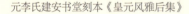

❶　以上比照两书不同的叙述文字，参见《中华再造善本总目提要》，第 1293—1295 页。

钤"百宋书藏"朱文方印。卷末版框外有"士礼居影写香严书屋残元刻本"题记一行。书中钤有"金匮蔡氏醉经轩收藏章""蔡印廷桢""廷相""汪印士钟""阆源真赏""柳蓉春经眼印""博古斋收藏善本书籍""双莲华菴""寒云鉴赏之铢""八经阁""莅圃收藏"等印记 **1**。现藏台北"中央"图书馆 **2**。根据上文所述元刻《国朝风雅》《皇元风雅》的特点，袁藏本当是据《国朝风雅》钞录 **3**，故应题《国朝风雅》。

袁跋中述及"十四卷本"，未见诸家书目著录。台北故宫博物院藏有元蒋易编《皇元风雅》存十四卷，元后至元五年梅溪书院刊本 **4**，不知是否即袁氏所言之本。

国家图书馆藏有元傅习、孙存吾辑《皇元风雅》前集、后集各六卷，《四库全书总目》著录此书，云其前集十二卷，为傅习所采，孙存吾为之编次；后集十二卷，乃孙存吾续辑。关于蒋氏、傅氏之《皇元风雅》的成书时间、版本流传等相关问题，已有学者撰文论述，此处不赘 **5**。

---

1 台北《"国家"图书馆善本书志初稿》集部四，第 73—74 页。

2 台北《"国立中央"图书馆善本书目》（增订二版）第三册，第 1294 页。

3 参见台北《"国家"图书馆善本题跋真迹》四，第 2973 页。

4 台北《"国立"故宫博物院善本旧籍总目》，第 1213 页。

5 关于两部《皇元风雅》的版本源流，参见王忠阁、叶盈君《〈元风雅〉考辨》，《洛阳师范学院学报》，2010 年第 3 期，第 89—92 页。

元刻《精选古今名贤丛话诗林广记》

《精选古今名贤丛话诗林广记》十卷，作者蔡正孙（1239—？），字粹然，自号"蒙斋野逸"，宋末元初人。曾师从谢枋得。谢枋得（1226—1289），江西信州弋阳人，字君直，号叠山，别号依斋。至元二十五年（1288），谢枋得被强送元大都（今北京），蔡正孙以诗为其送行❶。

宋亡之前，蔡正孙曾参加科举考试，未中。宋亡后，遂"弃去举子习"❷，隐居故乡建安，诗酒自娱。闲暇时，荟萃晋唐及本朝诸家诗，撷取硕儒故老等诸前贤评话，附于各篇之下，纂辑而成《诗林广记》，堪称诗学之指南。此书卷前有蔡正孙自序，因其坚持宋遗民立场，不书元朝年号，故序末题"岁在屠维赤奋若"，即己丑年作，是为元太祖至元二十六年（1289）。也就是说，南宋灭亡十年之后，蔡氏此书撰成，则《精选古今名贤丛话诗林广记》不可能有宋刻本❸。蔡正孙另著有《唐宋千家联珠诗格》及《精刊补注东坡和陶诗话》，惜国内传本罕见，长期流传域外，目前所知两部书的最早版本都是朝鲜本❹。

❶ 明嘉靖十六年（1537）黄齐贤刻本《叠山集》卷二，"右门人蔡正孙和韵"，国家图书馆藏。

❷ 明弘治十年（1497）张萧刻本《精选古今名贤丛话诗林广记》卷首序，国家图书馆藏。

❸ 关于《诗林广记》版本源流，详见马婧《〈诗林广记〉版本系统述略》，《古籍整理研究学刊》，2009 年 11 月第 6 期，第 99—109 页。

❹ 参见张健《蔡正孙考论——以〈唐宋千家联珠诗格〉为中心》，《北京大学学报》（哲学社会科学版），2004 年第 2 期，第 60—70 页；卞东波《蔡正孙与〈唐宋千家联珠诗格〉》，《古典文学知识》，2007 年第 4 期，第 112—120 页；卞东波《稀见汉籍〈唐宋千家联珠诗格〉的文献价值及其疏误》，《清华大学学报》（哲学社会科学版），2008 年第 6 期，第 111—119 页；杨焄《新见〈精刊补注东坡和陶诗话〉残本文献价值初探》，《文学遗产》，2012 年第 3 期，第 92—100 页；金程宇《高丽大学所藏〈精刊补注东坡和陶诗话〉及其价值》，《文学遗产》，2008 年第 5 期，第 118—129 页。

此《精选古今名贤丛话诗林广记》，元刻本，每半叶八行，行十六字，黑口，左右双边，双鱼尾。现存卷一至卷三、卷七至卷一〇；后集卷一至卷八。卷端题"精选古今名贤丛话诗林广记卷之一"，次行镌"蒙斋野逸蔡正孙粹然"。后附《精选古今名贤丛话诗林广记（后集）》十卷，其卷端题"精选古今名贤丛话诗林广记一卷"，下镌墨钉白文曰"后集" [1]。后集目录末题"编选未尽者见于续集刊行"，当是拟有续集刊行，惜未见续集传世，不知当时刊刻与否。文中诸卷首或题"精选""新刊"，或题"妙选"；"丛话"又或作"佳话"；"卷之几"作"几卷""卷几"，不相统一。凡此种种，或为坊刻书之弊病。

1916 年元月，傅增湘为袁克文购得此元刻《精选古今名贤丛话诗林广记》 [2]。是年三月，袁克文于书中题识一则：

> 此宋末刊本，元时覆刻，几可乱真。惟字画圆弱，而无波折，点皆圆小，与此亦异。此宋刻之不能摹拟也。丙辰（1916）三月，寒云。

是书卷前蔡序脱，袁跋误题宋刻，当是不知此书撰成时代背景而致误。书中钤有"佞宋""皇二子""后百宋一廛""德启借观"等印鉴。此本后入藏南海潘宗周宝礼堂，张元济《宝礼堂宋本书录》著录 [3]，今藏国家图书馆。

邓邦述旧藏亦有此本，卷首蔡氏自序、前集十卷、后集十卷皆全，亦误题宋刻 [4]。书中邓氏跋云：

> 《诗林广记》前后集，世所传仅明刊本、汪谅本，且不易见。周季贶言曾见元本，不知版式若何。此书雕印俱精，似是宋末刊行之本。宋时刊手与元人不同处只在笔画间，如玉筋银沟，毫无渣滓，非复元人圆丽而不能洁也。余所藏老庄《鬳斋口义》正与此类。目录后曹氏墨记，藏家亦罕见之。同一珍护古籍，远之不及松雪，近之不及仲鱼，是何有幸有不幸耶？辛酉（1921）二月春寒灯窗书此，群碧居士。 [5]

---

[1] 详见张元济《宝礼堂宋本书录》，第 339 页。
[2] 《寒云日记》，第 155—156 页。
[3] 《张元济古籍书目序跋汇编》上册，第 339 页。
[4] 广文书局书目续编《群碧楼善本书目》，第 81—83 页。
[5] 同上。

邓氏本曾经明末清初曹淇、清英龢收藏，卷首目录后有曹氏木记一方云：

> 予性颇爱书，一书未有，必罄囊市之，窘于厥志未伸，群书无由悉备，凡所有者，不过薄于自奉以致之耳。间有先世所遗，十不一二。凡我子孙，宜珍惜宝爱，以承厥志。苟不思得之之难，轻视泛借，以致狼籍散失，不孝之罪莫大焉。至于借匿阴盗之徒，又不仁不义之甚者矣。予故著之简端，使借者守者惕然知警云。大冢宰从孙句容曹淇文汉谨识。

书中另钤有"煦斋新购"一印。曹氏另有"明句容曹淇藏书"木记❶。徐乾学传是楼旧藏亦有元刻，现藏台北"中央"图书馆❷。

❶ 参见中国国家图书馆藏宋刻元修本《婚礼新编》，宋丁昇之辑。
❷ 台北"国立中央"图书馆特藏组编《"国立中央"图书馆善本书目》（增订二版）第三册，第1354页。另见台北《"国家"图书馆善本书志初稿》集部四，第253页。

宋刊《详注周美成词片玉集》

1915 年十月初六日，袁克文以重金从书肆购得毛晋旧藏《详注周美成词片玉集》❶。绿色书衣上有袁克文墨笔题签"片玉集上，汲古阁旧藏，三琴趣斋重装"。是年秋冬，袁克文于书中题有三跋。其一：

陈元龙注《片玉集》十卷，阮元曾以进呈，传于世间。宋刻惟艺芸汪氏有之。散后渺不可知。此确为南宋坊刻，虽少缺讳，而字体之规度存焉。当不可因之而目为元本也。《汲古阁秘本书目》有元板《片玉词》，故王半塘据以指此为元刻，则谬甚矣。乙卯（1915）九月❷，寒云得于厂市。

其二：

病中强起，取影元本《清真词》校填缺字，俾无不能卒读之憾。惟注无他本可校，姑仍其缺尔。十月十二日灯下，寒云记。
卷九《绕佛阁》"舟下如箭"，注"慎"讳作"慎"（此字原文缺末笔）。卷十、四、上四，"匡"讳作"匡"（此字原文缺末笔）。

---

❶ 据书中跋语，1915 年九月，袁克文从厂市购得毛晋旧藏《详注周美成词片玉集》。然《寒云日记·乙卯日记（1915）》云："十月初六日，得宋刊《详注周美成词片玉集》十卷，半叶十七行，行十七字，有毛子晋、朱筠诸藏印。"两处所言得书时间略有差异，疑有误记。《寒云日记》，第 151 页。
❷ 据《寒云日记》，1915 年十月，袁克文得此书；而此跋末署"乙卯（1915）九月"，不详何故。

陳元龍註片玉集十与阮元曾以進呈傳於世間宋
刻惟藝芸汪氏有之散後淅不可知此碻為南宋坊
刻雖無譌而字體之規度存焉當不可因之而目為
元本也汲古閣秘本書目有元板片玉詞故王半塘據以
指此為元刻則謬甚矣乙卯九月　寒雲見於廠市

病中強起取影元本精真詞
款填缺字俾無不能卒讀之
憾惟註無他本可校姑仍其
缺爾十月十二日燈下　寒雲記

于元統佛閣舟下如箱注填譯作讀
卷十四上四匡譚作匡

汲古秘目帶載元板片玉詞二馬上云注曾歸
結一廬今已散此不知何屬矣丁巳春寒雲

宋刻本《详注周美成词片玉集》（毛氏旧藏）袁克文跋三则

其三：

予得此书时，曾作跋，深以艺芸所藏一本渺不可知为憾。比获黄氏藏本，每卷前除"士礼居""丕烈""荛夫"三印外，尚有"汪士钟印""阆源真赏"两印，当即艺芸一本，盖荛翁藏奔多鬻诸汪氏也。前之兴叹，今则惊且喜矣。此本原藏孙驾航家，展转流入厂市，争购者颇夥。予卒以重金得之，过于得黄本之值，可谓狂且痴者。此较黄本序尾"集云"下缺"少章名元龙，时嘉定辛未钞腊"十二字。以此定之，则黄本似是原刻也。乙卯冬月十八日，寒云。（下钤"寒云小印"朱文方印）

1917年春，袁克文因不知《汲古阁珍藏秘本书目》著录之元版《片玉词》飘落何处而叹息，其跋云：

汲古秘目所载元板《片玉词》二卷，无注，曾归结一庐。今已散出，不知何属矣。丁巳（1917）春，寒云。（下钤"与身俱存亡"、"后百宋一廛"朱文大方印）

此本明代曾藏张翼（南伯）家，后入藏毛晋汲古阁。清初为宋筠所得，清末又转入孙楫架上。孙氏书散，流入书肆。黄丕烈旧藏本曾入吴兴蒋汝藻密韵楼，此本亦有蒋氏父子藏印，然其《传书堂藏善本书志》未载此本，或已先归袁克文 **1**。民国间叶恭绰曾经眼此书。今书中题跋累累，钤印琳琅满目，有"华韵书堂""张南伯书画印""张氏南伯""毛""晋""毛氏子晋""宋本""甲""雪苑宋氏兰挥藏书记""臣筠""三晋提刑""宋履素书画印""孙楫""驾航""密韵楼""蒋祖诒""蒋祖诒读书记""縠孙祕笈""乌程蒋祖诒藏""祖诒审定""佞宋""皇二子""与身俱存亡""后百宋一廛""寒云""寒云鉴赏之钵""寒云庐倦绣室温雪斋同鉴赏""流水音""寒云秘笈珍藏之印""梅真侍观""人间孤本""三琴趣斋""侍儿文云掌记""双玉龛""惟庚寅吾以降""博明经眼""博""明""怀辛斋""怀辛主人""许""中

---

1 详见《中华再造善本总目提要》，第789—791页。

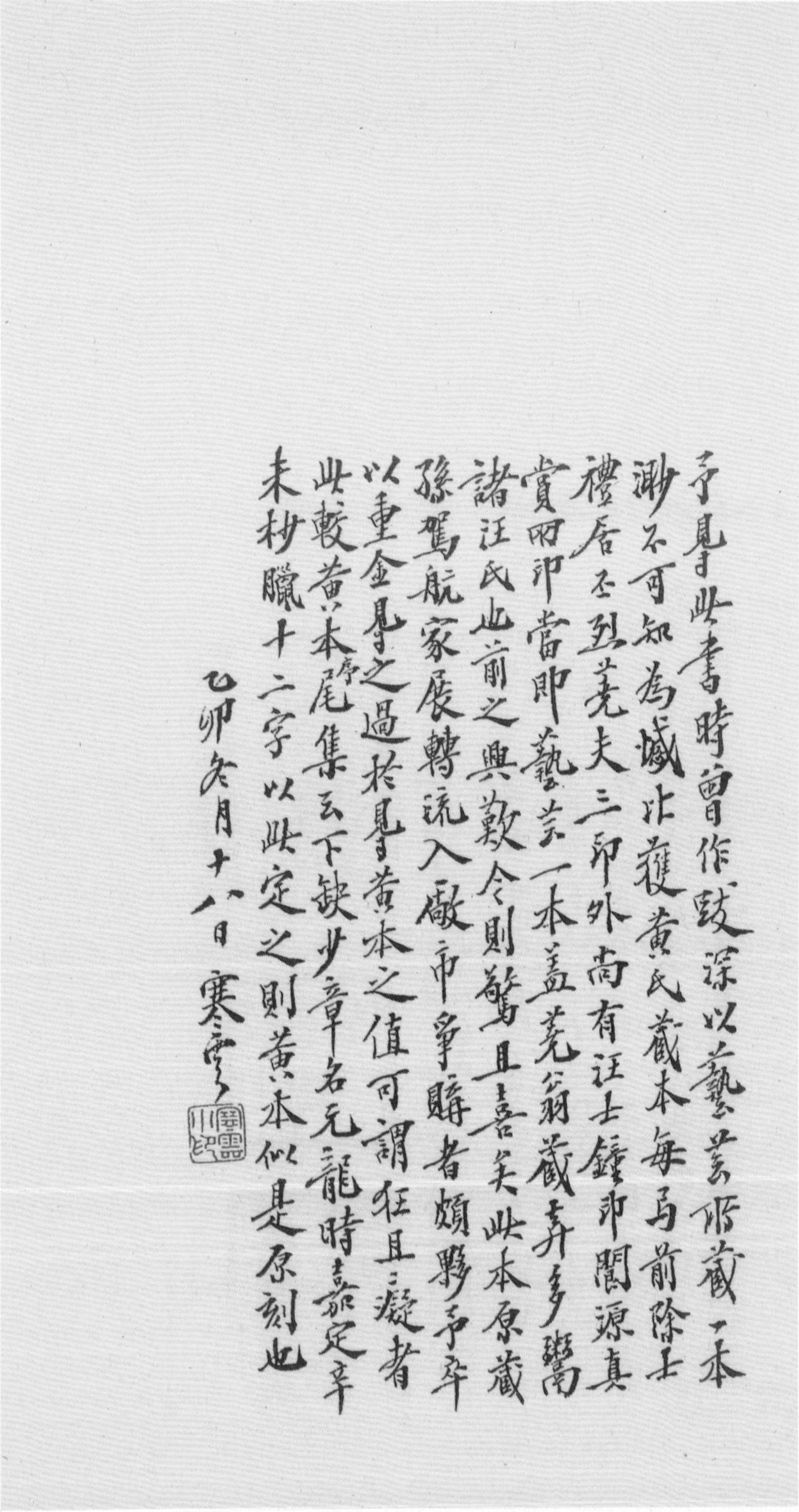

予見此書時曾作跋深以藝芸所藏一本
渺不可知為感此復黃氏藏本每馬前除上
禮居不到芫夫三卯外尚有汪士鍾所閟源真
賞昭卯當即藝芸一本蓋芫翁藏弆多驚
諸汪氏此前之興歎令則驚且喜矣此本原藏
孫駕航家展轉流入廠市爭購者頗夥予卒
以重金舉之過於見黃本之值可謂狂且凝者
此載黃本摩集云下缺少章名元龍時嘉定辛
未秒臘十二字以此定之則黃本似是原刻也
乙卯冬月十八日寒雲 [印]

宋刻本《详注周美成词片玉集》（毛氏旧藏）袁克文跋一则

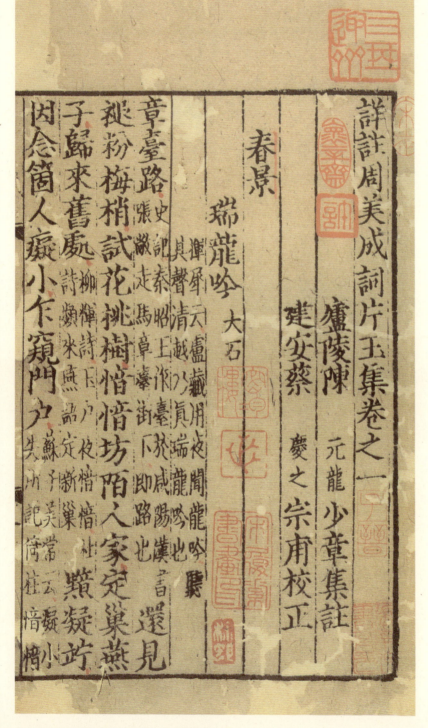

詳註周美成詞片玉集卷之一

廬陵陳　元龍　少章集註

建安蔡　夔之　宗甫校正

春景

瑞龍吟　大石

章臺路　張籍詩走馬章臺街

還見

褪粉梅梢試花桃樹愔愔坊陌人家定巢燕

子歸來舊處　柳惲詩綠水照新巢定巢

黯凝佇

因念箇人癡小乍窺門戶　蘇州記窈娘小

黄君美圖小像

宋刻本《详注周美成片玉集》（黄氏旧藏）袁克文跋一则

遊伴侶還到舊來處門掩風和雨梁間燕語
問那人知否　山谷詩借問琵琶得聞否靈君
色莊妓搖手杏梁歸燕空語多
柰此雲窻霧閣何
出漁隱有本末

詳註周美成詞片玉集卷之三

华国宝人珍保之""恭绰长寿""遐庵经眼""遐菴眼福"诸印鉴。

　　袁克文得到毛氏藏本的一个多月之后，即1915年十一月，其师钱葆奇从上海又为其购得黄丕烈旧藏《详注周美成词片玉集》❶。黄丕烈旧藏本中袁氏先后题跋赋诗五则。第一：

　　　烦君山水云烟笔，写此瞻闻博学人。博学瞻闻，《百宋一廛赋》中语。四海八荒空弔影，一廛百宋易成尘。两朝小集留鱼棚本鱼玄机诗史史弥宁《友林乙稿》，十卷清词《详注周美成词片玉集》考蔡庆之陈元龙。更有第三《挥麈录》，须眉得识画中真。宋刊《挥麈第三录》册首有孙子潇画菀翁像。

　　　吴观岱画师为摹菀翁小象，赋此寄之，即题画端。寒云并记于云合楼。（下钤"寒云"白文方印、"袁二"朱文方印）

　第二：

　　　（钤"佞宋"朱文长方印）消寒聊借箧中奇，两得清真十卷词。旧喜毛家钤"甲"字，斯惊黄叟落双题。孝宗讳缺镌堪证，嘉定年标序独歧。瘦燕肥环争妙态，莫嘲佞宋尽颠痴。乙卯冬月，寒云和菀翁均。（钤"臣印克文"朱文方印）

　　　两得旧藏《片玉集注》，与此行格略同，字体较肥，皆单阑，曾历毛子晋、宋兰挥、孙驾航诸家；甲字目录前有汲古阁"甲"字小方印；讳缺两本皆独一慎字缺笔；年标毛藏一本，序尾"集云"下缺"少章名元龙，时嘉定辛未抄腊"十二字。（下钤"寒云庐"白文长方印）

　第三：

　　　芳菲躅，争道雾褪冰华，梦迷春树。无端尘锁幽栏，影摇暗柳，朝帘捲处。试凝竚，空怨雨凄楼榭，月昏庭户。欢筵独拨哀弦，激喉弄曲，斜眉送语。轻度黄昏微约，昨宵擎醉，今宵窥舞。肠断五更鸣笳，回首伤故。新词缱绻，应数苏台句。经年事，飞云照影，

❶　《寒云日记》，第153—154页。

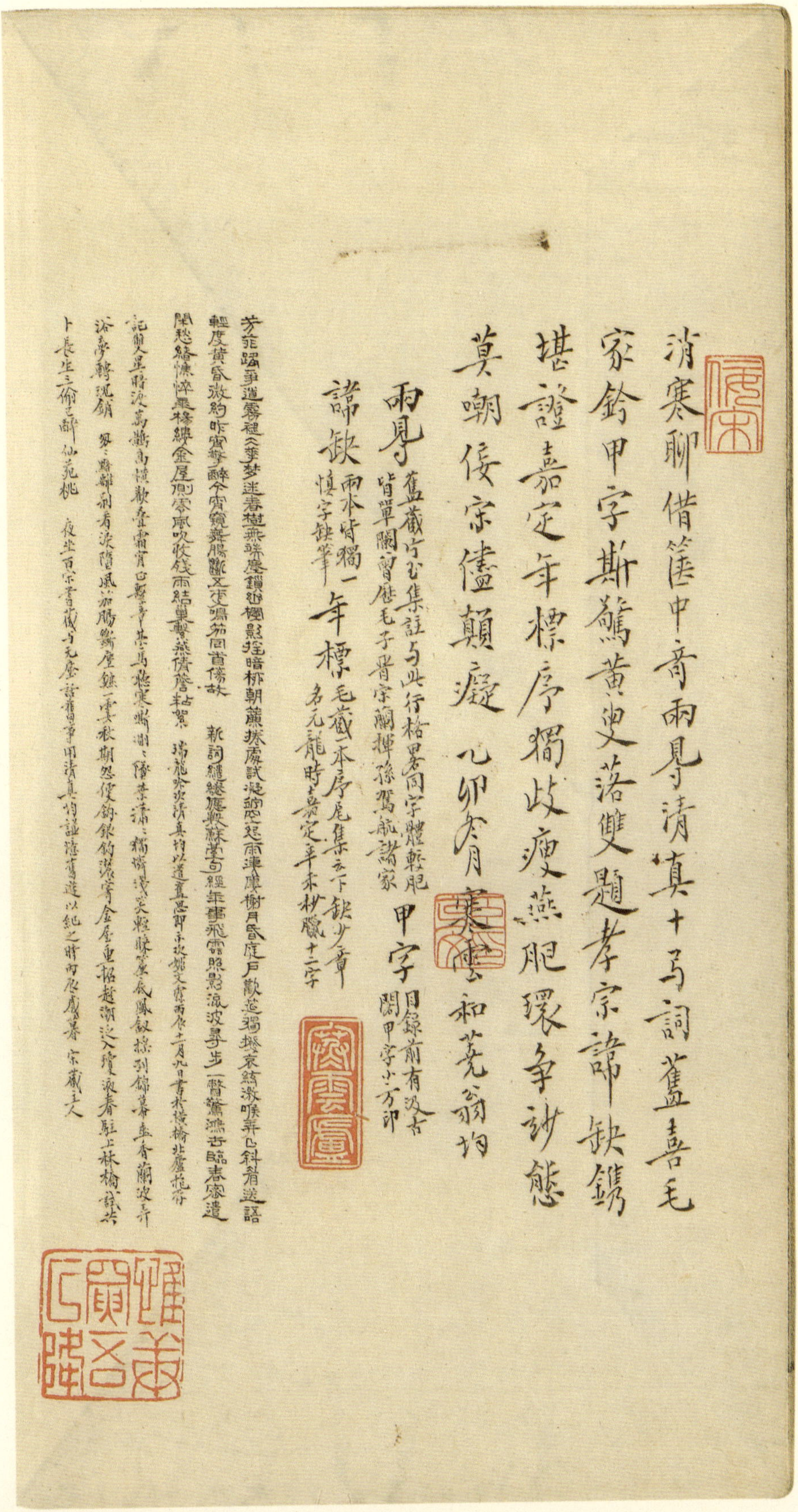

消寒聊借箋中，斋雨見清真十馬詞舊喜毛

家鈐甲字斯驗黃丕烈落雙題孝宗諱缺鑴

堪證嘉定年標序獨歧瘦燕肥環爭妙態

莫嘲倿宗儘顛癡 己卯冬月 襄蕓和堯翁均

雨見　舊藏寧公集註與此行楷署同字體輕肥　甲字　同錄前有汲古
　　　皆單闕宋諱毛子晉宗蘭搆孫駕航謚家　　　閣甲字小方印

諟缺　慎字缺筆一年標　名元龍時嘉定辛未抄臆十二字

芳菲鬭爭遒霧越《夢迷》春櫽燕蕊慶讜遊倒影疑暗栩朝蕭搭廉試趄趄倒連庸懈舟醅庶戶歡道獨拣衰紑嗅弄已斜肖送語
輕度黃蜜欬約昨宵莘醉个寅篦螽腸臚文更隢茆回首像故　新詞讜緩應歡蘇筆哆經韭蜚害照流波尋寺一臂簫濮去臨春窓遺
悶愁皤慄崒暈楨䌷金屋則零廪吹坎雨結單藜燕傪黏繁　瑞龍栾泬清真曰以道直惡郎承蘞文愛两卉立青末橫楡北蘆苾
記貞皇時昆辭為斷為閒歡冝回墨孝未馬綠寒媚冊三篛莘濤　獨澼緩薯莢輕陝跌承我廉毅操引錦幕坐春駐上林榆藜若
浴亭轚涴頜　鄰鄰颲肴沃隋風冰楊鵒屋镇乙雲秾期怨便鈞銀鈞漈亭金鞌重招趙謝这涺燠春駐上林榆藜若
卜長生三衡二鄰仙羌桃　夜生百宗雷襄藏乙元盧讜雅净爭用淒頑直進以紀之時丙辰慶春 宗藏文

半捲疎雨多少離恨苦方留連啼訴鳳帳曉又是
匆匆独自帰去。愁観蒲懐浜粉瘦馬衝泥尋去
路謾回首煙迷望眼依稀見朱戸似凝似醉暗悩
損凭欄情緒澄澄暮色看又棲鴉乱舞
感皇恩　大石
露柳好風標嬌鶯能語獨占春光最多處
花詩独此中春浅頌輕笑未肯等閑分付爲誰
心子裏長長苦
洞房見説雲深無路憑伏青鸞道情素
傳青鸞許消鴛息歇
酒空歌斷　又被
空又老畏歌声断　又

宋刻本《详注周美成词片玉集》（黄氏旧藏）袁克文跋一则

流波寻步，一瞥惊鸿去。临春密遣，闲愁绪，憔悴垂杨缕。金屋侧，零风吹收残雨。结巢系燕，倩檐粘絮。《瑞龙吟》次清真均，以遣旧思。即示次姬文云。丙辰（1916）十一月九日书于横桥北庐。抱存。

第四：

记双星暗渡，万鹊高横，欢叠霜宵。正系章台马，听寒嘶测测，坠叶潇潇。独怜浅笑轻睐，帘底凤钗摇。到锦幕垂香，兰波弄浴，梦转魂销。匆匆，黯离别，看泪堕风笳，肠断尘镳。一霎秋期怨，便银钩浓寄，金屋重招。趁潮泛入琼液，春驻上林桥。试共卜长生，三偷已醉仙苑桃。夜坐百宋书藏，与无尘话旧事，用清真均，谱《忆旧游》以纪之。时丙辰岁暮，宋藏主人。（下钤"惟庚寅吾以降"朱文方印）

第五：

既据别一宋本校改钞补之叶，而第六叶脱缪尤甚。乃属梅真影写一叶附存于尾。时丁巳后二月初九日，寒云记于百宋书藏。（下钤"寒云"白文方印、"袁二"朱文方印）

此黄氏旧藏本扉页有黄丕烈《秋日杂兴诗》之一，云"秋来差喜得书奇，李贺《歌诗》《片玉词》"，末句又云"集部新收双祕本，囊空一任笑余痴"，从中可感悟黄丕烈喜得奇书的兴奋。如果说黄丕烈得此一本，即可值得为之"囊空"；那么，袁克文兼得两本，该是何等的欣喜若狂。从袁克文为两"片玉"所撰诗赋识语中，我们可感悟其中的"颠痴"之味。不仅如此，他还请书画名家兼诗人陈延韡绘《双片玉龛填词图》[1]，置于毛氏藏本扉页，以志得书之喜。袁克文另为黄氏藏本撰有提要一篇：

《详注周美成词片玉集》十卷，宋刊宋印，三册
宋周邦彦撰，陈元龙注
次行标题曰"庐陵陈元龙少章集注"，三行曰"建安蔡庆之宗甫校正"。
半叶十行，行十七字，注双行字同，序大字行书，半叶五行，行十四字，间有四周双阑，线口，鱼尾下标"片玉"及卷次，每卷首尾叶无之；目录板心或标"片玉目"，或标"玉目"，有正书，或行书，无刻工姓名。

---

[1] 陈延韡（1879—1957），即陈含光，初字彩孙，又字含光，以字行，别号淮海客，江苏仪征人。清光绪二十八年（1902）举人，擅长书画。

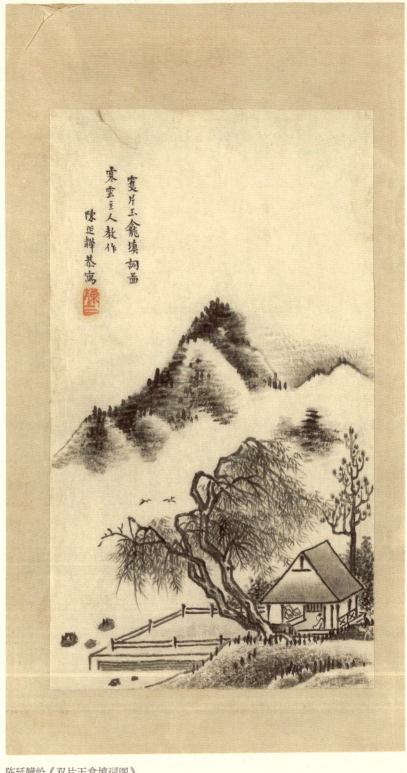

陈延韡绘《双片玉奁填词图》

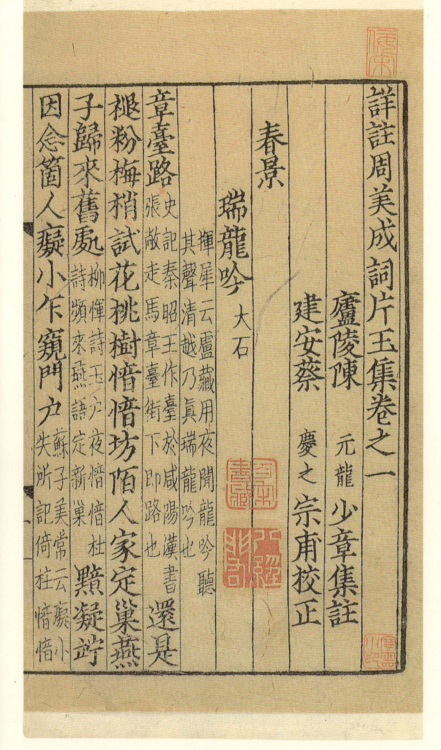

詳註周美成詞片玉集卷之一

廬陵陳　元龍　少章集註

建安蔡　慶之　宗甫校正

春景

瑞龍吟　大石

章臺路〔史記秦昭王作臺於咸陽漢書還是〕

褪粉梅梢試花桃樹愔愔坊陌人家定巢燕〔揮犀雲盧藏用夜開龍吟聽其聲清越乃真瑞龍吟也〕

子歸來舊處〔柳惲詩玉户夜愔愔杜…來燕語定新巢黯凝佇〕

因念箇人癡小乍窺門戶〔蘇子美常云窺小失所記倚柱愔愔〕

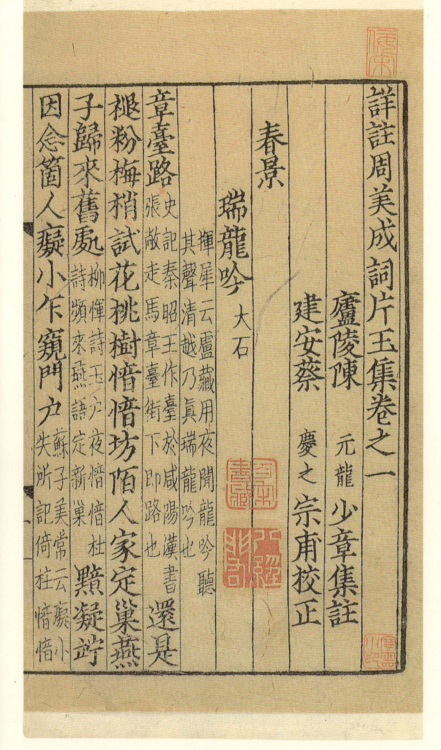

宋刻本《詳注周美成詞片玉集》（黃氏旧藏）

缺讳：慎。

藏印：士礼居、丕烈、荛夫、汪士钟印、阆源真赏每册首俱有之；首册前附叶荛翁录《秋日杂兴诗》一首，末册尾荛翁跋一叶，十卷第六叶及尾叶俱补钞，尾叶题字一行，曰"《虞美人》第三阕。据毛汲古阁钞本，校'生'作'先'复翁"。予复属内子梅真影钞汲古阁藏另一宋本十卷六叶附于后。

《片玉集》宋麻沙刊之最精者。另藏一宋刊，为汲古故物，行格俱同，惟序较此缺"少章名元龙，时嘉定辛未钞腊"十二字，下题"庐陵刘肃必钦序"，与此同。注中亦间有异同，盖覆刻此本也。装冷金白绢衣，犹荛翁之旧。首册尾附叶吴观岱临荛翁小象，自宋刊《挥麈录》中孙子潇绘本摹出。❶

黄氏藏本卷首序末比毛氏藏本多"少章名元龙时嘉定辛未钞腊"十二字。1917年二月，袁克文曾据毛氏藏本校勘，此本卷末有袁克文泥金字题款"丁巳二月据汲古阁藏宋本校改"，下署"寒云"。一个多月之中，两得珍本，袁克文欣喜异常，并称"双玉"，或署"双片玉龛"，并制"双玉龛"朱文长方印、"双玉主人"白文大方印等印鉴。

此本为清代吴郡陆绍曾旧藏，其藏书后为亲戚顾氏所得。1809年七月，黄丕烈经其友王小梧从顾氏以白银二十两购得❷。黄氏书散，此本为吴兴蒋汝藻密韵楼插架之宝。今书中钤有"黄丕烈""荛夫""士礼居""密韵楼""阆源真赏""汪士钟印""䜌宋书藏主人廿八岁小景""抱存""三琴趣斋""寒云鉴赏之铢""后百宋一廛""与身俱存亡""满足清净""梅真侍观""皇二子""寒云如意""侍儿文云掌记""寒云小印""双玉龛""惟庚寅吾以降""流水音""佞宋""八经阁""百宋书藏"诸印记。之后，袁克文将此本转让南海潘宗周。1919年春，毛氏旧藏本亦为潘氏所收❸。至此，袁克文旧藏两部《片玉集》先后为潘宗周所收❹。建国后，潘氏后人潘世兹捐献国家，入藏今国家图书馆。

潘宗周得到毛氏藏本后，曾请朱孝臧赏玩。朱氏勘校毛、黄两家旧

---

❶ 《寒云手写所藏宋本提要廿九种》，第139—140。

❷ 详见书中黄丕烈跋语，《宝礼堂宋本书录》亦收录。详见《张元济古籍书目序跋汇编》上册《宝礼堂宋本书录》，第329—330页。

❸ 据此书1919年朱孝臧跋语。详见《张元济古籍书目序跋汇编》上册《宝礼堂宋本书录》，第331页。

❹ 《张元济古籍书目序跋汇编》上册《宝礼堂宋本书录》，第328—335页。

藏本，并于书中以墨笔夹签校改。朱氏认为，毛氏藏本注语较黄丕烈旧藏本详明，远胜黄本 **❶**。

上文毛氏藏本中袁克文跋云"阮元曾以进呈，传于世间"，即指刊入《宛委别藏》之钞本。此钞本卷首序末署"时嘉定辛未杪腊庐陵刘肃必钦序"，与黄氏藏本同。正文内容亦与黄氏藏本同，而与毛氏藏本相异，如其卷四末"不言不语，一段伤春都在眉间"之下有小注云"《论语·乡党篇》'食不语，寝不言'"，毛氏旧藏本无。知此钞本与黄丕烈旧藏本为同一源，而与毛氏藏本不同。

黄氏藏本卷末黄丕烈跋云"……此本装潢甚旧，补缀亦雅，从无藏书家图记，实不知其授受源流"。今此本卷三末叶钤有"周遇吉印"朱文方印。此印亦见于黄丕烈旧藏宋临安府陈宅书籍铺刻本《唐女郎鱼玄机诗》卷末，另钤有"周氏家藏"朱文大方印。按，周遇吉，明末抗清名将，《明史》有传 **❷**，以抵御农民军而战死宁武关。善本古籍中钤有前人印鉴，屡屡为古书增色，况且明末之周遇吉，并非无名小卒。黄丕烈得此书时，若已钤有此武将之印，应该不会只字不提；此印并非极小且钤在隐蔽之处，黄丕烈等人应该不会看不见；更何况《唐女郎鱼玄机诗》《详注周美成词片玉集》两部宋刻珍本中均有相同之印，二人又怎会不言片语？然黄氏跋两部书的识语中均未提及，故疑此印当在黄丕烈或袁克文之后钤盖；然其是黄丕烈或袁克文以后收藏之人所有 **❸**，抑或后人伪造之印，存疑待考。

❶ 详见《张元济古籍书目序跋汇编》上册《宝礼堂宋本书录》，第 331—335 页。
❷ 详见《明史》卷二六八《列传》一五六。
❸ 张元济《宝礼堂宋本书录》云："……是本黄荛圃、顾千里均定为宋刻，荛圃后跋谓'无藏书家图记'，然卷三末页有'周遇吉印'朱文方印，《明史·列传》有此姓名，其人以御流贼战死于宁武关者。如为其人，更可宝已"，认为黄丕烈没有看到此印，似有不妥。《张元济古籍书目序跋汇编》上册，第 329 页。

宋淳祐本《中兴以来绝妙词选》

黄昇（生卒年不详），字叔旸，号玉林，又号花庵词客，南宋福州闽县（今福建福州）人。宋淳祐九年（1249）编纂《花庵词选》二十卷，前十卷题曰《唐宋诸贤绝妙词选》，始于唐李白，终于北宋王昴，后附方外、闺秀，各为一卷，总计唐五代二十六家，宋一百零八家。后十卷题为《中兴以来绝妙词选》，收录从南宋康与之至洪瑹八十八家词，末附黄昇自作词三十八首。四库馆臣认为其去取甚为谨严，"每人名之下各注字号里贯，每篇题之下间附评语，俱足以资考核"，堪称宋人词选中之善本 [1]。

宋刻《花庵词选》诸家书目罕有著录。目前所知传世宋刻仅《花庵词选》后集，即宋淳祐九年（1249）刘诚甫刻《中兴以来绝妙词选》十卷本。此本明代曾为著名画家陈淳（字道复）旧藏，清代入藏清宫天禄琳琅，后赏赐满人贵族。1916 年三月，袁克文从满人故家以重金购得 [2]。袁克文称其与两部《详注周美成片玉集》为"三绝豪"，并手书题跋两则。其一：

> 《中兴以来绝妙词选》十卷，为《花庵词选》后集，故板心一"后"字。《读书敏求记》云："万历二年龙邱桐源舒氏新雕本间有缺字，此则淳祐己酉所刻本也。"所指当即此本。书尾木记后有刘氏木印，盖即花庵自序所谓"亲友刘诚甫谋刊诸梓"者是也。《天禄书目》

[1]　详见《四库全书总目提要》。

[2]　《寒云日记》，第 160—161 页。《寒云日记》记载 1916 年三月三十日购得此书，时间与书中题跋时间不相符合。其原因尚待查考。

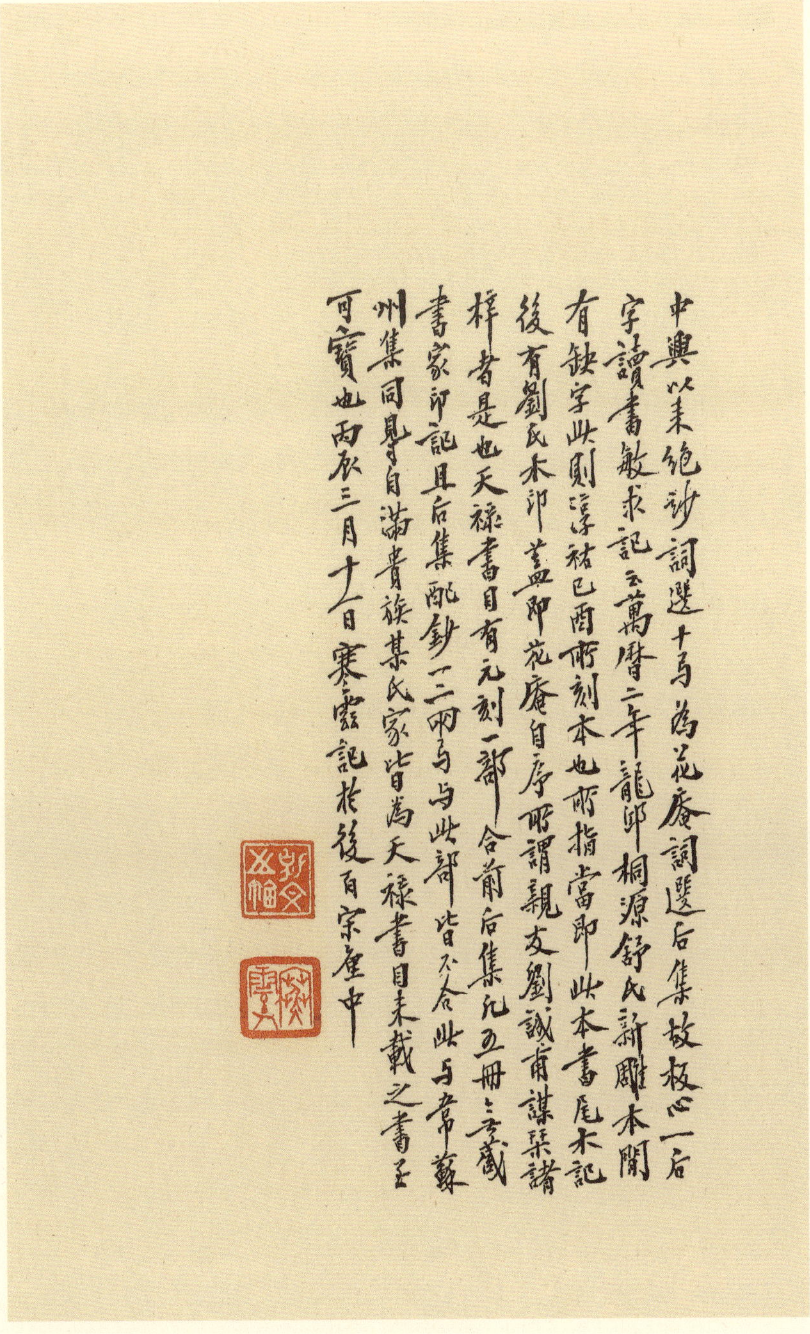

中興以來絕妙詞選十卷為花庵詞選後集故板心一有
字讀書敏求記云萬曆二年龍邱桐源舒氏新雕本聞
有缺字此則淳祐巳酉所刻本也所指當即此本書尾木記
後有劉氏木印蓋即花庵自序所謂親友劉誠甫謀葺諸
梓者是也天祿書目有元刻一部合前後集凡五冊三家藏
書家印記且后集配鈔十二兩与此部皆仝此与章蘇
州集同見自滿貴族某氏家皆為天祿書目未載之書至
可寶也丙辰三月十日寒雲記於後百宋廎中

宋淳祐刘诚甫刻本《中兴以来绝妙词选》袁克文跋一

有元刻一部，合前后集，凡五册，无藏书家印记；且后集配钞一、二两卷，与此部皆不合。此与《韦苏州集》同得自满贵族某氏家，皆为《天禄书目》未载之书，至可宝也。丙辰（1916）三月十一日，寒云记于后百宋廛中。（下钤"克文之钤"白文方印、"寒云主人"朱文方印）

其二：

此书惟见于《敏求记》，馀无闻焉。况词集之宋刊独罕，而选词尤尠，传世者今惟海源阁之《花间集》及此两书耳。词集之存者，瞿氏有《东山》《芦川》两词，半已缺残。予以一岁之中竟获两《片玉词注》，合此可以三绝豪矣。三月十九夜识于玉泉山舍。寒云。（钤"无尘"朱文长方印）

题跋之外，袁克文还为此书撰有提要一篇：

《绝妙词选》十卷，宋刊宋印，四册
宋黄昇编
目录首行标"中兴以来绝妙词选"，次行标"花庵词客编集"。半叶十三行，行二十三字。题名大字兼行。册首淳祐己酉黄玉林自序，行书大字半叶六行，行十四字。次淳祐己酉胡德方季直序，行书大字半叶五行，行十二字。次目录，半叶八行。标题大字兼行。二序皆以自书墨迹入梓。目录字体与黄序同，盖亦玉林自写。黄序后有黄昇小方形、花庵葫芦形、玉林大方形三篆文木记。胡序后有季直中方形、栢畕胡氏钟形、梢溪后学琴形三篆文木记。第十卷尾有长木记，文曰"玉林此编，亦姑据家藏文集之所有，朋游闻见之所传，词之妙者固不止此，嗣有所得，当续刊之。若其序次亦随得本之先后，非固第二行为之高下也。其间体制不同，无非英妙杰特之作。观者其详之第三行。"小字行书，四周双阑，后有一鼎形木记，文曰"筠居"。其下一方记，曰"刘氏义斋"。宋讳有缺有否，无刻工姓名。板心标后及卷次，钞补卷七第十四、十五两叶。

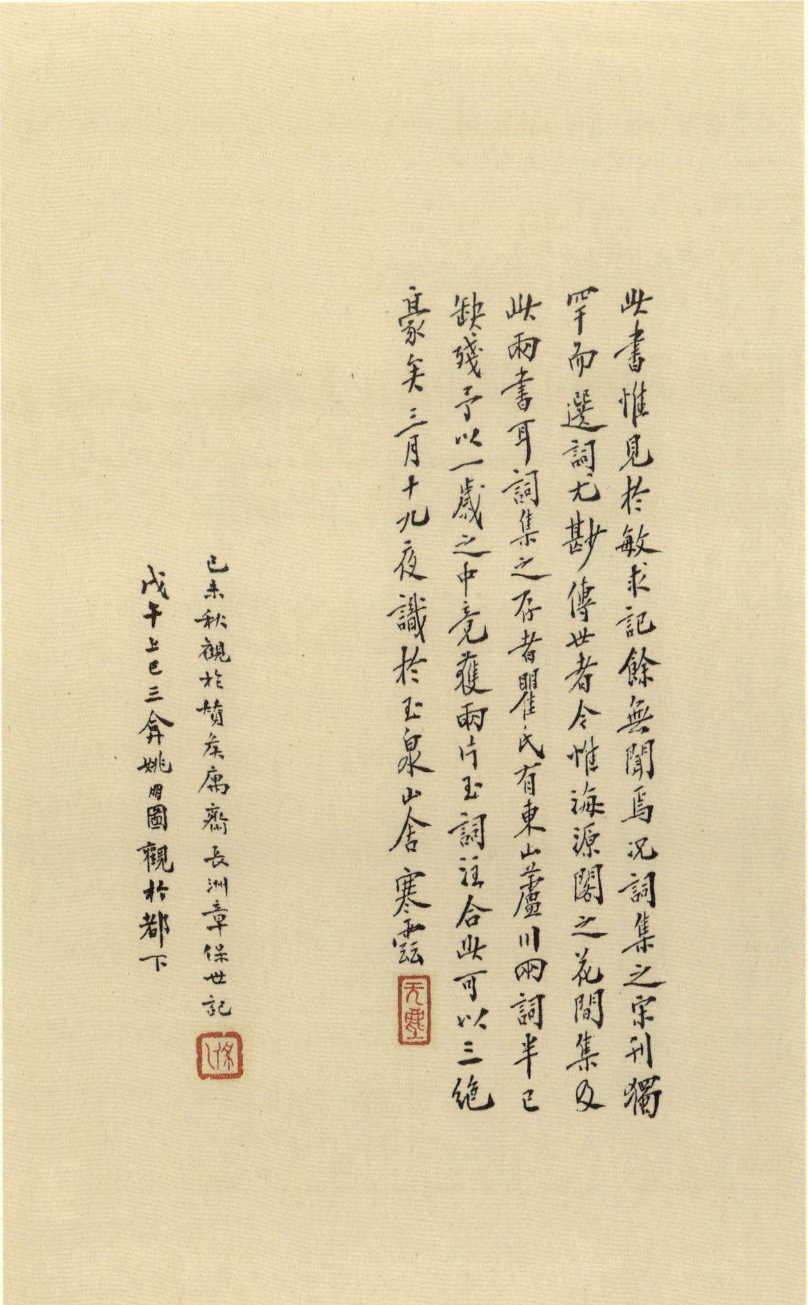

此書惟見於敏求記餘無聞焉況詞集之宋刊僅
罕而選詞尤勘傳世者今惟海源閣之花間集又
此兩書耳詞集之存者雖汲古氏有東山蘆川兩詞半已
缺殘予以一歲之中竟覆兩片玉詞洼合此可以三絕
豪矣三月十九夜識於玉泉山舍寒雲

己未秋觀於嬟辰庽齋長洲章保世記

戊午上巳三艅姚朋圖觀於都下

宋淳祐刘诚甫刻本《中兴以来绝妙词选》袁克文跋二，章保世、姚朋图题款藏印：天禄琳琅序首、卷二尾、卷三首、卷四尾、卷五首、卷七尾、卷八首、卷十尾、乾隆御览之章阔边大方印，同上、听雨斋序首及尾，胡序首及尾，目首及尾，卷一首、卷二尾、卷三首、卷四尾、卷五首、卷六尾、卷七首、卷八尾、卷九首、卷十尾、陈淳之印卷一首、陈道复氏卷十尾。

《绝妙词选》玉林序谓：亲友刘诚甫谋刊诸梓。此书尾有刘氏木记，盖即淳祐原刊。旧湖色花绫衣，白绢签题，曰"中兴词选"，犹天禄故装。**❶**

袁氏书散，此书为祁阳陈澄中所得。今书中钤有"陈淳之印""陈道复氏""听雨斋""乾隆御览之宝""天禄琳琅""璧琊主人""百宋书藏""三琴趣斋珍藏""三琴趣斋""惟庚寅吾以降""八经阁""侍儿文云掌记""臣印克文""上第二子""佞宋""袁钵克文""梅真侍观""双玉龛""瓶盦""流水音""祁阳陈澄中藏书记""清华""郇斋""澄中"诸印。建国初年，陈澄中出售旧藏，国家以重金购得，入藏今国家图书馆。

此本卷首有宋淳祐九年黄昇自序，云其"亲友刘诚甫谋刊诸梓"，末署"淳祐己酉百五玉林"。"百五"即指寒食日**❷**。次为"淳祐己酉上巳前进士胡德方季直序"。文中语涉宋帝空一格。册末有刘氏刻书题记三行云：

玉林此编，亦姑据家藏文集之所有……嗣有所得，当续刊之。

若其序次，亦随得本之先后……观者其详之。

知此本源于宋淳祐九年刘诚甫刻本。半叶十三行，行二十三字，细黑口，左右双边，有书耳。卷端题"绝妙词选卷之一"。每卷第二行有"宋词"二字，上加墨圈。低一格为词家姓氏，大字双行，下注此人小传。文中有朱笔圈点。民国初年陶湘曾据此本影刻行世，为《涉园景宋金元明本词》二十三种之一。陶本影摹精美，为人所称道，可惜间有失真之处**❸**。

---

❶　《寒云手写所藏宋本提要廿九种》，第 145—146 页。按文中"乾隆御览之章"当为"乾隆御览之宝"。

❷　百五，寒食节的别称，因其在冬至后的一百零五日而得名。傅增湘误为"淳祐己酉百王玉林序"，《藏园群书经眼录》卷一九，第 1347 页；《藏园订补郘亭知见传本书目》卷一六下则误为"淳祐己酉王玉林序"，第 1620 页。

❸　本段中有关此书的相关考证，详见《中华再造善本总目提要》，第 797—800 页。

袁克文跋云"《天禄书目》有元刻一部，合前后集，凡五册，无藏书家印记；且后集配钞一、二两卷，与此部皆不合"，认为自己所藏之本并非《天禄书目》著录之本。按，《天禄琳琅书目后编》著录两部《绝妙词选》。

第一部即《天禄琳琅书目后编》卷一一著录元刻《绝妙词选》一函五册[1]，此本疑非袁跋所言元刻，亦非袁旧藏之本[2]。原因如下：

首先，配补与否。《天禄琳琅书目后编》著录未言及钞配，故是本疑为全本。袁氏旧藏本卷五第十六叶下，有割裂痕迹。卷七第十四、十五两叶为明人钞配。

其次，钤印之有无。《后编》中未著录书中钤印，疑在入藏天禄琳琅之前书中无钤印。袁氏旧藏本卷端"绝妙词选卷之一"之下方栏内钤有"陈淳之印"白文方印；卷一〇末叶有"陈道复氏"白文方印。另有数卷首、末钤有"听雨斋"朱文方印。按，陈道复，名淳，以字行，自号白阳山人，曾受业文徵明，明代著名书画家，《明史》有传[3]。

清乾隆四十年（1775），于敏中等人奉敕编纂《天禄琳琅书目》。嘉庆二年（1797），由彭元瑞等人奉敕撰成《天禄琳琅书目后编》。袁氏藏本中钤有"天禄琳琅""乾隆御览之宝"二印，并无"天禄继鉴"之印。而两次编纂书目均未著录，故推测此书当在乾隆四十年之前便已经流出官外。袁氏《寒云日记·洪宪日记（1916）》记其得此书之原委云：

> （三月）三十日，得宋椠《韦苏州集》十卷《拾遗》一卷……同时得宋刊《中兴以来绝妙好词选》十卷，首淳祐己酉百五玉林序，……《韦集》装三册，明黑笺衣，宋藏经笺签，题字古秀，当是乾隆以前故装。《词选》装四册，锦上添花，湖色绫衣，白素绫签，为天禄旧装，题字出当时翰苑手笔。两书以二千五百元得自旗族某故家，必其先世承赐物也。[4]

知此书入藏天禄琳琅之后递藏有序；也就是说，在入藏天禄琳琅之

---

[1] 《天禄琳琅书目后编》卷一一，第 372 页。

[2] 杨成凯认为：《天禄琳琅书目后编》著录第一本元刻之说是否可靠、其后集十卷是否即袁氏旧藏本，尚待考证；袁克文跋中认为《天禄书目》著录元本非此本之说不可信。

[3] 《明史》卷二八七·列传第一七五《文苑三·文徵明》附传。另见《藏书纪事诗》卷三"陈道复复甫"，第 197—198 页。林申清《明清书画家印鉴》，吉林文史出版社，1987 年，第 240 页。

[4] 《寒云日记》，第 160—161 页。

前此本即钤有"陈淳之印""陈道复氏"诸印记❶；陈道复印记在流出天禄琳琅之后伪造的可能性极小。

据杨成凯先生考证，民国初年故宫博物院出版《故宫已佚书籍书画目录》记有溥仪赐书"元板《绝妙词选》一套"，后收到"元板《绝妙词选》全函"。溥仪赐书在1922年，而此本1916年已归袁克文❷。

综上所述，知袁氏旧藏本非《天禄琳琅书目后编》著录之本，亦非溥仪赏赐之本。至于溥仪赏赐之本现存何处，尚待查证❸。

天禄琳琅书目著录第二部，即《后编》卷二〇著录明刻一部，一函四册，阙补《中兴词选》卷一之一、二两叶❹，其册数、配补之处与袁克文跋中所言元刻亦有出入。疑袁氏误记明刻为元刻，混淆元刻五册之数为明刻，并误明刻钞配卷一之一、二两叶为卷一、卷二。据杨成凯先生考证❺，1934年出版《故宫善本书目》已确认此明刻本为明万历二年(1574)舒伯明刻本。国家图书馆藏明舒氏刻本《中兴以来绝妙词选》，其卷后有万历二年刻书牌记。明万历四年又刻《唐宋诸贤绝妙词选》。傅增湘旧藏有明万历四年舒氏刻《唐宋诸贤绝妙词选》十卷❻。据《中国古籍善本书目》集部著录，上海图书馆藏"《唐宋诸贤绝妙词选》十卷，《中兴以来绝妙词选》十卷，明万历四年舒伯明刻本"，书中并有吴湖帆、赵万里、蒋穀孙诸人跋❼，当是合《唐宋诸贤绝妙词选》《中兴以来绝妙词选》二者为一，并题万历四年刻本。明万历四十二年秦堣修版舒氏刻本，重新刷印❽。秦氏刻本与舒氏刻本行款、版式全同，即半叶十行，行二十字。

宋刻《花庵词选》前集即《唐宋诸贤绝妙词选》，今已不见宋刻传世。幸有毛氏汲古阁影宋刻尚存世间，从中可睹宋刻之一斑。袁氏旧藏明末毛氏汲古阁影宋钞本，清代为汪士钟艺芸书舍所收，后入藏文登于

---

❶　国家图书馆藏宋刻《音注韩文公文集》《六臣注文选》亦有陈淳（道复）之印。

❷　详见《中华再造善本总目提要》，第797—800页。

❸　台北"中央"图书馆藏有明万历二年（1574）龙丘舒伯明刻本，未见著录宋元刻本。台北"国立中央"图书馆特藏组编《"国立中央"图书馆善本书目》（增订二版）第三册，第1366页。

❹　《天禄琳琅书目后编》卷二〇，第459页。

❺　详见《中华再造善本总目提要》，第797—800页。

❻　《藏园订补邵亭知见传本书目》卷一六下，第1620页。

❼　《中国古籍善本书目》集部下著录，第1995页。

❽　郭立暄《中国古籍原刻翻刻与初印后印研究》，复旦大学2008届博士学位论文，第158—159页。

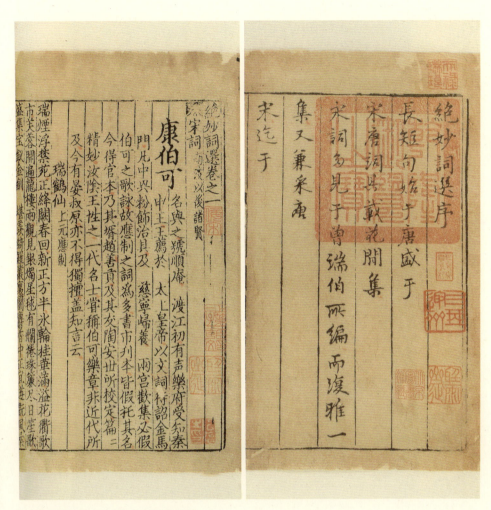

宋淳祐刘诚甫刻本《中兴以来绝妙词选》

氏小谟觞馆。1916 年正月初，傅增湘从上海为袁克文购得 **1**。后为张元济收入涵芬楼 **2**，书中钤"毛晋之印""汪士钟读书""文登于氏小谟觞馆藏本""三琴趣斋""双玉龛""八经阁""寒云"等印记。今藏国家图书馆。

毛氏汲古阁影宋钞本《花庵词选》前集《唐宋诸贤绝妙词选》，其行款为半叶十行，行十七字，白口，四周单边。那么，其后集《中兴以来绝妙词选》的行款应该与之相同，或接近。而袁氏旧藏本的行款为半叶十三行，行二十三字，细黑口，左右双边，与毛氏影宋钞前集相差甚

1 《寒云日记》，第 155 页。

2 《张元济古籍书目序跋汇编》中册《涵芬楼烬馀书录》，第 760—761 页。

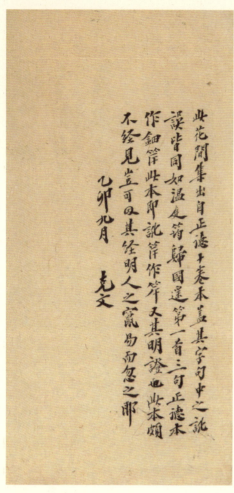

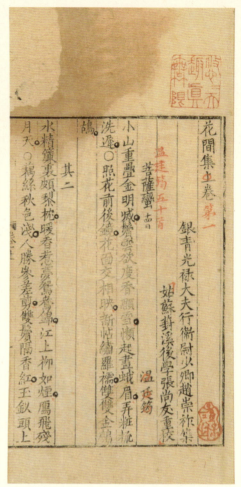

明刻本《花间集》袁克文跋　　　　　　　　　　　明刻本《花间集》

远。钱曾《读书敏求记》著录《中兴以来绝妙词选》十卷，并云："万历二年龙邱桐源舒氏新雕本，间有缺字。此则淳祐己酉所刻本也。" [1]因知万历二年舒氏翻刻宋淳祐原刻本，二者行款应该是相同的，即淳祐原刻本行款为每半叶十行，行二十字。又《四部丛刊初编》以明刻《唐宋诸贤绝妙词选》影印，《中兴以来绝妙词选》则选用无锡孙氏小渌天藏明翻宋本影印 [2]。二者行款均为半叶十行，行二十字。

因推知《中兴以来绝妙词选》初刻行款当为十行二十字，而袁克文旧藏本疑非淳祐九年初刻本，当是后刻本。

上文袁跋中所及海源阁之宋刻《花间集》，今藏国家图书馆。据《寒

[1] 钱曾《读书敏求记》卷四，第152—153页。另见《钱遵王读书敏求记校证》卷四下，章钰校补按语云"补：劳权云当脱《唐宋诸贤绝妙词选》十卷。钰案：此书即《花庵词选》二十卷之后十卷，故劳氏云然。瞿目有舒刻本"。第924页。

[2] 《藏园订补邵亭知见传本书目》卷一六下云：印入《四部丛刊初编》者为"清翻宋本"，与《四部丛刊初编》中此书卷首所记"明翻宋本"不同，第1620页。

云日记》，袁克文藏有两部明刻《花间集》，可聊补无宋刻之缺憾。其一，1915 年九月吴昌绶所赠 **1**。书中袁克文手跋云：

> 此《花间集》出自正德十卷本，盖其字句中之讹误皆同，如温庭筠《归国遥》第一首三句，正德本作"钿筐"（"筐"字原文缺末笔，下同），此本即讹"筐"作"筟"，又其明证也。此本颇不经见，岂可因其经明人之窜易而忽之耶？乙卯九月，克文。

此明刻本每半叶十行，行二十二字，左右双边。清叶树廉据宋本校勘，书中有其朱墨笔校语并跋，另有莫棠跋文。今藏上海图书馆。

其二，1916 年正月，钱葆奇从上海给袁克文寄来明刻《花间集》十卷，"与前印丞所贻者同，惟毫无损污，完好如新" **2**。今国家图书馆藏明正德十六年（1521）陆元大刻本《花间集》十卷，每半叶十行，行十八字，白口，左右双边。书中钤有"双玉龛""流水音""寒云"等印记，不知是否即此本。

1 《寒云日记》，第 151 页。
2 《寒云日记》，第 156 页。

明刊《朝野新声太平乐府》

　　袁克文酷好词曲，"尤嗜旧本"，1916 年三月，袁克文从董康处获藏《朝野新声太平乐府》九卷 **❶**，每半叶十四行，行约二十三至二十五字不等，黑口，四周单边。卷端题"朝野新声太平乐府卷之一"，下镌墨围白文"小令一"，次行署"青城澹斋杨朝英集"。书中有朱笔圈点。袁克文很喜欢词曲，于此书更是钟爱有加，称此本"洵乙部之上乘"。时常赏玩，手书跋语、题签。得书次年初，袁克文展卷重读，并手书长跋一则：

　　　　元刊《朝野新声太平乐府》九卷，历为朱之赤、黄荛翁所珍赏，兼有荛翁精跋，洵乙部之上乘。荛翁藏元曲颇夥。闻罗某藏有三十种，合装一椟，犹黄氏旧制，题曰"乙编"。乃某竟断谓尚有"甲编"，不知"乙编"者乃黄氏判别次第。盖宋本及元本、元人集皆列甲编，元刻元曲亦极罕秘之籍，故列乙编，是述汲古毛氏之例，若作其一、其二观，则误。《元曲三十种》已在倭岛覆刊，前序即缪，执有"甲编"之说，殊未详审，而流布之功尚足多。此书初归董授经大理，亦已覆刊。因举原本与明嘉靖刊《杂剧十段锦》，以七百金售于予，可谓奢矣。予最癖词曲，尤嗜旧本。至铭心者有宋刊两《片玉集注》《中兴词选》，明洪武刊本《草堂诗馀》，旧钞《小山小令》《北曲拾遗》，明正德刊本《盛世新声》，汲古影钞宋本《酒边集》《可斋词》《闲斋琴趣》，曹栋亭影钞宋本《醉翁》《晁

---

❶ 《寒云日记》，第 160 页。

氏》两琴趣，汲古钞本《唐宋词选》，元刊《鸣鹤馀音》，旧钞《唐人词选》《金奁集》，及《于湖居士集》中《乐府》、开庆《四明续志》中《履斋诗馀》《后村居士集》中《诗馀》三宋刊，《云山集》中词一元刊，比又获明刊元乔梦符《李太白金钱记》《杜子美沽酒游春》明王九思撰、明贾仲名《金童玉女》三杂剧，皆孤本秘籍，他家罕有著录者。他时汇为丛刊，步吴印丞词人之后，拾其所弃，庶无偏缺之憾。盖吴氏专取宋元明刊，或影钞宋本。若旧钞之佳者，亦均不录，未免过执一见也。丁巳（1917）正月初十日晨起记于上海横桥北块云合楼中百宋书藏。寒云，时年二十又八。（下钤"克""文"白文朱文联珠方印）

是书作者杨朝英，号澹斋，元代文学家，青城人。其与酸斋贯云石交往密切。邓子晋《太平乐府序》中云："昔酸斋贯公与澹斋游，曰：'我酸则子当澹。'遂以号之，常相评今日词手"[1]。杨朝英辑选元人散曲，编成《乐府新编阳春白雪》《朝野新声太平乐府》二集，人称"杨氏二选"。然《乐府新编阳春白雪》几乎不见诸家著录，《千顷堂书目》卷二仅著录"杨朝英《太平乐府》九卷"。

此袁藏《朝野新声太平乐府》乃明刻本，曾为黄丕烈旧藏，黄氏误题元刻，袁克文、张元济等人同误[2]。第一册扉页有袁克文1918年墨笔题签云"元刊《朝野新声太平乐府》九卷"，末署"戊午（1918）重阳寒云"。

此本为朱之赤旧藏。朱之赤，字卧庵，其藏书印有"卧庵道士"白文朱方印、"卧菴所藏"朱文方印等。

袁克文对朱之赤藏书颇为赞赏，其在旧藏明初刻本《新注朱淑真断肠诗词后集》卷八末跋云：

> 郑元佐注《朱淑真断肠诗词》世绝罕秘，得见于诸藏家书目者多系传钞。而后集尤少足本，独天一阁有元刊《朱淑真诗集》八卷，近已流出。积学斋曾有校本，颇多脱误。予曾获汪阆源钞校本前集

---

[1] 详见清钞本《朝野新声太平乐府》，国家图书馆藏。
[2] 《涵芬楼烬馀书录》亦题为元刻。《张元济古籍书目序跋汇编》中册，第761页。

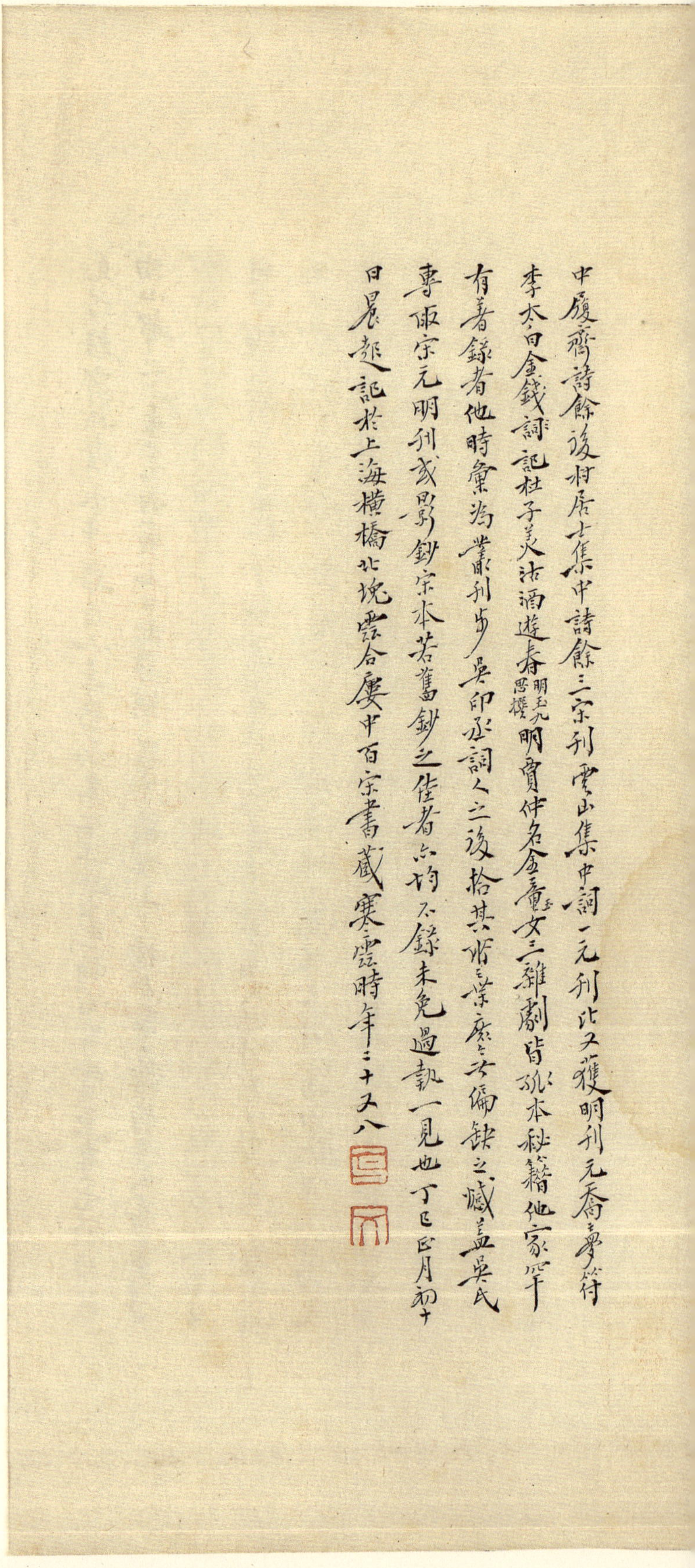

中履斋诗餘後附屠士集中诗餘三宗刊雲山集中词一元刊此又復明刊元乔□梦符
李太白金钱词□記杜子美沽酒遊春明其九明贯仲名金童文三雜劇皆孤本秘籍他家罕
有著錄者他時彙為業刊步吴印丞词人之後拾其非紫麿与六编缺之藏盖吴氏
專取宗元明刊或影鈔宗本若舊鈔之佳者亦均不錄未免過執一見此丁巳正月初午
日晨起記於上海横橋北堄露合庚甲百宗書藏寒雲時年三十有八

明刻本《朝野新声太平乐府》袁克文跋

元刊朝野新聲太平樂府九卷歷為朱之赤黃荛翁所珍賞莫有荛翁精跋

淘此部之上乘荛翁藏元曲頗夥聞羅某藏有三十種合裝一檀皆黃氏舊製題曰

乙編以某竟斷謂尚有甲編未知乙編者乃黃氏判別次第蓋宋本及元本元人集皆

列甲編元刻元曲亦極罕秘之籍故列乙編是述者毛氏之創若作其一其三觀則誤

元曲三十種已在倭島覆刊前序即磿執有甲編之說殊未詳審而流布之功尚足

多此書初歸董授經大理云已覆刊四與今原本與明嘉靖請刊雜劇十段錦以七百

金售于于可謂奢矣于最癖詞曰尤嗜舊本至銘心者有宋刊兩片玉集註中興詞

選明洪武刊本草堂詩餘篇鈔小山小令北曲拾遺明正德刊本盛此新聲設古影

鈔本酒邊集可齋詞閒鷗琴趣曹棟亭影鈔宋本醉翁琴趣及古鈔本唐

宋詞選元刊鳴鶴餘音篇鈔唐人詞選金奩集及于湖居士集中樂府關慶四明續志

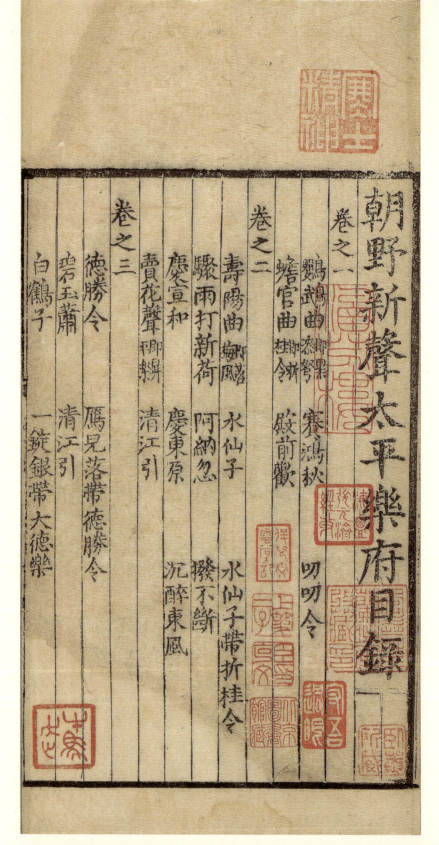

朝野新聲太平樂府目錄

卷之一
鵙武曲卿熟
蟾官曲挂欕
蟾官曲挂欕
殿前歡

卷之二
壽陽曲梅風騷　水仙子
駿雨打新荷　水仙子帶折桂令
慶宣和　阿納忽　撥不斷
賣花聲唧唧　沉醉東風
清江引

卷之三
德勝令　鴈兒落帶德勝令
碧玉蕭　清江引
白鶴子　一錠銀帶大德樂

賽鴻秋
叨叨令

明刻本《朝野新声太平乐府》

十卷，后集八卷，已较他本为完善。兹又获此元刊后集八卷 **1**。虽间有误字，而据以正补钞本者尚多，知积学斋主徐丈积馀曾据范氏所藏元本较录，遂驰书求假，旋承寄示。后集止有七卷。盖因六、七卷间脱去两叶，遂并为一卷，乃又易卷八为七，且书中脱缪尤甚。予虽未获见范氏原本，敢决其非元刊也。范氏所藏既如此，则此元刊可以孤本傲海内矣。汪氏钞本有徐康手跋，已谓为希世之珍，则元刊虽止后集，亦当作甲观。予所见旧籍有朱之赤藏印者，皆宋元明刊之精罕者，见于诸藏家所记亦然。可知朱氏选藏之不苟。此书卷三、卷八尾叶皆有"休宁朱之赤珍藏图书"小印，其珍重如此。乙卯冬月获于京师，寒云识。

朱氏书散，此《新注朱淑真断肠诗词后集》迭经王萱龄、蒋祖诒、袁克文等人收藏，今藏国家图书馆；而明刻《朝野新声太平乐府》则为黄丕烈所收，并以此本校勘所藏钞本，称之为"元刻细字本"，并手书跋语，甚为珍祕 **2**。后又经陈宝晋、董康收藏 **3**。书中钤有"休宁朱之赤珍藏图书""卧菴所藏""寒士精神""尧圃""黄印丕烈""平江黄氏图书""曾藏海陵陈宝晋家""陈印宝晋""守吾""守吾过眼""守吾鉴赏""陈守吾经眼记"诸印记 **4**。

袁克文得此书后重装，并题签云"丙辰（1916）三月后百宋一廛重装"，钤有"臣印克文""袁二藏书""上第二子""侍儿文云掌记""惟庚寅吾以降""双莲华菴"诸印。袁氏书散，为张元济所收，入藏涵芬楼，钤有"海盐张元济经收""涵芬楼"等印。建国后，入藏今国家图书馆。

---

1 今《北京图书馆古籍善本书目》著录为明初刻递修本。

2 《黄丕烈书目题跋·尧圃藏书题识》卷一〇，第255—256页。

3 《寒云日记》，第160页。1913年，傅增湘曾寓目此书。《藏园群书经眼录》，第1351页。

4 据《秘殿珠林》《天禄琳琅书目后编》《石渠宝笈》诸书，朱之赤藏书印有"朱印之赤""卧庵""朱卧庵收藏印"等印记，未见提及"守吾"及"守吾……"诸印。《文献家通考》以"守吾过眼"白文长方、"守吾鉴赏"白文长方、"守吾"朱文椭圆当印等为朱之赤之印，疑误。《文献家通考》上册，第20页。此本中"守吾"诸印当是陈宝晋之印。陈宝晋，字守吾，又字康甫，清道光咸丰年间江苏泰县人，其藏书印另有"海陵陈宝晋康甫氏鉴藏经籍金石文字书画之印章"白文方印、"陈守吾文房印"白文长方印、"康父"朱文方印、"康甫读本"白文方印、"守吾画印"白文长方印、"守吾此识"朱文方印、"守吾小印"朱文方印、"康甫词翰"白文方印"康甫"白文长方印、"宝晋印信"朱文方印、"海陵陈氏康父画记"白文长方印等。

黄氏旧藏尚有两部 **1**。其一为清钞本 **2**，其卷前有邓序，末署"至正辛卯春巴西邓子晋书"，此书为袁芳瑛五砚楼旧藏。黄氏书散，此书又经汪士钟、潘叔润诸家递藏，民国时为张元济收入涵芬楼。书中钤有"寿阶""袁印廷梼""黄丕烈印""丕烈之印""复翁""汪士钟藏""楳泉""汪印振勋""潘印介祉""玉笥""潘叔润图书记""叔润藏书""古吴潘念慈收藏印记""古吴潘介祉叔润氏收藏印记""海盐张元济经收""涵芬楼"诸印鉴。

其二即清钞本，其行款与明写本同，缺卷九。卷端题"朝野新声太平乐府卷之一"。此本乃黄丕烈据其书友所携钞本，令门仆影钞补全而成。每卷钤有"门仆钞书"朱文小方印。其第九卷以周氏旧藏钞本补配，黄氏又据其所藏明刻本校勘 **3**。天头间有黄丕烈朱笔校语，如云"元刻小字本，前有目录二叶，姓氏一叶。每叶二十八行，每行二十四字"。黄氏幸得此书"元刻"与五砚楼旧藏有邓序之精钞本，甚为欣喜，赞为学山海居之"双璧" **4**。

傅增湘《藏园群书经眼录》认为此本乃黄丕烈据"前本钞补" **5**，其"前本"当指"递藏袁漱六、黄荛圃、汪阆源（士钟）、潘淑润诸家"之五砚楼旧藏本、瞿氏旧藏"卷末有孙伏伽手跋"之明刻本，以及黄丕烈称之为"元刻细字本"之明刻本。然根据黄丕烈跋文，三者均非黄氏影钞底本，而是"以周钞本足之" **6**，傅氏所言疑误。

黄氏旧藏三部《朝野新声太平乐府》最后均归涵芬楼 **7**，幸免于日寇的轰炸，今皆藏国家图书馆。其中一部钞本因卷首邓序罕见而为黄丕烈所珍视。1921 年，傅增湘曾经眼明写本，并云"前有至正辛卯春巴西邓子晋序，为他本所无"；殊不知，早在 1915 年，傅氏曾经寓目另

---

1 《黄丕烈书目题跋·荛圃藏书题识》卷一〇，第 256—257 页。

2 其行款半叶十行，行二十字。

3 详见《张元济古籍书目序跋汇编》中册《涵芬楼烬馀书录》，第 761—763 页。

4 详见此书中"朝野新声太平乐府卷之九"末黄丕烈跋语。《黄丕烈书目题跋·荛圃藏书题识》卷一〇，第 256—257 页。

5 《藏园群书经眼录》卷一九，第 1351 页。

6 《黄丕烈书目题跋·荛圃藏书题识》卷一〇，第 256—257 页。

7 黄氏旧藏三部《朝野新声太平乐府》均为九卷，《四库全书总目》卷二〇〇《集部五十三·词曲类存目》著录两淮马裕家藏本则为八卷："元杨朝英撰，朝英自称青城人，始末未详。是集前五卷为小令，后三卷为套数，凡当时士大夫所撰及院本之佳者，皆选录之，亦技艺之一种，中多残缺，盖传写所脱也。"

一部有邓序之本 ^❶，经孙伏伽校勘并手书识语。此即《铁琴铜剑楼藏书目录》题为《太平乐府》之明刻本，瞿目误题"活字本"^❷。此本字体点划不整齐，正如傅氏所言"刻工殊草草"。卷首刻有邓序，末署"至正辛卯春巴西邓子晋书"。此书卷末"朝野新声太平乐府卷之九终"孙氏跋云：

> 辛丑（1601）孟秋日，偶得元刻不全本对过一次，稍为改正鱼鲁，中落一叶，馀小令三枝无从补也。其本乃为赵仲朗取去。癸卯夏日携此册至金陵，复假得焦弱侯太史家藏元刻，校雠一过，尽正鱼鲁，并录所失一叶，馀三枝者补订册中，方成完本。太史本失套数，第九卷赖是册亦成全书，乃知完本之艰如此。首冠北腔韵类，他本俱未有，当是是刻在前。但其板陋耳。周德清音韵惟分阴阳，已称精纱，而卓君乃能别可阴可阳者，则大奇矣。大便作者，恨未能广传，耻独为帐中之秘。癸卯（1603）中秋后二日伏生胤伽识御营西寓。（下钤"唐卿"白文方印）

孙伏伽即孙胤伽，又名孙允伽，字唐卿，一字伏生，号生洲居士，明代藏书家，常熟（今属江苏）人。好异书，更名"丌册度"，藏书楼为"春雪楼"，其藏书印有"孙唐卿氏"等。著有《艳雪斋集》《谈觚》《玉台外史》等。孙氏藏书多奇本秘籍，如宋版葛洪《神仙传》十卷，极为珍贵，曾经袁表（号陶斋）、秦四麟收藏。

上文袁克文跋中云其"最癖词曲，尤嗜旧本"，并举数部词曲旧本，如明嘉靖刊《杂剧十段锦》、宋刊两《片玉集注》《中兴词选》；旧钞《小山小令》《北曲拾遗》；汲古影钞宋本《酒边集》《可斋词》《闲斋琴趣》《唐宋诸贤绝妙词选》；曹栋亭影钞宋本《醉翁》《晁氏》两琴趣；宋刊开庆《四明续志》中《履斋诗馀》《后村居士集》；元刻《云山集》等，现均藏国家图书馆。

其中，明嘉靖刊《杂剧十段锦》十集十卷，即明嘉靖三十七年（1558）

---

❶ 《藏园群书经眼录》卷一九，第 1351 页。《藏园订补邵亭知见传本书目》卷一六下，第 1627 页。
❷ 半叶十一行，行二十字，白口，左右双边。《铁琴铜剑楼藏书目录》著录两部，另一部为元刊本云"题'青城澹斋杨朝英集'。皆采元人新制《乐府》，按宫调编次。旧为朱竹垞藏本，而中如贯酸斋、关汉卿、姚牧庵诸人，《词综》俱未录入，盖纂辑时犹未获此书也。（卷首有'梅会里朱氏潜采堂藏书''竹垞收藏'二朱记）"此元刊本现存八卷，半叶十六行，行二十八字，黑口，左右双边。此元本为清朱彝尊旧藏，后送经揆叙谦牧堂、瞿氏铁琴铜剑楼收藏，书中钤有"梅会里朱氏潜采堂藏书""竹垞收藏""兼牧堂书画记""谦牧堂藏书记""铁琴铜剑楼"诸印。后为丁福保捐献入藏北京图书馆，即今国家图书馆。《铁琴铜剑楼藏书目录》卷二四，第 381—382 页。

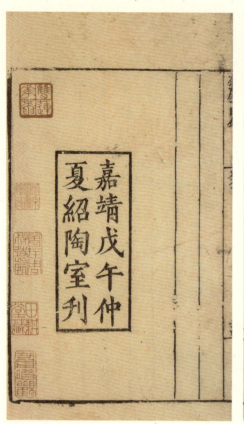

明嘉靖绍陶室刻本《杂剧十段锦》牌记　　　　明嘉靖绍陶室刻本《杂剧十段锦》

绍陶室刻本，明朱有燉撰，卷末有牌记"嘉靖戊午仲夏绍陶室刊"。半叶九行，行十九字，小字双行同，白口，四周单边。1916 年三月十九日袁克文从董康处以五百金购得 **1**，书中袁跋云：

　　《杂剧十段锦》十集，皆明诚斋藩邸所制，尚有《诚斋乐府》。传世刊本都不易觏。董授经大理得此书于倭岛，予以五百金易之。董尚藏有《诚斋乐府》，求价尤巨，不可遽获。而拳拳之怀，终不能遣耳。丙辰（1916）二月二十九日识于后百宋廛中。寒云主人。（下钤"惟庚寅吾以降""双莲华葊"二朱文方印）

　　明诚斋藩邸即朱有燉，号诚斋，朱橚长子，尤工词曲，著《诚斋录》

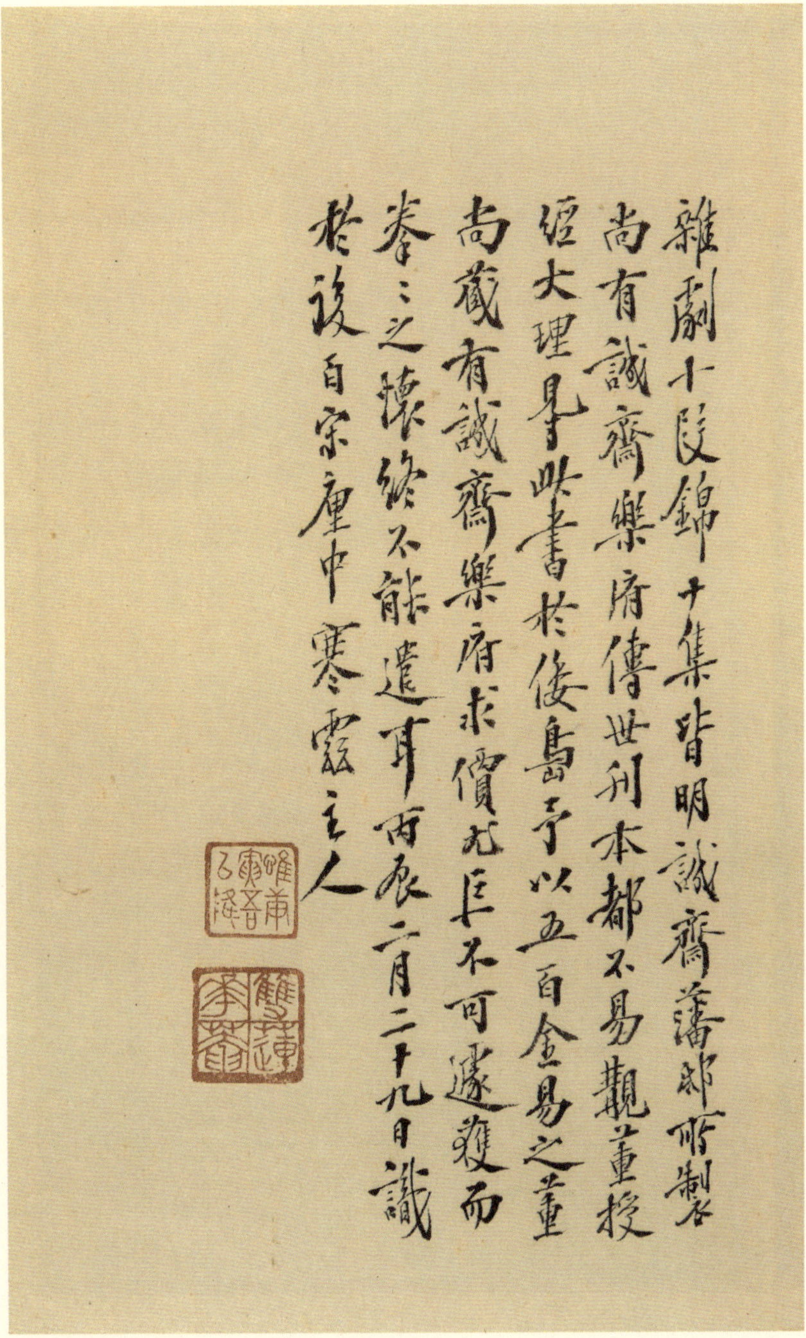

雜劇十段錦十集皆明誠齋藩邸所製客
尚有誠齋樂府傳世列本都不易觀董授
經大理星此書於倭島于以五百金易之董
尚藏有誠齋樂府求價尤巨不可遽致而
拳三之懷終不能遣耳丙辰二月二十九日識
於設白宗庫中寒雲主人

明嘉靖绍陶室刻本《杂剧十段锦》袁克文跋

《诚斋新录》《诚斋乐府传奇》若干种。此书即为其藩邸所制，流传稀少，经钱曾、朱彝尊、郁松年、袁克文、周叔弢等人收藏。书中钤有"虞山钱曾遵王藏书""竹垞珍藏""郁松年印""田耕堂藏""臣克文印""上第二子""双莲华菴""曾在周叔弢处"诸印记。

朱诚斋所著传奇、杂剧传世尚多，国家图书馆藏有两部明永乐宣德间朱有燉自刻本《诚斋杂剧》，分别为二十二卷本与二十五卷本。至于乐府散套，明清两代藏书家极少著录，甚为罕见。国家图书馆藏《诚斋乐府》堪称第一部中国戏曲别集，戏曲家吴梅跋中叹为"孤本"，视为瑰宝。吴梅跋云：

> 此为孤本，往王君孝慈假吾《秦楼月》二卷去，以此为质。今孝慈墓木已拱，《秦楼月》又为陶兰泉印石行世，独此书尚存箧中。江潭避寇，展对凄然矣。丁丑（1937）祀灶日书。霜厓瞿叟。

袁跋中提到"旧钞《小山小令》"，即《张小山小令》，元张可久所撰，明李开先辑。张可久字仲远，号小山，庆元路（今浙江鄞县）人。元代散曲家、剧作家，与乔吉并称"双璧"，与张养浩合称"二张"。

据《中国古籍善本书目》载，《张小山小令》现存有明嘉靖刻本[1]，而袁氏旧藏钞本不知现藏何处。袁氏另藏有张可久撰《新刊张小山北曲联乐府》三卷，外集一卷，别集一卷，附录一卷，清咸丰六年劳氏丹铅精舍精钞本。1919年正月，袁克文以此本与数种旧钞宋人集，从博古斋易得黄丕烈影元钞本《皇元风雅》[2]。之后，劳氏钞本又为适园张氏收藏，现藏台北"中央"图书馆[3]。卷端题"新刊张小山北曲联乐府卷上"，下钤"莅圃收藏"朱文长方印。之后，袁克文又得劳钞《乔梦符乐府》一卷，并将二者合装一册。书中袁克文跋云：

> 《乔梦符乐府》一卷，劳季言据双门吟隐校本钞录。梦符小令散见于元明诸选本，独无专集。明李中麓曾从选本辑刊，颇不易有。近人有缩刻本，较此校本缺十馀首。此本当是完集，向不见于著录，视《小山乐府》尤为罕秘。予既获《小山乐府》，今又以旧钞《无为集》与蟫隐庐易得此册，俱为劳氏精写，同一板格，爰合

[1] 《中国古籍善本书目》集部下，第2167页。
[2] 详见上文"清黄氏士礼居影元钞本《皇元风雅》"袁克文跋文。
[3] 台北《"国立中央"图书馆善本书目》（增订二版），第1381页。

装一册。己未（1919）二月，寒云。（钤"寒云"白文方印、"寒云"白文长方印、"双莲华菴"朱文方印）[1]

袁克文跋中亦提及元刻"《云山集》"，即元姬志真所撰《知常先生云山集》五卷[2]，元延祐六年（己未，1319）李怀素刻本。此本卷末有延祐己未朱象先后序，延祐己未当即刊书之年。刊印者李怀素，即王鹗序所言之"李君提举"。

姬志真（1194—1269），本名翼，字辅之，泽州高平（今属山西）人。其著作除此书外，尚有《道德经总章》《周易直解》《南华解义》《冲虚断章》等。事见《甘水仙源录》卷八《知常姬真人事迹》。

明正统《道藏》"太平部"收录《云山集》八卷。分卷与此本不同。白云霁《道藏目录详注》卷四著录"《云山集》卷一之十"，其所记卷数有误，《云山集》无十卷本。

此元刻残本，是现存传世诸本中刊刻最早的本子，并且有不少为别本所不及之处。例如道藏本《云山集》所收诗文仅止于此本卷四《开州神清观记》；其后三篇，即《滑州务真观记》《滨都重建太虚观记》《荥阳修建黄箓大醮记》，以及卷五全部、卷末朱象先序及《知常真人行实》，道藏本均未收录。另外，此本所录诗文内容与道藏本亦有差异。如此本卷三《雨中花·其三》有小引云："仆自骚屑东游，泠涕宛转，十有馀年，杳绝山阳。一日，表弟不厌披榛，垂顾蓬荜，就审舅氏，兼庇玉属无恙，惘然犹疑梦间。于是乱道《雨中花》词奉寄。"道藏本则无之，如此等等。由此可见，此本在一定程度上保存了原书旧貌，弥足珍贵[3]。

此本卷末有一签条，知此书明初曾进呈内府。其上墨笔题记云："一部五本，洪武三十五年正月十九日朝天宫道士姚孤云进到。"其云洪武三十五年者（壬午，1402），实为建文四年。是年六月十七日，明成祖即位，诏革除建文年号，仍称洪武。对此，卷末章钰跋有论述：

……壬子（1912）冬间，残本三、四、五三卷流转都门厂肆。

---

[1] 《标点善本题跋集录》下，第752页。书影见台北《"国立中央"图书馆善本题跋真迹》四，第3181页。

[2] 此本半叶九行，行二十字，白口，左右双边。现存三卷，即卷三至卷五；卷前诸序，以及卷一、卷二散佚。《藏园订补郘亭知见传本书目》卷一四著录，第1288页。

[3] 以上详见《中华再造善本总目提要》，第1230—1232页。另见《张元济古籍书目序跋汇编》上册《宝礼堂宋本书录》，第338页。

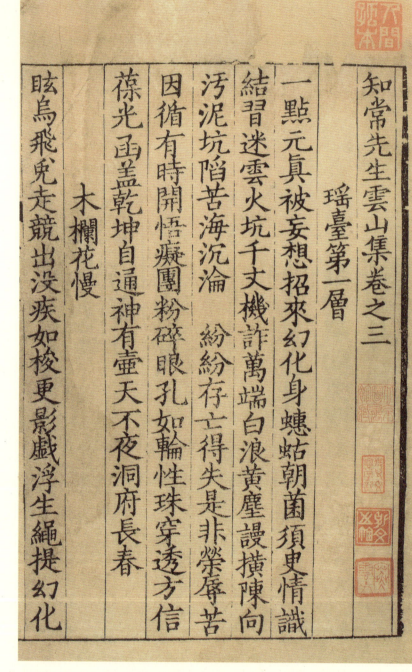

知常先生雲山集卷之三

瑤臺第一層

一點元真被妄想招來幻化身蟪蛄朝菌須臾情識
結習迷雲火坑千丈機詐萬端白浪黃塵謾橫陳向
污泥坑陷苦海沉淪　紛紛存亡得失是非榮辱苦
因循有時開悟癡團粉碎眼孔如輪性珠穿透方信
葆光函蓋乾坤自通神有壺天不夜洞府長春

木欄花慢

眩烏飛兔走競出沒疾如梭更影戲浮生繩提幻化

元延祐李怀素刻本《知常先生云山集》

以明人墨书一行考之，知此书明初先入南京，后归北京。顾起元《客座赘语》云："永乐辛丑，敕南内文渊阁所藏书籍，各取一部，送至北京修撰。陈循如数检得百匮，督一舟载之。"此集即百匮中一种，盖沈霾五百馀年矣。墨书旧粘卷尾。钱遵王藏《列女传》、黄荛夫藏《山谷诗注》❶，及今京师图书馆藏《南史》均有"永乐二年七月苏叔敬买到"题记，与此略同，可见明代采进书籍程式。洪武三十五年实为建文四年，壬午六月十七日太宗即位，诏革除建文年号，仍称"洪武"，此行必系其时改书。钱谦益《列朝诗集·高侍郎逊志小传》引周元初《鹤林集》云："逊志作《周尊师传》，后题洪武三十五年，岁次壬午春正月初吉，前史部侍郎高逊志"，与此书法一律，足为佳证。朝天宫今为江宁府学，杨吴时就宋总明观旧址建紫极宫。历宋及元，皆为道观，逮明，乃有朝天宫之名。释蒲菴有"同朝天宫道士朝回"口号，李昌祺有"驾幸朝天宫祭星"诗，知宫道士为当时羽流领袖。通籍禁门，岁首进书，足备南都雅故。姚孤云事无考。袁海叟《在野集》有"观朝天宫方道士画三山图"诗，则知主管其地者，必非凡流也。仁和吴氏双照楼刺取词集影刊，为疏记大概于后。昭阳赤奋若（癸丑，1913）夏至节，长洲章钰识于津门侨寓。

此类题签于传世善本中尚有数例，章跋已述及数部。另，国家图书馆藏元刻宋毛晃增注《文场备用排字礼部韵注》五卷，其卷末亦有一签，上书墨笔题记云"永乐九年十二月二十八日承奉司送到"。据此签条可见明代采进书籍程式，其与清代采进书籍程式略有差别。

清修《四库全书》时，曾在全国范围内征求善本。各地进呈的书籍即四库采进本，或称四库进呈，通常在采进善本书衣钤有朱文长方木记，并非题签❷。

由上文知，此元刻《云山集》明初采进，入藏明应天府（今南京）皇宫内，永乐十九年（1421），随文渊阁检出图书一起装柜，转运北京。明清两代一直深藏内阁大库，近代始散出，流转至厂肆，已为残圭断璧。

---

❶ 今藏国家图书馆，即元刻《山谷黄先生大全诗注》二十卷，册末有签条云"一本，永乐二年七月二十五日苏叔敬买到"。

❷ 参见上文子部"明弘治碧云馆活字印本《鹖冠子解》"相关部分。另见刘蔷《"翰林院印"与四库进呈本真伪之判定》，《图书馆工作与研究》，2006年第1期。

1913年，仁和吴昌绶双照楼将此本之卷三影刊，收入《景刊宋金元明本词四十种》。1915年八月初八日，袁克文收得此书 **❶**，并于书中钤有"侍儿文云掌记""人间孤本""云合楼""寒云主人""克文之钤""寒云秘笈珍藏之印"诸印鉴。袁氏书散后，此书为潘宗周所收 **❷**。1951年，潘氏后人将其藏书捐献国家，入藏今国家图书馆。

❶ 《寒云日记》，第146页。

❷ 《张元济古籍书目序跋汇编》上册《宝礼堂宋本书录》，第338—339页。

明刊《盛世新声》

袁克文先后曾得三部《盛世新声》。先得大字本，全书十二集，今藏上海图书馆。书中袁克文跋云：

> 《盛世新声》十二卷，从未见于著录，且元明曲最为罕贵，益足珍赏。取元刊《太平乐府》校证，撰者姓字注于目录曲名之下。另藏小字残本五卷，曲名与曲相连，以墨钉白文别之，与元刊《太平乐府》同式，较此本题另行为古。然刊本皆出明初，无所轩轾也。小字本未集目录有注标明小题姓字，此则无之。丁巳（1917）正月初九日，寒云。

1916 年二月，袁克文又得一残本，"存卷一之二、卷六、八、十一，凡五卷，较前所藏完本，板心宽大，曲牌名皆非墨钉白文" [1]。而曲牌名为墨钉白文的明正德十二年刻本,当是袁氏旧藏此书之第三部。书中袁跋云：

> 明刊《盛世新声》仅存子、辰、巳、未、戌，凡五集。惟此未集目录，每曲下注小题及撰者年代、姓字。向藏尚有大字本全书十二集，未集目录无注。斯虽残帙，独可贵已。丁巳（1917）初春，寒云。

---

[1] 《寒云日记》，第 159 页。此本目前尚不知现藏何处。

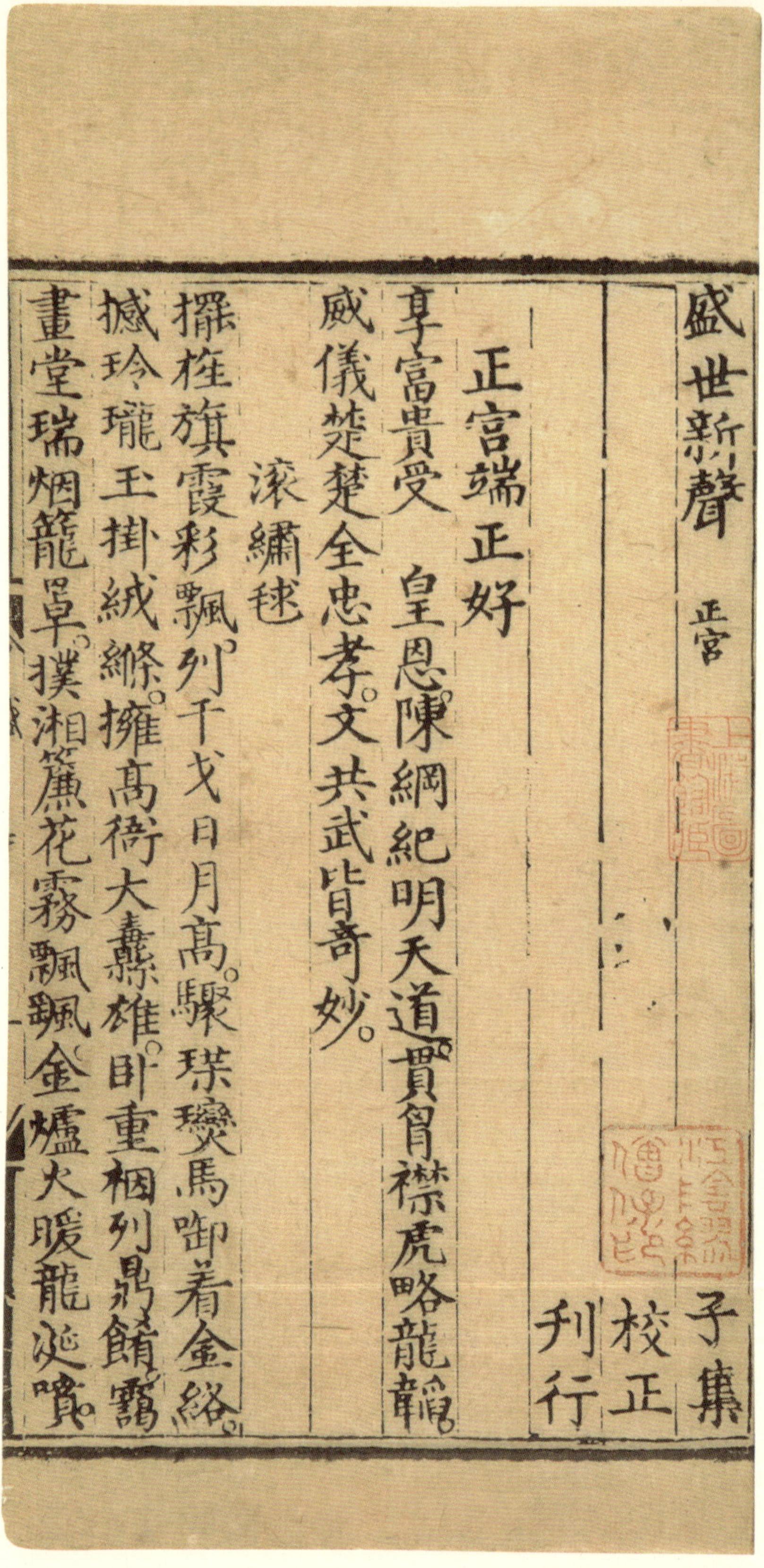

盛世新聲　正宮

子集

校正

刊行

正宮端正好

享富貴受　皇恩陳綱紀明天道賈賈襟虎略龍韜

威儀楚楚全忠孝文共武皆奇妙。

滾繡毬

擺椣旗霞彩飄列干戈日月高驟珠瓔馬卸着金絡。

撼玲瓏玉掛絨縧擁高衙大纛雄即重梱列鼎餚露

畫堂瑞烟籠罩撲湘簾花霧飄飄金爐火暖龍涎噴

明刻本《盛世新声》

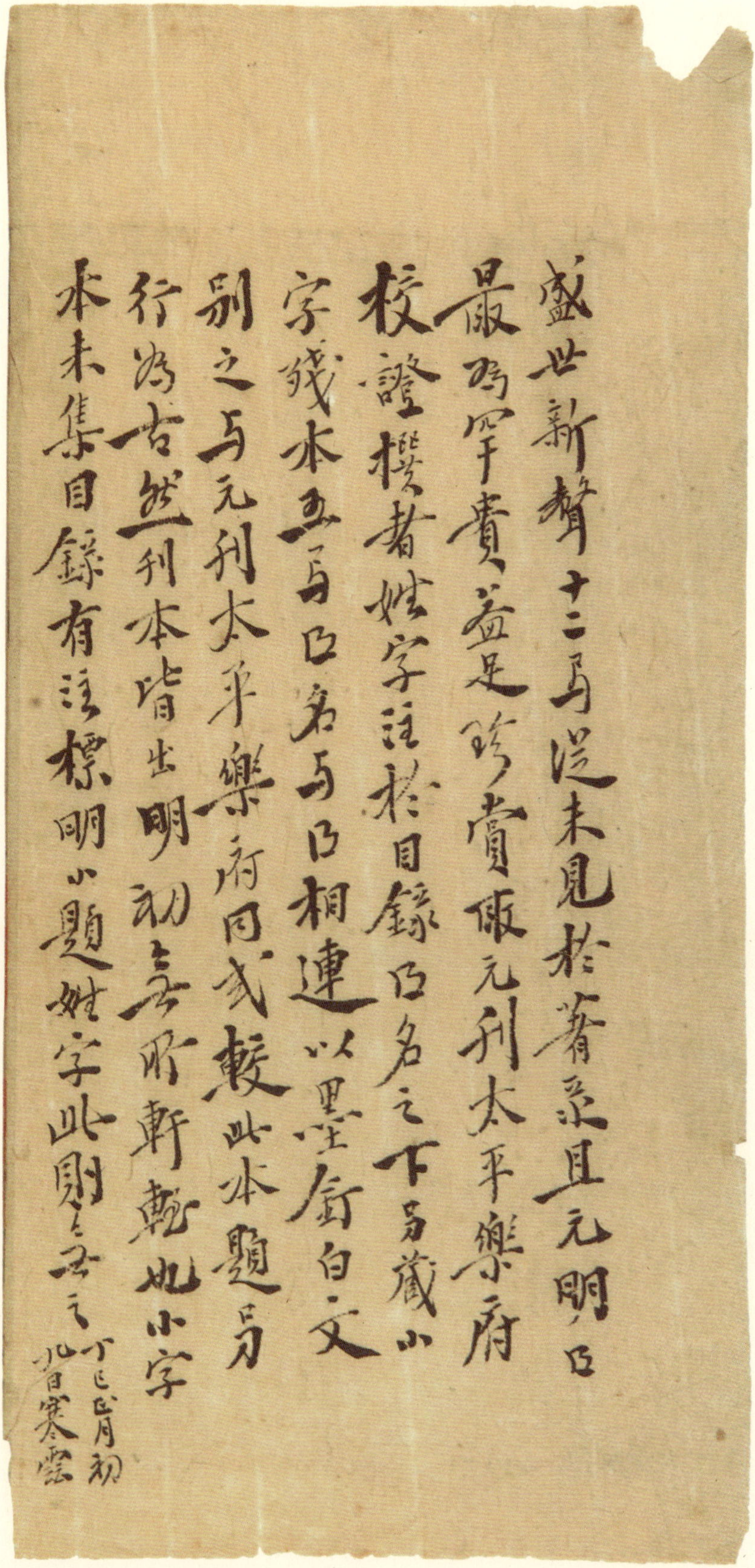

盛世新聲十三冊從未見於著錄且元明以
最為罕貴蓋足珍賞販元刊太平樂府
校證撰著姓字註於目錄各名之下皆藏此
字殘本五葉已名與已相連以墨筆白文
別之與元刊太平樂府同式較此本題曰
行為古然刊本皆出明初去今所斬此小字
本未集目錄有注標明小題姓字此則云云
亡巳正月初
九曰寒露

明刻本《盛世新声》袁克文跋

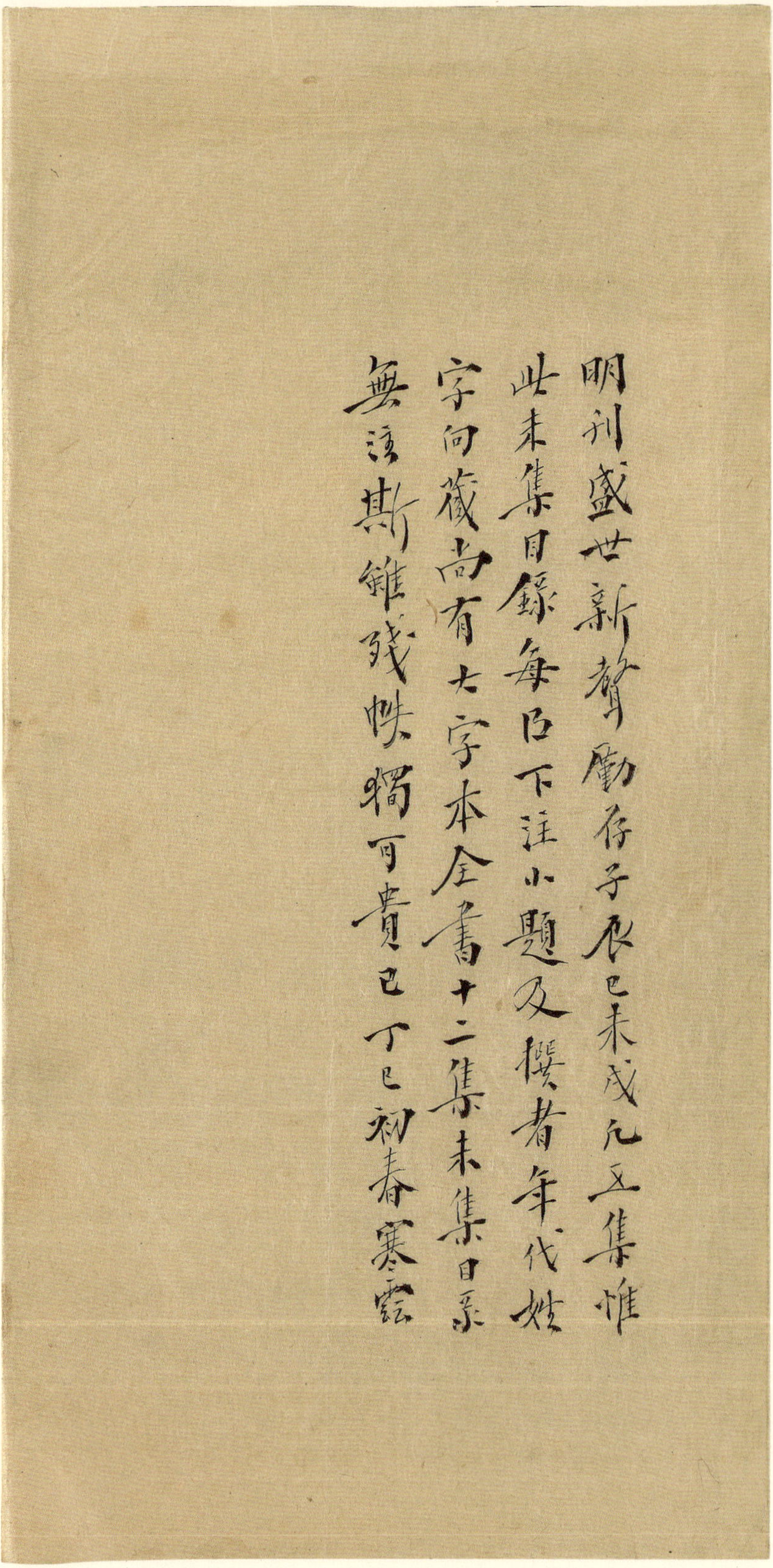

明刊盛世新聲勵存子辰巳未戌凡五集惟
此未集目錄每曲下注小題及撰者年代姓
字向簽尚有大字本全書十二集未集目錄
無這斯雖殘帙猶可貴己丁巳初春寒雲

明正德刻本《盛世新声》袁克文跋

此正德本十册，每半叶十二行，行二十四字，黑口，左右双边。各顶格题"盛世新声"，无卷次，其下注明曲调，再下题"校正刊行"，最下墨钉白文，标注某集。版心则题卷次，如"盛世新声卷之一"。第一册子集卷一正宫，卷二黄钟；第二册寅集卷三大石，卷四仙吕；第三册卷五中吕；第四册卷六南吕；第五册午集卷七双调；第六册未集卷八越调；第七册申集卷九商调；第八册卷一〇南曲；第九册卷一一南吕；第十册亥集卷一二折桂令，"亥集"无墨围。其中标明地支集次有子、寅、午、未、申、亥六集。由此推测本书当是以十二地支为序，分十二卷，此与扉页袁克文跋中所言"明刊《盛世新声》仅存子、辰、巳、未、戌，凡五集"不合，疑此本现存十册并非全是袁氏旧藏，抑或是手书跋文之后相继配全。

此本卷首有"盛世新声引"，述及此书辑录之由：

> 夫乐府之行，其来远矣。有南曲、北曲之分，南曲传自汉唐宋，北曲由辽金元，至我朝大备焉。皆出诗人之口，非桑间濮上之音，与风雅比兴相表里。至于村歌里唱，无过劝善惩恶、寄怀写怨。予尝留意词曲，间有文鄙句俗，甚伤风雅，使人厌观而恶听。予于暇日逐一检阅，删繁去冗，存其脍炙人口者四百馀章，小令五百馀阕，题曰"盛世新声"，命工锓梓，以广其传。庶使人歌而善反和之际，无声律之病焉。时正德十二年岁在疆围赤奋若上元日书。

序末未署纂辑人姓氏。

《盛世新声》一书后世刊刻颇多，傅增湘曾经眼三部《盛世新声》。第一部为其1917年在文德堂所见，题明刻本，仅存子集，有正德十二年序，称词曲四百馀章，小令五百馀阕，命工锓梓云云。其序文、行款与袁氏旧藏本同，疑即袁氏藏本。

第二部为嘉靖刊本，云：

> ……十行二十字，黑口，四周双栏。有东吴张禄序，言正德间辑《盛世新声》，余不揣陋鄙，正其鱼鲁，增以新调，不减于前谓之"林"，少加于后谓之"艳"，更名曰《词林摘艳》，锓梓以行。据此则张氏已增补改名。今此书仍题"盛世新声"，殊不可解，俟更考之。每卷标题下注正宫大南吕等字，次标"新增题目姓氏"六字，次题"子集""丑集"等，以十二支分十二卷。次行"吴江元俸校

正"，三行"金台张氏刊行"。钤有"宛平王氏家藏""暮斋鉴定""曾在王鹿鸣处""金台王琼宴鹿鸣藏书记"诸印。徐梧生遗书。戊辰十二月。

上文《盛世新声引》末未署纂辑人姓氏，然据傅氏所见此书序，知《盛世新声》为东吴张禄所辑。

傅氏著录第三部《盛世新声》仅存西集一卷，为其1939年底经眼：

> 明刊本，九行二十一字，上空一格，只二十字。白口，四周双栏，版心题"南曲"二字。目录缺首叶，卷首题"南曲三十腔"。按：此本刻工疏率，字体生硬，似万历刊。或云正德，恐非。沅叔。**[1]**

傅增湘怀疑此本即万历刻本，其在《藏园订补郘亭知见传本书目》中所言《盛世新声》第三部"明万历刻本，九行二十一字，白口，四周双栏"者**[2]**，当是同一部。

据上文所言可知，明正德年间，张禄辑录自汉唐以来的南曲、北曲，删繁去冗，存其脍炙人口者四百馀章、小令五百馀阕，题名曰"《盛世新声》"，以子至亥十二地支为次分集。明正德十二年命工锓梓，以广其传。嘉靖年间，张禄又加以校正、增删，其序云"正其鱼鲁，增以新调"，"更名曰《词林摘艳》，锓梓以行"**[3]**。

1914年，傅增湘曾寓目"明吴江张禄详校刊行"之《词林摘艳》十卷，云：

> 明刊本，分甲至癸集，十行廿字，黑口，四周双栏。有嘉靖乙酉刘楫序。每集均有序。**[4]**

此嘉靖本之《词林摘艳》今藏国家图书馆。其壬集卷九目录后有任讷朱笔小字校语云："徽藩本此下尚有两套：'满腹内阴阴似刀搅，日月长明兴社稷'。"知此本曾以徽藩本校勘。

国家图书馆藏明嘉靖三十年徽藩重刻本《词林摘艳》，卷一〇末镌"嘉靖辛亥岁仲秋吉旦徽藩月轩道人重刊"二行；壬集卷九目录后有"满腹内阴阴似刀搅，日月长明兴社稷"一行，与嘉靖本《词林摘艳》壬集卷九目录后校语相合。

---

[1] 以上所述三部《盛世新声》，参见《藏园群书经眼录》卷一九，第1354—1355页。
[2] 《藏园订补郘亭知见传本书目》卷一六下，第1628页。
[3] 参见郑振铎《盛世新声与词林摘艳》，《西谛书话》三联书店，2005年，第171—199页。
[4] 《藏园群书经眼录》卷一九，第1355页。

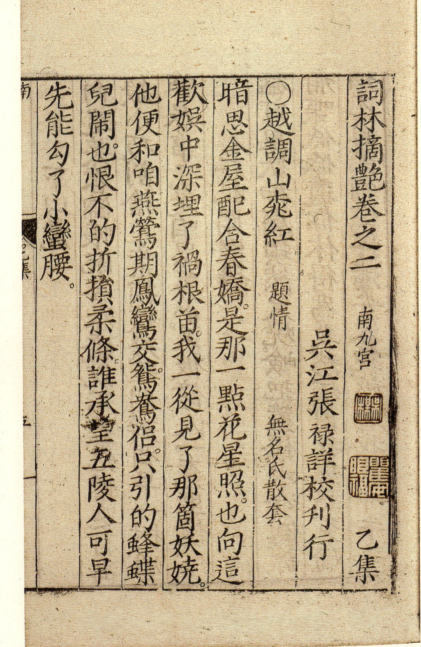

詞林摘艷卷之二　南九宮　乙集

吳江張祿詳校刊行

○越調山坡羊　題情　無名氏散套

暗思金屋配合春嬌是那一點花星照也向這

歡娛中深埋了禍根苗我一從見了那箇妖嬈

他便和咱燕鶯期鳳鸞交鴛鴦侶只引的蜂蝶

兒鬧也恨不的折損柔條誰承望五陵人可早

先能勾了小蠻腰。

明嘉靖徽藩刻本《词林摘艳》

吴梅旧藏亦有嘉靖三十年徽藩刻本《词林摘艳》，书中曹元忠跋云：

> 明刊《词林摘艳》残本六卷，本天一阁故物。其书目子部类书类有刊本十卷，明张禄撰，刘楫序是也。据《百川书志·词曲类》，亦称嘉靖乙酉吴江张禄校集，以《盛世新声》博取欠精，速成多误，复正鲁鱼，损益新旧小令百九，南调百七十有七，北调、南九宫五十三，北八宫兼别调二百七十八，词林之精备者。今缺南北小令一卷二百三十调，为甲集；北八宫三卷一百七调，为丙集、庚集、辛集。就其书见存者，每卷首有"吴江张禄详校刊行"八字，而目录每调前小引，及卷末康衢道人吴子明跋，均题嘉靖乙酉中秋前后，知刊于嘉靖四年乙酉。又壬集后有"嘉靖辛亥岁仲秋吉旦徽藩月轩道人重刊"两行十七字，知重刊于嘉靖三十年辛亥。考《明史·诸王表》，徽王载坅嘉靖三十年袭封，则刊是书时，正其袭封之年也。前岁天一阁所藏散佚，是书遂残，以归吴君瞿安，因为跋尾。宣统戊午（1918）五月五日辛卯，同郡曹元忠。 **1**

吴梅跋语云：

> 越十三年庚午，取江南图书馆藏本补钞甲、丙、庚、辛四集。是书遂完足。惜君直作古五年，不及见此完帙矣。霜厓吴梅书，时庚午（1930）七月朔。（下钤"霜厓"白文方印）

书中另钤有"瞿安眼福""吴楳""霜崖手校""瞿安读藏记""长洲吴氏藏书"等印记。

由上文可知，明嘉靖三十年徽藩重刻本之底本为《词林摘艳》之嘉靖刻本，疑即嘉靖四年张禄自刻本；徽藩本以甲至癸十天干为序分集 **2**，与《盛世新声》以子至亥十二地支分集不同。徽藩重刻本略有增加，其中，壬集卷九之卷端未题卷次，仅题"词林摘艳"，下题"黄钟附大石调"。卷前无"黄钟附大石调引"小序，然亦无大石调细目，疑脱落。

嘉靖刻本《词林摘艳》与傅氏所见第二部嘉靖本《盛世新声》行款相同，疑即以之为底本重刻，并更名《词林摘艳》，徽藩本则以此嘉靖本《词林摘艳》重刻，并改易行款。

---

1 详见国家图书馆藏明嘉靖三十年徽藩刻本《词林摘艳》。

2 十天干中己、庚、辛三集的顺序与卷次顺序不合，即辛集卷六、庚集卷七、己集卷八。嘉靖初年刻本、万历二十五年刻本同。

《盛世新声》与《词林摘艳》篇目对照表

	盛世新声				词林摘艳		
	正德刻本	嘉靖刻本 [1]	万历刻本 [2]		嘉靖刻本 [3]	嘉靖三十年徽藩刻本	万历二十五年内府刻本
行款	12行24字，黑口，左右双边	10行20字，黑口，四周双边	9行21字，白口，四周双边	行款	10行20字，黑口，四周双边	8行18字，白口，四周单边	9行21字，白口，四周双边
集次	篇名			集次	篇名		
子集	正宫	（未知）		甲集	南北小令	南北小令	黄钟（醉花阴）
丑集	黄钟			乙集	南九宫	南九宫（越调山桃红）	正宫（端正好）
寅集	大石			丙集	中吕	中吕（粉蝶儿）	仙吕（点绛唇）
卯集	仙吕			丁集	仙吕	仙吕（点绛唇）	中吕（粉蝶儿）
辰集	中吕			戊集	双调	双调（风入松）	南吕（一枝花）
巳集	南吕			辛集	正宫	正宫（端正好）	商调（集贤宾）
午集	双调			庚集	商调	商调（河西后庭花）	越调（斗鹌鹑）
未集	越调			己集	南吕	南吕（占春魁即一枝）	双调（新水令）
申集	商调			壬集	黄钟附大石调	黄钟（愿成双），卷首"词林摘艳"下题"黄钟附大石调"	南曲（青纳袄）
酉集	南曲		南曲三十腔				
戌集	南吕						
亥集	折桂令			癸集	越调	越调（斗鹌鹑）	南小令

---

[1] 即上文所言《藏园群书经眼录》著录之第二部《盛世新声》。

[2] 即上文所言《藏园群书经眼录》著录之第三部《盛世新声》，疑为万历本。《藏园订补郘亭知见传本书目》卷一六下已著录为万历刻本，第 1628 页。

[3] 疑即明嘉靖四年（1525）张禄自刻本，或至少源于此本。

明万历二十五年（1597）内府再次重刻《词林摘艳》，卷首有"重刊词林摘艳序"，末署"万历二十五年岁次丁酉季冬之吉谨序"，次为"词林摘艳"目录，首即甲集"黄钟醉花阴目录"，分甲、乙、丙以至癸，总十集，卷端无卷次，其目次与两部嘉靖本《词林摘艳》不同，如万历本目录第二套曲为"日月长明为社稷"，倒数第五套曲为"满腹内阴阴似刀搅"；其行款与万历本《盛世新声》相同，却与徽藩本《词林摘艳》相距较远。故疑万历二十五年本《词林摘艳》之底本与徽藩刻本关系不甚密切，而与傅增湘《藏园群书经眼录》著录第三部《盛世新声》有关。

附录

国家图书馆藏寒云旧藏善本知见录 *

宋刻本

《八经》十卷，宋刻递修本，袁克文校跋。二十行二十七字，细黑口，左右双边。

《周礼》十二卷，（汉）郑玄注，宋婺州市门巷唐宅刻本，袁克文跋，李盛铎跋，杨守敬跋。卷一至六：十三行二十五至二十八字，小字双行三十五字，白口，左右双边。卷七至一二：十一行二十一至二十三字，小字双行同，白口，四周双边。卷七至十二配另一宋刻附《释文》本。

《古三坟书》三卷，宋绍兴十七年（1147）婺州州学刻本，（元）陆元通、陆德懋题款，（清）陶日发、宝康题款，袁克文跋。十行十八字，白口，左右双边。

《纂图互注周礼》十二卷，（汉）郑玄注，宋刻本，袁克文跋。十二行二十一字，小注双行二十五字，细黑口，左右双边，有书耳。

《京本点校附音重言重意互注礼记》二十卷，（汉）郑玄注，（唐）陆德明释文，宋刻本，袁克文题签，李盛铎跋。十一行十九字，小字双行二十字，细黑口，四周双边。

《礼记正义》七十卷，（唐）孔颖达撰，宋绍熙三年（1192）两浙东路茶盐司刻宋元递修本，（清）惠栋跋，李盛铎跋，袁克文跋。八行十六字，小字双行二十二至二十三字，白口，左右双边。

《春秋经传集解》三十卷，（晋）杜预撰，宋嘉定九年（1216）兴国军学刻本，秦更年跋。八行十七字，小字双行同，白口，左右双边。存一卷：二二。

《春秋传集解》三十卷，（晋）杜预撰，

* 此书目为笔者经眼国家图书馆藏袁克文旧藏善本或经其题识善本。每类版本中大体以经史子集四部为序。由于客观原因，或有遗漏，敬请方家学者批评指正。

（唐）陆德明释文，宋鹤林于氏家塾栖云阁刻元修本，李盛铎跋，周叔弢跋。十行十六至十七字，小字双行三十二字，白口，左右双边。存二十九卷：一至九、一一至三〇，有钞配。

《纂图互注春秋经传集解》三十卷，（晋）杜预撰，（唐）陆德明释文，宋龙山书院刻本，袁克文跋并题签。十二行二十一字，小字双行二十五字，细黑口，左右双边，有书耳。

《附释音春秋左传注疏》六十卷，（晋）杜预注，（唐）孔颖达疏，（唐）陆德明释文，宋刘叔刚刻本，十行十六至十七字，小字双行二十三字，细黑口，左右双边。

《春秋公羊经传解诂》十二卷，（汉）何休撰，（唐）陆德明音义，宋绍熙二年（1191）余仁仲万卷堂刻本，（清）黄彭年跋，李盛铎、袁克文跋，袁克文题款。十一行十九字，小字双行二十七字，细黑口，左右双边。

《春秋名号归一图》二卷，（蜀）冯继先撰，宋刻本，袁克文题签。《春秋名号归一图》十一行，大小字不等，细黑口，四周双边，《春秋图说》十一行十八至十九字，细黑口，四周双边。《春秋二十国年表》一卷，《春秋图说》一卷。

《春秋五礼例宗》十卷，（宋）张大亨撰，宋刻本，傅增湘跋。十一行十九至二十四字不等，白口，左右双边。

《春秋传》三十卷，（宋）胡安国撰，宋刻本，袁克文跋并题签。十四行二十六字，白口，左右双边。

《孟子注疏解经》十四卷，（汉）赵岐注，（宋）孙奭疏，宋刻元修本，（清）缪荃孙跋，袁克文跋。八行十六字，小字双行二十二字，白口，左右双边。

《论语集注》十卷，《序说》一卷，《孟子集注》十四卷，《序说》一卷，（宋）朱熹撰，宋刻本，七行十二字，小字双行十六字，黑口，左右双边。

《辅轩使者绝代语释别国方言》十三卷，（汉）扬雄撰，（晋）郭璞注，宋庆元六年（1200）寻阳郡斋刻本，缪荃孙跋，沈曾植跋，邓邦述跋，袁克文跋。八行十七字，小字双行同，白口，四周双边。

《群经音辨》七卷，（宋）贾昌朝撰，宋绍兴十二年（1142）汀州宁化县学刻本，（明）唐寅题款，李盛铎跋，袁克文跋。八行十四至十五字，小字双行约二十字，黑口，左右双边。

《集古文韵》五卷，（宋）夏竦撰，宋绍兴十五年（1145）齐安郡学刻本，袁克文跋。八行，白口，四周单边。

《史记》一百三十卷，（汉）司马迁撰，（南朝宋）裴骃集解，（唐）司马贞索隐，（唐）张守节正义，宋建安黄善夫家塾刻本，（清）黄绍箕、罗振玉题款，十行十八字，小字双行二十三字，黑口，左右双边。

《史记》一百三十卷，（汉）司马迁撰，（南朝宋）裴骃集解，（唐）司马贞索隐。宋刻百衲本，袁克文跋，廉泉跋，邓邦述跋。蔡梦弼东塾刻本：十二行二十二字；桐川郡斋刻耿秉重修本：十二行二十四至二十五字；十四行本：十四行二十四至二十五字；十行本：十行十九字。均为白口，左右双边。卷七至九、一二四至一三〇配宋淳熙三年（1176）张杅桐川郡斋刻八年耿秉重修本，馀九十四卷配其它两宋本。

《后汉书》九十卷，（南朝宋）范晔撰，（唐）李贤注，宋刻元修本，十行十九字，小字双行二十四至二十五字，白口，四周单边。［后汉书］志注补三十卷（晋）司马彪撰（梁）刘昭注。

《后汉书》九十卷，（南朝宋）范晔撰，（唐）李贤注，宋黄善夫刻本，袁克文题诗、李盛铎跋。十行十八至二十字不等，小字双行二十四字，细黑口，四周双边，有书耳。存二卷：五六、八二下。

《隋书》八十五卷，（唐）魏徵等撰，宋刻本，袁克文跋，李盛铎跋。十行十九字，黑口，左右双边，有书耳。存五卷：二四至二五、八三至八五。

《京本增修五代史详节》十卷，（宋）吕祖谦辑，宋刻本，袁克文跋。十三行二十一字，细黑口，四周双边，有书耳。

《舆地广记》三十八卷，（宋）欧阳忞撰，宋九江郡斋刻嘉泰四年（1204）、淳祐十年（1250）递修本，（清）黄丕烈跋，（清）顾广圻跋，李盛铎跋，袁克文跋。十三行二十四字，白口，左右双边。存二十一卷：一八至三八。

《［开庆］四明续志》十二卷，（宋）梅应发、刘锡纂修，宋开庆元年（1259）刻本，十行十八字，小字双行同，白口，左右双边。

《水经注》四十卷，（北魏）郦道元撰，宋刻本，张宗祥跋，袁克文跋。十一行二十字，白口，左右双边。存十二卷：五至八、一六至一九、三四、三八至四〇。

《西汉会要》七十卷，（宋）徐天麟撰，宋嘉定八年（1215）建宁郡斋刻元修本，袁克文跋。十一行二十字，白口，左右双边。存七卷：一三至一九。

《东汉会要》四十卷，（宋）徐天麟撰，宋宝庆二年（1226）建宁郡斋刻本，袁克文跋。十一行二十字，白口，左右双边。存三卷：一至三。

《纂图互注荀子》二十卷，（唐）杨倞注，宋刻元明递修本，插图。袁克文跋。十一行二十一至二十三字，小字双行二十五字，左右双边，有书耳。

《音点大字荀子句解》二十卷，（宋）龚士卨撰，宋刻本，十行二十字，小字双行同，细黑口，左右双边，有书耳。存十卷：一至一〇。

《丽泽论说集录》十卷，（宋）吕祖俭辑，宋嘉泰四年（1204）吕乔年刻元明递修本，十行二十字，白口，左右双边，补版为黑口，行款同，存五卷：一至五，卷五配清影宋钞本。

《本草衍义》二十卷，（宋）寇宗奭撰，宋淳熙十二年（1185）江西转运司刻庆元元年（1195）重修本，十一行二十一字，白口，左右双边。

《伤寒明理论》三卷，（金）成无己撰，宋刻本，袁克文跋。十行二十字，白口，左右双边。《明理论》卷三、《方论》均钞配，《伤寒明理方论》一卷，（金）成无己撰。

《景祐乾象新书》三十卷，（宋）杨维德等撰，北宋元丰元年（1078）司天监秦孝先、苏宗亮、徐钦邻等钞本。（清）邵渊耀、钱天树、张尔旦、李兆洛、孙鋆等跋，蒋因培题诗，黄廷鉴、王家相等题款。存十二卷：三至六、一二至一三、一六至一九、二七至二八。八行十九至二十三字不等，白口，四周单边。

《挥麈第三录》三卷，（宋）王明清撰，宋刻本，孙原湘跋，袁克文跋。

十一行二十字，细黑口，左右双边。

《册府元龟》一千卷，（宋）王钦若等辑，宋刻本，李盛铎跋，朱文钧跋，傅增湘题款，袁克文跋。十四行二十四字，白口，左右双边。存二十卷：二八六至二九五、三〇九、四四二、四四四至四四五、四八二至四八四、七八六至七八七、七八九。

《妙法莲华经》七卷，（后秦）释鸠摩罗什译，宋刻本，十行二十一字。袁克文跋并题诗。

《妙法莲华经》八卷，（后秦）释鸠摩罗什译，日本刻本，姚朋图跋。六行十二字，上下单边。[1]

《法苑珠林》一百卷，（唐）释道世辑，北宋宣和元年（1119）福州开元寺刻毗卢大藏本，六行十七字，小字双行同，无直格，上下单边。存一卷：一九。

《五灯会元》二十卷，（宋）释普济撰，宋刻本，劳健跋，袁克文跋。十三行二十四字，白口，左右双边。存五卷：一至五。

《北山录注》十卷，（宋）释慧宝撰，宋刻本，十二行二十三、二十四字不等，小字双行，行二十九、三十字不等，白口，左右双边，存七卷：一至三、七至一〇。

《百川学海》一百种一百七十九卷，（宋）

---

[1] 此本今题"日本刻本"，因袁克文将其与宋刻《妙法莲华经》并称"双莲华"，故附于此。

左圭编，宋刻本。袁克文跋。十二行
二十字，细黑口，左右双边。

《太学分门增广圣贤事实》□□卷，
《汉唐事实》□□卷，宋刻本，十
行十六字，细黑口，四周双边，有
耳题。存四卷：《圣贤事实》一至
二；《汉唐事实》五、七。

《韦苏州集》十卷，《拾遗》一卷，（唐）
韦应物撰，宋刻本，袁克文跋，袁
克权题诗，姚朋图题款，笑侬题款。
十行十八字，白口，左右双边。

《分门集注杜工部诗》二十五卷，（唐）
杜甫撰，（宋）王洙、赵次公等注，《年
谱》一卷，（宋）吕大防、蔡兴宗、
鲁訔撰，宋刻本。十一行二十字，
小字双行二十五至二十七字，黑口，
左右双边。

《新刊元微之文集》六十卷，（唐）元
稹撰，宋刻本，傅增湘跋。十二行
二十一字，白口，左右双边。存
二十五卷：一至一四、三〇、五一
至六〇。

《皇甫持正文集》六卷，（唐）皇甫湜
撰，宋刻本，方尔谦题诗，袁克文
跋。十二行二十一字，白口，左右
双边。

《唐女郎鱼玄机诗》一卷，（唐）鱼玄
机撰，宋临安府陈宅书籍铺刻本，
（清）顾莼、潘奕隽、黄丕烈、袁
克文跋并题诗，（清）曹贞秀、吴
嘉泰、瞿中溶、戴延介、孙延、董
国华、袁廷梼、徐云路、夏文焘、

释达真、女道士韵香、陈文述、石
韫玉、徐渭仁题诗，李福、归懋仪
题词，朱承爵、沈案、王芑孙、潘
遵祁、盛昱题款。十行十八字，白
口，左右双边。

《曾南丰先生文粹》十卷，（宋）曾巩
撰，宋刻本，十四行二十六字，白
口，四周双边。

《新校正老泉先生文集》十二卷，（宋）
苏洵撰，（宋）吕祖谦注，宋绍熙
四年（1193）吴炎刻本，十四行
二十五字，小字双行同，细黑口，
左右双边。

《临川先生文集》一百卷，（宋）王安
石撰，宋绍兴二十一年（1151）
两浙西路转运司王珏刻元明递修
本，十二行二十字，白口，左右双
边，补版为黑口，间有四周双边。

《东坡先生后集》二十卷，（宋）苏轼
撰，宋刻递修本，袁克文、吴昌绶
跋，十行十六字，白口，左右双边。
存二卷：一〇至一一，《东坡先生
外制集》三卷，（宋）苏轼撰。

《王状元集百家注分类东坡先生诗》
二十五卷，（宋）苏轼撰，题（宋）
王十朋纂集，宋建安黄善夫家塾刻
本，十三行二十二、二十三字不等，
小字双行二十七、二十九字不等，
细黑口，左右双边。卷一至四、九
至一二配补，《东坡纪年录》一卷，
（宋）傅藻撰。

《经进东坡文集事略》六十卷，（宋）

苏轼撰，（宋）郎晔选注。宋刻本，袁克文题签，（日本）岛田重礼跋、田吴炤跋。十二行二十一字，小字双行同，细黑口，左右双边。存三十二卷：一至二五、三四至三九、四六。

《东莱吕太史别集》十六卷，（宋）吕祖谦撰，宋嘉泰四年（1204）吕乔年刻元明递修本，袁克文跋。十行二十字或二十一字，白口，左右双边。卷二、卷五配明钞本。

《友林乙稿》一卷，（宋）史弥宁撰，宋嘉定刻本，（清）顾纯题签，李盛铎、袁克文跋，高世异、徐鸿宝、徐世翔、章华题款。八行十六字，白口，左右双边。

《后村居士集》五十卷，目录二卷，（宋）刘克庄撰，宋刻元修本，十行二十一字，细黑口，左右双边。存二十卷：一至二〇。

《文选》六十卷，（梁）萧统辑，（唐）李善、吕延济、刘良、张铣、吕向、李周翰注，宋绍兴明州刻递修本，袁克文跋、沈曾植题诗。十行二十至二十二字，小字双行三十字，白口，左右双边。存九卷：二〇至二八。

《迂斋标注诸家文集》五卷，（宋）楼昉辑，宋刻本，刘梅真题款，姚朋图题款，袁克文跋、题诗。九行十九字，白口，左右双边。存三卷，未标卷次。

《迂斋先生标注崇古文诀》二十卷，（宋）楼昉辑，宋刻本，邓邦述跋。十二行二十三字，细黑口，左右双边。存十卷：四至一一、一九至二〇。

《应氏类编西汉文章》十八卷，宋刻本，（清）朱锡庚跋。十三行二十四字，细黑口，左右双边。

《圣宋文选全集》三十二卷，宋刻本，袁克文跋。十六行二十八字，白口，左右双边。存五卷：一至二、七至九。卷七至九钞配。

《新刊国朝二百家名贤文粹》三百卷，宋庆元三年（1197）咸阳书隐斋刻本，傅增湘跋、袁克文跋。十四行二十四字，白口，左右双边。存十九卷：六八至七二、一六五、一六八、一七〇至一七六、一八八至一九〇。

《中兴以来绝妙词选》十卷，（宋）黄昇辑，宋淳祐九年（1249）刘诚甫刻本，章保世题款，姚朋图题款，袁克文跋。十三行二十三字，细黑口，左右双边，有书耳。

《详注周美成词片玉集》十卷，（宋）周邦彦撰，（宋）陈元龙集注，宋刻本，（清）黄丕烈校跋并题诗，袁克文跋，李盛铎跋。十行十七字，小字双行同，细黑口，左右或四周双边。

《详注周美成词片玉集》十卷，（宋）周邦彦撰，（宋）陈元龙集注，宋刻本，朱孝臧校并跋，李盛铎跋，袁克文跋。十行十七字，小字双行同，细黑口，左右双边。

蒙古刻本

《史记》一百三十卷，（汉）司马迁撰，（南朝宋）裴骃集解，（唐）司马贞索隐，蒙古中统二年（1261）平阳段子成刻明修本，张元济题款，袁克文跋。十四行二十四字，小字双行同，白口，四周双边，有书耳，明刻本十四行二十五字，小字双行同，黑口，四周双边。卷三〇至四三配明刻本。

元刻本

《周易程朱传义音训》十卷，（宋）程颐、朱熹撰，（宋）吕祖谦音训。元至正六年（1346）虞氏务本堂刻本，傅增湘跋。十二行二十一字，小字二十五字，黑口，四周双边。

《诗集传》十卷，（宋）朱熹撰，元刻本。十二行二十一字，黑口，四周双边。

《音注全文春秋括例始末左传句读直解》七十卷，（宋）林尧叟撰，元刻本，李盛铎致袁克文手札。十三行二十四字，小字双行同，细黑口，四周单边。

《广韵》五卷，（宋）陈彭年等撰。元刻本，（清）杨守敬跋，袁克文跋。十二行，小字双行三十一字，黑口，左右双边。

《韵补》五卷，（宋）吴棫撰，元刻本，沈曾植跋。九至十行，大小字不等，小字双行二十一至二十四字，细黑口，左右双边。

《隋书》八十五卷，（唐）魏徵等撰，元至顺三年（1332）瑞州路儒学刻明修本，袁克文跋，李盛铎跋。九行二十二字，黑口，左右双边，有书耳。卷二〇配元大德饶州路儒学刻明修本。

《战国策》十卷，（宋）鲍彪校注，（元）吴师道补正，元至正二十五年（1365）平江路儒学刻明修本，十一行二十字，小字双行同，细黑口，左右双边，有书耳。

《大慧普觉禅师年谱》一卷，（宋）释祖咏编，元翻刻宋宝祐明月堂刻本，袁克文题记，十一行二十字，黑口，左右双边。

《通鉴总类》二十卷，（宋）沈枢辑，元至正二十三年（1363）吴郡庠刻本，袁克文跋。十一行，行二十三至二十四字，细黑口，左右双边。存一卷：四。

《幽兰居士东京梦华录》十卷，（宋）孟元老撰，元刻本，袁克文跋。十四行二十二至二十四字，细黑口，左右双边。有钞补。

《新刊点校诸儒论断唐三宗史编句解》九卷，元刻本，十二行二十三字，小字双行同，黑口，左右双边，有书耳。存六卷：四至九。

《新编连相搜神广记前集》一卷《后集》
一卷，（元）秦子晋编，元刻本，
十四行二十四字，黑口，四周双边。

《临济慧照玄公大宗师语录》一卷，
（唐）释惠然辑，元刻本，十行
二十字，白口，左右双边。

《北山录注》十卷，（宋）释慧宝撰，
元广福大师全吉祥刻本，十二行，
大小字不等，小字双行二十九至
三十字不等，白口，左右双边，存
六卷：一至六，《注解随函》二卷，
（□）释德珪撰。

《老子鬳斋口义》二卷，（宋）林希逸
撰，元刻本，秦更年跋，袁克文跋。
十行二十一字，黑口，左右双边。

《黄氏补千家注纪年杜工部诗史》
三十六卷，（唐）杜甫撰，（宋）
黄希注，（宋）黄鹤补注，元前至
元二十四年（1287）詹光祖月崖
书堂刻本，十一行十九字，小字双
行二十五字，细黑口，左右双边。
卷一配宋刻本。

《唐陆宣公集》二十二卷，（唐）陆贽
撰，元刻本，袁克文跋。十行十七
字，白口，左右双边。卷二二钞配。

《增广注释音辩唐柳先生集》四十三
卷，（唐）柳宗元撰，（宋）童
宗说注释，（宋）张敦颐音辩，
（宋）潘纬音义，元刻本，袁克文
跋。十二行二十一字，小字双行同，
细黑口，四周双边。

《范文正公集》二十卷，（宋）范仲淹撰，
元天历元年（1328）范氏褒贤世
家家塾岁寒堂刻本，十二行二十字，
白口或黑口，左右双边。《［范文
正公］遗文》一卷，（宋）范纯仁、
范纯粹编。《范文正公别集》四卷，
（宋）范仲淹撰，有钞配。

《增刊校正王状元集注分类东坡先生
诗》二十五卷，（宋）苏轼撰，题
（宋）王十朋纂集，元建安虞平斋
务本书堂刻本，（清）黄彭年跋，
杨守敬题款，袁克文跋并题诗。
十一行十九字，小字双行二十五字，
细黑口，左右双边。《东坡纪年录》
一卷，（宋）傅藻撰。

《后山诗注》十二卷，（宋）陈师道撰、
任渊注，元刻本，袁克文跋。十三
行二十三字，黑口间白口，左右双
边。卷一配日本钞本。

《晦庵先生朱文公文集》一百卷，（宋）
朱熹撰，元刻本，袁克文跋。十行
十八字，白口，左右双边。存一卷：
三〇。

《知常先生云山集》五卷，（元）姬志
真撰，元延祐六年（1319）李怀
素刻本，章钰跋。九行二十字，白
口，左右双边。存三卷：三至五。

《清容居士集》五十卷，目录二卷，（元）
袁桷撰，元刻本，十行十六字，细
黑口，左右双边。卷二七至二九、
三七至三九、四七至五〇配清钞本。

《精选古今名贤丛话诗林广记》十卷，
（宋）蔡正孙辑，元刻本，袁克文跋。

八行十六字，黑口，左右双边。《精
选古今名贤丛话诗林广记》[后集]
十卷，（宋）蔡正孙辑。存十五卷：
一至三、七至一〇、后集一至八。

元钞本

《简斋诗外集》一卷，（宋）陈与义撰，
元钞本，（元）钱翼之题记，鲍毓
东跋，袁克文题签。九行十七字，
黑口，左右双边。

明刻本

《司马温公经进稽古录》二十卷，（宋）
司马光撰，明弘治十四年（1501）
杨璋刻本，（清）叶万跋，黄丕烈
跋，袁克文跋。十行二十一字，黑
口，四周双边。

《桯史》十五卷，（宋）岳珂撰，明成
化十一年（1475）江沂刻本，十
行二十字，黑口，四周双边。

《太音大全集》五卷，明刻本，十一行
二十六字，黑口，四周双边。

《虞初志》三十二卷，明弦歌精舍如隐
草堂刻本，八行十五字，白口，左
右双边。

《新增补相剪灯新话大全》四卷，《附
录》一卷，（明）瞿祐撰，明正德
六年（1511）杨氏清江书堂刻本，
有图，上栏图，下栏十四行二十四
字，黑口，四周单边。《新增全相
湖海新奇剪灯馀话大全》四卷，（明）
李昌祺撰。

《明本大字应用碎金》二卷，明刻本，
十三行二十一字，细黑口，左右双
边。

《郑所南先生太极祭炼内法》一卷，《祭
炼议略》一卷，明初傅启宗刻本，
十行二十至二十一字，白口，左右
双边。

《笺注陶渊明集》十卷，（晋）陶潜撰，
（宋）汤汉等笺注，《总论》一卷，
明刻本，九行十六字，黑口，四周
双边。

《集千家注批点杜工部诗集》二十卷，
《文集》二卷，（唐）杜甫撰，（宋）
黄鹤补注，（宋）刘辰翁评点，明
初刻本，十二行二十字，小字双行
二十六字，黑口，四周双边。

《具茨晁先生诗集》一卷，（宋）晁冲
之撰，明嘉靖刻本，十行二十字，
白口，左右单边。

《书林外集》七卷，（元）袁士元撰。
明正统刻本，袁克文跋。十行二十
字，黑口，四周双边。

《姑苏杂咏》一卷，（明）高启撰，（明）
殷辖补辑，明成化二十二年（1486）
张习刻殷辖重修本，（清）黄廷鉴、
缪荃孙、邓邦述、吴昌绶题词，陈
士廉题诗。十行二十字，黑口，四
周双边。

《姑苏杂咏》一卷，（明）高启撰，（明）
殷辖补辑，明成化二十二年（1486）
张习刻殷辖重修本。（清）郑文焯
跋，袁克文跋，傅增湘题诗，吴湖

帆题识。十行二十字，黑口，四周双边。

《寒村集》四卷，（明）苏志皋撰，明嘉靖三十六年（1557）许应元刻本，十一行二十一字，白口，四周单边。

《玉台新咏》十卷，（陈）徐陵辑，明崇祯六年（1633）赵均刻本，十五行三十字，细黑口，左右双边。

《极玄集》二卷，（唐）姚合纂，（宋）姜夔点，明刻本。（清）莫棠跋，杨守敬题款，袁克文跋。九行十八字，黑口，四周双边。

《花间集》十卷，（蜀）赵崇祚辑，明正德十六年（1521）陆元大刻本，十行十八字，白口，左右双边。

《杂剧十段锦十集》十卷，（明）朱有燉撰，明嘉靖三十七年（1558）绍陶室刻本，袁克文跋。九行十九字，小字双行同。白口，四周单边。

《新刻全像古城记》二卷，明唐氏文林阁刻本，十一行二十字，白口，四周单边。

《朝野新声太平乐府》九卷，（元）杨朝英辑，明刻本，（清）黄丕烈、袁克文跋。十四行，约二十三至二十五字，黑口，四周单边。

《盛世新声》十二卷，明正德十二年（1517）刻本，十二行二十四字，黑口，左右双边。

明活字本

《鹖冠子解》三卷，（宋）陆佃撰，明弘治碧云馆活字印本（四库底本），（清）高宗弘历题诗，袁克文跋。十行二十字，白口，四周单边。

《蛟峰先生文集》十卷，《蛟峰先生外集》三卷，《山房先生遗文》一卷，（宋）方逢辰撰，明活字印本，十行二十一字，白口，四周单边。

《祖咏集》一卷，（唐）祖咏撰，明铜活字印本，九行十七字，细黑口，左右双边。

《刘随州集》十卷，（唐）刘长卿撰，明铜活字印本，袁克文跋。九行十七字，细黑口，左右双边。

明钞本

《麟台故事》五卷，（宋）程俱撰，明钞本，（明）钱谷跋，（清）黄丕烈跋。十行二十字，无格。存三卷：一至三。

《书苑菁华》二十卷，（宋）陈思辑，明钞本，（清）朱锡庚跋。十一行十九至二十一字，无格。

《南部新书》十卷，《补遗》一卷，（宋）钱易撰，明钞本，九行二十字，蓝格，白口，四周单边。

《永乐大典》二万二千八百七十七卷，（明）解缙等辑，明内府钞本，八行，字数不等，红格，红口，四周双边。存三卷：二二五七〇至二二五七二。

清刻本

《白石诗集》一卷,《词集》一卷,(宋)姜夔撰,清康熙五十七年（1718）曾时灿华苹书屋刻本,(清)余集校跋并录厉鹗批校题识。十行十九字,细黑口,左右双边。

《友林乙稿》一卷,(宋)史弥宁撰,清影宋刻本,劳健跋。八行十六字,白口,左右双边。

清钞本

《汉上易传》十一卷,(宋)朱震撰,《汉上先生履历》一卷,清初毛氏汲古阁影宋钞本,十行二十一字,白口,左右双边。

《玉篇》三十卷,(梁)顾野王撰,(唐)孙强增字,(宋)陈彭年等重修。清初影宋钞本,八行二十字,小字双行同,白口,四周双边,无格。存二十六卷:六至三〇。

《广韵》五卷,(宋)陈彭年等撰,清初影宋钞本,十行二十字,小字双行二十七字,白口双边。

《韵补》五卷,(宋)吴棫撰,清影元钞本,十行,大小字不一,小字双行二十四字,白口,左右双边。

《汉书》一百卷,(汉)班固撰,(唐)颜师古注,清初影宋钞本,十行十八或十九字,注文双行,行二十七、二十八字不等,黑口,左右双边。存二十卷:一至一二,二一至二八。

《后汉书》九十卷,(刘宋)范晔撰,(唐)李贤注,《志注补》三十卷,(晋)司马彪撰,(梁)刘昭注补,清初影宋钞本,(清)朱锡庚、翁同书、李盛铎、袁克文跋。十行十九字,注文双行二十八字,黑口,左右双边。存四十卷:一至十,《志注补》三十卷。

《渚宫旧事》五卷补一卷,(唐)余知古撰,清钞本,(清)卢文弨校并跋,杨守敬、高世异题款。十一行二十一字,白口,四周双边。

《一角编》不分卷,(清)周二学撰,清鲍廷博钞本,(清)徐楙、杨澥、郑文焯跋。九行十九字,无格。

《河东柳仲涂先生文集》十六卷,(宋)柳开撰,清钞本,十三行二十六至二十七字,无格。

《新注朱淑真断肠诗集》十卷,《后集》八卷,(宋)朱淑真撰,(宋)郑元佐注。清汪氏艺芸书舍钞本,(清)徐康跋。十行二十二字,小字双行同,黑口,左右双边。

《巴西文集》不分卷,(元)邓文原撰,清钞本,袁克文跋,傅增湘校并跋。十行十九字,细黑口,左右双边。

《增广圣宋高僧诗选前集》一卷,《后集》三卷,《续集》一卷,(宋)陈起辑,清初毛氏汲古阁影宋钞本,十行十八字,白口,左右双边。

《草堂雅集》十三卷，（元）顾瑛辑，清钞本。十行二十字，无格。

《藕居士诗话》二卷，（明）陈懋仁撰，清初钞本，（清）宋筠校并跋。九行十八字，无格。

《唐宋八家词》十卷，（清）鲍氏知不足斋钞本，（清）鲍廷博、魏之琇等人校跋，吴昌绶跋。十行二十一字，细黑口，左右双边。

《酒边集》一卷，（宋）向子諲撰，清初毛氏汲古阁影宋钞本，八行十四字，白口，左右双边。

《醉翁琴趣外篇》六卷，（宋）欧阳修撰，清影宋钞本，十行十八字，黑口，左右双边。

《闲斋琴趣外篇》六卷，（宋）晁元礼撰，清初毛氏汲古阁影宋钞本，十行十八字，黑口，左右双边。

《晁氏琴趣外篇》六卷，（宋）晁补之撰，清影宋钞本，十行十八字，黑口，左右双边。

《可斋杂稿词》四卷，《续稿》三卷，（宋）李曾伯撰，清初毛氏汲古阁影宋钞本，十一行二十字，白口，左右双边。

征引文献

（按汉语拼音排序）

图书专著

《版本目录学研究》第四辑，北京大学
出版社，2013年

《版本目录学研究》第五辑，北京大学
出版社，2014年

《北京图书馆藏珍本年谱丛刊》，北京
图书馆出版社，1999年

《北京图书馆古籍善本书目》，书目文
献出版社，1987年

《标点善本题跋集录》，台北"国立中
央"图书馆编印，1992年

《藏书家》第13辑，齐鲁书社，
2008年

《藏书家》第16辑，齐鲁书社，
2009年

《程毅中文存》，中华书局，2006年

《楮墨芸香——国家珍贵古籍特展
图录》，国家图书馆出版社，
2010年

《第二批国家珍贵古籍名录图录》，国
家图书馆出版社，2010年

《第三批国家珍贵古籍名录图录》，国
家图书馆出版社，2012年

《第一批国家珍贵古籍名录图录》，国
家图书馆出版社，2008年

《国家图书馆藏古籍题跋丛刊》，北京
图书馆出版社，2002年

《"国家"图书馆善本书志初稿》集
部，台北"国家"图书馆编印，
1999年

《"国家"图书馆善本书志初稿》经
部，台北"国家"图书馆编印，
1996年

《"国家"图书馆善本书志初稿》史
部，台北"国家"图书馆编印，
1997年

《"国家"图书馆善本书志初稿》子
部，台北"国家"图书馆编印，
1998年

《"国立"故宫博物院善本旧籍总目》，
"国立"故宫博物院，1983年

《"国立中央"图书馆善本书目》（增
订二版），"国立中央"图书馆编印，

1967 年增订初版，1986 年 12 月增订二版

《"国立中央"图书馆善本书目》，《中华丛书》委员会，1957 年

《"国立中央"图书馆善本题跋真迹》，台北"国立中央"图书馆特藏组编，1982 年

《"国立中央"图书馆善本序跋集录》集部，台北"国立中央"图书馆编印，1994 年

《"国立中央"图书馆善本序跋集录》经部，台北"国立中央"图书馆编印，1992 年

《"国立中央"图书馆善本序跋集录》史部，台北"国立中央"图书馆编印，1993 年

《"国立中央"图书馆善本序跋集录》子部，台北"国立中央"图书馆编印，1993 年

《涵芬楼祕笈》，（上海）商务印书馆，1916—1921 年

《寒云手写所藏宋本提要廿九种》，《宋版书考录》，北京图书馆出版社，2003 年

《黄丕烈书目题跋·顾广圻书目题跋》，《清人书目题跋丛刊》六，中华书局，1993 年

《冀淑英文集》，北京图书馆出版社，2004 年

《郡斋读书志校证》，上海古籍出版社，1990 年第 1 版，2005 年第 2 次印刷

《开卷有益斋读书志·续志·艺风藏书记·续记·再续记》，《清人书目题跋丛刊》七，中华书局，1993 年

《留真谱》，北京图书馆出版社，2004 年

《祁阳陈澄中藏书》，中国嘉德国际拍卖有限公司，2004 年

《钱遵王读书敏求记校证·爱日精庐藏书志》，《清人书目题跋丛刊》四，中华书局，1990 年

《莚圃善本书目》，书目三编，广文书局，1969 年

《琴曲集成》，中华书局，2010 年

《清代人物生卒年表》，人民文学出版社，2005 年

《日本藏汉籍善本书志书目集成》，北京图书馆出版社，2003 年

《上海博物馆·中国历代玺印馆》，上海博物馆，2000 年

《上海图书馆藏宋本图录》，上海古籍出版社，2010 年

《上海图书馆善本题跋真迹》，上海辞书出版社，2013 年

《适园藏书志》，《书目续编》，广文书局，1968 年

《四库全书总目》，中华书局，1981 年

《宋本方舆胜览》，上海古籍出版社，1986 年

《宋蜀刻唐人集丛刊》，上海古籍出版社，1994 年

《宋元版书目题跋辑刊》，北京图书馆
　　出版社，2003 年
《天禄琳琅书目·天禄琳琅书目续编·绛
　　云楼题跋·绣谷亭熏习录·拜经楼
　　藏书题跋记》，《清人书目题跋丛
　　刊》十，中华书局，1995 年
《铁琴铜剑楼藏书目录·楹书隅录·滂
　　喜斋藏书记》，《清人书目题跋丛
　　刊》三，中华书局，1990 年
《铁琴铜剑楼藏书题跋辑录》，上海古
　　籍出版社，2006 年
《图书寮汉籍善本书目》，日本株式会
　　社东京筑地活版制造所，昭和五年
《文明的守望——古籍保护的历史与探
　　索》，北京图书馆出版社，2006 年
《西谛藏书善本图录》，中华书局，
　　2008 年
《延令宋版书目》，王云五主编《丛书
　　集成初编·季沧苇藏书目》，商务
　　印书馆，1936 年
《仪顾堂题跋续跋·善本书室藏书志》，
　　《清人书目题跋丛刊》二，中华书
　　局，1990 年
《张元济傅增湘论书尺牍》，商务印书
　　馆，1983 年
《珍稀古籍书影丛刊》，北京图书馆出
　　版社，2004 年
《郑振铎全集》，花山文艺出版社，
　　1998 年
《中国古籍善本书目》丛部，上海古籍
　　出版社，1990 年
《中国古籍善本书目》集部，上海古籍
　　出版社，1998 年
《中国古籍善本书目》经部，上海古籍
　　出版社，1989 年
《中国古籍善本书目》史部，上海古籍
　　出版社，1993 年
《中国古籍善本书目》子部，上海古籍
　　出版社，1996 年
《中国国家图书馆古籍珍品图录》，北
　　京图书馆出版社，1999 年
《中华再造善本总目提要》，国家图书
　　馆出版社，2013 年
《自庄严堪善本书影》，国家图书馆出
　　版社，2010 年
北京图书馆编《中国版刻图录》，文物
　　出版社，1960 年
曹允源、李根源纂［民国］《吴县志》，
　　《中国方志丛书》华中地方第 201
　　号，台湾成文出版社，1975 年
陈光田《战国玺印分域研究》，岳麓书
　　社，2009 年
陈红彦《元本》，中国版本文化丛书，
　　江苏古籍出版社，2002 年
陈望南《海虞二冯研究》，中山大学出
　　版社，2011 年
陈先行《打开金匮石室之门（古籍
　　善本）》，上海文艺出版社，
　　2003 年
陈寅恪《柳如是别传》，生活·读书·新
　　知三联书店，2001 年
陈振孙《直斋书录解题》，上海古籍出
　　版社，1987 年
程敦《秦汉瓦当文字》，清乾隆五十二

年（1787）横渠书院刻本

邓邦述《群碧楼善本书录》，《书目续编》，广文书局，1967年

傅刚《文选版本研究》，北京大学出版社，2000年

傅增湘《藏园订补郘亭知见传本书目》，中华书局，2009年

傅增湘《藏园群书经眼录》，中华书局，2009年

傅增湘《藏园群书题记》，上海古籍出版社，2008年

桂馥《札朴》，商务印书馆，1958年

黄伯思《宋本东观馀论》，中华书局，1988年

黄丕烈《士礼居藏书题跋记》，书目文献出版社，1989年

黄裳《来燕榭书跋》，上海古籍出版社，1999年

雷梦水《书林琐记》，人民日报出版社，1988年

李国庆《弢翁藏书年谱》，黄山书社，2000年

李国庆《弢翁藏书题跋·年谱》，紫禁城出版社，2007年

李盛铎《木犀轩藏书题记及书录》，北京大学出版社，1985年

李玉安、陈传艺《中国藏书家辞典》，湖北教育出版社，1989年

李致忠《宋版书叙录》，书目文献出版社，1994年

林申清《明清书画家印鉴》，吉林文史出版社，1987年

林申清《中国藏书家印鉴》，上海书店出版社，1997年

刘尚荣《苏轼著作版本论丛》，巴蜀书社，1988年

刘跃进《玉台新咏研究》，中华书局，2000年

陆心源《皕宋楼藏书志》，《宋元明清书目题跋丛刊》七、八，中华书局，2006年

吕思勉《经子解题》，华东师范大学出版社，1995年

伦明《辛亥以来藏书纪事诗》，北京燕山出版社，1999年

罗福颐《古玺汇编》，文物出版社，1981年

罗振常《善本书所见录》，商务印书馆，1958年

缪荃孙《艺风藏书记·艺风藏书再续记（原题〈艺风堂新收书目〉）》，《中国历代书目题跋丛书》第二辑，上海古籍出版社，2007年

莫友芝《宋元旧本书经眼录·郘亭书画经眼录》，中华书局，2008年

钱大昕《潜研堂序跋·竹汀先生日记·十驾斋养心录摘抄》，《中国历代书目题跋丛书》第三辑，上海古籍出版社，2010年

钱大昕《十驾斋养新录》，上海书店，1983年

钱谦益《绛云楼题跋》，上海古籍出版社，2006年

钱曾《读书敏求记》，书目文献出版社，

1983 年

日本岛田翰《汉籍善本考》，北京图书馆出版社，2003 年

上海博古斋拍卖有限公司《上海博古斋 2012 春季拍卖会·缥缃金石（古籍善本专场 4.29）》图录

上海国际商品拍卖有限公司《2011 春季艺术品拍卖会古籍善本专场》图录

上海泓盛拍卖有限公司 2008 春季拍卖会中国书画专场，网址：http://auction.artxun.com/paimai-5680-28399136.shtml

沈津《书丛老蠹鱼》，中华书局，2011 年

施和金点校《方舆胜览》，中华书局，2003 年

苏精《近代藏书三十家》，中华书局，2009 年

孙殿起《琉璃厂小志》，北京古籍出版社，1982 年

台北《"国立中央"图书馆典藏国立北平图书馆善本书目》，台湾"中央"图书馆编印，1969 年

屠友祥校注《荛圃藏书题识》，上海远东出版社，1999 年

王季烈《缘督庐日记钞》，上海蟫隐庐石印本，1933 年

王书燕编《王子霖古籍版本学文集》，上海古籍出版社，2006 年

王文进《文禄堂访书记》，上海古籍出版社，2007 年

王欣夫《蛾术轩箧存善本书录》，上海古籍出版社，2002 年

王肇文《古籍宋元刊工姓名索引》，上海古籍出版社，1990 年

王忠和《袁克文传》，百花文艺出版社，2006 年

吴慰祖校订《四库采进书目》，商务印书馆，1960 年

吴兆宜注、程琰删补《玉台新咏笺注》，中华书局，1985 年

项城市政协编《百年家族——项城袁氏家族资料汇辑》，河南大学出版社，2012 年

严绍璗《日藏汉籍善本书录》，中华书局，2007 年

杨成凯（林夕）《闲闲书室读书记》，广西师范大学出版社，2011 年

杨立诚、金步瀛《中国藏书家考略》，上海古籍出版社，1987 年

叶昌炽《藏书纪事诗》，上海古籍出版社，1989 年

叶德辉《书林清话》，上海古籍出版社，2008 年

袁克文、陶拙庵《辛丙秘苑·"皇二子"袁寒云》，香港大华出版社，1975 年

袁克文《辛丙秘苑·洹上私乘》，《民国史料笔记丛刊》，上海书店出版社，2000 年

张金吾《言旧录》，《北京图书馆藏珍本年谱丛刊》，第 139 册，北京图书馆出版社，1999 年

张丽娟、程有庆《宋本》，《中国版本文化丛书》，江苏古籍出版社，2002 年

张人凤《张元济古籍书目序跋汇编》（全三册），商务印书馆，2003 年

郑伟章《文献家通考》，中华书局，1999 年

中国嘉德国际拍卖有限公司《中国嘉德 2007 春季拍卖会·古籍善本》拍卖图录

周叔弢《周叔弢古书经眼录》，国家图书馆出版社，2009 年

论文

卞东波《蔡正孙与〈唐宋千家联珠诗格〉》，《古典文学知识》，2007 年第 4 期

卞东波《稀见汉籍〈唐宋千家联珠诗格〉的文献价值及其疏误》，《清华大学学报》（哲学社会科学版），2008 年第 6 期

唱春莲《宋蜀刻本〈陆宣公文集〉》再探》，《文津流觞》，2003 年第 10 期

陈名琛《陈善与其〈扪虱新话〉研究》，福建师范大学 2008 年 8 月硕士学位论文

陈顺智《刘长卿集版本考述》，《文献》，2001 年第 1 期

陈应时《论“宜徽”和《新刊太音大全集》，《中国音乐》，1992 年第 4 期

程有庆《〈后村居士集〉铁琴铜剑楼旧藏宋本》，《文献》，1987 年第 3 期

丁延峰、李波《袁克文与宋陈氏书棚本〈唐女郎鱼玄机诗〉》，《古典文学知识》，2009 年第 3 期

丁瑜《吕无党家钞本〈明史钞略〉及其他》，《文献》，1986 年第 1 期

杜正乾《唐释神清〈北山录〉刍议》，《烟台师范学院学报》（哲学社会科学版），2006 年第 2 期

冯国栋《〈五灯会元〉版本与流传》，《宗教学研究》，2004 年第 4 期

傅暮蓉《查阜西对〈琴曲集成〉的贡献》，《中国音乐》（季刊），2011 年第 1 期

高桥良行撰、蒋寅译《刘长卿传本考》，《扬州大学学报》（人文社会科学版），1988 年第 1 期

高田时雄《李滂和白坚》，《敦煌写本研究年报》，创刊号，2007 年

郭立暄《中国古籍原刻翻刻与初印后印研究》，复旦大学 2008 届博士学位论文

郭齐、尹波《论宋淳熙、绍熙椠本〈晦庵先生文集〉》，《文献》，1998 年第 3 期

韩进《袁寒云旧藏宋元本拾零》，《上海高校图书情报工作研究》，2010 年第 4 期

何锡光《〈周易正义〉题作〈周易兼义〉小考》，《烟台师范学院学报》（哲

学社会科学版），2004 年第 1 期

胡彦、丁治民《〈草书集韵〉与〈草书韵会〉二者之关系及其版本辨证》，《文献》，2011 年第 4 期

黄宝华《〈江西诗社宗派图〉的写定与〈江西诗派〉总集的刊行》，《文学遗产》，1999 年第 6 期

金程宇《高丽大学所藏〈精刊补注东坡和陶诗话〉及其价值》，《文学遗产》，2008 年第 5 期

雷梦水《宋本〈鱼玄机集〉》，《读书》，1989 年 12 期

李红英《〈扪虱新话〉版本源流考》，《中国典籍与文化》，2007 年第 3 期

李红英《〈扪虱新话〉及其作者考证》，《中国典籍与文化》，2002 年第 1 期

李红英《国家图书馆藏四库采进本经眼录》，《版本目录学研究》第五辑，2014 年

李剑国、陈国军《瞿祐续考》，《南开学报》，1997 年第 3 期

李滂《近世藏书家概略》，《进德月刊》第二卷第十期，1937 年 5 月

李小文、孙俊《文友堂藏傅增湘手札》，《文献》，2007 年第 4 期

李致忠《十三经注疏版刻略考》，《文献》，2008 年第 4 期

梁春醪、吴荣子《浅谈宋版佛经》，台北《"国家"图书馆馆刊》，1998 年第 2 期

刘京《〈陆宣公集〉研究》，首都师范大学，2004 年中国古代文学硕士学位论文

刘蔷《"翰林院印"与四库进呈本真伪之判定》，《图书馆工作与研究》，2006 年第 1 期

刘衍《李贺诗集版本源流及校勘说略》，《长沙水电师院学报》（社会科学版），1989 年第 3 期

马德鸿、陈莉《〈朱文公文集〉版本源流考》，《图书情报知识》，2005 年第 1 期

马婧《〈诗林广记〉版本系统述略》，《古籍整理研究学刊》，2009 年第 6 期

马培洁《鲍廷博钞本〈一角编〉与鲍廷博画像》，《中国典籍与文化》，2011 年第 4 期

牛继清、纪健生《〈玉台新咏〉是张丽华所"撰录"吗？——从文献学角度看〈玉台新咏为张丽华所"撰录"考〉》，《淮北煤炭师范学院学报》（哲学社会科学版），2006 年第 4 期

彭国志《张孝祥文集四十卷本版本述略》，《文教资料》，2001 年第 3 期

乔光辉《〈剪灯新话〉版本流变考述》，《中国典籍与文化》，2006 年第 1 期

任晓辉《刘长卿集版本源流试说》，《吉林师范大学学报》（人文社会科学版），2005 年第 1 期

申云艳《中国古代瓦当研究》，中国社会科学院研究生院 2002 年 5 月博士学位论文

市成直子《关于〈剪灯新话〉的版本》，《上海大学学报》（社科版），1995 年第 3 期

束景南《宋椠〈晦庵先生文集〉考》，《古籍整理研究学刊》，1992 年第 1 期

孙俊《袁克文藏书室名小考》，《文津流觞》，2009 年第 2 期

谈蓓芳《〈玉台新咏〉版本补考》，《上海师范大学学报》，2006 年第 1 期

谈蓓芳《〈玉台新咏〉版本考——兼论此书的编纂时间和编者问题》，《复旦学报》（社会科学版），2004 年第 4 期

谭其骧《论〈方舆胜览〉的流传与评价问题》，影印本《宋本方舆胜览》前言，上海古籍出版社，1986 年

唐兰《马王堆出土〈老子〉乙本卷前古佚书的研究》，《考古学报》，1975 年第 1 期

拓晓堂《劳权钞本〈松雨轩集〉叙》，《中国嘉德 2012 秋季拍卖会·古籍善本》

拓晓堂《荀斋旧藏宋刻〈五灯会元〉叙》，《中国嘉德 2012 秋季拍卖会·古籍善本》

汪桂海《宋代公文纸印本断代研究举例》，《文献》，2009 年第 3 期

王长英《笔著千秋文橱藏万卷典——清代著名著述家、藏书家梁章钜》，《福建师范大学学报》（哲学社会科学版），1996 年第 1 期

王玉良《纪念与随想——怀念国家图书馆善本特藏部三位已故专家》，《文津学志》第四辑，国家图书馆出版社，2011 年 11 月

王忠阁、叶盈君《〈元风雅〉考辨》，《洛阳师范学院学报》，2010 年第 3 期

向功晏《昭仁殿天禄琳琅藏书初探》，《故宫博物院院刊》，1987 年第 1 期

辛德勇《记百万塔陀罗尼清末传入中国的一条史料》，《藏书家》第 16 辑，齐鲁书社，2009 年

许健《近代琴坛领袖查阜西》，《南京艺术学院学报》（音乐与表演版），1992 年第 2 期

许健《为重振琴坛毕生操劳——介绍古琴家查阜西》，华音网、古琴文化网（2008 年 2 月 27 日），网址：http://news.huain.com/html/2008.03.27/news_173221.html http://www.guqinwenhua.cn/read.php?tid-693.html

杨成凯（林夕）《明寒山赵氏小宛堂刻〈玉台新咏〉版本之谜》，《读书》，1997 年第 7 期

杨焄《新见〈精刊补注东坡和陶诗话〉残本文献价值初探》，《文学遗产》，

2012 年第 3 期

杨应芹《戴震与〈水经注〉》，《江淮
　　论坛》，1995 年第 3 期

杨忠《苏轼全集版本源流考辨》，《中
　　国典籍与文化论丛》第一辑，中华
　　书局，1993 年 9 月

张健《蔡正孙考论——以〈唐宋千家联
　　珠诗格〉为中心》，《北京大学学报》
　　（哲学社会科学版），2004 年第
　　2 期

张秀玉《黄丕烈与南宋书棚本〈唐女郎
　　鱼玄机诗〉》，《现代出版》，
　　2011 年第 1 期

章培恒《〈玉台新咏〉为张丽华所"撰录"
　　考》，《文学评论》，2004 年第
　　2 期

赵素忍《〈剪灯新话〉研究》，河北师
　　范大学 2004 年硕士学位论文

图版目录 *

---

* 本书所配书影，除国家图书馆藏善本原件之外，主要引自海内外出版的善本书影、拍卖图录、影印古籍等，包括《楮墨芸香——国家珍贵古籍特展图录》《第一批国家珍贵古籍名录图录》《第二批国家珍贵古籍名录图录》《第三批国家珍贵古籍名录图录》《祁阳陈澄中藏书》《上海图书馆藏宋本图录》《上海图书馆善本题跋真迹》《西谛藏书善本图录》《中国国家图书馆古籍珍品图录》《中国藏书家印鉴》《自庄严堪善本书影》《上海博古斋 2012 春季拍卖会古籍善本专场》图录、《中华再造善本》《宋蜀刻本唐人集丛刊》、台北《"国立中央"图书馆善本题跋真迹》等，在此，笔者谨向诸藏书机构，以及杂志、网站、书影、图录、影印本的编者及出版者表示诚挚的敬意与衷心的感谢。

后记

　　2004 年，因工作安排，我参与了"中华再造善本"提要的撰写，得以系统地翻阅国家图书馆藏宋元珍本佳椠。为撰写再造善本提要，将先贤的题跋、钤印等相关信息随手过录于纸上。几年下来，手录之题跋、钤印以及当时心得已有二十馀万字。

　　2008 年"中华再造善本"提要撰写告一段落，工作之馀，仍时时翻看、整理之前的笔记。我发现古籍善本中诸藏书家的题识，一般题跋书目著录均较为详实，惟世称"民国四公子"之一的袁克文的藏书题跋却少有人重视。于是我开始留心搜集、整理袁克文藏书的相关资料，再与笔记相互比勘、查证。重加整理后，拾掇成文，先后发表在《文献》《版本目录学研究》等刊物上。

　　2010 年，一次在北大与校友的偶然邂逅，谈及近期研究课题。他很热情地表示愿意将这本小书书稿推荐给中华书局，于是便有了此书的问世。

　　本书以国家图书馆藏袁克文旧藏善本为主，收录袁克文题跋善本八十四篇。一些曾经袁克文收藏或题识善本因相关信息不足而未能独立成篇者，附于相应篇章之中。

　　书中采用书影，除国家图书馆藏善本之外，主要引自海内外出版的善本书影、拍卖图录、影印古籍。在此，笔者谨向诸藏书机构，以及诸杂志、网站、书影、图录、影印本的编者及出版者致以深深的敬意和真诚的感谢。

　　在撰写此书过程中，我得到了老师、前辈、校友、同事的鼓励和支持，也得到了各兄弟单位同行热忱和无私的帮助。中华书局领导和责任编辑为本书的出版提供了大力支持，付出了辛劳。在此书出版之际，谨向所有帮助、支持和关心我的人表示诚挚的敬意与衷心的感谢。

　　此书之成，虽历经十馀年，反复修改，但毕竟因笔者才疏学浅，难免有疏漏之处，敬请方家学者批评指正。

2015 年 5 月

后记